나사로의 시학

나사로의 시학

남진우 평론집

문학동네

예수께서 그의 우는 것과 또 함께 온 유대인들의 우는 것을 보시고 심령에 통분히 여기시고 민망히 여기사 가라사대 그를 어디 두었느냐 가로되 주여 와서 보옵소서 하니 예수께서 눈물을 흘리시더라 (……) 이 말씀을 하시고 큰 소리로 나사로야 나오라 부르시니 죽은 자가 수족을 베로 동인 채로 나오는데 그 얼굴은 수건에 싸였더라 예수께서 가라사대 풀어놓아 다니게 하라 하시니라

—「요한복음」 11장 33 - 44절

하나님 나리, 마왕 나리
조심하라
조심해

잿더미 속에서
나는 붉은 머리칼을 하고 일어나지
그리고 남자들을 공기처럼 먹어치우지
—실비아 플라스, 「여자 나사로」 부분

천상의 소리 지상의 언어

나사로(Lazarus)는 오래전부터 나에게 신비의 인물이었다. 신화 속에는 수많은 신비한 인물이 등장하고 신비한 사건이 벌어지지만 나사로라는 인물을 둘러싼 신비는 그와는 약간 달랐다. 성서의 네 복음서 가운데 「요한복음」에만 등장하는 이 인물은 예수가 행한 여러 이적 중에서도 가장 놀라운 환기력을 지닌 대상으로 기억되고 있다. 그는 죽어서 무덤에 묻힌 지 나흘이 지난 다음에 다시 살아 돌아온 존재이기 때문이다. 그것은 귀신 들린 자의 정신을 돌아오게 하거나 혼례식날 물을 포도주로 바꾸거나 약간의 떡과 물고기로 수많은 사람들을 배불리 먹이는 정도의 기적과는 다른 차원의 능력을 보여주는 사례이다. 따라서 그의 죽음과 부활은 예수 자신의 죽음과 부활을 예표하는 사건으로 받아들여지곤 했다. 나사로는 최후의 심판이 있기 이전 예수보다 앞서, 예수의 뜻에 따라, 죽음을 경유하여 다시 삶의 세계로 넘어온 희귀한 존재로 성서에 기록되고 있다. 수의를 입은 채 회칠한 동굴에서 걸어 나와 눈부신 빛 아래 선 그는 육신의 부활과 영혼의 구원을 약속하는 생생한 증거로 해석되어왔다.

그러나 그뿐, 이 일화를 끝으로 나사로는 성서의 본문 속에서 사라진다. 죽음을 극복하고 다시 살아났다는 그토록 놀라운 사건의 주인공임에도 불구하고 그는 그후 일어난 예수의 수난과 십자가에서의 죽음과 부활의 역사 어디에도 그 흔적을 남기지 않고 있다. 그는 홀연히 나타난 것만큼이나 홀연히 사라진다. 그의 죽음에 예수가 애통해하며 눈물을 흘렸다는 사실만 보더라도 그가 범상한 존재가 아님은 분명하다. 그가 예수의 열두 제자에 속하는 인물은 아니지만, 단순히 예수를 따르던 무리와는 구분되는, 예수가 신뢰하는 뛰어난 제자 중의 하나였다는 설명도 전해진다. 하지만 성서는 그가 베다니라는 조그만 마을에 살았으며 마리아와 마르다라는 신심이 깊은 두 누이를 두었다는 사실 외에는 아무런 다른 정보도 제시하지 않고 있다. 성서의 기자는 오직 예수의 권능을 드높이는 기적의 불가사의함을 강조하는 데 초점을 맞추고 있다.

　예수는 무덤의 굴을 막은 돌이 치워지자 나사로를 호명하며 나오라고 부르고, 나사로는 그동안 잠이라도 자고 있었던 것처럼 그 부름에 응답하여 걸어 나온다. 이것이 너무 쉬워 보이고 당연하게 여겨지는 것은 그 주체가 다름아닌 하나님의 아들 예수이기 때문이다. 그러나 동서양의 수다한 신화 전설이 일러주듯이 죽음의 세계로 내려가 죽은 이의 영혼을 다시 이 세상으로 데려오는 것은 가장 어려운 과업으로 여겨지곤 했다. 산 자의 세계와 죽은 자의 세계는 전혀 다른 차원에 있어서 이 두 세계를 넘나드는 것은 신에게조차도 쉽지 않게 여겨졌다. 고대 그리스 신화에서 에우리디케를 구하기 위한 오르페우스의 모험이 비극으로 끝나는 것은 그 대표적 경우라고 할 수 있다. 하데스의 영토를 뒤흔든 오르페우스의 음악의 마력에도 불구하고 에우리디케는 살아 있는 육체로 이 땅을 다시 밟아보지 못했다. 그런 의미에서 나사로를 살리는 예수의 이적 행위는 그 서술의 간소함에도 불구하고 심오한 상징성을 내장하고 있다. 오르페우스가 실패한 지점에서 예수는 성공한다. 더욱 중요한 것은 그 위대한 역사가 나사로 한 개인에게 임재하는 데서 그치는 것이 아니라 장차 인류 전체로 확산되리라는 전망이다. 나사로는 단지 한 개인이 아니라 그리스도의 부름을 받고 죽음의 땅에서 몸을 일으킬 모든 구원 받은 존재를 대표하는 이름이 된다.

그렇다면 죽음의 세계에서 돌아온 다음 나사로가 걸어간 길에 대해 성서가 침묵을 지키는 것은 당연하다고 볼 수 있다. 성서의 네 복음서는 어디까지나 예수의 거룩한 생애를 그린 일대기로서 이를 가장 잘 드러내는 방식으로 구축되었기 때문이다. 나사로 개인의 실존적 선택이나 전기적 행적은 더이상 성서의 기자의 관심 대상이 되기 어려웠을 것이다. 그러나 성서가 침묵을 지키는 그 지점에서 우리는 이런 질문을 던질 수 있다. 나사로, 그는 과연 저세상에서 무엇을 보았는가. 그가 병으로 죽어서 장사까지 치른 뒤 나흘 동안, 친숙한 예수의 음성이 그를 다시 깨우기 전까지 그가 떠돈 세계는 어떤 모습을 하고 있었는가. 그가 다시 이 세상으로 가지고 온 소식은 무엇인가. 하나님의 아들인 예수와 달리 나사로는 어디까지나 인간으로서 죽고 인간으로서 다시 살아났다. 따라서 그에겐 예수와는 다른 방식으로 이 세상에 전해야 할/전하고 싶은 말이 있지 않았을까.

저승의 오르페우스에겐 지상으로 돌아갈 때까지 절대 뒤를 돌아보지 말라는 명령이 주어진다. 그러나 마지막 순간 오르페우스는 참지 못하고 뒤를 돌아보고 말며 그 순간 에우리디케는 짙은 어둠 속으로 사라지고 만다. 이처럼 뒤돌아보는 순간 오르페우스에게 형해화된 대상의 그림자만

이 남았다면 예수는 대상의 호명을 통해 존재의 재생, 살아 숨쉬는 의미의 현전을 이룩한다. 나사로는 되살아난 에우리디케이며 그는 전신으로 예수의 이적을 증명하는 존재가 된다. 그는 부름을 받은 자이며 새 생명을 얻은 자이다. 그는 죽음을 떨치고 나와 나, 지금 여기 있습니다, 라고 응답하는 자이다. 이런 상상을 조금 더 연장하자면 나사로는 새로운 의미를 잉태하고 있는 자이자 새로운 세상을 분만하는 자이다. 그는 새로운 세상의 도래 그것을, 살아 있는 육체로 증거하는 자이다. 아마도 시인이, 시적 언어가 이 세상에 존재하는 방식과 가장 흡사한 게 있다면 바로 이러한 나사로의 죽음과 삶이 아닐까.

지금 우리는 메시아의 재림이 무한정 연기되는 세계에 살고 있다. 이 세상에 남은 것은 병든 나사로, 죽어서 땅에 묻혀 썩어가는 육신으로서의 나사로밖에 없다. 그의 몸을 벗어난 영혼은 지하세계의 어두운 영역을 헤매고 있다. 그러나 그는 기다리고 있으며 견디고 있다. 무엇을? 어떤 목소리를, 그를 긴 잠에서 불러낼 생명의 부름을. 동굴 – 무덤을 에워싸고 있는 군중들의 웅성거림 속에서 오직 단 하나의 목소리만이 그를 깨운다. 어중이떠중이들의 헛소리나 소음과 구분되는, 생명이 깃든 말씀만이 그를 다시 이 세상으로 호출해낼 수 있다. 그러나 이 시대에 과연 그런 목소리가 존재하며 그런 순간이 찾아올 수 있을까. 이 모든 것이 단지 환상에 불과한 게 아닐까.

아니 어쩌면 진실은, 우리가 무덤 속의 나사로가 아니라 무덤 밖으로 불려나온 나사로라는 데 있을지 모른다. 우리는 돌아온 나사로이며 구세주 없는 나사로이다. 우리는 그분의 음성에 끌려 동굴 – 무덤 밖으로 나왔지만 그다음 어찌해야 될지, 어디로 가야 할지 몰라 망설이고 있는 나사로들인지 모른다. 사람들은 우리를 에워싸고 저세상의 풍경은 어떠했는지, 그곳에 머물 때 기분이나 생각은 어땠는지 묻지만 우리는 아무것도 대답해줄 수 없다. 저세상에 대한 소식은 영원히 망각 속에 봉인해두기로 했기 때문이다. 묻다가 지친 사람들이 야유를 보내고 그마저 시들해지자 하나둘씩 떠나고 나면 이윽고 나사로는 혼자가 된다. 그는 다시 홀로 동굴-무덤에 유폐된 존재가 된다. 현실로 돌아왔음에도 불구하고 그는 여전히 유형(流刑)의 시간, 추방의 시간을 살고 있다. 그는 무서운 고독에 사로잡힌다. 그는 자신의 내면의 공동(空洞), 그 어두컴컴한 심연을 들여다본다. 그의 입에서 인간의 것이 아닌, 신음인지 비명인지 모를 소리가 새어나온다.

죽음의 세계로부터의 귀환은 나사로를 일반 사람들과 구분시켜주는 표지이자 낙인이다. 그는 침묵하고 있지만 그 침묵은 엄청난 말들로 들끓고 있는 침묵, 이 세상과 저세상의 비밀을 눈치채버린 자의 위험한 침묵이다. 우리 시대의 시인은 나사로의 후예들로서 나사로가 침묵한 그 지점에서 뭔가를 말하고자 하는 존재들이다. 그의 말은 침묵의 바다 위를 떠도는 몇 개의 희미한 표류물들이다.

물론 실비아 플라스 같은 대담한 시인도 있다. 그녀는 자신을 여자 나사로(Lady Lazarus), 몇 번이고 죽었다 몇 번이고 다시 태어나는 존재로 상상했다. 타오르는 불속에 몸을 던져 찬란하게 산화하고 난 뒤 다시 부활의 날개를 펴는 불사조이고 싶어했다. 잿더미 속에서 붉은 머리칼을 흔들며 다시 솟아오르는 존재. 권력을 가진 자들, 자신을 괴롭힌 가부장적 남성들을 공기처럼 들이마시는 육식조. 그녀의 자살 이후 시를 통한 그녀의 유령적 현존이 보여주듯이 나사로는 매번 현실로 귀환해서 삶과 죽음을 관통하는 언어, 고통과 희열을 동시에 자아내는, 비의로 가득 찬 언어를 들려준다. 예수의 부름이 그렇듯 시적 언어는 혼을 부르는 언어이며 이 세상과 저세상을 넘나드는 언어이다. 시인은 오늘도 침묵 속에서 그 언어의 메아리를 듣는다. 그리고 그것을 자신이 가진 언어에 담기 위해 분투한다. 그가 지상의 불완전한 언어로 간신히 재생해낸 그 목소리가 제대로 된 부름에 닿을 수 있다면 그 언어는 죽음이 미만한 이 세상에서 새 생명을 일으켜세우고 존재의 거듭남을 가능케 할 것이다.

한국문학은 한동안 '죽음의 시'를 통해 '시의 죽음'을 견디고 유예하고 지연시키는 시적 전략을 추구해왔다. 하지만 시는 죽지 않았으며 다시 살아나 지상을 배회하고 있다. 시는 다시 미래를 이야기하고 시대의 정언명령을 수행하는 대열에 합류하기 위해 나서고 있다. 아마도 누군가는 그들을 산 것도 죽은 것도 아닌 좀비의 무리로 보고 싶어할지도 모른다. 그러나 어쩌면 그들은 새로운 소명을 부여받고 지금 이곳으로 귀환한 나사로들인지도 모른다. 그들의 언어가 천상의 신에게 가닿고 지하의 괴물을 흔들어 깨우는 힘을 발휘할 수 있다면 우리가 살고 있는 세계 역시 전면적으로 달라질 수 있을 것이다.

나사로, 그는 말하자면 '통과'한 자이다. 모든 글쓰기/글읽기는 일종의 통과이다. 만일 시가 항상 그 시대의 첨단에 있는 것이라면 시는 이미 앞당겨 죽음을 살았고 죽음 이후의 언어를 예비해두었다고 할 수 있다. 시는 사회적 규범의 테두리를 넘어서 실존의 새로운 지평을 열어젖힌다. 성서는 나사로를 죽음으로부터 불러낸 후 예수의 다음 행적을 따라가기 바쁠 뿐 나사로가 걸어간 길을 들려주는 데 인색하다. 아마도 시는 나사로 그 자신이 입을 열어 말하는 유일한 영역일 것이다. 죽어버린 의미, 죽은

텍스트의 회칠한 무덤에서 빛이 스며나오고 새로운 언어의 율동이 시작
된다.

2013년 봄이 오는 길목에서

남진우

제1부

낙원의 저편

가면의 시학
― 황동규의 시세계

1. 한 시인의 초상

김현의 회상에 따르면, 젊은 시절 소설가 김승옥은 황동규의 시에 나오는 시행 하나를 제목으로 삼아 소설을 쓰겠다고 큰소리를 치고 다닌 적이 있다고 한다. 그 시행은 『비가』(창우사, 1965)에 나오는 "광대의 옷을 빌어 입고"라는, 다분히 젊은 날의 처지와 심정을 자조적으로 과장해서 드러낸 구절이다.[1] 『비가』에 나오는 해당 구절을 찾아 전후 맥락을 살펴보면 다음과 같다.

---

[1] 아마도 김승옥의 그 작품이 완성되었다면 우리는 『60년대식』이나 『내가 훔친 여름』에 이어지는, 4·19세대의 방황과 위악과 좌절을 익살스럽게 그린 피카레스크 소설을 하나 더 갖게 되었을지 모른다. 그러나 김승옥의 공언(公言)은 그냥 공언(空言)으로 그치고 말았을 뿐이다. 오히려 이 구절에 더 지속적인 관심을 보인 사람은 김현 자신으로서 그는 황동규의 초상을 그린 짧은 글에 「루오의 광대」(『현대문학』 1973년 8월호)라는 제목을 붙인 데 이어 프랑스 유학 시절의 경험을 담은 여행기 『김현 예술기행』(열화당, 1976)의 첫 장 제목을 "광대의 옷을 빌어 입고"로 하고 있다. 세상에 적응하지 못하고 겉돌며 떠도는, 속으로는 울면서도 겉으로는 웃음짓는 광대의 이미지가 아마도 젊은 날 그들 세대의 의식 한편에 도사리고 있었던 것으로 보인다.

인자여 인자여
내 여유 없으니
광대의 옷을 맞게 입고
재갈 물린 나귀를 타고
바람 부는 읍내를 방황하리오.
하늘에선 구름을 좇는 구름의 떼
빈 들에서 남몰래 웃은 자 예 있노라
인자여 인자여.

—「비가 제3가」 부분

『비가』에 실린 시편들 대다수가 그렇듯이 이 작품 역시 화자가 자신의 고단함과 쓸쓸함과 정처 없음을 반어적으로 토로한 것임을 볼 수 있다. 거기엔 젊은 날 특유의 방황의 흔적이 생생히 드러나 있고 자기애와 자기 비하의 기묘한 공존을 엿볼 수 있다(김현의 기억 속에서 "광대의 옷을 맞게 입고"가 "빌어 입고"로 변형된 것이 단순히 착오에 의한 것인지 아니면 다른 이유가 있는 것인지 확인하는 일은 잠시 접어두기로 하자). 흥미로운 것은 인자, 빈 들, 나귀 등의 어휘를 통해 화자가 자신을 성서에 나오는 구세주 이미지와 중첩시키고 있다는 점이다. 그 구세주는 세상 사람들의 인정이나 환영을 받지 못한 채 스산한 거리를 홀로 방황하거나 빈 들에서 타자와 절연된 채 자신이 짊어진 고뇌를 반추하고 있다. 화자 역시 "내 여유 없으니"라고 말하고 있듯이, 인용한 대목에서 묻어나는 것은 일종의 자기 모멸에 가깝다. "하늘에선 구름을 좇는 구름의 떼"라는 표현이 암시하듯이 인자와 인자를 좇던 무리들의 운명 역시 허망하긴 마찬가지라는 것이다. 오늘날 그 옛날의 인자의 행동을 흉내내는, 다시 말해 광대짓을 하는 화자의 처지 역시 이와 동일한 지평에 놓여 있다고 할 수 있다. 모든 것은 하늘의 구름처럼 덧없이 나타났다 스러질 따름이다. 이처럼 화자의 장중한 비가적 음성과 어조는 작품 속의 다분히 희극적인 정황과 맞물려 삶의 비극성을 한층 음울하게 부각시키고 있다. 젊은 날의 시인에게 삶이란 원천적으로 허무한 것이며 인간의 행위란 그 어떤 고상한 후광을 둘러쓰든 "광대의 옷"을 입고 벌이는 한순간의 소동에 지나지 않는다. 다만 시인은 그것을 망각하고 사는 대다수 사람들과 달리 그러한 사실을 투철하게 인식하고 있으며 자발적으로 그러한 삶의 방식을 밀고 나가는 동시에 역으로 거기서 삶의 동력을 찾으려 한다.

약관의 나이에 등단하여 칠순이 넘는 지금까지 쉬지 않고 한국시의 정상에 육박하는 시를 써온 이 시인의 모습에서 '광대'의 흔적을 찾아보기란 쉽지 않은 일이다. 더욱이 그에겐 문학적 정전이 주는 무게감 외에 오랜 기간 상아탑에 몸담고 지내온 이력이 말해주는 학자풍의 이미지가 더해져 있다. 그의 시편들 역시 외형적으로 특별한 파격이나 실험을 멀리한 정통적인 형식과 구조를 취하고 있다. 이런 면들이 아마도 그를 근엄하면서도 진지한 학자 시인으로 보게 만드는 동시에 그 속에 숨어 있는 또다른 측면을 주목하는 데 인색하게 만들었을 것이다. 정작 시인의 내면 깊숙이 숨어 있는 광대를 의식하고 주시해온 것은 시인 자신이었다.[2] 이 시

---

2) 광대의 연행(演行)엔 흔히 말(사설)과 춤과 탈이 동반된다. 특히 『나는 바퀴를 보면 굴리고 싶어진다』(문학과지성사, 1978)엔 시대 상황과 관련하여 이런 이미지가 비교적 빈번히 출몰한다. 예를 들어 "나무들 옷 걸치고 무리지어 설 때/ 우리 다시 귀면(鬼面) 달았다./ 흘러라 귀면이여"(「燃燈」), "말하는 광대가 밤새 말을 씹었다./ 말들이 끊기지 않으려고 서로 얽혔다"(「말하는 광대」) "탈이로다, 탈이야./ 구정(舊正)부터 탈을 쓰고/ 탈끼리 놀다"(「정감록 주제에 의한 다섯 개의 변주」) "나도 탈 벗고/ 흔적 없이 그대를 벗을 때까지/ 옷과 함께 얼굴도 벗고 춤의 탈도 벗고"(「서서 잠드는 아이들」) 같은 구절엔 정치적 억압 때문에 본래의 얼굴을 감추고 정작 하고 싶은 말도 하지 못했던 시대 상황에 대한 야유, 냉소, 자조가 깃들어 있다. 광대는 놀이를 통해 기존 질서의 견고성을 허물고 일상생활에 잠시 혼돈을 도입한다. 광대가 초래하는 웃음은 상황에 따라 소극적 수동적 역할에 머물 수도 있고 적극

인의 최근 시집 『겨울밤 0시 5분』(현대문학, 2009)에서 우리는 오랜만에 그 광대의 근황을 접할 수 있는 구절과 만나게 된다.

1) 도시 변두리, 마지막 공연 끝낸 곡마단이 하늘 덮었던 천막을 막 거둔 정경. 북소리와 피리소리 사라진 반쯤 뜯긴 무대와 반쯤 어두워진 하늘, 둥근 테이블 주위에 접이의자 몇이 둘러앉아 있는 장면. 언제 나타났는지 어릿광대 옷에 뿔테안경 낀 성성(猩猩)이가 외서(外書) 하나를 옆구리에 낀 채 아슬아슬하게 쌓아올린 상자 위에 올라앉아 무연히 아래를 내려다보고 있었다.

— 「무굴일기無窟日記 1」 부분

2) 곡마단에서 광대 놀음하는 성성이처럼 살았다.
숨을 굴 없는 안경 낀 성성이처럼 살았다.
바람은 여직 쌀쌀맞기 그지없는데
목련들 백자 등불 일제히 켜 들 때도 한참 남았는데
이렇게 굵고 뜨거운 눈물 몸속 어디에 있었나?
해와 달에게
묶인 끈 당겼다 늦췄다 하며
넉넉하게 하늘을 돌라고 속으로 외치기도 하지만,
성성이도 채 벗을 수 없는 이 몸,
참을 수 없는 이 저림 속 어디에 있었나?

— 「무굴일기 3」 부분

적 해방적 기능을 할 수도 있다.

노년에 이른 시인은 이들 시편에서 자신을 곡마단에서 광대 놀음을 하는 성성이로 형상화한다. 세상은 거대하지만 엉성한 가설극장에 지나지 않으며 삶은 무대 위의 공연에 비유된다. 이제 시간이 흘러 마지막 공연이 끝나고 무대와 천막의 철거가 한창 진행중이다. 시인은 지식인이자 학자로서 살아온 자신의 모습을 외서 하나를 옆구리에 낀 뿔테안경을 쓴 어릿광대 – 성성이에 빗댐으로써 지독한 자기 풍자를 감행한다(「다시 돌아오지 못하더라도 갈 준비돼 있다」엔 "눈이 너무 밝아 나무에서 곧잘 떨어진다는/뇌보다 더 큰 눈 가진 안경원숭이"가 나온다). 그 성성이는 이제 1)처럼 "무연한" 눈길로 외부의 세상을 굽어보거나 2)처럼 자신의 내면으로 시선을 돌려 아직도 몸속에 남아 있는 어떤 갈망의 징후를 진단하고 있을 뿐이다. 나이가 들고 날씨는 스산해도 그의 몸속엔 여전히 굵고 뜨거운 눈물이나 참을 수 없는 저림 같은 신호가 계속 울려퍼지고 있다.[3) 거기엔 초탈과 연민, 달관과 욕망이 혼재돼 있다. 성성이라는, 진화의 직선적 흐름을 거슬러올라가는 퇴행적 존재의 등장은 그의 내면의 원시적이고 미분화된 실존

---

3) 『겨울밤 0시 5분』에 실린 시편 중에도 시인이 가장 공력을 들여 썼을 것으로 추정되는 「무굴일기」 연작에서 화자는 자신의 일생을 제목의 '무굴(無窟)'이란 말 그대로 "숨을 굴 없"이 지내온 여정으로 진술한다. 이러한 언급은 자신이 세상으로부터 퇴각하여 숨어들 수 있는 내적 은신처에 안주하기를 거부하고 어떻게 해서든 늘 세상 한복판에서 부대끼며 고민하는 삶을 살아왔음을 피력한 것으로 여겨진다. '굴 없이(無窟)' 살아온 그는 "겨울밤 0시 5분"이란 시간대가 암시하는 노경에 도달해서 그 삶이 실은 '무(無)로 이루어진 굴(窟)'에서의 삶이란 사실에 도달한다(「허공에 한 덩이 태양」에서 화자가 토해내는 "아무것도 없다!"라는 외마디 선언이나 「냉(冷)한 상처」에서 새들이 떠나버린 텅 빈 둥지를 보며 "냉한 빈자리"라고 표현한 구절처럼 이 시집엔 삶의 종점에 다다른 존재의 허허로움을 토로한 구절들이 유난히 많다). 이제 그에게 남겨진 것은 연작시 세 편의 종결부에 공통적으로 등장하는 "몸 한구석이 저려왔다" "나도 모르게 몸이 저려오곤 했다" "저 끄트머리까지 저릴 것이다"처럼 몸의 저림에 대한 감각뿐이다. 그 감각은 그가 일생을 두고 추구해왔고 또 순간적으로 경험하기도 했던 도취의 황홀감과 충일감과 고양감이 희미한 흔적으로 그러나 여전히 생생하게 작동하고 있음을 말해준다. '무굴'에서의 삶은 '무아(無我)'의 여정이기도 한 것이다.

의 초상을 드러내주고 있다. 그 성성이 - 광대는 폐위된 왕이며 지상에 추락한 천사이다. 그는 우울한 군주이자 미천한 떠돌이이며 고뇌하는 현자이자 천진한 바보라는 양면성을 갖고 있다. 그는 어리석지만 재치 있고 모자란 동시에 과잉이다. 이 성성이는 해와 달을 포함해서 삼라만상의 모든 존재가 그러하듯 "벗을 수 없는 몸"에 묶여 있지만 다양하게 옷을 갈아입음으로써 무대 위에서 그 어떤 역할이든 수행할 수 있는 광대가 된다. 이처럼 광대는 모순적 양가적 존재의 전형이라 할 수 있다. 그는 근엄한 법과 질서의 세계에 균열을 내고 엄숙과 가식이 지배하는 공간에 웃음을 가져오며 정해진 한계 저 너머를 기웃대는 위반을 은밀히 시도한다.

광대에겐 정해진 정체성이 없다. 그에게 삶이란 연기(演技)와 동의어이다. 다시 말해서 그는 허구를 살고 실제의 삶을 연기한다. 광대에겐 그때그때 주어진 배역(옷)이 그의 현재적 정체성을 규정짓는다. 그러나 그에게 일정한 정체성이 없다고 해서 그에게 진실성이나 진정성마저 없다고 할 수는 없다. 어쩌면 그는 연기를 통해 다양한 정체성을 실험해봄으로써 자신의 진정한 정체성을 찾아가는 도정에 있다고 할 수 있다. 그런 의미에서 광대는 영원한 이행의 존재, 과정의 존재를 표상한다. 그는 때로는 사랑을, 또 때로는 조소를 받으면서 가장 성스러운 세계와 가장 비천한 세계, 고상한 것과 범속한 것, 순수한 무죄의 상태와 타락 유혹 기만으로 점철된 악마적 상태, 이런 양극의 지점을 자유로이 넘나든다. 자기장의 양극을 오가듯 그는 다채로운 삶을 연출하고 상연한다. 이런 관점은 이 시인의 시를 극적 가장의 유희라는 시각에서 접근하는 것을 가능하게 한다. 이 시인은 서정시에 대한 전통적 개념과는 달리 세계에 대한 자신의 지각과 경험과 사유를 주관적으로 표명하는 방식으로 드러내지 않고 극중인물(dramatic persona)이 이야기하는 형태로 무대화함으로써 극적 긴장감을 달성한다. 이때 시인이 착용한 가면은 인위적 분장이나 가식으로 치부될 게 아니라 주관적 관점의 객관화를 이루고 자아의 확장이나 재창조를 위한 시적 노력으로 받아들여야 할 것이다. 롤랑 바르트가 지적했듯이 연극성이란 무정형적인 다성성(polyphony)이 문제되는 공간이다. 그에 따라 우리는 이 시인의 시 속에서 단일한 음성이 아니라 여러 목소리의 복합체를 발견할 수 있게 된다.[4]

이런 전제하에 이 시인의 시적 변천을 조감해본다면 다음과 같은 점에 착안하게 된다. 즉 이 시인의 시에 언표된 사실을 곧 시인 자신의 순수한 투영으로 보는 순진한 독법은 많은 경우 이 시인의 시를 오독할 위험이 있다는 것이다. 오히려 모든 시적 표현의 배후에 숨어 있는 시인의 또다른 자아를 염두에 두고 시를 읽어나갈 필요가 있다. 이는 시인 자신과 시인이 쓰고 있는 가면을 혼동하지 말아야 한다는 소박한 사실에 그치는 것이 아니라 시인이 적극적으로 가면을 활용함으로써 도달한 세계가 어떤 것이며 그것의 내적 동인이 무엇인지 물어야 한다는 의미를 품고 있다.

2. 광대의 다섯 얼굴

그렇다면 이 광대―시인이 쓰고 있는 여러 개의 가면들 가운데 비교적 분명하게 포착할 수 있는 가면엔 어떤 것들이 있을까. 시인이 착용한 가

---

4) 이 시인이 일찍부터 「탈의 완성과 해체―서정주의 정신과 시」(『현대문학』 1981년 9월호) 같은 평문을 통해 시에서 탈(mask)이 지닌 기능의 중요성에 대해 관심을 기울이고 「알레고리와 상징의 밀회」(『詩가 태어나는 자리』, 문학동네, 2001) 같은 시론을 통해 자신이 지향하는 '극서정시'에 대해 적극적으로 의견을 개진한 것에서 볼 수 있듯이, 그는 서정시라는 단성적인 문학양식이 지닌 한계를 돌파하는 데 남다른 노력을 기울여왔다. 물론 그의 시가 자신의 시론에 대한 예증으로 씌어진 것은 아니지만 그의 시가 간직한 극적 구조 내지 극적 테두리(dramatic frame)에 대한 조명은 응당 필요한 일일 것이다. 이 시인의 경우 독자를 시의 극 속으로 유도하고 특정한 상황에서 시의 화자나 등장인물이 겪고 느꼈던 체험과 감정을 자연스럽게 따라갈 수 있도록 점층적인 구성을 취한 작품이 많다. 이 시인의 시편이 지닌 정서적 감염력의 상당 부분은 거기서 연유한다.

면은 통시적으로 다양하게 변화해왔고 한 시집 내에서도 심지어 한 시편 내에서도 다르게 변주될 수 있는 것이기 때문에 단정적으로 말하기 어려운 면이 있다. 그럼에도 불구하고 시인의 시 속에서 비교적 자주 반복되어서 익숙해진 얼굴 몇 개를 골라낼 수는 있을 것이다. 우리는 먼저 젊은 날의 사랑과 방황을 서정적 어조로 드러낸 그의 첫 시집 『어떤 개인 날』(현대문학, 1960)을 에워싸고 있는 어떤 음영을 떠올릴 수 있다. 이 시집에서 만나게 되는 것은 멜랑콜리적인 우수에 젖은 한 청년의 모습이다.

내 그대를 생각함은 항상 그대가 앉아 있는 배경에서 해가 지고 바람이 부는 일처럼 사소한 일일 것이나 언젠가 그대가 한없이 괴로움 속을 헤매일 때에 오랫동안 전해오던 그 사소함으로 그대를 불러보리라.

—「즐거운 편지」 부분

젊은 날 씌어진, 이 시인의 시적 조숙성을 보여주는 위 작품에서 화자는 서정적 연시가 흔히 그러하듯 사랑을 절대화 관념화하지 않고 그것을 반성적으로 성찰하는 면모를 보여준다. 여기서 화자가 말하는 "사소함"이란 말 그대로 사랑을 사소하게 여긴다는 것이 아니라 그것을 삶의 다른 풍경과 동일하게 거리를 두고 바라보겠다는 자세에서 나온 것이다. 이처럼 자신의 사랑이 객관화됨으로써 화자가 그대라고 부르는 대상이 언젠가 겪을지 모를 사랑의 고통 또한 객관화될 수 있는 계기를 갖게 된다. 어쩌면 사랑은, 사람들이 흔히 생각하듯 상호소통에 그 의미가 있는 것이 아니라 위 시에서처럼 서로에게 배경이 되어주는 데서 그 진정한 가치를 찾을 수 있을지 모른다.

이 시인이 번갈아 쓰곤 하는 가면을 하나씩 걷어내다보면 우리는 이렇게 시인의 맨얼굴에 가장 가깝게 밀착해 있는 가면에 도달하게 된다. 그것은 곧 젊은 시절 실연당한 청년의 슬픔과 다짐이 아로새겨져 있는 가면이다. 이 낭만적인 가면의 주인공은 사랑의 상실이란 유구한 주제를 그 나름의 방식으로 소화하고 극복하고자 하는 몸짓을 보여주고 있다. 주관적 감정의 토로가 주조를 이룬 시들이 흔히 그렇듯이 이 시인의 이런 유형의 시 역시 시인의 현실적 자아의 직접적 노출로 받아들이기 쉽다. 그러나 그의 초기 시편에 많이 등장하는 이런 주정적 '나'도 실은 허구적이고 극적인 '나'로 보아야 한다. 젊은 날 시인이 실제 겪은 연애체험과 상관없이 이들 시편에 펼쳐지는 사랑의 상실과 자아의 재정립에 관련된 테마는 순진무구(innocence)의 상태에서 경험(experience)의 상태로 나아가는 극적 구조를 고스란히 반영하고 있다. 시인은 근대시의 출범 이후 김소월 한용운 등을 거치면서 우리 시의 주요한 흐름 가운데 하나를 이룬, 이별의 슬픔에 직면한 주체의 서정적 발화를 자기만의 방식으로 변형 재구성해서 제시하고 있다. 떠나가는/부재하는 대상 앞에서 화자가 부르는 노래는 상실의 비탄보다는 그것을 삶의 일부로 자연스럽게 수용하는 자기 – 객관화의 수순을 따르고 있다. 이런 유형의 시를 자전적 고백(autobiographical confession)으로서보다는 극적 독백(dramatic monologue)으로 보아야 하는 것은 그 때문이다.

　이제 너와 헤어지는 건
　강물이 풀림과 같지 않으랴.
　어두운 한겨울의 눈이 그치고
　봄날에 이월달에 물이 솟을 제
　너와 나 사이의 언짢음도 즐거움도
　이제 새로 반짝이리 봄 강물같이.

　　　　　　　　　　　　　　　—「봄날에」 전문

강물을 들여다보는 나를 들여다보는 당신. 나를 흘러가게 하며 또 무엇인가 내 속에 흘러가게 하는, 흐르는 구름 속에 햇빛이 축포처럼 터지고, 허나 소리들이 모두 눈감고 숨죽이는 그런 마음을 다시 내 속에 띄우는 당신.

—「소곡 2」 부분

유순한 어조로 사랑을 갈구하고 이별의 슬픔을 수용하는 화자의 언어는 당연히 많은 대중독자의 호응을 이끌어낸 바 있다. 이런 정감 어린 사랑의 언어는 그후 세월의 단련과 경험적 구체성의 획득과 더불어 그 출현 빈도가 드물어지기는 하지만 지금도 여전한 매력을 발휘하고 있으며 풍요로운 감성으로 이 시인의 시세계의 밑자리를 이루고 있다. 이런 서정적 연시를 통해 시인은 젊은 날의 열정을 다스리고 정신적 성숙에 도달하는 과정을 담담하게 극화해놓고 있다. 첫 시집에서 화자는 이처럼 때로는 동성의 친구를, 또 때로는 이성의 연인을 찾고 부른다. 화자의 호명은 청춘기의 증상에 보편적 울림을 부여하면서 그를 나르시시즘적 자기 탐닉에서 벗어나게 만든다. 사랑—기다림은 결핍을 동반할 수밖에 없으며 나/타자는 서로에게 수수께끼로 비춰진다. 사랑의 상실과 아픔을 조용하게 감내하는 화자의 모습이 더 극적으로 과장 변용될 때 다음과 같은 시편이 그 모습을 드러낸다.

내 당신은 미워한다 하여도 그것은 내가 당신을 사랑하는 것과 마찬가지였습니다. 당신이 나에게 바람 부는 강변을 보여주면은 나는 거기에서 얼마든지 쓰러지는 갈대의 자세를 보여주겠습니다.

—「기도」 부분

날 부르는 자여, 어지러운 꿈마다 희부연한 빛 속에서 만나는 자여, 나와
씨름할 때가 되었는가. 네 나를 꼭 이겨야겠거든 신호를 하여다오. 눈물 담
긴 얼굴을 보여다오. 내 조용히 쓰러져주마.
—「이것은 괴로움인가 기쁨인가」 부분

이들 시편은 사랑의 상실에 괴로워하고 방황하는 청춘기의 증상과 연
결되면서 거기서 미묘하게 벗어난다. 이제 화자가 당신이나 너라고 부르
는 대상은 단순히 떠나간 연인을 가리키는 수준을 넘어선 존재로 등장한
다. 이 당신―너는 말 그대로의 타자라기보다는 자신에게 주어진 운명 혹
은 자아의 또다른 측면인 분신에 가깝다. 상대방이 원하면 얼마든지 쓰러
져주겠다는, 피학증적으로 여겨질 수도 있는 이런 발언 저변엔 오히려 오
연(傲然)하다고 볼 수 있는 자부심과 자의식이 도사리고 있다. 자신의 운
명 혹은 자기 자신과의 내적 투쟁을 그리고 있는 이 시에서 화자는 오직
패배함으로써, 혹은 선험적으로 패배를 수락함으로써만이 자신의 고결함
과 초연함을 유지할 수 있다. 다만 그는 그러한 진행을 무기력하게 피동
적으로 뒤따르는 것이 아니라 능동적으로 주관하고 연출하고자 한다. 즉
그는 그 과정/장면의 표면적 희생자이면서 실질적 지배자가 되고자 하는
것이다. 그는 자신의 패배―희생을 수락할 뿐만 아니라 그것을 통해 비극
적 후광을 획득하게 된다. 바로 여기서 이 시인이 즐겨 쓰는 두번째 가면,
즉 수난자의 얼굴이 떠오른다. 두번째 시집 『비가』에서 전면화되는, 존재
론적 고립과 고통 속에서 수난받는 인물상이 바로 그것이다.

들판에는 한 줄기 연기가 오르고
연기가 오르고
붉은 황톳길

흰 돌산에 오르고

머리 위에 어둡게

해가 오르고

바람 한 점 없는 들판

벌거벗은 땅 위에

그림자처럼 오래 참으며

무릎 꿇고 앉아 있었노라.

지열(地熱)이여 지열이여

어두운 더듬음이여

등가죽에는 찬 이슬 돋아나고

열린 이빨을 허공에 맡길 때

빈 머리 문득 수그러진다.

—「비가 제2가」 부분

　여기서 주체는 낯설고 황량한 세계에 던져져 있다. 그의 육신은 적의에 찬 환경 속에 내맡겨져 있으며 그의 의식은 스스로는 감당할 수 없는 무언의 갈망들 요청들 탄원들에 직면해 있다. 화자의 장중한 어조는 피조물의 육적 영적 고통을 전달해준다. 그는 영구적인 운명의 수인으로서 유폐와 부동의 삶을 선고받은 존재이다. 그는 마치 닫힌 원에 갇혀 있는 존재 같아서 그에게 지평은 광활하지만 텅 비어 있고, 지상엔 혼돈과 부조리 그리고 시련이 기다리고 있을 뿐이다. 그곳은 신과 단절된 세계이자 은총이 결여된 세계이고 그 어떤 구원의 가능성도 부재한 세계이다. 화자는 척박한 폐허의 땅에서 질적 변화가 없는 시간을 살아야 한다. 이 유배지에서 그가 할 수 있는 일이라곤 사방의 황막한 무(無)를 응시하는 것뿐이다.
　예언서의 어조와 분위기를 활용하고 있는 이들 시편에서 두드러지는 것은 화자의 비극적 자의식이다. 시인은 여기서 의식 내부의 투쟁일 수도 있는 것을 장면화해서 보여주고 있다. 그는 수난받는 자이며 세계의 고통을 한몸에 지고 그것을 대신하기 위해 기나긴 자기희생(self-sacrifice)을 치르고 있는 자이다. 그것은 죽음을 향한 존재의 숭고한 투쟁을 나타내기도 하고 신의 뜻을 지상에 전하고자 하는 자의 수고로움을 암시하기도 한다. 시인이 보여주고 있는 것은 고통스러운 영웅상이며 황폐한 세계상이다. 인간도 세계도 극도로 고갈된 피폐한 상태에 있으며 모종의 임박한 파국을 앞두고 있다. 화자가 거듭 토로하는 자신의 실존적 헐벗음과 고립감은 선험적이며 교정 불가능한 것이다. 젊은 날 사랑의 열정(passion)만큼이나 그가 치르는 수난(passion) 역시 숙명의 그림자로 휩싸여 있다.

어느 정도 추상성을 면하지 못하고 있는 「비가」의 수난 시편들과 달리 1970년대 이후 씌어진 시들에서 이 수난은 정치적 억압 속에서 고통받는 지식인의 고뇌라는 형태를 하고 나타난다.

> 1) 잊지 못할 것이다.
> 조그만 아파트 방 책상머리
> 새벽 두시의 무거운 공기 속으로
> 읽던 책 모두 띄우고 웅크리고 앉아
> 어깨에 아이들과 나를 얹고 서 있는
> 철근의 식은 힘을 느낄 것이다.
> 웅크리고 앉아
> 평면으로 누운 세계의 얼굴을
> 만질 것이다.
>
> —「여름 이사」 부분

2) 아아 병든 말(言)이다.

발바닥이 식었다.

단순한 남자가 되려고 결심한다.

(……)

해 형상(形象)의 해가 구르듯 빨리 질 때

꿈판도 깨고

찬 땅에 엎드려

눈도 코도 입도 아조아조 비벼버리고

내가 보아도 내가 무서워지는

몰려다니며 거듭 밟히는

흙빛 눈이 될까 안 될까.

—「계엄령 속의 눈」 부분

다음날 이사를 앞둔 1)의 화자는 여름밤 동네 개들은 짖을 수 있어도 자신은 짖지 못할 것이라고 토로하며 2)의 화자는 겨울날 내리는 눈이 땅에서 밟히며 흙빛으로 되어가는 모습을 보며 자신도 차라리 그처럼 눈 코 입이 지워진 익명의 무인칭적 존재로 변하면 어떨까 묻고 있다. 정치적 억압으로 비정상적인 말이 횡행하는데 정작 자신은 하고 싶은 최소한의 말도 제대로 못 하고 살아야 하는 곤핍한 처지가 이런 고통의 언어를 낳는다. 이들 시에서 화자가 취하는 자세인 웅크림이나 엎드림은 세계와의 극단적인 불화와 피해의식을 말해준다. 예를 들어 이 시절 화자가 "꿈을 견딘다는 건 힘든 일이다"(「꿈, 견디기 힘든」)라고 말할 때 그 꿈은 시적 몽상을 가리키는 것이 아니라 정확히 현실적이고 정치적인 문맥 속에서 도출된 것이다. 이러한 현상은 고통스러운 시대적 조건 속에서 그 고통스러움을 제대로 말하는 것조차 불가능한 상황이 강제한 불가피한 결과가 아닐 수 없다. 삭막한 현실은 그에 대응하는 언어와 상상력마저 구속한다. 수난받는 자의 고통을 호소하는 시편들이 알레고리의 형식을 택한 경우가 많은 것은 그런 점에서 당연하다고 할 수 있다.

그러나 지식인의 고뇌를 토로하는 이런 방식이 계속 되풀이되면 원래의 시적 효력을 상실하고 하나의 스테레오타입으로 전락할 우려가 있다. 이처럼 정면에서 현실의 중압을 계속 감당하기 너무 힘들어질 때 이 시인이 택하는 또다른 출구가 바로 아이러니스트의 가면이다.

1) 말을 들어보니
우리는 약소민족이라더군.
낮에도 문 잠그고 연탄불을 쬐고
유신(有信) 안약을 넣고
에세이를 읽는다더군.

—「태평가」 부분

2) 목수들이 파업만 했더라도
예수를 십자가에 달지 못했을 텐데.

—「지붕에 오르기」 부분

아이러니는 현상과 실재의 병치, 외연과 내포의 괴리에서 발생한다. 광대는 주어진 현실을 자유롭게 가공하여 비판과 풍자와 조롱의 대상으로 삼는다. 이 영민하고 유쾌한 존재는 굳어진 현실을 뒤흔들고 세상을 바라볼 수 있는 다른 시야를 제시한다. 1)에서 볼 수 있듯이 화자가 시침을 떼고 마치 처음 알았다는 듯이 너무도 당연한 말을 하는 것이나 2)에서 엉뚱한 발상으로 사태를 다른 각도에서 조망할 수 있게 하는 것에서 볼 수 있는 것은 아이러니의 번득이는 섬광이다. 이 시인은 시 여기저기에 재기 어린 말놀이나 패러디 유머 패러독스를 배치하여 암담한 정치현실을 우회적으로 비판하고 소시민의 순응주의를 희화화하는 한편 소비자본주의의 몰개성한 풍조에 일침을 가한다. 시인이 기발한 비유나 묘사를 통해 가지고 노는 것이 꼭 거창한 외부 현실인 것만은 아니다. 그는 때로는 시인의 시쓰기나 자신의 행적마저 웃음의 대상으로 삼는다.

1) 마음 한 가닥은 터미널 지하상가에서 운동화를 고르고
다른 가닥은 보은군 내속리면 대목리 비탈길을 오르는
저 수상한 사내 좀 봐!
밤새 이슬 맺힌 풀숲을 걸었는지
바짓가랑이 젖어 있고
서울 말씨 야릇하고
특별한 사유 없이
장기 출타 했다가 귀가한 사내.

아파트 자기 동(棟)을 지나쳤다가
조심히 되돌아와
슬며시 입구로 스며드는 저 사내!
　　　　　　　　　　　　　　　—「혼(魂) 없는 자의 혼노래 1」 전문

2) 이성복 시인이 물었다
"시인은 끈질기게 어렵게 살아야 시인이 아닐까요?
보들레르, 랭보, 두보를 보세요."
어려운 삶!

일찍이 호머는 눈이 멀어

지중해를 온통 붉은 포도주로 채웠고,

굴원은 노이로제에 시달리며

양자강을 온통 흑백으로 칠했다.

저 어려운 색깔들!

　　　　　　　　　　　　　—「시인은 어렵게 살아야 1」 부분

3) 아마 원효는 느낌으로 알았을 것이다.

당나라에서 제조해온 신라인들의 웃음을.

당진에서 배를 타기 전에

그는 기호학(記號學)으로 당나라를 읽었을 것이다.

그날 밤 등잔 심지 돋구고 그는

해골에 고인 물 마시고 다음날 토하는

결정적인 소설을 썼을 것이다.

(동굴 속 해골에 어떻게 빗물이 고이랴?)

　　　　　　　　　　　　　—「견딜 수 없이 가벼운 존재들」 부분

　그의 시편 중 상당수는 일상의 체험을 변형시킨 즉흥극의 형식을 취하고 있다. 이런 작품일수록 경쾌한 해학이 넘치는 스케르초(scherzo)의 선율이 지배적이다. 1)에서 화자는 자신을 그 시절 유행했던 간첩 신고 문구의 형태를 차용해 풍자함으로써 자기 존재의 뿌리 없음을 흥미롭게 드러내고 있다. 몸과 마음이 도시/자연으로 분열된 채 삶을 살아가는 그는 이 사회에서 "혼(魂) 없는" 다시 말해 넋이 빠진 것처럼 살아가고 있는 존재에 불과하다. 2)는 후배 시인과의 대화를 통해 "시인은 어렵게 살아야 한다"는 당위적 명제가 진정 무엇을 의미하는가를 탐문하고 있다. 호머와

굴원이 보여주는 것은, 삶의 어려움은 종국적으로 그들이 써낸 작품으로 귀결되는데 그 양상은 온통 붉은색과 흑백의 대조가 말해주듯 전혀 상반될 수 있다는 것이다. 3)은 신라시대 원효를 둘러싼 전설을 현대적 어법으로 풀어내면서 사실과 허구의 경계를 횡단하는 묘미를 보여준다. 시인이 아이러니스트의 가면을 쓰고 나타날 때 그의 시는 한편으로 고정관념을 뒤흔드는 코믹한 효과를 거두면서 다른 한편으로 삶의 불확실성을 과감히 긍정하는 면모를 선보인다.

이 장난꾼 트릭스터는 사회적 금기의 한계를 시험하며 폐쇄된 현실에 숨통을 트고자 한다. 때문에 그 광대는 경계를 넘는 자, 영원한 방랑자의 모습을 하고 나타날 때가 많다. 여기서 우리는 이 시인이 쓴 또다른 가면, 즉 끝없는 여정을 가는 여행자의 모습과 조우하게 된다. 곡마단의 광대에게 유랑보다 어울리는 게 어디 있으랴. 여러 평자들이 지적했듯이 여행은 그의 시의 전형적인 플롯으로 기능한다.

난세에는 떠도는 것이 상책이다.
너는 말한다.
굴원을 보라 두보를 보라 랭보를 보라
문질러진 고향을 지니고 떠도는 자들,
그들의 눈의 물에
무수히 비치는 지평선
빵처럼 부풀어오르는 지평선도 있었어.
해들이 지지 않고 서쪽 하늘에서 계속 머물러 있는
저녁도 있었어.
너는 말한다.

나는 꿈꾼다.

부풀어 빵처럼 부풀어 터지는 지평선을

지평선이 터진 사이로 원무를 추는

원무를 추며 지평선을 꿰매는

서로 손잡은 무희들을.

—「여행의 유혹」전문

여행은 어쩌면 그 시초엔 난세의 자구적 도피책의 일환으로 시도된 것일지 모르나 조만간 이 시인의 삶과 문학을 총체적으로 틀짓는 결정적 요소가 된다. '너'의 말과 '나'의 꿈의 대조로 구성된 위 시에서 너/나는 서로 대립적인 위치에 있는 것 같지만 실은 그렇지 않다. 너/나 모두 떠도는 것, 여행의 유혹에 들린 자들이기 때문이다. 굴원이나 두보, 랭보 같은 선대 시인들이 그렇듯이 시인이란 "문질러진 고향을 지니고 떠도는 자들"이며 그들에게 지평선은 "빵처럼 부풀어 터지는", 즉 무한을 향해 끝없이 열린 형태를 하고 있다. 터진 지평선을 꿰매는 무희들의 원무는 그 지평선을 일정한 영역으로 테두리짓는 한정의 역할을 하는 것이 아니라 그 지평선 너머로 오라고 초대하는 유혹의 손짓이 된다. 주체가 움직일 때 그를 둘러싼 세계의 지평 역시 달라지고 시야에 들어오는 풍경 역시 바뀐다. 기실 여행은 그것이 진정한 것일 때 원점, 즉 고향으로의 귀환을 예비하고 행해지는 안전한 원환의 여정이 아니다. 반대로 그것은 불확실한 미지의 지평 너머로 몸을 던지는 모험이어야 한다. 여행자—이방인—외계인을 자신의 존재 근거로 삼는 사람에게 고향이란 기껏 "문질러진" 모습을 하고 나타날 뿐이다. 이처럼 시인이 유랑하는 광대로서 나타날 때 그의 시는 길의 서사를 따라 축조되며 계속되는 이동과 편력의 궤적이 된다. 여행의 참다운 묘미는 매사가 기획된 대로 순조롭게 이루어지는 데 있는 게 아니라 사전 예측을 깨뜨리는 돌발적이고 우연적인 사물, 사건과의 만남에 있다. 그래서 시인은 자신이 "무반주(無伴奏) 떠돌이"(「몰운대행」)이며 자신의 여행은 "지도(地圖) 벗어나 새로 지도 그리는 일"(「몰운대는 왜 정선에 있었는가」)이라거나 "오늘 서가의 지도를 모두 버렸다"(「풍장 50」)라고 언급한다. 이러한 지도 밖으로의 여행은 "땅에선 지워진 마을들"(「천국」)을 찾아나선 여행이며 "모든 것 홀연 사라지는 곳에, 불시착"(「불시착」)하는 것이기도 하다.[5]

시인의 여행은 지리적으로 전국 방방곡곡 산과 바다를 찾는 데 머물지 않는다. 그 여행은 미국과 유럽과 아시아의 여러 지역을 포함하여 시인이 머문 세계 여러 나라 여러 도시를 망라하고 있다. 이 시인의 시에 거명된, 그가 방문한 온갖 거리와 마을과 절과 사당과 계곡과 사막과 항구의 이름만 나열해도 상당한 지면을 차지할 것이다. 그만큼 그의 시는 그가 살고 여행하며 떠돈 여정과 맞물려 있다. 그리고 그 여행은 시인이 살아생전 다녀온 지상의 공간을 때로 넘어서기도 한다. 「풍장」 연작은 바로 죽음의 세계에 대한 상상의 여행을 통해 현실을 넘어선 세계로의 여행을 보여주고 있다. 거기서 우리가 볼 수 있는 것은 언젠가 기필코 떠날 수밖에 없는 여행을 상상을 통해 미리 추체험함으로써 모든 인간이 직면할 수밖에 없는 그 마지막 여행이 지닌 의미를 탐구하고자 한 것이다. 육신은 해체되면서 자연의 사원소로 환원되고 물 불 공기 흙 속으로 편입된 육체의 질료들은 광대한 허공을 배경으로 무언의 드라마를 펼친다. 죽음의 세계로의 여행은 자아의 우주적 확산에 다름아니다. 살아서 영원성을 포착하고

---

5) 이 시인의 시에서 여행이 차지하고 있는 의미에 대해선 졸고, 「동심원적 상상력의 변주」(『숲으로 된 성벽』, 문학동네, 1999) 참조. 다만 이 글은 필자가 '수렴과 확산의 변증법'이라고 이름 붙인 틀에 의거해 이 시인의 상상세계를 분석했기 때문에 이 시인의 여행을, 원점으로 회귀하는, 지나치게 자기 충족적인 여정으로 해석한 면이 있다.

자 하는 시인의 시도는 살아 있는 영원성에로 접근하는 결과를 낳는다.[6]

이런 여행 도중 시인은 종종 일상을 넘어선 순간, 무아의 황홀경을 체험한다. '끝없는 끝'을 향해 다가가는 화자는 어느 순간 어느 지점에서 진정한 자신을 만나는, 혹은 그동안 자신이라 여겨왔던 것을 버리는 망아의 상태를 체험한다.

4

(……)

표고버섯죽 한 그릇 비우고

길을 나선다.

신선하고 기이한 뼁대

저녁빛을 받아 얼굴들이 환했다.

그 위에 환한 구름이 펼쳐진 길

그 끝을 향해.

5

몰운대는 꽃가루 하나가 강물 위에 떨어지는 소리가 엿보이는 그런 고요한 절벽이었습니다. 그 끝에서 저녁이 깊어가는 것도 잊고 앉아 있었습니다.

새가 하나 날다가 고개 돌려 수상타는 듯이 나를 쳐다보았습니다. 모기들이 이따금씩 쿡쿡 침을 놓았습니다.

(날것이니 침을 놓지!)

온몸이 젖어 앉아 있었습니다.

---

6) 『풍장』(문학과지성사, 1995)의 의미 구조에 대해선 졸고, 「한 삶의 끝, 한 우주의 시작」(『그리고 신은 시인을 창조했다』, 문학동네, 2001)을 참조할 것.

도무지 혼자 있는 것 같지 않았습니다.

—「몰운대행」 부분

위 시에서 화자는 지루하고 평범한 일상에 지쳐 홀로 차를 몰고 여행을 떠난다. 인적 드문 폐광을 찾아 비포장 지방도로를 헤매던 그는 강원도 산길을 더듬어 나아가다가 현지인의 우연한 권유에 따라 애초의 계획에 없던 몰운대로 접어들게 된다. "환한 구름의 길" 끝에 그 구름마저 소멸해 사라진다는 몰운대가 자리하고 있다. "꽃가루 하나가 강물 위에 떨어지는 소리가 엿보이는" 그 고요한 절벽은 혼자 있어도 "도무지 혼자 있는 것 같지 않"은 감흥을 그에게 선사한다. 언뜻 산만하게 보이는 화자의 여정은 이 마지막 장면에 이르러 깊은 고요 속으로, 그 황홀한 적막 속으로 수렴된다.

연륜이 쌓이는 것과 아울러 이 시인이 자주 찾게 되는 것이 바로 이처럼 도취의 황홀에 잠겨 있는 표정을 짓고 있는 가면이다. 모든 순간 모든 장면에서 시인은 삶과 세계의 무의미를 넘어설 수 있는 찰나의 기쁨을 찾아내고 만끽하고자 한다. 그것은 육체적인 것인 동시에 정신적인 것이고 감각적인 것인 동시에 초월적인 것이다. 여행도 그렇지만 일상의 사소한 풍경이나 대수롭지 않은 경험이 바로 감각을 확장시키고 다른 세계의 가능성에 눈뜨게 해주는 초월의 통로가 될 수 있다. "이상하다/ 바람이 일기 시작한다./ 복도 끝의 나무들이 흔들리고/ 가로수와 간판이 흔들리고/ 강원도 나무들이 환하게 소리지르고/ 그 바람 점점 커져/드디어 내 상상력을 벗어난다./ 아 이 천지(天地)에// 미시령 큰바람"(「미시령 큰바람」)이나 "흔들림이 멎으면/ 포도주 잔의 저녁 바다 같은 고요./ 누군가 나를 한번 흔든다./ 조그만 성당 한 채가 스테인드글라스에 불을 켠 채/ 내몸 속에 들어와 흔들린다./ 저녁 바다 같은 고요"(「피렌체 시편 2」) 같은, 이 시인의 시집 어디서나 쉽게 마주칠 수 있는 구절들은, 그게 거센 바람이든 반대로 바람이 멈춘 후의 고요이든, 화자가 일상의 편협한 틀에서 벗어나 삶의 생기를 되찾는 순간을 그리고 있다. 그 순간 시각 청각 촉각 미각 후각이 어우러지는 오감의 향연이 벌어진다. 그것은 흔히 빛 이미지와 결부되는데 빛은 가시적 존재를 비가시적 세계와 연결시키기 때문이다. 첫 시집에서 이미 우리는 다음과 같은 환한 빛 이미지를 만나볼 수 있었다.

> 꿈을 꾸듯 꿈을 꾸듯 눈이 내린다.
> 바흐의 미뉴엣
> 얼굴 환한 이웃집 부인이 오르간 치는 소리.
>
> (······)
>
> 이제 돌아갈 때는 되었다.
> 눈이 내리는 날, 이웃집 부인이 오르간 치는 소리.
> 고개 숙인 얼굴에 빛이 올라오는 소리.
> 바흐의 미뉴엣.
>
> ─「엽서」부분

  내리는 눈, 아름다운 오르간 소리, 여인의 환한 얼굴, 이런 것들이 어울려 어린 시절 읽은 동화의 한 장면 같은 조화와 평온과 충만이 깃든 순간을 화자 앞에 펼쳐놓는다. 이 순간의 시각적 표상이 바로 빛이다. 이웃집 부인의 환한 얼굴에서 번져나온 그 빛은 오르간 소리를 타고 그에게 전해져 그의 몸을 타고 오른다. 그 빛은 맑고 투명한 소리의 빛이요, 화자로 하여금 돌아갈 때가 되었음을 깨닫게 하는 내면의 빛, 인식의 빛이다. 어느 정도 감상성이 가시지 않은 대로 이 작품은 이후 이 시인이 매순간마다 찾아나서고 발견하게 될 빛의 상징을 예고하고 있다. 그 빛은 덧없음 속에서 빛나며 짧은 순간 그것에 직면한 사람에게 비밀스러운 기쁨을 안겨준다. 오랜 세월이 흐른 뒤 노년에 이른 시인이 쓴 다음과 같은 구절은 빛을 향한 이 시인의 추구가 그의 전 생애를 관통하며 지속되어온 과업이었음을 말해주고 있다.

58년 여름 처음으로 낙산사로 흘러갔을 때, 의상대에 올라가 만난 망망한 바다 한가운데서 막 태어나던 보름달, 수평선에서 의상대 앞까지 일렁이는 물 위로 은빛 뿌린 금박(金箔) 카펫을 확 깔며 솟아오르던 달, 바람도 선선하고 넉넉했다. 달이 떠오르자 하늘과 달과 바다와 바람이 한몸 되어 넘실대는 어깨춤. 이건 또 뭐냐, 북 치고 피리 불고. 달이 높이 뜨고, 혼자 환하고 적막했다.

(……)

해변엔 해송이 건성건성 서 있는 숲, 무덤들이 들어 있었다. 안으로 들어가자 소란스러웠던 물금 위로, 가슴 쩍 벌어진 바다 위로, 해가 머리를 내밀었다. 아무것도 걸치지 않은 눈부신 원반의 황홀, 해와 바다가 몸과 몸으로 맞비비는 빛부심, 아 이건 또 뭐냐, 북 치고 피리 불고, 환하고 적막했다! 파도가 조금씩 치며 물새들이 날아들고, 끼고 다닌 책 바다 앞에 놓아둔 채 나는 길 쪽으로 밀려났다.

—「무굴일기 2」 부분

빛이 출현하는 이 장면에서도 들리지 않는 음악소리가 울려퍼지고 만물이 서로 공명하며 반향하는 조응현상이 일어난다. 화자의 회상 속에 등장하는 젊은 날 동해의 눈부신 월출과 일출은 생명에 대한 찬가이자 침묵하는 우주의 영원성에 대한 묵도(默禱)이다. 빛을 발산하고 방사하는 이 둥근 형체는 "이건 또 뭐냐"라는 화자의 영탄이 말해주듯 일상의 계기적 진행에 파열을 가져오면서 삶을 '환한 적막'으로 가득 채운다.

빛은 지상적 존재가 천상적 존재로, 가시태가 비가시태로 도약하는 그 접점, 에피파니의 순간을 나타낸다. 이 결정적 순간 대상은 보이는 사물에서 보이지 않는 빛으로 탈물질화한다. 그것은 사라지면서 나타나고 드러나면서 지워진다. 이러한 오르페우스적 황홀경은 관능적 충족감과 신비스러운 지복감을 동시에 함축하고 있다. 물론 그가 일상의 계량화된 시간(크로노스)에서 빠져나왔다고 해서 언제까지 비일상적인 충만의 순간(카이로스)에 머물러 있을 수는 없다. "약속 없이 만난 동해 달돋이의 도취, 도취 속의 환한 외로움. 속을 온통 밝혀 연등이 된 조그맣고 아름다운 암자, 눈부신 쫓겨남. 어둠 속을 마냥 걸어 도달한 바닷가 해돋이의 찬란, 빛부신 밀려남"(「무굴일기 2」)이란 구절이 일러주듯이 그는 도취와 찬란 속에 머물지 못하고 외롭게 쫓겨나고 밀려난다. 그러나 이러한 순간과 자주 만나 강렬한 생의 환희(joie de vivre)를 누림으로 해서 그는 자아와 영혼의 재탄생을 기약할 수 있게 되는 것이다.

3. 애도되지 않는 상실

우리는 지금까지 이 시인이 번갈아 쓴 광대의 다섯 얼굴에 대해 살펴보았다. 물론 이것은 이 시인의 시세계의 통시적 궤적을 반영하지만 그렇다고 이 두 측면이 반드시 일치하는 것은 아니다. 사랑을 찾아 헤매는 젊음의 서정과 수난받는 선지자의 고통, 아이러니스트의 현실비판과 유랑하는 떠돌이의 관조, 그리고 삶의 어느 길목에서 순간적으로 만나는 황홀경은 점진적으로 발전해나가는 것도 단계적으로 나눠지는 것도 아니며 수면 위에 빗방울이 그리는 동심원처럼 서로 겹치기도 하고 조금씩 어긋나기도 하면서 이 시인의 시세계를 총체적으로 형성해왔다고 볼 수 있다. 그는 이 다섯 얼굴 가운데 어느 하나를 선택할 수도 있지만 어느 순간 이 다섯 얼굴 모두를 취할 수도 있는 것이다.

그렇다면 시인으로 하여금 이처럼 다양한 가면을 쓰고서 세상을 편력하도록 만든 근본원인은 무엇일까. 무엇이 그로 하여금 서정적 주체의 자기 탐닉보다는 의도적으로 자아의 인위적 가공에 더 힘을 기울이게 만들었을까. 이를 알기 위해선 다시 이 시인이 젊은 날 쓴 사랑의 시편들로 되돌아가 그 밑에 관류하고 있는 상실의 정서를 주목할 필요가 있다.

> 내 사랑하리 시월의 강물을
> 석양이 짙어가는 푸른 모래톱
> 지난날 가졌던 슬픈 여정들을, 아득한 기대를
> 이제는 홀로 남아 따뜻이 기다리리.
>
> —「시월」 부분

시월의 저물녘을 시간적 배경으로 하고 있는 이 시는 감미로운 우수의 분위기로 읽는 사람을 사로잡는다. 시월이 위치한 계절도, 일몰에서 저녁으로 이어지는 시간대도 다 조락과 소멸의 그림자를 거느리고 있다. 한 해가 저물어가듯 하루도 서서히 저물어간다. 푸른 모래톱 위에 펼쳐진 하늘의 석양도 조만간 다가오는 어둠에 묻힐 것이다. 존재하는 모든 것은 흘러가는 시간 속에서 변모하며 지속된다. 이 변모와 지속을 이 시의 시작과 끝을 이루고 있는 "사랑하리"와 "기다리리"라는 술어가 지시하고 있다. 화자가 사랑하겠다는 것도 기다리겠다는 것도 실은 동일한 것이다. 즉 화자에게 사랑과 기다림은 세계에 대한 동일한 자세의 표명이다. 또다른 시 「즐거운 편지」에 나오는 "진실로 진실로 내가 그대를 사랑하는 까닭은 내 나의 사랑을 한없이 잇닿은 그 기다림으로 바꾸어버린 데 있었다"라는 구절이 말하는 것 역시 동일하다. 즉 이때의 기다림은 단지 떠나간 대상이 다시 돌아와주기를, 그래서 이별 이전의 상황으로 복귀하기를 기다리는 것이 아니다. 그것은 나/그대의 상호변전을 통해 다른 삶을, 다른 가능성을 예비하겠다는 것을 의미한다. 다시 말해서 이때의 사랑─기다림이란 존재의 미결정 상태를 지시한다. 그것은 어떤 완결된 상태, 혹은 원상회복의 상태를 기도하지 않고 지금 이 순간 자신에게 주어진 시간을 최선을 다해 살아내겠다는 의지를 담고 있다. 이는 화자가 시간을, 미래를 향해 무한히 개방된 생성의 과정으로 여기고 있음을 말해준다. "내 사랑도 어디쯤에선 반드시 그칠 것을 믿는다. 다만 그때 내 기다림의 자세를 생각하는 것뿐이다"라는 구절은 이미 그 사랑─기다림이 특정 대상에 고착된 정념을 가리키는 것이 아니라 눈이 내리고 꽃이 피어나는 자연의 변함없는 순환이 그러하듯 끝없이 생성하면서 다양한 양태로 현상하는 것임을 일러준다. 그것은 곧 주체와 세계 사이의 새로운 관계맺기를 위한 노력에 다름아니다.

　화자는 현재 위치한 공간적 배경, "시월의 강물"과 "석양이 짙어가는 푸른 모래톱"을 언급한 다음 곧장 화자를 에워싸고 있는 시간적 지평을 환기시키고 있다. "지난날 가졌던 슬픈 여정들"이 암시하는 과거와 "아득한 기대를"이 떠올리는 미래가 화자의 부름을 받고 현전한다. 나/그대 사이의 공간적 거리는 과거에서 현재를 거쳐 미래로 이어지는 무한한 시간적 거리로 전환된다. 사랑하는 이가 내게서 멀어져가듯, 일몰의 시간, 주위의 사물이 시야 저편으로 아득히 멀어져간다. 빛과 어둠이 만나 서로 녹아드는 박명의 시간은 이 시인에게, 동세대의 어느 다른 시인이 그러하듯이, 연금술적 혼융이나 대상과의 심미적 융합을 가져오지는 않는다. 시월의 강물 – 푸른 모래톱과 석양은 나란히 병존할 뿐 하나가 되지는 않는다(이 시의 넷째 단락에서 "석등"과 "밤 물소리"가 그러하듯이 이 시인의 시에서 물과 불, 빛과 어둠, 천상과 지상은 대립하지도 융합되지도 않고 평화롭게 공존한다). 오히려 그와 반대로 이 시인의 경우 석양이란 시간대는 고요하고 쓸쓸한 소멸을 앞두고 그 마지막 잔광을 음미하는 시간이다. 화자는 대상과 거리를 두고, 절정의 순간을 유보하며, 인내하고 기다린다. 그는 "홀로" 있는 자이며 마지막까지 "남는" 자이다.

화자는 연작 형태로 구성된 이 시의 다섯째 단락에서 "방금 켜지기 시작한 등불들이 어스름 속에서 알 수 없는 어느 하나에로 합쳐짐을 나는 본다"라고 말한 데 이어 여섯째 단락에선 "바람은 조금도 불지를 않고 등불들은 다만 그 숱한 향수와 같은 것에 싸여가고 주위는 자꾸 어두워갔다"라고 말하고 있다. 일몰의 시간이 다하고 형상들이 어둠 속으로 소거되는 밤의 시간이 찾아온다. 만일 황동규를 풍경의 시인이라고 말한다면 그 풍경은 서서히 멀어져가는 풍경으로 시에 등장한다. 완만한 시간의 흐름을 타고 소실점을 향해 멀어져가는 풍경, 어둠 속으로 묻혀져가는 풍경, 그러나 완전히 시계(視界) 바깥으로 사라지지는 않고 마지막 잔영을 남기고 점차 지워져가는 풍경. 이처럼 그에게 대상은 먼 곳에서 다가오는 것이 아니라 가까운 곳에서 서서히 멀어져가는 과정중에 있다. 역으로 이야기해서 그는 오직 대상이 무화되는 지점에 이르기 위해 대상에 접근한다고 할 수 있다. 나/그대의 관계가 그렇듯이 나/세계는 거리감을 통해서만 역설적으로 근접성이 획득된다.

어둠 속으로의 점진적 소거를 가져오는 일몰의 시적 등가물이 바로 눈보라 속으로 형체를 감추는 설경이다. 일몰과 더불어 이 시인이 애용하는 눈 내리는 풍경은 단지 서정적인 분위기 조성용으로 동원된 것이 아니라 이처럼 대상 – 세계의 동시적 사라짐을 가져오는 매개체의 역할을 한다.

우리 헤어질 땐
서로 가는 곳을 말하지 말자.
너에게는 나를 떠나버릴 힘만을
나에게는 그걸 노래부를 힘만을.

눈이 왔다, 열한시
펑펑 눈이 왔다, 열한시.

(……)

너의 일생에 이처럼 고요한 헤어짐이 있었나 보라
자물쇠 소리를 내지 말아라
열어두자 이 고요 속에 우리의 헤어짐을.
　　　　　　　　　　　　　　　—「한밤으로」 부분

　연인과의 이별을 노래한 이 시는 집착이나 원한 미련 슬픔 같은 부정적 감정의 앙금을 다 털어버린, 자연스러우면서도 우아한 작별의 예식을 제안한다. 피할 수 없는 이별의 순간을 앞에 두고 화자는 의연하게 사랑하는 이에게 필요한 것은 "나를 떠나버릴 힘"이며 자신에게 필요한 것은 "그걸 노래부를 힘"일 뿐이라고 말하고 있다. 화자는 이별의 비극성에 압도되거나 어쩔 수 없는 운명에 수동적으로 체념하기보다 오히려 그것을 능동적인 선택과 승화의 대상으로 전환시키고자 한다. 때문에 두 사람 사이의 이별은 오히려 상황의 폐쇄성과 불가피성을 암시하는 "자물쇠 소리"를 거부하고 미래의 무한한 가능성을 향한 운명의 자유로운 전변을 약속하는 "열어둠"을 예고하는 행위가 된다. 따라서 깊은 밤 쏟아지는 눈은 두 사람의 이별을 둘러싼 시간적 배경을 말해주는 차원에 그치는 것이 아니라 지상의 모든 것을 순백의 색으로 덮고 가리는, 그리하여 두 사람의 사랑을 포함하여 과거의 모든 것을 일단 동결시킨 다음 새로운 생명을 잉태한 침묵의 시원적 공간을 여는 단초가 된다. 열한시에서 열두시로 다시 새벽 한시 또 두시로 시의 전개와 더불어 환기되는 시간의 흐름에 대한 구체적 명시는 사랑하는 이와의 이별을 되새기는 화자의 내적 번민의 시간을 가리키는 동시에 흰눈과 더불어 다시 고요한 정화의 순간을 맞이하는 화자의 마음의 자세를 나타내고 있다. 그것은 "돌이킬 수 없는 길 가는 청춘"이 겪는 심리적 통과의례이자 궁극적으로 시의 마지막 연에 나오는 "저 다른 바깥"이란 구절이 지시하는, 지금까지의 삶의 반경을 넘어서는 어떤 미지의 세계에 대한 적극적인 탐구의 욕망을 시사한다.

이러한 점은 다음 두 가지 사실에 주목하도록 만든다. 그 하나는 이 시인의 상상공간에서 주체와 대상의 관계는 일반적인 기하학의 원근법을 따르지 않는다는 사실이다. 이를 시인 자신은 "원근법에서 해방된 세계"라고 명명하고 있다.

그것은 첫눈 내린 저녁, 당신과 함께, 혹은 당신의 없음과 더불어, 들판에 나갔다가 놀랐습니다. 새들이 높이 날아도 작아지지 않고 아무리 걸어도 마을이 가까워지지 않았습니다.

(……)

나는 들여다본다, 들여다본다, 깊이 없는 황당한 깊이를. 나는 들여다본다 꿈 없이 걸으며, 원근법에서 막 해방된 세계를, 그 놀라움을.

　　　　　　　　　　　　　　　　　　　　　　　　—「소곡 4」부분

　아무리 멀리 있는 대상도 작게 보이지 않고 아무리 걸어도 목적지가 가까워지지 않는 이 초현실주의적 공간은 현실공간의 거리와 비례감각을 무너뜨린다. 물론 그것은 '당신'이 '나'를 떠남으로 해서 생긴 현상이다. '나'가 '당신'을 생각하고 잊지 않는 한 당신은 아무리 나로부터 멀리 떨어져 있어도 작아지지 않고 역으로 내가 당신에게 아무리 다가가려 해도 당신은 가까워질 수 없는 대상으로 남는다. 사랑의 열정은 현실의 삼차원적 공간을 왜곡시키고 "황당하"면서도 "놀라운" 세계를 눈앞에 현전시킨다. 이는 다른 하나의 사실과 연결되는바, 주어진 현실의 지평을 넘어서는 측정 불가능하고 무한한 공간의 현현은 바로 대상에 숭고함의 속성을 부여한다는 사실이다. 어둠 속으로, 눈보라 속으로 사라지는 대상은 형언할 수 없는, 포착할 수 없는 존재의 신비를 계시한다. 대상의 비가시성은 무한성의 다른 측면이다. 대상은 무한한 세계 저편으로 아득히 멀어져가면서 존재의 유현(幽玄)함을 선보인다. 따라서 어둠 속으로, 눈보라 속으로 사라지는 대상은 아주 영원히 사라져 없어지는 것이 아니라 사라지면서 나타나고 나타나면서 사라지는 이원적 운동을 하고 있다.

　말 잠시 끊고 창밖 풍경을 바라본다.
　시야 한번 닫았다 여는 눈보라,
　그 열림 속으로 새 하나가 맨발로 날아간다.

　　　　　　　　　　　　　　　　　　—「시인은 어렵게 살아야 1」부분

　모르는 사이에 얼굴 돌려

서로 눈을 들여다본다.
한순간
망막이 찰칵 열렸다 닫히고
하늘이 떠진다.

—「비린 사랑 노래 4」 부분

눈보라가 시야를 여닫듯 망막은 우주를 여닫는다. 시간이 정지되고 삶
의 본래 면목이 순간적으로 드러났다 사라진다. 가시적인 것과 비가시적
인 것이 결합하고 가까이 있는 것과 멀리 있는 것이 삼투하며 단일성이 다
수성과 갈등하지 않고 복수적으로 공존하는 상태를 맞이한다. 유한성과
무한성이 서로 녹아들면서 죽음과 부활, 소멸과 생성을 끝없이 되풀이하
는 세계의 충만함/텅 빔에 눈뜨게 한다. 자연계에서 벌어지는 모든 현상엔
사소한 것이든 거창한 것이든 이러한 우주의 근본원리가 관류하고 있다.

나는 나무들이 꽃을 잔뜩 피워놓고
열매가 생기기를
우두커니 서서 기다린다고 생각할 수가 없다.

사방에서 벌이 잉잉거릴 때
꽃들은 먼 발치서 달려오는 벌을 맞으러
하나씩 문을 열 것이다.
꽃송이 하나하나가
마침 파고든 벌을 힘껏 껴안는
이 팽팽함!

배나무나 벚나무 상공에서

새들은 땅 위에서 환한 구름이 일어나는 것을 보고

잠시 천상과 지상의 일을 잊을 것이다.

　　　　　　　　　　　　　　　　　　　—「꽃」 전문

　이 작품은 꽃과 벌이 만나는 개화 - 생식 - 수정(受精)의 순간을 역동적으로 포착한 시이다. 서두에서 화자는 이 과정이 결코 수동적이고 자동적으로 일어나는 현상이 아니라고 강조하고 있다. 이어서 화자는 꽃들이 피어나고 벌이 날아드는 일련의 과정을 마치 동영상으로 찍어 느린 화면으로 재생하듯 보여주고 있다. 거기서 드러나는 것은, 에른스트 카시러의 말을 빌리면, 자연은 "극적인 세계이며 행동과 행동이 상충하는 힘의 세계"라는 엄연한 사실이다. 파고듦/껴안음이란 상반된 동작이 팽팽함이란 극적 긴장을 낳는 것은 상극적인 힘의 대립이 거기서 작용하고 있기 때문이다. 만개한 꽃과 잉잉거리는 벌이 벌이는 축제엔 에로스의 달콤함과 죽음충동의 강렬함이 뒤섞여 있다.

　개화라는 자연현상은 펼쳐짐이자 날아듦이고 오므라듦이자 부풀어오름이며 열림인 동시에 닫힘이다. 그리고 무엇보다 드러남이자 사라짐이다. 존재는 내부로 응축해들어가는 동시에 외부로 무한히 퍼져나간다. 꽃과 벌이 서로를 향해 몸을 열고 파고드는 과정에 대한 미시적 응시는 광대한 상공에서 환한 구름이 피어나는 기상현상에 대한 거시적 조망과 맞물려 있다. 지상에서 꽃이 환하게 피어나는 것은 천상의 새의 입장에서 보면 땅(뒤집혀진 하늘) 위에 환한 구름이 이는 것과 같다. 천상/지상의 공간적 위상이 전도됨과 아울러 꽃송이 내부에서 벌어지는 현상을 현미경적으로 주시하던 시선은 돌연 광대한 우주적 통찰로 전환된다. "환한 구름"은 몰아의 황홀경을 나타내는 동시에 그처럼 미시적인 세부까지 놓치지 않던 시선에 장막을 드리운다. "환한 구름"은 대상이 되는 풍경의 유혹인 동시에 그 풍경으로의 다가감이 궁극적으로 불가능함을 말해주는 메타포이다. 꽃과 벌이 만나는 결정적 순간의 "이 팽팽함!"은 "잠시 천상과 지상의 일을 잊을 것이다"라는 마무리 발언에 의해 흐릿한 안개로 감싸인다. 어둠이 불빛을 감싸고 눈보라가 멀어져가는 연인을 휩싸듯이 구름은 꽃과 벌이 만나는 순간을 시야에서 가린다. 하지만 그 가림은 완벽한 것도 영원한 것도 아니어서 언젠가 다시 장막이 열리고 존재의 비밀이 잠시 드러나는 순간이 찾아올 것이다.

> 첫눈 맞으러 잠시 방 비운 나를 위해
> 나는 작설차 물을 끓인다
> 하늘이 부드러워지며
> 내리는 가벼운 눈송이들.
> 잠시 공중에 날아올라 흩날리는
> 남해안의 하얀 차꽃잎들.
> 한참 보고 있노라면
> 희끗희끗 눈 맞는 비자나무숲까지 어른거린다.
>
> ─「관악 일기 1」 부분

흩날리는 눈송이는 하얀 차꽃잎으로 변주되고 이것은 다시 시의 문면에 드러나 있지는 않지만 물이 끓을 때 생기는 수증기와 겹쳐진다. 르네상스 시대 회화에서 스푸마토(sfumato) 기법이 그렇듯이 눈―꽃―구름 같은 이미지들은 전혀 다른 공간적 위상을 차지하고 있음에도 불구하고 이 시인의 시에서 대상에 모호한 거리감과 신비감을 부여하는 동일한 속성을 갖고 출현한다. 대상은 현전하면서 부재하고 가까워지면서 멀어진다. 「시월」에서 "석양이 짙어가는 푸른 모래톱"이 그러했듯이 천상과 지상, 물과 빛은 대지와 허공이 맞닿는 지점, 그 원근법의 소실점을 향해, 깊은 밤의 어둠 속으로 침잠해들어가는 것이다. 남는 것은 "홀로 남아" 기다리는 주체뿐이다.

이러한 시인의 상상 작용은 그의 무의식에 자리잡은 존재와 세계의 불확실성에서 기인한 것이다. 즉 주체는 자기 존재에 대해 확신하지 못하며 대상-세계 역시 단단한 실체로 존재하는 것이 아니다. 존재의 불안정성이 대상의 불확실함 불명료함을 낳고 이것이 다시 그의 여행시편에서 볼 수 있듯 끊임없는 이동을 낳는다. 그의 계속된 편력은 어느 곳 하나 제대로 마음붙일 곳 없는 자의 방황이자 모든 주어진 것, 고정된 것, 자명한 것을 회의하고 부단히 새로운 것을 찾아 떠나는 자유로운 정신의 모험을 의미한다.

이것은 그의 타고난 기질이나 시대적 조건에서 연유한 면도 있지만 그가 유소년의 체험으로부터 습득한 성향의 발로일 수도 있다. 이를 파악하기 위해서는 이 시인의 작품과 전기적 정보 전부를 뒤지고 헤집는 정신분석학적 탐구가 요청된다. 그러나 다행히도 그런 복잡한 수고를 거칠 필요 없이 우리에겐 이 시인의 정신세계의 단면을 추정해볼 수 있는 산문 한 편이 주어져 있다. 육순의 나이에 들어 쓴 산문에서 시인은 자신의 지난 생애를 돌이켜보며 다음과 같이 술회한다.

　　덧없음 속에서 나는 자랐고 나이를 먹고 시를 썼다. 정리 안 된 인간, 그게 바로 난데.

　　　　　　　　　　　　　　　　　　　　　　　—「창고(倉庫)가 없는 삶」[7]

---

7) 하응백 엮음, 『황동규 깊이 읽기』, 문학과지성사, 1998, 44쪽.

이 간략한 회상기에 따르면 그의 생애는 끊임없는 상실의 연속이다. 어린 시절 그의 조부가 정성을 기울여 만든 연당(蓮塘)의 낙원과 같은 풍경은 해방 후 가족이 월남하게 되면서 멀어지고 만다. 그 시절 작가인 부친이 애써 모은 상당한 양의 책들도 다 북에 두고 내려올 수밖에 없었고, 월남 후 몇 년간 모은 책들도 한국전쟁중에 사라지고 만다. 이런 경험을 통해 그는 "애써 만들어봐야 곧 두고 떠나야 한다는 것" "무엇인가 아껴봐야 하루아침에 사라진다는 것"을 내면화 체질화하게 된다. 이런 소년기의 경험이 그를 무엇인가 모으는 수집가형 인물이 아니라 "거치적거리는 것 없는" 비소유의 떠돌이의 삶을 택하게 했다고 볼 수 있다. 그는 책이나 우표를 모으지 않는 것은 물론 한때 열심히 모았던 CD나 지도에 대해서도 큰 의미를 부여하지 않는다. 그는 문인에게 서신이 갖는 중요성을 잘 알면서도 편지도 모으지 않는다. 그의 독서편력 역시 "나하고 삶이 다른 시인들을 나도 모르게 좋아해오지 않았나" 하는 식이다. 이 산문의 마지막 문장은 "딴 황동규가 되려다 죽고 싶다"이다. "창고가 없는 삶"이란 결국 「무굴일기」 연작에서 말하는 "굴 없는" 삶과 동의어이다. 그는 집-창고-굴 같은 것을 소유한 정주민이 되기를 거절하고 늘 도상에 있고 싶어한다. 매순간 떠나는 자, 그래서 앞서 쓴 가면을 버리고 새로운 얼굴로 무대 위에 서고 싶은 자, 이 무상성의 유희야말로 황동규 시인을 시력 오십년이 넘는 세월 동안 줄곧 한국 현대시의 최전선에서 싸우고 버티게 만든 원동력이었을 것이다.

이처럼 그는 상실을 애도하지 않는다(혹은 적어도 애도하지 않으려 한다). 잃어버린 유년의 낙원이든 떠나버린 연인이든 애착을 갖는 물건이든 그는 일정한 대상에 리비도를 투여하지 않고 계속된 공간적 이동, 존재의 변모를 통해 다른 자아로 거듭나는 과정을 추구한다. 삶을 연기(演技)하며 그는 대상의 완전한 소유를 영원히 연기(延期)한다. 그럴 수밖에 없는 것이 그에게 존재는 늘 불투명한 깊이를 갖고 현전하며, 대상으로의 지나친 접근은 대상의 소멸을 가져올 뿐이기 때문이다.

4. 고요한 휴지

젊은 날의 열정에서 노년의 지혜에 이르기까지 이 시인의 시를 떠받쳐 온 것은 현실의 불연속성에 능동적으로 대처하고자 하는 의지이며 그것이 자아의 고정된 정체성에 대한 거부로 나타났다고 할 수 있다. 그가 궁극적으로 관심을 가지는 것은 외부의 대상이 아니라 바로 자기 자신이다. 그는 세계와 싸우면서, 혹은 싸우기에 앞서 자신과 싸운다. 그는 "홀로" 남아 스스로를 지켜보는 자이다. 그는 오직 자신을 알기 위해 세상을 편력하며, 자신의 내면의 깊이가 세상의 광활한 크기와 동일하다는 것을 증명하기 위해 세상을 떠도는 것이다. 이는 그가 유아론(唯我論)에 사로잡혀 있다는 사실을 말해주는 것이 아니라 세계에 대한 그 어떤 이해도 일단 자신에 대한 투철한 인식으로부터 출발해야 한다는 생각을 갖고 있음을 나타낸다.

누가 와서 나를 부른다면
내 보여주리라.
저 얼은 들판 위에 내리는 달빛을.
얼은 들판을 걸어가는 한 그림자를.
지금까지 내 생각해온 것은 모두 무엇인가.
친구 몇몇 친구 몇몇 그들에게는
이제 내 것 가운데 그중 외로움이 아닌 길을
보여주게 되리.

―「달밤」 부분

"얼은 들판"을 홀로 걸어가는 고독한 단독자의 모습은 이 시인의 시세계를 관류하는 기본적인 선율이다. 설령 그가 현실 속에서 하는 실제의 여행에 몇몇 친구가 동행한다 하더라도 그 여행은 결국은 그 혼자만의 내면 여행으로 귀착된다. 여행중 어느 순간 그는 하늘의 구름이 걷히고 전신 가득 환한 달빛을 받는 황홀경과 조우한다. "외로움이 아닌 길"은 오직 외로움의 길 끝에서 얻어지는 역설의 산물일 따름이다. 부단한 자리 옮김에도 불구하고 그의 시가 종종 고요한 휴지(pause)의 상태에 도달하는 것은 그 때문이다. "홀로 남은" 그는 하나의 시야를 확보하고 있는 자리, 모든 것을 아우르며 굽어볼 수 있는 위치에서 명상에 잠긴다.

1) 창밖에 가득히 낙엽이 내리는 저녁
   나는 끊임없이 불빛이 그리웠다.

   바람은 조금도 불지를 않고 등불들은 다만 그 숱한 향수와 같은 것에 싸여가고 주위는 자꾸 어두워갔다.
   이제 나도 한 잎의 낙엽으로 좀더 낮은 곳으로, 내리고 싶다.
                                                        —「시월」부분

2) 냇물 위로 뻗은 마른 나뭇가지 끝
   저녁 햇빛 속에
   조그만 물새 하나 앉아 있다
   수척한 물새 하나
   생각에 잠겼는가
   냇물을 굽어보는가

물에 비친 자신의 모습을 보는가

조으는가

—「풍장 70」 부분

3) 언제 나타났는지 어릿광대 옷에 뿔테안경 낀 성성(猩猩)이가 외서(外書) 하나를 옆구리에 낀 채 아슬아슬하게 쌓아올린 상자 위에 올라앉아 무연히 아래를 내려다보고 있었다.

—「무굴일기 1」 부분

각각 청년기와 장년기, 그리고 노년기에 씌어진 이들 시편은 그 분위기는 판이하지만 한 가지 공통점이 있으니 모두 아래를 내려다보고 굽어보는 존재가 등장한다는 점이다. 1)의 낙엽이나 2)의 물새, 3)의 성성이는 모두 수평적 위치보다 더 높은 지점에서 조감하듯 지상의 사물이나 자아의 반영을 굽어보고 있다. 이러한 화자의 공간적 거점에서 이 시인의 엘리티즘의 흔적이나 우월의식을 찾아내는 것은 그리 현명한 태도라 하기 어려울 것이다. 그는 가지 끝에 매달려 불안하게 흔들리는 나뭇잎이며 물에 비친 자신의 영상을 굽어보는 물새이며 한창 철거가 진행중인 무대 한편에 올라앉아 있는 광대-성성이이다. 그는 "홀로 남은" 외톨이로서 자기 주변에서 일어나고 있는 움직임과 소리를 지켜보고 또 그 너머 시선에 노출되지 않는 광대한 영역을 헤아리고 있다. 인식과 미망 사이, 시인의 우주적 몽상이 시작된다.

(2009년 여름)

둥근 낙원과 흰 구름의 길
— 오규원의 시세계

이 글은 오규원의 시 한 편을 자세히 분석함으로써 그의 시세계 전체를 조감할 수 있는 대략적인 지형도의 작성을 목표로 하고 있다. 그 시는 일곱번째 시집 『길, 골목, 호텔, 그리고 강물 소리』(문학과지성사, 1995)에 수록된 작품으로, 전문을 제목과 본문순으로 옮겨놓으면 다음과 같다.

저기 푸른 하늘 안쪽 어딘가 많이 곪았는지 흰 고름이 동그랗게 하늘 한 구석에 몽오리가 진다 나무 위의 새 한 마리 집에 가지 못하고 밤새도록 부리로 콕 콕 쪼고 있다 밤새 쪼다가 미쳤는지 저기 푸른 하늘 많이 곪은 안쪽으로 아예 들어간다

밤새 나뭇가지 끝에 앉았던 새 한 마리
새벽 하늘로 날아갔다

1. 질병
위 시를 일독할 때 제일 먼저 눈에 들어오는 것은 참으로 긴 제목에 짧

은 본문으로 이루어진, 다분히 기형적인 형태의 작품이라는 점이다. 그래서 이 시는 제목과 본문의 구성 자체가 시에 대한 일반적 통념을 배반하는 형식을 취하고 있는 작품이라고 할 만하다. 보통 한 편의 시에서 제목과 본문은, 사전에 비유하자면, 표제어와 그것에 대한 풀이에 대응한다. 표제어로 설정된 항목에 대한 의문과 관심을 풀이가 구체적 설명으로 해소시켜주어야 한다. 표제어가 풀이보다 더 장황하다면 이는 본말이 전도된 경우라고 하지 않을 수 없다. 마찬가지로 시에서 제목은 대개 본문을 압축해서 드러내거나 그 의미를 증폭시켜줄 수 있는 상징적 언어를 요구한다. 그러나 위 시의 경우 제목은 본문으로 인도하는 관문 역할을 하는 정도에 머무는 것이 아니라 아예 적극적으로 본문을 대신하고 본문을 넘어서서 의미를 창출하는 또다른 본문 역할을 하기에 이른다. 이는 단순히 길이에 그치는 문제가 아니다. 지극히 평이한 사실을 건조하게 보고하는 본문과 달리 제목은 쉽게 이해되지 않는 은유의 중첩으로 이루어져 있어서 모호한 그만큼 더 강렬한 환기력을 발휘하고 있다.

위 시가 제목과 본문의 배치에서 보여준 이런 독특한 설정은 물론 이 시인 특유의 시작법, 즉 "어리석은 독자를/ 배반하는 방법을/ 오늘도 궁리하고 있"(「버스 정거장에서」)는 시인의 짓궂은 장난기가 발동해서 나온 결과라고 할 수 있다. 시인은 시의 제목과 본문에 대한 평균적이고 상투적인 인식을 깨뜨림으로써 시에 대한 자동화된 수용에 제동을 걸고 있다. 제목은 본문에 비해 부차적이고 종속적이라는 관념은 종식되어야 한다. 그런 점에서 위 시는 하나의 텍스트를 구성하고 있는 제목과 본문의 상호 조응 및 연계에 대해 다시 한번 생각해볼 여지를 마련해주고 있다.

이러한 구성상의 파격에 비해 정작 이 시가 내장하고 있는 의미는 의외로 단순하게 보인다. 한 평자는 이 시가 수록된 시집 뒤에 실린 해설에서 다음과 같이 이 작품의 의미와 의의에 대해 설명해주고 있다.

이 긴 제목을 우리가 보통 쓰는 말로는 아마 이렇게 옮길 수 있을 것이다: "푸른 하늘 한쪽에서 해가 구름에 덮여 노란빛으로 떠오른다; 무슨 일인지 밤새 나뭇가지를 쪼고 앉아 있던 새가 더욱 또렷하게 해가 떠오르는 하늘을 향해서 날아간다." 이 보통말은 이치에 맞다. 과학적이라고까지는 할 것 없지만, 적어도 일출이 무엇인지를 알고 있는 사람의 말이다. 반면에 제목의 말들은—이미지스트들의 시도와 이 언어의 관계 같은 것이야 접어두는 것이 마땅하다—모든 사람이 알고 있는 사실을 부분적으로만 알고 있는 사람의 말처럼 들린다. 그는 화농과 광기에 대해 특수한 경험을 가진 사람일 수도, 단순히 덜떨어진 사람일 수도 있다. 그러나 시인이 보통말을 제목의 말로 바꾸면서 드러내려 했던 것은 그 시각의 부분적 특수성이 아니다. 저 보통말이 해가 늘 그렇게 뜨고 새가 늘 그렇게 날아가는 것이라고 믿으며 새의 비상과 새벽 하늘을 바라볼 필요도 없었던 사람의 말이라면, 제목은 그것들을 주목하여 바라본 사람만이 발언할 수 있는 말이다. 화농과 광기는 중요하지 않다. 그것은 우연한 것일 뿐이기도 한데, 그러나 다른 점에서, 제목의 말이 이런 생물학적 심리학적 현상도 역시 주목하여 바라보았던 사람의 말임을 밝혀준다는 점에서 중요하다. (……) 그래서 지금 비범한 정신 하나가 밤을 새워 언어를 "콕 콕 쪼"아 말의 병과 거기 감염된 자신을 치료하려 한다. 그러나 그는 자신의 발언이 떨어지는 순간에 이미 그것이 과잉된 의미로 병든 상태에 있다는 것을 알게 된다. 그는 해답을 마련한 것이 아니라 문제를 제기하고 있었을 뿐이다. 그가 밤새워 쓴 본문은 '제목'이 된다. 마침내 두 줄의 본문이 새로 씌어진다.

—황현산, 「새는 새벽 하늘로 날아갔다」,
『길, 골목, 호텔 그리고 강물 소리』 해설

위의 주석에서 우리가 감지해낼 수 있는 것은 다음 두 가지이다. 그 하나는 이 시는, 누구나 동의할 수 있듯이, 일출 광경을 그린 시라는 점. 「저기 푸른 하늘 안쪽 어딘가……」처럼 쉽게 이해되지 않는 제목의 내용은 실은 "밤새 나뭇가지 끝에 앉았던 새 한 마리/ 새벽 하늘로 날아갔다"라는 본문 내용과 정확히 등가라는 점. 다른 하나는, 그렇다면 왜 시인은 이 시의 제목을 예컨대 '일출'로 하고, 긴 제목을 그것의 본문으로 하는 일반적 선택을 하지 않은 것일까 하는 의문에 대한 답변이다. 위 인용의 평자는 이 시가 단순히 일출 광경을 그린 시가 아니며, 이 시 속에는 일출 광경을 시로 써나가는 과정 그 자체를 형상화하고자 하는 의도가 숨어 있음을 지적하고 있다. 즉 이 시는 일출이라는 진부하다면 진부한 소재를 다룬 또하나의 시가 아니라 바로 그런 진부한 소재를 전혀 진부하지 않게 시적으로 구현하고자 하는 시인의 고투 그 자체를 보여주고 있는 시라는 것이다. 원래의 본문이 제목이 되고 현재 볼 수 있는 평이한 본문이 새로 씌어지게 된 것은 그 때문이다. 따라서 본문의 평이한 표현은 단순히 평이함에 그치는 것이 아니라 제목에서 보여준 "화농과 광기"라는 질병을 거쳐 도달한 시인의 명징한 정신상태의 반영이라고 할 수 있다.

시인이 생략과 여백 속에 감춰놓은 시쓰기의 비의를 간취해내는 평자의 시각은 예리하며 적절하다. (다만 구름에 덮인 해를 "노란 빛"이라고 한 것은 "흰 고름"이란 명백한 표현에 비추어볼 때 지나친 읽어넣기인 것 같다.) 그의 설명에 의해 간결하고 사실적인 두 행의 시를 얻기까지 이 시인이 거쳐야 했던 암중모색의 여정이 생생히 복원되었으며 그 덕분으로 이 시인의 장난기가 단순히 소모적이고 과시적인 차원에 머무는 것이 아니라 치열한 자기와의 싸움을 거친 다음의 장인적 수련의 결과임을 다시금 인식하게 되었다. 하지만 그럼에도 불구하고 이 시에 대한 이해가 여전히 미진하다는 인상을 남기는 것은 무슨 까닭일까. 위 글의 평자는 너무 빨리 "새가 새벽 하늘로 다가가듯 '진리'에 접근하"고자 했던 것은 아닐까. 이런 욕망이 이 시에 나오는 주요 이미지들, '동그란 고름' '부리로 콕 콕 쪼기' '곪은 안쪽으로 들어감' 같은 이미지를 건너뛰어 서둘러 결론에 이르게 만든 것은 아닐까. 따라서 "화농과 광기는 중요하지 않다. 그것은 우연한 것일 뿐"이라는 평자의 단언은 조심스럽게 재검토되어야 할 필요가 있다. 제목에 나오는 이들 이미지가 "과잉된 의미로 병든 상태에 있다"는 평자의 진단은 수긍이 가능하다. 그러나 더욱 의미심장한 사실은 시인은 그것이 병든 상태라 하여 폐기하지 않고 오히려 그것이 포함된 구절을 제목으로 승격시켜 현재 볼 수 있는 한 편의 시로 완성했다는 점이다. 위 시에서 화농과 광기가 상징하는 질병은 단순히 부정적 의미를 지닌 것으로 폄하될 수는 없다. 새의 비상은 바로 이런 질병의 과정 혹은 형식을 거침으로써만 가능했던 것이기 때문이다. 그렇다면 우리는 이 시에 나오는 이미지들을 보다 세심하게, 이 시인의 다른 시에 등장하는 유사한 구절들과 겹쳐 읽는 수고를 기울일 필요가 있다.

2. 언어

표면적으로 이 시가 전달하는 내용은 단순하기 이를 데 없다—일출 무렵 새가 하늘로 날아갔다. 앞에서도 지적했듯이 여기서 새는 시적 대상인 동시에 시적 자아이기도 하다. 그렇게 본다면 광활하게 펼쳐진 푸른 하늘 아래 나무와 새라는 극히 간소한 존재들로 구성된 이 시의 풍경은 시인의 내면 공간(interior distance)의 비유로 읽힐 수 있다. 수직으로 높이 솟은 나무와 그 꼭대기에 앉은 성스러운 새는 신화 속에 자주 등장하는 이미지이다. 나무는 세계수(世界樹)이자 우주축(Axis Mundi)으로서 만물의 한가운데 자리잡고 있다. 그것은 회전하는 시간과 공간 속에서 부동의 중심역할을 한다. 동시에 그것은 지하와 지상과 천상이란 상이한 성격의 세계를 연결시켜주는 사다리이기도 하다. 마찬가지로 새 역시 천상과 지상, 신과 인간의 '사이'에 있는 존재이다. 그는 지상적 존재에게 천상을 소식을 전해주는 신의 전령이자 사신이며, 현실에 몸담고 사는 사람들에게 초월에의 욕망을 일깨우고 지금 이곳이 아닌 다른 세계로 인도하는 안내자이다. 하늘, 즉 영원에 도달하기 위한 상승 지향적 운동을 하는 존재라는 점에서 새는 나무와 밀접한 상관성을 지니고 있다.

지금 이곳에서 다른 세계를 꿈꿀 뿐만 아니라 그것을 비상을 통해 실현한다는 점에서 새는 흔히 시인의 대리자아 노릇을 해왔다. 따라서 오규원의 시에서 새의 오랜 부리질과 순간적 비상은 시인이 내밀한 고독 속에서 한 편의 시를 완성하는 과정을 가리킨다. 새의 비상이 가능하기 위해선 그 이전에 "밤새도록" "부리로 콕 콕 쪼"는 진통의 과정이 요청된다. 시인이 시를 쓰듯이 새는 하늘이란 천상의 백지에 글을 새긴다. 새의 부리는 인간의 입 같은 발성기관에 해당되며 따라서 부리로 쪼는 것은 일종의 발화 행위로 볼 수 있다. 중요한 것은 부리질에서 비상으로의 극적인 존재의 전환이 가능하다는 믿음 혹은 환상이다. 시인이 언어를 통해 두고 온 본향—흔히 천상에 비유되는—으로 귀환할 수 있다고 믿는 것은 종교적으로 영지주의자들에 연결되고 문학사적으로는 낭만주의 이래 다양한 유파들이 추구한 유구한 전통을 지닌 사유이다.[1] 물론 이처럼 심미적

---

1) 영지주의자와 낭만주의자들은 가시적인 물상을 통해 비가시적인 것을 포착하고 일상 저편에서 영원의 질서(eternal order)나 사물의 본질(essence of things)을 찾아내고자 하는 정신의 편력자라는 점에서 아이디얼리스트라고 할 수 있다. 오규원은 한 대담에서 김춘수가 아이디얼리스트라면 자신은 리얼리스트라면서 이 양자를 대조적으로 언급하고 있다(「언어 탐구의 궤적」, 『오규원 깊이 읽기』, 문학과지성사, 2002). 그러나 이 말은 자신이 (겉으로 드러난 대로) 리얼리스트인 것만큼이나 (실제로는) 아이디얼리스트이기도 하다는 말로 고쳐 읽어도 무방할 것이다. 어느 면 시인은 모두 다 리얼리스트이기를 꿈꾸는 아이디얼리스트라고 할 수 있다. 이러한 주제에 대해선 세르주 위탱의 『신비의 지식, 그노시즘』(황준성 옮김, 문학동네, 1996)과 Frank Kermode, 『Romantic Image』(Fontana, 1971) 참조.

활동을 통해 초월적 신비의 세계로 진입할 수 있다는 믿음 혹은 환상처럼 이 시인과 이질적으로 보이는 생각도 없다. 일반적으로 이 시인은 시, 나아가 문학에 대한 낭만적 관념을 철저히 파괴하고 조롱하며 우리가 발 딛고 서 있는 자본주의적 질서에 대한 구체적 인식에서부터 시의 진로를 출발시켜야 한다는 지극히 현실주의적 사유의 소유자로 받아들여져왔다. 이 시인이 즐겨 다루는 테마 중의 하나인 현대사회에서의 언어와 시의 운명에 대한 성찰은 그 단적인 예라 할 수 있다.

1) 언어는 추억에
걸려 있는
18세기형의 모자다.
늘 방황하는 기사
아이반호의
꿈 많은 말발굽쇠다.
닳아빠진 인식의
길가
망명정부의 청사처럼
텅 빈
상상, 언어는
가끔 울리는
퇴직한 외교관댁의
초인종이다.

—「현상 실험」 부분

2) 노점의 빈 의자를 그냥

시라고 하면 안 되나

노점을 지키는 저 여자를

버스를 타려고 뛰는 저 남자의

엉덩이를

시라고 하면 안 되나

나는 내가 무거워

시가 무거워 배운

작시법을 버리고

버스 정거장에서 견딘다

—「버스 정거장에서」 부분

1)에서 시인은 언어를 연이어 낡고 퇴락했으며 현실적 적응력이 마모된 사물이나 공간에 비유하고 있다. 그것은 추억과 상상 속에서만 그 존재 의미가 있는, 아름답고 우아하지만 실제로는 쓸모가 없는 미적 가상에 불과하다. 이러한 생각은 역으로 2)에선 세상 모든 것이 시가 될 수 있다는, 아니 되어야 한다는 과감한 선언으로 이어진다. 현실이나 일상과 분리된 고고한 시적 차원이 따로 존재한다고 보는 것은 백일몽에 불과하다. 버스 정거장에서 마주친 지극히 통속적인 풍경이 곧 시일 수 있는 것이다. 그가 "시에는 무슨 근사한 얘기가 있다고 믿는/ 낡은 사람들이/ 아직도 살고 있다"(「용산에서」)거나 "오해하고싶더라도제발오해말아요/ 시인도시먹지않고밥먹고살아요/ 시인도시입지않고옷입고살아요"(「시인 구보씨의 일일 1」)라고 어쩌면 지극히 당연한 사실을 힘주어 강조하는 것은 그 때문이다. 이런 자본주의 사회에선 문학적 정전 역시 철저히 탈신성(post-sacred)의 수순을 밟지 않을 수 없으며 그 결과 다음과 같은 소비품목의 일종으로 전락하는 현상이 벌어진다.

— MENU —

샤를 보들레르　　800원
칼 샌드버그　　　800원
프란츠 카프카　　800원

(……)

시를 공부하겠다는
미친 제자와 앉아
커피를 마신다
제일 값싼
프란츠 카프카

　　　　　　　　　　　　　—「프란츠 카프카」 부분

　여기서 카프카 등의 유명 작가는 그 작품이 아니라 다만 그 명성만이 유통 소비되고 있을 따름이며 그런 점에서 현대사회에서 또다른 키치가 되어가고 있다. 이처럼 문학을 둘러싼 신비를 가차없이 분쇄하고 그 초라한 몰골을 드러내는 시인의 언어는 냉혹하고 냉소적인 만큼이나 실감이 난다. 문학 역시 다른 분야와 마찬가지로 세속화의 운명을 피할 수 없으며 시인과 독자는 천상의 별을 바라보다 지상의 허방에 발을 빠뜨리는 우를 범하지 말아야 한다는 것은 틀림없는 사실이다. 그러나 우리는 이러한 시인의 되풀이되는 전언에 세뇌되어 그를 낭만적 충동이나 이상과 절연된 세속도시의 시인으로 규정하고 안심해도 되는 것일까. 이처럼 거듭 시적 초월을 부정하고 자본주의적 대도시 한복판에서 탄생한 '거리의 시'를 내세우는 것이야말로 거꾸로 이 시인의 내밀한 정신적 지향을 감추는 가면이 아닐까. 「현상 실험」에서 언어를 굳이 "망명정부의 청사"나 "퇴직한 외교관댁"에 비유하는 것에서, 「버스 정류장」에서 굳이 "배반을 모르는 시가/ 있다면 말해보라"라고 하는 데서 이 시인이 드러내고 싶어하지 않는 또다른 일면을 추측해볼 수 있지 않을까. 이 시인의 전언을 문맥 그대로 믿고 받아들이는 것이야말로 "어리석은 독자를/ 배반하는 방법을/ 오늘도 궁리하"는 이 시인의 생리를 무시하고 그를 지나치게 우직하게 평면적으로 수용하는 태도일 수 있다. 이 시인에게 늘 따라붙는 아이러니스트나 패러디스트라는 명명이 말해주듯, 회의하고 비판하며 유희하는 현실적 자아의 이면에 바로 순수한 세계를 동경하며 내적 초월을 희구하는 낭만적 자아의 모습이 숨어 있다는 것을 발견하는 것은 흥미로운 일이 아닐 수 없다. 초기시 가운데 한 편인 다음 작품은 이 시인의 이런 측면을 잘 드러내고 있는 흔치 않은 시이다.

떨어지는 순간
빛은
하얀 공간에
꽃병도 없이 어딘가 꽂힌
꽃이 된다.
낱말도 없는
문장에
꽂힌
한 송이의
꽃이 된다.

(……)

신의

손에서 풀려나오는 순간

빛은

미친 듯이 확확 타는

꽃이 된다.

—「몇 개의 현상」 부분

언어는 드러내 밝힌다는 점에서 빛과 동일하다. 신의 말씀은 곧 빛의 현현이다. 빛은 불이며 꽃이다. 동시에 그것은 확확 타오르는 말, 피어나는 한 송이의 말이다. 언어는 존재를 '지시'하는 것이 아니라 존재를 '발생'시킨다. 시는 정적 대상이 아니라 동적 작용이며 현실의 반영이 아니라 신성의 현현이다. 언어는 대상을 투명하게 매개해주는 유리창도 아니고 대상을 있는 그대로 반사하는 거울도 아니다. 언어는 차라리 하나의 사건이다. 그것은 돌발적이며 무에서 유를 창조한다. 힘의 분출로부터 연속적인 피어남이, 미지의 창조가 이루어진다. 천상에서 지상으로 강림한 언어라는 점에서 시는 성육신(incarnation)의 언어이다. 시란 곧 말씀의 육화로 피어난 꽃이다.

꽃이 입과 줄기와 향기로

꽃밭을 몸 안으로 잡아당기듯

꽃이 꽃밭의 육체를 잡아당겨

젖가슴을 내놓고 가랑이를 벌리듯

꽃밭의 꽃이라는 꽃은 모두 손에

잡히는 세계를 몸 속으로

몸 속으로 밀어넣듯

욕망의 성기며 육체의
현실인 말은
오늘도

—「말」전문

개울가에서 한 여자가 피 묻은
자식의 옷을 헹구고 있다 물살에
더운 바람이 겹겹 낀다 옷을
다 헹구고 난 여자가
(……)
집으로 돌아온 여자는 그 손으로
돼지 죽을 쑤고 장독 뚜껑을
연다 손가락을 쪽쪽 빨며 장맛을 보고
이불 밑으로 들어가서는
사내의 그것을 만진다 그 손은
그렇다—언어이리라

—「손—김현에게」부분

천상의 빛이 지상에선 꽃이 되고 타자의 몸을 더듬는 관능의 손이 된
다. 세계는 내 신체의 연장이란 현상학의 명제는 여기선 언어는 내 신체
의 연장이란 명제로 변주된다. 문학적 언어는, 그것이 진정한 것이라면,
다루는 대상을 '사랑하는 육체'로 변형시킨다. 언어는 세계를 더듬고 세
계를 감싸안으며 세계와 하나가 된다. 언어의 권능에 의해 인간과 세계

는, 현실이 허락하지 않는 다른 가능성, 즉 꿈을 수태한다. 물론 모든 언어가 바로 이런 초월의 순간을 선사하는 마법의 열쇠인 것은 아니다. 비물질의 상징인 빛과 철저히 물질적인 현실의 육체 사이에는 까마득한 거리가 있다. 지상의 물질이 천상의 영적 존재로 탈바꿈하기 위해선 연금술적 변환의 작업이 필요하다. 그것이 바로 밤새도록 하늘을 쪼는 새의 부리질이 의미하는 것이다. 빛이 허공에 꽃을 피우듯 새는 부리질로 천상에 흰 고름의 몽오리, 다시 말해 둥글고 흰 꽃을 피운다. 꽃이 "세계를 몸 속으로 집어넣"듯이 천상의 꽃은 그것을 만든 주체(새)를 자기 속으로 집어넣는다. 천상의 심연으로 빠져드는 새는 빛의 하강과 물질로의 변신이란 드라마를 거슬러올라가는 원점 회귀의 궤적을 그리고 있다.

3. 사건

천상의 부름 앞에서 지상에 유배된 영혼은 긴 고행의 여정을 밟아야 한다. 그렇다면 새가 회귀하고자 하는 그 "푸른 하늘"은 구체적으로 무엇을 의미하는가. 왜 그 새는 흰 고름의 둥근 몽오리를 통해 지상을 빠져나가는가. 여기 이 시인의 무의식 근저에 자리잡은 둥근 낙원의 형상을 말해주는 시가 한 편 있다.

사방을 둘러싼 돌담의 넓적한 호박잎에는
철쭉의 붉은 얼굴이 와 담기고
그 사이사이에는 산새의 울음이 담기었다.
때로 산을 기어 올라온 기적 소리가 밀고 온
먼 강물 소리도 담기어
호박잎과 개똥참외의 그 넓은 잎은
마을 가시내들의 치마를 흔들었다.

시간은 돌담을 닮아 둥그렇게 맴돌다가
공이 되어 마을 마당에 내려와 굴렀고
아이들이 맨발로 힘껏 차 올려도
하늘이 낮아서 공은 앞 논밭에 떨어졌다.

낮은 하늘이 몰고 온 나직한 평화는
뒤뜰에 소리없이 떨어지던 홍시였다.
동전이 마루를 구르듯 공 공 공
평화의 마룻바닥 위에 구르던 개 짖는 소리는
아, 그러나
시계 속의 숫자까지는 깨우지 못했다.

—「어느 마을의 이야기—유년기」전문

유년의 낙원을 그린 대다수 시가 그런 것처럼 이 시 역시 소박한 단순
함에 대한 경도와 함께 모든 인간이 소망하는 평화와 휴식상태에 대한 그
리움이 담겨 있다. 내밀함이 깊어질수록 세계는 무한히 확장되어간다. 하
나의 작은 대상 속에 무한히 드넓은 공간이 자리잡는다. 식물의 작은 잎
과 열매 속에 사계가 담기고 거꾸로 거기서 한 세계가 발원한다. 모든 존
재는 그 내부에 또다른 존재를 겹으로 지니고 있는 중첩구조로 이루어져
있어서 모든 것을 동심원처럼 품어안고 다독여준다.[2] 거기선 시간도 공

---

[2] 세계가 러시아 인형 마트료시카처럼 중첩 구조로 이루어졌다는, 하나의 폐쇄된 우주-존
재 안에 다시 또 하나의 작은 우주-존재가 있고 그 안에 다시 또다른 우주-존재가 작동하
고 있으며 이러한 반복이 무한히 지속된다는 발상은 이 시인의 여러 시편에서 찾아볼 수 있
다. 특히 동시집 『나무 속의 자동차』(민음사, 1998)에 실린 상당수 시편은 바로 이런 존재

간도 다 둥글다. 시간은 돌담처럼 마을을 맴돌며 순환하고 공간은 둥글게 퍼져나갔다가 아이들이 차는 공의 형태로 축소되어 구른다. 현실 원칙이 소거된 그 세계에선 자연의 변화도 인간의 노동도 다 유희의 형태를 취하고 있다. 그 시절 그 장소에선 "음과 절이 뚝뚝 끊어진/ 시간을/ 아이들은/ 공처럼 굴"(「현상 실험」)리며 "그 익은 감의 향기와/ 그 익은 감의 꿈이/ 마을 안을 가득 감도"(「이 가을에는」)는 풍성함과 충만함이 넘쳐흐른다. 이런 유년의 흔적은 다음 시에서도 찾아볼 수 있다.

> 풀 밑에 풀들이 옷을
> 벗고 놀고 있다.
> 싱싱한 육체 위에서
> 아이들의 목소리가
> 무수히 점프하고 있다.
> 아— 아— 아—
> 불타는 음성 속에
> 뜰의 육체가, 잡목이 불타고
> 타고 남은 육체가
> 상처 하나 입지 않고
> 햇빛과 햇빛 사이로 불쑥
> 고개를 내미누나.
>
> —「육체의 마을」 부분

흡사 T.S. 엘리엇의 『네 개의 사중주』의 「번트 노튼」에 나오는 장미원

_____

의 상하/내포 구조를 전제하고 씌어진 것들이다.

에서의 아이들의 즐거운 놀이 장면을 연상시키는 위 구절은 무구한 존재들이 벌이는 생의 축제, 그 심원하고 충만한 현재를 증언해주고 있다. 인간의 타락이 있기 이전의 "우리들 최초의 세계"에서 무죄한 아이들은 뛰논다. 성년의 일상을 다룬 시에서도 종종 등장하는 장난기와 관능은 유년의 부드럽고 간지럼을 타는 놀이세계의 연장이다. 거기서 인간과 사물은 탄성으로 가득 차 있으며 나와 타자를 가르는 불연속선을 가로지르고 넘나들며 자유롭게 화합하고 뛰논다. 그것은 "태아들은 혼례가를 부르며 밤마다 숲으로 간다"(「서쪽 숲의 나무들」) 같은 환상적인 구절을 낳기도 하고 "봄은 자유다. (……) 봄이 자유가 아니라면 꽃피는 지옥이라고 하자. 그래 봄은 지옥이다. 이름이 지옥이라고 해서 필 꽃이 안 피고, 반짝일 게 안 반짝이던가. 내 말이 옳으면 자, 자유다 마음대로 뛰어라"(「봄」) 같은 과감한 선언을 낳기도 한다. 이런 유년의 둥근 낙원이 개념화되면 다음과 같은 표현을 얻는다.

당신이 벌린 입이 둥글고
배꼽이 항문이 내 아버지의
무덤이 둥글다
밥그릇과 국그릇이 둥글고
내일 아침 개나리 위에 맺는
이슬이 둥글다
아버지의 아들답게 나는
내일 아침 목련 위에 맺는
이슬 속에
내 무덤을 만든다

—「서울 · 1984 · 봄」 부분

인체의 시작(입)과 끝(항문)이 둥글듯 탄생의 자취(배꼽)와 죽음의 자리(무덤) 또한 둥글다. 인간계의 사물(밥그릇과 국그릇)이 둥글듯 자연계의 존재(이슬) 또한 둥글다. 이 둥근 낙원이야말로 인간이 나왔으며 궁극적으로 인간이 돌아가야 할 원초적인 태(胎)이다. 그러나 현실은 이를 용납하지 않는다. 유년의 둥근 원환상태, 이 존재론적 충만의 세계를 깨뜨리는 것, 그것이 바로 시간이며 시간이 몰고 오는 현실의 변화이다. 「어느 마을의 이야기」에서 시인은 "개 짖는 소리"가 "시계 속의 숫자까지는 깨우지 못했다"라고 회상하고 있지만 이는 실제 현실과는 정반대되는 진술이라고 할 수 있다. 유년의 둥근 낙원은 시간의 침입이 있기 전까지만 가능한 한시적인 세계이기 때문이다. 시간이 잠에서 깨는 순간, 유년의 자기 동일적 완결성에는 돌이킬 수 없는 균열이 가고 충만한 현재는 종말을 고한다. 이제 정지된 시공간에 변화가 밀어닥친다. 낙원 바깥의 세계는 끊임없이 생기하고 소멸하는 연속적인 과정이다. 그런 의미에서 그의 첫 시집 제목이 '분명한 사건'인 것은 매우 암시적이다. 이는 그의 일차적인 관심이 고정불변의 실체나 본질에 있는 것이 아니라 매순간 일어났다 사라지는 '사건', 다시 말해 현상에 있다는 점을 말해주는 것으로 흔히 받아들여져왔다. 그러나 이때의 사건이란 시간의 다른 이름에 지나지 않는다. 제목에 '사건'이 들어가 있는 다음 두 편의 초기시에는 시간에 대한 강박이 묻어나고 있다.[3]

---

3) 이 시인의 초기시에 자주 등장하는 "십칠세기 외투를 입은 산비둘기"(「서쪽 숲의 나무들」), "5억 5천만 년 전에 죽은/ 삼엽충"(「길」), "10년 만에/ 처음으로 잠드는 바다"(「정든 땅 언덕 위」), "새벽 2시의/ 음침한 불빛"(「현황 B」), "18세기형의 모자"(「현상 실험」) 같은, 시간과 관련된 필요 이상의 구체적인 숫자의 명기나 "단절된 시간을 한 장씩 넘기고 있다"(「현상 실험―別후」), "시간의 육신이 부서지고 있다"(「현황 B」), "시간이 외그루 나무처럼 서서"(「들판」), "나는 서른한 살/ 아직 죽을 때가 못 된다고 이 밤은 단정한다"(「호명하지 않아도」), "슬래브 지붕 밑의 시간은 못 적시고/ 슬래브 지붕 페인트만 적시는 비"(「개

1) 시간의 둔탁한 대문을
소란스럽게 열고 들어선
밤이
으스름과 부딪쳐
기둥을 끌어안고
누우런 밀밭을 밟고 온
그 밤의 신발 밑에서
향긋한 보리 냄새가
어리둥절한 얼굴로
고개를 내밀고 있다.

　　　　　　　　　　　　　　　　―「분명한 사건」 부분

2) 피곤한 인질의 잠이
소집당하고 있다
탐욕의 어둠 허위의 어둠이
오늘 하루를 이끌고 온 당신의 엉큼한 협상의 눈이
소집당하고 있다
거리에 깔린 불안을 다리로 질질 끌며 이
아름다운 밤의 식탁에 초대되고 있다

　　　　　　　　　　　　　　　　―「무서운 사건」 부분

　이들 시는 각기 제목에 '사건'이 들어가 있는 데서 알 수 있듯이, 비록
의도적 왜곡과 추상화를 거치긴 했지만, 일상의 한 단면을 포착해 보여주

봉동의 비」) 같은 구절은 이 시인의 시간에 대한 강박을 예시해주고 있다.

고 있다. 그러나 정작 이런 장면의 묘사가 의미하고자 하는 것이 무엇인지 파악하는 것은 쉽지 않다. 제목과 달리 1)은 "분명"하지 않으며 2) 역시 "무섭"다는 인상을 주지 않는다. 표면적으로 이들 시는 시간의 변화를 다루고 있다. 1)은 일몰을 거쳐 밤이 오는 것을 그리고 있으며 2)는 하루가 저물고 다른 하루가 시작되기 전의 과도기적 단계를 그리고 있다. 어둠과 함께 밤이 도래하는 이 순간은 안식과 평화의 시간이기는커녕 매우 소란스럽고 활기찬 모습을 보여주고 있다. 이와 더불어 이들 시를 포함해서 이 시인의 초기시에서 자주 발견할 수 있는 특징 중의 하나는 잦은 빈도로 등장하는 의인화-의물화의 수사법이다. 그러나 이때 이 의인화-의물화는 자연의 모든 사물엔 영혼이 깃들어 있다고 보는 애니미즘(animism)의 소산이 아니다. 위 시가 자아내는 익살스러움은 시적 대상이 무언극에 등장하는 배우처럼 어릿광대짓을 하는 모습에서 기인한다. 혼란스럽고 뒤죽박죽인 듯한 상태 속에서 현실에선 전연 가능하지 않은 일들이 태연하게 벌어지는 것이다. 이처럼 시인의 언어는 존재의 표면을 미끄러져가는 사물의 운동을 뒤따르면서 유머러스한 효과를 창출한다.

그러나 외면적인 떠들썩함에도 불구하고 이들 시에 그려진 시간의 변화는 화자에게 결코 우호적이지 않다. 1)처럼 시간의 진행 앞에서 사물들은 어리둥절한 반응을 보이고 있으며, 역으로 2)처럼 시간은 폭력적으로 끌려나오는 피동적인 존재로 묘사된다. 시간은 굶주린 대식가이다. 시간은 매순간 스스로를 먹어치운다. "과거가 소집당하고" "미래가 체포되어" 식탁에 오른다는 것은 현대사회에서 현재가 과거와 미래를 먹어치우며 덧없이 소모되는 현상의 은유이다. 이처럼 동화적 낙원으로부터 추방된 세계는 시간-현실의 지배 아래 놓인다. 그와 함께 전체를 상징하던 존재의 둥근 원환에 균열이 가기 시작한다.

나의 음성들이 외롭게 나의 외곽에 떨어지는

따스한 겨울날.

골격뿐인 서쪽 숲의 나무들이

환각에 젖어

나무와 나무 사이에 공간이 생기고 있다.

떡갈나무 갈참나무 상수리나무

너도밤나무도 모르게

동쪽과 서쪽 사이에 이론이 생기고

어쩌다가 잠 깬 시간이

머리를 갸웃거리곤 했다.

—「서쪽 숲의 나무들」 부분

　위 시에서 나무와 나무 사이에 생긴 "공간"이나 동쪽과 서쪽 사이에 생긴 "이론(異論)"이 말해주는 것은 세계에 보이지 않는 균열이 발생했다는 사실이다. 이 시인에게 사건이란 이처럼 자기 동일성에 빠져 있던 존재들에게 나타나는 균열을 의미한다. 기존 세계에 미세한 균열이 나타나는 순간 일탈과 탈주의 환각이 가능해진다. 균열은 기존 세계의 파열을 의미하는 동시에 새로운 세계가 출현할 수 있는 가능성을 암시하기도 한다. 이처럼 지금 이곳의 자아를 내습해오는 균열—사건은 "그해 죽은 사람의/ 헛기침 소리 하나가/ 느닷없이/ 행인의 뒷덜미를 후려치고 간다"(「분명한 사건」) 같은 과격한 폭력의 이미지를 동반하거나 "나의 과거를/ 부르는 놈은/ 숲에서 뛰어나온/ 나체의 산이다./ 옆집 창문으로 들어온 산돼지다"(「정든 땅 언덕 위」) 같은 환상적인 이미지를 통해 제시된다. 이것은 시적 자아를 덮쳐오는 외부의 초월적 힘을 지시한다. 이런 돌발적인 이미지는 동일성과 안정성을 뒤흔들고 동요를 가져오는 외부의 불가항력적인 힘을 암시한다. 그것은 초기 시집인『분명한 사건』(한림출판사, 1971)이나 『순례』(민음사, 1973)의 경우 다분히 관념적인 형태로 현상했으나『왕자가 아닌 한 아이에게』(문학과지성사, 1978)부터는 산업사회에서의 인간의 물화와 소외 현상이란 사회학적인 시각으로 전면화된다.[4] 이때부터 그의 시는 과감히 산문화를 지향하며 풍자와 역설, 우화와 패러디를 종횡무진 구사하는 언어의 향연을 보여주기에 이른다.

4. 초월

이렇게 보자면 나뭇가지에 앉아 밤새도록 푸른 하늘을 쪼는 새의 노력은 자신의 입장(入場)을 허락하지 않는 세계 앞에서 전 존재를 던져 모색하고 싸우는 실존적 기투를 의미한다. 여기서 "쪼는" 것은 그만큼 자신의 행위에 집착하고 몰입해 있음을 나타낸다. 하이데거 식으로 이야기해서 그것은 존재가 "세계에 거주하는 한 방식"이라고 할 수 있다. 부리로 쪼는 것은 자신의 힘을 외부로 뻗는 것이며 내향적인 수동성의 상태에 머물러 있지 않고 적극적으로 세계를 향해 자신을 개방함으로써 의미의 파장을 일으키는 것을 말한다.

　　나무들이 육체를 떠나

---

4) 오규원의 시를 산업사회 물신시대의 부정적 증후군에 대한 시적 보고서로 읽어내는 관점은 김병익의「물신시대의 시와 현실」을 비롯해서 김동원의「물신시대에서 살아남기 위하여」, 이광호의「'길'과 '언어' 밖에서의 시쓰기」, 정과리의「오규원, 또는 관념 해체의 비극성」등 여러 글을 관통하는 기본 선율이라 할 수 있다. 이들 글은 이 시인의 시세계가 지닌 사회학적 의미에 대해 선구적이면서 심도 있는 안내가 되어주고 있지만, 지금 와서 보면, 항상 현실의 길 '밖'에 있고자 한 이 시인을 또다른 차원에서 길 '안'에 가둔 면이 없지 않다고 여겨진다. 오규원의 길은 이차원의 평면을 따라가지 않고 삼차원의 입체나 사차원의 복합적 우주를 가로지르고 있기 때문이다.

내 손 위에 오른다.
딱따구리들이 일제히
허공을 쪼고 있다.
딱 딱 딱
깨어지는 하늘 사이로
보이는
뼈가 단단히 여문
대문의 일부

—「육체의 마을」부분

   초기시에 속하는 위 작품에서도 수직적 초월 욕망이 새가 허공을 쪼는 이미지로 나타나 있다. 새는 신체(이 경우 부리)를 통해 세계와 접촉한다. 부리의 예각성은 그 접촉이 그만큼 직접적이며 원초적임을 짐작하게 해준다. 그는 관념이 아니라 신체 – 주체(body-subject)로 지상에 존재하고 있다. 그는 하늘의 문(門)을 두드리는 순례자이며 경계선을 뛰어넘어 나아가고자 하는 불순한 침입자이다. 이러한 주체의 도발에 그를 에워싼 세계는 균열이 간다. 경성의 이미지가 지배적인 「육체의 마을」에선 "깨어지는 하늘 사이로" "뼈"가 드러나며 「저기 푸른 하늘 안쪽……」에선 내부로부터 곪는 화농 현상이 일어난다. 상처는 틈이며 틈은 곧 입구, 다른 세계로 열린 문이다. 새의 비상은 자신을 구속하고 있는 한계를 일거에 돌파해서 다른 세계로 진입하는 것을 말한다. 그런 점에서 새가 흰 고름의 틈을 통하여 이 세계를 빠져나가 다른 세계로 날아가는 것은 제2의 탄생, 존재의 총체적 부활을 상징한다.[5] 그런데 여기서 곪는다거나 고름 같은

---

5) 이 시인이 초기시에서 중기시에 이르는 동안 "굽은 길 어디에선가 빠져나와"(「개봉동과 장미」), "등기되지 않은 현실"(「하늘 가까운 곳」)을 찾아헤매며 보여주었던 수평적 횡단의

흔히 부정적 의미를 함축하고 있는 표현이 이 시 속에선 전혀 그렇지 않은 의미를 내장하고 있음을 인식할 필요가 있다. 물론 이 시에서 고름은 시각적으로 새벽녘 둥근 해를 감싸고 있는 구름을 가리킨다(고름/구름이란 시니피앙의 유사성에 기초한 말놀이). 이 고름/구름은 새의 부리질로 푸른 하늘에 상처-균열이 생겼음을 나타낸다. 그래서 흔히 부정적으로 여겨지기 쉬운 상처와 부패의 이미지가 여기선 만물을 낳는 틈, 그리하여 생명의 소생과 존재의 초월을 가능케 하는 통로로 출현하고 있다.

　　1) 1. '양쪽 모서리를
　　함께 눌러주세요'

　　나는 극좌와 극우의
　　양쪽 모서리를
　　함께 꾸욱 누른다

　　2. 따르는 곳
　　　　⇓

　　극좌와 극우의 흰

여정이 어떻게 해서 후기시부터 수직적 초월의 시학으로 변화했는지에 대해선 별도의 고찰이 필요하다. "남대문시장이나 난장 또는 신길동의 지천에/ 깔려 기고 있는 공약의 세월과 그늘"을 지나 "인적이 끊어진 길을 더듬으며 가"(「오늘의 메뉴」)던 시인은 어느덧 "하늘로 가던 나무의 길이/ 하나 사라지고 그와 함께 지상에서/ 그 길이 거기 있었다는/ 사실도 사라졌다"(「물과 길 1」)는 깨달음과 함께 하늘-허공-우주에 시선이 미친다. 도시적 일상을 가로지르며 실재와 허상, 형상과 그림자를 가지고 자유롭게 비판/유희하던 시인은 "허공에/ 충복"(「뜰 앞의 나무」)된 다음부터 만물의 생성과 변화를 관조하며 우주 속에서 인간의 위치를 가늠하는 내성의 목소리를 내게 된다.

고름이 쭈르르 쏟아진다

—「빙그레 우유 200ml 패키지」부분

2) 우리들 陰毛만큼이나 어둡고 따스한 곳에
송수관을 묻고 우리가 사는 이 대지의
수도꼭지인 나무들
내장의 고름을 가을이라는 평계로
마음놓고 누렇게
지는 잎의 형상으로 뱉어내는구나
남북이 일시에 뱉어내니
누런 고름의 통일이다 무엇보다
통일로 보는 내 눈이 아름답구나

—「시인 구보씨의 일일 2—남산에서」부분

　1)은 자본주의 사회의 닫힌 일상을 냉소적 시각과 어법으로 포착하고 있는 작품이다. 소비자가 대량생산된 상품의 설명문에 나오는 방향 표시에 자동적으로 순응하는 모습에서 화자는 정신의 몰락을 예감한다. 신선해야 마땅할 우유가 시각적 유사성에 힘입어 고름으로 변주되는 것은 그 때문이다. 2)에서도 화자는 가을날 나뭇잎에 누런 물이 드는 모습을 고름을 내뱉는다고 표현하고 있다. 남북통일이란 민족적 희원은 "고름의 통일"로 굴절되면서 비판적 거리를 획득한다. 계급의식(극좌와 극우)이 되었든 민족의식(남북통일)이 되었든, 인간을 사로잡은 이념－이데올로기－관념은, 그것이 지속적인 자기 반성과 현실 조회를 통해 거듭나지 않을 때 부패하며 "고름"이 된다. 그 이념－이데올로기－관념이 표방하는 구호가 아무리 아름답다 하더라도 주체가 그것에 대해 비판적 거리

를 확보하지 못하고 함몰되어버릴 때 비극이 발생한다. 따라서 화자가 인공적 사물(우유)이나 자연 현상(물이 든 나뭇잎)에서 고름을 발견하는 것은 현실에 대한 객관적 인식의 표출이라는 점에서 긍정적 의미를 함축하게 된다. "누렇게" "고름"으로 단장한 산천을 보며 화자가 "무엇보다/ 통일로 보는 내 눈이 아름답구나"라고 능청스럽게 말하는 것은 그런 이유에서이다. 고름은 그 대상이 내적으로 병들어 있음을 알려주는 표시인 동시에 그것을 보는 주체의 전환을 촉구하는 신호이다. 그런 의미에서 주체가 변신의 과정에서 반드시 치러야 하는 과도기적 단계를 나타낸다. 존재는 신비주의자들이 말하는 '영혼의 어두운 밤'을 거쳐 비로소 다시 태어나게 되는 것이다.

새가 하늘을 쪼아 만든 상처(몽오리)에서 생긴 흰 고름은 연금술적 회저의 순간을 의미한다. 무가치한 금속이 연금술사의 화덕에서 금으로 변성하기 위해선 자신의 육체가 썩어드는 부식의 고통스런 과정을 거쳐야 한다. 이런 상징적 죽음을 거치고 나서야 비로소 그 금속은 다시 태어날 수 있는 것이다. 따라서 흔히 혐오감을 자아내는 부패와 발효의 이미지는 연금술에선 빠져서는 안 될 수순의 하나로 등장한다. 비전 전수자들에 따르면 밀봉된 용기(容器) 안에서 금속은 처음엔 검은색의 부패물로 변하는 니그레도(nigredo)의 단계에 도달하며 그다음에 백색으로 변하는 알베도(albedo)의 단계에 도달한다. 흰 고름은 바로 이런 백색 단계, 물질과 비물질의 경계, 존재론적 전환 직전의 순간을 상징한다. 그 단계를 넘어서는 순간 그것은 질료적 물성에서 완전히 탈피하여 영적 투명성과 투과성의 상태에 도달한다. 새가 부리질 끝에 푸른 하늘의 틈 사이로 빠져나간 것은 바로 탈물질화가 이루어져 존재의 자유로운 변신이 달성되었음을 시사하고 있다.

세계는 하나의 도가니이며 그 속에서 존재는 정련된 금으로 다시 태어나기 위해 길고 고통스러운 숙성과 변신의 과정을 밟아나가야 한다. 새의 부리질과 흰 고름은 존재의 거푸집 – 껍데기를 녹이기 위한 작업과 그 결과를 암시한다. 고름이란 혐오스런 이미지는 존재의 용해 상태, 초월적인 완전성, 즉 공(空)에 이르기 전의 원초적 미분화 상태를 재현한다. 연금술사들이 원물질(prima materia)이라 부르는 것에 해당하는 이 유체성의 이미지는 죽음과 부패/생명과 정화라는 상반된 의미를 계시하고 있다. 그렇게 본다면 새는 존재의 수인이며 그는 갇힌 상태에서 벗어나기 위해 필사적으로 노력하는 지상적 피조물의 상징이다. 자신을 에워싸고 있는 세계의 껍질을 깨뜨리기 위해 이 연약한 존재는 끝없이 부리질과 날갯짓을 해야 하는 것이다. 이때 새를 에워싸고 있는 둥글게 밀폐된 세계는 하나의 알, 원시인들이 상상한 세계상(世界像)에 흔히 등장하는 우주란(宇宙卵, cosmic egg)이라고 할 수 있다. 새의 비상은 말 그대로 알을 깨고 부화하는 것이라는 점에서 기존 세계의 파괴이자 새로운 존재로의 재탄생을 의미한다. 여기서 새를 시적 자아의 대행자로 본다면 새의 부리질은 오랜 장인적 수련을 암시하는 것일 터이다. 어둠 속의 오랜 작업을 통해 새는 마침내 빛 – 해방의 순간으로 나아간다. 천상을 쪼는 새의 조탁(鳥琢)은 정교한 언어의 조탁(彫琢)이자 새로운 생명이 알을 까고 나오는 줄탁(啐啄)[6]이기도 하다. 껍질을 깨뜨리기 위해 안에서 의도적 의지적으로 쪼는 줄(啐)의 노력과 외부로부터의 초월적인 힘의 작용인 탁(啄)의 섭리가 만나 하나가 되었을 때 기존 세계와의 단절과 다른 세계로의 이행이 가능해진다. 물건을 쫄 때 나는 탁탁(啄啄) 소리는 바로 새 생명의 고동 소리이기도 한 것이다. 이 "탁탁 톡톡" 하는 소리에서 시인은 우주적 진동의 만

---

6) 줄탁(啐啄)이란 선가(禪家)에서 깨달음의 비유로 쓰이는 말로 닭이 알을 까고 나올 때 알 속의 병아리가 껍질 안에서 쪼는 것을 줄(啐)이라 하고 어미 닭이 밖에서 쪼는 것을 탁(啄)이라 한다.

트라를 듣는다.

1) 샤하리아르, 잠든 당신의 심장이

톡톡 뛰고 있다 신기하게도

나를 가둔 당신의 두 팔 사이의

어둡고 깜깜한 세계 속에서 내 심장도

톡톡 뛰고 있다 잠이 깨면 당신은

나를 또 죽이려 하리라 그러나

심장의 박동 소리는 당신의 것도

나의 것도 구별 없이 듣기가 좋다

　　　　　　　　　　　　　　—「셰에라자드의 말」 부분

2) 내가 무심코 아니 유심코 손가락으로

책상을 탁탁 혹은 톡톡 두들긴 그 소리는

중국의 서안이나 미국의 텍사스나

인도의 갠지즈 강에서도 순간

탁탁 혹은 톡톡 울린다 그래서

서안에서는 궁궐의 한쪽 문이 열리고

텍사스에서는 주유소가 새로 생기고

갠지즈 강에서는 시체 하나가 떠내려간다

　　　　　　　　　　　　　　—「탁탁 혹은 톡톡」 부분

　1)에서 시인은 「아라비안 나이트」의 여주인공 셰에라자드의 목소리를 빌려, 그 어떤 죽음의 힘도 침범할 수 없는 생명의 영속성을 심장의 박동 소리를 통해 제시하고 있으며 2)에서 카오스 이론이 이야기하는 나비

효과(베이징에서 나비가 날갯짓을 하면 미대륙에서 폭풍이 인다!)와 유사한 만물의 상호공명을 역시 탁탁 톡톡이란 의성어를 통해 표현하고 있다. 인체라는 소우주에서 세계라는 대우주에 이르기까지 존재는 소리를 통한 신호를 주고받는다.[7] 그 소리는 단순한 의사소통의 수단을 넘어서 세계의 본질을 계시하는 신비의 부름이자 지상적 존재가 감수할 수밖에 없는 삶과 죽음, 탄생과 소멸의 파노라마를 압축해서 담고 있는 리듬이다. 시인의 이러한 사유는 현대의 일부 과학자들이 말하는 진동하는 우주(oscillating universe)를 연상시킨다. 우주는 죽음과 재생, 수축과 팽창의 끝없는 순환이며 모든 사물은 서로 영향을 주고받으며 응결과 해체를 되풀이한다. 한 인간의 가슴속에서 심장이 뛰고 있는 소리와 세계 각지의 여러 곳에서 일어나고 있는 갖가지 현상 사이엔 긴밀한 관계가 있다. 시인은 삼라만상 존재들 사이의 거대한 연쇄를 사소한 소리 하나로 포착해내는 사람인 것이다.

5. 풍경

새의 부리질에 의해 한 새벽이 밝아오고 그 밝아오는 빛 속으로 새는 날아가 사라진다. 시인은 어둠 속에서 빛이 터오는 것을 우리를 에워싸고 있는 천공 내부에서 화농한 것이 밖으로 터져나오는 것으로 비유한다. 그런데 흥미로운 것은 "푸른 하늘" – 존재의 바깥을 향한 새의 비상은 실은 "곪은 안쪽" – 존재의 내부를 향한 여정이라는 점이다. 이 세계의 '바깥'

---

7) 백낙청은 「'통일시대'의 한국문학」이란 글에서 이채롭게도 오규원의 시에 상당한 분량을 할애하여 분석하고 있는데 「탁탁 혹은 톡톡」이 "우리가 유심 무심 간에 행하는 조그만 행위가 지닐 수 있는 우주적인 울림을 상기시키는 데 성공한 작품"이라고 평가하고 있다. 백낙청이 오규원을 식민지 시대의 이상과 연결시키면서 "상습화된 '낯설게 하기'와 구별되는 치열성이 있다"고 의미 부여한 대목은, 기존의 계급의식이나 민족의식의 유무를 우선시하는 논리와는 다른 차원과 각도에서 리얼리즘론이 재구성될 수 있는 가능성을 열어놓고 있다.

은 또다른 세계의 '안'이다. 그런 의미에서 새는 높이 날아간 동시에 깊이 들어간 것이라고 할 수 있다. 시인이 꿈꾸는 초월은 외면적으로 보이는 수직적 비상의 이미지에도 불구하고 내재적 하강 초월에 가깝다. 새는 광활한 우주 저편으로 날아간 동시에 내적인 무한성 속에 용해되었다고 볼 수 있다.

이처럼 일출은 한 마리 새의 지속적인 부리질 끝에 불현듯 가능해진 것이다. 존재는 무(無)의 근저에서 돌연 솟아오르고 분출한다. 바슐라르가 말했듯이 인간 존재는 "부활에의 의지이자 예기치 못한 변전"이다. 새는 부리질과 비상으로 자기 초월을 향한 운동을 한다. 그런 의미에서 새는 월경자(越境者)이다. 그는 두 세계 사이, 그 문턱에 존재한다. 공간적으로는 지상(안)과 천상(바깥), 시간적으로는 밤과 낮이란 두 세계의 경계에 위치해 있다. 그 경계란 보다 확대 해석하면 차안과 피안, 일상 세계와 영적 세계를 가르는 그 접합면이자 교차 지점이라고 할 수 있다. 새의 월경은 어둠과 빛이 엇갈리는 순간, 박명(薄明)의 시공간에서 이루어진다. 그의 비상에 의해 상이한 두 세계가 일순 짧게 만났다 헤어진다.

물론 새의 비상이 가능하기 위해선 밤새도록 계속된 고행(부리질)이 요구되었다. 일회적인 비상의 성공 이면엔 오랜 시련과 노력의 축적이 있었던 것이다. 그리하여 "콕 콕"이란 의태어가 암시하듯 각을 세운 운동이 어느 한순간 둥근 원을 낳는 변전의 기적을 이룩한다. 그러나 정작 새의 날아감을 전달하는 시인의 어조에는 짙은 무상함이 깃들여 있다. 소기의 목적을 달성하기 위해 적극적으로 분투하는 제목의 새와 달리, 정작 2행의 짧은 본문에서 묘사되는 새의 모습은 지극히 정적이다. 새는 단지 "밤새 나뭇가지 끝에 앉아" 있었다고, 새벽이 되자 "하늘로 날아갔다"고 이야기될 뿐이다. 제목과 본문 사이에 그어진 이 미묘한 의미의 편차를 어떻게 이해해야 될까. 유난히 긴 제목에서 시인이 은유의 중첩을 통해 노골적으로 드러낸 의미를 정작 짧은 본문에선 지워버리고 투명한 사실 전달만 하고 있는 것을 어떻게 받아들여야 할까.

빛의 출현과 함께 새는 사라진다. 제목에서 어둠에 가려진 새의 모습이 시적 조명에 의해 밝게 드러나 있다면 본문에서 빛의 도래와 함께 새의 모습은 오히려 자취를 감춘다. 새는 시인의 시선 혹은 언어가 미칠 수 없는 미지의 영역으로 넘어가버린 것이다. 그 누구도 자기 자신을 초월하여 볼 수는 없다. 인간은 말할 수 없는 것에 대해서는 침묵해야 한다. 여기서 빛은 일상적이고 물리적인 빛이 아니라 보다 근원적이고 심층적인 빛, 단순히 사물의 외관을 비추는 빛이 아니라 사물 속에 감춰진 존재의 신성을 드러내는 빛이다. 그런 점에서 그 빛은 개방성과 공공성을 지향하는 탈은폐의 빛이지만 동시에 존재의 은폐성을 보호하는 정반대의 역할을 수행하는 빛이기도 하다. 드러냄의 가장 중요한 기능은 역설적으로 드러낼 수 없는 세계의 보존에 있다. 빛은 모든 현상적 이해와 인식을 넘어서서 그것이 가닿지 않는 세계를 한편으로 '가리키면서', 다른 한편으로 그것이 그것 자체로 남을 수 있게 덮어 '가리는' 작용을 한다. 시인은 제목에서 새의 부리질과 비상이 일정한 의미를 획득할 수 있도록 유도한 다음 본문에선 그 의미를 애써 지워버림으로써 그 장면이 시인의 의도에 종속되거나 오염되지 않고 그것 자체로 남을 수 있게 하고 있다. 그 순간 이것은 하나의 풍경이 된다. 새의 날아감은 그것을 바라보거나 명상하는 주체가 그것에 부여하는 일체의 관념이나 의식으로부터 자유로워진 채, 시인 자신의 말을 빌리면 "개념적이고 사변적인 의미에서 벗어나 날것으로서의 사물과 사물의 현상을 이미지화"[8]한 것으로 존재한다. 다시 말해 밤

---

8) 이 시인이 표방하는 '날이미지'에 대해선 『오규원 깊이 읽기』에 실린 대담 「언어 탐구의 궤적」과 시인의 산문 「구상과 해체」 「날이미지의 시」를 참고할 것. "개념적이고 사변적인 언어의 배제"와 "살아 있는(生) 언어" "굳어 있지 않은 의미로서의 이미지"에 대한 시인의

새 나무 위에 앉았다 날아간 새의 모습은 어떤 은유나 상징으로 존재하길 그치고 '풍경으로서의 풍경'으로 제시된다.

이처럼 외부에서 부과된 일체의 의미로부터 면제/차단된 그 풍경은 자립적이고 자족적으로 보이며 따라서 그만큼 '순수한 풍경'으로 여겨진다. 그러나 선험적 의미 부여를 금지하고자 하는 시인의 욕망에도 불구하고 그렇게 그려진 대상으로부터 의미를 소멸시키거나 박탈하지는 못한다는 것은 역설적인 사실이 아닐 수 없다. 이 시인의 후기시에 자주 등장하는 풍경이나 정물은 의미를 증발시키고자 하는 시인의 지속적인 노력에도 불구하고 일정한 의미의 자장을 형성하며 심지어 표면적인 진술 이면의 숨은 의미를 찾아 나서게 만드는 촉매로 작용한다.

> 그때 나는 강변의 간이주점 근처에 있었다
> 해가 지고 있었다
> 주점 근처에는 사람들이 서서 각각 있었다
> 한 사내의 머리로 해가 지고 있었다
> 두 손으로 가방을 움켜쥔 여학생이 지는 해를 보고 있었다
> 젊은 남녀 한 쌍이 지는 해를 손을 잡고 보고 있었다
> 주점의 뒷문으로도 지는 해가 보였다
> 한 사내가 지는 해를 보다가 무엇이라고 중얼거렸다
> 가방을 고쳐 쥐며 여학생이 몸을 한 번 비틀었다
> 젊은 남녀가 잠깐 서로 쳐다보며 아득하게 웃었다
> 나는 옷 밖으로 쑥 나와 있는 내 목덜미를 만졌다

탐구가 명료하게 드러나 있다. 개인적인 연상을 덧붙이자면, 날이미지의 '날'은 인간적 개입이나 가공을 최소화한 대상의 순수한 현전을 의미하는 동시에, 칼이나 연장의 날카로운 부분처럼 대상의 가장 예민하고 예리한 단면과의 감각적 접촉을 환기시킨다.

한 사내가 좌측에서 주춤주춤 시야 밖으로 나갔다

해가 지고 있었다

—「지는 해」 전문

위 작품에서 화자는 하나의 시각으로 존재한다. 피사체를 포착하는 앵글의 움직임이 있을 뿐 그것을 통제하고 그것에 의미를 부여하는 심리적 주체는 나타나지 않는다. 서정시에서 흔히 만날 수 있는, 주관적 감정으로 덧칠된 풍경과 위 시의 풍경은 질적으로 전연 다른 것이다. 이러한 풍경의 '배후'에 화자가 무엇을 숨겨놓았을 것임에 틀림없으며 자세히 읽기를 통해 그것을 찾아낼 수 있으리라는 믿음이나 기대는 끝내 충족되지 않는다. 인간과 풍경의 공모관계는 적어도 이러한 시편에서는 이루어지지 않는다. 화자의 한정된 시계(視界)에 들어온 대상이 순차적으로 나열돼 있을 따름이며 끊임없이 변화하는 현상계의 풍경이 균질적으로 건조하게 기록돼 있을 따름이다. 그러나 아미엘이 말했듯이 풍경이 '정신의 상태'를 의미한다는 관점을 받아들인다면 위 시의 풍경은 분명히 무엇인가를 말하지 않고 있는 가운데 말하고 있다고 봐야 할 것이다.

우리가 위 시를 읽으며 발견하게 되는 것은 화자와 외부 대상이 극도의 소원화(疎遠化) 상태에 있다는 점이다. 화자는 풍경 '속에' 있지만 풍경에 '속해' 있지 않다. 외부 풍경에 대한 정관(靜觀)과 묘사에도 불구하고 그는 정작 외부 풍경과 겉도는 관계에 있다. 그는 풍경으로부터 소외된 인물인 것이다. 그런 의미에서 외부 풍경에 대한 남다른 천착은 역으로 화자의 집중적인 내면화를 암시해주고 있다. 풍경의 발견은 외적인 것을 거부한 내적 인간(inter man)의 고독과 고립을 증언해준다. 묘사의 객관성에도 불구하고 거기서 우리가 마주치게 되는 것은 일종의 외로운 주관론이다. 다만 처연하게 외부세계를 응시하고 있을 뿐인 한 개별자의 스산한 내면. 이 시인의 풍경시와 정물시가 되풀이해서 보여주고 있는 것은 바로 이것이다.

1) 뜰 앞의 잣나무가 밝은 쪽에서 어두운 쪽으로 비에 젖는다
서쪽 강변의 아카시아가 강에서 채전 방향으로 비에 젖는다
아카시아 뒤의 은사시나무는 앞은 아카시아가 가져가 없어지고 옆구리
로 비에 젖는다
뜰 밖 언덕에 한 그루 남은 달맞이가 꽃에서 잎으로 비에 젖는다
젖을 일이 없는 강의 물소리가 비의 줄기와 줄기 사이에 가득 찬다

—「우주 2」 전문

2) 토마토가 있다
세 개
붉고 둥글다
아니 달콤하다
그 옆에 나이프
아니
달빛

토마토와
나이프가 있는

접시는 편편하다
접시는 평평하다

—「토마토와 나이프—정물 b」 전문

비에 젖는 창 바깥의 풍경을 그리고 있는 1)이나 과일과 나이프와 접시로 이루어진 정물을 그리고 있는 2) 모두 외견상 주관성이 배제된 즉물적 묘사로 이루어진 것 같은 인상을 준다. 그러나 객관성은 욕망일 뿐 현실이 되지 못한다. 이는 단순히 대상이 화자의 시선과 언어라는 프리즘을 통과하는 동안 일정한 굴절을 감수하지 않을 도리가 없기 때문만은 아니다. 더욱 결정적인 것은, 시인의 표현은 대상의 일부를 빛 속에 드러나게 하는 동시에 다른 부분을 어둠 속에 숨긴다는 점이다. 그것이 1)처럼 거대한 우주가 되었든 2)처럼 미소한 사물이 되었든 대상의 현전은 또다른 대상의 부재 위에서만 일시적으로 가능한 환상에 불과하다. 1)의 "어두운 쪽"이란 표현과 2)의 거듭 반복되는 "아니"라는 구절은 말해지지 않은 그 무엇이 지금 화자가 시도하고 있는 풍경이나 정물에 대한 재현에서 더 결정적일 수 있음을 암시하고 있다. 그의 후기시가 시각적 투명성과 단순성에도 불구하고 인식론적 불투과성과 복잡성을 간직하고 있는 것은 그 때문이다. 그의 시에 그려진 풍경과 정물은 언어화되지 못한/될 수 없는 거대한 존재의 바다 위에 떠 있는 작은 섬에 지나지 않는다.

　　그런 점에서 그의 후기시에 대한 접근은 시인이 지향하고 표방하는 객관성의 구현 여부를 검증하는 데 있다기보다는 시인이 완강하게 드러내려 하지 않았음에도 불구하고 어쩔 수 없이 노출한 주관성의 흔적을 수집하는 데서 시작될 수 있을 것이다. 재래적인 전원적 풍경의 소멸이란 현상을 앞에 두고 있는 이 시대에 시인은 한사코 자연을 향해 다가가고 있다. 그러나 그것은 결코 자연미에 대한 예찬이 아니며 목가적 삶에 대한 향수의 소산도 생태학적 관심의 발로도 아니다. 그의 풍경시와 정물시가 정작 말하고 있는 것은 무(無)와의 조우이다. 그의 시편은 대상을 통해 대상의 부재를, 자연을 통해 자연의 '덧없는 영속'을 음각시키고 있다. 그것은 곧 존재의 공허 앞에 당도한 자의 우수에 다름아니다.

밤새 나뭇가지 끝에 앉았던 새 한 마리
새벽 하늘로 날아갔다

　밤새도록 푸른 하늘을 쪼아대던 새는 새벽녘 어디론가 날아가버린다.
어쩌면 그 새는 존재의 눈부신 광휘 속으로 날아간 것인지도 모르고, 아
니면 부패하여 소멸할 수밖에 없는 운명 속으로 투신한 것인지도 모른다.
상상 속에서 새의 날아감을 뒤쫓고 난 뒤의 허허로움이 바로 그 긴 제목
뒤에 이처럼 짧고 단순한 두 행의 본문을 덧붙이게 만든 것일까. 빛도 아
니고 어둠도 아닌 박명의 시공간 속에서 지금 막 또다른 새 한 마리가 날
개를 편다.

(2002년 여름)

태초의 시간, 극지의 상상력
— 신대철의 시세계

1. 탈자연시대의 목가

신대철의 첫 시집 『무인도를 위하여』(문학과지성사, 1977)는 억압적인 권위주의정권에 의해 돌진적인 경제성장이 한창 진행되던 시절인 1970년대 후반 출간되었다. 이 개성적인 시집을 앞에 두고 당시의 독자와 평자들이 놀랄 수밖에 없었던 것은 거기 실린 작품을 관류하고 있는 한없이 투명에 가까운 언어의 밀도와 심원한 서정성 때문이기도 했지만, 우리 모두에게 너무나 친숙하면서도 오랫동안 잊고 지냈던 음성이 아연 되살아나 귓가에 재생된 듯한 느낌 때문이기도 했다. 그 음성은 바로 자연의 음성이었고 산과 강과 바다, 물과 불, 해와 달로 이루어진 우주 그 자체의 부름이었다.

태고 이래 자연은 인간을 둘러싸고 인간에게 무한한 정신적 물질적 자양분을 제공해주었으며 시적 영감의 마르지 않는 근원으로 작용해왔다. 하지만 약탈적 경제개발과 무분별한 산업화로 인해 자연은 점차 인간의 가시적 지평 저 너머로 사라져갔으며 특별한 노력을 기울여 보호하고 관리해야 그 명맥을 유지할 수 있는 대상으로 변모해왔다. 문학에 나타난 자연상(像) 역시 새로운 자극과 상상력의 원천으로 작용하기는커녕 진부함을 면치 못한 채 상투적이고 퇴영적인 동어반복의 수준에 머물러 있는 곤경을 노출하고 있었다. 이처럼 자연이 일상적 현실 속에서나 허구적 창작물 속에서나 점차 실물감을 잃어가고 있을 때 선보인 신대철의 자연시는 그 어떤 사회역사적 환경 변화에도 불구하고 변치 않는 자연의 근원적인 힘과 항구적인 가치를 일깨워주는 동시에 자연의 소환 앞에서 인간이 언어를 통해 펼칠 수 있는 응답의 한 가능성을 뚜렷이 보여주었다. 탈자연의 세계로 치닫고 있는 시대적 조건 속에서 다시 재자연화의 길을 모색하고 있는 이 시인의 시편들은 친숙한 동시에 낯설었고, 고답적인 만큼이나 환상적이기도 했다. 그런 의미에서 이 시집은 당대성을 뛰어넘는 선구적 측면을 내장하고 있었고, 그 이후 전개된 우리 시의 흐름을 염두에 둘 때, 계시적인 의미까지 함축하고 있었다.

전국이 아파트 공화국으로 화해가고 있던 즈음에 돌연 나타난 이 시집은, 마치 이 땅에 산업화나 도시화가 아직 개시되지도 않은 것처럼 자연과 원초적인 교감을 나누며 소통하는 인간의 본래적 모습을 보여준다. 물론 이는 시대적 변환에 대한 시인의 의식 부족에 기인한다기보다는 시인의 의도적이고 적극적인 선택의 소산임에 분명하다. 그 역시 자신과 공동체의 삶을 규정짓고 있는 여러 정치 경제 사회적 힘의 상호작용에 둔감한 것은 아니다. 아니 오히려 역으로 바로 그런 시대적 추세에 대한 민감한 인식과 비판정신이 바로 이 시인의 초기 시세계를 채색하고 있는 자연으로의 투신을 낳았을 것이다. 물론 자연과 문명의 이항대립에 입각한 사유는 어느 정도 한계를 노정할 수밖에 없고 문제의 진정한 해결이 아니라 손쉬운 도피책이라는 비판에서 자유롭지 못하다. 이 시인이 첫 시집의 출간 후 오랜 기간 작품 발표를 절제하며 거의 절필에 가까운 행보를 해온 것도 이와 무관하지 않을 것이다. 그러나 새로운 세기에 접어들면서 그가 의욕적으로 선보인 두 권의 시집, 『개마고원에서 온 친구에게』(문학과지성사, 2000)와 『누구인지 몰라도 그대를 사랑한다』(창비, 2005)는 그의 시적 모색이 이제 새로운 단계에 접어들었으며 그것이 구체적인 결실로 수확되고 있음을 말해주고 있다.

첫 시집과 두번째 시집 출간 사이의 시간적 거리가 암시하는 대로 초기시와 그 이후의 시편은 세계를 바라보는 시각과 그것을 언어로 형상화하는 방식에 있어 무시할 수 없는 차이를 노출하고 있다. 물론 이 두 시집은 모두 강렬한 자연친화적 욕망의 소산이라는 점에서 동일한 중심에서 퍼져나온 시적 동심원들이라고 할 수 있다. 그러나 첫 시집을 물들이고 있었던 유년의 순진성과 환상성은 최근으로 올수록 그 정도가 점차 약화되는 대신, 시인 자신의 자전적 삶과 우리 민족의 역사적 현실이 보다 직접적으로 시의 전면에 대두하고 있다. 시인은 이제 문명과 자연, 역사와 신화의 경계선에 서서 이 양자를 함께 아우르는 시세계를 모색하고 있는 듯이 보인다. 자연의 아이가 들려주던 아름다운 화음으로 이루어진 초기시와 분단된 조국 현실의 아픔을 노래하는 근작시 사이엔 상당한 편차가 있는 것처럼 여겨지지만 실은 이 두 주제는 이 시인의 경우 동근원적인 것이었다. 이제 "태초에서 흘러와 태초로 흘러가는 시간"(『개마고원에서 온 친구에게』 머리말)을 살고 있는 이 시인의 시세계 속으로 들어가보도록 하자.

2. 유년 시절을 향한 몽상

신대철의 시에서 산은 존재의 태반과도 같은 역할을 담당하고 있다. 생성과 소멸을 거치면서 수유변전하는 세계에서 산은 영원한 안식처이자 지상에서 천상을 향하는 수직적 초월의 매개항으로 나타난다. 단순하고 평이한 언어 속에 복합적인 의미구조를 은닉하고 있는 다음 작품은 이 시인의 정신의 원적지, 상상력의 원풍경을 잘 보여주고 있다.

죽은 사람이 살다 간 南向을 묻기 위해
사람들은 앞산에 모여 있습니다

죽은 사람은 죽은 사람, 소년들은 잎 피는 소리에 취해 山 아래로 천 개
의 시냇물을 띄웁니다. 아롱아롱 山울림에 실리어 떠가는 물빛, 흰나비를
잡으러 간 소년은 흰나비로 날아와 앉고 저 아래 저 아래 개나리꽃을 피우
며 활짝 핀 누가 사는지?

조금씩 햇빛은 물살에 깎이어갑니다. 우리 살아 있는 자리도 깎이어 물
밑바닥에 밀리는 흰 모래알로 부서집니다.
죽은 사람은 죽은 사람,
흰 모래 사이 피라미는 거슬러오르고
죽은 사람은 죽은 사람,
그대를 위해 사람들은 앞산 양지 쪽에 모여 있습니다.
　　　　　　—「흰나비를 잡으러 간 소년은 흰나비로 날아와 앉고」전문

다사롭고 잔잔한 목가풍의 서정시인 이 작품은 이 시인의 초기시를 특
징짓고 있는 요소들을 잘 보여주고 있다. 산 아래엔 이미 개나리꽃이 활
짝 핀 봄날 산 위에 자리잡은 마을에 죽은 자를 묻는 장례 절차가 간소하
게 진행되고 있다. 익명의 그 죽음엔, 개개인의 삶이 다 그러하듯, 적잖은
사연이 숨어 있을지 모르고 어쩌면 마을의 공동체 전체가 연루돼 있는 역
사적 상흔이 자리하고 있을지 모른다. 그러나 마을 사람들의 이런 허전
하고 슬픈 마음을 알 길 없는 아이들은 화려한 봄기운에 취해 자기들만
의 놀이와 공상에 몰두해 있을 뿐이다. 이렇게 읽으면 이 시는 봄날의 정

경에 대한 서정적 소묘 저 밑에 죽음의 비극성과 천진난만한 아이들의 꿈이라는 상반되는 요소의 대조가 불러일으키는 아이러니를 은밀히 감춰놓은 작품이라고 할 수 있다. 매장 과정을 지배하는 분위기가 엄숙하고 비장하면 할수록 봄날의 축제적 분위기는 아이들의 유희충동을 오히려 부채질한다. 죽음이 모든 생명체에게 부과된 어찌할 수 없는 운명이듯 새롭게 자라나는=피어나는 세대의 삶 역시 불가항력적인 필연성을 지니고 있다. "죽은 사람은 죽은 사람"이라는, 화자가 자기암시를 걸듯 거듭 되뇌는 구절은 삶과 죽음 사이의 뛰어넘을 수 없는 간격과 더불어 무수히 반복되는 죽음을 딛고도 연면히 진행되는 삶의 철리(哲理)에 인식이 미치도록 만든다. 그런 의미에서 마지막 행에서 화자가 "그대"라고 호명하는 대상은 시에 등장하는 "죽은 사람"인 동시에 현재 이 시를 읽고 있는 사람 모두, 그러니까 인간 전반으로 확대된다. 우리 모두 어느 날 죽을 것이고 우리의 육신이 묻히는 어느 봄날에도 아이들은 여전히 자기들만의 놀이와 공상에 열중해 있을 것이다. 그것은 그 자체로 슬플 것도 기쁠 것도 없는 삶의 엄연한 법칙이자 유구하게 반복될 현상일 따름이다. 죽은 자에 대한 연민과 애도가 살아 있는 자들의 삶을 짓누르는 무게로 작용해선 안 된다. 오히려 죽음의 슬픔을 "山울림에 실리어 떠가는 물빛"처럼 가볍게 띄워보낼 수 있을 때 진정한 삶과의 화해에 이를 수 있다…… 아마도 이 시를 관류하고 있는 우수 어린 정서는 이렇게 요약될 수 있지 않을까.

이처럼 이 시의 저변엔 죽음과 삶, 슬픔과 기쁨이 길항하며 공존하는 존재의 이원성에 대한 시인의 통찰이 깃들어 있다. 그 이원성은 먼저 죽은 사람과 산 사람, 사자와 생자의 대립으로 나타나지만 더 나아가 성인과 아이 혹은 자연계와 인간계의 대조를 통해 암시되기도 한다. 어른들이 사자에 대한 회상과 슬픔에 잠겨 있다면 아이들은 계절의 변화가 가져다주는 유열(愉悅)과 도취에 잠겨 있다. 또 인간들이 저마다 삶의 희로애락에 젖어 있는 것에 구애받지 않고 자연계를 대표하는 피라미는 흰 모래 사이 물을 거슬러오르기 바쁘다. 그들은 한곳에 모여 있으되 실은 각자 자기만의 영역과 활동에 갇혀 있다. "죽은 사람은 죽은 사람"이라는 주술처럼 반복되는 구절에는 삶의 무상함에 대한 달관이나 체념과 더불어 죽음에도 불구하고, 아니 죽음을 통해 다시 새롭게 시작되고 유지되는 삶의 지속성과 존재의 전체성에 대한 긍정이 담겨 있다. 이는 "흰나비를 잡으러 간 소년은 흰나비로 날아와 앉고"라는 구절을 통해 더욱 극명하게 드러난다. 흰나비는 흔히 죽은 자의 영혼을 나타내는 상징으로 여겨진다. 그렇다면 이 시에서 죽어 땅에 묻히는 존재는 한때 흰나비를 찾아 먼 길을 떠난 사람이라는 추정이 가능하고, 현재 "저 아래 저 아래 개나리꽃을 피우며 활짝 핀 누가 사는지?"라며 산 아래에서의 삶을 동경하는 소년들 가운데 어느 하나도 어느 순간 훌쩍 "흰나비"를 잡으러 간다면서 산 위 마을을 떠날지 모른다는 연상을 불러일으킨다. 미지의 세계에 대한 동경과 출분(出奔)의 욕망은 모든 자라나는 세대의 공통된 속성이다. 그러나 그들도, 현재 땅에 묻히고 있는 "죽은 사람"처럼, 결국엔 떠나온 자리, 산 위의 "양지 쪽"에 마지막 거처를 정하게 될 것이다. 죽음 이후, 존재의 내세와 탄생 이전, 존재의 선사(先史)는 한 지점에서 운명적으로 조우한다.

앞에서 지적한, 이 시인의 시에 나타난 존재의 이원성은 위상학적으로 산 위/아래의 대립으로 변주된다. 표면적으로 산 위가 마을 사람들이 죽은 자를 매장하고 있는 곳, 다시 말해 죽음의 장소라면 산 아래는 "개나리꽃을 피우며 활짝 핀 누가 사는지?"라는 표현이 말해주듯 삶의 환희가 한창 절정을 구가하는 곳, 그래서 호기심과 동경을 자아내는 곳이라는 의미를 띠고 있다. 그러나 소년들이 산 아래로 "천 개의 시냇물을 띄"운다거나 "아롱아롱 山울림에 실리어 떠가는 물빛" 같은 구절은 위에서 아래로 하강하기 마련인 물의 수력학적 속성에서 벗어나 오히려 위로, 천상으로 가볍게 상승하는 동력을 보여주고 있다. 소년들이 시냇물에 실어 아래로 내려보내는 산울림 – 물빛에 화답이라도 하듯 산 아래에선 흰나비가 날아오고 피라미가 거슬러오른다. 이 세상과 저 세상을 왕복하는 흰나비처럼 인간세계와 자연세계 사이엔 심오한 연동이 관류하고 있으며 삶과 죽음은 상호소통한다. "우리 살아 있는 자리"가 언젠가는 "물 밑바닥에 밀리는 흰 모래알로 부서"진다고 하는 데서 알 수 있듯이 삶은 죽음으로 변전하지만, 그 "흰 모래 사이 피라미는 거슬러오르"는 데서 드러나듯이 죽음은 다시 신생의 기운에 자리를 양보한다. 상/하로 분절된 공간이 유발하는 표면적 대립은 흰나비나 피라미 같은 양자를 매개하는 존재들에 의해 해소되고 심층적 차원에선 서로 넘나들며 순회하는 운동을 보여준다. 죽은 사람과 소년이 다른 존재이면서 실은 서로의 거울이듯 삶과 죽음은 끝없이 돌고 돌면서 순환한다.

죽음과 신생이 동시적으로 공존하는 풍경은 겨울이 가고 봄이 오는 이 시의 계절적 배경과 맞물려 독특한 질감을 자아낸다. 산 위 마을에서 벌어지는 이 조촐한 행사는 봄의 시작과 대지의 부활을 알리는 계절제(季節祭)의 일종인 동시에 존재의 변신과 환생을 나타내는 입사식의 흔적을 지니고 있다. 잎이 새로 트는 식물의 주기적 재생 앞에서 삶/죽음, 유년/성년의 대립 역시 무화되어버린다. 아직 '경험' 이전의 '무죄'의 상태에 머물러 있는 소년들도 조만간 성년이 되어 세파에 시달리게 되면 물살에 밀리는 모래알처럼 깎이고 부서질 수밖에 없을 터이지만 주위의 비극을 아랑곳하지 않고 뛰노는 지금 이 순간만은 그들은 더없이 아름답고 순수하다. 죽음을 배경으로 한 아이들의 놀이는, 그런 만큼, 더욱 화사하고 만물을 생기롭게 한다. 그것은 인류가 잃어버린 원초적 낙원상태의 기억을 일깨우는 몸짓인 것이다.

3. 산 · 아이 · 눈

1) 소년들이 모이는 밤은 보름달이 물가 청머루 덩굴 숲속에서 기다립니다. 소년들은 달을 따라 馬峙里에서 제일 높아 보이는 꾀꼬리峰에 꼬불꼬불한 山길을 놓습니다. 上峰에 올라서면 또 上峰, 칠갑산은 정말 아흔아홉 봉우립니다.

(……)

아아, 달빛에 반사되어 달이 되는 호기심
호기심이 소년들을 홀려 上峰에서 上上峰으로 밤새도록 끌고 다닙니다.
— 「七甲山 1」 부분

2) 어둑해진 산 속. 불쑥 한 소년이 나온다. 아랫마을로 내려가다 길손과 우연히 만나 눈 날리는 줄도 모르고 무슨 이야길 하는 줄도 모르고 이야기 속으로 끌려들어가 다음날 그 다음날도 돌아오지 못한 소년이 온다.

소년은 내 옆을 스쳐가다 문득 돌아서서 나를 길손처럼 맞이한다. 영문 모른 채 내 몸에 붙어서서 그때 그 꿈 같은 이야길 하나하나 침묵으로 바꾸어 돌아간다. 해마다 침묵밖에 줄 게 없어도 소년은 첫눈보다 먼저 왔다 희끗희끗 눈자락만 남기고 간다.

— 「첫눈」 부분

각각 첫 시집과 세번째 시집에서 발췌한 이 두 편의 시는 그의 시세계에서 불변의 요소로 자리잡고 있는 산-소년의 이미지를 선명히 보여주고 있다. 1)이 산에서 뛰노는 아이들의 유희충동을 달빛의 몽환적 효과에 의탁해 그리고 있다면 2)는 어른이 되어서도 화자의 마음속에 여전히 살아 있는, 그래서 첫눈과 함께 출현하는 아이의 모습을 보여준다. 이 시인의 시에서 산이 단지 공간적 배경에 머무는 것이 아닌 것처럼 소년 역시 단순히 과거의 잔존물, 향수 어린 추억의 대상에 머무는 것이 아니다. 조금 비약해서 이야기하자면 산이 곧 소년이며 소년이 곧 산이다. 소년이 한 개인의 유년 시절을 나타내듯 산은 사람들이 근대 이후 물질적 발전의 도상에서 뒤에 남겨두고 온 삶의 원리, 즉 인류의 유년 시절을 상징하고 있다. 1)에서 달에 홀린 아이나 2)에서 낯선 길손의 이야기에 홀린 아이나 모두 삶을 실질적으로 지배하는 현실원칙에서 벗어난, 길들지 않은 자유로운 영혼을 나타내고 있다. 시인의 상상 속에서 그는, 실제 나이와 상관없이, 항상 '영원한 소년'이다.[1] 시인은 산문집에 실린 한 글에서 "그 아이는 나의 아이도 너의 아이도 아닌, 인류의 고향에서 온 우리 모두의 아이"라면서 다음과 같이 말하고 있다.

우리의 원초적인 삶은 우리의 몸 속 어딘가에 아이와 함께 살아 있다. 우리가 인간의 것을 버리고 우주를 꿈꾸고 있으면 그 아이는 숨결 소리로 말을 걸어온다. '지상을 향하지 말고 우주를, 신을 향해 서라'고.

그 아이는 우리를 집에서 끌어내어 나무, 돌, 눈보라 사이에 서게 하고 물을 따라 흘러가게 한다. 물을 따라 눈, 폭풍, 햇빛에 부딪히며 흘러가는

---

1) 분석심리학자 C. G. 융은 어린이 원형의 중요성에 대해 말하면서 "어린이 주제의 본질적 측면은 그 미래적 특성이다. 어린이는 잠재력을 지닌 미래이다"(「어린이 원형의 심리학에 대하여」, 『원형과 무의식』, 솔, 2002)라고 지적하고 있다. 어린이는 단지 유소년 시절의 추억의 잔여에 지나지 않는 것이 아니라 어려운 수고를 통해서야 다다를 수 있는 인격의 전체성을 나타내는 상징으로서 진정한 자기 자신을 실현하려는 무의식적 충동의 소산이다. 이때 어린이는 성인에게 지나가버린 과거가 아니라 앞으로 찾아나서야 할 미래가 된다. 이는 이 시인의 시 「神市」에서 화자가 "그"라고 부르는 사람의 꿈속에 들어앉아 있던 "원시인"이 그가 세워놓고자 한 "미래인"과 동일한 존재라는 사실에서도 암시된다.

동안 우리는 인간에 닳리고 그을린, 인간이 만든 얼굴이 아닌 자연 그대로의 얼굴을 갖게 될 것이다. 그것은 인간적인 것을 다 씻어버린 얼굴, 어쩌면 우리 인간의 첫 모습인 아담과 이브의 얼굴빛일지도 모른다.

—「어린 시절을 향하여」, 『나무 위의 동네』, 청아, 1989

위 산문에 나타난 인간이 만든 얼굴/자연 그대로의 얼굴의 대조에서 볼 수 있듯이 그의 시가 지향하고 있는 탈속주의의 이면에 반인간주의가 자리잡고 있음을 짐작하기란 어렵지 않다. 시인은 편협한 인간중심주의와 자기 조정능력을 상실한 문명사회를 거부하고 광대한 우주를 향해 몸을 연다. 탐욕과 허위, 대립과 갈등으로 가득 찬 일상, 비극과 모순으로 점철된 역사 저편에 산과 강, 하늘과 바다, 사막과 극지로 이루어진 대자연이 펼쳐져 있다. 자연의 신성성 앞에서 그는 경외감과 더불어 드디어 진정한 집에 돌아온 듯한 충일감을 느낀다. 이 순간 그는 인간이 만든 가옥으로서의 집에서 벗어나 무한한 우주의 집에 거주하는 존재가 된다. 자연과의 조우를 통해 가식적 삶을 벗어던지고 자아의 본래 면목을 회복한 순간을 시인은 한 시에서 "물소리가 물소리로 들리"는 순간이라고 표현하고 있다.

박꽃이 하얗게 필 동안
밤은 세 걸음 이상 물러나지 않는다

벌떼 같은 사람은 잠들고
침을 감춘 채
뜬소문도 잠들고
담비들은 제 집으로 돌아와 있다

박꽃이 핀다

물소리가 물소리로 들린다

—「박꽃」 전문

박꽃이 피는 시간은 "벌떼"나 "침"이 의미하는 세상의 공격적 성향이
다 수그러들고, 담비로 대표되는 자연적 존재들이 귀소본능에 따라 "제
집으로 돌아와 있"는 시간, 그리하여 모든 존재가 밤으로 상징되는 우주
의 미분화된 총체성 속에 수렴되는 시간을 가리킨다. 그 순간 마치 성스
러운 존재가 자신을 드러내듯 박꽃이 핀다. 박꽃의 개화는 따라서 성현
(hierophany)의 순간이자, 물소리가 비로소 물소리로 들리는, 존재의 자
기 동일성이 실현되고 인지되는 각성의 순간이다.

이 시에서 하얗게 핀 박꽃은 「흰나비를 잡으러 간 소년은 흰나비로 날
아와 앉고」에 나오는 흰나비와 상통하는 이미지이다. 흰나비가 죽은 사람
의 매장이란 비극적 삽화를 배후에 거느리고 나타나듯 흰 박꽃은 밤의 어
둠을 배경으로 피어난다. 흰빛은 죽음과 어둠이란 바탕화면 위에 돋을새
김됨으로써 더욱 눈부시게 현현한다.[2] 깊고 고요한 침잠과 대조됨으로 해
서 흰나비나 흰꽃은 보다 더 가볍고 선명하게 지상의 존재들 위로 자신을

---

2) 흰빛은 죽은 자를 애도하기 위한 상복과 새로운 출발을 알리는 결혼식의 예복에 함께 쓰
인다는 데서 알 수 있듯이 생과 사, 사랑과 죽음의 양면적 의미를 지니고 있는 색이다. 죽음
의 흰색은 존재의 정화를 나타내는 흰색에 의해 승화된다. 흰색이 영적 깨달음과 관련되는
것은 그 때문이다. 이 흰색의 반대편에 "아슬아슬 비켜 지나온 시간은 까마귀가 되어 죽어
있었다"(「까욱, 까아욱」)거나 "물소리도 끊긴 옻샘에서 얼음 숨구멍을 쪼던 까만 물까마귀
와 마주쳤네"(「나는 내가 있는 줄도 모르고 살았네」)의 까마귀가 표상하는 검은색이 자리
하고 있다. 흰색/검은색, 빛/어둠은 이처럼 이 시인의 시에서 선명한 단색 화면을 구성하고
있다.

드러낼 수 있게 된다. 이 시인의 시를 주의 깊게 들여다보면 데뷔작에서부터 근작에 이르기까지 바로 이 흰빛에 감싸인 한 이미지가 주도적 역할을 하고 있음을 발견하게 된다. 그것은 바로 눈 이미지이다. 초기시부터 최근의 작품까지 계속해서 그의 시엔 눈이 휘날리거나 내려 쌓이거나 녹으면서 이 시인 특유의 초벌 그림을 완성해놓고 있다.

춥다. 눈사람이 되려면 얼마나 걸어야 할까? 잡념과 머리카락이 희어지도록 걷고 밤의 끝에서 또 얼마를 걸어야 될까? 너무 넓은 밤, 사람들은 밤보다 더 넓다.

(……)

깊은 山에 가고 싶다. 사람들은 山을 다 어디에 두고 다닐까? 혹은 山을 깎아 대체 무엇을 메웠을까? 생각을 돌리자, 눈발이 날린다.

—「추운 山」 부분

그들이 거쳐간 길은 모두 영하 속으로 굴러떨어졌다. 뿌옇게 눈가루가 날렸다. 우리는 눈썹에 눈가루를 쓴 채 그들 반대쪽으로 걸어내려갔다. 흰 눈꽃을 피워 조용히 길을 밝히는 나무, 눈나무들, 다가서면 스르르 녹아내렸다. 주춤거리기만 해도 구두 바닥이 달라붙고 눈앞에는 얇은 성에가 꼈다. 우리도 눈꽃 한 송이 피우다 갈까? 잠시 망설이는 동안 그들은 우리를, 그들이 한때 살아 움직인 자기 자신이라고 생각하고 있었다.

—「또 만납시다, 지구 위에서」 부분

막 헤어진 이가

야트막한 언덕집
처마 밑으로 들어온다.
할말을 빠뜨렸다는 듯
씩 웃으면서 말한다.

눈이 오네요

그 한마디 품어안고
유년 시절을 넘어
숨차게 올라온 그의 눈빛에
눈 오는 길 어른거린다.

—「눈 오는 길」 부분

　지금까지 그가 펴낸 세 권의 시집에서 한 편씩 손쉽게 찾아낸 이 시들
은 눈에 대한 이 시인의 남다른 편향과 더불어 그 이미지가 간직하고 있
을 간단치 않은 상징성을 가늠하게 해주고 있다. 무엇보다도 눈은 그 순
수함과 가벼움으로 보는 사람을 순결과 동심의 세계로 안내한다. 동시에
쉽게 녹아없어지거나 단단한 얼음으로 굳어버리는 눈의 비영속성은 존재
의 불안정성과 휘발성을 떠올리게 만든다. 천상과 지상 사이를 방황하는
눈은 액체성과 고체성 사이에서 유동하는 질료이기도 하다. 응결과 용해
사이의 중간적 단계에 놓여 있는 눈은 흘러가버리는 물에 일시적이나마
형체가 부여된 것이다.
　여기서 이 시인의 시에 자주 등장하는 물−물방울−물소리의 이미지
를 떠올려볼 필요가 있다. 첫 시집에 나오는 "바람이 가진 힘은 모두 풀어
내어/ 개울물 속에서 물방울이 되게 바람을 적시는 비"(「오래 기다리면 오

래 기다릴수록」) "살이 푸르러지는 물 속에 누웠다// 물 흐르는 대로 발가
벗고 흐르다 자기 자신한테 들키고 싶다"(「아무도 살지 않는 땅 1」) 같은
구절이나, 두번째 시집의 "얼음 밑을 소리치며 흘러내린 물/ 가슴에 괴어
찰랑찰랑,/ 날이 어두워지면서 파도 소리를 낸다"(「水刻畵 1-4」), "손 끝
에 맺히는 울음, 한 방울"(「또 무슨 일이지?」), "계곡에는 얼음 덩어리/ 그
속에 잠긴 초록빛 물소리"(「나무 밑에서」) 같은 구절, 그리고 세번째 시집
의 "풀벌레들 잎 위로 올라오다/ 물방울을 톡 떨어뜨린다"(「물방울」) "그
때 머리끝에 맺히는 물방울 하나/ 그 속에 섬광처럼 스치는 아이 하나"
(「물방울 아이」), "떨어지는 빙폭 속에서/ 설렐수록 푸르러지는/ 물방울
한 잎 받아/ 흐르고 싶을 때까지"(「바람불이 1」) 같은 구절에서 볼 수 있
듯이, 이 시인의 시집 어느 페이지를 들춰보아도 쉽게 발견되는 물 이미
지는, 지상을 흐르든 허공을 떠돌든, 존재의 원천이자 생명수로서 만물의
생성과 순환을 가능케 하는 원소로서 힘을 발휘하고 있다. 동시에 그 물
은 영고성쇠를 거듭하는 삶과 역사를 일순간에 무화시켜버리는, 세계가
곧 하나의 찰나적 환영에 불과함을 말해주는 마야의 상징이기도 하다. 두
번째 시집에서 시인이 젊은 시절 생활 형편 때문에 고향 근처의 산에서
화전민으로 생활해야 했던 시절의 고독하고 곤궁한 경험을 그린 연작시
편에 '수각화(水刻畵)'라는 제목을 붙인 데서도 물에 대한 시인의 이러한
인식이 드러난다. 인간의 삶이란 어느 한순간 아무리 절실하고 절대적인
것처럼 보일지라도 어느 정도 거리를 유지하고 보게 되면 물에 새긴 그림
처럼 이내 흔적도 없이 지워지고 마는 것이다.

그러나 무엇보다 이 시인의 눈 이미지에서 우리가 주목해야 할 것은 그
것이 자신 속에 수분만이 아니라 불이라는 전혀 상반되는 속성의 원소를
함께 떠안고 있다는 점이다. 눈은 차갑고 축축하기만 한 것이 아니라 뜨
겁게 타오르기도 하고 빛을 뿜어내기도 한다. 그런 의미에서 그의 시에서

흰 눈은 빛나는 물, 내부에 불을 간직한 물이다. 이 시인의 상상세계 속에서 봄의 흰나비와 겨울의 흰 눈이 같은 층위에 공존할 수 있는 것은 그 때문이다. 어린 시절 산속을 헤매다니던 소년이 풀밭 위에서 꾸는 다음과 같은 꿈을 보라.

해가 타오른다. 山 3時

풀잎 꿈속에 꼬부려 누워 소년은 잠이 들고 이글이글이글 풀잎 꿈속에서 소년의 꿈속으로 불덩이가 넘어간다.

—「自然」 부분

표면적으로 위 대목은 햇덩이가 머리 위에서 이글거리는 무렵 풀밭에 누워 낮잠을 잤다는 의미이지만 보다 심층적으로 소년이 내면에 불덩이를 간직한 존재임을 말해주고 있다. 그는 불을 머금은 존재, 산정에 떠오른 태양의 후예이다. 그는 신화에 나오는 '빛을 내뿜는 소년' '어린이 신(神)'의 시적 변용이다. 불은 이처럼 흔히 존재의 영광된 측면을 나타내주는 것이 보통이다. 하지만 그것이 지나치면 때로 파괴적 힘으로 작용하기도 한다.

자운영꽃이 꼭꼭 숨어 핀 풀숲을 헤맸어. 자운영꽃 같았어. 풀뱀이었어. 풋고추 같았어. 고추밭이었어. 빨간 고추만 골라 땄어. 고추를 씹다보니 뱀이었어. 혹시 불꿈은 꾸지 않았어? 불을 움켜쥔 채 사람들이 쫓기지 않았어? 불만 버리라고 그러지 않았어? 불만 버리면 된다고 그러지 않았어? 불만 버릴 순 없다고 그랬지. 손가락이 타들어가도 불을 놓지 않았어. 온몸에 불이 붙었어. 지글지글거리는 불덩어리였어. 불을 보고 싶어. 불을 키우는 아이를.

—「눈」 전문

　모호한 대로 고추 – 뱀 – 불로 이어지는 남근 이미지가 지배적인 이 작품은 자유연상에 기초한 돌발적인 언어로 축조돼 있기 때문에 정확한 의미 파악이 어렵지만 한 가지 뚜렷한 것은 불에 대한 시인의 양가감정이 역력하게 드러나 있다는 점이다. 불은 관능과 욕망의 원소인 동시에 금기와 징벌을 불러들이는 원소이기도 하다. 에로스의 불은, 그것이 지나치게 과도할 때, 심판의 불로 탈바꿈한다. 화자는 불이 끝내 자기 파괴를 초래한다는 사실을 알고 있음에도 불구하고 불에 대한 매혹을 저버리지 못하고 있다. 불은 전염력이 강한 원소이며 존재를 단일한 충동에 몰아넣는 원동력으로 작용한다. 온몸에 불이 붙어 타들어가는 순간에도 화자는 불을, 불을 키우는 아이를 보고 싶다고 말한다. 이처럼 불에 탐닉하는 영혼의 초상은 다른 작품에선 "밤낮으로 나는 내 피를 태워야 한다. 피를 태워 내 방에 불을 켜놓아야 한다"(「自然水」)라는 강렬한 이미지를 불러내기도 한다. 하지만 불에 목마른 영혼이 자신을 광포한 불길에 던져 산화하지 않기 위해선 그것을 제어해줄 수 있는 반대의 힘이 필요하다. 그래서 시인은 불의 광기를 다스리고 덮어줄 수 있는 눈을 희구한다. 혹은 역으로 방향감각을 상실할 만큼 쏟아지는 눈 속을 헤매며 "불꿈"을 꾸고 있는 중이다(앞의 시에서 본문에 눈과 관련된 이미지가 전혀 등장하지 않는 시에 「눈」이라는 수수께끼 같은 제목을 단 이유도 그 때문이라고 보아야 할 것이다. 만일 "불을 보고 싶어"라는 구절을 들어 제목의 눈이 '雪'이 아니라 '眼'을 의미한다고 해석한다면 이 시는 금지된 것을 보고자 하는 욕망과 자기 처벌의 드라마로 읽을 수 있다).

그해엔 첫눈이 많이 내렸지
미치지 않을 수가 없었어
山 속에 살면서
글쎄, 그들은 인간의 피를 받았다니까.

—「脈」 전문

눈이여, 내리어라, 내리어라, 조용히 나 몰래 피를 가라앉혀다오.

—「處刑의 끝」 부분

시인은 눈이 내려 자신의 피를 가라앉혀주기를 호소하는가 하면 다른 시에선 첫눈이 많이 내림으로 해서 오히려 광기에 사로잡혔다고 말한다. 타오르는 불(피)이 눈을 부르고, 반대로 지나친 눈은 피를 타오르게 만든다. 이러한 이미지의 상호대립과 조응을 거쳐 눈은 단지 불의 대극에 위치한 이미지라는 테두리에서 벗어나, 단순히 물도 아니고 불도 아닌, 서로 상반된 이 두 원소가 극적으로 혼숙하고 있는 결정체라는 의미를 지니게 된다. 눈은 물에 이끌릴 때 지상으로 하강하여 세상의 불을 덮어 가리고 다독이는 모성의 손길이 된다. 반대로 내부에 간직한 불 이미지와 연관될 때 가볍게 허공에 떠서 세상을 밝히는 눈꽃으로 피어나거나 "눈 위를 걸어가다/ 빙긋 웃는 새"(「새」), "눈보라에 밀려/ 동네 허공에 머물던 들새들"(「저녁눈」) 같은 떠돌이 새가 되기도 한다.

그래서 시인은 "눈 내린 숲속은 빛의 덩어리/ 빛이 날아가 앉은 하늘에선 끝없이 길이 내리고 있다"(「그리고 우리는?」)거나 "회오리 눈기둥/ 눈기둥 속에 숨겨둔/ 타다 만 그 얼굴 그 가슴"(「첫눈 속에는 눈사람이 내린다」) 같은 구절을 통해 빛과 열을 간직한 눈을 제시하고 있다. 따라서 흰 눈을 둥글게 뭉치고 굴려서 만든 눈사람이야말로 시인이 평소 꿈꾸어온

원시인/미래인의 구현물이 될 수 있다. 눈사람은 유년의 동심의 산물이자 백색의 순수성과 둥근 원형의 전체성을 나타내는 화신으로서 현상세계의 대립과 갈등을 종식시킬, 미래로부터 온 손님인 것이다.

4. 은둔에서 연대로, 고립에서 소통으로

산–아이–흰 눈으로 이어지는 이 시인의 상상세계는 궁극적으로 세상으로부터의 후퇴/타자를 향한 나아감이라는 시인의 상반된 욕망을 반영한다. 심산유곡을 무대로 펼쳐지는 설경은 자연 속에 고립된 개인을 부각시키는 동시에 그로부터 벗어나고 싶은 욕망을 자극한다.[3] 그의 내면 한편에 은둔과 고립에 대한 욕망이 자리잡고 있다면 그 반대편엔 연대와 소통의 욕망이 잠재해 있다. 그에겐 단독자로서 타인과 격절된 채 깊은 산 속에 자신을 유폐하고자 하는 순수한 소년의 꿈이 있는가 하면 타인에게 다가가 손을 내밀고 하나가 되고 싶은 보다 성숙한 성인의 욕망 또한 존재한다. 그러나 초기시에서 타인과의 소통에 대한 기대는 "눈 쌓이기를 좀더 기다려야 한다, 실성한 사람과 문득 마주쳐 그의 山이 되고 싶다"(「사람이 그리운 날 2」), "눈발이 날린다, 사람이 보고 싶다"(「處刑 2」) 같은 구절에서 볼 수 있듯이 일시적인 독백 이상이 되지 못했다. 많은 경우 이 시인의 첫 시집이 주는 감동은 인적이 사라진 고요한 산중에서의 은둔

---

3) 자연이 주는 위안과 치유적 힘(healing power)을 감각적이고 환상적으로 그리는 데 주력한 초기시에서도 자연 속에 격절된 개인이 겪는 무력감과 소외감은 그 편린을 드러내고 있다. 그는 자발적으로 산속에서의 삶을 구가하고 있는 듯이 보이지만 실은 산에 '갇혀' 있는 것이며 그러한 운명에 '처형'된 것이다. 그가 첫 시집에서 다분히 이상화시켜 노래한 자연적 삶이 파산한 집안 형편 때문에 어쩔 수 없이 택해야 했던, 사회에서 추방당한 유형(流刑)의 경험이었다는 점은 두번째 시집의 水刻畵 연작을 통해서 비로소 드러난다. 자연의 아이라는 밝고 충만한 모습 이면엔 세외민(世外民)으로서 한때 불우한 시절을 보내야 했던 어두운 기억이 숨어 있었던 것이다.

자적 삶에서 찾아질 수 있다. 쇄말적인 일상에서 벗어나 내적 진실에 충실한 존재로 살아가는 것, 번다한 도시적 삶에서 풀려나와 깊은 산속에서 고독과 고립을 즐기는 삶을 자발적으로 선택하는 것. 이를 다음 시는 함축적이면서도 단아하게 그려내고 있다.

山속엔 집이 한 채. 비어 있다. 창가엔 칡덩굴이 잡나무들을 휘어감고 올라와 기웃, 기웃거리다 나와 마주칠 때마다 꽃 하나씩을 피워낸다. 정적, 어디서 흘러나오는 것일까. 이 정적을 벗어나기 위해 主人은 돌계단을 쌓고 측백나무를 심었을까? 主人은 지금 무엇으로 정적을 씻고 있을까? 집을 한 바퀴 돌아드는 순간, 덩굴은 내 몸을 휘어감은 채 또 한 송이의 칡꽃을 피워낸다.
　　　　　　　　　　　　　　　　　　　　　　　　—「山 사람 2」 전문

위 작품은 초기시부터 지금까지 이 시인의 시를 채색하고 있는 육취(肉臭)가 제거된 자연의 순수상태에 대한 경도를 잘 보여주고 있다. 인간이 사라진 세계, 깊은 산속의 빈집에서 화자는 식물과 혼연일체가 되는 경험을 한다. 덩굴이 "내 몸을 휘어감은 채" 꽃을 피워냄으로써 화자는 잡나무와 일체가 된다. 또한 화자와 칡덩굴 모두 빈집을 기웃거리는 행태를 보이고 있다는 점에서 서로 겹친다. 이들 사이의 동질성은 다시 화자가 집을 한 바퀴 도는 동작과 잡나무를 휘감는 칡덩굴이 그리는 궤적이 서로 겹침으로써 한층 강화된다. 이처럼 아무 소리도 들리지 않는 정적의 공간에서 화자는 그 스스로 칡덩굴에 휘감긴 자연적 존재의 일부가 된다. 자연과 인간 사이에 벌어지는 이러한 자연스러운 넘나듦을 주관하는 존재가 바로 부재하는 주인이다. 그는 부재함으로써 정적 속에서 만물의 조화와 교류를 가능케 한다. 그런 의미에서 부재하는 주인은 그 집을 방문한 모든 사람을 잠재적 주인으로 만든다고 할 수 있다. 자연과 인간, 주체와 객체가 상호소통하며 일체감을 누리는 것을 두번째 시집에서 인용한 다음 구절은 간명하게 보여준다.

> 바위틈에 엉키는 잔뿌리들 얽으니
> 나는 고로쇠나무
> 나는 물푸레나무
> 나는 생강나무
>
> 산속이 잠시 나로 꽉 차 있다
> 하나씩 나무로 되돌아가고
> 하나씩 나로 되돌아오고
>
> ―「水刻畵 1-1」 부분

  시인을 포함하여 대다수 사람들에게 산으로 대표되는 자연은 우주적 고향에 해당된다. 이 시인의 시에서 화자는 많은 경우 인적이 사라진 자연 속에서 비로소 평화와 안도감을 느끼고 진정한 휴식을 취할 수 있게 된다. 인간이 부재한 그 세계는 대신 담비 굴뚝새 물총새 여우 오소리 다람쥐 쇠박새 같은 동물이나 오랑캐꽃 노루발풀 깨금 아그배 달맞이꽃 은방울꽃 같은 식물이 천연덕스럽게 대를 이어가며 서식하고 있는 터전이다. 시인이 자주 이런 산속의 공간에 차가운 눈을 불러들이는 것은 단순히 계절적 배경을 암시하기 위해서가 아니라 흰 눈에 덮여 순결성을 회복한 풍경을 통해 세계의 영원한 처녀성을 보여주고자 하기 위해서이다. 물론 시인이 꿈꾸는 자연이 항상 높은 산에 국한된 것은 아니다. 첫 시집의 경우 제목이 가리키는 대로 무인도에 대한 심리적 경사가 두드러진다. 깊은 산속에 고립된 개체와 망망한 바다 한복판에 고립된 섬은 서로 호환될 수 있는 대상이다.[4] 더욱이 그 섬이 아무도 살지 않는 무인도라면 이미지의 유사성은 한층 강화될 수 있을 것이다. 높은 산과 고립된 섬은, 종교학자 M. 엘리아데의 말을 빌리자면, 인간의 생활공간으로부터 '멀리 떨어진 어떤 것'을 표상한다.

1) 수평선이 축 늘어지게 몰려 앉은 바닷새가 떼를 풀어 흐린 하늘로 날아오른다. 발 헛디딘 새는 발을 잃고, 다시 허공을 떠도는 바닷새, 영원히 앉을 자리를 만들어 허공에 수평선을 이루는 바닷새.

인간을 만나고 온 바다,
물거품 버릴 데를 찾아 無人島로 가고 있다.

─「無人島」 전문

2) 바닷물이 스르르 흘러들어와
나를 몇 개의 섬으로 만든다.
가라앉혀라,
내게 와 罪짓지 않고 마을을 이룬 者들도
이유없이 뿔뿔이 떠나가거든
시커먼 삼각파도를 치고

---

4) 초기작 중의 한 작품은 이 점을 흥미롭게 보여준다. "불쑥 山속이 펼쳐진다. 얼마 전 난파선에서 실종된 친구가 돌아와 마른 잎을 긁고 있다. 山 끝에서 기다리는 바다를 끌어와 우리에게 바다 냄새를 보여준다. 바다로 가자, 山사람은 山사람으로 죽었다, 바다로 가자, 바다로 가자, 바다로 그가 떠난다."(「打」) 산사람에게 산이 그 자체로 하나의 거대한 무덤이듯, 바다 사람에게 바다 또한 무덤이다. 꿈의 한 장면을 그대로 옮겨놓은 듯한 이 시에서 산/바다의 이항대립은 죽음의 일원성에 의해 통합된다.

수평선 하나 걸리지 않게 흘러가거라.

흘러가거라, 모든 섬에서

막배가 끊어진다.

—「無人島를 위하여」 부분

1)에서 인간을 만나고 온 바다가 물거품 버릴 데를 찾아 무인도로 가고 있다는 표현에서 묻어나는 것은 강렬한 인간 혐오의 감정이다.[5] 오랜 지구의 역사에 비춰본다면 어느 한 시점에 인간이 자랑해 마지않는 문명의 산물이란 것은 실은 물거품에 지나지 않는 것이다. 전체가 세 편의 연작 형태로 구성된 2)는 그중 하나가 '1974년, 無罪?'라는 소제목을 달고 있는 데서 알 수 있듯이 당시의 정치적 억압과 소시민의 굴종에 대해 우회적 비판과 풍자를 시도한 시인데 인용된 대목에선 일상적 타성에 갇힌 채 날로 왜소해져가는 존재들과 절연하고 싶어하는 화자의 내면이 직접적으로 토로되고 있다. 그는 자기 내부에 기숙하고 있는 부정적 타자들을 향해 "흘러가거라"라고 외친 다음 "모든 섬에서/ 막배가 끊어진다"라고 선언함으로써 자발적 고독의 상태를 선택하겠다는 의지를 내비친다. 그는 다른 시의 제목을 빌려 말하자면 "아무도 살지 않는 땅"에서 "사람이 아

---

5) "아, 내가 사람이구나/ 나를 피해 날아가는 山비둘기 떼"(「가을의 소리」), "연하디연한 저 빛깔 사이에 섞이려면/ 인간의 말의 인간을 버리고/ 지난 겨울 인간의 무엇을 받아들이지 않아야 했을까?"(「잎, 잎」) 같은 시 구절이나 "지금 북극은 백야, 툰드라 지대에는 오로라빛을 띤 이름 모를 작은 야생화들이 호숫가에 대상도 없이 설레며 피고 있으리라. 설렘은 인간이나 예술로부터 오지 않고 호수로부터 자연으로부터 오는 것이라는 듯"(『개마고원에서 온 친구에게』 뒤표지) 같은 산문의 일절은 인간 이전/인간 이후의 세계에 대한 향수를 표방하고 있다. 이런 표현에 나타난 인간-인간성-인간중심주의에 대한 근원적 비판의 시선은 "사람 잡는 꿈을 꾼 아버지들/ 山 밖에서 밖으로 흐르며/ 제 피를 씻고"(「아무도 살지 않는 땅 2」)라는 구절이나 어린 시절 동란기에 마을에서 일어난 비극적 사건을 다룬 「황해 1」의 삽화가 암시하듯 인간 속에 내재한 폭력성에 연유한 바가 크다고 할 수 있다.

닌 그 무엇으로"(「아무도 살지 않는 땅 2」) 살고 싶은 것이다. 이러한 탈문명 탈인간에 대한 지향은 자기의 안팎을 에워싸고 있는 인간적 흔적을 떨쳐버리려는 노력으로 현상한다. 그는 "그를 인간이게 하는 겉껍질을 깎"고자 한다.

아무도 살지 않는 시간, 섬의 별이란 별은 하늘로 전부 올라가 있는 시간, 그는 無人島 한복판으로 바람 부는 대로 걸어나갔다. 그리고 우뚝 서서 그를 인간이게 하는 겉껍질을 깎는다, 깎을수록 투명한 하나의 돛이 될 때까지.

—「다시 無人島를 위하여」 부분

인간의 직립성과 돛의 수직성이 결합된 위 구절의 이미지는 시인의 무의식을 지배하고 있는 강렬한 상승의지를 잘 보여주고 있다. 그런 의미에서 무인도는 높은 산의 다른 얼굴에 지나지 않는다. 무인도를 찾아 떠나는 돛배의 수평적 여정은 "공중으로 허공중으로 걸어올라"(「水刻畵 1-1」)가는 천공을 향한 수직 상승의 여정과 동일하다.

화자는 깊은 산중에 들어가서도 "그는 나무를 타고 올라선다"(「神市」)는 표현처럼 중단 없는 상승을 계속한다. 그리고 그 나무 위에서 새로운 동네를 발견한다. 허공은 단지 텅 비어 있는 것이 아니라 "빈집 빈길, 모두들 산정기를 충전받아 山勢가 미치지 않는 데로 날아오르"는 것을 보게 된다. 이때의 나무는 그냥 나무가 아니라 세상의 중심에 있는 수직축으로서의 우주수(Yggdrasil)를 의미한다. "모든 뿌리들이 생명나무를 꿈꾸기 시작"(「서시」)하듯 모든 지상적 존재들은 "큰 하늘"(「눈사진」)을 동경한다. 이를 시인은 "한 걸음 윗세상은 빈 터 천집니다. 여기서는 누구나 무정부주의잡니다"(「반딧불 하나 내려보낼까요?」)라고 언급하고 있다. 따라서 시인이 그리워하는 고향의 강도 대지를 가르고 흐르는 강이 아니라 "머리 위에 높이 떠 있는 강"(「높은 강 1」)일 수밖에 없다. 이러한 수직 상승의 상상력은 지상적이고 수평적일 수밖에 없는 인간적 운명에 대한 거부를 의미한다. 인간적 온기가 제거된 허공의 세계에 대한 매혹은 극지의 상상력과 통한다. 위상학적으로 수직의 방향은 지리적으로 극지대나 고원, 혹은 머나먼 이국의 변경과 통한다. "추운 지방으로 가요?/ 추워지는 곳이라면 어디든지"(「얼음집」) 같은 시행이 가능해지는 것은 그 때문이다.

이 추운 곳의 현실태가 바로 두번째 시집에 나오는 화전민도 떠나버린 깊은 산골이며 백두대간의 고산지대이며 북한강과 임진강 주변의 갈대 무성한 비무장지대이며 먼 이방의 극지이며 알래스카이다. 또 세번째 시집에 등장하는 천장호수나 용은별서 광대울 물돌이동 한탄강 김포평야 홍주성 매향리 같은 국내의 지명과 몽골의 고비사막이나 시베리아 자작나무 숲 같은 외국의 풍광 역시 시인의 기행 취미를 나타내주는 데 그치는 것이 아니라 진정한 자신을 발견하기 위한 기나긴 장정 – 내적 탐험을 의미하고 있다. 그는 한사코 "모든 시간은 태초로 되돌아가고/ 툰드라엔 광물질만 남는 고독, 휘몰아치는 폭풍설"(「금강의 개마고원에서」)을 꿈꾸는 것이다. 그는 눈보라와 얼음 그리고 바람 속에서 진정한 자신과 해후한다. 비교적 자연친화적 감정이 동심의 순수성 및 환상성과 행복한 관계를 유지하고 있던 첫 시집과 달리 두번째 시집 이후 이 시인의 시에 두드러진 경향의 하나는 자연과 인간 모두 극도의 헐벗음을 감수하고 있는 모습으로 나타난다는 점이다. 문명과 대립되는 자연의 손상되지 않은 아름다움에 대한 경도는 흔히 대지의 모성적 풍요로움에 대한 찬탄으로 이어지기 쉽다. 그러나 이 시인에게 자연은 다사롭고 풍성하기는커녕 인간 못지않게 헐벗은 상태로 그려져 있다.

그런데 경이로운 것은 이처럼 모든 것을 버리고 깎아낸 상태, 그래서 자연 그대로의 헐벗음을 노출한 상태에서 돌연 타자에 대한 진정한 욕망을 느낀다는 점이다. 인적이 끊긴 극지의 매서운 추위와 고독 속에서 시인은 오히려 인간을 발견하고 인간을 그리워하기에 이른다. 즉 완전한 헐벗음의 상태에 이르러 인간은 비로소 타인을 향해 관심과 애정의 손길을 내밀 수 있게 된다. 그것은 이념이나 이해타산에 얽매인 문명사회의 인간관계가 아니라 인간의 원초적 본능에 토대한 자연스러운 감정의 발로이다. 그가 극지에서 만난 동포에게서 확인하는 것은 물론 민족감정이나 혈연의식에 기초한 친연성도 없지 않지만 국적이나 이데올로기 같은 번다한 요소들을 다 떨쳐버리고 난 다음의 순수한 정신의 상호소통이라 할 수 있다. 먼 이국땅에서 만난 사람들의 얼굴에서 그는 문득 그 자신의 모습을 확인하는 것이다.

할머니는 다만 미소짓는 손을 내밀었습니다. 그도 손을 내밀었습니다, 두 손은 아득히 멀어졌다가 가까워졌습니다. 산 자의 손도 죽어가는 자의 손도 아닌, 마주 잡은 손과 손이 눈보라 속에서 한 영혼을 재우고 있었습니다.

—「아프리카」 부분

그날 나도 모르게 다가가 어디서 오셨느냐고 묻자 당신은 '개마고원요' 하고 얼어 있는 나와 갑자기 내 뒤에서 저절로 맞춰진 우리의 환한 얼굴까지 함께 보았지요. 그때 나는 비로소 우리가 서로 幻月이었다는 것을 깨달았습니다.

—「극야」 부분

낯선 이국에서 피부빛이 다른 이국 사람과 만나거나 분단된 조국의 다른 편에서 온 동포와 만나 하나가 되는 순간의 감동을 그리고 있는 이 시들은 자신 속에 유폐된 채 타인과의 교류를 되도록 회피해온 이 시인의 남다른 기질을 짐작하고 있는 사람에게 한층 절실하게 다가오는 면이 있다. 준열하게 정신의 빙점을 향해 자신을 내몰던 시인이 더이상 물러설 수 없는 존재의 극점에서 타인과 세계를 향해 자신을 여는 모습은 범상치 않은 호소력을 지니고 읽는 사람에게 다가온다. 마음의 지도를 따라 홀로 국내외의 변방과 오지를 헤매던 시인은 인간에게 주어진 회한과 오욕의 운명을 넘어서 타인과의 진정한 연대와 소통에 도달할 수 있는 실마리를 발견한다. 극광이 비추는 동토의 땅에서 남의 금강과 북의 고원이 만난다는 설정을 통해 시인은 유년기와 청년기의 체험이 초래한 정신적 외상을 뛰어넘어 개인과 민족 전체의 상처를 보듬을 수 있는 계기를 갖게 된 것이다. 그런 의미에서 "우리는 잠시 한 얼굴로 극광을 보면서 광륜을 단 두 개의 달을 굴려 극야에서 주야로, 다시 백야를 향해 가고 싶었던가요"(「극야」)라는 구절에 나오는 두 개의 둥근 광륜은 시인이 꿈꾸는 존재의 전체성을 시각적으로 잘 구현하고 있다. 남과 북이 진정한 화해와 화합에 이르기 위해선 예각의 충돌로 서로의 상처만 심화시킬 것이 아니라 둥근 원의 만남을 기획할 필요가 있다. 그렇게 두 개의 광륜이 하늘을 구르다가 한 지점에서 만나면 아마도 그 형상은 일시적으로 둥근 원 두 개가 위아래로 맞물린 눈사람의 형태를 이룰 것이다. 이는 「첫눈 속에는 눈사람이 내린다」는 시에서 남의 아이들이 뭉친 눈덩이가 북으로 구르고 북의 아이들이 굴리는 눈덩이가 남으로 내려와, 이윽고 한곳에서 만나, 눈사람을 이룬다는 이미지를 통해 다시 되풀이되고 있다. 여기서 다시 유년과 동심에서 미래를 구제할 수 있는 이미지를 발굴해내고자 하는 이 시인 특유의 발상법이 확인된다.

　세번째 시집 『누구인지 몰라도 그대를 사랑한다』에 실린 시편에서 화자가 '당신'이나 '그대' 같은 호칭을 즐겨 사용하는 것도 이러한 사유의 연장선상에 자리잡고 있다. 초기시에서 보여주었던 세계 밖으로의 떠남은, 그렇다면, 세계의 심층으로의 잠입의 다른 표현이었던 것일까. 진정한 홀로됨의 추구도 실은 타인과 만나 하나가 되기 위한 우회적 여로였던 것일까. 모든 시작에서 마감을 볼 수 있는 것이라면 역으로 현재 도달한 지점에 비춰 시작의 의미를 다시 해석할 수도 있다. 초기시 가운데 하나인 다음 작품은 단독자로서 바다 한가운데 위치한 무인도가 실은 사람과 사람을 이어주는 디딤돌일 수도 있음을 말해주고 있다.

사람을 만나러 가는 길에
흐린 강물이 흐른다면
흐린 강물이 되어 건너야 하리

디딤돌을 놓고 건너려거든
뒤를 돌아보지 말 일이다
디딤돌은 온데간데없고
바라볼수록 강폭은 넓어진다
우리가 우리의 땅을 벗어날 수 없고
흐린 강물이 될 수 없다면
우리가 만난 사람은 사람이 아니고
사람이 아니고
디딤돌이다

—「강물이 될 때까지」 전문

혼탁한 세상("흐린 강물")에서 타인과 만나 하나가 되기 위해서는, 그 누가 자신을 위해 디딤돌이 되어주기를 바라기 전에, 스스로 자진해서 디딤돌이 되어야 한다. 그런 자기 희생의 폭넓은 확산만이 흐린 강물을 건널 수 있게 해주는 것이다. 그것은 윤리적 당위에 바탕한 요구이기 이전에 존재론적 성찰의 자연스러운 귀결이라는 점에서 한층 각별하게 다가온다. 조심스럽게 진척되어온 신대철의 시세계는 바로 이러한 사실에 대한 구체적 예증으로 우리 앞에 빛나고 있다.

(2005년 여름)

거울의 꿈
— 김혜순의 시세계

1. 거울 속의 고독

네 꿈을 꾸고 나면 오한이 난다
열이 오른다 창들은 불을 다 끄고
아무도 움직이지 않는 밤거리
간판들만 불 켠 글씨들 반짝이지만
네 안엔 나 깃들일 곳 어디에도 없구나

아직도 여기는 너라는 이름의 거울 속인가보다
발걸음이 떼어지지 않는다
고독이란 것이 알고 보니 거울이구나
비추다가 내쫓는 붉은 것이로구나 포도주로구나

몸 밖 멀리서 두통이 두근거리며 오고
여름밤에 오한이 난다 열이 오른다

이 길에선 따뜻한 내면의 냄새조차 나지 않는다
이 거울 속 추위를 다 견디려면 나 얼마나 더 뜨거워져야 할까

저기 저 비명의 끝에 매달린 번개
저 번개는 네 머릿속에 있어 밖으로 나가지도 못한다
네 속에는 너밖에 없구나 아무도 없구나 늘 그랬듯이
너는 그렇게도 많은 나를 다 뱉어내었구나

그러나 나는 네 속에서만 나를 본다 온몸을 떠는 나를 내가 본다
어디선가 관자놀이를 치는 망치 소리
밤거리를 쩌렁쩌렁 울리는 고독의 총소리
이제 나는 더이상 숨쉴 곳조차 없구나

나는 붉은 잔을 응시한다 고요한 표면
나는 그 붉은 거울을 들어 마신다
몸 속에서 붉게 흐르는 거울들이 소리친다
너는 주점을 나와 비틀비틀 저 멀리로 사라지지만
그 먼 곳이 내게는 가장 가까운 곳
내 안에는 너로부터 도망갈 곳이 한 곳도 없구나

　　　　　　　　　　　　　　　　—「한 잔의 붉은 거울」 전문

　어두운 밤 화자가 잠에서 깬다. 방금 그/그녀는 사랑하는 누군가에 대한 꿈을 꾸었다. 잠에서 깬 화자는 오한을 느낀다. 그/그녀는 꿈속에서 그러했듯 꿈 바깥의 현실에서도 사랑하는 대상과 분리된 채 깊은 고독에 사로잡힌 자신을 발견한다. "네 안엔 나 깃들일 곳 어디에도 없구나"라거

나 "네 속에는 너밖에 없구나" "너는 그렇게도 많은 나를 다 뱉어내었구나" 같은 구절은 화자와 화자가 사랑하는 '너' 사이의 좁힐 수 없는 간격을 암시한다. 화자의 열망에도 불구하고 '너'는 그 자체로 충만하며 '나'라는 존재를 필요로 하지 않는 것처럼 보인다. 그럴수록 화자의 고독은 깊어지고 신체적 고통은 가중돼 "이제 나는 더이상 숨쉴 곳조차 없구나"라고 탄식할 지경에 이른다. 그러한 절망 상태에서 벗어나기 위해 화자는 붉은 포도주를 마시지만 술의 힘에도 불구하고 화자는 '너'에 대한 도저한 그리움으로부터 끝내 헤어나지 못하는 자신과 조우한다.

김혜순의 여덟번째 시집의 표제시인 「한 잔의 붉은 거울」(『한 잔의 붉은 거울』, 문학과지성사, 2004)은, 이 시집에 수록된 많은 다른 시들이 그런 것처럼, 사랑하는 대상에 다가가고자 하고, 그것을 이루지 못해 괴로워하고, 그것 때문에 설레는 마음의 파문을 담은 연시의 성격을 띠고 있다. 그녀의 언어는 부재하는 너, 사라진 대상의 주위를 맴돌며 사랑이 주는 상처와 고독과 슬픔을 섬세하게 각인한다. 사랑의 불가능성이 야기하는 감정의 떨림과 그것을 극적으로 드러내기 위한 수사적 노력은 서정시의 유구한 영토 가운데에서도 중심적 지대를 차지하고 있으며 그만큼 익숙한 반응을 불러일으키는 주제이기도 하다. 그러나 이 시인의 시는, 사랑이라는, 얼핏 보아서 진부하다고 할 수 있는 영역을 횡단하면서, 그동안 이 주제를 파고든 다른 시가 접근하지 못한, 삶과 세계에 대한 심오하면서도 비밀스러운 인식을 열어 보이고 있다.

인용한 시도 깊은 생각 없이 읽으면 좌절된 사랑이나 만날 수 없는 연인에 대한 감정을 노래한, 어쩌면 흔하다고 할 수 있는 그런 부류의 작품에 속하는 시라고 속단할 수 있을지 모른다. '너'에 대한 화자의 그리움을 극화하고 있는 여러 이미지와 진술 역시 감상성에 침윤된 과장된 수사로 여겨질지 모른다. 시의 화자 역시 낭만적 사랑의 신화에 포박된 마조히즘적 주체에서 크게 나아가지 않은 면모를 지니고 있다고 할 수 있을지 모른다. 그러나 보다 찬찬히 이 시를 읽어나가면 단순한 감정의 토로를 넘어서 작품의 저변에 자리잡고 있는, 나와 세계, 나와 타자 간의 은밀하면서도 긴장된 관계가 시선에 들어온다. 그런 의미에서 이번 시집에 실린 사랑의 시편들은 실존의 충만과 공허에 대한 우화적 탐색의 여정이기도 하다.

2. 무한 반복의 세계

「한 잔의 붉은 거울」에서 화자는 현재 '너'와 떨어진 채 고독과 추위에 떨고 있다. 홀로 있음의 상태에 처한 화자에게 주위 현실은 낯설게 다가온다. 아무도 없는 텅 빈 밤거리, 창들은 다 불이 꺼진 상태이며 간판의 네온사인만 간헐적으로 반짝거린다. 화자에게 '너'로부터 버림받음은 세상으로부터의 추방에 다름아니다. 그녀는 세상의 변방에 유배당했으며 자신이라는 감옥에 유폐된 상태에 있다. 거울에서도 화자가 보게 되는 것은 자신의 실체가 아닌 또다른 가상에 불과하다. 그녀는 거울 앞에서 자기도취가 아닌 막막한 단절감을 체험할 뿐이다. 이때 화자를 사로잡는 고독은 감미로운 향수의 대상이 아니라 여름인데도 "오한이" 나고 두통이 "관자놀이를 치는" 육체적인 고통으로 현상한다. 상상 속에서 고독하게 자기만의 성을 구축하고 유아론(唯我論)적인 환상을 구가하는 것은 이 시인의 시에서 그리 새로운 징후는 아니다. 대다수 예술가에게 그러하듯 시인에게 고독이란 일용할 양식일 수 있다. 그러나 이 시인의 시세계를 주의 깊게 뒤따라온 독자에게 고독에 대한 화자의 이런 부정적 반응은 상당히 이색적인 면이 없지 않다. 이 시인의 초기시 가운데 하나인 다음 시편을 보도록 하자.

창문을 열면 거기 아침 하늘이 태평양처럼 펼쳐졌겠지

거기서 조금 나아가면 바다를 볼 수 있을까

창문 아래엔 흙도 있고 풀포기 풀벌레 한가로울 거야

그리고 거기 풀 위에 내가 있겠지

눈을 감고 있을까

머리는 으깨졌을 거야

그랬을 거야 아마

골반이 으깨졌겠지

웬만큼 높은 곳이어야지

그들이 나를 또 쓸어담겠지

어딘가 담아들고 가서 불구덩이 속에 쾅 처박을 거야

그럴 거야

공중에 매달린

독방에 홀로 누워

내가 썩고

저기 저 땅은 수백 년 깊어만 가고

　　　　　　　　　　　　　　　　　　　—「마녀 승천」 부분

　세번째 시집 『어느 별의 지옥』(청하, 1988)에 실린 이 시에서 화자는 자신을 세상으로부터 저주받고 처형당한 마녀로 가정한다. 그녀는 세상의 박해 때문에 독방에 갇혔다가 머리와 골반이 으깨진 채 죽는다. 화자는 이처럼 자청해서 배척과 거부의 대상인 마녀가 되는 꿈을 꾼다. 그러나 화자는 오히려 자신의 죽음을 적극적으로 받아들이고 자신의 죽음이 곧 시의 제목 그대로 '승천'에 다름아니라고 주장한다. 땅에 추락한 채 비참한 죽음을 맞이해야 하는 마녀의 운명이야말로 "꼭두각시의 먼 먼 길"에 지나지 않는 삶에서 벗어나 태평양처럼 펼쳐진 아침 하늘과 바다로 상징되는 자유와 휴식의 공간에 대한 소망의 실현이라고 말한다. 저주받은 운명은 그것을 스스로 선택한 자에게 고독한 영광을 약속한다.

다수의 속중과 대조되는 자아의 절대성에 대한 믿음은 이 시인의 초기 시에서 되풀이되어서 변주되고 있는 테마 중의 하나이다. 시인은 의도적으로 세상과 분리된 채 자폐적인 자기만의 세계를 구축하는 데 몰두한다. 고독은 유일자에게만 허락되는 영예스러운 표지이다. 그녀는 오히려 적극적으로 고독을 희원하고 고독 속에 침잠하며 고독을 향유한다.

그렇다면 이처럼 오만하게 고독을 구가하던 화자가 한밤에 홀로 깨어 고독에 떨며 전전긍긍하는 「한 잔의 붉은 거울」의 화자로 변모해온 데에는 무슨 연유가 숨어 있는 것일까. 물론 그것은 시를 쓴 시인의 연륜의 증가와 더불어 삶과 세계를 바라보는 시선의 점진적 변화가 가져온 결과일 것이고, 따라서 쉽게 어느 한두 가지 것만을 단정적으로 언급해서 답할 성질의 것은 아니다. 예컨대 '나'라는 단독자에 시야를 고정시킨 단계에서 '나'와 '너'의 관계를 문제 삼는 이타성의 세계로 관심이 확대된 결과라고 설명할 수도 있겠지만 이는 너무 도식적이고 상투적이며 예정된 답변이라는 비판을 면하기 힘들 듯하다. '너'의 등장에도 불구하고 그 '너'는 진정 '나'와 구분되는 타자라기보다는 '나'의 또다른 분신, 제2의 자아(alter-ego)라는 인상을 지우기 힘들며 시인은 어느 면 그런 식의 독서를 부추기는 흔적을 시의 여기저기에 흩뿌려놓고 있다.

「마녀 승천」과 「한 잔의 붉은 거울」을 비교해볼 때 두 시에 드러나 있는 고독의 양상이 보여주는 차이는 전자의 '독방으로서의 고독'과 후자의 '거울로서의 고독' 사이의 거리에서 기인한다고 할 수 있다. 전자가 그 자체로 충만한 고독, 자신의 유일성을 증명하기 위한 방법적 수단이자 선택으로서의 고독이라면 후자는 결핍과 부재의 불가피한 소산으로서의 고독, 그래서 거울의 자기 반사처럼 부단히 응시하고 반추해야 할 대상으로서의 고독을 의미한다. 독방에 갇혔음에도 불구하고, 아니 갇힘으로 해서 전자의 화자가 지상적 속박에서 벗어나 푸른 하늘과 바다를 꿈꿀 수 있었다면 후자의 화자는 고독에조차 안주하지 못하고 고독으로부터 내쫓김을 당한다. 거울 바깥의 '나'와 거울 속의 영상이 분리돼 있듯이 고독은 화자를 비추어줄 뿐 그와 일체가 되는 순간을 허락하지 않는다. "고독이란 것이 알고 보니 거울이구나"라는 발언은 깊은 밤 고독하게 자신과 대면하며 어찌할 바를 모르는 화자의 난처한 심정을 적절하게 드러내주고 있다.

그런데 여기서 지적하고 넘어가지 않을 수 없는 것은 이 시에서 거울이 단지 고독이란 심리적 현상의 등가물에 지나지 않는 것은 아니라는 점이다. 거울은 주체의 분열을 야기한다는 점에서 소외의 도구이기도 하지만 또다른 자신을 현전시킨다는 점에서 증식의 매개체이기도 하다. 반들거리는 거울 앞에서 차디찬 단절감에 전율할 수도 있지만 때로 거울을 '타자성을 껴안는 자리'로 삼을 수도 있는 것이다. 독방에 갇힌 마녀의 오만한 고독과 '너'를 그리워하는 연인의 순정한 목소리는 실은 동근원적이다. 이를 보다 확대해서 고찰해보면 이 시인의 시에서 거울 이미지는 단일하지 않고 다양하게 변주되면서 매우 중심적인 상징 역할을 담당하고 있다는 사실을 발견하게 된다. 거울은 시인의 정서적 상태의 반영물에 머무는 차원을 넘어 시인이 상상하는 세계와 육체의 형상을 알려주는 기호이다. 잘 알려진 대로 거울의 일차적 기능은 그 반영성에 있다. 실물을 있는 그대로 비춰주고 반사해주는 기능, 실물과 똑같은, 그러나 실은 실물의 그림자에 지나지 않는 복제를 보는 사람 앞에 제시해주는 기능을 하는 물건이다. 하지만 이 시인의 시에서 거울 앞의 실체와 그것의 반영이란 고전적 이분법은 더이상 통용되지 않는다. 보는 나와 보여지는 나란 이항

대립의 구도가 무너지고, 비춰지는 것과 그로부터 내쫓기는 것이 착종된 상태, 그래서 외부의 거울을 보는 것을 넘어 그것을 내부로 흡입해들이는 것이 가능해지고 거울 속으로 들어가거나 거울로부터 내뱉음을 당하는, 나/거울의 역동적인 상호교섭이 행해지는 기이한 세계가 펼쳐지게 된다. 이상한 나라의 앨리스처럼 시인은 거울을 가지고 놀며 거울 안팎을 넘나드는 상상 속의 여행을 감행한다.

거울 혹은 거울로서의 세계는, 익숙한 비유를 동원하자면, 뫼비우스의 띠처럼 안과 밖이 하나로 둥글게 이어져 순환하는 원환을 그린다. 그 세계는 내부와 외부, 표면과 이면, 상과 하, 시작과 종말이 마치 제 꼬리를 물고 있는 뱀 우로보로스처럼 하나로 이어져 있으며 그 결과 정신과 물질, 마음과 육체, 지성과 감성, 의식과 무의식, 남성성과 여성성 등 재래적인 이분법의 경계가 해체되고 통합되는 국면을 빚어낸다. 안과 밖의 이분법적 구분이 사라진 세계를 창조하기 위해 시인이 구사하는 방법은 시적 대상을, 그것이 구체적인 것이든 추상적인 것이든, 표면으로 환원시키는 것이다.[1] 삼차원적 대상을 이차원적 평면으로 치환해 보여줌으로써 시인은 시각적 혼동을 유도한다. 대상의 의도적 왜곡을 통해 친숙함과 낯섦이 공존하는 기이함(프로이트가 이야기한 das Unheimliche)의 세계가 펼쳐진다.

1) 드문드문 세상을 끊어내어
   한 며칠 눌렀다가
   벽에 걸어놓고 바라본다.

---

1) 그림, 판화, 사진, 달력, 지도, 조감도, 영화 필름 등 이 시인이 즐겨 다루는 평면 이미지들은 시인의 예술적 취향을 시사하는 데 그치지 않는다. 이들은 삶과 세계를 압축해서 봉인한 화면으로서 거울 이미지의 연장선상에 있다. 한 인간의 생애든 우주의 광대한 역사든 "레일처럼 도르르 말린 필름"(「이 다지도 질긴, 검은 쓰레기 봉투」)에 담겨 보관 전시 송출된다.

흰 하늘과 쭈그린 아낙네 둘이
벽 위에 납작하게 뻗어 있다.
가끔 심심하면
여편네와 아이들도
한 며칠 눌렀다가 벽에 붙여놓고
하나님 보시기가 어떻습니까?
조심스럽게 물어본다.

발바닥도 없이 서성서성.
입술도 없이 슬그머니.
표정도 없이 슬그머니.
그렇게 웃고 나서
피도 눈물도 없이 바싹 마르기.
그리곤 드디어 납작해진
천지 만물을 한 줄에 꿰어놓고
가이없이 한없이 펄렁펄렁
하나님, 보시기 마땅합니까?

—「납작납작」 전문

2) 끓고 있는 들판 범벅
보리밭 길을 몇 동강 썰어넣고
해바라기 씨를 끼얹으며
주걱으로 휘휘 저어놓은
주황빛 스튜
반 고호의 식사 준비

가마솥처럼 펄펄 끓고 있는 그의

腦髓, 시간이 흐를수록

맹렬히 끓는 기억의 소용돌이

들판 범벅을 쑤고 있는 주걱을 든

손을 미친 듯 떨게 하는

두개골의 한없는 용솟음

반 고흐의 머리 뚜껑을 열어놓고

국수를 삶고 있는 저 화려한 시대의 욕정

太陽婦人의 식사 준비

　　　　　　　　　—「먹고 있는 반 고흐를 먹고 있는 太陽婦人」 전문

　각각 첫 시집『또 다른 별에서』(문학과지성사, 1981)와 세번째 시집『어느 별의 지옥』에 수록된 위 두 편의 시는 박수근이나 반 고흐 같은 기성 화가의 회화에서 시적 상상력을 끌어왔다는 공통점을 갖고 있다. 표면적으로 이 두 시는 두 화가의 그림을 빌려 시인이 살고 있는 시대의 한 측면을 소묘한 작품으로 보인다. 1)의 경우 가난하고 소외된 사람들의 움츠린 삶과 처세가 실감나게 표현되어 있다면 2)의 경우 닥치는 대로 대상을 먹어치우는 자본주의 사회의 물신성과 식인성을 비판적으로 형상화한 작품이다. 그러나 보다 심층적으로 위 작품을 읽어보면 이들 시는 단지 시대적 우화에 그치는 것이 아니라 시로 쓴 박수근론이자 시로 쓴 고흐론이라는 점을 알 수 있다. 시인은 박수근의 단순하면서도 금욕적인 화풍과 고흐의 열정적이면서도 원색적인 화풍을 그대로 언어로 재생해놓고 있다. 박수근의 그림 속에서 대상이 되는 인물은 드문드문 단절된 채 납작하게 눌려 있거나 바싹 마른 모습으로 드러난다. 반면 고흐의 그림에서 대상이

되는 자연 풍경은 펄펄 끓고 소용돌이치고 한없이 휘발하면서 향일성의 향연을 펼쳐 보인다.

　화가의 그림을 언어로 다시 재현/재연하면서 시인은 한편으로 화가와 자신을 동일시하고 다른 한편으로 대상이 되는 화가와 거리를 유지한다. 두 존재 사이의 거리가 최대한 좁혀질 때 그림과 시는 서로의 거울 역할을 하며 서로를 반사하게 되고 둘 사이의 거리가 멀어질 때 그런 화풍의 사회적 심리적 근거에 대한 반성적 물음이 생겨난다. 1)에서 "하나님 보시기가 어떻습니까?"라는 물음은 물론 성서의 「창세기」의 패러디로서 화가의 그림 그리기로 대표되는 예술적 창조행위가 신의 창조행위의 모방이자 수정이란 점을 말해주고 있다. "하나님 보시기에 심히 좋았더라"라는 『성서』의 기자의 서술과는 달리 가난하고 힘없는 존재들이 어쩔 수 없이 연명하며 살고 있는 이 세상은 그렇게 "마땅하"다고 볼 수만은 없지 않느냐는 야유가 1)의 행간엔 숨어 있다. 2)에서 고흐의 그림 그리기는 일종의 요리 과정에 비유되고 있는데 그의 그림에서 볼 수 있는 광기 어린 거친 붓질이나 원색의 폭발이 주는 울림과 열기가 일련의 음식 만드는 과정(주황빛 스튜 혹은 국수 삶기)에 그대로 전이되고 있다. 제목이 말해주듯 이 시는 고흐 그림의 진정한 주체는 고흐 자신이라기보다 하늘에 뜨겁게 불타오르고 있는 태양이라는 점을 증언하고 있다. 태양에 굳이 "부인"이란 호칭을 부여한 데서 알 수 있는 바와 같이 그 태양은 시의 화자 자신이기도 하다. 화자는 들판을 먹어치우는 고흐를 먹어치우는 식인귀이다. 시든 그림이든 예술 창작에서 주체와 그 대상은 실은 분리되지 않는 한몸을 이루고 있다. 박수근, 반 고흐와 그들의 그림이 하나이듯 시인과 시적 대상 또한 하나이다. 거기에 더이상 감춰진 숨은 상징 따위는 없다. 모든 것은 보이는 그대로 현전해 있다. 납작하게 누르든 가열하여 펄펄 끓게 하든, 그림 그리기나 시쓰기는 대상에 대한 의도적이면서도 폭력적인 왜곡이며 그런 왜곡을 거쳐 대상은, 그것이 인간적인 것이든 자연적인 것이든, 하나의 표면으로 환원된다. 삼차원의 입체적 세계가 이차원의 뫼비우스의 띠의 공간으로 탈바꿈하는 것이다. 아니 거꾸로 생각해서 우리가 몸담고 살고 있는 실제세계야말로 실은 안과 밖이 서로 통하는 뫼비우스의 띠라고 할 수 있다. 다시 한번 작품과 그 대상—다시 말해서 대상으로서의 세계—은 서로 통하며 삼투한다.

　그런 의미에서 이 시인의 시에 자주 등장하는 무한 반복의 순환을 나타내는 이미지들은 경계가 지워지고 모든 것이 영원회귀하는 '표면으로 이루어진 세계'의 자가운동을 나타낸다고 볼 수 있다. 세계는 끝없이 공전(公轉)하면서 공전(空轉)하며 처음과 끝이 하나로 맞물린 덧없는 만화경을 연출한다.

　　門은 닫혔다 열린다
　　저 어두운 밤을 향해
　　屍身들의 기다림을 향해
　　한없이 내려만 갈 우물 바닥을 향해
　　門은 닫혔다 열린다, 눈물도 없이
　　울고 있는 아이들 앞에서
　　喪服을 입은 여자들 앞에서
　　돌을 던지는 山役꾼들 앞에서
　　감옥의 門은 닫혔다 열린다
　　죽음의 門은 닫혔다 열린다
　　　　　　　　　　　　　　　　　　　—「문」 부분

　　죽었다는 歌手는

지구를 맴돌며
아직도 제 노래를 끊이지 않네
배 젓기 노래 같은
레코드 판처럼
혹은 회전무대처럼 돌아가는 지구 주위를
맴돌며.

　　　　　　　　　　　　　　　　—「고통에 찬 마스게임」 부분

한 사람이 음매 하고 가다가
흙 속에 처박힌다
한 사람이 꿀꿀 하고 가다가
흙 속에 처박힌다
한 사람이 야옹 하고 가다가
흙 속에 처박힌다

　　　　　　　　　　　　　　　　—「전염병자들아 2」 부분

보이지 않는 땅 속에서
보이는 땅으로 시가 뛰쳐나오고
보이지 않는 땅 속에서 세상이
솟구쳐나와
보이는 이 한세상 살다
다시 보이지 않는 저세상으로

　　　　　　　　　　　　　　　　　　—「큰 손」 부분

아아 안 보이는 세상에선

총 맞은 사람 매일 총 맞고

칼 맞은 사람 매일 칼 맞고

매일매일 전기의자에 앉는 사람 있고

나의 흰 보트는 날마다 가라앉아

한없이 그렇게 살아가

— 「남은 자들을 향하여」 부분

너는 이리 갔다 저리 갔다

말뚝은 뺐다 박았다

시체들은 누웠다 일어났다

벽은 허물었다 쌓았다

별들은 떨어졌다 붙었다

— 「견딜 수 없는 문명의 속도」 부분

　중심의 상실, 주체와 객체의 전도는 모든 것이 자동 반복되는 유희적 공간을 창출한다.[2] 시인의 기지(wit)와 기상(conceit)에 의해 창조된 그로테스크하기도 하고 유머러스하기도 한 이 시행들은 종잡을 수 없을 정도로 가속도로 휘몰아가는 리듬과 경쾌한 어조에 힘입어 우리 사회의 정치적 이념적 성적 모순과 불합리에 대한 의미 있는 초상이자 고발이 되어주고 있다.

　인용한 시편들 말고도 아마도 여덟 권에 달하는 이 시인의 시집에서 이와 유사한 어법으로 이루어진 구절들은 얼마든지 더 추출 나열할 수 있을

---

2) 이 시인의 시가 내장하고 있는 유희적 성격에 대해선 졸고 「무서운 유희」(『신성한 숲』, 민음사, 1995) 참조. 이 시인의 시적 상상력은 회화적 묘사성과 연극적 우화성의 양면성을 함께 지니고 있다. 두 경우 모두 두드러지는 것은 시적 연상의 발랄함과 자유로움이다.

것이다. 「서울 2000년」에서 화자는 순환 전철에서 『삼국사기』를 읽으면서 지하철 안의 풍경과 고대 삼국에서 일어난 비극적인 사건을 끊임없이 병치시킨다. "왕십리를 지난 지하철 2호선은/ 정확히 77분 후에 다시 왕십리로 돌아오게 되어 있"는 것처럼 역사적 비극 역시 매순간 시의 현재로 회귀한다. 또 「달력 공장 공장장님 보세요」의 화자는 일 년 열두 달 사계절이 끝없이 동일하게 순환하는 것에 지겨움을 느끼고 달력 공장 공장장에 비유된 조물주를 향해 "나는 벌써 이 음악을 다 외어버렸어요 귀에 못이 박일 정도예요/ 그러나저러나 나한테서 뭘 더 찍을 게 있다고 윤전기는 쉬지 않고/ 자꾸만 같은 숫자만 찍어대는 거예요?"라고 조롱조의 항변을 던진다. "바다는 지쳤어요/ 파도치기 지쳤어요/ 왔다가 갔다가 그러는 거 이제 그만하고 싶었어요/ (……)/ 내일인지 어제인지/ 똑같은 세월이 왔다갔다하는 거"라는 「그녀의 음악」의 구절 역시 동일한 상상 작용의 소산이다. 한 개인이든 한 국가나 사회 같은 집단이든 아니면 인류 역사나 우주의 운명이든 간에 모든 것은 쳇바퀴가 돌아가는 것처럼 부단히 순환하며 유사한 풍경을 연속해서 상연한다. 모든 것이 리플레이 버튼의 작동에 따라 동일하게 반복되고 윤회의 바퀴에 따라 유사한 비극과 악몽이 지칠 줄 모르고 재생산된다. 세계는 기괴한 환영이 지속적으로 펼쳐지는 환등상자(phantasmagoria)와 같으며 그런 세계 속에서의 삶이란 우매하고 희극적인 광대짓에 지나지 않는다.

3. 표면의 시학

삶과 세계를 규정짓는 이원론을 부정하게 되면 모든 것은 균일한 표면으로 환원된다.[3] 심연은 거부되고 삶과 세계는 끝없이 돌고 도는, 무용하

---

3) 김혜순의 '표면의 시학'은, 약간 다른 맥락이긴 하지만, 질 들뢰즈의 '표면의 철학'을 떠올리게 만든다. 들뢰즈는 스토아 철학을 이어받아 영원히 변치 않는 본질이나 실체가 아니

고 무의미한, 동일한 것의 영원한 재귀가 된다. 이러한 표면으로서의 삶과 세계상을 가장 잘 나타내주는 상징이 바로 거울이다. 삶은 이제 끝없는 자기 반사이며 자기 이미지 놀이일 따름이다. 인간의 육체도 거울이고 인간이 사는 세상도 거울이다. 거울을 모티프로 한 대표적인 시 두 편을 읽어보도록 하자.

1) 거울을 열고 들어가니
거울 안에 어머니가 앉아 계시고
거울을 열고 다시 들어가니
그 거울 안에 외할머니 앉으셨고
외할머니 앉은 거울을 밀고 문턱을 넘으니
거울 안에 외증조할머니 웃고 계시고
외증조할머니 웃으시던 입술 안으로 고개를 들이미니
그 거울 안에 나보다 젊으신 외고조할머니
돌아앉으셨고
그 거울을 열고 들어가니
(……)
청천벽력.

라 "물리적 운동의 표면 효과"인 사건을 중시한다. 고대 그리스의 후기를 대표하는 스토아 철학은 천상의 이데아를 동경하는 플라톤 철학이나 지하의 심층을 파고들어가는 자연철학과 달리 삶의 현장에서 일어나는 일회적이고도 구체적인 사건, 즉 '표면 효과'에 주목했다. 책 한 권 전체가 루이스 캐럴에 대한 철학적 연구서라 할 수 있는 『의미의 논리』(이정우 옮김, 한길사, 1999)에서 들뢰즈는 『이상한 나라의 앨리스』에서 여주인공의 모험이 수직운동이 아닌 횡단운동으로 전개되고 있음을 찬양한다. 문제는 "깊이 들어가는 대신 옆으로 미끄러지는 것"이라는 것이다. 사건들은 "심층을 포기한 채 표면에서, 물체들을 비껴가는 이 비물체적인 얇은 수증기, 그들을 둘러싼 부피 없는 막, 반사하는 거울 속에서만" 발견된다. 발레리의 역설을 빌리자면, 피부보다 더 깊은 것은 없다.

정전. 암흑천지.

순간 모든 거울들 내 앞으로 한꺼번에 쏟아지며

깨어지며 한 어머니를 토해내니

흰옷 입은 사람 여럿이 장갑 낀 손으로

거울 조각들 치우며 피 묻고 눈감은

모든 내 어머니들의 어머니

조그만 어머니를 들어올리며

말하길 손가락이 열 개 달린 공주요!

                            —「딸을 낳던 날의 기억」 부분

2) 여기가 어딘가

이곳은 거울 속 세계처럼

빛은 어둡고 어둠은 벨벳처럼 밝다

어두운 창밖의 바다는 은쟁반보다 단단하다

태양은 검고 별도 검다

이곳 사람들은 죽음으로 인생을 시작하고

태어남으로 인생을 마감한다

나는 죽음과 태어남의 중간 지점 어딘가에 누워

숨가쁜 하품을 해치웠다

여기가 어디인가

연옥은 내 몸속으로 잠입해 눈뜨는 것인가보다

(……)

안간힘 다해 일어나 스위치를 올린다

입 안부터 불이 켜지자

빛은 어둡고 어둠은 밝은

연옥이 몸 속으로 오그라붙는다

모든 외부를 몸속에 품은 내가

거울 밖 세상을 두리번거린다

다시, 여기는 어디인가

—「연옥」 부분

1)에서 화자는 거울을 통한 시간 여행을 감행하고 있으며 2)에서는 거울의 안과 밖을 넘나드는 공간 이동을 하고 있다. 1)에서 거울은 과거/현재/미래라는 시간 구분을 무효화하고 까마득한 과거와 지금 이 순간의 현재를 극적으로 만나게 한다.[4] 마찬가지로 2)에서 술에 취해 밤과 낮을 비몽사몽의 상태로 보내는 화자에게 거울의 안/밖의 공간적 구분은 몸의 안/밖의 착종과 동일시된다. 거울은 과거와 현재를 뒤집고 안과 밖을 전

---

[4] 거울을 통해 과거의 한순간이 미래의 한순간과 원환적으로 만나는 것은, 그녀의 또다른 시 「얼굴에 쓴 글씨」에 흥미롭게 포착되어 있다. "소녀 시절/ 여러 번 같은 꿈을 꾸었다/ 누군가 붓에다 먹을 찍어/ 내 얼굴에다 자꾸 글씨를 썼다/ 눈을 떠보면(여전히 꿈속이었지만)/ 내 얼굴에 글씨를 쓰는 사람의/ 얼굴도 글씨로 가득했다". 어린 시절 꿈에서 자신의 얼굴에 글씨를 쓰던 사람의 정체를 궁금해하던 화자는 성인이 되어 실제로 글(씨)을 다루는 출판사에 근무하게 된다. 어느 날 "집에 돌아와 목욕탕에서 거울을 보며/ 딸의 붓으로 얼굴에/ 글씨를 써보"던 그녀는 화들짝 놀라고 만다. "그 시절 내 얼굴에 글씨를/ 쓰던 사람의 얼굴을 보고 말았다"는 것이다. 먼 훗날의 내가 알고 보니 과거의 나의 꿈에 등장한 바로 그 사람이었다는 이 삽화는 라캉의 용어를 빌리자면, 자기 반영—거울의 상상계와 글쓰기—언어의 상징계의 기묘한 동거를 암시하고 있다. 마주보는 두 개의 거울처럼, 과거와 현재가 서로를 비추고 꿈과 현실이, 어머니와 딸이 서로를 비춘다. 그것은 동시에 서로를 쓰는 것이기도 하다. 두 개의 손이 둥글게 맞물려 서로를 그리고 있는 에셔의 판화처럼 그들은 쓰면서 씌어지고 있는 중이다. 아울러 전근대사회에서 육체, 특히 얼굴에 씌어진 글씨가 도형수의 표지라는 점에서 이 시인의 글쓰기는 자기도취의 쾌락과 더불어 은밀한 죄의식을 동반한다고 할 수 있다. 여성 시인은 '의미 생성의 장소'인 자신의 육체에 붉은 잉크(피)와 하얀 잉크(젖)로 번갈아 글을 쓰고 덧칠하는 존재이다.

도시킨다. 거울은 시간적 공간적 경계선을 무화시키고 무한히 순환하며 끝없이 변전하는 마법의 세계, 이상한 나라 원더랜드를 현전시킨다.

　1)에서 화자는 딸을 낳는 순간 상상 속에서 자신의 모계적 혈통을 재발견한다. 거울은 안토니아스 라인의 재구축과 연계된다는 점에서 어머니에서 딸로 이어지는 상상의 탯줄이자 생식의 문이다. 리비도의 통로로서의 거울이 출산의 산도(産道)로 변주되면서 딸을 낳는 순간의 진통은 모계의 혈통을 찾아 거슬러올라가는 고고학적 탐색이 된다. 아득한 그때가 지금 이 순간과 한몸을 이루는 것이다. 어머니에서 어머니의 어머니로, 다시 또 그 어머니로 무한히 소급해들어가는 원근법의 소실점에 아이의 출산, 또다른 여성의 탄생이 자리잡고 있다. 거울 속에서 시간의 차이는 무화되고 무수한 타자들이 동일한 한 존재로 육화된다.

　2)에서 거울 속 세계와 거울 밖 세계는 서로 대칭관계에 있다. 거울 속 세계는 모든 것이 거꾸로다. 거기서 빛은 어둡고 어둠은 밝으며 사람들은 죽음으로 인생을 시작하고 태어남으로 인생을 마감한다. 술에 취한 화자는 잠이라는 익명성의 공간으로 후퇴해 부유하는 상념의 부스러기를 헤집다가 다시 현실로 귀환한다. 거울의 안과 밖의 세계가 엇갈리듯 잠 속의 세계와 잠에서 깨어난 다음 만난 세계 가운데 어디가 연옥인가 묻게 된다. "여기는 어디인가"라고 거듭 반복되는 화자의 물음은 내부와 외부의 경계가 사라진 세계에서 화자를 사로잡은 방향감각의 상실을 말해준다.

　이처럼 시인은 내부를 심연으로 상상하기보다 거울-표면으로 환원시킨다.[5] 역으로 세상을 구성하는 모든 것, 즉 집, 육체, 텍스트 이 무수

---

5) 심층/표면의 이분법은 마음/몸, 실재/현상, 남성성/여성성의 위계적 이분법을 만들어낸다. 많은 페미니스트 이론가들이 이런 이분법을 부정하고 표면적인 현상으로서의 몸을 강조하는 것은 그 때문이다. 엘리자베스 그로츠가 말했듯이 깊이 혹은 깊이에 대한 환상은 "평면적인 차원을 조작하고 순환시키고 각인함으로써 그야말로 산출된 것"(『뫼비우스 띠

한 것들이 거울로서 존재한다. 출산시에 여성 – 어머니는 자신의 어머니의 육체에 동화되면서 동시에 자신이 낳는 딸과 동화된다. 출산은 무수한 거울이 깨지는 파경(破鏡)의 순간이며 주체의 관념적 단일성이 해체되고 '나'가 무수한 '나들'로, 한 여성이 무수한 복수의 여성들로 재탄생하는 순간이다. 그런 의미에서 여성 – 어머니의 육체는 나와 타자가 동시에 공존하는 문지방으로서의 공간의 성격을 지니고 있다. 여성의 육체에서 순결한 텅 빈 백지(tabula rasa)로서의 몸을 발견하고자 하는 것은 가부장제 사회에서 남성이 공유하고 있는 환상에 다름아니다. 무염수태와 동정녀 신화는 거짓일 뿐 아니라 살아 숨쉬는 여성의 육체에 그만큼 억압적이다. 모든 잉태와 출산에는 리비도의 투자와 회수가 따른다. 여성의 몸은 어머니 되기의 과정을 거치면서 기록된 텍스트로서의 몸으로 변신한다. 그렇기 때문에 여성의 육체 – 거울에서 시인은 비릿한 맛과 냄새를 맡으며 여성의 시 – 거울에서 쾌락과 고통의 생생한 흔적을 목격한다. 이 시인의 시론을 집약하고 있는 산문집에서 발췌한 다음 대목은 거울에 대한 시인의 명상이 지닌 독특성을 집약적으로 드러내고 있다.

거울에 혀를 대본다. 비릿하다. 이 거울을 밀면 순간적으로 저 거울 속의 여자를 제치고 지금 내게는 보이지 않는 저 세상 속으로 사라질 것만 같다. 거울을 세차게 다시 밀어본다. 혀를 다시 대본다. 비릿하다. 거울에 이마를

로서 몸』, 임옥희 옮김, 여이연, 2001)이다. 사실 엑스레이나 내시경, CT촬영 등으로 인해 흔히 내부라고 여겨져왔던 육체의 모든 심층이 표면으로 환원되는 시대에 이런 사고의 전환은 필연적이다. 김혜순이 이야기한 "구멍이 숭숭 뚫린 존재"(「여성의 몸」, 『여성이 글을 쓴다는 것은』, 문학동네, 2002)로서의 여성의 육체란 안과 밖의 구분이 중첩되고 무화되는, 벽이 통로가 되고 입구와 출구가 서로 교차하는 뫼비우스의 띠의 공간을 떠올리게 한다. 구멍 또한 대상의 깊이가 아니라 깊이의 부재를 보여줄 뿐이다. "도대체 이 우주에서 깊이라는 걸 측량할 수 있을까"(「아무것도 얼지 않고」)라는 의문은 그래서 제기된다.

대고 있어본다. 여기 이렇게 서 있는 존재, 이 무거운 존재가 나인가. 그렇다면 거울 속의 저 여자는 누구인가. 어제는 어디로 갔는가. 내일은 어디로 갔는가. 나는 과연 있는가.

—「공간」,『여성이 글을 쓴다는 것은』, 문학동네, 2002, 36쪽

그러기에 여성시와 그밖의 시를 나누는 중요한 경계는 거울의 존재태이다. 여성시에서 거울은 경계가 아니다. 그것은 다만 하나의 문, 들고나며 어머니 되기를 배우고, 실현하는, 실현해야만 하는 하나의 문일 뿐이다. 그러나 남성적인 시에서 거울은 절대절명의 경계이고, 거울 속은 이방이다. 여성시의 거울은 부드럽고, 물렁물렁하고, 혀를 대보면 비릿하다. 그것은 여성 시인인 내가 어머니를 낳기 위한, 거꾸로의 출산을 위한 예비된 문이다. 어머니의 죽음으로 태어난 자식들은 어머니 밖의 세계에서 어머니를 불러내기 위해, 어머니의 텍스트를 살기 위해 거울이란 경계를 쉼없이 넘나든다.

—「어머니로서의 시 텍스트」, 같은 책, 82쪽

나르시스의 신화나 프로이트에서 라캉으로 이어지는 정신분석학에서 거울 이미지는 압도적으로 시각 이미지의 지배 아래 있다. 인간 욕망의 시원에 시선―응시―관음증이 지시하는 앎에 대한 욕망이 자리잡고 있다. 보는 행위는 시각적으로 대상을 소유하고 지배하는 가학적 권력욕의 소산이며 따라서 모든 응시의 배후엔 남근적 힘에 대한 소망과 오이디푸스적 환상이 숨어 있다.

김혜순의 거울이 이들 고전적인 거울 이미지와 갈라서는 결정적인 지점은 바로 인간의 감각 중에 시각에 허여된 특권의 지위를 폐지하고 다른 여타의 감각들을 전면화한다는 점이다. 그녀에게 거울은 보는 대상이 아

니라 맛보고 만지고 냄새 맡는 미각과 촉각과 후각의 대상이다. 그녀에게 거울은 차갑고 견고한 고체가 아니라 비릿하고 부드럽고 물렁물렁한, 흔히 여성 – 어머니에게 부여되는 속성을 지닌 유체성의 화신이다.[6] 사실 인류 역사를 거슬러 올라가면 거울은 구리나 유리 같은 금속이 아니라 강이나 호수 같은 물의 수면에 비친 영상에서 비롯되었다고 할 수 있다. 거울은 고체적 안정성에서 액체적 유동성에 이르기까지 폭넓은 연상망을 거느리고 있으며 바로 그 점이 이 시인으로 하여금 재래적인 단일한 거울 이미지에서 탈피하여 비결정적이며 유동적인 텍스트로서의 몸과 거울이라는 상상에 도달하게 했으리라고 추정된다. 물은 얼어붙는 순간 차가운 유리 – 거울이 되지만 녹으면 다시 경계를 넘나들며 자유롭게 형태를 바꿀 수 있는 흐름을 이룬다. 아니 이 시인에게 끓는 물과 차가운 얼음은 실은 동일한 것이다. 「한 잔의 붉은 거울」에서 화자를 사로잡은 발열/오한 같은 신경생리학적 이미지는 '너'의 부재로 인한 화자의 육체적 감응(somatic compliance)을 나타내고 있지만 동시에 뜨거움과 차가움, 결빙과 기화, 용해와 증발을 찰나에 넘나드는 이 시인의 물질적 상상력과 관련된 것이기도 하다.

밤하늘 깊숙이 날아가는 너
그러나 나는 자다가도 너의 열원을 감지한다
공대공 미사일 발사!

---

6) 비릿한 맛과 냄새에 대한 이 시인 특유의 민감한 감수성이 집중적으로 드러난 게 여섯번째 시집 『불쌍한 사랑 기계』(문학과지성사, 1997)이다. 이 시집 해설에서 정과리는 "이 비린내가 태초의 자리에 접근할 때마다 풍겼다"(「망가진 이중나선」)고 은유적으로 표현하고 있다. 과연 "밤의 살이 찢어지고 비릿한 피가 새어나왔다"(「月出」), "짓이겨진 초록 비린내 후욱 풍긴다"(「환한 걸레」) 같은 구절은 태초의 자리=여성의 성기가 내뿜는 매혹/거부를 복합적으로 나타내고 있다.

먼 하늘에서의 가열찬 폭파!
잠시 후 냄비에서 물이 끓는다
잠자기는 글렀으니 커피나 한 잔 마셔야겠다
하마터면 냄비 속에 손을 집어넣을 뻔했다
끓는 물이 너무도 시려 보여서

—「끓다」 부분

너는 흰 눈을 저장해둔 곳에 가본 일이 있으며
우박창고에 가본 적이 있느냐

(……)

땡볕 쏟아지는 여름 그 큰 얼음을 아픈 사람처럼 담요에 싸안고
눈물을 훔치며 가던 사람을 본 적이 있느냐
너는 그 적나라하게 뜨거운 얼음의 알몸을 만져본 적이 있느냐

—「얼음의 알몸」 부분

내 머릿속은 얼음으로 꽉 차 있고, 내 차디찬 발을 만진 사람은 모두 기
절한다. 내 가슴속에 들어오는 사람은 누구나 입술이 얼어붙는다. (……)
밖은 뜨겁고, 안은 시리다. 시리다 못해 팽팽히 끓는다. 문을 열면 화들짝
놀라 불을 켜는, 얼어붙은 창자들을 매단 겨울 풍경화 한 장.

—「오래된 냉장고」 부분

"얼음의 알몸" "얼어붙은 풍경화"와 "가열찬 폭파" "전기를 방출하는
붉은 전선들", 이렇게 전혀 다른 극점에 위치한 이미지들이 이 시인의 시

속에선 수시로 넘나들며 한몸을 이룬다. 그래서 아주 무더운 여름날 땡볕 속을 걸어가고 있을 때 "한 번도 녹아본 적이 없는 머나먼 눈 나라/ 그 나라의 얼음 아씨들"(「얼음 비단, 얼음 아씨」)이 자신을 안아주었다고 하는가 하면 다른 작품에선 자신과 행인을 "쉬지 않고 붉은 물 끌어올려야만/ 살아갈 수 있는 나무 한 그루"나 "알콜에 절여진 붉은 나무 두 그루"(「분수」)에 비유한다. 그 물은 붉게 끓어올라 온몸을 관류하며 전기를 방출하다가도 순식간에 얼어붙어 차갑고 순결한 얼음 나라 얼음 공주를 강림하게 하기도 하고 그러다 얼음 조각이 녹듯이 몸의 한 부분이 녹아내리거나 눈물이 되어 흘러나와 텅 빈 우박창고를 남기기도 한다. 흰 눈-투명한 얼음과 붉은 피-포도주는 서로 순환하면서 열기와 냉기를 동시에 뿜어낸다.

4. 여성 나르시스/그리스도의 수난

이처럼 거울-물은 액체-분출이 지닌 불안정하고 무정형적이며 통제 불가능하며 잉여적인 속성을 그대로 내장하고 있다. 그 거울-물은 한없이 깊어져 광대한 모성의 바다를 이루기도 하지만 작게는 투명한 유리잔에 담긴 포도주가 되기도 한다. 당연히 그때 화자가 마시는 것은 "한 잔의 붉은 거울"이 된다.

여기는 분명히 엄마의 잠 속인가봐
출렁거리며 주름지는 파도
바다에서 바다를 낳으려고 몸 풀고 있는 파도
내 몸을 밀물처럼 낳았다가 썰물처럼 끌어안고
다시 또 밀물처럼 끌어안는 엄마의 잠 속
아침이면 햇님 떠올라 붉은 양수로 가득 감쌀 내 몸
한밤 내 어루만지는 엄마와 엄마와 엄마들의 물결

그 위에 내 푹신한 베개를 걸쳐놓고 드러누우면

　　　　　　　　　　　　　　—「꿈속에 꿈속에 꿈속에」 부분

　모태 회귀의 소망을 노래하고 있는 이 시에서 모성적 육체는 출렁거리는 파도와 밀물과 썰물이 교차하는 바다의 조류로 형상화되고 있다. 바다의 유체성은 여성적 주이상스의 무정형성을 나타낸다. 화자는 어머니의 바다에서 유영하는 태아로 되돌아가 그 옛날 자궁 속에서 듣던 음악(어머니의 목소리)을 다시 듣는다. 어머니와 태아의 관계는, 한 인간이 하나이면서 둘일 수 있는, 즉 '나'이면서 동시에 타자일 수 있는 희귀한 순간을 제공한다. 이때 어머니와 아이는 정체성의 경계가 지워진, 가변적이고 불안정한 원초적 미분화의 상태에 놓여지게 된다. 어머니의 자궁, 이 모성적 용기(maternal container) 안에서 아이는 타자의 포착할 수 없는 현전을 느낀다. 그/그녀는 차츰 자신의 촉각과 청각에 와 닿는 수수께끼 같은 바깥세계의 신호에 반응하는 법을 익히게 된다. 모성적 육체와의 이런 즉물적 교신이야말로 모든 인간이 돌아가고 싶어하는 향수 어린 평화의 순간에 대한 기억으로 남는다. 「귀」에서 "누가 멀리서 북을 치고 있다/ 나는 자전거를 타고 그 북소리를 찾아간다/ 내가 속력을 내면 낼수록/ 몸이 태아처럼 구부러진다"면서 소리 – 귀 – 태아의 자세로 연상을 이어나가는 장면이나 「메아리가 갔다가 오는 만큼, 그만큼」에서 "강 건너에서 모래 실은 트럭 한 대가/ 맹렬하게 달려오더니 귓속에 햇살 한 트럭 붓고 갔는지/ 메아리처럼 내게서 떠나갔다가/ 저 건너 산에서 내 귓속으로/ 다시 밀려들어오는 환한 꿈"이라고 메아리와 이명(耳鳴)현상을 중첩시켜 나른하면서도 적막한 울림을 남기는 구절 등은 자궁에 전달되는 어머니 목소리의 흔적을 지니고 있다. 자궁의 어둠 속에서 경험한 청각 체험은 때로 성인이 된 화자에게 해독을 요구하는, 다른 세계에서 보내져오는 신호로

다가오기도 한다. 물 끓는 냄비에 얼굴을 가져다댄 화자가 "수만 겹의 고막이 끓는가?/ 아니면 탄생과 소멸의 은유인가?/ 졸아붙는 물 속에서 수만 개의 모스 부호가 요동친다" "누군가 숲속에 헬리콥터라도 몰래 숨겨놓았나?/ 저 먼 곳에서 다시 숲의 나무들이 끓는 소리"라고 독백하는 것은 바로 이런 무의식적 욕망을 숨기고 있다. 시각이 무효화되는, 가시적 한계(visible limit)의 지평 너머에 촉각과 청각으로 이루어진 육체적 실존의 충만함과 신비로움이 자리잡고 있다.

그러나 이러한 지복의 순간은 극히 희소하며 인용한 시의 제목이 암시하는 바와 같이 "꿈속에"서나 가능한 것이다("꿈속에"라는 말을 세 번이나 반복하는 데서 드러나는 그 아득함과 안타까움). 꿈에서 깨어난 화자를 기다리고 있는 것은 차가운 분리의 고독일 따름이다. 그런 의미에서 「한 잔의 붉은 거울」에서 화자가 마시는 붉은 포도주는 「꿈속에 꿈속에 꿈속에」에서 유년기로 회귀한 화자를 포근하게 감싸주던 "붉은 양수"의 대리물이라고 할 수 있다.

> 네 꿈의 한복판
> 네 온몸의 피가 밀려왔다 밀려가는 그곳
> 그곳에서 나는 눈을 뜰래
>
> (……)
>
> 네 꿈의 한복판
> 네 온몸의 숨이 밀려왔다 밀려가는 그곳
> 그곳의 붉은 파도 자락을 놓지 않을래
>
> ─「붉은 장미 꽃다발」 부분

멀리 수평선 위로 핏방울 하나 떠오르면

희디흰 이불 홑청 위로 붉은 물이 아프게 아롱지고

입 안에 도는 피냄새

내가 또 그 피거품 속에서

없는 두 손목을 들어 하루 종일 편지를 쓸 시간이야

—「박쥐」 부분

나는 이번 생에 복숭아 하나 얻으러 왔어

당신이 떠나가며 한 모금 울컥 뱉어놓은

그 붉은 얼룩, 그것을 구하러 왔어

—「백년 묵은 여우」 부분

여성의 원물질을 나타내는 물은, 이 시인의 시에서 그러나 맑고 투명하게 현상하지 않는다. 시인은 여성을 천사화하려는 모든 부질없는 시도를 거부하고 여성의 물질적 존재태를 있는 그대로 드러내고자 한다. 여성의 몸은 점액성의 늪지이며 거기서 흐르고 질척거리고 스며나오는 물은 일반적으로 부정하다고 여겨지는 형태를 취하고 있다. 그것은 무엇보다 피냄새를 풍기며 붉은 얼룩을 남긴다. 그것은 월경혈인 동시에 분만시의 출혈이며, 눈물과 양수, 젖과 침을 포함한 각종 체액이다. 이 시인의 시에 등장하는 여성 화자가 마시는 포도주는 단순히 도취와 관능의 음료가 아니라 피냄새가 진동하고 피거품이 이는, 희생제의에서의 고통의 부르짖음을 수반하는 음료, 다시 「한 잔의 붉은 거울」로 돌아가 이야기하자면 "저기 저 비명의 끝에 매달린 번개"나 "어디선가 관자놀이를 치는 망치 소리" 같은 구절이 말해주듯 삶과 죽음이 엇갈리는 비장한 순간의 각성과 결단의 음료이기도 하다.

> 나는 붉은 잔을 응시한다 고요한 표면
> 나는 그 붉은 거울을 들어 마신다
> 몸 속에서 붉게 흐르는 거울들이 소리친다

붉은 포도주 – 거울을 마시는 것은 붉은 포도주 – 거울에 비친 자신을 마시는 것이다. 그는 스스로를 마시며 스스로와 섞여든다. 안과 밖의 삼투는 여기서 이처럼 다시 한번 뫼비우스의 띠의 형상을 그린다. 지금 이곳에 없는, 부재하는 '너'에 대한 욕망이란 곧 무한에 대한 욕망이다. 화자는 자신의 보이지 않는, 비가시적인 얼굴을 마시며 도달할 수 없는 무한을 마시는 것이다. 물론 화자의 음주에도 불구하고 화자의 결핍이 치유되지는 않는다. 생이 지속되는 한 "너무 위태로워 오히려 찬란한/ 빨간 피톨의 시간이 터지"(「붉은 장미 꽃다발」)는 절정의 순간에 대한 꿈은 계속될 수밖에 없다. 이와 관련하여 한 해설자는 붉은 포도주를 마시는 화자의 모습에서 "붉은색 혼자만의 상상적 드라마가 끝없이 타오르고 끓는" "절대적이고 열정적인 에로스의 화신" 비너스를 유추해낸다.[7] 부재하는 대상에 대한 열정적인 사랑을 의미한다는 점에서 이 시의 화자와 비너스는 그리 먼 거리에 있지 않다. 그러나 이 시인의 상상세계 전반을 염두에 두고 풀이할 때 위 구절이 상기시키는 신화적 존재에 보다 가까운

---

7) 이인성, 「'그녀, 요나'의 붉은 상상」(『한 잔의 붉은 거울』 해설) 참조. 지나는 길에 덧붙이자면 이인성의 이 글은 내가 볼 수 있었던 김혜순에 대한 평문 가운데 그녀의 시 – 악보를 '감각의 깊이'라는 점에서 가장 충실하게 재생해낸 연주였다. 활발한 평가 대상이 되어왔으면서도 정작 충분히 이해되었다고 볼 수는 없는 김혜순의 '고독한' 언어를 이인성은 관능적인 언어로 되살려내는 데 성공하고 있다.

인물은 예수나 나르시스이다. "붉은 잔을 응시하"는 "나"는 수난을 앞둔 전야에 홀로 깨어 "만일 할 만하시거든 이 잔을 내게서 그대로 지나가게 하옵소서. 그러나 나의 원대로 마옵시고 당신 뜻대로 하옵소서"라고 기도한 예수 그리스도나 고독하게 물에 뛰어들기 직전 수면에 비친 자신의 영상을 향해 팔을 벌리고 선 나르시스를 연상시킨다. 이 시의 화자는 여자 그리스도이자 여자 나르시스이다. 이 시에 구현된 여자 나르시스는 거울 속에 몸을 던지는 것이 아니라 거울을 자신 속에 흡수해들인다. 그/그녀는 거울을 마시는 거울이다. 그/그녀는 심연 속으로 자맥질해들어가는 것이 아니라 스스로 심연이 된다. 그 심연은 표면과 대비되는 의미에서의 심연이 아니라 무수한 표면으로 이루어진 심연, '깃들임'과 '뱉어냄'이 하나로 통합되는 모순어법이 허용되는 세계의 심연이다.[8] 여자 그리스도는 붉은 거울을 들어 마심으로써 자신에게 부여된 고통을 수납할 채비를 차린다(그런데 이때의 그리스도는 특정 종교의 창시자가 아니라 죽어서 다시 태어나는 신, 자신의 육신을 갈가리 찢어 세상에 나눠줌으로써 지상에 다시 풍요를 가능케 하는 것으로 알려진, 당시 그리스와 근동 지방의 여러 신들과 같은 이미지를 지닌 신화적 존재를 의미한다. 팔레스타인의 오지에서 태어난 고독하고 금욕적인 종교의 신과 그리스의 소란스럽고 야만적인 포도주의 신 디오니소스를 동일시하는 것은 신화 연구자들에게는 더이상 낯선 견해가 아니다). 그의 술 마시기는 자기 희생적 의미와 더불어 제의적 죽음과 부활을 상징하고 있다.

---

8) 표면/심층의 해체는 수사적으로 자연스럽게 모순어법(oxymoron)을 불러온다. 모순어법은 외형적으로 상반되는 두 개의 관념이나 어휘의 경합을 통해 사물의 본질을 드러내고자 하는 수사법이다. 김혜순의 시는 모순어법의 전시장이라 해도 될 만큼 해당 수사법의 용례가 될 만한 구절이 풍부하게 널려 있다. 「한 잔의 붉은 거울」에서 "이 거울 속 추위를 다 견디려면 나 얼마나 더 뜨거워져야 할까" "그 먼 곳이 내게는 가장 가까운 곳" 같은 구절은 그 단적인 예이다.

자기애의 화신인 나르시스와 이타적 사랑의 화신인 그리스도, 이 대극적인 존재가 어떻게 하나가 될 수 있는가. 바로 여성 – 어머니의 존재방식에 그 해답이 있다. 어머니의 나르시시즘은 나이면서 타자인 존재에 대한 사랑에 기초하고 있다는 점에서 유아의 나르시시즘과 구분되며 거기에 모성적 사랑의 진정한 의미가 있다. 이 사랑의 다른 표현이 어쩌면 최근 시집으로 올수록 부쩍 높은 빈도로 등장하는 슬픔 – 흐느낌 – 눈물과 관련된 이미지들일지도 모른다.

> 슬픔이란 이름의 새를 아시는지
> 그 새의 보이지 않는 갈퀴에 대해 들어보셨는지
> 그 새의 투명한, 그러나 절대로 녹지 않는
> 갈퀴에 머리채가 콱 잡혀서
> 나는 문설주에 고개를 기대고 서서 말하네
> 잘 가거라 항구를 떠난 잠수함아
> 여기 절벽 위에 서 있는 나를 잊지는 말아라
>
> —「날마다의 장례」 부분

이번 시집 제일 마지막에 수록된 이 작품에서 자기 연민의 고백적 토로나 상실에 대한 애도를 발견하고 마는 것은 너무 피상적인 독서일 것이다. 오히려 시의 문면에 직접적으로 노출된 슬픔은 시적 자아를 죽음을 향한 입문적 단계에 위치시키고 있다. 화자는 육지와 바다, 허공과 심연, 안과 밖의 접점인 절벽 – 문설주에 기대서서 상징적 죽음과 부활의 의식을 치르고 있는 중이다. 그녀는 잠수함을 따라 어두운 심해 속으로 가라앉고자 해도 슬픔이란 새의 갈퀴에 머리채가 잡혀 지상을 벗어날 수가 없는 처지에 있다. 외부 – 천상으로의 초월도 내부 – 심연으로의 함몰도 그

녀의 몫이 아니다. 잠수함으로 명명된 개인적 무의식의 압도적인 인력에
도 불구하고 그녀를 지상에 남게 하는 것은 바로 타자의 비극에 대한 공
명과 그것에서 기인한 슬픔이다. 따라서 그녀의 몸속에서 쉬지 않고 울리
는 슬픔의 박자는 시인의 윤리의식의 다른 표현이라고 해도 될 것이다.

생물학적 성별과 상관없이 '아버지의 이름으로' 시를 쓰는 대다수 시인
들과 달리 이 시인은 그 동안 줄기차게 '어머니의 이름으로' 시를 써왔다.
시인 자신이 시와 산문을 통해 역설했듯이 여성의 몸은 구조화에 저항하
고 경계선을 가로지르며 고정된 것을 해체한다. 김혜순의 시를 통해 한
국 현대시는 오직 여성, 그것도 순결한 동정녀가 아니라 비천하고 위협적
인 구멍으로서의 어머니만이 수행할 수 있는 저항과 횡단과 해체의 언어
를 경험해볼 수 있었다. 그것은 감미롭기보다 고통스럽고 아름답기보다
가혹한 여정이었다. 그러므로 "부탁이야, 고장난 수도꼭지처럼 헐떡거리
며 서 있는/ 김혜순을 잊지는 말아줘"라는 부탁은 애초부터 무리한 것이
었다. 오히려 잊을 수 있도록 해달라고 부탁해야 하는 것은 그녀의 고통
스러운 시를 읽어야 했던 독자들의 몫이 아닐까. 천상으로의 초월도 심해
속에서의 휴식도 거부하고 악착같이 세계의 표면에 남아 자신이 살아낸
만큼 시를 쓰고자 하는 그녀의 고투가 계속되는 한.

(2004년 가을)

제2부

감각의 우주

폐허에서 시쓰기
— 박형준의 시세계

1. 수형인의 꿈

이 세계는 잠깐 저음의 음계로 떠는 사물들로 가득 찬다
—「나는 이제 소멸에 대해서 이야기하련다」 부분

박형준에게 세계는 해독을 기다리는 상형문자와 같다. 주위에서 마주치는 모든 풍경과 사물들, 경험과 사건 들도 자세히 살펴보면 저마다 그 내부에 남모르는 비밀을 하나씩 간직하고 있는 풍요로운 의미의 저수조로 드러난다. 평소 깊은 침묵에 잠겨 있던 그들은 어느 날 불현듯 시인에게 다가와 말을 걸며 그들이 소장하고 있던 은밀한 소식을 전해주고 사라진다. 순간 무상하고 가변적이며 공회전만을 거듭하는 시간의 바퀴가 잠시 운동을 멈추고 세계가 감추고 있던 다른 얼굴이 그 모습을 드러낸다. 가장 단순하고 평범한 존재도 이 순간엔 새로운 조명 아래 경이의 대상으로 떠오른다. 삭막한 삶의 현장이 돌연 "저음의 음계로 떠는 사물들"이 들려주는 서정적인 음악으로 가득 차는 것이다. 이처럼 내면의 전령들

이 들려주는 낯선 말을, 시인은 어떻게 해서든 자신의 언어로 옮겨보고자 하지만 이는 결코 쉬운 일이 아니다. 그 전언은 일상의 타성화된 지각과 표현으로는 가당을 수 없는 '저 너머의 세계'에서 보내오는 신호이기 때문이다. 그것은 계시처럼 순간적이며 절대적이며 초월적이다. 알 수 없고 접근 불가능한 미지의 소식, 그 부름 앞에서 시인은 한편으로 좌절하고 한편으로 자극을 받는다. 그가 내밀한 고독 속에서 길어내는 한 편의 시는 바로 자기 앞에 현전한 세계에 대한 짧고도 불완전한 일별의 기록이다. 따라서 시인은 세계가 누설하는 비밀을 엿듣고 받아적는 자이며 그 비밀을 다시금 자신만의 언어 속에 은닉해놓는 자이다. 세계의 비밀은 시인의 언어를 통해 명료하게 반영되는 것이 아니라 그 속에 다시 한번 봉인될 뿐이다. 시인은 세계라는 상형문자를 해독하며, 그 해독을 자기 고유의 상형문자 속에 가둔다. 이 순간 세계라는 상형문자와 시라는 상형문자는 서로를 되비추는 두 개의 거울처럼 마주 서 있다.

아니, 어쩌면 현상적인 차원에서 세계와 진정 마주보고 있는 것은 시가 아니라 시인일 것이다. 시는, 시인과 세계가 서로 만나는 자리이자 그들이 사라지는 자리이다. 시는 시인과 세계의 마주침에 의해 탄생하지만 그것은 궁극적으로 시인과 세계의 소멸을 전제로 하고 이루어진다. 시가 현전하는 순간은 시인과 세계가 잠시 무(無)에 귀속되는 순간이기도 하다.[1] 흔히 시쓰기는 고행에 비유되고 시인의 처지는 추방자나 은둔자의 시련에 비견되곤 하는 것을 볼 수 있다. 그러나 다음 작품에 그려진 풍경은 그런 일반적인 통념을 넘어 시인 자신이 생각하는 현대 세계에서의 시인의 운명에 대한 직관과 예견이 담겨 있다는 점에서 의미심장하게 다가온다.

---

1) 이 점에 대한 보다 본격적인 논의는 졸고, 「신성한 숲」, 『신성한 숲』, 민음사, 1995, 11~23쪽 참조.

지하감옥 독방에,
늘대와 수형인이 마주보고 있다
희미한 램프에 의지하여
지하감옥 독방은 견디고 있다

차가운 검을 등에 묘비처럼 꽃고
울부짖는 늘대와
이마에 낙인이 찍힌 수형인

벽에 걸린 램프 불빛은
마술에 결려 차디찬 땅바닥에
그림자를 浮彫한다

수세기를 견딘 먼지가 흩날린다

—「늘대와 수형인」 전문

위 시에서 화자는 내면의 심층으로 하강해서 자기 마음속에 펼쳐진 지
옥도를 보여준다. 그것은 화자의 정신이 못 박혀 있는 내부의 고정된 풍
경, 매순간 그리로 회귀해서 직면하지 않을 수 없는 박제된 영혼의 초상
이다. 그는 결핍과 고립에 처해진 지하감옥 독방이며, 길들지 않은 야성
의 파괴적 위협을 상징하는 늘대이며, 종신형을 언도받고 갇혀 있는 죄수
이다. 이들은 동일한 공간에 모여 있지만 서로를 제약하는 긴장된 대치관
계를 형성하고 있다는 점에서 더욱 비극적이다. 불안과 고뇌 속에 내던져
진 이들을 구원해줄 것은 어디에도 없다. 오직 희미한 램프로 상징되는

상상력만이 이들이 의지할 수 있는 유일한 위안일 때름이다. 여기서 "견디고 있다"의 주체는 누구인가. 늑대인가, 수형인인가, 지하감옥 독방인가, 아니면 이 모든 것인가. 그의 내면 공간에 자리잡고 있는 이 어둡고 불길한 이미지들은 유폐와 몰락과 소멸을 향해 가차없이 진행되는 삶의 쓰디쓴 진실을 증언하고 있다. 더욱이 그것은 한시적인 것이 아니라 마지막 행 "수세기를 견던 먼지가 흩날린다"는 구절이 말해주듯 영속적인 것이다. 세계는 폐허이며 유적지로서 거기 몸담고 사는 사람에게 끝없는 견딤을 요구한다. 이 견딤에 의해 바로 시인이 희구하는 시가 탄생한다. "묘비" "낙인" "부조" 등의 어휘가 공통적으로 지시하듯 지하감옥이란 가혹한 조건이 암시하는 것은 궁극적으로 글쓰기의 주제에 수렴된다. 죽음과 폐허의 세계에서 고독하게 자신의 육체에 새기는 글쓰기. 자신의 일생 전부를 담보로 해서 전개되는, 삶의 끝으로의 여행. 늑대·수형인·지하감옥 모두 마치 자신의 육체를 양피지 삼아 글을 쓰듯 그 위에 기호가 각인된다. 죽음과 범죄의 표시가 시와 동일시될 수 있는 것은 그것이 기성의 척도에서 벗어난 위반과 전복의 정신의 소산이기 때문이다. 그것은 결과적으로 "먼지가 흩날릴" 뿐인 세계의 조건 내지 존재의 법칙에 변화를 가져오지는 못하지만 그마저 없다면 그 속에서 견디는 것조차 불가능한 결과가 되고 말 것이다. 그런 의미에서 궁핍한 세계에서 시인─죄수가 치러야 하는 형기는 현실적 조건을 염두에 둔다면 타율적인 것이지만 오직 그렇게 해서만 씌어질 수 있는 작품에 초점을 맞추어본다면 자발적인 것이다.

　이처럼 이 시인이 보여주는 삶과 세계에 대한 인식은 극히 암울하고 절망적이다. 그는 유폐와 추방의 시간을 살고 있다. 그가 할 수 있는 일이라곤 다음 시가 보여주듯 감옥에 갇힌 상태에서 말의 파편을 남기는 것일 뿐이다.

나는 파편만을 남긴다. 말의 파편, 감옥의 창살에 비유될 그 흔적들

—「파편」 부분

여기서 감옥의 의미는 이중적이다. 그것은 세계라는 감옥이자 말의 감옥이기도 하다. 세계 속에 갇힌 시인에게 말은 자신을 외부와 연결시켜주는 유일한 매개체인 동시에 단절을 영구화하는 장애물이다. 그것은 창살이기도 하지만 "어느 날 나를 가두었다고 믿었던 그 흔적들은 자취도 없이 사라지고 놀랍게도 거기에 무섭도록 아름다운 하나의 눈동자가 열리고" 라는 구절이 의미하듯 그를 심미적 해방으로 인도하는 신비스러운 마법을 행사하기도 한다. 「늑대와 수형인」에서 램프 불빛에 "마술에 걸려"라는 수식어가 붙은 것도 같은 맥락이라고 할 수 있다. 이처럼 지하감옥의 곤핍한 조건 속에서도 시인이 꿈을 꿀 수 있는 것은 "차디찬 땅바닥에/그림자를 부조하"는 램프 불빛이 있기 때문이다. 그것은 좁게는 상상력의 힘을 의미하지만 넓게는 모든 존재 속에 깃들인 생의 의지를 가리킨다.

생의 불꽃/폐허―유적지로서의 세계상은 이 시인의 상상력이 지향하는 양 극점이다. 어둠의 영역, 비참의 장소에서 그는 불을 꿈꾸며 그 그림자가 부조하는 시를 응시한다. 이 미약한 한 점 불꽃으로부터, 그 어렴풋한 불빛으로부터 세계를 밝히는 고즈넉한 꿈의 드라마가 태어나게 된다. 이제 그 도정을 뒤따라가보기로 하자.

2. 저녁의 노래를 들어라

지금까지 살펴보았듯이 이 시인의 상상공간의 중심엔 조용히 빛을 뿜어내는 광원(光源)이 자리잡고 있다. 이 내면의 불꽃은 이 시인의 시편에서 다양한 양태로 변주된다.

(……) 내 안의 열망으로
가득 찬 겨울의 뜰에는
바람과 진눈깨비를 기다리는
聖者처럼, 붉은 열매가 몇 개 충혈되어 있다
　　　　　　　　　　　　　　　　—「겨울이 온다」 부분

빛을 다 깎아내고 한참 뒤에 어두워진 마당
마음의 지문처럼 해당화가 꽃진 자리에 붉은 열매를 달아놓는다
　　　　　　　　　　　　　　　　—「유년의 뜰 1」 부분

기차는 변함없이 하루에 두 번
공장 담벼락을 지나갔습니다
장미가 끝없이 이어진 담벼락을 기어오르며
철조망이 처진 허공에서 붉게 피어나고 있었습니다
　　　　　　　　　　　　　　　　—「해변으로 통하는 기차」 부분

　위 시편을 「늑대와 수형인」에 겹쳐서 읽다보면 감옥은 "겨울의 뜰"이
나 "어두워진 마당" 혹은 "공장 담벼락"으로, 램프 불빛은 "해당화"나
"붉은 열매" "붉게 피어난 장미꽃"으로 각각 변주되고 있음을 알 수 있
다. 이 시인의 시에 자주 등장하는 붉은 꽃이나 열매 같은 식물 이미지는
바로 모든 존재가 저마다 내부에 숨겨 지니고 있는 타오르는 꿈과 열망을
대변하고 있다. "몹시 충혈되어 있는 나무"(「공원에서 쉬다 3」) "붉은 열
매를 맺는 사과나무"(「동시 상영관의 추억」) "보리수는 시월의 숲길에서
붉은 열매를 달고"(「보리수 열매를 따는 여자」) "처음 꽃핀,/ 삼년생 해당
화 붉은 꽃"(「해당화」) 같은, 이 시인의 시에 자주 등장하는 붉은색과 관

련된 구절들은 불꽃의 식물적 영상을 여실히 보여주고 있다. 식물은 수직의 불꽃이며 그 열매나 꽃이나 잎은 빛을 방사한다. 그리하여 "겨울 갈대밭에/ (……)/ 빛나는 옷을 입고 내려온 물방울이/ 소금불에 휘고 있다"(「갈대꽃」)거나 "들끓는 잎의 물결이 바퀴살에 갈라져/ 빛이 사방으로 퍼졌다"(「수금 방죽」) 같은 표현이 가능해진다. 외부상황이 가혹하면 할수록 그것이 내뿜는 빛의 열기와 광도는 더욱 강렬하진다. 이런 상상력이 한 단계 더 진전되면 굳이 붉은빛이라는 색채와 관련되지 않은 존재들도 내부에서 불(빛)을 길어올리는 것을 볼 수 있다.

> 인적 끊긴 유곽에 측백나무 한 그루가
> 눅눅한 물관을 통해 다른 불빛을 길어올리고
>
> ─「봄의 幻」 부분

모든 생명체는 저마다 내부에 불꽃─불씨를 숨겨 지니고 있다. 그것은 생명의 불이자 욕망의 불이다. 평소엔 보이지 않지만 여건이 주어지면 그 불은 밖으로 표출돼 자신의 존재를 알린다. 인간이나 과일이 간직한 "속살"도 이 이미지의 연장선상에 있다. 과부들은 "희고 단맛으로 가득 찬 속살을 숨기고 있는 분노의 포도송이들"(「과부들」)에 비유되며, 황혼은 "상처받는 사물들 붉은 속살이 하늘에 가득 돋아오르"(「이 저녁에」)는 것으로 묘사된다. 식물은 빛과 물을 빨아들여 당분으로 전환시킨다. "한없이 느릿느릿한 걸음걸이가/ 향기를 안으로 익"(「이 저녁에」)힌 포도송이처럼 그것은 내밀성의 화신이지만 언제든 껍질을 찢고 바깥세상을 향해 자신을 드러낼 순간을 기다리고 있다. 외면받고 상처받은 존재 속에 오히려 더 큰 불길이 자라오를 수 있는 것이다.

이러한 지상의 불을 주관하고 사육하는 존재는 당연히 하늘의 태양일 수밖에 없다. 시인의 천공엔 "열덩어리 해가 머리 위에서 꺼지지 않는"
(「동시 상영관의 추억」)다는 구절처럼 우주의 심장이자 광휘의 원천인 태
양이 빛나고 있다. 그러나 이 시인이 주목하는 태양은 뜨거운 정오의 태
양이 아니라 저물녘 마지막 쇠잔한 빛의 잔영을 남기고 사라지는 태양이
다. 불과 태양은 밝음의 영광과 도취를 동반하지 않고 이처럼 저녁이란
시간과 맞물려 소멸과 죽음의 기호로 드러난다.

> 이 세상 것이 아닌 마음
> 이 세상 것이 아닌 형체
> 아무도 내가 왜 유독 저녁의 노래만을
> 부르는지 모른다
> 젖은 태양과 흐릿한 어둠 속으로
> 사라져가는 것들의 뒷모습을
>
> 순간의 형용할 수 없는 밝음과 어두움을
> 동시에 날개로 펴는 저녁의 울음
> 들어라, 너희는 다 어디로 갔는가
> ─「저녁의 노래를 들어라」 부분

　이 시인의 시 속에서 가장 많이 애용되는 배경 역할을 하고 있는 저녁
은 계절적으로 가을과 더불어 낭만주의자들이 즐겨 노래한 시간대이다.
"밝음과 어두움을/ 동시에 날개로 펴는" 저녁은 낮과 밤이라는 시간의
두 차원이 극적으로 합일하는 순간이라는 점에서 두 세계 사이의 접합이
자 중간 영역이다. 따라서 이 시간엔 존재의 양면성이 현시된다. 그것은
한편으로 안식과 평화를 가져다주는 위무자이면서 다른 한편으로 조락

과 죽음을 예고하는 불길한 방문객이기도 하다. 위 시의 화자에게 저녁은 "이 세상"을 주관하는 질서가 힘을 잃고 "이 세상 것이 아닌" 무엇이 출현하는 시간이다. 그런 의미에서 이 시인의 시는 대부분 "저녁의 노래"이다.[2] 그것은 사물들로부터 현존감을 빼앗고 대신 그 위에 신비스러운 음영을 드리운다. 그래서 시인은 "저녁 공기 속에는 꿈에 젖게 만드는 물질이 있나봐"(「공원에서 쉬다 2」)라고까지 고백한다. "낮게 어스름에 잠겨가는"(「나는 이제 소멸에 대해서 이야기하련다」) 박명(薄明)의 시간, "저음의 음계로 떠는 사물들"이 들려주는 음악에 귀기울이며 화자는 오래 회한에 잠기거나 잠시 충일감에 젖는다. 이 "꿈에 젖게 만드는 물질"은 이 시인의 여러 시편을 겹쳐 읽으면 바로 사물들을 서로 녹이고 융합시키는, 불의 가소성과 물의 수용성이 하나가 된 상태를 가리킨다. 그것은 불타는 물이며 젖은 불꽃이다. 그것은 타오르면서 스며들고 빛을 내면서 녹는다.

긴긴 복날의 하루 해가 긴 꼬리를 끌며
속이 터진 마음을 붉은 혓바닥으로 녹여주러 오리라,

—「열대의 묘지」 부분

(……) 햇빛이 꺼지며

---

2) 저녁과 관련된 이미지는 이 시인의 시 도처에 흩뿌려져 있기 때문에 일일이 적시하는 것이 사실 무의미할 정도이다. 몇 개의 인상적인 구절들만 선별 인용하자면 저녁은 "저무는 해에 낮아지는 지붕들이 소용돌이치며/ 완전히 하늘로 깊이 들어가"(「달팽이」)는 시간이며, "허름한 가슴의 세간살이를 꺼내어 이제 저문 강물에 다 떠내보내"(「나는 이제 소멸에 대해서 이야기하련다」)는 시간이며, "하염없이 지는 해의 붉은 날갯죽지 밑으로/ 세계 지도처럼 풀어져가는 연기들이 배회하"(「크리스마스」)는 시간이다. 시인은 "저녁에는 왜 이리 많은/ 닳은 지문들이 방바닥에 떨어져내리는지"(「저녁의 노래를 들어라」) 탄식하기도 하고 "저녁 무렵 잠깐 잠이 든 사이" 꿈속에서 한 권의 책을 보는데 "그 책은 이승에서 내가 평생 써야 할 시였다"(「명경」)고 토로하기도 한다.

물방울 속에서 붉은 혀로 事物을 녹이는 것이
보였다, 남몰래 천천히 하나씩

—「저녁 덤불숲」 부분

물감이 물에 풀어지듯 해－햇빛은 굳어 있는 지상의 사물이나 인간의 마음을 부드럽게 풀어주면서 스스로 풀어진다. 저녁은 빛이 사물을 녹이고 사라지는 시간이다. 해가 지고 지상에 어둠이 내리는 것은 바로 이러한 우주적 용해의 과정에 다름아니다. 이렇게 빛과 어둠이 만나 하나가 되듯 물과 불이라는 대립적 원소 또한 그의 시 속에선 부단히 서로 어울리며 몸을 섞는 친화적 공존상태를 보여준다. 이러한 물과 불의 은밀한 상호 침투는 "젖은 태양"이나 "젖은 불꽃들" 같은 단순한 표현에서부터 "물방울 속에서 피는 꽃잎들"(「저녁 덤불숲」), "불빛들이 긴 유리막대처럼 강물 속으로 뻗쳐 있고"(「파편」) 같은 구절을 거쳐 "저녁빛을 받은 물살이 찰랑거리며／ 불꽃이 사그라드는 모래펄"(「바다, 염소」)이나 "웅덩이 안쪽에 고인 불,／ 붕대에 감긴 환한 세월이 지나갔다"(「밤중에 물이 고인 웅덩이」) 같은 보다 복합적인 울림을 전해주는 이미지들에 이르기까지 지속적으로 관류하고 있다. 빛과 어둠이 혼례를 올리고 물과 불이 결합하는 이 연금술적인 시간은 당연히 현실원칙이 지배하는 낮에는 가능하지 않은 꿈을 잉태하는 시간이기도 하다. 그래서 시인은 황혼을 가리켜 "꿈이 태어나는 거소"(「이 저녁에」)라고 말한다. 그렇다면 시인이 저녁에 꾸는 그 꿈은 구체적으로 무엇을 의미하는 것일까.

3. 존재의 붉은빛에서 부재의 하얀빛으로

황혼이여, —저녁 하늘의 수술 자국이여, —꿈이 태어나는 居所여,

이 저녁에 또 하나 별빛이 통증처럼 뻗어나온다
나는 말하지 않으련다, 아물지 않는 상처가
얼마나 아름다운가를!

—「이 저녁에」 부분

위 시에서 황혼을 저녁의 수술 자국으로 본 것은, 앞에서 지적했듯이, 그 시간대가 공간적으로 두 차원의 접합이자 두 세계의 봉합에 비유되기 때문이다. 빛과 어둠, 물과 불, 남성원리와 여성원리, 현실원칙과 쾌락원칙이 엇갈리며 갈마드는 이 운명적인 시간은 세계가 자신의 감춰둔 아름다움을 전시하는 시간이기도 하다. 시인은 저무는 시간이 가져다주는 우수와 적막을 전신으로 체험하고, 자신을 찾아오는 아늑한 환영에 둘러싸인다. 시인은 잊었던 유년 시절로 회귀해서 망실된 내적 삶을 복구하는 작업을 시도한다. 하지만 "수술 자국"에도 불구하고 상처가 완전히 "아문" 것은 아니다. 그 상처는 언제든 다음 인용처럼 "틈"이 되어 화자를 내면의 심연 그 어두운 나락으로 인도할 수 있기 때문이다.

정말 어떤 마룻장들은 틈이 벌어져 있다
추억이란 저 마루의 틈을 벌리는 시간은 아닐까
(……)
아주 사소한 것들까지 이 저녁 내 가슴을 벌리려 애쓰는 것은 아닐까

—「크리스마스 캐럴」 부분

저녁은 아물지 않은 하늘의 상처이며 추억은 가슴의 틈을 벌리는 시간의 작용이다. 여기서 이 시인 특유의 소멸의 시학이 전개된다. 그것은 상상력의 역선(力線)을 염두에 둘 때 다음 두 단계를 거쳐 진행된다.

먼저 첫 단계. 모든 존재는 이처럼 소멸을 앞두고 혹은 소멸하면서 비로소 자신의 진면목을 드러낸다. 사라지는 것, 지워지는 것, 낡아가는 것이야말로 "꿈이 태어나는 거소"인 것이다. 그가 인생의 정점을 지나 죽음을 앞둔 노파들에게서 역설적이게도 "불꽃"을 발견하거나 오래된 낡은 가구에서 "상심한 가슴을 덥힐" 힘과 계기를 얻게 되는 것도 이 때문이다.

1) 나는 본다 들여다볼 수 없이 깊은 연못을, 노파들이 오래된 도시의 주름 속에서 느릿느릿 새어나오는 광경…… 살아 있는 건 무채색의 어둠뿐이라는 듯이 끔찍하게 늙은 검은 얼굴들을 보았다 죽은 나무와 밑동에 돋아나는 버섯과 잎 끝에 떨어질 듯 말듯 매달린 물방울의, 그 휘황한 불꽃의 주인인 그녀들을……

(……)

그런데 왜 저들은 나에게 매혹적인가 어스름을 빨아들여 털 하나하나가 광휘를 뿜어내는 저녁의 고양이를 만난 것 같은가

─「공원에서 쉬다 1」 부분

2) 나는 여러 번 이사를 갔었지만
그때마다 장롱에 생채기가 하나씩은 앉아 있는 것을 보았다
그 집의 기억을 그 생채기가 끌고 왔던 것이다
새로 산 家具는
사랑하는 사람의 눈빛이 달라졌다는 것만 봐도
금방 초라해지는 여자처럼 사람의 손길에 민감하게 반응하지만,
먼지 가득 뒤집어쓴 다리 부러진 家具가
고물이 된 금성 라디오를 잘못 틀었다가

우연히 맑은 소리를 만났을 때만큼이나
상심한 가슴을 덥힐 때가 있는 法이다

— 「家具의 힘」 부분

　1)에서 화자는 공원의 연못 근처에서 만난 노파들의 모습과 행태에서 혐오나 연민을 느끼는 것이 아니라 매혹의 광휘를 발견한다. 마치 태양이 일몰 직전 마지막으로 빛을 내듯 노파들은 죽음을 목전에 두고서 화자에게 새로운 매혹을 선사한다. 마찬가지로 2)에서 화자는 새로 들여놓은 화려한 가구가 아니라 오래된 낡은 가구가 주는 온화한 친밀성과 뜻밖의 기쁨을 찬양하며 이를 "추억의 힘"이라고 명명한다. 추억의 힘은 곧 상처의 힘이다. 졸부가 된 친척의 새 가구가 보여주는 속악한 삶에 대한 비판을 넘어 화자는 낡아가는 것에서 진정한 의미와 가치를 발견한다. 그런 의미에서 이 가구의 생채기는 시간적으로 "저녁의 무늬"(「물방울의 밑그림」)와 동일하다. 이 상처 – 무늬 – 흔적으로부터 대낮에는 볼 수 없었던 새로운 징후들이 뻗어나온다.

熔岩처럼 흘러다니는 꿈들
점점 깊어지는 하늘의 상처 속에서 터져나온다
흉터로 굳은 자리, 새로운 별빛이 태어난다
　　　　— 「나는 이제 소멸에 대해서 이야기하련다」 부분

　「이 저녁에」의 서두와 동일한 이미지의 배치를 보여주는 이 작품에서 우리는 빛 – 불의 이중적 운동을 포착할 수 있다. 즉 어스름이 내리는 것과 더불어 태양 – 빛은 사라지고 별(혹은 달) – 빛은 뻗어나온다. 즉 어두워진다는 것은 단순히 빛의 소멸을 의미하는 것이 아니라 드러난 빛 – 불에서 감춰진 빛‑불로의 변모를 의미한다. 빛은 어둠 속으로 사라지지만 그 빛은 완전히 없어지는 것이 아니라 어둠 속에 은밀히 내장된다. 그 빛이 어둠을 가르고 밖으로 나올 때, 위 시처럼 별빛이나 달빛으로 현상한다. 그 빛이 "통증"이나 "아물지 않는 상처" 같은 신체적 훼손의 이미지를 동반하는 것은 그것이 어둠=죽음을 겪고, 마침내 어둠=죽음을 견뎌낸 인고의 표상이자 흔적이기 때문이다.

여기서 우리는 소멸의 시학 두번째 단계에 접어든다. 드러난 빛‑불에서 감춰진 빛‑불로의 전이는 단지 황혼에서 밤으로의 시간적 이동을 말하는 데 그치지 않고 이 양자의 질적 차이를 수반한다. 그것은 단순화시켜 이야기하자면 존재와 생명의 붉은빛에서 부재와 죽음의 하얀빛으로의 점진적 변화를 의미한다. 저물녘 하늘의 상처에서 새롭게 태어나는 별이나 달은 보다 차갑고 은은한 빛을 뿜어낸다. 거기서 전면화되는 것은 시인의 무의식에 깃들인 모성의 부름이다.

　　냇물에 발을 씻으며
　　메밀꽃밭 저녁해에 붉게 피어난다

　　어린 나만 놔두고 할머니는
　　메밀꽃밭을 이고 저승으로 가시었으나
　　낮아지는 저녁해를 타고
　　다 커서도 혼자 놀고 있는 나를 찾아
　　저렇게 냇물에 발을 씻으신다

　　해가 질 때까지 할머니는
　　메밀꽃밭에 앉아 계시리라,

붉게 남은 빛이 오래 나를 지켜주리라

　　　　　　　　　　　　　　　　　　　　　　　—「해가 질 때」 전문

　위 시는 이 시인의 상상공간의 축약도라 해도 좋을 정도로 그가 즐겨 구사하는 이미지들이 날줄과 씨줄처럼 선명하게 교직되어 있다. 냇물/메밀꽃밭/저녁해는 이 시인의 내면을 점유하고 있는 물 – 식물 – 불 이미지의 변주이다. 또한 색채적으로 메밀꽃의 흰색과 저녁해의 붉은색이 대립구도를 이루고 있다.

　어린 시절 화자는 저물녘 냇가에서 놀고 있다. 냇물 건너엔 메밀꽃밭이 펼쳐져 있다. 그에게서 조금 떨어진 곳에서 할머니는 냇물에 발을 씻으며 그를 지켜보고 있다. 이런 유년의 풍경은 오랜 시간이 흐른 후 성년이 된 화자의 내면에서 새롭게 재구성된다. 즉 할머니의 죽음은 레테 강을 건너듯 냇물을 건너 메밀꽃밭 저편으로 사라지는 것으로 각인된다. 또한 "메밀꽃밭을 이고"라는 표현은 자연스럽게 할머니의 백발과 메밀꽃의 색채적 유사성을 환기시킨다. 할머니는 붉은 후광이 드리워진 현세에서 벗어나 하얀 피안의 세계로 건너간 것이다. 이와 더불어 이 시가 전해주는 묘미 중의 하나는 "냇물에 발을 씻"는 주체가 하나가 아니라 여럿일 수 있다는 점이다. 그것은 할머니인 동시에 어린 화자이며 저녁해이다. 냇물에 발을 씻는 할머니와 그 할머니를 비추는 저녁해의 붉은빛은 실은 하나다. 따라서 할머니의 죽음은 일몰이란 자연현상으로 확산되어 풍요로운 의미를 획득한다. 아울러 "낮아지는 저녁해를 타고/ 다 커서도 혼자 놀고 있"다는 화자의 발언은 할머니와 자신 사이의 시간을 건너뛴 우주적 성애를 암시하고 있다.[3] 할머니가 발을 씻은 그 물에 다시 발을 담금으로써 화자는

────────────

　3) 또다른 시 「장롱 이야기」 역시 유년 시절 "장롱 속에서 깜박 잠이 들곤" 하던 자신의 체험과 "가마를 타고" 산을 넘어 시집을 온 할머니가 신방의 그 장롱 옆에서 첫날밤을 치르는

무의식 속에서 할머니와 일체가 된다. 그렇게 본다면 "메밀꽃밭 저녁해에 붉게 피어난다"는 구절은 단순한 풍경 묘사가 아니라 성적 절정에 대한 은유로 기능한다고 파악할 수 있다.

여기서 할머니는 「공원에서 쉬다 1」에서 "휘황한 불꽃의 주인"이자 광휘를 뿜어내는 "저녁의 고양이"로 묘사된 "노파"와 상통하는 원형적 인물이다. 그녀는 어머니에서 할머니로 거슬러 올라가는 화자의 모계적 혈통을 한몸에 집약한 대표 단수이며, 더 나아가 인류의 무의식 속에 자리잡고 있는 위대한 어머니(Magna Mater), 태모(太母)의 현신이다.

그러나 해가 지는 것과 더불어 화자를 지켜주던 붉은빛도 사그라들 수밖에 없다. 이 빛이 어둠에 묻히는 순간 상대적으로 더 부각되는 것은 메밀꽃의 하얀색이다. 이 지상의 흰빛에 천상의 흰빛이 조응한다.

1) 마을 밖 공동묘지를 비스듬히 굽어보는
우리집 밭둑 아그배나무 아래
철썩이는 인광을 지고, 희디흰 살결들이 앉아
서리를 뿜어대는 어지러운 꿈,
(……)

공중에 걸려 있는 희디흰 엉덩이,
어머니도 누이도,
죽은 할머니도
앉았다 간 달.   ―「달은 창백한 시간 속에 산다」 부분

광경을 병치시킴으로써 죽은 할머니와의 상상 속에서의 성적 결합을 그리고 있다. 그러나 시인은 이런 오이디푸스적 상상이 초래할 수 있는 욕망/금기의 갈등을 완화하기 위해 시적 정황을 다분히 몽환적이고 동화적으로 채색하고 있다.

2) 버드나무 가지에 매달려
오늘밤 흰달로 오시네

물가에 둥근 돌
빨래가 쌓였던 곳,
돌덩어리 가슴에 박혀 울던 사람들
물결에 씻겨가네

물살 아래
누워 있네

처녀들 모두 떠나가고
얼음 구멍에 손을 넣고
어머니 빨래를 끄집어내시네
죽은 처녀들 끄집어내시네

물에 잠겨 있는 어머니
오늘밤 흰달로 오시네

—「冬母冬月」 부분

　이들 시에서 볼 수 있는 것은 달의 출현과 함께 붉은빛이 가시고 대신 흰빛이 전면화되고 있다는 점이다. 그 흰빛 – 흰 물살 속에서 사람들은 죽음의 안식을 취하고 그 흰빛 – 흰 물살에 씻겨 세상은 정화된다. 흰빛의 원천인 달은 1)이 말해주듯 어머니 – 누이 – 할머니로 연결되는 여성들의 천상적 파트너이며, 2)가 암시하듯 죽음의 냉기를 뿜어낸다. 죽음과 삶은 끝없이 순환해서 삶이 죽음을 낳고 죽음이 다시 삶을 낳는다. 달리 말하자면 생명을 낳는 자가 죽음 또한 낳는다. 그런 의미에서 물-달은 생명의 창조자이자 파괴자이며 음문(陰門)이자 묘지이다. 어머니는 우주적 자궁인 얼음 구멍에서 순결과 신생을 상징하는 빨래-처녀를 끄집어낸다. 다산성의 여인은 원초의 무구한 상태를 나타내는 영원한 성처녀이기도 한 것이다.[4] 달의 부드러운 빛과 흰 물결은 슬픈 어둠 속에서 살아가야 하는 지상적 존재를 비추고 어루만져주는 데 그치지 않고 그들에게 죽음과 삶의 끝없는 순환이라는 자연의 이법에 눈뜨도록 해주고 있다.

이처럼 이 시인 특유의 소멸의 시학은 삶의 붉은 불꽃이 종국에 도달하는 백색의 심연을 우리 앞에 제시한다. 존재의 붉은빛은 부재의 하얀빛 속으로 흡수되며 확고하고 구체적인 형상은 무질서한 혼돈으로 해체되어 끝내 무형의 막막한 허공으로 화한다.

1) 술에 취해 눈을 감고 택시 등받이에 기대어 있는데, 눈발이 등 속으로 내리고 있는 것이었다

등이 거리에 가득 걸려 있는데, 때늦은 눈발이 등을 사정없이 후려치고 있는 것이었다

(······)

그것들이 택시 차창에 희디흰 눈발로 스치는 것이었다

---

4) 이 동정녀 어머니(Virgin Mother)는 신성 불가침의 순수한 존재인 동시에 무한한 변용력과 생식력을 자랑하는 만물의 어머니이다. 시인에게 어머니는 현실적으로 "낮에 잘못 나온 반달"(「어머니」)이란 구절이 말해주듯 자신의 온전함을 제대로 발휘할 수 없는 여건에 처해 있는 불완전한 존재이지만 상상공간에서는 "어머니/ 당신은 만물의 것입니다"(「무덤에 앉아 있는 아이들」)라는 구절이 암시하듯, 만물을 낳았으며 만물에 깃들여 있는 풍요의 분배자이다.

땅에 닿자마자 금세 녹아버리는 흰빛들이어서, 택시 기사가 어깨를 흔들었을 때는 이미 하늘로 다시 올라가고 없는 것이었다

초파일 달이 차창에 떠오르는 것이었다

　　　　　　　　　　　　　　　　　　　　　　　—「봄밤」 부분

2) 누가 가지에 밥바구니를
매달아놔서
가지가 찢어지게
밥바구니를 매달아놔서

몇천 리 바다의 絲모래에
불을 피우는 사람의
목이 저리 쉬었다냐

저리 꽃송이가 희어졌다냐

　　　　　　　　　　　　　　　　　　　—「백동백이 있는 집」 부분

　위 시편은 공통적으로 붉은 불/하얀빛이 대립에 의해 축조돼 있다. 1)에서 술에 취한 화자는 택시를 타고 가다가 창밖의 허공에 매달린 초파일 등 주변에 갑자기 흰 눈발이 몰아치는 환각을 경험한다. 또 2)에서 화자는 붉은 동백꽃 틈바구니에 백동백 한 그루가 피어 있는 모습을 밥바구니라든가 불을 피우는 사람들의 목쉰 소리에 의탁해 형상화하고 있다. 초파일 등이 켜진 봄밤의 풍경에서 갑자기 분분히 흩날리는 눈발의 환영을 떠올리거나 붉은 꽃송이 사이로 자태를 드러낸 흰 동백꽃에서 해변의 불길을 연상하는 시인의 상상력 저변엔 삶 속에 잠복해 있는 죽음의 기미에 대한 예

민한 인식과 죽음 속에서 더욱 가열차게 타오르는 삶에의 열망이란 상반된 인력(引力)이 작동하고 있다. 흰빛(색)은 이처럼 붉은빛(색)과의 대조에 의해 더욱 확연히 자신을 드러낸다.

예컨대 「회벽」이란 작품에서 "회벽을 마주보고 있으면, 춘화(春畫)를 몰래 보고 있는 느낌이 든다"는 고백에서도 이 색상의 대조는 뚜렷하다. 왜 무표정한 회벽이 사춘기 시절 몰래 보던 춘화의 원색을 상기시키는가. 그것은 "그 지독한 춘화도/ 동굴같이 벌어진 입 속으로 흘러드는 쾌락을 보는 눈빛도 모두/ 하얀 색깔로 싸여 빛나고 있다"는 구절이 말해주듯 아무리 강렬한 욕망도 결국엔 죽음의 허망함에 이르기 때문이다. 따라서 끔찍한 죽음의 순간은 순백의 색이 가장 빛이 나는 순간이 된다. 「차에 치어 죽은 개 한 마리」에서 담벼락 아래 죽은 개의 몸에서 피가 흘러나와 목련 꽃송이를 적시는 광경을 보고 화자는 난데없이 "희디흰 이불 한 채 널고 싶습니다"라고 말한다. 또 오토바이를 타고 가다 사고를 당한 남자의 몸이 찢겨서 흩어진 모습을 그린 시 「나무의 눈」에선 "철길의 나무들은 반대쪽으로 가지를 구부리고, 흰꽃을 무수히 피워내"는데 바로 그 나뭇가지에 "붉은 살점이 얼룩덜룩" 수를 놓는 것으로 그려지고 있다. 이것이 한 단계 더 진전되면, "상갓집 흰 천막에 달려 있는 삼십 촉 전구와 빛" "기침 소리, 천막 속 불빛처럼 어둠 속에서 하얗게 빛나고 있었다"(「첫눈」)거나 "아침의 부신 빛에 다 타버린 연탄/ 하얗게 허물어져내린다"(「11월」) 같은 구절이 나온다.

부재의 흰빛은 존재의 붉은빛을 휩싸고 끝내 그것을 덮어버린다. 흩날리는 눈발이 얼어붙어 차디찬 얼음이 되듯이 흰빛은 대상으로부터 마지막 온기마저 앗아가버린 채 싸늘한 백색의 감옥을 완성한다. 삶의 역동성과 불순성을 제거당한 존재는 비물질적인 가벼움에 도달한다. 다음 작품은 이 시인의 상상세계가 빙점에 다다랐을 때 조우한 풍경의 하나를 제시하고 있다.

> 더이상 날지 못하는 날개는 추억이
> 아니다 흐린 시야를 더 맑게 하기 위해 너는
> 공중에 높이 솟구쳤다, 그리고 너는 떨어졌다
> 차디찬 겨울 강 속으로, 총알이 모멸에 찬
> 꿈을 짓이겨버리기 전에 구름은 대륙처럼
> 너를 감싸안으려 했으나, 싸늘한 대기가 몸을
> 텅 비게 하였다 너는 강 밑바닥에서 서서히 얼어갔다
> 얼음의 무늬여, 성에처럼 희디흰 날개를
> 활짝 펴고 영원히 정지해버린 모순이여,
> 나는 겨울 강의 중심을 향해 걸어갔다
> 바람은 책장을 넘기듯 머리칼을 쓸어올렸다
>
> 찬란한 어제의 헛된 비상을
> 가슴에 품고서 회한을 짓씹으며,
> 얼음이 깨져나가는 겨울의 중심 속으로
>
> —「백조」 전문

　백조와 얼음의 차가운 백색이 지배하는 이 시는 이상을 향해 비상하고자 했으나 좌절하고 죽음 속으로 추락할 수밖에 없었던 순수한 영혼에 대한 진혼곡의 형식을 취하고 있다. 백조의 수직적 비상 – 과거에 화자의 수평적 이동 – 현재가 대응한다. 백조의 시도가 결국 "찬란한 어제의 헛된 비상"에 불과했음을 알면서도 화자는 얼음이 깨져나가는 겨울 강의 중심을 향해 걷는 위험한 행동을 중단하지 않는다. 백조는 시인의 분신으로

서, 그의 비상은 시인의 글쓰기를 통해 현재형으로 지속되고 있다. 시인이 "회한을 짓씹으며" 백조를 추억하는 것은 '자아의 재기억'에 다름아니다. 고귀한 이상과 야만적인 현실의 대극적 긴장 속에서 화자는 한 편의 시를 추구한다. 그것이 곧 백조의 시신이 만들어낸 "얼음의 무늬", 얼음 속에 감금된 투명한 불꽃이다. 시를 통해 '미학의 순수 빙하'를 꿈꾸었던 말라르메의 백조에 비한다면 이 시인의 백조는 지나치게 산문적이라는 한계에서 자유롭지 못하다. 그러나 그럼에도 불구하고 이 시는 시인이 추구하는 죽음과 부재와 흰빛이 삼위일체를 이룬 세계가 가장 투명하게 드러나 있는 작품이라는 점에서 주목할 만하다.

4. 폐허의 멜랑콜리

「백조」에서 강 밑바닥에 얼어붙은 백조가 암시하듯 부재의 흰빛 속으로의 투신은 끝없이 불모와 죽음을 향해 접근해가야 하는 시인의 시쓰기에 대한 은유이다. 그런 점에서 이 시인의 시엔 '폐허의 멜랑콜리'라고 부를 수 있는 정서가 관류하고 있다. 이때 폐허는 시인이 몸담고 살고 있는 세계의 피폐함과 황량함에 대한 불화의식을 말하는 데 그치지 않는다. 비록 그 세계가 물적 조건이나 정신적 여건의 면에서 최상의 대우를 해준다 하더라도 시인은 세계를 폐허이자 텅 빈 부재의 공간으로 인식함으로써 비로소 시인일 수 있는 것이다. 물론 이 시인의 몇몇 시, 예컨대 「일요일」 「신호등 있는 횡단보도」 「티브이를 보며」 「의자를 들고 출근하는 남자」처럼 자본주의 체제의 비진정한 국면을 비판적으로 조명한 시나 유년 시절의 가난과 현재의 어려운 생활 형편에 대한 사실적 보고가 담겨 있는 시를 염두에 둘 경우 이 시인의 정신의 근저에 자리잡고 있는 불행한 의식을 검출해내기란 그리 어렵지 않다.

삼십 초 동안만 열리는 비단길
시간을 잘 맞춰야 한다
아무리 앞서간 상인이 물건을 다 팔고
소비자를 만족시켜줬다 해도
서두르지 마라, 시간은 모래알보다 많으니까
멋모르고 사막에 깊숙이 들어간 성질 급한 방물장수는
방울뱀처럼 딸랑거리며 고개 빳빳이 쳐드는 차량에 포위된 채,
섬이 되어버린다
곧 친절한 세리가 달려와 토지세를 매기고
풀어주리라

　　　　　　　　　　　　　　　—「신호등 있는 횡단보도」 전문

　현대사회에서 주체는 자신의 능력을 벗어난 힘들의 망(網) 속에 갇혀
있다. 도시는 일순간에 사막으로 돌변하며 그 속에 사는 주민들은 섬처럼
고립된 채 외부의 위협에 직면한다.
　그러나 시의 창작이란 면에서 더욱 유의미한 것은 이런 객관적 삶의 조
건이 아니라 그것을 상상공간에서 굴절 변용 승화시키는 창조적 상상력
이 아닐 수 없다. 시인은 현존하는 세계의 외관이 과시하는 현란함과 풍
족함을 넘어 그 세계의 이면에 숨어 있는 삶의 헛것스러움을 통찰한다.
그는 서른이라는 나이가 "활짝 핀 폐허가/ 냄새나는 음부임을 아"(「이 세
상 것이 아닌 냄새」)는 나이라고 갈파한다. 그래서 그는 짐짓 폐허라는 말
이 주는 유혹에 대해 거리를 취하고자 하는 마음을 내비치기도 한다.

　얼마나 먹고 싶은 말인가
　폐허는,

얼마나 비약하기 쉬운가

흉곽에 몹시 풀과 꽃이 우거진

亡國의 사랑은,

—「무덤 파는 남자의 사랑」 부분

이 시인에게 시쓰기란 폐허에서 꿈꾸기이며 폐허의 흩날리는 먼지 속에서 생명의 불을 보존하는 일이다. 그러나 세계를 폐허로 인식하는 정신의 투철함과 폐허라는 이미지에 빠져 그것을 탐닉하고 소비하는 것은 전혀 다른 것이다. 중요한 것은 세계에 선험적으로 어떤 관념을 부여하려고 하는 것이 아니라 정신의 자동화 타성화와 싸우면서 폐허로서의 세계를 시로 살아내는 것이다.

이 시인의 시에서 쇄도하는 이미지들은 폐허를 밝히는 작은 불꽃들이다. 하지만 그 불꽃에 의해 폐허가 환히 밝혀지는 것도 아니고 그 불꽃이 영원히 빛을 낼 수 있는 것도 아니다. 시인은 나날의 유위변전 저 너머에 도사리고 있는 백색의 심연과 조우하지 않을 수 없다. 부재를 향한 시인의 상상력의 향성은 차갑고 투명한 얼음의 결정을 낳을 수도 있지만 대부분 흰 눈발로 휘날리다 지상에 닿아 녹아버리거나 다음처럼 거품으로 덧없이 떠돌다 소멸하고 말 수도 있다.

거품들이 나를 이곳에 데려왔다. 숨죽인 해변에 새들이 죽어 있다. 저것들은, 오래전의 헛것들이다. 날개를 벗어버린 꿈들이 부서져버린다.

어느 해안을 떠돌다 왔을까. 나를 차지했으나, 끝내 모습을 감추고 헛되이 끼루룩거리는 바다에서, 죽은 새들이 해변을 점령한 오후에, 거품들이 급격히 불어난다. 멀리, 섬들이 솟아 있다.

—「천식」 전문

덧없이 떠도는 것들, 죽은 새와 부서진 꿈들. 존재와 부재 사이에서 명멸하는 이 거품들. 그것은 어쩔 수 없이 소멸하면서, 그러나 한사코 소멸에 저항하는 존재의 마지막 몸부림을 시연하고 있는 것이 아닐까. 그 거품이 한때 화자의 것이었던 꿈의 잔해라면 그것은 또한 덧없는 "말의 파편", 즉 시이기도 하다. 그의 시는 부재와 죽음에 바쳐지면서 부재와 죽음의 일부가 되어가고 있는 것이다. 그렇다면 위 시의 마지막에 등장하는 "멀리, 솟아 있는" 섬은 현상계의 그런 부질없음을 넘어선 초월적 세계의 상징일까. 혹시 그 섬은 시인을 영원히 유폐시키는 또다른 "지하감옥 독방"은 아닐 것인가. 「천식」에서 해변을 뒤덮고 있는 거품은 「늑대와 수형인」에 나오는 "수세기를 견딘 먼지"로 흩날릴 수도 있고 「첫눈을 기리는 노래」에 나오는 첫눈처럼 "생명의 꽃씨를 숨겨두고 광채 나는 빛을/ 얇게 터뜨리며 올라올" 수도 있다. 시는 폐허의 먼지이자 폐허에 새로운 생명의 싹을 틔우는 꽃씨이기도 하다. 박형준의 언어는 거품과 섬 사이에서 부재와 존재 사이에서 붉게 피어남과 하얗게 사라짐을 반복하고 있다.

(2001년 가을)

마야의 춤 영원의 놀이
— 최정례의 시세계

1. 아직 세상 흐르는 줄 알고

문학사가 가르쳐주는 사실 중의 하나는 새로운 세기가 자동적으로 새로운 시적 경향을 가능케 해주지는 않는다는 점이다. 세상의 속도전에도 불구하고 시는 하염없이 느리게 자신이 개척한 상상력의 지류를 타고 이동할 따름이다. 기원을 망각하기에 족할 만큼 그 지류는 다양하고 미세하게 여러 방향으로 뻗어나간다. 물론 그 지류는 오늘날 전자문명과 자연생태라는 물적 조건이 구획해놓은 지형을 따라 흘러가다 갈라지기도 하고 합류하기도 하고 동일한 지점에서 맴돌기도 하는 등 다채로운 모습을 보여주고 있다. 최근으로 올수록 우리 시의 전체적 양상을 판독하기가 점점 더 어려워지는 것은 전 시대와 달리 한두 개의 거대한 흐름이 시단을 주도하는 것이 아니라 이처럼 무수히 작고 이질적인 지류들이 모세혈관처럼 망(網)을 이루며 뻗어나가 예측할 수 없는 진로를 선보이기 때문이다. 중요한 것은 '겨우 존재하는 것들'로 보이는 이 작고 이질적인 흐름들에 대한 세심한 애정과 사려 깊은 관찰이라 할 수 있다. 아직은 미미하고 주변적인 것으로 보이는 이들 흐름 가운데 어느 것에서 언제 거센 물줄기가 솟아올라 새로운 수로를 형성할지 모르는 것이다. 현재 우리 시는 외관상의 고요함에도 불구하고 수면 아래서는 상당히 역동적인 움직임이 진행되고 있는 것으로 보인다. 그런 움직임을 선도하는 시인 중 한 명으로 최정례를 들 수 있다.

  1990년대 중반에 등단하여 현재까지 세 권의 시집을 출간한 이 시인은 그동안 개성적이면서도 밀도 있는 작품을 발표해 주목을 받아왔다. 그녀는 주제나 소재의 특이성에 탐닉하거나 재래적 시 형식이나 관념을 파괴함으로써 일회적 충격을 주는 방식으로 시선을 끄는 유형의 시인은 아니다. 오히려 그녀는 절제된 언어 속에 복합적인 의미를 담는 고전적 기율에 충실한 작품세계를 추구해왔으며 개개 시편의 완성도에 힘을 기울이는 시작 태도를 고수해온 것으로 보인다. 그래서 그녀의 시는 단순한 듯하면서도 중첩된 의미를 내장하고 있으며 선명한 듯하면서도 암시적인 모호함을 거느리고 있다. 그녀의 시는 설익은 실험정신의 소산이 아니라 완숙한 장인정신의 산물로서 요즘 시에서 보기 드문 안정감을 획득하고 있다. 이 시인의 첫 시집 『내 귓속의 장대나무 숲』(민음사, 1994) 첫머리에 수록된 다음 작품에서도 이러한 특성을 확인할 수 있다.

  西天 냇갈에 고기 잡으러 갔다
  솜 방맹이 석유 묻혀
  깊은 밤 검은 내 불 밝히면
  붕어들 눈 멀거니 뜨고 가만 있었다
  흐르는 냇갈 안고 자고 있었다
  밑 빠진 양철통 갖다대도
  아직 세상 흐르는 줄 알고 가만 있었다
  우리 언니 죽을 때 꼭 그랬다

착한 눈 멀거니 뜨고

입 벌린 채

                —「西天으로 1」 전문

  유년 시절의 기억을 소재로 한 이 시편은 평이한 진술로 이루어져 있지만 그 내포적 의미는 그리 간단치 않다. 우선 이 시는 언니의 죽음이란 자전적 경험이 시인의 무의식에 미친 영향의 강도를 짐작하게 해준다. 깊은 밤 내에서 물고기를 잡는 도중 화자는 죽음을 목전에 둔 물고기의 모습에서 죽은 언니의 얼굴을 발견한다. 물고기들은 자신이 생명을 유지하고 있으며 자신이 속한 세상의 질서 역시 변함이 없는 것으로 여기고 있지만 그것은 착각에 지나지 않는다. "착한 눈 멀거니 뜨고/ 입 벌린 채" 죽어 있던 언니처럼 물고기들 역시 "밑 빠진 양철통"에 갇힌 채 죽음에 직면해 있다.

  시인이 기억의 심연에서 끄집어낸 이 의미심장한 삽화는 대극적으로 이해하기 쉬운 삶-죽음의 일원성을 암시해주고 있다. 즉 이 시에서 자신이 처한 상태에 무지한 물고기는 죽음을 향한 실존(Sein-zum-Tode)을 몰각한 채 무반성적으로 살아가는 현존재, 즉 인간의 거울에 다름아니다. "아직" "흐르는 줄 알고" 있다는 말처럼 영속하리라 믿고 있는 개인의 삶은 실은 환상에 불과하며 인간은 "깊은 밤 검은 내"라고 표현된 존재의 무명(無明) 상태에서 벗어나지 못한다. 예수가 제자들에게 "내 너희를 사람을 낚는 어부가 되게 하리라"라고 말씀하신 것처럼 물은 현세적 삶의 조건을 가리킨다. 따라서 물에서 건져올린다는 것은 정신적 미분화 상태에서 벗어나 깨달음과 구원의 은총을 받는 것을 상징한다. 그러나 위 시에선 물-낚시가 지닌 이런 의미가 역전되어, 흐르는 물이 살아 있는 생명의 활력을 나타낸다면 그러한 물로부터의 벗어남은 죽음과 정지를 나타내고 있다. 물고기와 인간은 자신을 구속하고 있는 존재 조건(죽을 수밖에 없는 운명)으로부터 전혀 자유롭지 못하며 그런 부자유한 상태를 자유로 오인하고 있다. 그는 죽음을 삶으로, 정지를 운동으로 여긴다. 물고기가 물속에서 목전에 닥친 죽음을 모르고 있는 것처럼, 인간 또한 타성의 물에 잠긴 채 미구에 자신에게 닥칠 죽음을 망각하고 있다. 세계의 영원한 유전(流轉)을 상징하는 흐르는 물은 이처럼 삶과 죽음의 경계를 가로지르는 황천(黃泉)이나 레테 강이 되기도 한다. 그 흐름 속에서 삶과 죽음은 분리되지 않은 채 하나로 이어져 순환하고 있다.

이러한 생각은 죽은 언니와 붕어가 단순히 모습이나 처지의 유사성으로 비교되는 차원에 머무는 것이 아니라 서로가 서로의 환생으로서 윤회의 수레바퀴에 함께 결박되어 있는 존재라는 인식으로 나아가게 한다. 그들은 주어진 운명에 구속돼 있고 현실에 포박돼 있음에도 불구하고 그 사실을 모른다. 그들의 삶은 무지와 착각에 기초하고 있는 환영에 지나지 않는다.

2. 꽃구경 가자시더니

「西天으로 1」에 대한 해석이 말해주듯이 최정례의 시에서 밀도 있게 되풀이되는 주제는 세계란 하나의 환영이며 망상의 산물이라는 것이다. 시인은 현상적인 세계의 온갖 풍경과 사건에서 '헛것'을 본다.

벚꽃나무 머리 풀어 구름에 얹고
귀를 아프게 여네요
하염없이 떠가네요
부신 햇빛 속 벌떼들 아우성
내 귀 속이 다 타는 듯하네요

꽃구경 가자 꽃구경 가자시더니

무슨 말씀이었던지

이제야 아네요

세상의 그런 말씀들은 꽃나무 아래 서면

모두 부신 헛말씀이 되는 줄도 이제야 아네요

그 무슨 헛말씀이라도 빌려

멀리 떠메어져 가고 싶은 사람들

벚꽃나무 아래 서보네요

지금 이 봄 어딘가에서

꽃구경 가자고 또 누군가를 조르실 당신

여기 벚꽃나무 꽃잎들이 부서지게 웃으며

다 듣네요

헛말씀 헛마음으로 듣네요

혼자 꽃나무 아래 꽃매나 맞으려네요

달디단 쓰디쓴 그런 말씀

저기 구름이 떠메고 가네요

　　　　　　　　　　　　　―「꽃구경 가자시더니」 전문

　이 아름다운 시가 말하고자 하는 것은 삶의 무상함이다. 벚꽃나무에 꽃
이 활짝 피어 화자를 유혹한다. 그런데 흥미로운 것은 만발한 꽃이나 휘
날리는 꽃잎이 시각적 풍경으로 다가오는 데 그치지 않고 청각적 자극으
로 찾아온다는 점이다. 이를 화자는 "귀를 아프게 여네요" 혹은 "내 귀 속
이 다 타는 듯하네요"라는 말로 표현하고 있다. 그 자극이 얼마나 강렬한
지 꽃을 보는 것이 흡사 전신에 "꽃매"를 맞는 듯한 피학적 쾌감을 유발
한다. 이처럼 외부의 자극에 마음이 들뜰수록―위 시의 '풀다' '열다' '타

오르다' 같은 동사들은 팽창과 확산의 운동을 지시하고 있다―옛날 꽃구경 가자고 하던 "당신"의 말이 더욱 그리워진다. 여기서 "당신"은 사별한 선친일 수도 이별한 연인일 수도 있지만 분명한 것은 그/그녀가 이제 더이상 화자 곁에 있지 않다는 것이다. 그 사람이 떠나가고 난 뒤에야 비로소 화자는 그/그녀가 한 말의 진정한 의미를 깨닫게 된다. 꽃의 개화라는, 생명의 운동이 가장 찬연하게 자신을 드러내는 사태 앞에서 화자는 이별-부재라는 죽음의 얼굴을 마주하고 있다. 서로 상반되는 이 원리는 그러나 어느 것이 어느 것의 원인이고 결과인지 또 어느 것이 먼저이고 나중인지 가릴 수 없이 뒤엉켜 있다. 화사하게 피어난 벚꽃나무의 꽃은 바로 삶의 절정이자 죽음의 만개이다. 꽃의 아름다움이 연출하는 생의 황홀경은 곧 죽음의 무아경이기도 하다. 삶 속에 죽음이 꽃피고 죽음 속에 삶이 피어난다. 꽃구경 가자는 말은 현세의 주어진 한순간을 즐기자는 말인 동시에 죽음 이후의 피안에 대한 도저한 동경을 담은 말이기도 하다. 때문에 모든 "말씀"은 "헛말씀"이 되지 않을 도리가 없다. 이 세계의 진실은 말로는 표현할 수도 도달할 수도 없다. 오직 특정한 순간, 대립이 지양되고 모순이 해소되는 언어도단(言語道斷)의 순간이 눈앞에 현시될 뿐이다. 그런 의미에서 꽃구경 가자는 말은 부질없는 꿈의 표현이자 삶의 신비에 대한 찰나적 통찰을 담은 말이다.

꽃의 개화는 생명창조의 신비가 가장 가시적으로 펼쳐진 상태이다. 꽃들이 저마다 봉오리를 열고 향기를 뿜어내며 수정을 기다리는 고혹의 순간, 화자는 삶의 하염없는 무상성에 빠져든다. 찬란한 생명의 약동 앞에서 화자는 비감 어린 존재의 유한성을 깨닫는다. 아름다운 풍경이 환기시키는 사랑의 기억 또한 "구름이 떠메고 가"는 일순간의 현혹에 그칠 뿐이다.

고대 인도의 현자들은 탄생과 사멸, 보존과 해체의 끝없는 되풀이로 이루어진 삶의 현상적 측면을 가리켜 '마야(máyá)'라고 했다. 인간이 현실이나 역사나 실체로 알고 있는 것은 가없는 시간과 공간을 무대로 펼쳐지는 마야의 춤에 지나지 않는다. 그것은 존재하지만 동시에 존재하지 않는 것이기도 하다. 만물은 시간의 파도를 타고 주기적인 해체와 재형성을 거듭할 뿐이다. 거기엔 본래적인 것도 없고 영속적인 것도 없다. 태어나서 성장하고 쇠잔해지고 사라지는 쉼없는 과정이 있을 뿐이다. 따라서 그것은 세계의 본질을 꿰뚫어보는 정신 앞에서는 신기루이거나 감각의 기만에 지나지 않는 것이다. 「꽃구경 가자시더니」가 드러내는 것은, 범상하고 지리멸렬한 일상이 그러하듯 꽃구경 가자는 말이 담고 있는 낭만적 동경의 대상 역시 마야의 다른 얼굴에 지나지 않는다는 점이다. 궁핍한 현실 못지않게 그것에 대한 상상적 보상 역시 허망하기는 마찬가지이다.

마야는 감각적 현상세계 혹은 그런 세계를 만든 신의 힘을 의미한다. 마야의 속박에서 벗어나 해탈에 이르기 위해서는 삶을 에워싸고 있는 겹겹의 환상의 베일을 찢어버려야 한다. 그러나 시간 속의 존재인 인간에게 그런 기회는 쉽게 찾아오지 않는다. 다음 시는 생의 끝없는 순환 속에 되풀이되는 업의 굴레를 추적하고 있다.

　　　25년 전 할아버지가 죽었다
　　　할아버지가 죽은 해로부터 다시 55년 전
　　　부뚜막에는 가물치가 있었다
　　　할아버지 할머니 아버지 고모 삼촌 들
　　　둘러앉아 가물치 국을 먹었다
　　　역시 남의 살이 들어가니 맛있다며
　　　한 대접씩 마셨다

　　　(……)

할아버지 가물치가 죽은 해로부터 다시 100년 전

밤이면 살아남은 가물치 나무에 올랐다

달이 떠오르다 별이 뜨다라는 아득한 말처럼

나무에 기어올랐다

마른 강줄기를 따라 선 지친 나무들

하염없이 두 팔 벌린 그들 가슴을

가물치 속의 내가 흔들었다

검은 등줄기로 툭툭 치면서

비린내를 풍기면서

몸 바꿔 나뭇잎으로 펄럭였다

180년 전 그로부터 다시 200년 전

내가 한 잎 나뭇잎으로 흔들릴 때

본 것 같았다 들은 것 같았다

푸르렀던 것 갑자기 시들어지고

문득 영원한 휴일이 오고

뜻도 없이 침몰하는 배 한 척

오늘 이 순간에 타고 있는 이상한 나를 본 것만 같았다

　　　　　　　　　　　　　　—「내가 한 잎 나뭇잎이었을 때」부분

　현대인은 유일무이하고 복제 불가능한 자아라는 환상에 빠져 있다. 그러나 신화적인 영겁의 시간에 비춰보면 한 사람의 자아라는 것, 일생이라는 것은 일시적이고 가변적이고 불확실한 것에 지나지 않는다. 위 시에서 나와 나의 가족, 그리고 나와 가물치는 끝없는 시간 속에서 서로를 뒤쫓

으며 먹고 먹히는 관계 속에 있다. "나"라고 하는 존재는 고정불변의 실체가 아니라 잠시 나타났다 사라지는 환영에 지나지 않는다. 화자는 25년 전, 55년 전, 100년 전, 180년 전, 200년 전 하는 식으로 구체적인 숫자를 명기하고 있으나 그것은 연대기적 정확성을 표시하는 것이 아니라 오히려 그것을 무화시키는 데 이바지한다. 시간의 불가역성을 깨뜨리고 존재의 과거를 향해 거슬러 올라가는 화자의 상상력은 나/가물치/나뭇잎으로 "몸 바꿔"가는 동안에도 마치 자아의 동일성이 유지되는 것처럼 이야기하고 있지만 그것은 허구에 불과하다. 이 모든 변전의 드라마는, 시간 속의 존재는 실은 비존재나 마찬가지임을 증명하고 있다. 자아란 "오늘 이 순간에 타고 있는" 불완전하고 임시적인 형상에 지나지 않는다. 시간이 수레나 배 같은 탈것이라면 자아는 거기에 잠시 몸을 의탁한 화물이나 승객에 지나지 않는다. 시간의 배가 침몰하는 순간, 나라는 존재는 흔적도 없이 사라질 것이다.

3. 햇빛은 내리퍼붓고

지금까지 살펴본 것처럼 이 시인의 시에서 지상의 모든 형상들은 환영이거나 허깨비에 지나지 않는다. 감각세계의 순간성과 유동성은 대상의 실재성을 보장해주지 않으며 영속성을 약속해주지도 않는다. "공간 속에 공존하며 시간 속에 연속되는" 일체의 것들은 덧없을 뿐이며 상실과 고통의 원천이 될 따름이다. 그렇다고 이 시인이 현실세계의 형상을 넘어선 무형의 원초적인 실재를 가정하는 것도 아니다. 본래적인 것이 없듯이 영원한 것도 없다. 다만 생의 끝없는 순환(samsara) 속에 나타났다 사라지는 형상세계의 소란이 있을 뿐이다.

1) 이 봄은 믿을 수가 없지요

그녀를 눕혔던 자리 아지랑이 피어오르고

그녀가 천천히 날아가지요

산벚꽃나무 너무 늙어 겨우 꽃잎

두 장 매달았다 떨구지요

또 봄은 가지요

그녀는 세상에 없는 여자고

그래도 그는 그렇게밖에 살 수 없지요

산벚꽃나무하고 여자 그림자하고

—「산벚꽃나무하고 여자 그림자하고」 부분

2) 그녀는 지독하게 목이 마르다

우물 바닥에 한없이 가라앉는다

일어설 수가 없다

한때 배꽃이었고 종달새였다가 풀잎이었기에

그녀는 이제 늙은 여자다

징그러운

추악하기에 아름다운

늙은 주머니다

—「늙은 여자」 부분

1)에서 "그"라고 묘사된 남자는 죽은 여인의 환영과 더불어 삶을 영위
하며 2)에서 "그녀"라고 불리는 젊고 싱그러운 여인은 이미 자신 속에 늙
고 추악한 여인을 품고 있다. 삶과 죽음이 공존하듯 한 인간의 서로 다른
시간대가 공존한다. 고동치고 솟구치는 생명력의 발현에서 시인이 보는
것은 우울한 사멸의 풍경이다. 시간의 파괴적 힘은 가차없이 존재를 부식

하고 생명력을 고갈시킨다. 변덕스럽고 맹목적인 시간의 파괴적 힘 앞에서 개체는 무력하게 자기 존재를 잠식당한다. 두번째 시집 『햇빛 속의 호랑이』(세계사, 1998) 표제시인 다음 작품은 시간에 얽매인 피조물의 운명을 「호랑이와 떡장수」라는 전래의 민담의 내용을 차용해 들려주고 있다.

나는 지금 두 손 들고 서 있는 거라
뜨거운 폭탄을 안고 있는 거라

부동자세로 두 눈 부릅뜨고 노려보고 있는 거라 빳빳한 수염털 사이로
노랑 이그르한 빨강 아니 불타는 초록의 호랑이 눈깔을

햇빛은 꽝꽝 내리퍼붓고
아스팔트 너무 고요한 비명 속에서

(……)

그러다가 떡 하나 주면 안 잡아먹지 하는
식의 호랑이를 만난 것이라
신호등을 아무리 노려봐도 꽉 막혀서

—다리 한 짝 떼어놓으시지
—팔도 한 짝 떼어놓으시지

이젠 없다 없다 없다는데도
나는 증조할머니가 아니라 해도

—머리통 염통 콩팥 다 내놓으시지
　—내장도 마저 꺼내놓으시지

　저 햇빛 사나와 햇빛 속에 우글우글
　아이구 저 호랑이 새끼들

　　　　　　　　　　　—「햇빛 속에 호랑이」 부분

　햇빛이 강렬하게 내리쬐는 시간, 정체된 도로에서 받는 압박감을 호랑이에게 잡아먹힐 위험에 처한 떡장수 이야기에 의탁해 형상화한 이 작품은 다양하게 해석할 여지를 안고 있다. 화자는 자신을 둘러싼 세계를 생명(살)에 대한 굶주림으로 가득 찬 불—호랑이로 상상한다. 비록 그 형태는 달라졌지만 증조할머니 시절이나 지금이나 여성들이 남성중심적 사회에서 음으로 양으로 받아야 하는 억압의 총량은 전혀 달라지지 않았으며 흔히 인고와 순종이란 미명 아래 강요되어온 여성의 희생은 여전히 지속되고 있다. 그런 세계에서 여성의 삶은 끊임없이 자아의 일부를 수탈당하고 생존을 위협받는 경험의 연속에 지나지 않는다. 그러나 이 시를 이처럼 여성적 경험의 형상화란 관점에 국한시키지 않고 보다 포괄적으로 조망해보면 시간 속의 존재인 인간이 불현듯 직면하는 실존적 위기감으로 해석될 수 있다. 시간이란 먹어치우는 자, 다시 말해서 무정하고 냉혹한 파괴자이다. 그런 점에서 시간은 식인을 즐기는 야수나 마찬가지이다. 생명은 생명을 먹고산다. 생명의 양육과 살육은 우주의 법칙이란 관점에서 보자면 같은 동전의 양면이다. 그래서 생명은 매순간 다른 생명을 희생물로 요구한다.
　신호등 불빛이나 우글거리는 햇빛이 호랑이로 변주되는 데서 알 수 있듯이 호랑이는 태양의 짐승(solar beast)이다. 그는 빛이며 불이다. 그는 분노에 찬 신이자 굶주린 야수이다. 일찍이 헤라클레이토스가 갈파한 것처럼 세계가 끊임없이 타오르는 불이라면 지상의 뭇 생명이란 그 불 속으로 던져지는 싱싱한 제물이라 할 수 있다. 타오르는 불 속에 희생물을 봉헌하듯 인간은 음식물을 섭취한다. 불이 불을 먹고 불을 낳는 순환이 펼쳐지는 것이다. 앞에서 분석한 바 있는 「서천으로 1」에서 유년 시절 화자가 잡은 붕어가 화자의 죽은 언니일 수 있듯이, 「내가 한 잎 나뭇잎이었을 때」에서 화자와 가족이 먹는 가물치가 실은 그들 자신의 살일 수 있듯이, 생명을 가진 것들, 몸 입은 것들은 부단히 다른 생명, 다른 몸을 죽이고 먹음으로써 생명을 유지한다.

> 1) 우리 어머니 날 배고 입덧 심할 때 병점 떡집서 떡 한 점 떼어먹었다 머리에 인 콩 한 자루 내려놓고 또 한 점 떼어먹었다 내 살은 병점 떡 한 점이다 병점은 내 살점이다
>
> ─「餠店」 부분

> 2) 남의 살을 뜯어먹고
> 남의 살을 그리워하는 것
> 그것이 이곳의 식욕이라네
> 사랑이라네
> 환상의 냄비 바닥을 쩝쩝대는 것
>
> ─「정육점에서 3」 전문

1)이 말해주듯 인간은 살(떡)을 먹고 살(아이)을 낳으며, 2)가 말해주듯 타인의 살을 그리워하는 것이라는 점에서 사랑은 식욕과 구분되지 않는

다. 그런데 더욱 기막힌 것은 사랑이든 살육이든 다 "환상의 냄비 바닥"
을 뒤적이는 것에 지나지 않는다는 것이다. 삶의 환상에 대한 미련과 집
착이 강하면 강할수록 죽음의 에너지 또한 활성화된다. 이 악무한적 순환
이야말로 존재의 연쇄의 변하지 않는 측면이다.

4. 아주 멀리서 온 기적처럼

이처럼 헛되고 허무할 뿐인 이 세계의 마야를 계속 생산해내는 힘, 그
것이 바로 시간의 작용이다. 따라서 이 시인의 시쓰기는 세계라는, 시간
이라는 마야 앞에서 시라는 또다른 마야를 창조하는 작업이라 할 수 있
다. 시인은 "수치의 구덩이, 입 속에 갇힌 말"에 "날개를 달"(「말」)아주려
한다. 물론 그 말 역시 "헛말씀"에 지나지 않을 수 있다. 그러나 시인은
그것이 헛되리라는 것을 예감하면서도 "세상의 모든 헛된 것에 대한 갈
증"(「한 오천 살은 먹은 내 마음이」)을 저버릴 수 없다. 그래서 그는 "25평
아파트에 갇혀/ 벌써 일만이천 번인가 일만삼천번째/ 밥상을 폈다가 접
는" 동안에도 "도저히 닿지도 않는/ 맘속의 말을 중얼거리는"(「지독한 후
회」) 일을 계속하는 것이다. 그 말(馬/言語)은 "海馬는 말이 아니다 말대
가리를 닮았을 뿐이다// 海馬는 굳었다 海馬는 못 간다"(「海馬」)처럼 굳은
말, 생명력이 없는 죽은 말에 불과할 수도 있지만 "나를 데려가라/ 초록
의 얼룩말/ 달려라/ 여름날의 가로수"(「수박에게」)처럼 질주하는 낭만적
희원의 대상일 수도 있다. 하여 시인은 때로 "이 야비한 바람아/ 나쁜 책
아/ 더러운 詩들아"(「나쁜 책」)라고 외치면서도 "그 말 모든 나라에 속하
고 싶고/ 다시 태어나고 싶"(「당나귀 귀의 숲」)은 말을 찾는 작업을 계속
할 수밖에 없는 것이다. 그 작업은 약간 도식화해서 말하건대 대략 다음
세 가지 방식이 서로 각축하며 동시적으로 진행돼왔다.

첫번째, 다른 곳 다른 삶에의 낭만적 동경을 담은 언어들. 지금 이곳의

헛것스러움이 다른 세계에 대한 열망을 강화하고, 소란스럽고 번잡한 일상이 고요하고 정갈한 내면의 평화를 간구하게 한다. 시인은 세속적 시간을 폐기하고 「꽃구경 가자시더니」에서 노래한 것처럼 신비적 엑스터시의 순간에 입문하고자 한다. 특히 이 시인의 첫 시집의 상당수 시편을 물들이고 있는 기본 정서는 바로 떠나고 싶은 마음과 그럼에도 불구하고 떠날 수 없는 현실의 대립으로 구축돼 있다.

1) 삼수 갑산 정선 횡천 그 어디든 다 가고 싶은 내 마음 위에 비 내리시며 하시는 말 어디 어디 어디 가자 어디 어디 가자

장대 같은 비 쏟아져 길 밖에 나무들은 하나도 움직임이 없는데 어디 어디 가자 또 어디 어디 가자

꼼짝없이 갇히자는 것인지 영 도달하자는 것인지 내 귓속의 푸른 장대나무숲 삼수 갑산 정선 횡천 삼수 갑산 정선 횡천

—「삼수 갑산 정선 횡천」 전문

2) 얘야, 기차가 있다
방 가운데 구부려 누운
이제 바퀴 구르는 소리도 식어
누워버린
(……)
기억하니
얘야, 이것이 그냥 늙어 쓰러진
기차겠니

어디를 돌아 돌아 왔겠니

얘야, 왕이란 늘 녹슨 바퀴를 품고 있다

저 소리, 덜컹이며

끝없이 굴러가고 싶어하는 저 소리

———「기차, 바퀴, 아버지」 부분

1)이 화자의 독백으로 이루어져 있다면 2)는 화자인 어머니가 어린 자식에게 건네는 대화의 형식으로 축조된 작품이다. 1)에서 비 내리는 소리는 화자에게 "어디 어디 가자"라는 칭얼거림에 가까운 하소연으로 다가온다. 그 환청이 지시하는 지명들은 심리적 구체성의 차원에서 거론된 것이 아니라, 지금 이곳과 대비되는 외계의 총칭으로서 나열된 것이다. 그곳은 어디에도 없는 곳이자 모든 곳이다. 그것은 시간 밖의 시간, 절대적 현재에 다름아니다. 장대비는 화자에게 바깥을 향한 충동을 일깨우는 동시에 그를 바깥과 차단하는 이중의 기능을 행사한다. 2)에서는 방바닥을 굴러다니는 부서진 장난감 기차와 아마도 실업의 나날을 보내는 화자의 남편이 오버랩되고 있다. 화자는 어린 자식에게 부서진 기차—늙어 쓰러진 남자도 그 내면엔 "끝없이 굴러가고 싶은" 욕망이 잠재해 있다는 것을 일깨움으로써 외적으로 망가지고 내적으로 좌절한 존재 속에 깃들인 초월에의 의지를 암시하고 있다. 그러나 쓰러져 있는 아버지가 왕이 아니듯 탈현실의 욕구가 달성될 가능성은 요원하다. 이 시인의 시집 곳곳에 표백돼 있는 '갈 수 없음' '떠날 수 없음'은 낭만적 동경의 현실적 좌절을 증언해주고 있다. 철도 관사에서 살았던 유년 시절 "기차는 잘도 떠나가"(「기찻길 옆」)지만 그녀는 남으며, 성년의 시인은 버스를 타고 가다 우연히 본 노점의 푸른 사과에 마음이 끌리지만 "내려서 푸른 사과에게 갈 수가 없었다."(「푸른 사과」) 인간은 시간의 예속으로부터 해방될 수 없으며 형상

과 공간을 초월할 수도 없다. 그럼에도 불구하고 시인은 다른 시간, 다른 공간에 대한 그리움 혹은 초감각적인 계시적 순간에 대한 기다림을 포기하지 못한다.

> 우리가 함께 갈 곳
> 찾을 수 있을까
> 우리가 함께 가더라도 각각
> 다른 장소인 그런 곳
>
> ─「두 사람의 잠」 부분

> 깜빡 잠이 들었었나봅니다 기차를 타고 가다가 푸른 골짜기 사이 붉은 밭 보았습니다 고랑 따라 부드럽게 구불거리고 있었습니다 이상하게 풀 한 포기 없었습니다 그러곤 사라졌습니다 잠깐이었습니다 거길 지날 때마다 유심히 살폈는데 그 밭 다시 볼 수 없었습니다
>
> ─「붉은 밭」 부분

이러한 시편에 등장하는 장소는 현실적인 공간이 아니라 작고 초라한 일상의 틈새로 언뜻 나타났다 사라진 환각의 일부일 따름이다. 다다를 수 없는 그 공간은 오직 꿈에서만 잠시 만나볼 수 있을 뿐이다. 이처럼 낭만적 동경이 현실의 벽에 부딪혀 좌절할 수밖에 없게 되었을 때 두번째 경향인 환멸의 시편들이 전면화된다. 이때 그녀의 시는 삶의 남루함과 진부함에 대한 고단한 기록이 된다.

> 1) 녹슨 기둥처럼 서 있던 플라타너스
> 연초록의 잎들 삐죽 내밀고 제법 나부대네

창문에 매달려 처음 세상을 내다보는 아이처럼

팽글 작은 손바닥을 뒤집기도 하네

무슨 상관이냐고

자동차들 끊임없이 달려나가네

검은 매연 내뿜네

그때마다 플라타너스 어린 잎을 흔들어주네

—「4월을 보내네」 부분

2) 저 티끌을 지나서 왔구나

저 벌레를 지나서

한없이 지나서 왔구나

업은 아이를 내려놓고

순두부를 시켜 먹는 동안

훌쩍거리며 코를 훔치는 동안

아이는 끽끽거리며

바닥을 기어다니고

—「보푸라기들」 부분

1)에서 어린 잎을 흔드는 플라타너스는 자연의 자연스러움을 상실하고 불모의 도시적 삶에 붙들린 현대인에 대한 우의적 초상이 되어주고 있으며 2)에서 검은 옷에 일어난 보푸라기는 현실과의 마찰에 의해 닳아지고 훼손된 생을 상징한다. 『내 귓속의 장대나무 숲』에 실린 「미아리 고개 1」「미아리 고개 2」나 「원통이 당고모」, 『햇빛 속에 호랑이』에 실린 「어처구니없는 구름」「저녁에 잡혀온 도둑」「사막 편지」, 『붉은 밭』(창작과비평사,

2001)에 실린 「빨간 다라이」「花鬪」 등의 시편은 가난과 향수, 욕망과 타성이 뒤섞인 "아직도 신파조"(「미아리 고개 1」)인 삶의 신산한 이모저모를 들여다보게 한다. 이들 시는 이 시인의 시적 자질이 가장 잘 발휘된 작품들은 아니지만 그녀의 시적 인식의 근저에 놓인 생의 상처를 헤아리는 데 상당한 도움을 주고 있다.

그러나 이 시인의 상상력이 가장 유니크한 효과를 빚어내는 것은 역시 세번째 경향이라 할 수 있는 유희충동이 극대화된 시편들에서이다. 동경과 환멸이란 생의 양극을 오가던 이 시인은 이 가운데 어느 한편을 선택하는 손쉬운 방식을 택하지 않고 그것을 넘어서서 다른 세계를 지향한다. 이 세상이 마야로 이루어진 고통과 기쁨, 즐거움과 슬픔의 만화경이라면, 또 마야를 넘어선 세상에 대한 희원 역시 또다른 마야에 불과하다면, 남는 것은 그 마야를 살아내며 변신과 환상의 놀이를 계속하는 일일 수밖에 없다. 바로 여기서 다음과 같은 매혹된 영혼의 시가 씌어진다.

> 빨래줄에 빨래가 날고
> 사슴도 줄을 타고 함께 뛰었지
> 그때만 해도
> 사슴이 장대에 올라 해금을 켜는 걸
> 들었지
> 듣다가 듣다가
> 항아리 속으로 저녁이 뛰어들어
> 술을 익혔지
> (……)
> 그때만 해도
> 왕은 알에서 나왔지

왕도

사슴이 장대에 올라 해금을 켜는 걸

들었지

듣다가 장대에 올라 함께 울었지

그때만 해도

얄리 얄리 얄랑셩이 있었지

얄라리 얄라가 있었지

—「사슴이 장대에 올라」 부분

　이러한 시에서 어떤 구체적인 의미를 검출해내기란 불가능한 일은 아니지만 지난할뿐더러 큰 소득을 거두기 힘든 작업이라 할 수 있다. 고려가요인 「청산별곡」을 편곡해서 변주하고 있는 이 시는 말의 음악성과 시적 정황의 해학성, 그리고 환상성이 어울려 빚어내는 화음을 즐기는 것으로 충분하다. 초기시인 「꽃구경 가자시더니」에서 되풀이되는 "꽃구경 가자시더니"라는 말이 그러한 것처럼 이런 유형의 시에서 말은 의미에 봉사하기보다는 반복을 통한 주술적 효과의 창출에 이바지하고 있다. 그것은 탈일상의 순간이자 착란의 순간이다. 현실원칙이 잠정적으로 중단된 그 순간 홀림과 현기증 신들림 같은 도취의 언어가 가능해진다. 시인은 우연이 최고의 권한을 가지는 놀이의 무상성에 탐닉한다. 시인은 운명의 판결을 기다리거나 운명을 이기려고 하기보다는 운명과 더불어 게임을 하는 상태에 진입한다. 동아시아의 설화인 삼천갑자 동방삭의 이야기를 변주한 「저 햇빛 삼천갑자를 흘러」나 『어우야담』의 일화를 토대로 한 「일타홍과 도화마」 같은 시는 이 시인이 얼마나 능숙하게 말을 가지고 놀며 전승되어온 선행 텍스트를 새롭게 재구성하는지 보여주고 있다. 시의 순간은 놀이의 순간이자 변신의 순간이며, 이때 시는 현실을 모사하는 또다른 시

뮬라크르로 현전한다.

> 그 말이 끝나자
> 머리에선 뿔이 돋았다
> 나뭇가지처럼
> 그 말이 끝나자 귀 뒤에서
> 불이 켜지고 싹이 돋았다
> 어디선가 종이 울리고
> 두 손이 엎드려 앞다리가 되었다
> 구름들이 내려와
> 등판에 배에 옆구리에
> 얼룩덜룩 들러붙었다
>
> 아주 멀리서 온 기적처럼
> 유모차에 아이가 딸랑이를 흔들며
> 이쪽을 향해 무어라 소리치는데
> 날아가던 그 말 알 수 없었다
>
> 나는 왜 여기 서 있었는지
> 그 말 무엇이었는지

—「사슴 구경」 전문

자신을 부르는 아이의 말에 화자는 사슴이 된다. 그것은 자신을 부르는 아이의 발성을 처음 듣는 순간의 기쁨 때문이기도 하지만 그 말─소리가 현실에선 가능치 않은 마법적 힘을 간직한 말─소리이기도 하기 때문이다. 아이의 말은 신생의 말이며 기존의 의미에 더럽혀지지 않은 낙원의 흔적을 간직한 말이다. 시는 이처럼 변신의 기적이 이루어지는 순간의 말을 지향하는 말이다. 그 말은 현실에선 가능치 않은 존재의 전이를 가능하게 한다. 그것은 말이 말을 낳고 부름이 응답을 낳는 공간이며 그럼에도 불구하고 "알 수 없"는 공간이다. 세계라는 우주적 마야 앞에서 시인이 현시하는 언어의 마야는 있는 그대로의 세계를 넘어선 다른 세계를 꿈꾸게 하고 거듭남의 체험을 하도록 유도한다.

　최정례의 단정한 시들은 생의 한순간에서 탄생과 죽음에 대한 섬광과도 같은 통찰을 포착해낸다. 그것은 매순간 스쳐 지나가는 덧없는 마야의 환상에서 영원의 얼굴을 발견해내는 시도이기도 하다. 이를 시인은 "한 나무에게 가는 길은/ 다른 나무에게도 이르게 하니?/ 마침내/ 모든 아름다운 나무에 닿게도 하니?"(「숲」)라는 수사적 의문의 형태로 제시하기도 한다. 일즉다(一卽多)의 세계에선 나는 곧 나이면서 타자이며 단일성은 무한성과 통한다. "한 나무에게 가는 길"이 "모든 아름다운 나무에 닿게" 하는 기적을 낳는 순간을 향해 최정례의 시는 앞으로도 나아갈 것이다.

(2002년 봄)

카니발리즘을 넘어서
— 정육점의 시인, 유홍준

1. 종달새를 먹다

20세기가 저물어갈 무렵 등단하여 지금까지 『喪家에 모인 구두들』(실천문학, 2004) 『나는, 웃는다』(창비, 2006)라는 두 권의 시집을 펴낸 바 있는 유홍준은 1980년 중반 이후 우리 시의 한 전통이 되어버린 '죽음의 시학'을 개성적인 방식으로 고집스럽게 밀고 나가는 시인으로 보인다. 탐욕스러울 만큼 죽음에 집착하고 신체절단이나 근친상간 같은 주제를 지칠 줄 모르고 반복하며 배설물과 폐기물에 중독된 듯이 여겨지는 그의 시편들은 대부분 한 시대의 비문(碑文)으로 백지에 새겨진 것이란 인상을 주고 있다. 그만큼 그의 시는 잔혹하고 그로테스크한 이미지들로 넘쳐나고 있으며 세계의 악마성에 맞서는 일종의 방어기제로서 위반과 전복의 상상력을 극단까지 밀어붙이는 전략을 고수해왔다. 물론 이러한 시적 개성은 현 시단에서 그만의 고유한 영역이라고 할 수는 없다. 그를 포함해서 우리 시대 단테의 후예들에게 "천국보다 낯선" 곳은 존재하지 않는다. 천국을 그리는 데 철저하게 무능한 대신 그들은 상대적으로 지옥에 친숙하고, 지금 이곳의 지옥스러움을 형상화하는 데 있어 더할 나위 없이 유능하다. 이처럼 언어를 통한 '지옥 놀이'에 몰입해온 이 시인의 시집에서 그런 세계와 전혀 이질적인 듯이 보이는 시를 발견했을 때 그에 대한 고정 관념에 금이 가며 당혹감이 엄습하는 것은 당연하다. 그러한 시로 시인의 두번째 시집 서두에 실린 「오월」을 들 수 있는데, 이 슬프고 천진하면서도 악마적인 데가 있는, 단정적인 설명을 허락하지 않는 시는 그의 시세계 전반을 총제적으로 검토해볼 필요가 있음을 환기시켜주었다. 때로 한 편의 시는 그의 시 전체를 다시 읽도록 유도하기도 한다. 한 작품의 등장에 의해 시인이 그동안 구성해온 시의 성좌 전체에 미묘한 자리 바꿈과 의미의 이동이 일어나며 관점의 재구성이 요구되기 때문이다. 먼저 이 작품의 전문을 인용하면 다음과 같다.

벙어리가 어린 딸에게
종달새를 먹인다

어린 딸이 마루 끝에 앉아
종달새를 먹는다

조잘조잘 먹는다
까딱까딱 먹는다

벙어리의 어린 딸이 살구나무 위에 올라앉아
지저귀고 있다 조잘거리고 있다

벙어리가 다시 어린 딸에게 종달새를 먹인다
어린 딸이 마루 끝에 걸터앉아 다시 종달새를 먹는다

보리밭 위로 날아가는

어린 딸을

밀짚모자 쓴 벙어리가 고개 한껏 쳐들어 바라보고 있다

  이 작품은 육체적이고 생리적인, 불쾌한 리얼리티의 전시장에 다름아니었던 이 시인의 다른 시편들과 동떨어진 동화적 천진성과 환상성의 세계로 읽는 사람을 안내한다. 벙어리와 어린 딸이라는 등장인물의 설정에서부터 식용으로 부적당한 종달새를 먹이고 먹는다거나 종달새로 환생한 어린 딸이 보리밭 위로 날아간다거나 하는 등의 현실원리에 위배되는 장면의 묘사는, 이 작품을 기존의 이 시인의 시편들과는 조금 다른 각도에서 접근하게 만든다. 등장인물의 무심한 듯한 행위나 화자의 유희적 어조에도 불구하고 이 시에는 무력한 개인의 일상 뒤에 도사리고 있는 잔인한 운명의 전변에 대한 통찰이 숨어 있다.

  이 작품을 형성하고 있는 이미지들을 분해하면 다음과 같은 이항대립적 요소를 추출할 수 있다. 말 못 하는 벙어리/조잘대는 어린 딸, 종달새를 먹이는 벙어리/종달새를 먹는 딸, 지상에서 바라보는 벙어리/보리밭 위로 날아가는 어린 딸. 이와 더불어 시의 전개와 함께 어린 딸의 공간적 위치가 마루 끝/살구나무 위/보리밭 위 허공으로 점차 상승하고 있다는 점을 주목할 수 있다. 벙어리의 경우 천상을 동경하지만 끝내 지상에 붙박인 존재로 남는 반면 그의 어린 딸은 종달새의 섭취와 더불어 땅에 예속된 상태에서 벗어나 천공을 비행하는 존재가 된다.

  그렇다면 생략과 암시로 가득 찬 이 동화를 다음과 같이 산문적으로 복원해볼 수도 있을 것이다. 벙어리가 어린 딸과 같이 살고 있다. 그 딸은 병약했고 아버지는 그녀의 건강에 도움이 되는 것이라면 무엇이든 구해서 먹이고 싶어했다. 하지만 가난한 그가 실질적으로 해줄 수 있는 것이라곤 둘이서 마루 끝에 앉아 멀리 종달새가 하늘 높이 솟아오르며 지저귀는 소리에 귀 기울이는 것뿐이었다. 아무 말도 할 수 없는 벙어리와 달리 어린 딸은 쉴새없이 조잘댔다. 그것은 흡사 종달새가 지저귀는 것과 같았다. 시간이 흐를수록 딸의 몸은 점점 더 가벼워져갔고, 결국 죽었다. 봄이 되어 다시 종달새가 치솟아오르는 계절이 오자 들일을 나간 아버지는 그 소리가 나는 허공을 향해 한껏 고개를 쳐들고 바라보고 있다. 하늘을 나는 종달새가 죽은 딸의 환생처럼 여겨졌기 때문이다…… 이러한 연상을 더 진행시켜나가다보면 시의 마지막 연은 벙어리 아버지 또한 죽었다는 사실을 나타내는 장면이라고 유추해볼 수도 있을 것이다. 새가 나는 모습을 바라보고 있는 "밀짚모자 쓴 벙어리"는, 약간의 자의적 해석을 덧붙이자면, 우리나라 산하 여기저기에 흩어져 있는 허수아비를 가리킬 수도 있다. 오랜 시간이 흘러 벙어리도 그의 어린 딸도 다 지상에 없는 사람이 되었다. 그래도 오월이 되면 종달새는 지저귀며 솟아오르고 지상엔 그것을 무력하게 다만 묵묵히 지켜보는 허수아비가 있다. 허수아비와 종달새는 모두 몸을 잃어버렸다는 점에서 동일하지만 그들 사이엔 천상과 지상의 거리만큼이나 먼 간극이 존재한다……

어린 딸이 벙어리인 아버지의 말을 대신하듯이 종달새가 된 어린 딸은 천상으로의 귀환이라는 지상적 존재의 내밀한 욕망을 구현한다.[1] 그런 의미

---

1) 바슐라르는 『공기와 꿈』에서 종달새가 너무 작아서 육안으로 보이지 않고 오직 소리로만 자신의 존재를 알린다는 의미에서 화가의 새라기보다는 시인의 새라고 말한다. 종달새는 그 색채나 형태로 묘사되기보다는 소리로써 자신을 환기할 따름이며, 따라서 일종의 초물질주의를 구현하는 새이다. 종달새는 그 비가시성 때문에 시 속에서 우주적 환희와 존재의 순수성을 계시하는 존재로 등극되었다는 설명이다. 유홍준의 「오월」에서 종달새는 먹는 대상에서 봄 하늘을 향해 수직으로 비상하는 모습으로, 물질성/초물질성의 양극단을 왕래한다. 이는 시인이 단지 종달새가 나오는 시를 쓴 것이 아니라 종달새에 대한 한 편의 설화를

에서 벙어리/어린 딸의 커플은 단순한 부녀관계를 넘어서 서로 다른 존재론적 영역간의 소통을 상징하고 있다. 벙어리에게 어린 딸은 내면의 여성적 요소의 투사체, 즉 아니마이다. 그녀는 딸인 동시에 영혼의 반려자이며 되젊어진 어머니, 새로운 모습으로 부활한 성처녀이다. 그러나 그녀 혼자만의 힘으로는 천상의 귀환이라는 목표가 달성될 수 없다. 어린 딸이 종달새가 되어 비상할 수 있는 것은 아버지가 끊임없이 그녀에게 자신의 한 부분, 즉 '종달새'를 먹였기 때문이다. 벙어리는 자신의 영혼의 여성적 측면에게 자아의 일부를 계속 제공함으로써 그녀의 성숙-비상을 돕는다. 한 존재는 다른 존재의 피와 살을 희생시킴으로써 스스로를 구축할 수 있게 된다. 벙어리가 어린 딸에게 먹이는 종달새는 천상의 음식, 천상의 육체를 나타낸다. 그것을 섭취함으로써 그녀는 천상적 존재와의 동일화를 이루게 된다.

따라서 이 시는 순진무구한 동화적 외양 이면에 근친상간의 폭력을 숨기고 있다. 물론 이때의 근친상간은 실재적인 것이라기보다는 상상적인 차원의 것이다. 먹고 먹이는(혹은 먹히는) 벙어리와 어린 딸과의 근친상간적 유대는 남성성과 여성성, 지상과 천상 같은 대극적인 것의 연금술적 통합과 변형을 나타낸다.[2) 이 과정을 거쳐 어린 딸-종달새는 벙어리의

창조하였음을 말해준다.

2) 「오월」에 등장하는 부녀관계의 음화(陰畵)에 해당하는 장면으로 다음 구절을 들 수 있다. "그날, 누이는 누런 주전자를 들고 뙤약볕 속을 가고 있었다 아버지의 거시기가 달린 주전자를 들고 가고 있었다 목마르고 목말라 아버지의 거시기를 빨며, 불볕 속을 가고 있었다 누런 아버지의 거시기가 흘러 얼룩이 진, 검정 무명치마를 입고 가고 있었다"(「노란 주전자」). 「오월」이 암시하는 남성원리와 여성원리의 신성한 결합(hierosgamos)과 달리 「노란 주전자」는 물적 존재의 비천함과 추잡함을 극화하고 있다. 물론 이 대목은 유년의 기억에 토대를 둔 실제 장면으로 볼 수도 있고 허구적 자아가 만들어낸 가공의 장면으로 볼 수도 있다. 시인의 시에 종종 등장하는 유소년 시절의 가족의 가난과 폭력과 불화는, 어느 정도 과장과 변형이 수반되었겠지만, 시인의 암울한 세계인식의 출발점을 이루고 있는 것으로 보인다. 참고로 글의 전체적 맥락 때문에 이 글에서 다루진 못했지만, 시인의 시에 나타난 뒤틀린 가족서사에 대해서는 보다 정교한 정신분석학적 해석이 요구된다는 점을 부연해

천상의 신부(celetial bride)로 현현한다. 물론 그럼에도 불구하고 대극의 합일은 하나의 이상으로 전제될 뿐 현실이 되지는 않는다. 자연의 경계를 넘어 초자연의 세계로 진입하는 종달새와 달리 벙어리는 지상에 속박된 운명에서 벗어날 수 없기 때문이다. 이 시가 그 건조한 어조에도 불구하고 그 이면에 슬픔이란 정서적 습기를 함유하고 있는 것으로 여겨지는 것도 그 때문일 것이다.

2. 식육(食肉)의 상상력

사실 이 시인이 지금까지 공개한 시편 전체를 놓고 볼 때 「오월」이 보여주는 비상의 순간은 극히 예외적인 것이라 하지 않을 수 없다. 오히려 이 시인이 그동안 집중적으로 천착한 것은 현대인의 속악한 삶과 구제불능성이었다. 이 시인에게 지상에서의 삶은 그 자체로 징벌이자 천형이다. 한 인간에게 생은 형기가 정해지지 않은 유배나 수감생활에 다름아니다. 이를 극단적으로 보여주는 것이 이 시인의 시에 범람하는 구역질나는 살덩이와 핏물 이미지라고 할 수 있다. 시인은 지겨울 정도로 되풀이해서 물질적 단계로 퇴행한 몸들의 적나라한 현존을 보여주고 있다. 이때 몸은 영혼이 깃드는 처소로서의 기능을 상실한 채 거래되고 소화되고 배설되어 끝내 무화되어버리는 고기로 현상한다. 이 시인의 상상 속에서 도살장과 식육점이 특별한 지위를 점유하고 있는 것은 그 때문이다.

> 도축장 입구
> 길 양편을 따라 도열해 있는
> 식육점들의 적나라, 식육점들의 아비규환

두고 싶다.

입구마다 소대가리를 내놓은 食肉의 문은 활짝 열려 있다
죽었건만 저 털로 뒤덮인 소의 얼굴은 아직 털이 뽑히지 않았고
쇠파리가 파먹던 눈알은 둥글고 크게 열려 있다
(……)
무겁고 무거운 대가리를 처박고
주검의 꼬리가 울궈낸 국물 퍼먹을
벗어던져야 할 내 짐승 가죽, 찜통 같은
숨통이 쉭쉭 내뿜을 짐승의 땀, 더운 짐승의 입김

　　　　　　　　　　　　　　　　　　—「食肉의 문」 부분

쇠고기 한 근을 샀다
하얀 목장갑 낀 정육점 여자의 손이
손에 익은 한 근의 무게를 베어 저울 위에 얹었다
주검의 일부를 받아안은
저울바늘이
부르르 진저리를 쳤다 저울이
내게 물었다 인간들의 약속이란 고작
이 한 근의 무게가 모자란다고 보태거나 넘친다고 떼어내는 것?
(……)
모든 것을 들어냈을 때 비로소 평안을 얻는
빈 저울의 침묵이여 나는 제로에서 출발한 커다란 고깃덩어리
주검을 다는 저울 위에 올라가보고서야 겨우
제 몸뚱어리 무게를 아는 백열 근짜리
사지 덜렁거리는 인육

　　　　　　　　　　　　　　　　　　—「저울의 귀환」 부분

인용시가 말해주듯이 삶은 죽음(주검)을 "울궈낸 국물"을 퍼먹고 유지되는 것이며 인간이 자랑하는 문명이란 저울에 다는 고기의 무게를 측정하는 것일 따름이다. 죽음이 활기를 띠고 부산한 움직임을 보여준다면 살아 있는 존재는 죽은 고기 취급을 받는 역설적인 사태가 벌어진다. 생명의 존엄성은 퇴색한 낭만적 신화에 지나지 않는다. 자본주의의 불균형한 잉여생산체계는 왕성한 번식력(대량생산)과 엄청난 죽음(대량소비)이 공존하는 기이한 풍경을 만들어냈다. 이 사회에서 대량소비는 대량학살의 다른 이름이다. 그 결과 이 시인에게 세계의 축도는 바로 도축장과 식육점으로 현상한다. 잡아먹고 먹히는, 그래서 모든 것이 둔중한 살의 무게로 환원되는 장소, 그곳이 바로 시인이 몸담고 살고 있는 세계이다. 살은 혐오와 욕망을 동시에 불러일으킨다. 자본주의사회에서 대상들은 절대적인 포화상태에 이르기까지 축적되며 그렇게 흘러넘치는 몸들, 상품들, 이미지들은 사방에서 개인들을 에워싸고 공략한다. 사람들이 먹고 마시는 것은 단지 다른 동식물만이 아니다. 번성하는 소비자본주의사회에서 사람들은 서로를 먹어치운다. 소비자본주의가 조장하는 대량생산과 대량소비의 유혹적인 사육제(carnival)는 인간의 살과 피를 탐하는 식인제(cannibal)로 탈바꿈한다. 한계를 모르는 소비에 대한 욕망은 유아기를 벗어난 성인들이 새로운 구강단계에 접어들었음을 말해주는 징표이다. 사실 프로이트가 말한 구강단계의 유아야말로 카니발리즘적 실존의 맹아적 형태가 아니었던가. 인체의 잔인한 탐식은, 인류학자의 민속지에나 등장할, 문명의 빛이 미치기 이전의 원시인의 풍속이 아니라 통제를 상실한 채 진행되는 소비자본주의사회의 방탕한 연회가 매일 연출하는 장면이다. 만족을 모르는 소비자의 물화된 의식은 인간 육체의 폭력적인 사유화로 귀결된다. 짐승의 고기를 소비하는 것과 마찬가지로 인간 육체의 모든 부위 또한 식용으로 포획 전시 매매된다. 말 그대로 그것은 거대한 인육축제에 다름 아니다. 이러한 카니발리즘적 상상력의 극점에 자신의 몸을 자신이 먹는 식육 환상이 자리잡고 있다. 타자의 합병-체내화(incorporation)를 넘어 이제 먹는 것이 잡아먹히는 것이며, 생존투쟁을 위한 필사의 노력이 정체성의 상실과 자아의 절멸로 자동 순환하는 악무한의 지옥도가 펼쳐진다.

> 식판을 든 사람들이
> 일렬로
> 늘어서 있다
>
> 의자를 놓고 앉은 사람이 가위를 쥐고
> 일렬로 늘어선 자들의 성기를 잘라 국솥에 던져넣는다
>
> 차가운 마당가에 앉아 묵묵히 각자의 식판에 대가리를 처박고
> 밥을 우겨넣는다 사타구니 휑한 사람들이
> 뜨거운 국물을 떠먹는다
>
> ─「식사」 부분

이 음울한 블랙코미디적 설정은 붕괴하는 사회의 종말론적 축소판이라 할 만하다. 거세당한 자들이 자기 성기를 먹고 있는 풍경을 그린 이 시는 욕망의 허구성을 잔인하게 드러내고 있다. 허기에 못 이겨 자신의 몸을 자신이 뜯어먹는 그리스 신화 속의 에리직톤처럼 현대인은 줄을 지어 묵묵히 자기 파괴의 여정을 실행해나가고 있다. 자신이 자신을 산 채로 삼켜야 하는, 가학성과 피학성이 기묘하게 혼숙하고 있는 이 장면

은 소비자본주의적 삶의 주변부에 위치한 존재들의 타성적 현존을 보여준다.

> 깜박,
> 눈을 붙였다
> 깼을 뿐인데 누가
> 내 머리를 파먹은 거야
> 아주 잠깐 눈을 감았다 떴을 뿐인데
> 누가 내 눈동자를 쪼아먹은 거야 수박 덩어리처럼
> 누가 넝쿨에서 내 꼭지를 잘라낸 거야 배꼽이
> 빠지도록 웃는다 숟가락으로 파먹다 만
> 뒤통수를 감추고 웃는다
>
> —「나는, 웃는다」 부분

그야말로 "깜박"하는 순간 먹는 주체는 먹히는 대상으로 전락한다. 이 시인의 시에서 자주 볼 수 있는 신체절단 식인 거세 이미지와 그것에 이어지는 부패 훼손 해체 죽음의 모습들은 경쟁적 시장 조건 속에서 살아남기 위한 개인의 혼신의 투쟁과 그것의 종말을 씁쓸하게 드러내고 있다. 우리 시대의 오이디푸스적(Oedipal) 주체는 기껏해야 먹기 위한, 먹을 수 있는(edible) 주체로 존재한다. "세상은 넓고 접시는 둥글다"(「폭식」). 그래서 사람들은 그 접시를 채우기/비워내기 위해 끊임없이 먹고 마시지만 실은 "깊은 밥그릇은, 병아리를 죽인다"거나 "밥이, 그를 먹는다"(「지하급식소」)는 단언이 의미하듯이 끝없이 죽어가고 먹히고 있는 것에 불과하다. 심지어 육신의 냉동 보관이라는 SF적 설정을 깔고 있는 작품에서도 인간의 육체는 먼 미래에 "우주의 새 주인"이 먹어치울 "간식거리"(「아이스크림, 백 년 후」)에 지나지 않는다. 타자를 집어삼키고자 하는 주체의 구강적 욕망은 자기 소멸을 초래할 뿐이다.

이처럼 살을 탐하는 카니발리즘은 당연히 피를 원하는 뱀파이어리즘과 맞물려 있다. "소의 胎를 삶아 먹는" 빈혈의 일가족(「빈혈」)이 말해주는 것처럼 살에 대한 굶주림은 피에 대한 갈증과 얼마든지 치환될 수 있는 관계를 맺고 있다.

> 포도가 들어간 아내의 몸속, 힘줄들이 포도넝쿨처럼 쭉쭉 뻗어나간다 붉은 포도주가 아내의 핏줄 속을 가득 채운다 레드 듀, 하고 부르면 아내는 뚜껑 같은, 마개 같은 눈알을 뽑고 내 유리잔 가득 제 몸속의 포도주를 채워준다 눈 속에 포도알이 박힌 아이들을 낳아준다
>
> ―「포도나무 아내」 부분

현대사회가 식인종으로 가득 찬 델리카트슨이 되어가는 것은 영화 속에서만 벌어지는 일은 아니다. '피와 살(blood and flesh)'에 대한 탐닉은 일상 곳곳에 스며들어 모든 행위를 강박증적으로 몰고 나간다. 인용 시에선 부부간의 성애와 자식의 출산이라는 긍정적 소재마저 포도주―피 이미지와 결부됨으로써 기괴하게 채색돼 있음을 볼 수 있다. 관능의 분출이 피를 마시는 흡혈의 과정과 착종돼 그려져 있다. 가족관계가 이럴진대 돈으로 육체를 사고파는 성매매가 이 시인의 시 속에서 어떻게 표현이 될지는 충분히 짐작이 가능하다. "우리나라 다방은 18,536개이다 우리나라 다방 종업원은 29,459명이다 오후 3시 38분 현재, 커피를 주문하는 인간은 5,047명이고 배달 가는 오토바이와 티코는 935대이다 지금 3급 카센터 더러운 쏘파에서 배달 나온 다방 레지의 젖을 만지는 놈은 2,304명 팁을 받으려고 치마를 걷어올린 년은 576년이다"(「다방에 관한 보고서」)

라는 풍자적 진술은 고기일 뿐인 인간 육체의 거래를 계량화시켜 말해주고 있다. "쟁반을 든 여자, 쟁반을/ 보자기로 싼 여자가 간다/ 껍처럼 찍찍 늘어나는 비닐구두를 신고 (……) 노랑머리를 흔들며 간다 방뎅이를 돌리며 간다"(「오토바이와 쟁반」)는 직접적 언급은 "저녁이 오면 고기가/ 고기를/ 필요로 할 것이다/ 쟁반이 날아다닐 것이다/ 쟁반을 타고 고기는 날아다닐 것이다/ 쟁반을 타고 고기는 사라질 것이다"(「저녁이 오면 고기가」)처럼 간접화되어 나타난다. 이때 육욕(肉慾)은 은유적 차원이 아니라 축자적 차원에서 말 그대로 실현된다. 이 체제 속에선 성행위 역시 식인적 방종의 한 형태인 것이다.

거룩한 종교적 의식도 카니발리즘의 자장(磁場)에서 자유롭지 못하고

> 헌금함처럼 깊은 소의 뱃속에서
> 망나니가 뼈얼컨 간덩어리를 쓱 뽑아낸다 구내식당 사내가
> 장로처럼 피범벅 간덩어리를 받아든다
> 후레자식들이 영성체를 하듯
> 한 덩어리 간을 나눠 먹는다
>
> ─「도살장 구내식당」 부분

책의 출간과 독서라는 문화적 활동 역시 출혈과 식육의 상상력의 조명 아래 있다.

> 머릿고기처럼
> 납작하고 납작하게 눌려져서라도
> 말하고 싶다 핏물이 스며나오는 책갈피
> 넘길 때마다 핏물이 묻어나오는 시집을 묶어

팔고 싶다 서점이 아닌 저 식육 코너에서 무표정하게 핏기 없이

　　　　　　　　　　　　　　　　　　　　　—「식육 코너 앞에서」 부분

　영적 재결합을 위한 성체용 빵과 포도주엔 성스러운 종교적 의미만이 아니라 원시적이고 야만적인 원형적 상징이 깃들어 있다. 그러나 이 시인의 시 속에선 그것이 현대사회의 부패와 폭력과 결부됨으로써 한층 신성 모독적이고 현실 비판적인 의미를 획득하게 된다. 마찬가지로 한 시인이 시집을 펴냈을 때 그 책 속의 시적 언어는 시인의 살점에 다름아니며 시집을 묶어낸 시인은 이제 식육점의 푸주한과 동격에 놓이게 된다. 시의 언어는 핏물이 흘러나오는 죽음의 전언이 된다.

　인육의 잔치는 소비사회의 악몽으로 탈바꿈한다. 마르크스 이후 자본주의와 카니발리즘 – 뱀파이어리즘을 은유적으로 등가화하는 수사적 전통은 상당한 역사를 가지고 있다. 가차없는 노동력의 수탈과 탐욕스런 부의 축적 같은 외형적 현상만이 아니라, 그 근저에 잠복해서 그것을 결정짓고 추동하는 이윤동기의 지독한 야수성과 비합리성은 현대사회를 '카니발리즘의 정치경제학'이 지배하는 시대로 만들어나가고 있다. 마치 아스텍 족의 제단처럼 이 체제가 제대로 유지되기 위해선 계속 인간의 피와 살이 제물로 요구된다. 시인은 식인적 자아(cannibal ego)의 약탈적 모습을 통해 현대사회에서 삶과 죽음이 얼마나 근거리에 위치하고 있는지 폭로하고 있다.

　이처럼 거식증에 걸린 현대인의 초상은 삶에 대한 도저한 갈망을 보여주지만 그 결과는 참혹한 죽음의 풍경일 뿐이다. 죽음은 동시대의 기호로서 도처에 서식하고 있다. 살아 있는 인간이란 죽어야 할 운명의 걸어다니는 선전물에 불과하다. 그래서 시인은 "벤자민과 소철과 관음죽" 따위는 물론이고 "바람도 태양도 푸른 박테리아도/ 희망도 절망도 욕망도 끈

질긴 유혹도" 심지어 "어머니도 예수님도/ 귀머거리 시인도" 자신의 집에 와서 "다 죽었다"(「우리 집에 와서 다 죽었다」)고 선언한다. 이러한 죽음의 전면화 일상화는 현대사회의 부조리함을 때로 냉철하게 때로 희극적으로 관찰 구현하고자 하는 시인의 의지를 나타낸다. 그러나 이 시인의 상상력이 단지 그 정도에 머물렀다면 그의 시는 자연주의적 현실 탐구나 고발 이상으로 나아가지 못했을 것이다. 이 시인의 개성적인 측면은 피와 살을 탐하는 식육의 상상력이 껍질을 벗는 탈피의 상상력으로 변주됨으로써 그의 시쓰기가 사회현상에 대한 시적 임상보고서 작성의 수준을 넘어서고 있다는 데서 찾아진다.

3. 탈피(脫皮)의 상상력

지금까지 살펴보았듯이 이 시인의 상상 속에서 삶은 곧 죽음이고 살고자 하는 노력은 궁극적으로 육신의 해체를 초래하는 도로에 지나지 않는다. 그렇다면 온통 죽음―주검으로 가득 찬 세계에서 인간이 수행할 수 있는 것은 무엇인가.

人皮를 빽빽이 걸어놓은 세탁소

이건 네 거죽이고
저건 네 마누라 거죽이야 얇디얇은
비닐 커버로 둘러씌워진 거죽마다 명찰을 달아놓은 세탁소

(……)

창문 열려진

세탁소에 온 동네 거죽들이 흔들거린다

805호 여자 806호 남자 허리를 휘감고 있다

—「세탁소」 부분

가봉이 덜 된 옷들이 바다를 향해 걸려 있었다 사람이 덜 된 사람이 바다를 향해 걸어가고 있었다 손을 놓아버리면 어느 한쪽이 굴러가 죽어버리는 언덕길을 내려가고 있었다 (……) 펄럭펄럭 가봉이 덜 된 옷들이 바다를 향해 손을 내젓고 있었다 끝내 팔리지 않는 옷이 있었다 끝끝내 팔리지 않는 퇴물의 생이 삭아가고 있었다

—「가봉이 덜 된 옷들이,」 부분

위 인용이 보여주는 것은 정작 인간은 사라진 채 "거죽"들만 살아 움직이는 세계이다. 몸이 빠져나가고 난 뒤에도 그 거죽들은 자율적 움직임을 보여주며 살아 움직인다. 삶과 죽음이 전도된 그 세계는 그래서 그로테스크하면서 희극적인 느낌을 준다. 이처럼 거죽은 죽은 후에도 혹은 죽음과 다름없는 상태에 처해 있으면서도 자신의 진정한 처지를 알지 못하고 미망에 잠겨 있는 현존재의 우둔함과 가련함을 역설적으로 드러내는 이미지이다. "얼굴도 내장도 없는 거죽이 유두를 물고 빤다 내 거죽은 서서 유두를 물고 내 거죽은 서서 둔부를 들썩거린다 유두를 물고 빠는 입을 떼는 순간, 거죽은 방구석에 쭈구러진다"(「31일」) 같은 구절은 이러한 점을 노골적으로 드러내고 있다.

그러나 동시에 거죽은 몸 입은 존재들이 몸에서 벗어나 다른 차원으로 진입하는 마지막 단계를 지시하기도 한다. 죽음이 거죽만 남기고 사라지는 것이라면 거죽의 텅 빔에 도달하지 않고서 한 인간에게 진정한 의미에서의 자유나 구원은 가능하지 않다. 무거운 살덩어리를 벗어버리고 거죽

만 남기는 것은 존재의 전환을 위한 결정적 걸음일 수 있다.

1) 얼마나 무거운 남자가 지나갔는지
발자국이, 항문처럼
깊다

모래 괄약근이 발자국을 죄고 있다
모래 위의 발자국이 똥구멍처럼, 오므려져 있다

바다가 긴 혓바닥을 내밀고
그 남자의
괄약근을 핥는다

누가 바닥에 갈매기 문양이 새겨진 신발을 신고 지나갔을까?

나는 익사자의 운동화를 툭, 걷어찬다
갈매기가 기겁을 하고 날아오른다

―「해변의 발자국」 전문

2) 비상등을 켜고 앰뷸런스가 달려간다
코를 막고 사람들이 들여다보는 어둠 속에
검고, 무겁고, 걸치기 두려운 외투가 버려져 있다
아무도 입으려 들지 않는 그 옷을 입고
어둠을 지나 어둠 밖으로 그가 걸어들어간다
그를 퉁겨버리지 않겠다고, 세상이

급브레이크를 잡았던 거리를 재고 있다
그가 이 세상에 마지막으로 새긴 짧은 문장 아래
선명한 밑줄을 긋는다 모두들
그가 남긴 붉은 문장을 읽는다 그의
낙관을 확인한다

낙관만이 유효한,

—「낙관」 전문

위의 두 시가 공통적으로 지시하고 있는 것은 죽음을 통한 몸 벗어버리기이다. 1)이 익사자, 그것도 신발을 벗고 바닷속으로 걸어들어가 스스로 죽음을 택한 익사자를 그리고 있다면, 2)는 교통사고를 당해 시신이 앰뷸런스에 실려가고 난 후의 현장 모습을 포착하고 있다. 1)의 해변의 운동화나 2)의 어둠 속에 버려진 외투는 모두 죽은 자가 남긴 유품들이다. 살이 빠져나가고 남은 거죽처럼 운동화나 외투는 그의 존재/부재를 동시적으로 나타낸다. 물론 그들은 현실적인 차원에선 죽었고 쓸모없어졌으며 덧없이 버려졌다. 1)에서 모래 위의 "발자국이, 항문처럼/ 깊다"거나 "발자국이 똥구멍처럼, 오므려져 있다"고 한 표현은 그의 죽음이 배설물처럼 현실 바깥으로의 방출에 불과함을 말해주고 있다. 2)에서도 사고 후 시신이 치워진 현장에 남은 외투는 "아무도 입으려 들지 않"은 채 버려져 있다. 그것들은 모두 죽음에 오염된 부정한 물건들이며 산 자들은 그것과 접촉하기를 두려워한다.

이처럼 현실원리에 비춰볼 때 무가치한 폐기물에 지나지 않는 그들의 죽음(주검)은 다른 관점에서 보자면 비로소 삶의 구속에서 풀려나 자유로워진 상태를 의미한다고 볼 수 있다. 1)의 물에 '빠진' 자는 삶에서 '빠져나온' 자를 의미한다. 그런 점에서 그가 신은 운동화 바닥에 갈매기 문양이 새겨진 것은 의미심장하다. 그는 무거운 몸을 벗고 새처럼 초월적 세계로 입문한 것이다. 마찬가지로 2)에서도 그의 죽음이 의도적 자살인지 단순한 사고사인지 모호하긴 하지만 "그를 퉁겨버리지 않겠다고, 세상이/ 급브레이크를 잡았던 거리를 재고 있다" 같은 구절로 미루어보아 그의 삶에 대해 미련이 더 많았던 것은 "그" 편이 아니라 "세상" 편이었던 것으로 추측된다. 그의 일생은 그가 평생 써내려간 문장이며 그가 죽으며 흘린 피는 그 문장 제일 마지막에 찍힌 붉은 낙관으로 제시된다. 그 낙관(落款)이 낙관(樂觀)으로 읽힐 수도 있다는 점에서 그의 죽음 역시 삶에 대한 집착을 넘어선 차원에 위치한 것으로, 긍정적으로 받아들여질 수 있는 여지를 주고 있다.

이들 시에 나타난 죽음은 인간의 나약함과 존재의 우연성을 나타내는 것에 그치지 않는다. 오히려 죽음을 통해 인간은 죽고 죽이는, 먹고 먹히는 동물성의 영역에서 벗어나게 된다. 1)의 운동화 - 발자국이나 2)의 외투 - 핏자국은 삶을 부정하는 동시에 죽음을 희롱하고자 하는 시인의 탄력적인 의식을 엿보게 한다. 그것은 존재가 사라지기 직전 마지막으로 남기는 거죽과 동일선상에 위치한 이미지들이다. 다음 시에 나오는 '구두' 역시 같은 계열체를 형성하는 이미지로 거론될 수 있다.

저녁 喪家에 구두들이 모인다
아무리 단정히 벗어놓아도
문상을 하고 나면 흐트러져 있는 신발들
(……)
밤 깊어 헐렁한 구두 하나 아무렇게나 꿰 신고
담장가에 가서 오줌을 누면, 보인다

北天에 새로 생긴 신발자리 별 몇 개

—「喪家에 모인 구두들」 부분

현대사회에서 인간의 하찮고 타락한 면모를 천착해온 이 시인은 존재가 어떻게 해서 해체, 실추되어가는지 집중적으로 형상화했다. 그러나 그는 육체의 안/밖의 경계가 무너짐에 따라 내부의 것들이 밀려나오고 외부의 것들이 난입하는 유출의 상상력의 궤적을 따라가진 않는다. 대신 그는 내부의 불순물과 잔여물을 비워낸 다음의 정결하고 투명한 상태에 대한 꿈을 버리지 않고 있다. 바로 여기서 이 시인 특유의 탈피(脫皮)의 상상력이 나온다. "자루에서 태어난 나는 자루를 까마득히 잊고 사는 자루"(「자루이야기」)라는 구절처럼 깨닫지 못하고 무명(無明)의 관성적 삶을 지속했던 존재는 "뿌연 수증기 속" "핏발 가시지 않는 살덩어리"(「고기 삶는 여자」)의 세계를 거치며 "벗어던져야 할 내 짐승 가죽"(「食肉의 문」)이란 인식에 도달한다. 이처럼 거죽은 현실의 경계를 넘기 직전 몸이 남기고 가는 마지막 잔존물이며 다음 단계로의 존재론적 전환을 나타내는 기호이다. 허물을 벗는 것처럼 한 존재는 거죽 상태에 도달하고 나아가 그것마저 벗어버림으로써 초월을 성취한다. 위에 인용한 시를 빌려 이야기하자면 서로를 짓밟는 지상의 구두에서 천상의 "신발자리 별"로의 수직적 초월이 가능해지는 것이다. 바로 이렇게 현실을 얽어매고 있는 물질성의 굴레에서 해방되고자 하는 시인의 욕망이 다음과 같은 흥미로운 우화를 낳기도 한다.

새의 부리만한
흉터가 내 허벅지에 갇혀 있다 열다섯 살 저녁 때
새가 날아와서 갇혔다

꺼내줄까 새야
꺼내줄까 새야

혼자가 되면
나는 흉터를 긁는다
허벅지에 갇힌 새가, 꿈틀거린다

—「흉터 속의 새」 전문

　이 시인에게 '열다섯 살'이란 나이는 "열다섯 살(……)/ 갓 수음을 배운 나는 거칠게 거칠게 펌프를 자아댔다"(「펌프」)라는 다른 시의 구절이 의미하듯 육체적 욕망에 눈뜨고 그에 따라 죄의식이나 수치심 또한 배가 되는 시절을 가리킨다. 허벅지의 흉터가 암시하는 거세공포는 바로 그것과 관련이 있다. 그런데 바로 이러한 비루한 욕망 속에서 그 욕망으로부터 자유로운 새의 비상에 대한 희원이 잉태된다. 물질의 감옥에 순결한 영혼이 갇혀 있다고 믿은 영지주의자들과 유사하게 시인은 성적 욕망과 근접거리에 있는 신체 부위에 새가 갇혀 꿈틀거린다고 상상한다. 또다른 작품에서 "흉터는 뚜껑이다" "흉터는 자물통이다"라고 했다가 "흉터 속에 그가/ 열쇠를 움켜쥐고 들어가 웅크리고 있다"(「그의 흉터」)라고 진술한 것에서도 동일한 상상작용을 발견할 수 있다. '병 속의 새'에 대한 선사의 화두처럼 그는 흉터 속에서 새를 끄집어내야 하는 것이다. 그 새가 날개를 펼 때 아마도 다음과 같은 풍경이 펼쳐지지 않을까.

　인간의 길은 모두 바다로 가서 빠져 죽는다, 라고 쓴 엽서를 전해주고 우체부가 오후의 오솔길로 사라진다

오솔길이 하늘을 향해 기어오른다 아직 어린 구렁이 새끼 한 마리 제 아
름다운 몸을 오솔길처럼 구부렸다 폈다 황천행,

수련중이다

美行이다

—「尾行」 전문

오솔길 – 구렁이 같은 지상적 존재는 하늘에 이르고자 하는 욕망 속에
수련을 거듭한다. 그 수련은 "황천행"이라는 말이 의미하는 것처럼 죽음
에 이르는 길이기도 하다. 하지만 죽음은 결코 종말이 아니다. 껍질을 벗
고 거듭 다시 태어나는 구렁이처럼 인간의 길 역시 죽음을 넘어 나아가야
하고 나아갈 수 있다. 그것이 바로 시인이 말하는바 "尾行"으로서의 "美
行"이다. 이처럼 육체를 벗는 탈피의 상상력은 자기 무화(無化)를 동반한
다. 자연계에서 이러한 무화의 여정을 가장 잘 시연해 보여주는 이미지가
간밤에 내렸다가 "아직도 더 가야 할 곳이 있다고, 아직도 더 가야 한다
고// 햇살이 퍼지자// 멀고 먼 곳에서 온 흰 눈이 의자 위에 잠시 앉았다
쉬어가는 것// 붙잡을 수 없었다"(「의자 위의 흰 눈」)의 흰 눈이라면, 인간
사회에서 이러한 무화의 작업을 실천적으로 보여주는 존재로 유리세공품
을 만드는 유리공이나 백지를 만드는 제지공들을 들 수 있다.

한 생의 시뻘건 뜨거움이
제 입김을 모조리 다 쏟아내고 흰색의 차가움에 가 닿을 때까지

막대파이프를 물고 입김 불어대는
유리공은 새처럼
주둥이가
길다

　　　　　　　　　　　　　　　　—「유리새」 부분

펄프를 물에 풀어, 백지를 만드는 제지공들은 하느님 같다
흰 눈을 내려
세상을 문자 이전으로 되돌려놓는 조물주 같다

티 없는, 죄 없는
순백
無化의 길……

　　　　　　　　　　　　　　　　—「문맹」 부분

　흰 백지나 투명한 유리새는 물질성을 완전히 탈각한 존재의 순수상태, 그 극점을 나타낸다. 그것은 경험세계의 오염에서 벗어난 신성하고 무구한 세계를 지금 이곳으로 불러낸다. 물론 그 세계의 현전은 지극히 짧은 순간에 그칠 뿐이다. 간밤에 내린 흰 눈이 녹아 없어지듯 그것은 소리도 없이 자취도 없이 사라진다. 그러나 그럼에도 불구하고 중요한 것은 '순백/무화의 길'을 향한 지칠 줄 모르는 추구일 것이다. 유리새를 만드는 유리공의 모습이 새를 닮아가듯 사람들은 자기 몸의 흉터 속에 숨어 있는 새를 끄집어내는 작업을 게을리 해선 안 된다. 「오월」에서 어린 딸이 종달새로 비상할 수 있었듯이.

4. 지옥의 산책자

우리 시대의 많은 시인들은 더이상 대중의 정서적 위무자가 되기를 원하고 있지 않은 것처럼 보인다. 오히려 그들은 읽는 사람의 안정감을 뒤흔들고 감각에 상처를 주며 정서에 혼란을 주는 다분히 폭력적인 언어와 자극적인 이미지를 생산하는 데 골몰하고 있다. 그들에게 서정이란 일정한 단계를 거쳐 자아와 세계의 대립이 종식되고 자기 동일성이 확인되는 자리가 아니라 오히려 그것이 교란되고 균열됨으로써 끝내 해체되는 지점을 일컫는 용어가 되어가고 있다. 민중주의의 계몽적 열정과 영웅적 형상이 그 역사적 효용성을 다해갈 무렵 우리 시에 등장한 '어두운 서정'은 시의 연약한 지반 위에 거칠고 조야하고 역겨운 이미지들을 대량으로 쌓아올리면서 부패와 몰락과 죽음의 음산한 향기를 사방에 흩뿌려왔다. 현실적으로 정치적 민주주의가 확산되고 소비자본주의가 가속도를 내며 질주하는 상황이 벌어지는 것과 전혀 다르게, 아니 그런 흐름을 역행하여, 그들은 한사코 깊은 심연과 위협적인 암초가 도사리고 있는 밤바다 항해를 계속해나가고 있다. 그들에게 낙원에 대한 약속이나 천국의 복음은 모두 헛소리에 지나지 않으며 현실의 추악함을 덮어 가리는 휘장에 지나지 않는다. 그 어떤 정치적 수사나 물질적 재화도 지금 이곳의 구조적 불모성과 인간 존재의 불완전성을 해결해주지 못한다. 그들의 이단적 상상력과 언어는 자본주의의 천년왕국이 도래하고 있다는 풍문을 비웃으며 쳇바퀴처럼 반복되는 나날의 삶 이면에 숨어 있는 소멸과 쇠퇴의 징후를 날카롭게 드러내고 있다.

유홍준은 최근 몇 년간 우리 시단에서 이러한 경향을 가장 잘 대변해오고 있는 시인 가운데 한 사람으로 보인다. 그는 베아트리체도 없이 지금 이곳이라는 지옥을 산책하고 있다. 물론 그는 아직까진 천상에 대한 동경을 끝내 저버리지 못하고 있지만 그 동경이 그의 현실감각을 무디게 할 만큼 과도한 것은 아니다. 그의 지옥 순례는 현실에 대한 탐구의 일환으로 수행된 것이지만 동시에 시인 자신의 절박한 내면적 욕망의 산물이기도 하다. 분석심리학자 C. G. 융은 연금술의 정신적 의미를 다룬 글에서 연금술사의 진정한 목표는 신의 은총으로 그 자신이 구원받는 것이 아니라 질료의 암흑으로부터 신을 해방시키는 것이라는 요지의 말을 한 적이 있다. 아마도 언어를 다루는 현대의 시인들이 꿈꾸는 것도 이와 비슷할 것이다. 인간은 모두 구원을 필요로 한다. 하지만 그의 구원은 오직 그 자신의 작업의 결과에 달려 있다.

유홍준의 시를 일독하며 한 가지 아쉽게 느낀 것은 그가 그동안 선보인 시가 주제 형식 모티프 어조 이미지 등 여러 면에서 선배나 동료 시인들의 문법에서 충분히 벗어난 독자적인 세계를 확립한 단계에까지 이르지는 못했다는 점이다. '죽음의 시'라는 시적 경향도 이제 시류적 유행을 벗어나 어법의 갱신과 주제의 심화를 도모할 시점에 도달한 것으로 여겨진다. 유홍준은 앞서 펴낸 두 권의 시집을 통해 자신에게 주어진 도제(徒弟) 기간을 성실하게 통과했다는 것을 보여주었다. 이제 장인(匠人)으로서의 독자적인 능력을 보여주어야 할 때이다.

(2007년 봄)

생을 가르는 검(劍)
—조용미 시집 『나의 별서에 핀 앵두나무는』

1. 지명들

현산면 백포리 망부산 송평 어란 어불도 청령포 영월 탄부 연하 예미 만일암터 금골산 안치리 소포리 지력산 가사도 장삼도 묵계리 길안천 다랑쉬오름 아끈다랑쉬 천성산 내원사 범섬 섶섬 문섬 부암동 백사실 한송사 인산 저수지 나진 검문소 걸포 사거리 영휘원 해남에서 진도 가는 샛길 두륜산……

조용미의 이번 시집 『나의 별서에 핀 앵두나무는』(문학과지성사, 2007)에서 우리는 숱한 지명들과 마주치게 된다. 한반도 남반부의 거의 전 지역을 망라하는 그 지명들은 육지의 여러 마을이나 거리 이름은 물론이고 산이나 개천, 절과 서원 그리고 수다한 섬 이름을 포함하고 있다. 따라서 그녀의 이번 시집을 읽는 것은 시인이 거쳐간 여행지를 뒤따라가는 것이며 공간적 이동이 만들어낸 상상의 지리부도를 펼쳐보는 것과 같다. 때로 그녀의 유랑은 현실 차원을 넘어서 전개되기도 하는데 천산북로나 명사산 강남천자국 천산 유리 흑하 카일라스 산 봉래산 영혼역 같은 지명들은 그것이 실재하는 것이든 아니면 전설의 산물이든 시인이 동경하는 어떤 가상의 장소를 가리켜 보인다. 시인은 쉴새없이 이 장소에서 저 장소로, 이 지역에서 저 지역으로 옮겨 다니며 육체가 그리는 궤적에 마음의 파문이 그리는 궤적을 겹쳐서 언어에 실어보내고 있다.

　　현산면 백포리, 여기까지 왔다 윤두서 고택 용마루에 기러기 한 마리 오래 앉아 있다 기러기는 움직이지 않는 기러다 움직이지 않음으로 자기 존재를 드러내는 저 방식이 불편하다

—「구름 저편에」 부분

　　만일암터, 대숲으로 둘러싸인 곳 바람이 쓸고 가는 댓잎 소리와 새소리만 사는 곳 돌계단 아래 천년수와 암자 몇 채를 거느리고 있는, 오층석탑만 덩그러니 남아 있는 곳 샘가에 연둣빛 머위꽃이 피어 있는 곳 어치가 대숲에서 나왔다가 어디론가 재빨리 사라지는 곳

—「만일암터」 부분

　　칠면초가 붉게 덮인 뻘밭을 지나 섬을 벗어나면
　　나진 검문소 닿기 전
　　검은 다리 사거리를 만난다
　　어두워서 검은 다리는 보이지 않는다

—「검은 다리 사거리」 부분

　　화자의 발길이 향하는 공간은 대개 도시에서 멀리 떨어진 고즈넉한 자연 경관이나 종교적 상징물이 자리한 장소이다. 그녀의 떠돎은 역으로 머무를 곳에 대한 강한 동경을 함축하고 있다. 하지만 지상의 그 어느 곳도 그녀의 정신과 육신을 안전하게 수납해주는 공간으로 현신하진 않는다.

그래서 그녀는 계속해서 떠돌 수밖에 없으며 그녀의 시는 이러한 편력에 대한 기록이 된다.

그러나 시인이 이처럼 한곳에 정착하지 않고 끝없이 돌아다니는 면모를 보인다고 해서 그녀의 시가 외부현상이나 풍물에 대한 사실적 보고로 이루어진 기행시의 형태를 취하고 있는 것은 아니다. 많은 경우 그녀의 시는 풍경에 대한 세밀한 관찰과 묘사를 동반하지만 그것이 만화경적 미학으로 인도되지는 않는다. 그녀는 풍경의 표면을 훑어나가기보다는 외부의 풍경과 내적 심리가 조우하는 순간 빚어지는 갈등이나 파문을 성찰적으로 드러내는 데 진력하고 있다. 풍경과의 만남은 시각의 차원에 머물지 않고 육체의 모든 감각이 동원되는 전면적이고 전신적인 작업이 된다. "본 것들이 다/ 귀 안으로 들어와버리는 참 이상한 화음을/ 나는 듣고 있다"(「매화마름」), "이곳 나의 거처는 코로 듣는/ 묵계 물소리 그윽하네"(「물소리를 듣는다」), "그 창으로 쏟아져 들어오던/ 바다를 거쳐온 혼돈과 푸른빛을/ 모두 다 꺼내어 만져보면/ 손바닥에서 바람 소리가 나기도 했다"(「검은 달, 흰 달」)처럼 시인은 단지 풍경을 보는 것이 아니라 듣고, 냄새 맡고, 만진다. 이 공감각적 상상력이 더 확산되면 풍경을 들이쉬고 내쉬거나 삼키고 토하기도 하는, 호흡이나 소화기관을 통한 풍경과의 일체화, 풍경의 내면화가 일어난다. 말 그대로 풍경이 내면을 파고드는 경지에 이르는 것이다. 이렇게 되면 화자가 풍경을 통과해 지나가는 것이 아니라 풍경이 "나를 뚫고 지나가는" 전도가 발생한다.

나를 뚫고 지나가는 풍경들이 또 나를 앓고 있는 길 위, 몸에 미열이 인다 어불도 앞 책바위에 와 나는 내 안의 길을 다 쏟아놓는다 풍경들은 나를 잘 읽지 못한다

—「구름 저편에」 부분

숱한 지명을 편력하며 떠도는 것은 "지명들 다 끌어안고 다니며 길을 앓는" 것이다. 길을 맛보는 '길의 감식가'는 그 스스로 "앓고 있는" 풍경의 일부가 된다. 이처럼 이 시인에게 공간 이동은 피상적인 기분 전환의 문제에 그치지 않는다. 매순간 그녀는 외부의 풍경과 관계를 맺는 경험을 하며 이를 통해 자신의 내면에 대한 새로운 인식에 도달한다. 그 인식은 흔히 화자로 하여금 그녀가 위치한 지금 이곳의 개인적 반경에서 벗어나 우주적 차원으로의 열림을 가능케 한다.

2. 별에 이르는 길

시인은 공간을 이동하며 그 장소가 제공하는 모든 것을 흡수하기 위해 자신의 감각을 활짝 열어두는 모습을 보이고 있다. 그런 의미에서 그녀의 편력은 우주적이다. 그녀는 표면적으로 단지 지상의 어느 외딴곳을 방문하고 이름 없는 지역을 떠돌고 있는 것처럼 보이지만, 실은 대지의 중력에 구애받지 않는 천공으로의 비상을 시도하고 있는 것이다.

> 나를 태운 기차는 청령포 영월 탄부 연하 예미를 지나
> 자미원으로 간다
> 그 큰 별에 다다라서도 성에 차지 않는지
> 무한의 너머를 향해 증산 사북 고한 추전으로 또 달린다
> 명왕성 너머에까지 가려 한다
>
> 검은 탄광 지대에 펼쳐진 하늘,
> 태백선을 타면 원상결 같은 작자와 시대 미상의 천문서를 탐하지 않아도
> 紫薇垣에 닿을 수 있다

탄광 속에는 백일흔 개의 별이 깊숙이 묻혀 있을 것이다

그 별에 이르는 길은 송학 연당 청령포 영월 예미……
　　　　　　　　　　　　　　　　　　　　　　　　——「자미원 간다」 부분

　　화자는 실제로는 기차를 타고 지상을 여행중이지만 상상 속에서 지구
를 벗어나 밤하늘의 별나라를 여행하고 있다. 우중충한 탄광 지대의 여러
마을을 가리키는 고유명사들은 천상의 별 이름으로 탈바꿈해서 나타난
다. 그것은 "무한의 너머"를 향해 나아가는 여행이며, "명왕성"이 암시하
는바 죽음과 그 너머에 이르는 먼 도정이다. 지상의 길은 천상의 길과 포
개져 있으며, 지하 공간(탄광 속)에 묻힌 광물과 천상의 별은 서로를 반사
한다. 어두운 밤 기차가 지나가는 고장을 밝히는 불빛이 밤하늘에 흩뿌려
진 별들로 변주되는 순간, 지상을 수평적으로 달리는 기차는 어느덧 허공
으로 떠올라 천상으로의 수직적 비상을 감행한다. 화자는 지상의 유한한
운명에서 벗어나 천상의 질서로의 자연스러운 편입을 달성한다. "오늘 내
가 이 자리에 있다는 것,/ 북두칠성과 자미원의 운행을 짚어보는 것은/ 저
엄나무가 우뚝 서 있는 것과 새털구름이 지나는 것과/ 무엇이 다른 것일
까"라는 이 시의 결미가 말해주듯이 인간의 현존과 자연의 운행 사이에는
동일성과 차이의 미묘한 법칙이 작동하고 있다. 이처럼 그녀의 시에서는
지상과 천상, 나아가 인간 신체의 소우주와 자연의 대우주가 서로 상호조
응하며 거울 관계를 맺고 있는 장면을 종종 찾아볼 수 있다.

　　논둑에 엎드려 바짝 들여다보아야 겨우 보이는
　　물에 떠 있는 다섯 장의 흰 꽃잎,
　　은하계를 따라 흐르는 별처럼 떠 있는

매화마름이 내는 천상의 화음을 내내 들었다

—「매화마름」 부분

별들도 인간처럼 생로병사를 겪는다 진화한다
죽어가면서 가장 밝은 빛을 발한다
초신성 폭발이다
거대한 폭발로 밤하늘을 빛내며
장렬한 죽음을 맞이한다

—「별의 죽음」 부분

아니면 그저 한 순간과 다음 순간 사이의 빈틈에서 별똥별이 두 번이나
떨어졌다고 해야 하나
무슨 귀하고 애틋한 것이 지상에서 사라지는지 별똥별이
몸을 누이고 있었던 그 적막한 날의 客窓으로
한 번은 길게 또 한 번은 짧게 안으로 쏟아지듯 스러졌다고 말해야 할지

—「봄날은 간다」 부분

시인은 이처럼 지상의 미소한 사물에서 천상의 흔적을 더듬고 천체의
움직임에서 지상적 현존의 운명을 계시하는 신호를 읽어낸다. 인간과 별
은 생로병사와 진화를 함께 겪는 동근원(同根源)적 존재들이다. 지상의
사물은 천상의 화음을 반향하고 천상의 별은 지상적 존재가 겪는 운명의
무상함을 시연한다. 그러기에 섬에서 보낸 기간은 "나는 이 지상의/ 어느
먼 별에 와 있는 것일까"(「검은 달, 흰 달」)라고 언급되며, 폐허가 되어가
는 절터에 흩어져 있는 돌들은 "땅에 박힌 별"(「한송사」)이 된다. 이처럼
이 시인의 상상 속에서 인간과 자연, 소우주와 대우주가 상호조응의 거울

관계를 맺고 있는 것은 육신의 해체를 통한 신화적 우주 형성론을 노래하고 있는 다음 시편에서도 확인할 수 있다.

금골산 아래 오층석탑을 보고 나와 안치리 소포리 상고야리를 지나면 동백사가 있던 와우리에 닿는다
해질녘 날아가는 학에 마음을 빼앗긴 스님이 학을 잡으러 지력산에서 날아올랐다가 바다로 뛰어들었다는 곳

학을 놓친 스님의 가사가 떨어진 곳은 가사도가 되고 장삼이 떨어진 곳은 장삼도가 되고
바지가 떨어진 곳은 하의도가, 윗옷이 떨어진 곳은 상의도가
발가락이 떨어진 데는 발가락섬, 손가락이 떨어진 데는 손가락섬이
그리고 심장이 떨어진 곳은 佛島가 되었다

—「불도」 부분

밤하늘에 별이 흩어져 있다면 바다에는 섬이 흩어져 있다. 인간이 별이 되고 별이 인간이 되듯 이 시에서 바다로 뛰어든 스님의 몸은 분해되어 여러 섬이 되기에 이른다. 여기서 학으로 상징되는 절대적인 것에 대한 인간의 욕망은 그를 끝내 죽음에 이르게 하지만 그 죽음에도 불구하고 절대적인 것의 매혹은 영원히 지속된다. 심장이 떨어진 곳이 불도가 되고 그곳에서 삼 년간 묵언수행을 하는 사람이 있었다는 화자의 전언은 깨달음의 추구가 숨기고 있는 욕망의 이면을 들여다보게 한다. 세속을 멀리하고 내면을 응시하는 것도 결국 욕망의 한 형식에 지나지 않는다. 학을 좇아 천상으로 날아오르려 한 행위가 심연으로의 추락을 낳듯이 성스러움의 추구 역시 종국적으로는 죽음의 침묵에 가닿는다. 그런 의미에서 빠른 속도

로 "무한의 너머"를 향해 달려가는 것도 실은 가만히 한곳에 앉아 명상에 잠기는 것과 그리 먼 거리에 있지 않다. 끝없이 이동하며 구도를 위한 순례를 지속하는 시인의 추구 저편에는 오히려 정주에 대한, 고요한 명정의 상태에 대한 욕망이 숨어 있다고 보아야 할 것이다. 그래서 시인은 "默함이 족히 용납된다면 이곳에 며칠 더 머물러도 좋으리/ 오래된 집과 나무와 정자를 둘러보며/ 말없이 默溪의 소리를 들어보리"(「물소리를 듣는다」)라고 머무름을 강조하는가 하면 하루 종일 관운석(觀雲席)이라 이름 붙인 나무 의자에 앉아 하늘의 구름을 보며 "오늘은 종일 구름 공부를 하네"(「관운석」)라고 토로하기도 한다. 화자에게 진정한 휴식이나 명상을 허락하는 이런 공간에 대한 장소애(topophilia)는 뿌리에 대한 욕구(the need for roots)로 전이된다.

> 단단한 속은 또한 겉이기도 한 것을,
> 나는 거죽이나 껍질이 어디 있느냐는 두꺼운 장판 같은 물음 한 장 걷어버리고
> 흙 속을 파고드는 뿌리같이 희고 깊은 잠을 오래도록 자려 한다
> —「흙 속의 잠」 부분

뿌리내리기는 세상을 바라볼 수 있는 안전지대를 갖는 것이며 사물의 질서 속에서 자기 자리를 찾는 것이다. 타인과 세계로부터 유리됐다고 생각한 화자는 비로소 몸을 기대고 누일 수 있는 "단단한 바닥"을 확보하고 "희고 깊은 잠"을 자고 싶다고 말한다. 화자는 속/겉, 단단함/부드러움의 이항대립을 해체하고 경험적 외부성을 넘어서 실존적 내부성을 체험하고자 하는 것이다. 외부를 떠돌던 여행자에서 한 장소의 일부가 되는 정주자로의 변신은 "흙 속을 파고드는 뿌리"가 말해주듯이 자연스럽게 꽂이

나 나무 같은 식물 이미지에 대한 경도를 가져온다.

3. 번개 맞은 나무

이렇듯 이 시인은 끊임없이 이동하지만 그것이 유목주의와 연결되지는 않는다. 오히려 그녀는 종종 한곳에 가만히 정지해 있는 식물 이미지를 통해 자신을 드러내곤 한다. 그 나무는 아래로 그 뿌리가 "지구의 핵에 닿아 있"고, 위로는 "그 날개로 하늘을 다 가리고도 남는"(「백송」) 세계수(世界樹) 우주목(宇宙木)의 형상을 하고 있다. 상록수 계열인 소나무는 특히 강인하면서도 영원한 생명의 원리를 나타낸다. 다음 시에서 "바위 위에 외로 서 있"는 소나무는 그 자체로 하나의 소우주를 구성하고 있을 뿐 아니라 일종의 제단으로서 인간계와 천계를 이어주는 기둥이자 사다리 역할을 하고 있다.

　　　나무가 우레를 먹었다
　　　우레를 먹은 나무는 암자의 산신각 앞 바위 위에 외로 서 있다
　　　암자는 구름 위에 있다
　　　우레를 먹은 그 나무는 소나무다
　　　번개가 소나무를 휘감으며 내리쳤으나
　　　나무는 부러지는 대신
　　　번개를 삼켜버렸다
　　　칼자국이 지나간 검객의 얼굴처럼
　　　비스듬히
　　　소나무의 몸에 긴 흉터가 새겨졌다
　　　소나무는 흉터를 꽉 물고 있다
　　　흉터는 도망가지도 없어지지도 못한다

흉터가 더 푸르다
우레를 꿀꺽 삼켜 소화시켜버린 목울대가
툭 불거져나와 구불구불한
저 소나무는

―「소나무」 전문

이 시인의 대다수 시편과 달리, 구체적 지명이 제시돼 있지는 않지만 이 작품 역시 여행중에 만난 어떤 대상을 소재로 하고 있다. 물론 그 대상은 독특한 외양을 하고 있는 소나무이다. 화자는 짐짓 소나무가 위치한 공간적 배경과 그것의 형태 및 유래를 객관적으로 기술하고 있는 듯이 보이지만 이 작품은 소나무에 대한 단순한 정보 전달을 넘어서 있다. 여기서 소나무는 화자의 욕망이 투사된 분신이자 객관적 상관물로 보인다. 그런 의미에서 이 시는 시인의 내적 상태를 소나무에 의탁해서 그린 일종의 자화상이라고 할 수도 있다.

먼저 지적할 수 있는 것은 나무 이미지가 지닌 이중성이다. 소나무는 수동적 식물성과 능동적 동물성을 함께 지니고 있는 동시에 흉터가 상징하는 여성성과 툭 불거져나온 목울대가 상징하는 남성성을 한몸에 지니고 있는 양성구유(androgynous)의 존재이다. 존재의 이원성을 현시하고 있는 이 나무는 그러나 조화와 통일을 체현하고 있다기보다는 삶과 죽음, 남성원리와 여성원리의 치열한 대립과 갈등을 전시하고 있다.「백송」이란 작품에서 오래된 나무를 전설에 등장하는 새인 붕새와 연결지은 데서도 드러나듯이 식물의 부동성에서 역동적인 동물성을 끌어내고자 하는 시인의 상상력은 다음 작품에서도 확인할 수 있다.

나뭇잎 하나하나가

다 귀가 되어
한곳을 향하고 있다
(……)

사각사각 내려앉고 있는
달빛 물어뜯으러
숨을 고르고 있지
나무 사이에, 나뭇잎 사이에
보이지 않는 짐승

—「나무 사이에 소리가 있다」 부분

　여기서 나무 사이에 숨어 있는 짐승은 표면적으로 바람을 지시하고 있
지만 보다 근원적으로 나무 자체가 한 마리의 "사나운 짐승"이자 "보이지
않는 짐승"이라는 시인의 상상력을 엿보게 한다. 한곳에 붙박인 채 수동
성을 감수하고 있는 식물 속에는 실은 육식성 동물이 변신의 기회를 노리
며 웅크리고 숨어 있는 것이다. 마찬가지로 「소나무」에서 '번개=칼'을 맞
은 소나무는 단지 수동적으로 육신에 가해진 고통을 감내하는 존재가 아
니라 "흉터를 꽉 물고 있"다거나 "우레를 꿀꺽 삼켜 소화시켜버"렸다는
표현에서 짐작할 수 있듯이 능동적인 동물성을 함유하고 있는 존재이다.
따라서 이 시에서 번개와 소나무의 대립은 남성성과 여성성의 대립을 나
타내고 있으며 이 양자의 전투는 최종적으로 여성성의 승리로 마감된다.
나무는 과감하게도 "부러지는 대신/ 번개를 삼켜버"린 것이다. 그러나 그
승리는 지울 수 없는 흉터나 불거져나온 목울대가 암시하는 대로 존재의
불구화를 동반한다는 점에서 비극의 흔적을 남긴다.
　다음으로 이 작품에서 주목해야 할 것은 흉터와 혹(목울대)의 형성이

동시적이라는 점이다. 즉 상실의 순간, 외상적 절단과 더불어 외설적 돌기가 출현한다. 번개의 칼이 수행하는 외상적 절단과 더불어 주체에게 원하지 않는 잉여가 발생한다. 그리하여 소나무는 거세된 남성이자 남근을 가진 여성으로 그 모습을 드러낸다. 번개의 칼이 소나무를 내리치는 순간은 거세인 동시에 흡입의 순간이며 분리인 동시에 결합의 순간이다. 흉터는 성기이자 입으로서, 외부의 침입에 의한 신체의 훼손과 외부의 내면화를 동시에 지시한다.

　　둥글게 솟은 오름을 내리친
　　큰 칼이 지나간 듯한 절개각의 미끄러짐을,
　　난데없는 직선의 불편함을 다랑쉬 입구를 찾지 못한 이유라 여겨도 될 것인가

　　입구가 감추어진 저 많은 오름들은 모두 바람의 聖所,
　　바람의 군사들이 여장도 두르지 않은 산성에서
　　암문마다 폭풍의 위력을 지니고 숨어 기다리고 있는
　　분화구들
　　　　　　　　　　　　　　　　　　　　　　　　—「다랑쉬오름」 부분

　세계의 축으로서의 나무가 이 작품에서는 산(오름)으로 변주되고 있다. 소나무에 번개가 지나간 흉터가 남아 있듯이 이 오름엔 큰 칼이 지나간 듯한 절개각이 남아 있다. 둥근 오름의 한편에 그어진 "난데없는 직선"이 화자의 마음을 불편하게 한다. 마찬가지로 우레를 삼킨 소나무처럼 그 오름의 분화구에는 언제 터질지 모르는 불의 폭풍이 숨어 있다. 나무가 됐든 산이 됐든 존재의 수직성을 구현하고 있는 이 대상들은 거세의 상처

(흉터, 절개각)와 더불어 내부에 폭발을 기다리는 남근적 충동을 간직하고 있는 것이다. "생을 가르는 劍"(「검은 담즙」)이 스치고 지나간 존재에겐 이처럼 상실의 비애와 충만한 고양감이 동시에 주어진다.

　　우레를 먹고
　　번개가 내려온다

　　어둠 속을 번쩍이며 내려오는 구근의
　　흰 뿌리들

　　저 뿌리 움켜쥐면
　　이 어둠을
　　훌쩍 넘어설 수 있을 텐데

　　뻗어 내리는 흰빛의
　　섬광을
　　가득 받아먹은 자들

—「지하경」 부분

　　번개와 우레는 신화적으로 흔히 가부장적 신의 현현 – 음성을 상징한다. 그것은 생명과 파괴, 죽음과 치유의 양면성을 가지고 있다. 그래서 번개는 "죽어가는 자에게 마지막으로 쓴다는/ 용천혈의 대침 같은 섬광"에 비유된다. 어둠 속에서 번쩍이며 내려오는 이 "흰빛의 섬광"은 무명(無明)의 어둠을 가로지르고 순간적으로 출현하는 영적 광휘 – 깨달음에 대한 소망을 드러내고 있다. 「소나무」에서 이러한 천상적 존재, 빛의 강림을 "외로" 몸으로 맞이하는 나무는 지상의 신부라고 할 수 있다. 이 절정의 순간은 받아들이는 입장에서 볼 때 더없는 황홀의 순간일 수도 있지만 참혹한 폭력의 순간일 수도 있다. 그 결과 상실/내면화가 동시에 이루어진다. 이를 정신분석학적으로 잃어버린 대상에의 우울증적 동일화라는 현상과 연결지어 해석해볼 수 있다. 주체는 원초적 상실을 보상하기 위해 상실을 초래한 대상과의 우울증적 통합을 기도한다. 그렇게 되면 외래적 침입자는 단지 낯선 존재이기만 한 것이 아니라 이처럼 자기 존재의 심장부에 자리잡고서 그/그녀의 행로를 결정짓는 힘을 행사하기에 이른다. 이때 그것은 그/그녀의 일부이면서 그/그녀의 정상적 자기 실현을 가로막는 장애물이 된다. "우레를 꿀꺽 삼켜 소화시켜버린" 소나무는, 아담의 사과가 그렇듯이, "목울대가/ 툭 불거져나"오며, 그래서 정상적으로 똑바로 성장하지 못하고 "구불구불한" 모습으로 자라게 된다. 여기서 목울대는 자기 존재의 심장부에 자리잡은 외래적 존재를 나타내며 자신의 외양과 행로를 교란시키는 일종의 이물질로 작용한다. 번개라는 외래적 존재의 침입 앞에서 소나무는 욕망과 방어가 상충하는 갈등의 공간으로 현상하며 절단은 주체를 구성하는 동시에 내재적 분열을 초래한다. 불거져나온 목울대는 다시, 아담의 사과가 그렇듯이, 주체의 죄의식을 나타내며, 영원히 동화되지 않는 '내 속의 타자'로서, 존재의 기형성을 유도하고 우울증을 초래하는 원인으로 기능한다.

4. 침입자

이상에서 살펴보았듯이 이 시인의 상상 속에서 절정의 순간은 곧 상실의 순간이며, 삼킴이라는 소화작용이 의미하는 외부의 내면화 이면에 자기 희생의 감내라는 정신적 외상이 가로놓여 있다. 상실은 결코 일체의 잔여물 없이 종결되지 않는다. 신체적 차원에서든 정신적 차원에서든 주체는 흡수와 방출의 체계로 이루어져 있다. 때문에 존재의 일부를 박탈당한 주체는 그 결여와 부재를 덮어줄 수 있는 무엇인가를 자신의 결여와 부재로부터 끄집어낸다. 때로 결여 그 자체가 남근적 성격을 획득하기도 하는 것이다.

> 산사나무
> 오래 웅크린 듯 걸어온 듯
> 회갈색 껍질이 열십자를 그리고 있다
>
> 저 열십자의 벌어진 흉터를
> 다물게 할 수 없다
>
> 다물어지지 않는 흉터에는
> 오래 참아온 비명이 눌어붙어 있다
>
> ─「벌어진 흉터」 부분

　화자는 영휘원의 산사나무 등치의 회갈색 껍질이 열십자 형태로 갈라져 있는 것을 보고 "열십자의 흉터/ 불에 덴 자국/ 잊혀지지 않는 기억들"을 떠올리며 "모든 기억이 흉터라면/ 우리 몸은 흉터의 성전"이라는 인식에 도달한다. 이 갈라진 틈, 어둠의 입속엔 억눌린 비명이, 인간의 소리로 여겨지지 않는, 소통 가능한 언어로 분절되기 이전의 원초적 음성이, 발작적 동요가 도사리고 있다. 입을 벌리고 있는 이 흉터─구멍은 거세당한 여성의 비천함(abjection)을 전시하고 있는 동시에 주체의 욕망을 견인하는 블랙홀로 기능한다. 그 구멍을 통해 일상의 평온을 위협하는 외부의 어떤 힘이, 징후가, 사물이 흘러들어온다. 다물어지지 않는 상처 속에서 극적 순간에 대한 갈망이, 도달할 수 없는 대상을 향한 욕망이 일어난다. "네 몸의 비늘도 다 떼어내고 나면/ 극점에 이를 수 있겠느냐"(「백송」)라는 물음은 그래서 발생한다. 존재론적 불순함과 불완전성에서 벗어나 정화된 존재로 다시 태어나고 싶은 욕망이 지상의 나무를 천상을 향해 날개를 펴는 붕새로 보게 만든다. 그러면서도 화자는 백송으로 하여금 천상의 영역으로 선뜻 초월해버리게 두지 않고 지상에서의 노역을 견디는 자세를 취하게 한다. 지하 깊숙이 뿌리내린 백송이 날개로 하늘을 다 가리고도 남는 붕새의 다른 모습이라는 사실에서 지상과 천상, 뿌리내림과 껍질 벗기, 죽음과 신생 사이에서 고뇌하는 주체의 내면적 갈등이 드러난다. 화자가 욕망하는 "극점"은 현실적으로 실현 가능한 것이 아니라 다만 희구되면서 끝없이 유예될 따름이다. 그런 점에서 극점은 절정인 동시에 접근 불가능한 한계의 다른 이름에 불과하다. 이처럼 흉터─구멍은 원초적 상실의 결과이자 그 상실을 메우고자 하는 주체의 지난한 노력이 시도되는 지점을 의미한다. 다음 시편은 다양하게 변주되는 외부의 침입 앞에 선 주체의 흔들림을 보여준다.

내 안에 또 무엇이 들어왔나 보다
몸이 일으켜지지 않는다
수로의 버드나무들이 달빛을 받아 빛나고 있다

—「큰고니」 부분

붉은빛은 푸른빛이 타버린 재에서 나온
마지막 빛이라는 걸
섬을 몸 안으로 자꾸 들여놓다보면 알게 된다

—「面壁」 부분

그때 매미가 내 몸에 잠시 깃들었다 날아간 후부터 눈이 자주 흐릿해지
고 어두운 곳을 찾아 쓰러져 잠을 청하고 싶었다
　　　　　　　　　　—「옥색긴꼬리산누에나방의 날개를 만지다」 부분

　주체의 내면에는 어두운 공동이 자리잡고 있어서 그 안으로 무엇인가
들어오고 깃들었다 떠난다. 거듭 반복되는 이 결합과 분리의 의례는 육체
의 신진대사를 넘어선 정신의 신진대사를 시사한다. 텅 빔과 가득 채움의
순환은 존재의 소멸이 이루어지는 순간까지 지속된다. 물론 침투가 항상
이처럼 고요하고 편안한 과정에 그치는 것은 아니다. 그것은 때로 치열하
게 먹고 먹히는, 죽이지 않으면 죽는 전투의 모습으로 현상하기도 한다.
이때 외부의 침입은 육신을 먹어들어가는 신체강탈자(body snatcher)의
모습을 하고 나타나기도 한다.

　　빗방울들이 촘촘한 정자살의 방충망으로
　　침입한다
　　자기 몸을 뭉그러뜨리며 스며든다

　　몸에 녹물이 들어가는 방충망,
　　방충망의 촘촘한 살이
　　녹아들어간다

　　누가 거미줄을 빨아 먹고 있다
　　　　　　　　　　　　　　—「거미줄에 걸린 빗방울들」 부분

　이 시에서 방충망/빗방울의 대립은 거미줄/잠자리의 대립의 연장선상

에 있다. 잔인하고 식인적인 여성성의 상징인 거미는 여기서 먹으면서 먹히는 대상이 된다. 빗방울이 스며드는 과정은 방충망에 녹물이 들고 녹아들어가는 과정과 겹친다. "투명한 저것의 뼈를 다 빨아 먹어라/ 네 몸이 변할 것이다"라는 단정적 진술이 말해주듯 무생물의 존재들이 시연하는 상호살육의 드라마는 조만간 주체/타자의 총체적 무화에 도달하게 된다. 그 무화는 말 그대로 완벽한 사라짐과 소멸을 나타내는 것이 아니라 반대로 어떤 방법으로도 지울 수 없는 잔여물의 현존을 떠올리게 한다. 궁극적으로 외부의 침입자는 아무리 삼키고 소화시키는 과정을 거쳐도 자신 속에서 동화되지 않는 이물질로 남는다.

낯선 피가 몸 안으로 들어왔다

낯선 피와 만나는 몸의 한 지점에
열이 높다
검은 장미는 큰 꽃이 되기 위해 먼저
가시를 지그시 박아 넣는다

낯선 피가 침입하고 있다
열에 들뜬 순간
몸은 그 빛깔을 알 수 없는 꽃을 활짝 피운다

낯선 피는 나쁜 피다

—「낯선 피」 부분

낯선 피의 침입은 존재의 변신을 예비한다. 그것이 잠입하는 순간 "몸은 그 빛깔을 알 수 없는 꽃을 활짝 피우"는 것이다. 낯선 피의 침입은 주체의 안정을 뒤흔들고 불온한 욕망을 일깨우며 일순간의 충족감 뒤에 자기비하의 음울한 감정에 사로잡히게 만든다. "낯선 피는 물속으로 사람을 끌어당긴다"라는 구절이 말해주듯이 '내 속의 타자'는 결국 주체를 죽음으로 인도한다. 그것은 위험한 욕망이며 금지된 것으로의 초대이다.

5. 불타는 집

외래적 침입자가 죽음의 사자로 현상하는 것은 그것이 자기 속에 있는, 그러나 자신이 통제하거나 조절할 수 없는 자기파괴적 욕망을 가리키기 때문이다. 주체는 평소에는 그 욕망을 내면 깊은 곳에 갈무리하고 은폐한다. 그러나 어떤 계기에 의해 그 불씨가 점화되는 순간 그것은 주체를 파괴할 때까지 맹렬한 화력을 과시하며 타오르게 된다. 과도한 열정은 주체를 죽음으로 이끌고, 역으로 주체는 죽음이 내뿜는 광휘에 매혹된 채 위반적 욕망에 몸을 던진다.

불씨가 하얗게 숨을 쉬고 있는,
아직
불이 나지 않은 집

이제 막
불이 붙으려 하는 집

창틈으로 내다보이는
흰 양귀비가
가득 숨쉬고 있는 마당

단 하루만 타올랐다 꺼지는 불
양귀비,
빛을 내뿜고 있는

아편꽃이 피어 있는 마당 안으로
누가
걸어들어왔다

불이 붙기 시작하고 있는
적요한 마당 안의
흰 양귀비

아래 너울거리는 붉은 꽃들
단 하루의
양귀비, 양귀비

활활 빛을 내뿜고 있는 흰 꽃에 바쳐지는,
불타고 있는
빈집

—「양귀비」 전문

여기서 집과 마당은 여성의 육체의 공간적 은유로 나타나고 있다. 그
공간 한편에 불씨—양귀비가 자리잡고 있다. 이 금지된 대상은 그 집에
유폐된 채 살고 있는 여성의 은밀한 욕망을 암시하고 있다. 그리하여 그

마당 안으로 누가 걸어들어왔을 때 욕망을 일깨우는 발화와 더불어 집 전체가 불길에 휩싸이는 격렬한 화재가 발생한다. "아직/ 불이 나지 않은 집"에서 "불타고 있는/ 빈집"으로의 변화는 타자의 출현에 조응하는 여성의 예민한 심리적 상태 변화를 나타낸다. "단 하루만 타올랐다 꺼지는 불"은 욕망의 맹목성과 순간성을 여실히 보여주고 있다. 그 불은 악마적인 것이면서 동시에 신성한 것이다. "너울거리는 붉은 꽃들"이 "활활 빛을 내뿜고 있는 흰 꽃"으로 변용되는 것은 욕망의 극대화에서 욕망의 소진으로 이행하는 순간이자 부정한 것을 태워 정화했을 때 출현하는 순백의 초월적 차원을 암시한다.

이 작품에서 시 전체를 붉게 채색하고 있는 불 이미지는 주체의 정념을 물질화한 것이다. 여기서 빈집에 비유된 주체는 비합리적 정념에 사로잡혀 자기 파괴의 욕망에 몸을 맡기고 있다. 그녀는 자신의 내면으로 열에 들뜬 여행을 떠난다. 그것은 자신을 끝없이 소모해가는, 그래서 끝내 무화와 고갈에 이르는 여정이다. 에로스의 불은 타나토스의 불로 전환된다. 이를 시인은 다른 작품에서 장미라는 유사한 식물 이미지를 동원해 다음과 같이 표현하고 있다.

> 장미는 몸을 마르게 한다
> 몸의 물기를 다 앗아간다
> 장미는 눈을 분화구처럼 푹 꺼지게 한다
> 몸은 장미에게 학대받는 짐승이다
> 장미는 몸을 지지는 전기고문기술자다
>
> 나는 네가 이 고통을, 아니 장미를 견뎌낼 수 없기를 바란다
> ──「장미라는 이름의 고통」 전문

이 시에서 화자의 욕망은 다분히 도착적이다. 화자는 자신의 몸을 향해 장미가 주는 고통을, 아니 장미라는 이름의 고통을 견뎌낼 수 없기를 바란다고 말한다. 화자의 마조히즘적 향유는 주체가 욕망의 광포함 앞에서 벌이는 연기의 일종이다. 차갑고 냉정한 여주인에게 처벌받고 싶어하는 마조히스트처럼 화자는 자신을 매혹하며 고통을 주는 장미에게 학대받고 고문받으면서 고통 속의 쾌감을 향유하고자 한다. 자신의 내부에 자리잡은 타자의 욕망을 채우기 위한 노력을 지속하면서 주체는 스스로를 파괴한다. 이러한 고통/환희의 절정에서 다음과 같은 폭발 – 절명(絶命) 이미지가 등장한다.

높은 곳에 서 있으면
바람의 힘을 빌려 몸을 날리는 꽃잎처럼
뛰어내리고 싶었다

허공으로 한 발짝씩 조심스럽게
발을 내딛는
봄 저물녁의 흰 꽃잎들

(……)

역류하는 것들의 힘으로
떨어지는 나는 폭발물이다

―「꽃잎」 부분

번쩍 무언가 허공으로 천천히 들어 올려졌다
비단이불의 하얀 홑청 위로
붉은 꽃이 화르르륵 피어났다

고독한 눈빛을 지닌 검객의 얼굴은 가려져 있다

붉은 꽃을 가득 움켜쥐고 있는 여인은
어쩌면 그 얼굴을 알고 있다
그는 흰 눈보다 더 눈부신 붉은 꽃을 피웠다

알 수 없는, 오랜 기다림이 완성되었다

—「平生圖」 부분

　적극적으로 죽음을 향해 뛰어들거나 아니면 오랜 기다림 끝에 죽음을
성취하거나 간에 이 시인의 상상 속에서 죽음은 대개 탐미적인 산화(散花
/散華)의 형식을 띠고 나타난다. 꽃잎이 지듯이, 혹은 꽃을 피우듯이, 능
동적으로 쟁취된 죽음은, 희고 붉은 색조의 도움을 받아, 더없이 아름다
운 순간이자 존재의 극점에 이르는 체험으로 제시된다. 그 순간 존재는
절정에 이르는 동시에 가뭇없이 소멸된다. 그러나 시인이 희구하는 이 순
간은 "알 수 없는, 오랜 기다림"의 세월을 요구한다. "몇 번이나 生을 닦
아야 흰 꽃을 피울 수 있겠는가"라는 물음이 함축하고 있듯이 그것은 여
러 생을 거듭하며 노력해야 겨우 도달할 수 있는 것이다. 그 순간에 이르
지 못한 나머지 시간, 살아 있는 존재를 에워싸고 있는 일상적 시간은 절
정/소멸에 이르지 못한, 지루하고 헛된, 만성적인 공허와 상실의 연속에
불과하다. 한 정신의학자가 절정의 경험(peak experience)이라 부른 황

홀경의 저편에 깊고 어두운 물속으로 하강하는 우울증의 세계가 입을 벌리고 있다.

6. 어두운 물

모든 생성과 퇴락의 순환이 그렇듯이, 과도한 열정이나 위반의 욕망이 종결되거나 차단된 지점에서 주체의 자기 자신으로의 퇴거라는 현상이 일어난다. 이 시인의 작품 저음부에 시종일관 흐르는 생의 결락감은 거기서 유래한 것이다. 주체는 나르시시즘적 자기-폐쇄 상태에 놓이며 자기를 둘러싼 현실에 대한 긴밀한 애착을 잃어버린 채 슬픔과 상실감으로 가득 차 있게 된다. 붉게 타오르던 정념의 불꽃이 흰빛을 내뿜는 백열(白熱) 상태를 지나 검은 재를 남기거나 어둠에 잠겨 공동(空洞)으로 화하는 단계에 도달하게 된다. "내가 데리고 온 차갑고 이글거리는 푸른빛들은// 다 어디로 사라졌는지/ 푸른빛의 손아귀에서 벗어나느라 붉은빛으로 도망간 사람의 눈이/ 잿빛으로 변했다"(「面壁」)나 "장미 꽃잎들이 눈 위에 후득후득/ 까맣게/ 뭉개어지고 있다"(「장미」) 같은 구절에 나오는 다양한 색채 이미지의 변주는 바로 그 점을 말해주고 있다. 그래서 시인은 "命의 부림을 당하는 자는/ 운명을 걸어야만 그것을 넘어설 수 있는 법"이라는 것을 알면서도 "나는 아직 삶의 아무것도 불사르지 못했다"(「여일 한의 원」)라고 쓸쓸하게 고백한다.

우울증이 지배하는 검은 나라, 내면의 유형지에 갇힌 존재는 자신의 이런 상태를 "날지 않는 새가 가진 날개의 무게를/ 내가 대신 등에 질 수 있을까"(「큰고니」), "공작은 더할 수 없이 잔혹하고/ 또 아름다웠다 날지 못한다"(「공작」)라고 날지 않는/못하는 새에 비유하기도 하고 다음 시에서처럼 우리에 갇힌 야생동물에 빗대어 말하기도 한다.

늑대 우리로 가세요
늑대 우리로 가면 리프트를 탈 수 있습니다

늑대에게 가라니,
늑대라는 저 이상한 문자는
내가 아는 늑대를 가리키는 말이
아닐 수도 있겠다

(……)

개조심 팻말이 주는 치욕을
저 늑대는 모르리

늑대 우리로 가세요
거기로 가면 개를 볼 수 있습니다
　　　　　　　　　　　　　　　　—「늑대 우리」 부분

　개는 늑대의 가축화된 복사물이지만 양자 사이에는 문명과 야생의 차
이만큼이나 먼 거리가 있다. 늑대 우리/리프트라는 어울리지 않는 사물의
조합은 늑대 우리에 붙은 개조심 팻말이라는, 기호/지시 대상의 어긋남
이 주는 이질감과 더불어 야성을 상실하고 현대사회라는 순치된 감옥에
속박된 자아의 음울한 내면 풍경을 구성한다. 정작 늑대는 느끼지 못하는
"개조심 팻말이 주는 치욕"을 화자가 실감하고 있는 것이다. 개조심 팻말
이 달린 우리에 갇힌 늑대의 우울은 곧 화자 자신의 우울이기도 하다. 그
래서 시인은 "삶이 곧 치욕이라는 걸,/ 어떤 간절함도/ 이 치욕을 치유해

주지 못한다는 걸"(「꽃잎」) 언급하며 "불행이 지닌 감염력은 악성 바이러스와도 같"(「팽나무」)다고 진술한다. "손이 천 개인 천수관음보다 몇 배 더 많은 발을 가진/ 해파리들"처럼 시인도 "번뇌가 많은 종족"(「해파리」)인 것이다. 자신의 내면을 파고들어 탐색하는 수준을 넘어 아예 내면에 유폐되어버릴 때, 외부로 열린 출구를 차단당한 욕망은 자신을 향해 공격의 칼을 들이댄다. 이 시인의 시에 여기저기 등장하는 비애 · 슬픔 · 부끄러움 · 고통 · 서러움 같은 부정적인 정서 상태를 말해주는 단어는 우울증의 괄호 속에 들어 있다 풀려나온 것들이다.

가슴속에서 검은 담즙이 분비되는 때가 있다 이때 몸속에는 꼬불꼬불 가늘고 긴 여러 갈래의 물길이 생겨난다 나뭇잎의 잎맥 같은 그 길들이 모여 검은 내, 黑河를 이루었다

흑하의 물줄기는 벼랑에서 모여 폭포가 되어 가슴 깊은 곳을 가르며 옥양목 위에 떨어지는 먹물처럼 낙하한다

폭포는 검은 담즙으로 이루어져 있다

너의 죄는 비애를 길들이려 한 것이다 생의 단 한 순간에도 길들여지지 않는 비애는 그을린 태양 아래 거칠고 긴 숨을 내쉬며 가만히 누워 있다

쓸갯물이 모여 생을 가르는 劍이 되기도 하다니 검은 폭포 아래에서 모든 것들은 부수어져 거품이 되어버린다 거품이 되어 날아가는 것들의 헛된 아름다움이 너를 구원할 수 있을까

　　　　　　　　　　　　　　　　　　　　—「검은 담즙」 부분

고대 서구인들이 인간을 네 가지 체액에 따라 분류한 데서 유래한 멜랑
콜리(melancholy)는 말 그대로 검은 담즙이 주도하는 어둡고 고뇌에 가
득 찬 성격을 가리킨다. 정신적 공허감, 자기애의 상실, 낙담과 무기력,
격리와 유배, 탈성애화와 죽음충동…… 이것은 검은 담즙이 조장하는 황
량한 내면 풍경이나 심리적 경향을 묘사하기 위해 종종 동원되는 어휘들
이다. 화자에 따르면 검은 담즙은 가슴에서 분비되는 어둠의 물로서 절망
이 물질화된 것이다. 그 검은 물은 처음엔 여러 갈래의 가느다란 물줄기
였다가 합쳐져서 검은 내, 흑하를 이루고 마침내 검은 폭포로 쏟아져 내
린다. 직선으로 낙하하는 폭포의 운동은 "생을 가르는 劍"의 이미지를 불
러오는 한편, 폭포 아래 흩날리는 거품 이미지를 낳는다. 단단하고 예리
한 검과 허망하게 부서지고 날아가버리는 거품의 대비는 검은 담즙이 지
닌 양면성, 은폐된 공격성과 대상 상실이 가져온 슬픔을 말해주고 있다
(신화적으로 멜랑콜리는 시간을 의미하는 신 크로노스와 연결되는데 크로노
스는 자기 아버지 우라노스를 거세하며, 그 잘려나간 성기가 바다의 물결과
만나 일어난 거품에서 사랑과 미의 여신 아프로디테가 태어난다. 그리고 크
로노스 자신 역시 아들 제우스에 의해 거세된다. 검/거품의 이미지는 이런 신
화적 내용의 변주인 동시에 거세와 상실의 테마를 반영하고 있다). 화자는
선언적으로 "비애는 길들여지지 않는다"면서 검은 담즙이 만들어내는 환
영, 그 헛된 아름다움이 "絶滅"에 다름아니라고 결론짓고 있다. 시인의
이러한 전언은 슬픔을 질료로 해서 빚어내는 자신의 예술적 작업이 종국
에 가 부딪힐 수밖에 없는 한계를 자각적으로 선명하게 표현한 동시에 그
럼에도 그것을 중단할 수 없다는 결의의 표명이다. 자신이 지향하는 아름
다움이 "지상에서 가장 헛된" 것이며 허망함만 남기는 것이라 하더라도
어두운 서정성에 바탕을 둔 시적 추구는 끝없이 "다시 시작"될 수밖에 없

는 것이다. 시로 씌어진 시론이라 할 수 있는 이 작품에서 시인은 자신의
내면을 관류하고 있는 검은 물의 환상을 묘사하는 한편 장엄한 아름다움
이라는 불가능한 꿈에 대한 애착을 드러내고 있다. 끝없이 밑으로 하강하
는 검은 물은 죽음이 미만해 있는 세상을 다음과 같이 우의적인 풍경화로
드러내기도 한다.

나무처럼 키가 큰 뚱딴지가
지붕보다 높은 곳에서
노란 꽃을 물고 있었다

안개 속을 걸었다

숨을 조금씩 누르며 안개는
살갗에 달라붙었다

안개가 흐르고 있는 다리 위에서
젊은 여자가 혼자 앉아
참깨를 털고 있었다

차르르 차르르……
안개의 물결 속에서
소리는 묻히지 않고 흐르지 않았다

다만 깊어지고 있었다

―「안개 속 풍경」 부분

꿈의 한 대목을 그리고 있는 듯한 이 몽환적인 작품은 현실과 환상을 넘나드는 장면의 병치로 기묘한 분위기를 조성하고 있다. 도입부의 노란 꽃을 물고 있는 키 큰 뚱딴지는 후반부에 나오는 안개 속의 가등을 은유적으로 표현한 것이겠지만 뚱딴지라는 말 자체가 지닌 엉뚱하고 황당하다는 의미도 시의 전체적 느낌과 관련해서 적절성을 획득하고 있다. 흐르지 않고 고여 있는 안개처럼 세상은 정체돼 있으며 죽음의 심연을 이루고 있다. 화자는 안개가 덮인 강변을 산책하다 다리에서 자신의 분신으로 여겨지는 존재와 만나는데 그녀의 참깨 터는 소리조차 "떠다니지 않"고 "다만 깊어지고 있"을 뿐이다. 끝없이 아래로 하강하는 물의 흐름을 거슬러 참깨라는 지극히 미소한 존재를 허공으로 털어 날리고 있는 존재, 그녀의 모습이야말로 시적 화자의 초상인 것이다. "묻히지 않고 흐르지 않"는 그 소리는 모든 존재를 무명의 어둠 속에 가두는 어두운 물의 흐름을 거슬러 자신을 정립하고자 하는 주체의 힘겨운 노력이 여전히 지속되고 있음을 알리는 신호이다. 화자를 고립과 죽음으로 인도하는 이러한 어두운 물이 어느 순간 역동성을 회복하여 주체를 실어나르는 상상력의 운반체로 기능할 때 다음과 같은 시가 씌어진다.

흰 거품을 일으키며 쏟아지는 물소리에서 나는 여러 날 무엇을 듣고 있는 것이냐 개안을 하듯 세상이 새로워지는 일은, 한 우주와 한 세계를 다시 얻는 일은 저 물소리에서 목탁 소리를 듣는 것과 어떻게 다른가 물소리가 다시 커지고 있다 고요하다

—「두륜산 小記」 부분

이 시인의 떠돎과 시쓰기는 이처럼 "개안을 하듯 세상이 새로워지는

일"이나 "한 우주와 한 세계를 다시 얻는 일"을 목표로 하고 있다. 그러나 이러한 현현의 순간은 찰나적일 뿐이며 존재를 침식해 들어오는 검은 물의 위협은 여전히 끈질기다. 영혼의 신생을 위한 시인의 유랑은 여전히 계속될 수밖에 없는 것이다.

7. 두 그루 나무 사이에서

이 시인의 시 속에서 시인이 꿈꾸는 대상-목적지는 그 근접성에도 불구하고 결코 도달할 수 없는 거리를 유지하고 나타난다. 목표로 한 대상-목적지에 도달하는 것이 영원히 불가능하다는 점에서 그녀의 길 떠나기는 일직선의 행로가 아니라 매번 폐쇄적 원환을 맴도는 강박적 반복운동의 성격을 띠게 된다. 그녀의 떠돎은, 그녀가 가족이나 사회 같은 상징적 질서 속에서 자신에게 허용된 적절한 자리를 찾지 못했다는 사실과 관련된다. 적법한 자리를 할당받지 못했다고 느낀 주체는 그것을 대신해줄 존재를 찾아, 다시 말해 자신의 정체성을 새롭게 구성하기 위한 끝없는 편력에 나서게 된다. 그것은 때로 정념의 불에 몸을 던지는 형태로 나타나기도 하고 자기-말소를 꿈꾸며 우울한 정서에 침잠하는 방식으로 나타나기도 하지만, 신비적 예지나 성스러움의 추구로 그 모습을 더 많이 드러낸다. 주체의 결여를 보상해줄 더 크고 완벽하며 동시에 더 은밀한 대상을 희구하는 것이다. 물론 그 어디에도 딱 떨어지는 해법은 존재하지 않는다. 시인의 말대로 길이 곧 문이라면 "이 門을 어떻게 통과할 것인가"(「검은 다리 사거리」) 하는 물음은 매순간 제기되고 직면할 수밖에 없는 공안이다. 길을 가는 것, 문을 통과하는 것, 자신의 내면을 파고드는 것, 이 모든 것은 결국 같은 의미를 지닌 행위소들이다. 시인은 아직 도상에 있는 존재답게 망설이고 주저하면서 이쪽과 저쪽을, 이 거리와 저 거리를 가늠하며 숙고를 거듭하고 있다.

꽃 피운 앵두나무 앞에 나는 오래도록 서 있다
내가 지금 꽃나무 앞에 이토록 오래 서 있는 까닭을
누구에게 물어보아야 할까
부암동 白沙室은 숲 그늘 깊어
물 없고 풀만 파릇한 연못과 돌계단과 주춧돌 몇 남아 있는 곳

한 나무는 꽃을 가득 피우고 섰고
꽃이 듬성한 한 나무는 나를 붙잡고 서 있다

이쪽 한끝과 저쪽 한켠의 아래 서 있는
두 그루 꽃 피운 앵두나무는
나를 사이에 두고 멀찍이, 아주 가깝지 않게 떨어져 있는데
바람 불면 다 떨구어버릴 꽃잎을 위태로이 달고 섰는
듬성듬성한 앵두나무 앞에서 나는
멀거니 저쪽 앵두나무를 바라보네
　　　　　　　　　—「나의 별서에 핀 앵두나무는」 부분

　화자는 지금 두 그루 앵두나무 사이에 서 있다. 한 그루는 꽃이 만개해 있고 다른 한 그루는 이미 지기 시작해서 꽃잎을 듬성듬성 달고 서 있다. 각기 생성과 소멸, 절정과 쇠락을 나타내는 두 존재 앞에서 화자는 어느 쪽에도 완전히 마음을 주지 못하고 방황하고 있다. 절정의 황홀을 갈망하면서도 다른 한편으로 소멸해가는 것들에 대한 연민을 거두지 못하는 화자의 마음이 그녀를 두 나무 사이에서 서성이게 만든다. 두 그루 나무가 의미하는 존재의 이원성을 앞에 두고 시인은 여전히 선택을 하지 못하고

있으며, 자신 속에 있는 "무슨 부끄러움 같은 것"을 새삼 의식한다. 자연의 아름다움 앞에서 시인은 다만 찬탄만 하는 것이 아니라 그것의 무상함을 관조적으로 성찰하고 있다. 꽃의 화려함은 하이데거 식으로 이야기해서 "이 세계에 일시적으로 체류하는" 인간 조건을 역으로 드러내 보인다. 여기서 멜랑콜리는 단지 병든 인성과 결부되는 것이 아니라 자신의 운명과 세계의 운행에 대한 깊은 사색과 반성을 의미하게 된다.

지금까지 살펴보았듯이 내면의 어둠, 그 검은 슬픔을 창조의 원동력으로 삼는 이 시인의 시쓰기는 우리 시에서 보기 드문, 음울하면서도 아름다운 풍경을 조형해내는 데 성공하고 있다. 생을 가르는 검의 서늘한 날카로움을 아는 자만이 일상의 무감각에서 깨어나 상실의 슬픔을 예술적으로 승화시킬 수 있을 것이다. 그때 그녀를 사로잡고 있던 어둠은 단지 어둡기만 한 것이 아니라 다음 시가 말해주듯 마술적 아름다움으로 빛나게 될 것이다.

그 어둠이
내게 도착했을 땐

늦은 저녁이었다
나는 천천히 고개를 들어
어둠을 맞이했다

새들을 놀라게 하지 않고도 새장에 들어가는
마술사처럼
그는 달빛을 밟고 서 있었다

(……)

찬란하면서도 혼이 없는
어둠은

어린아이와 어른의 영혼을 합친 것처럼
검게 검게 빛났다

—「기억할 만한 어둠」 부분

(2007년 10월)

세속과 열반의 만남
― 김근 시집 『뱀소년의 외출』

1. 혼돈 속으로

김근의 시를 따라 읽는 것은 쉽지 않다. 대부분 요설조의 산문체인 그의 시는 서정시에 대한 일반적인 고정관념에 저항하는 언어와 형식으로 이루어져 있다. 그의 시는 어둡고 칙칙한 분위기에 둘러싸여 있으며 무엇보다도 압도적으로 질척거리고 끈적거리고 흐물흐물한 점액질의 상상력이 분비해낸 기괴한 이미지들로 가득 차 있다. 그는 단형서정시가 지향하는 유기적 통일성이나 구조적 완결성에 대해 그리 큰 가치를 부여하지 않을 뿐 아니라 맑고 투명한 서정이니 단정하고 세련된 언어의 축조물이니 하는 말들이 지향하는 세계와 비교적 무연한 자리에서 자기만의 독특한 시적 공간을 열어나가고 있다.

과학기술과 소비자본주의가 막강한 힘을 발휘하는 글로벌리즘의 시대에 대다수 사람들이 일회적이고 감각적이며 경쾌한, 다시 말해 '쿨'한 상태를 선호한다면 이 시인은 오히려 한사코 시에서 그와 정반대되는 성격의 세계를 떠올리는 데 집중하고 있다. 그는 '깔끔함의 미학'과는 절연된 비리고 조야하고 불경스러운 언어와 이미지를 구사하고 있으며 현대적이

라기보다는 차라리 원시적인, 마치 세계의 탈마법화가 진행되기 이전의
전근대사회에서나 어울릴 법한 사건과 풍경을 즐겨 작품 속에 끌어들이
고 있다. 그런 점에서 이 시인은 시라는 장르에 대한 전통적 관념은 물론
이고 사회의 전반적 추세라는 거대한 흐름에 동의하지 않고 그와 대립되
는 상상력의 궤적을 보여주는 시인으로 볼 수 있다. 『뱀소년의 외출』(문학
동네, 2005)이라는 시집 표제가 암시해주고 있듯이 그의 시는 밑도끝도없
이 구불구불하게 이어지며 펼쳐지는 말의 난장이자 지금 이곳에 갇혀 있
지 않은, 그 어떤 한계도 무시하고 넘어서고자 하는, 바깥으로의 사유를
보여주는 실험정신의 소산이다. 때문에 그의 시는 밝기보다 어둡고, 가볍
고 선명하기보다 무겁고 불투명하며, 짧고 간결하기보다 길고 난삽하다.

  그러나 그럼에도 불구하고 김근의 시는 읽는 사람에게 상당한 흡인력
을 발휘하며 읽고 난 후 긴 여운을 남긴다. 그의 쉽게 휘발되지 않는 점착
성이 강한 이미지들은 악몽 속의 한 장면 같은 음울하고 황폐한 풍경을
구성할 때조차 구체적인 실물감과 더불어 우리가 몸담고 살고 있는 사회
현실을 발본적으로 다시 성찰할 수 있는 단초를 제공해주고 있다. 이는
그가 시를 통해 단지 현실의 평면적 반영이나 원체험의 승화 같은 일반적
인 것을 추구하지 않고 이를 넘어선 차원, 즉 삶의 원형을 탐색하는 모험
을 시도하고 있기 때문에 가능한 것이다.

  새로운 세기에 진입해서 우리 서정시는 다시 한번 자신의 존재 근거를
되짚어보고 기존의 양식과 다른 시적 육체를 주조해내는 작업에 나서고
있는 것으로 보인다. 우리는 김근의 시를 횡단해봄으로써 새롭게 부상하
고 있는 젊은 감수성의 한 뚜렷한 표정을 만나볼 수 있을 것이다.

2. 환상 혹은 거짓말

  평이한 이해와 공감을 거부하는 이 시인의 시에 입문하기 위해 택할 수

있는 길이 하나 있다면 그것은 그의 시가 지니고 있는 서사적 측면에 주목하는 일일 것이다. 그의 시편 가운데 상당수는 이야기의 형식을 취하고 있다. 그의 시에서 화자는 서정적 정지의 순간에 몰입하기보다는 한 사건의 경과를 묘사하거나 보고하는 이야기꾼의 입장을 취하는 경우가 많다. 그 이야기는 과거의 설화나 유년 시절의 추억 같은 지나간 시절을 배경으로 하고 있는 것도 있고, 지금 이곳의 삭막한 도시 현실을 무대로 벌어지는 우화적 성격의 것도 있다. 전자의 경우 그의 작품은 강렬한 설화성을 띠게 되며 후자의 경우 그의 작품은 일종의 도시 괴담이 된다.[1]

---

1) 신예시인의 첫 시집답게 『뱀소년의 외출』에서 시인은 자신이 사숙한 선배 문인들의 지문을 여기저기 노출시키고 있다. 그중에서도 다음 두 사람은 그에게 '영향의 불안'을 안겨준 대표적 존재들로 거명할 만하다. 그의 시가 토속적 설화의 세계에 진입하게 되면 박상륭에 대한 경도가 특히 두드러진다. 표제시인 「뱀소년의 외출」부터 『삼국유사』의 사복(蛇福) 설화를 다룬 박상륭의 「유리장」을 강렬하게 환기시키고 있거니와 「오래된 자궁」을 비롯해서 이 시집 1부를 구성하고 있는 시편들은 박상륭에 대한 이 시인의 오마주라고 보아도 무방할 정도로 밀접한 상호텍스트성을 과시하고 있다. 세계의 불모성과 영혼의 구제에 대한 관심, 거칠고 과감한 이미지와 사건 설정, '잡설'이라고 부른 독특한 어조의 서술형식 등을 이 두 작가 시인은 공유하고 있다. 반면 이 시인의 시가 유년의 추억이나 도시적 일상에 접근해들어가면 기형도의 목소리가 배음으로 깔리는 것을 알 수 있다. 이 시인의 "엄마 나는 저 눈깔들이 무서워요 무서워할 것 없단다 얘야 지느러미나 혓바닥이 내릴 날 있을 거다 저것들은 엄마가 죽인 아기들의 눈깔인가요? 얘야 저것들은 네가 무수한 날에 바꿔달 눈알들이란다"(「어제」)는 기형도의 "어머니 무서워요 저 울음소리, 어머니조차 무서워요. 얘야, 그것은 네 속에서 울리는 소리란다. 네가 크면 너는 이 겨울을 그리워하기 위해 더 큰 소리로 울어야 한다"(「바람의 집」)라는 구절의 반향을 담고 있으며, 역시 이 시인의 "그리 깊지도 않은 내 몸 속 어딘가에 현악기가 하나 들었나봅니다 밤이 되면 텅 빈 내 몸은 커다란 울림통이 되고, 차고 딱딱한 어둠으로 가득 채워지지요 좀처럼 들여다볼 수 없는 어둠들은 늘 따로따로 제 울음이 깃들 현들을 더듬거린답니다"(「이월」)는 기형도의 "나에게는 낡은 악기가 하나 있다. 여섯 개의 줄이 모두 끊어져 나는 오래전부터 그 기타를 사용하지 않는다. (……) 기타 소리가 멎으면 더듬더듬 나는 양초를 찾는다. 그렇다. 나에게는 낡은 악기가 하나 있는 것이다. 그렇다. 나는 가끔씩 어둡고 텅 빈 희망 속으로 걸어들어간다"(「먼지투성이의 푸른 종이」)와 은밀히 눈짓을 주고받는다. 김근의 "이런 광경은 어느 영화에선가 본 적이 있다"(「봄밤」)와 기형도의 "이런 귀갓길은 어떤 소설에선가 읽은 적이 있다"(「진눈깨비」)는 또 어떤가. "언젠가 이곳에서 한 사내가 죽은 적이 있어 그가 술에 취한 적은 없지만 기

1) 그날 늙은 어미는 삼단 같은 머리칼을 질끈 동여묶고 뒤란으로 갔다 작고 붉은 열매들이 드글드글 달려 있는 늙은 어미의 뒤란에는 팔다리 없이 머리도 없이 항아리들이 살고 있었다 (……) 열매들이 일제히 살을 터뜨렸다 뒤란에 낭자하게 흩어지는 작고 붉은 비명들 서둘러 늙은 어미는 항아리들의 뚜껑을 열었다 곰삭은 몇백 년 시간들이 걸죽하게 흘러넘쳤다 항아리 바깥으로 아기들이 쭉 말라붙은 목을 뽑아올렸다 눈꺼풀은 굳고 구멍만 남은 코를 벌름거리며 입술도 없이 이만 달각거리고 귀도 짜부라져 눌러붙고 머리칼만 수십 발 자란 아기들, 아기들의 몸 없는 머리를 늙은 어미는 하나씩 뽑아들었다

—「헤헤 헤헤헤헤,」부분

2) 오래된 담벼락을 지날 때는 조심해야 한다 좀처럼 모습을 드러내지 않는 사내는 얼핏 찌든 세월의 오줌자국이나 부식된 시간이 만들어놓은 얼룩처럼도 보이지만 그의 눈은 담벼락에 박혀 항상 우리를 노리고 있다 쫓기던 사람이 담벼락 근처 그늘 속으로 사라져버렸다면 일단 사내에게 혐의를 둬라

언젠가 취객 하나가 고궁의 어둠 속을 지나다 그의 그림자가 담벼락에

억을 떼어버리지 않은 탓이라고 사람들은 속닥거렸지"(「어두운, 술집들의 거리」)나 "뻣뻣해진 손이 그만 수화기를 놓치자 사내는 갑자기 울음을 터뜨린다 (……) 조준되지 않는 사내의 손은 미친 듯이 비치용 전화번호부를 뒤적이기 시작한다"(「공중전화부스 살인사건」) 같은, 필름누아르적 분위기의 묘사적 문장의 기원은 우리 시대에 기형도에게 거슬러 올라갈 수 있다. 거기엔 도시적 비정함과 도시인의 센티멘털리즘이 기묘하게 동거하고 있다. 이처럼 김근은 세계관에서 수사적 표현에 이르기까지 박상륭과 기형도, 이 양 극점에 위치한 작가 시인으로부터 많은 자양분을 흡수한 것으로 보인다. 그러나 중요한 것은 김근의 시가 단순히 이들 선배 문인의 모방적 후렴에 머무르지 않고 그 나름의 독자적 세계를 일구어나가고 있다는 점이다.

드리워지는 순간 사내에게 덜미를 잡힌 적이 있다 (……) 어느 밤 으슥한 담벼락에 기대 키스를 하다 사라져버린 젊은 사내의 행방은 아직도 묘연하다 밀가루 반죽처럼 물렁물렁해진 미처 사라지지 않은 애인의 손 하나를 부여안고 남은 여인은 담벼락 앞에서 오래 울었다

—「담벼락 사내」 부분

인용한 두 편의 시는 이 시인의 시적 경향을 비교적 집약적으로 보여주고 있다. 1)의 시가 상대적으로 설화적이고 토속적인 세계를 천착하고 있다면 2)의 시는 도시적 일상에 대한 알레고리적 접근을 보여준다. 즉 이 시인의 시세계는, 어느 정도 도식성을 감수하고 말하자면, 추억이나 상상 속의 설화적 세계를 다룬 시편들과 현실의 도시적 삶을 다룬 시편들로 양분될 수 있다. 그는 대척점에 위치한 것으로 여겨지기 쉬운 두 세계를 왕복 순회하며 시를 써오고 있는 것이다.

1)이 보여주는 것은 시인의 무의식 속에 잠재해 있는 원형적 풍경이다. 그 풍경은 역겨운 느낌이 들 정도로 그로테스크하고 혐오스러운 이미지들로 채워져 있다. 구체적인 시공간이 밝혀져 있지 않지만 시에 나오는 "뒤란"이란 어휘 자체가 이 시의 무대가 의식의 빛이 들지 않는 무의식의 심층임을 암시해주고 있다. 따라서 이 시 속에서 등장하는 인물의 행위 역시 합리적 인과율의 지배를 받지 않는 꿈의 한 장면과 유사한 속성을 지닌 것으로 생각할 수 있다. 늙은 어미가 항아리 뚜껑을 열고 머리밖에 없는 아기들을 끄집어낸다는 이야기는 성과 출산에 대한 유아적 악몽의 극화라 할 만하다.[2] 생명의 탄생을 둘러싼 신성한 관념은 여지없이 붕

---

2) 늙은 어미가 항아리 속에서 뽑아올리는 아기의 머리는 자궁 속에서 사산된 태아의 시적 변용이다. "태어나지 못한 아이들의 퉁퉁 불은 몸뚱이들"(「오래된 자궁」), "간혹 잘못 건져진 아기들은 다시 우물에 빠져 영영 돌아오지 않았습니다"(「우물」), "어디 죽어 띵띵 불은

괴되고 모든 존재는 태초의 혼돈상태로 퇴행한다. "헤헤 헤헤헤헤"라는, 제목과 본문 속에서 연이어 울려퍼지는 웃음소리는 인간이 자랑하는 이성이나 분별작용이 무용하다는 사실에 대한 확인이자 삶과 문명에 대한 조롱이다. 그것은 모든 것을 무화시켜버리는 백치의 웃음인 동시에 모든 것을 다 통달하고 있는 현자의 웃음이다.

2)에서 시인은 기발하면서도 씁쓸한 도시 괴담을 들려주고 있다. 도시의 오래된 담벼락 속에 어떤 사내가 숨어 있다가 지나가는 행인을 노린다는 흥미로운 설정은 현대 도시인의 무의식에 자라잡고 있는 실종 모티프를 건드리고 있다. 타인의 갑작스러운 실종은 자신 또한 어느 순간 가뭇없이 지상에서 사라져버릴 수 있다는 불안과 매일같이 동일하게 반복되는 일상의 속박에서 벗어나 자유롭고 싶다는 소망의 실현이란 전혀 상반되는 의미를 함께 지니고 있다. 그런 점에서 퇴락한 담벼락에 숨어 있는 사내는 도시적 일상에 대한 위협이면서 그런 일상에서 해방된 일탈과 착란의 상징이기도 하다. 메마른 합리성에 의해 유지·운행되는 도시적 일상은 오히려 이러한 환상적인 실종이란 괴담을 만들어내고 유포시키는 터전이기도 하다. "쓰러질 듯 쓰러지지 않는 오래된 담벼락"은 현실과 환상의 경계선으로서 도시적 일상의 저변에 잠복해 있는 태곳적 꿈을 환기시키는 매개물 역할을 수행한다.

이러한 분석은 이 시인의 시세계에서 자칫 평행선을 그리고 있다고 여기기 쉬운 설화적 이야기 시편과 도시적 일상을 다룬 시편이 그 근원을

애새끼들이나 굴러다니는 시궁창"(「잘 접어 만든 종이인형처럼」) 같은 구절이 말해주듯 그의 상상 속에서 임신이나 출산은 경축의 대상이 아니라 끔찍하고 부정한 행위일 따름이다. 뱃속의 태아나 갓난애는 "앎도 욕망도 행위도 없는 혼돈상태", 달리 말해서 개별적 자아로 성립되기 이전의 존재의 미분화상태를 나타내는 상징이자 육체로 환원된 존재의 물질성과 유한성을 단적으로 드러내는 이미지이다.

따져보면 실은 동일한 지점에 뿌리를 두고 뻗어나간 상이한 가지라는 점을 말해준다. 도시적 일상의 비루함과 허망함이 바로 이 시인으로 하여금 무서우면서 허무하고 우스꽝스러우면서도 그럴듯한 실감을 주는 설화적 시공간에 탐닉하도록 한 것이다. 상상 속의 설화적 세계와 현실의 도시적 삶은 서로 상호조응하면서 삶의 곤핍함과 세계의 이물스러움을 번갈아 드러내고 있다. 바로 여기서 이 시인 특유의 환상성이 작동한다. 초현실주의나 마술적 리얼리즘의 어떤 측면을 연상시키기도 하는 이 시인의 작품 속의 환상성은 현실과 비현실을 자유롭게 넘나들며 지금 이곳의 현실을 에워싼 보다 광대한 지평에 시선이 미치도록 만든다. 이러한 시인의 시작법은 우리가 흔히 견고하고 확실하다고 믿고 생각해온 삶-세계라는 것이 얼마나 연약하고 불확실한 것에 지나지 않는가, 라는 이 시인 특유의 직관적 세계 인식과 맞물려 있다. 시인은 다음 작품에서, 보이는 것은 모두 환영이고 말하는 것은 모두 거짓말에 지나지 않는다고 이야기하고 있다.

항아리 같은 잠의 뚜껑을 열고 사내애는 깨어났다 낡고 낡은 잠 바깥엔 삼백예순 날 종일 비 내리고 빗방울 하나마다 부릅뜬 눈알들 추녀 끝 마당엔 여자가 온몸으로 눈알을 맞고 서 있었다 여자는 희게 젖고, 엄마 나는 저 눈깔들 무서워요 무서워할 것 없단다 얘야 지느러미나 혓바닥이 내릴 날 있을 거다 저것들은 엄마가 죽인 아기들의 눈깔인가요? 얘야 저것들은 네가 무수한 날에 바꿔달 눈알들이란다 또로록 또로록 굴러다니며 검은자위들이 본 저 징글징글한 것들을 내가 다 봐야 한다고요? 보이는 건 아무것도 아니란다 얘야 너 같은 건 다 거짓말이란다

—「어제」 부분

이 음산하면서도 몽환적인 시가 의미하고 있는 것을 산문적으로 풀어 말하면 천변만화하는 현실이란 것이 실은 꿈에 지나지 않는다는 것이다. 시의 후반부에 나오는 "아무것도 아니란다 얘야 다 거짓말이란다 네가 살 아 있다는 것도"라는 "엄마"의 대사가 말해주듯이 모든 것은 무(無)로 귀 착한다. 우리 모두는 꿈속의 꿈에 지나지 않으며 존재의 실재성이니 주체 의 개별성이니 하는 것들은 다 부질없는 환상의 소산이다. 내게 보이는 것이 다 환영일 뿐 아니라 '나'라고 하는 것 자체가 거짓말에 지나지 않 는다면 자아도 세계도 실은 실재하지 않는 것이다. 삶은 허구이며 존재 란 그림자에 불과하다. 존재하지 않는 것을 존재한다고 믿고 가상에 지나 지 않는 것을 실체와 혼동하여 집착하고 매달리는 것에서 삶의 갖가지 희 비극이 발생한다. 무녀(巫女)의 신탁 같은 예시적 영험성을 지니고 있는 "엄마"의 대사는 삶의 불가해성과 존재의 무근거성을 여실히 드러내고 있다. 세계란 확실한 실재로 구축돼 있는 것이 아니며 무상히 소멸·변형 되는 에너지의 파동이 있을 따름이다. 그렇다면 시라는 것도 이 시인에겐 삶과 세계에 대해 거짓말을 지어내는 작업의 일환이라고 할 수 있지 않을 까. 거짓말 같은 세상, 아니 거짓말인 세상에서 또다른 그럴듯한 거짓말 을 만들어내는 작업, 그것이 시인에게 주어진 과제가 아닐까.[3] 그렇게 본

---

3) 시집 후기 「노래를 위한 흐물거리는 각주」에서 시인은 태몽을 예로 들어 자신에게 시적 허구 창조가 갖는 의미를 설명하고 있다. 태몽을 모르는 시인은 자신의 태몽을 상상 속에서 "이렇게도 꾸미고 저렇게도 꾸"며본다. 태몽은 이제 "꾸"는 것이 아니라 "꾸미"는 것이 된 다. 그러자 "없었던 기억이 있었던 기억이 되어버렸다. 남의 기억이 내 기억이 되고 내 기억 이 남의 것처럼 낯설어져버리기도 하고 두 기억이 또한 얼크러설크러지기도 했다. 태몽이 야 설령 안다고 한들 본래 내 기억일 리도 만무하지만, 꾸미다보니 내가 내 태몽을 꾼 것마 냥 생각되고 말기까지 하는 것이다. 해서 나는 수백 가지 태몽을 갖게 되었다". 한 인간의 운명을 점지해준다고 하는 태몽이 허구적 각색에 의해 수백 수만 사람의 꿈이 된다. 한 인 간의 정체성 또한 고정된 것이 아니라 부단히 변모하고 확장·교체될 수 있는 것이다. 이것 은 축복인가 아니면 저주인가. 확고한 정체성의 부재는 삶을 공동화하는, 아니 삶이 원천적

다면 이 시인의 시가 그처럼 설화나 괴담의 성격을 강하게 지니는 이유도 어느 정도 짐작할 수 있게 된다. 시인은 삶과 세계의 실재성을 회의하게 만드는 이야기를 창조해냄으로써 읽는 사람으로 하여금 현실에 대한 미망에서 벗어나 삶의 진면목에 눈뜨도록 하고 싶었던 것이다. 따라서 이 시인의 상당수 시편이 주는 그로테스크함 역시 일반 사람들의 삶에 대한 고정관념과 집착을 부수는 일종의 충격효과를 위한 장치로 받아들여진다.

3. 어두운 점액질의 지옥

이 시인이 작품 속에서 현실/환상의 경계를 허물기 위해 흔히 동원하는 것은 점액질적 상상력이다. 대상의 단단하고 분명한 윤곽이 사라지고 모든 것이 흐릿하고 불분명한 상태로 전락할 때 현실은 순식간에 환상 속의 한 장면으로 미끄러져들어간다. 앞에서 인용한 시들에서도 우리는 "곰삭은 몇백 년 시간들이 걸죽하게 흘러넘"(「헤헤 헤헤헤헤」)치는 항아리나 "밀가루 반죽처럼 물렁물렁해진"(「담벼락 사내」) 애인의 손, "삼백예순 날 종일 비 내리고 빗방울 하나마다 부릅뜬 눈알들"(「어제」) 같은 습기에 침윤된 존재들을 만날 수 있었다. 형태를 잃은 것은 괴물스러운 무정형의 모습으로 사물의 가변적 과도기적 단계를 보여준다. 우리는 이 시인의 시 곳곳에서 존재의 완전성과 안정성을 부식해들어오는 물의 침입을 보게 된다.

아침마다 물안개 끓여올리는 강물에 대고 속으로만 죽고 싶어, 라고 말

으로 텅 빈 공동이라는 사실을 밝혀주는 저주일 수도 있지만 존재의 자유로운 변신을 허락하는 축복이 될 수도 있다. 글쓰기-허구 창조는 바로 인간에게 주어진 무상한 운명을 가변적인 놀이로 뒤바꾸고자 하는, 존재의 "빈자리"를 "채우고 채우고 또 채우"는 치열한 고투의 산물이다.

하는 아이가 살았어 (……) 푸른 물 밖으로 징그러운 이파리들 물풀들이
헝클어졌어
—「오래된 아이」 부분

첫 침투에 성공한 빗방울들은 재빨리 거리에 스며든다 물보라 일으키며
보도블록에 새겨진 사람들의 발소리가 순식간에 녹슨다 눅눅한 예감으로
부스 안은 흐려지고 유리문 바깥으로 흐물흐물해지는 상점 간판들
—「공중전화부스 살인사건」 부분

축축한 눈을 한 짐씩 이고 사람들은 귀가를 서두른다
때늦은 추위에 웅크리고 가는 저들이
산 자인지 죽은 자인지 가늠할 수 없다
—「무서운 설경(雪景)」 부분

마당에 비 퍼붓고 비는 거대한 물기둥을 세워 밤의 몸뚱이에 커다란 구
멍을 뚫어놓았다 퍼붓는 빗줄기 사이로 김덕룡씨의 꽃시절 설핏 스치고
—「흰 꽃」 부분

내리는 비, 피어오르는 물안개, 흩날리는 눈은 이 시인의 시 속에서 흔
히 축축하게 들러붙는 점액질의 지옥을 창조한다. 그것은 습지이자 진창
이며 눈먼 어둠의 세계이다. "그 거리는 어둠의 딱딱한 껍질에 둘러싸여
있"지만 "일단 어둠을 밀고 들어서는 자에게 어둠은 스펀지처럼 편안해"
(「어두운, 술집들의 거리」)진다. 그 속에서 인간과 사물은 모든 것을 용해
시키는 흐름에서 헤어나오지 못하게 되며 질척질척한 곤죽상태로 빠져든
다. "이 바닷님은 좀 많이 끈적끈적한데 질질질 나를 흘려놓은 것은 무엇

일까"(「오래된 자궁」), "눅눅하고 질긴 시간이 내 몸에 엉겨붙었습니다"(「우물」), "살갗에 달라붙는/ 공기의 끈적거림 침전물이 잔뜩 섞인 폐수처럼/ 공기는 느리게 거리를 부유한다"(「봄밤」)처럼 이 시인의 시집 어느 페이지를 들춰보아도 용이하게 만날 수 있는 유체성(流體性) 이미지들은 부패와 퇴락, 죽음과 퇴행 같은 부정적 연상을 불러일으키며 파국을 예고하는 불길한 느낌을 자아낸다. 이 밖에도 이 시인의 시에서 점액질의 상상력이 발휘된 사례는 너무 많아서 일일이 적시하는 것이 번거로울 정도이다. 직접적으로 물과 관련된 공간이나 이미지 외에도 뱀 구렁이 같은 파충류나 회충 거미 구더기 갯강구 같은 각종 벌레들, 동그랗게 말린 달팽이, 내장이 터진 고양이, 쏟아지는 물고기 등의 동물 이미지들은 질서 잡힌 코스모스에 카오스를 불러들이는 음습한 전령들이다. 여성의 음부, 늙은이의 주름살, 태아나 아기의 살덩어리, 허공을 떠다니는 눈알, 쉴새없이 길어지는 손톱과 머리칼 등 해부학적 대상도 마찬가지이다. 구겨진, 말려진, 구불텅한, 질퍽거리는, 감겨드는, 축축한, 눅눅한, 흐물흐물한, 헝클어진 등의 동사와 형용사는 지속적으로 습기에 침윤된 세계의 모습을 조형한다. 창조 이전의 미분화 상태, 분별이 없고 차이가 부재한 원시적인 혼돈 상태가 도래하는 것이다. 그 속에선 삶과 죽음이 구분이 되지 않고 산 자와 죽은 자가 가늠이 되지 않는 "무서운" 풍경이 펼쳐진다. "이편과 저편의 경계가 물렁물렁해"져서 "어디가 이편이고 어디가 저편인지 어디가 죽음이고 어디가 삶인지"(「거울」) 알 수 없게 되는 것이다.

물은 생명의 어머니로서 사물 속에 깃들어 있는 유동의 원칙을 일깨운다. 수성(水性)은 인간을 동물과 식물로 이루어진 우주의 거대한 유기적 생명의 바다에 연결시킨다. 물과 피, 정액과 수액, 양수와 타액, 젖과 눈물, 이 모든 유체성의 물질은 세상에 편재하며 인간을 원시적인 자연력과 소통하게 만든다. 그런 의미에서 물은 만물의 근원에 자리잡고 있는 원소이다. 이처럼 생명의 원천인 동시에 귀착점인 물은 자연히 생명을 낳고 기르는 어머니 – 자궁의 이미지와 조우하게 된다. 이 시인이 즐겨 다루는 항아리 – 우물 – 바다 같은 이미지들은 원시모성(Urmutter)의 시적 변주라고 할 수 있다. 그것은 일찍이 노자가 검은 암컷(玄牝)이라고 불렀던 자연의 거대한 그릇 혹은 구멍을 가리킨다. 점액성의 습지인 자궁은 모든 몸 가진 것들을 내부에서 길러 배출했다가 다시 거둬들이는 깊은 저장고이다.

바다는 조금씩 흉폭해지기 시작했지 내 몸을 뒤집고 메치고 빨아들였다가 바다가 다시 내뱉고 나는 나고 나는 또 내가 아닌데 가슴속에는 내가 가두었던 말들이 죄 씻겨지고 바다는 내 온 구멍을 열고 들어오는데 구멍으로 썰물지고 밀물지고 무슨 노래처럼 들락날락하는 바다에 휩쓸려 나는 말라붙은 성기를 잡아뜯기만 하고

(……)

바다와 피 한 방울 안 섞었는데도 나는 바다에 섞이고 흐린 시간의 부유물들은 내 해골 사이를 떠다니더란 말이지 차츰 바다의 배아지는 텅 비어가고 여태 붙어 있는 내 해골의 치아 사이로 웃음이 풀어져나오고 실실실 뜻도 없이 풀어져나온 웃음이 바다의 텅 빈 배아지를 채우더란 말이지 나는 내가 나인지 묻는 것도 잊고 말이지 내 눈깔도 이윽고 꺼지고 심장도 마지막으로 한 번 꿀렁거리더니 이내 멈추고 말이지 슬슬 껄끄러운 빛무리들이 몰려오고 결코 썩지 않는 내 영혼은 조금씩 부풀어오르고 흐흐 지겹게 나는, 또, 태어나는, 것이더란, 말이지

—「오래된 자궁」 부분

이야기꾼이 구연하는 방식을 취하고 있는 이 시는 연년세세(年年歲歲) 계속되는 탄생과 죽음의 무한순환을 보여준다. 영혼은 윤회를 거듭하며

다시 새롭게 태어난다. 바다라는 양수(洋水/羊水)로 가득 찬 우주적 태반에서 다시 태어나기 위해선 먼저 전생에 가졌던 육신과 감각의 해체를 거쳐야 한다. 죽음은 "몸을 벗고 말을 벗"(「뱀소년의 외출」)는 과정인 것이다. 위 시의 화자는 삶과 죽음의 중간 단계인 바르도 상태에서 먼저 "밑도끝도없이 말이 흘러나오고" 이어서 "사지육신이 모두 떨어져 흩어"지는 단계를 거쳐 다시 태어난다. 바다-자궁은 인간을 토해내고 다시 삼켜버리는 검은 구멍이다. 자연의 생산력과 파괴력은 꼬리를 문 뱀처럼 하나로 이어져 순환하며 가차없이 진행된다. 따라서 죽음은 단순한 종말이 아니라 최초로의 회귀(return to the origin)이기도 하다. 그러나 모체회귀를 통한 재탄생은 긍정적으로 기술되는 것이 아니라 "지겹게 나는, 또, 태어나는, 것이더란, 말이지"라는 표현이 일러주듯이 어쩔 수 없는 불가항력의 소산이자 타율적으로 수납할 수밖에 없는 맹목적 힘의 작용으로 받아들여지고 있다. 그런 의미에서 물은 생명의 원소인 동시에 죽음의 원소이다. 죽음과 탄생이 끝없이 되풀이되는 바다는 "나는 네 목을 조르고, 네 눈깔 휘까닥 뒤집히고/ 혓바닥은 몇 치나 뽑아져나오고, 너는 나를 다 파먹고/ 나는 너를 다 파먹고"(「비 오는 바다가 시커멓게」) 같은 구절이 암시하듯 성애의 순간이 상호살해의 순간임을 말해주는, 에로스와 타나토스가 만나는 접점을 이룬다.

  이처럼 바다가 곧 우주적 자궁이라는 점에서 위 시에서 바다/나는 어머니/아들과 동형관계에 있다. 이 시인의 다른 시에서 볼 수 있는 늙은 어미/아이로 구성된 '괴물 같은 짝패' 또한 어머니 자연과 그녀의 젖먹이 아이인 인간의 관계를 상징하고 있다. 어머니/아들이란 커플로 시인은 우주의 전체성을 암시하고자 한 것이다. 이때 아들은 위대한 어머니 여신의 팔루스적 배우자(phallic consort) 역할을 하고 있는 존재이다(이집트의 이시스/오시리스에서 프리지아의 키벨레/아티스, 그리스의 아프로디테/

아도니스 등을 거쳐 기독교의 성모 마리아/예수에 이르기까지 죽어서 소생하는 남성 신과 그의 반려이자 보호자인 여성 신은 신화 속에서 의미심장한 역할을 담당해왔다. 나아가 이들 모자지간은 부부, 남매, 부녀 관계로 부단히 변주된다). 그 아이─아들은 어머니 자연과 한편으로 근친상간을, 다른 한편으로 근친살해를 거듭하는 이율배반적인 관계 속에 놓여 있다. 모든 아들은 어머니 자연의 먹이이다. 아들은 어머니를 먹고 다시 어머니는 그 아들을 먹는다. 다음 작품은 어머니 자연과 인간의 관계를 보다 익살스럽고 해학적으로 포착하고 있다.

자울자울 한나절 흐물거리며 한나절 눈 흐리며 나이 타령이나 속으로 하고 누웠는 놈 앞으로 허참, 봄네가 옵디다그려 (……) 봄이란 년이, 머리는 쑥대머리 까치집 얹고 때 전 저고리 반이나마 이미 풀어헤치고 어디서 주워다 둘렀는지 누런 무명치마 흔들흔들거려싸며 와서 내 앞에 술 취한 듯 서서 치마를 확 걷어 머리까지 뒤집어쓰고 제 샅을 갖다대는데, 아나 먹어라, 아나 먹어라, 하며 한 이십 년쯤이나 때가 절어 허옇게 말라 꼬부라진 거웃 그나마도 듬성듬성 쥐 파먹은 제년의 보지를 내 얼굴에 코에, 아나 먹어라, 아나 먹어라, 펑퍼짐한 엉덩짝 앞으로 뒤로 궁싯거려싸며 비벼대는데 그것 참, 지린내 같기도 하고 달거리 피냄새 같기도 하고 두엄자리 거름냄새 같기도 하여 한참을 어질어질 아지랑이 피어나듯 어질어질 이마 한쪽 짚으며 어느새 클클거리는 머릿속이나 가늠하다 잠깐 아뜩하여졌더니 봄이란 년이 글쎄 내 얼굴에 제 보지를 짓뭉개며, 아나 먹어라, 아나 먹어라, 이놈의 새깽이야, 내가 네 어미다, 이놈의 새깽이야, 내가 네 새끼란 말이냐, 그러고는 그년 거짓말처럼, 모지락스런 그 봄이란 년 봄꿈처럼 나른하게시리 삐비꽃 퍼날리는 먼짓길 따라 가버립디다그려

─「어느 날 봄이 내게로 와서」 부분

이 시는 봄의 도래를 미친 여자와의 만남이란 사건으로 극화시켜 형상화하고 있다. 의인화를 통해 봄네라는 이름이 붙여진 봄－여자의 모습은 르네상스 시대의 거장이 남긴 그림 속에 나오는 봄의 여신처럼 아름답지도 우아하지도 않다. 이 지극히 토착적인 한국적 봄의 여신은 그 비속함과 조야함에도 불구하고 강한 생명력을 획득하고 있다. 이 작품이 웃음을 주는 이유는 시간의 흐름에 속절없이 당할 수밖에 없는 인간의 운명을 뜻하지 않게 광녀의 소동에 휘말린 남성의 입장에 의탁해서 그렸기 때문일 것이다. 화자의 말에 따르면 봄의 "지랄염병"이라고나 할 원색적인 성의 향연에 의해 꽃의 피고 짐이 이루어진다. 그러나 앞서 전개해온 우리의 관점에 입각해서 이 작품을 읽어본다면 이 시는 강력하고 공격적인 어머니 여신과 그녀의 허약한 아들과의 만남이란 의미를 지닌 것으로 드러난다. 위 인용에서 여성의 성기가 공개적인 희화화의 대상이 되고 있다면 남성은 그 앞에서 형편없이 위축된 모습으로 등장하고 있다. 여성성이 조롱당하고 있다면 남성성은 모욕당하고 있는 형국이다. 여성이 드세게 적극적이고 활동적인 면모를 보여준다면 남성은 정체된 채 무기력한 마비상태에 처해 있다. 남성은 어머니 자연의 다산성을 자극하기 위한 도구로서만 의미가 있을 뿐이다. 팔루스의 권력이 효력을 잃은 지점에서 어머니 대지의 자궁(the vagina of mother earth)이 압도적인 힘을 행사한다. 위 인용에서 표면적으로 여성이 남성 화자에게 자신의 성기를 들이대며 "아나 먹어라"라고 야유조로 말하고 있지만 실제로 먹히는 쪽은 남성인 것이다. 여성의 굶주림은 끝이 없으며 그녀의 고갈을 모르는 허기는 위협적이다. 모든 것을 녹이고 융합시키는 어머니－물－바다의 힘은 자기 자식을 잡아먹는 어머니 암컷의 모습에서 절정을 이룬다. 비너스의 정글은 탐욕스러운 검은 구덩이이며 깊이를 헤아리기 어려운 어두운 습지, 거대한 묘혈이다. "누가 어미의 장사를 지내줄 것인가 누가/ 어미의 육체를 장엄하게 썩게 할 것인가"(「뱀소년의 외출」)라는 통렬한 외침은 그래서 나온다.

삶에 대한 맹목적인 집착은 존재의 무명(無明) 상태의 특성이다. 탄생과 죽음의 반복되는 순환은 지상의 고통을 무한히 연장시킬 뿐이다. 다음 시는 먹고 먹히는 야만적인 상극의 질서가 끝없이 되풀이되는 것을 보여주고 있다.

뒤뜰 감나무 좁은 틈 사이
여자 하나 살았더랬는데
밤마다 여자 나무에서 나와
붉은 춤을 추어댔더랬는데

어느 날 아이 하나 강동강동
여자를 베어먹어버렸다지
여자를 먹고 아이는
감나무 좁은 틈을 열고
들어가버렸다지

떫고 떫은 날
한 며칠 흘러
붉은 감만
다글다글다글다글

—「벌써 오래전, 지금」 전문

이 시가 노래하는 것은 자연의 무자비한 다산성이다. 여기서 자연의 다산성은 사람들이 희구하는 풍요를 나타내는 것이 아니라 먹고 먹히는 원시적 살육의 결과로 제시된다. 다만 살해의 주체가 유사한 계열의 다른 작품과 달리, 어머니/아들의 모자 중에서, 어머니가 아니라 아들로 설정된 것이 이색적일 뿐이다.

이 시에 등장하는 감나무는 우리 전래 민속에서도 볼 수 있는 신목(神木) 숭배의식과 관련이 있다. 나무의 좁은 틈에 살았다는 여자는 수목정령이자 의식을 집전하는 여자 샤먼, 무녀이다. 그녀가 추는 "붉은 춤"은 벽사(辟邪)나 풍성한 수확을 비는 주술적 제식의 의미를 지니고 있다. 늙은 왕−사제를 죽이고 새로 왕위에 오르는 황금가지 왕(Golden Bough King)처럼 감나무 아래서 벌어지는 살해와 식인의 제의는 붉은 감이 가득 열리는 수확을 가져온다. 죽은 자가 흘린 피가 붉은 감, 핏빛 과육으로 영근 것이다. "강동강동"이라는 동화적 천진성이 묻어나는 의성어는 실은 그 뒤에 유혈이 낭자한 잔혹한 폭력의 흔적을 감추고 있다. 젤리처럼 부드러운 점액질의 과육은 관능적 쾌락을 약속하기보다 오히려 지나친 숙성이 초래하기 마련인 부패와 죽음을 예고한다. 때문에 수많은 젖가슴을 온몸에 주렁주렁 매단 에페수스의 아르테미스 상처럼 붉은 감이 다글다글 열린 감나무는 화자에게 찬탄보다는 혐오의 감정을 자아낸다.

이처럼 때로 자연의 원형적 힘은 순수하고 아름답다기보다 불순하고 파괴적으로 여겨진다. 번식과 충만은, 과도할 경우, 세계를 정반대되는 파국으로 인도한다. 「헤헤 헤헤헤헤」에서 뒤란의 "드글드글 달려 있는" "작고 붉은 열매들"은 "일제히 살을 터뜨"리면서 "낭자하게 흩어지는 작고 붉은 비명들"을 내지른다. 「할미는 하루 종일 꽃뱀과 논다」에서 할미는 "제 몸에 구멍을 파고 시든 아기들을 심"는데 그 자리마다 "징그러운 꽃무늬들"이 번져간다. 따라서 다글다글 열린 감나무의 열매는 단지 결실을 나타내는 것이 아니다. 그것은 나무의 몸에 열린 태아들이며 종양들이다.

몸에 꽃모가지들 돋아난다 돋아나 깔깔거린다 기쁨을 잃은 살갗 시끄러
운 꽃모가지들 측간에서 할미는 빗자루로 내 등을 쓸어내렸다 (……) 내
가 죽고 죽어도 골백번 고쳐죽어도 여태도 온 밤 내 돋아나 깔깔거리기만
하는 아으 시끄러운 꽃모가지들

—「밤마다 축제」 부분

감나무에 열린 다들다글한 열매는 여기서 사람의 몸에 돋아난 꽃모가지
로 변주된다. 아마도 피부질환의 가려움을 우회적으로 표현한 듯한 이 시
는 인간의 감각적 쾌락과 고통도 실은 무지와 망상의 산물임을 드러내고
있다. 삶은 미혹이며 존재의 증식은 축생도의 고통을 가중시킬 뿐이다.

4. 오래된 시인

우리는 앞에서 이 시인의 시에 자주 등장하는 동물이나 벌레 이미지들
이 우글거리고 꿈틀거리는 존재의 다수성을 나타내며 그것에 대해 화자
가 매우 부정적 감정을 표출하는 것을 확인한 바 있다. 동물만이 아니라
식물도 부패와 죽음에 연루돼 있으며 궁극적으로 모든 생을 타고난 것들
은 윤회전변을 거듭하며 묵은 업을 더할 뿐이다. 그렇기 때문에 시인은,
시집 제일 앞에 수록한 「사랑」이라는 작품에서 제목과 상반되게, 사랑의
열정이 아니라 사랑의 종말을 노래하고 있다. 그가 사랑에서 보는 것은
에로스의 현현이 아니라 에로스적 충동의 거부이다.

그러나 돌의 피를 받아 마시는 것은
언제나 푸른 이끼들뿐이다 그 단단한 피로 인해
그것들은 결국 돌빛으로 말라 죽는다 비로소

돌의 일부가 되는 것이다

—「사랑」 전문

　이 시에서 돌/이끼의 사랑은 흡혈의 과정이자 감염의 과정으로 그려진
다. 돌의 피를 수혈받은 푸른 이끼는 말라 죽는다. 에로스는 타나토스를
통해서만 구현될 수 있으며 삶은 종국에 죽음에 이른다. 차이가 사라지
고 운동이 정지하며 모든 것이 동질화되는, 열역학에서 말하는 열사(heat
death) 상태에 처하는 것이다. 육신의 오욕칠정에서 벗어난 멸집(滅執)의
순간, 번뇌의 불길은 꺼진다. 그렇다면 습기가 제거된 광물성의 세계, 돌
의 무감각한 부동성이 지상의 모든 몸 입은 것들의 궁극적 도달점이라 할
수 있을까. 아직 출발선상에 서 있는 젊은 시인에게 이러한 질문은 어쩌
면 너무 부담스러운 것인지도 모른다. 그러나 도시를 무대로 한 이 시인
의 일련의 시를 유심히 살펴보면 그가 그렇게 단선적인 결론에 안주해 있
지는 않다는 사실을 발견하게 된다.

　도시적 삶의 이면을 포착하고자 한 「어느 날 아침」 「모래바람 속」 「바
깥 1」 「바깥 2」 같은 작품에 부각된 도시상은, 지금까지 분석해온 시편들
과 달리, 습기는커녕 메마르고 건조하기 이를 데 없는 삭막한 사막의 모
습을 하고 있다. 서울은 "거대한 사구들로 뒤덮여"가고 있으며 그 속에서
사람들은 "잊혀진 도시의 풍화작용"에 시달리고 있다. 도시에서 사람들
은 기억상실에 시달리거나(「모래바람 속」 「바깥 1」), 어디론가 실종되거나
(「담벼락 사내」), 소통불능의 괴로움(「바깥 2」)을 감내해야 한다. "오늘이
어제인지 내일인지 알 수 없"(「모래바람 속」)고 "유폐된 소리들이 사람들
의 입을 떠나 떠도는"(「바깥 2」) 현실 속에서 사람들은 미라처럼 말라가
고 바스라지고 헐거워져가는(「읽다 만 책」 「연애편지」 「늦은 오후」) 운명에
처해 있다. "사라져버렸군 육교가 사라진 탓이야 이곳에 육교가 있었다는

걸 사람들은 기억할까"(「바깥 1」)라는 구절처럼 그들은 망각하면서 망각되어져간다. 부패와 육탈, 죽음의 해체작용은 육신의 사후 행해지는 것이 아니라 살아 있는 지금 이곳에서 현재형으로 진행되고 있는 것이다. "가물고 짓무른 이 땅 건너서"(「바리데기」)라는 모순어법의 표현이 말해주듯 이 물기 없이 건조한 도시의 연옥은 어둡고 축축한 점액질의 지옥과 같은 동전의 양면을 이루고 있다. "시간과 함께 모래에 묻힌 도시"는 "커다란 항아리만 어두운 입 벌리고 있는 여기"(「연애편지」)이기도 하다. 따라서 "건조한 땅에서도 당신 生이 슬퍼 울어본 적 있나요?"라는 진술은 단순히 감상성의 발로가 아니라 사막화하는 세상에 살면서 역으로 점액질의 지옥을 견디는 이 시인의 상상력의 순회운동이 낳은 자연스러운 결과로 봐야 할 것이다.

기억상실과 소통불능의 현실 속에서 개별적 주체는 점차 무화되어간다. 그런데도 대부분의 사람들은 자신이 "헛것으로 서 있"(「섬이 거기 있었다는 사실을」)는 줄 모르고 신기루를 쫓아 방황하다 제풀에 스러지는 우행을 거듭하고 있다. 삶 속에 죽음이 있고 죽음 속에 삶이 있다는 것을 통찰하고 한 개인의 추억을 넘어 인류라는 종이 가진 근원적 기억을 일깨우고자 하는 이 시인의 신화적 상상력은 그런 점에서 더욱 서늘하게 다가온다.

21세기 벽두 김근의 등장은 한국시단에 또 한 명의 조로한 시인이 나타났음을 말해주는 표지이다. 그는 청년기를 훌쩍 건너뛰어 삶의 종점에 이른 자의 눈으로 인간과 세계를 응시하고 있다. 그는 유난히 "늙은"이나 "오래된"이라는 수식어를 편애한다. 이 젊은 시인도 보들레르처럼 "나는 천년을 산 것보다 더 많은 기억을 갖고 있다"라고 말하고 싶은 것일까. 그러나 노회한 삶의 비의를 전달하는 이 시인의 혈관에 흐르는 언어는 정작 젊고 싱싱하다. 새벽이나 저물녘 어스름에 싸인 강물의 수면에 물 한 방울 떨어지는 소리조차 선명하게 들리는 듯한 다음 시의 투명한 아름다움을 보라. 시작도 끝도 없이 이어질 듯하다가 끊어지고 끊어질 듯하다가 이어지며 전개되는 리듬에 몸을 싣다보면 어느덧 아득한 기억의 저편에서 우리가 오래 망각해왔던 서정시의 깊고 그윽한 맛이 우리 미각에 불현듯 되살아나지 않는가.

꿈에, 누이야, 살랑거리는 물주름도 없이, 江인데,
이따금씩 튀어오르는 피래미 새끼 한 마리 없이
푸르스름한 대기 살짝 들떠, 未明인지 저녁 어스름인지,
간유리처럼 커다란 燐光體처럼, 보일 듯 말듯
제 꼬락서니 드러내는 나무와 풀과 길과 마을 품고,
가벼이 얽은 얼굴에 드러나는 마마 자국마냥, 서툴게시리
산과 들과 세상이 밝음과 어둠의 바깥에, 흐르지 않고
江인데, 누이야, 허옇게 물안개만 피어올라 몽글몽글,
자울거리는 시간하고 노닥노닥, 안개에 싸여 오두마니, 나
어디 기척이나, 배곯는 밤부엉이 소리나 어디,
그저 한참을 앉아만, 나, 내가 참말 나인지도 모르게 앉아만,
혹 바람이라도 불었던지 누구의 입김이라도,
배 한 척, 깜깜한 안개 사이로, 삐걱거리며 빈 나룻배,
나한테로 헤적헤적 안개 헤치며 강 저편에서,
없더니 아무리 눈 씻고 보아도, 빈 나룻배
도로 가는데, 강 저편에서 흑흑대는 소리, 헌 광목치마
찢어발기듯 소리, 온몸의 힘줄이란 힘줄 다 불거져 툭,
툭, 터지는 소리, 소리에 비늘을 세우고 한꺼번에, 안개가, 나를, 나를,
그제서야 보여, 파르르 흔들리는 거, 강가의 사시나무 이파리 하나
그 흔들림 속으로 江도 안개도 산도 들도

나무도 풀도 길도 마을도 대기도 어둠도 밝음도
나도 시간도 한가지로 흔들림 속으로, 꿈에 누이야

그만, 夢精을, 나, 너를 보듯,

—「江, 꿈」 전문
(2006년 봄)

제3부
투쟁과 관조

혁명의 길 전사의 시
— 김남주 시에 나타난 불의 상상력

1. 프로메테우스의 꿈

그대는 타오르는 불길에
영혼을 던져보았는가
그대는 바다의 심연에
육신을 던져보았는가
죽음의 불길 속에서
영혼은 어떻게 꽃을 태우는가
파도의 심연에서
육신은 어떻게 피를 흘리는가

　　　　　　　　　　　　　—「잿더미」 부분

김남주의 시를 읽을 때 받게 되는 인상 중의 하나는 강렬함이다. 그의 시는 뜨거운 화력과 강한 빛을 내장하고 있는 불길이다. 그 불은 스스로 타오르면서 읽는 사람을 화염에 휩싸이게 만든다. 인용한 시에 따르면 영혼의 꽃 속에도, 육신을 타고 흐르는 피에도 불길이 숨어 있다. 꽃은 타오르며 번져가고 피는 흐르며 태운다. 인간의 몸과 영혼은 불을 전달하는 통로이며, 불과 더불어 연소했다가 잿더미 속에서 다시 살아날 기회를 엿보는 불씨이다. 그런 의미에서 이 시의 화자는 신에게서 불을 훔친 자이며 그렇게 훔친 불을 인간에게 가져다 준 자, 신화적 존재인 프로메테우스와 같다. 이 불의 영웅은 새벽과 황혼, 봄과 겨울이란 상반된 시간대를 통과하며 세계를 편력한다. 긴 여정의 종점에서 그는 시의 종결부가 말해주듯 다음과 같은 깨달음에 도달한다.

꽃이여 피여
피여 꽃이여
꽃 속에 피가 흐른다
핏속에 꽃이 보인다
꽃 속에 육신이 보인다
핏속에 영혼이 흐른다
꽃이다 피다
피다 꽃이다
그것이다!

시인의 데뷔작이기도 한 이 작품에서 화자는 꽃과 피, 영혼과 육신의 이원론에서 출발하여 양자가 극적으로 합일하는 순간의 황홀을 향해 나아간다. 그것은 곧 화자가 '그대'라고 부르는 가상의 청자와 일체가 되는 순간이기도 하다. 현상세계의 이원론은 불을 매개로하여 궁극적 통일의 순간을 맞이한다. '그것이다'라는 단언은 일상의 지평을 뛰어 넘는 시적 순간의 눈부신 현현을 말해주고 있다. 물론 불을 거론하거나 노래한다고

해서 모두 진실된 존재인 것은 아니며 역사의 진보에 더 긍정적으로 기여
하는 것도 아니다. 때로 어떤 사람들에게 불은 기회주의적 영합의 표상이
거나 진정성을 결여한 일시적 포즈의 산물에 지나지 않을 때도 있다.

> 불이 아니면 안 된다고 자못
> 핏대를 올리는 녀석들이 있다
> 놈들을 조심하라 그들은 적당한
> 아주 적당한 간격을 두고
> 불 앞에서 불과 타협한다
>
> 불을 노래하는 녀석들이 있다
> 놈들의 주둥이를 비틀어라 그들의 눈은
> 사슬에 묶인 시인의 간과 닮고 있지 않다
>
> —「불」 부분

반어적 어법을 취하고 있는 이 시에서 화자는 위선적으로 불을 찬양하
고 쉽게 불을 흉내내는 무리를 풍자적으로 질타하고 있다. 이들은 '가련
한 휴머니스트'이며 '머리 덜 깬 친구'로서 '불행한 천사'에 불과하다. 그
들에게 불은 한순간의 위장에 지나지 않으며 적당한 타협의 대상에 지나
지 않는다. 반면 이들의 대척점에 사슬에 묶인 채 매일 새롭게 돋아나는
간을 맹금에게 뜯어먹히는 시인, 즉 프로메테우스가 존재한다. 따라서 프
로메테우스의 삶을 선택한다는 것은 불에 뛰어든다는 것이며 불의 운명
이 예비하는 투쟁과 박해로 가득 찬 지난한 삶을 능동적으로 선택한다는
의미이다. 그것이 이 시의 종결부가 말해주고 있는 전언이다.

불은 끝나지 않는 고난이 되어
죽음으로써만이 끝장이 나는
신화(神話)가 되어 너를 기다린다

죽음으로써만이 끝날 수 있는 고난의 장정, 그것이 프로메테우스의 후예에게 허락된 유일한 길이다. 그는 빛의 영광 속에서 사는 게 아니라 "암울한 시대 한가운데/ 말뚝처럼 횃불처럼 우뚝 서서/ 한 시대의 아픔을/ 온몸으로 한몸으로 껴안고/ 피투성이로 싸워"(「황토현에 부치는 노래」)야 하는 운명에 처해진다. 간을 파먹히는 고통은 열정을 소진시키는 것이 아니라 불속에 저장된 불을 더욱 타오르게 하며 자신에게 주어진 소명에 대한 확신을 더 굳건하게 하는 데 기여한다.

참기로 했다
어설픈 나의 신념 서투른 나의 싸움은 참기로 했다
신념이 피를 닮고
싸움이 불을 닮고
자유가 피같은 불같은 꽃을 닮고 있다는 것을 알 때까지는
온몸으로 온몸으로 죽음을 포옹할 수 있을 때까지는
—「진혼가」 부분

신념과 싸움과 자유가 의미론적으로 동류항을 이루듯 피와 불과 꽃은 이 시인의 상상력 속에서 상호 호환되는 동일한 이미지군을 이룬다. 불이 자신에게 투신할 존재를 기다리듯 화자는 궁극적 순간이 도래할 순간까지 '참기로 한'다. 화자는 죽음을 목전에 두고 자신의 전 존재를 건 싸움을 시작할 그 순간을 향해 나아가고자 한다. 시인은 자신이 꿈꾸는 이런

프로메테우스적 운명을 다른 작품에서 시의 서두에 에피그램의 형태로
다음과 같이 서술해놓고 있다.

신으로부터 불을 훔쳐 인류에게 선사했던 프로메테우스가 인류의 자랑
이라면 부자들로부터 재산을 훔쳐 민중에게 선사하려 했던 나 또한 민중의
자랑이다.

　　　　　　　　　　　　　　　　　　　　　　　—「나 자신을 노래한다」 부분

산문으로 표현된 만큼 시적 울림이 약하고, 또 자신의 지난 행적에 대
한 직접적 변호가 과연 그 기대만큼 설득력이 있는 것인지 의심이 들지
않는 것은 아니지만, 이 구절은 시인이 상상하는 자아의 거울 이미지를
매우 명료하게 보여준다. "불을 달라 프로메테우스가/ 제우스에게 무릎
꿇고 구걸했던가"라고 반문하고 있는 것처럼 모든 혁명의 과실은 투쟁
과 희생을 통해서만 얻어진다는 사실을 역설하고 있는 이 작품에서 화자
는 불굴의 투지와 인내의 화신인 프로메테우스를 자신의 자아 이상(ego-
ideal)으로 제시하고 있다. 이 시에서 화자가 "나는 혁명시인" "나는 민중
의 벗" "나는 해방전사"라고 거듭 힘주어 단언하고 있는 바와 같이 우리
시대에 신화적 인물 프로메테우스는 억눌리고 헐벗은 계급을 대신해서
싸우고 발언하는 시인에 대한 상징으로 나타난다. 보통 사람들의 범속한
일상을 뛰어넘어 창조적 소수의 자발적 선택을 강조한다는 점에서 시인
의 프로메테우스적 정신(Prometheism)은 영웅주의의 흔적을 지니고 있
으며 주어진 조건에 구속되지 않고 모든 가시적 · 비가시적 한계를 열정
과 신념으로 돌파하고자 한다는 점에서 그것은 의지주의의 흔적을 지니
고 있다. 프로메테우스에 대하여 아름다운 글을 남긴 상상력의 철학자 바
슐라르에 따르면 "불을 지피고 불길을 타오르게 하는 인간은 세계의 힘들

을 과대평가하면서 또한 지배하고 통제하려고 애쓴다"(『불의 시학의 단편들』). 그는 인간의 본성을 한 단계 더 높여주는 정신현상의 미학을 대변하고 있는 존재이다.

프로메테우스 신화는 향일성의 신화가 대개 그렇듯이 무의식의 깊이보다는 의식의 투명성을 지향한다. 그것은 어두운 밤의 몽상이 아니라 밝은 빛 아래서의 각성과 관련되기 쉽다. 이 신화가 비교적 용이하게 계몽주의적 담론에 이끌리는 것은 그 때문이다. 과연 프로메테우스의 후예로서 이 시인이 남긴 시편들도 광명에 찬 미래를 위해 현재 고통과 형극의 길을 가는 자의 수난의 기록이란 성격을 지니고 있다. 그는 시를 통해 무의식적 침잠을 유도하기보다는 확고한 의식의 명정상태에 도달하고자 한다. 그러나 이 시인의 시적 본령이라 할 수 있는 실천적 담론으로서의 시―폭로하고 비판하고 탄핵하는, 시대의 기소장으로서의 시를 살펴보기 전에 자신 속에 은밀히 간직하고 있는 불의 상상력이 빚어낸 관능의 풍경을 만나볼 필요가 있다. 감옥에 갇힌 채 사랑하는 여성을 그리워하고 있는 다음 시에서 화자는 한 고독한 남성이 그리는 성적 몽상의 편린을 보여준다.

　　나는 쓴다
　　모래 위에 그대 이름을 쓴다
　　파도가 와서 지워버린다
　　지워진 이름 위에 나는 그린다
　　내 첫사랑이 타는 곳 그대 입술 위에
　　다시 와서 파도가 지워버린다
　　그 위에
　　모래 위에 미끄러지는 입술 위에
　　나는 판다 오 갈증의 생이여

깊고 깊은 그대 몸속의 욕망을 오 환희여

파도가 와서 메워버린다

—「파도는 가고」 부분

오 부햇살처럼 펼쳐지는 여인의 몸 밤의 잠자리여

입술을 기다리는 입술

팔을 기다리는 허리

가슴을 기다리는 가슴

오 귀가 멀수록 가깝게 들리는 그대 거친 숨결이여

나는 놓는다 나는 놓는다 나는 놓는다

그대가 마시는 모든 술잔에 나의 입술을

그대가 만지는 모든 사물에 나의 무기를

그대가 그리는 모든 그리움에 나의 노래를

깊고 깊은 골짜기에서 그대는 갈증의 샘처럼 흐르고

나는 땅속 깊이 그대를 파헤쳐 하늘 아래 별처럼

붉은 아기 하나 태어나게 하고 싶다

—「고뇌의 무덤」 부분

화자가 호명함에 따라 육체의 각 부위는 수줍은 관능성으로 서서히 불타오른다. 사랑하는 여성의 젖가슴을 굳이 '내 고뇌의 무덤'이라고 표현한 데서 그의 도저한 도덕적 순결벽이 드러나지 않는 것은 아니지만, 이 시인의 작품으로서는 매우 이례적인 이들 시편은 그가 열렬한 혁명의 시인일 뿐만 아니라 몸의 욕망에 정직한 사랑의 시인이기도 하다는 점을 나타내주고 있다.[1] 여인의 육체는 모래사장 – 백지(「파도는 가고」)이며 골짜기 – 대지(「고뇌의 무덤」)이기도 하다. 시인이 꿈꾸는 성애는 백지에 서명을 하는 글쓰기와 겹치기도 하고 대지를 가꾸는 농부의 경작과 조응하기도 한다. 사랑의 결실로 대지에서 태어나는 아기는 '붉은 아기', 즉 불의 아이이며 그 아이는 천상의 별을 지향한다. 그 아이는 그 아버지를 이어 다시 불의 운명을 사는 자, 프로메테우스의 반역을 꿈꾸는 존재로 이 땅에 남게 될 것이다.

이러한 리비도의 불 저편에 부정한 것을 살라버리고 적을 태워서 없애버리는 파괴의 불, 심판의 불이 있다. 불은 희생물의 피를 연료로 하여 불타오르고 세상을 붉게 물들이며 번져간다. 그 불은 현실의 모순을 향한 격정의 불이자 분노의 불이고 시대의 어둠을 밝히는 예지의 불이자 정화의 불이다.

> 활
> 성조기를 살라 먹고
> 반미의 불꽃이 타오른다
> 활
> 식민지의 하늘을 붉게 붉게 물들이고
> 해방의 불꽃이 타오른다
>
> ―「불꽃」 부분

> 내란의 무기 위에 새겨진
> 피의 이름

---

1) 프로이트는 프로메테우스 신화를 정신분석학적 시각으로 해석한 논문 「불의 입수와 지배」에서 프로메테우스가 하늘의 불을 훔쳐 인간에게 가져다주기 위해 이용한 속이 빈 회향풀 줄기를 남성 성기로 보고, 이 신화 속에 숨어 있는 요도 에로티시즘을 지적한 바 있다. 아울러 이 신화를 불을 끄기위해 오줌을 싸는 아이들의 야뇨증과 결부시키면서 성적욕망의 해소와 관련하여 물/불 이미지가 전도되어 나타나고 있음을 밝혀내고 있다.

시가전의 바리케이드에서 피어나는
꽃의 이름

자유여 나는 부르지 않으리
함부로 그대 이름을

(……)

내란의 무기 위에서 시가전의 바리케이드에서
피의 꽃으로 내가 타오르는 그 순간까지는

—「피여 꽃이여 이름이여」 부분

　불은 점화되어 외부에 그 모습을 드러내는 순간 다른 세상을 고지(告知)한다. 파괴와 약탈, 방화와 결부된 불의 폭력적 힘은 자연적 질서에 역행하는 모든 것을 쓸어버리고 현실의 전면적 변화를 초래한다. "이 들판은 날라와 더불어/ 불이 되자 하네 불이/ 타는 들녘 어둠을 사르는/ 들불이 되자 하네"(「노래」), "우리도 뭉쳐야겠다/ 하나로 하나로 뭉쳐 열여덟 작은 불씨/ 큰불 하나 이루어야겠다"(「불씨 하나가 광야를 태우리라」) 같은 구절이 말해주듯 불은 동지적 결속과 외부의 금지 구속 압제를 무너뜨리는 해방을 동시에 성취하는 원소로 나타난다. 이처럼 불 이미지가 외부를 향해 거침없이 표출될 때 그의 시는 현실을 옥죄고 있는 온갖 제도 관습 규범에 대한 도전이자 풍자로 기능한다. 시인은 고양된 어조와 확신에 찬 태도로 불합리한 현실을 타기하고 시대의 참담함을 이겨내기 위한 무기로 자신의 시를 정립시킨다. 이때 프로메테우스의 불은 단지 신념이나 열정 같은 정서적 차원에 머무는 것이 아니라 현실의 모순을 파악하고 이를 넘어서기 위한 지적 노력으로 현상한다. 흔히 프로메테우스가 인류에게 선사한 불을 지성의 다른 표현이라고 보는 관점이 있다. 이 시인의 시에서 정서적 감동과 지적 인식은 서로 분리돼 있지 않고 융합돼 있으며 동시적으로 작용한다. 그는 당대의 '뜨거운 주제' 한가운데로 뛰어들어 갈등을 일으키고 있는 정치적 현안과 대결한다. 여기서 그의 시집을 채우고 있는 다수의 계몽적 서정시가 탄생하게 된다.

2. 투쟁의 무기로서의 시

지금까지 이야기했듯이 불의 영웅 프로메테우스는 반역과 모반을 기획하는 이들의 역할 모델이기도 하다. 신화적 설명 그대로 그는 '건설적인 불복종'의 상징이다. 그는 살부를 감행하여 아버지의 자리를 찬탈하는 아들이며 주인을 배신하고 권력을 쟁취하는 노예(종)이다.

노예라고 다 노예인 것은 아냐
자기가 노예라는 것을 알고 그게 부끄러워서
참지 못하고
고개를 쳐들고 주인에게 대드는 자
그는 이미 노예가 아닌 거야
　　　　　　　　　　　—「노예라고 다 노예인 것은 아니다」 부분

낫 놓고 ㄱ자도 모른다고
주인이 종을 깔보자
종이 주인의 목을 베어버리더라
바로 그 낫으로.
　　　　　　　　　　　—「종과 주인」 전문

바슐라르의 흥미로운 통찰에 의하면 프로메테우스 콤플렉스는 '지적 생활에 있어서의 오이디푸스 콤플렉스'(『불의 정신분석』)이다. 이 신화적 존재는 모든 인간 속에 숨어 있는 '지성에의 의지'를 일깨운다. 불의 운반자는 지성의 전달자, 미망에 사로잡힌 의식에 정신의 빛을 가져오는 자이다. 이 시인에 따르면 노예 스스로 자신이 노예라는 것을 자각하는 것이야말로 자기갱신과 세계변혁의 출발점이다. 그 순간 노예의 노예됨을 증거하던 낫이 해방의 무기로 돌변하는 엄청난 전도가 일어날 수 있다. 세계 속에서의 자신의 위치에 대해 알지 못하는 무지야말로 모든 억압과 불의를 존속시키는 근본요인이다. 그런 의미에서 프로메테우스가 인류에게 선사한 불은 인식의 불이요, 진리의 불이다. 세상을 바로 보지 못하는 것은 허위의식에 사로잡혀 있다는 것이며 자아의 진정한 모습과 대면하는 것을 회피하는 것에 다름아니다. 지배와 피지배, 권력과 저항의 이분법으로 이루어진 세상의 숨은 원리를 간파하고 주인─스승─아버지에 대항해서 노예─학생─아들이 떨치고 일어날 때 진정한 구원의 길이 열린다. 이 시인이 되풀이하여 강조하는 것은 바로 시에 주어진 이러한 진리 의무에 대한 충실성이다. 이를 단순히, 흔히들 그렇게 부르듯이, 목적의식적 시라고 불러서는 별 의미가 없다. 시인은 서정적 발화의 진리 능력을 믿고 따름으로써 혹독한 정치적 야만성이 지배하는 시대에 문학이 나아갈 수 있는 길의 한 극점을 보여주었다.

나는 나의 시가
오가는 이들의 눈길이나 끌기 위해
최신유행의 의상 걸치기에 급급해하는 것을 바라지 않는다
나는 바라지 않는다 나의 시가

생활의 현실에서 눈을 돌리고
순수의 꽃으로 서가에 꽂혀
호사가의 장식품이 되는 것을
나는 또한 바라지 않는다 자유를 위한 싸움에서
형제들이 피를 흘리고 있는데 나의 시가
한과 슬픔과 넋두리로
설움 깊은 사람 더욱 서럽게 하는 것을

나는 바란다 총검의 그늘에 가위눌린
한낮의 태양 아래서 나의 시가
탄압의 눈을 피해 손에서 손으로 건네지기를
미처 먹지도 마시지도 못하고
배부른 자들의 도구가 되어 혹사당하는 이들의 손에 건네져
깊은 밤 노동의 피곤한 눈들에서 빛나기를
한 자 한 자 손가락으로 짚어가며
그들이 나의 시구를 소리내어 읽을 때마다
뜨거운 어떤 것이 그들의 목젖까지 차올라
각성의 눈물로 흐르기도 하고
누르지 못할 노여움이 그들의 가슴에서 터져
싸움의 주먹을 불끈 쥐게 하기를

—「나는 나의 시가」 부분

시에 대한 시인의 순정한 믿음을 토로하고 있는 이 시는 감동적인 만큼이나 어느 면 순진한 구석이 없지 않다. 중요한 것은 이 시인에게 시는 '존재'하는 것이 아니라 '의미'하는 것이며 한걸음 더 나아가 '사용'하는

것이라는 점이다. 시를 두고 순수와 참여, 유희성과 실용성을 거론하며 벌이는 문학장 내에서의 여러 갑론을박처럼 이 시인에게 공허한 것도 없었으리라. 그에게 시는 무엇보다 도구이며 현실 속에서 비록 실질적이고 결정적인 힘을 발휘하는 것은 아니지만 사용가치에 의해 그 존재가 정당화되는 언어기계에 불과하다. 도덕적 실천적 진술로서의 시만이 그에게 유효성과 더불어 자신이 속한 시대에 '존재할 수 있는 권리'를 허여받을 수 있는 조건으로 여겨졌을 것이다.

직접적이고 직정적인 그의 언어는 모든 예술적 의장(意匠)을 멀리하고 대상을 향해 직선으로 나아간다. 정치적 목적을 위해서라도 심미적 효과라는 당의(糖衣)를 입혀야 한다는 통념을 그는 수락하지 않는다. 수사적 윤색을 최소화한 그의 시작법은 예술적 세련성에 대한 불신과 맞물려 있다. 어쩌면 그에겐 표현의 직접성만이 상황의 절박성에 대한 유일한 응답일 수 있었을 것이다.

학살의 수괴가 지금
옥좌(玉座)에 앉아 있다

학살에 반대하여 들고 일어선 민중들의 수괴도 지금
옥좌(獄座)에 앉아 있다

어느 자리가 더 편안한 자리이고
어느 자리가 더 불편한 자리이냐

—「옥좌」 전문

한 나라의 대통령이란 자가

외적의 앞잡이이고
수천 동포의 학살자일 때
살아남은 사람들이 있어야 할 곳
그곳은 어디인가
전선이다 감옥이다 무덤이다
도대체
동포의 살해 앞에서 저항하지 않고
누가 있어 한낮의 태양 아래서 자유로울 수 있단 말인가
누가 있어 한밤의 잠자리에서 편안할 수 있단 말인가
　　　　　—「살아남은 자들이 있어야 할 곳」 전문

　정치적 암흑기였던 지난 연대에 생산된 김남주의 옥중시편은 단순하면서도 정확한 언어가 줄 수 있는 충격이 어느 정도인지 보여주는 대표적 사례라 할 만하다. 급진적 정치적 상상력으로 무장한 그는 시대상황을 외면한 공허한 예술을 지양하고 현실적으로 즉각적이고 유용한 시적 담론을 추구했다. 그의 공격 대상은 단지 권력자나 외세에 부역하는 족속들에 머물지 않는다. 그의 시는 때로 심술궂거나 잔인하다고 여겨질 정도로 소시민의 유약한 허위의식을 여실히 들추어냄과 동시에 당연시되어온 기존의 시적 관습이 얼마나 부실한 토대 위에 유지돼오고 있는지 예각적으로 드러내고 있다. 삶에서 노동과 투쟁이라는 실제적 체험의 무게를 삭제하고 추상적인 관념의 놀이에 탐닉하는 지식인이나 문사 역시 이 시인의 집요한 언어적 공세의 과녁에서 벗어나지 못하고 있다. 자신에게 허여된 사회적 지위와 철저히 결별하고 농부나 노동자 같은 소외받고 수탈당한 계급의 대변자로서 존재 전이를 할 때에만 그들에게도 구원의 가능성이 주어진다. 초기시편 가운데 하나로, 어두운 밤 홀로 고향을 찾아와 배회하

는 모습을 그린 「달도 부끄러워」나 사랑하는 사람과 떨어진 채 감옥에 갇혀 반복되는 일상을 수행하는 모습을 담담하게 그린 「수인의 잠」 같은 시가 보여주듯이 과거의 자아와 절연하고 불의한 세상에서 전사의 임무를 수행하는 단독자에게 고립감과 소외감은 어쩌면 필연적인 것일지 모른다. 구금이나 체포, 고문 같은 개인의 육체에 가해지는 즉각적인 위협에 맞서며 인간으로서의 위엄을 지키기 위한 기나긴 투쟁엔 전적인 투신과 자기증여가 요청된다. 지배이데올로기에 오염된 의식을 깨뜨리고 시대적 정당성에 입각한 실천을 선도자적으로 감행하는 것, 그것이 바로 김남주가 꿈꾸었던 참된 시인의 초상이다.

　세상을 적과 동지, 가해자와 피해자, 의인과 악인으로 구분짓는 이분법적 인식의 완강함은 부정적 대상에 대한 비타협적 태도와 더불어 이 시인의 정신세계를 구성하고 있는 기본요소에 해당된다.[2] 이항대립의 세계인식하에 자기 동일성의 원칙이 지배되는 이 시인의 시는 당연히 분할, 배척, 대조에 의해 양립되는 두 힘 진영의 갈등으로 축조돼 있다. 관료/백성, 독재자/인민, 미제국주의/식민지 조국, 자본주의/사회주의처럼 선명한 이분법에 의거한 세계 파악은 필연적으로 개개 시편에서도 시적 대

---

2) 김사인은 김남주에 대한 자상한 이해를 보여준 글에서 이 시인의 시세계를 관류하고 있는 '몇 가지 양보할 수 없는 고정관념'을 다음과 같이 정리해놓고 있다. "첫째, 시는 혁명의 무기로서 복무해야 하며 그러기 위해 시는 여타의 물리적인 수단들과 마찬가지로 '사용'되어야 한다는 것. 둘째, 모든 사회적 현실과 인간관계, 나아가 자연현상들까지도 유물론적 계급론적 관점에서 파악해야 하며 시의 성취도는 그 철저성에 비례한다는 것. 셋째, 따라서 시는 '감정의 자연스런 흘러넘침' 따위가 아니라 이지적 판단에 의해 계산되고 통제되어야 한다는 것. 넷째, 우리 민족사회의 본질적 현실은 제국주의에 의한 분단과 매판적 지배계급의 독재적 지배로 규정될 수 있고, 따라서 근로대중의 비타협적 계급투쟁만이 새로운 사회를 가능하게 할 수 있으며 시인은 모름지기 그러한 혁명운동의 이념적 전위가 되어 동참함으로써만 감동적인 시를 쓸 수 있다는 것."(「김남주 시에 대한 몇 가지 생각」, 『창작과비평』 1993년 봄호) 내용적 측면에 국한되긴 했지만 김남주의 시에 대한 요점제시적 설명으로는 충분하다고 여겨진다.

상에 대한 숨길 수 없는 호오(好惡)의 감정 표출을 초래한다. 간헐적으로 예외가 없진 않지만 그의 시가 대부분 사랑/증오, 찬양/비난, 고발/변호 같은 어느 정도 단순화되고 스테레오타입화한 범주에 갇혀 있다는 인상을 주는 이유도 그 때문이다. 인간을 포함하여 모든 존재는 일종의 상호 투쟁 속에 놓여 있으며 세상은 빛과 어둠이 결전을 치르는 마니교적 전쟁터이다. 박해와 고통이 일용할 양식이 되어버린 이 땅에서 시인은 혁명을 통한 구원을 갈망한다. 시는 아직 도래하지 않은 혁명의 시간을 지금 이곳에 현재형으로 불러들이는 주문에 다름아니다. 단순성과 정직성에 기초한 시적 언어만이 상실된 인간의 존엄성을 회복하고 분열된 세계에 새로운 결집력을 제공할 수 있다.

정치적 기능성을 극대화한 그의 시편은 읽는 사람을 수동적 관조 상태에 놓아두는 것이 아니라 정감을 자극하고 행위를 촉발시킴으로써 현실에 구체적이고도 실질적인 변화를 가져오기를 원하는 의도의 산물이다. 지적 정서적 동의를 이끌어내려는 일련의 진술로 이루어진 그의 시는 당연히 '설득의 수사학'의 지배를 받고 있으며, 그 결과 시행의 많은 부분이 웅변을 닮은 구절들로 채워지고 있다. 이는 그의 시가 은유나 환유, 상징 같은 의미의 전환을 가져오는 비유(figures of thought)보다 반복, 열거, 과장, 대조, 도치 같은 언어적 효과를 노린 비유(figures of speech)에 더 의존하고 있다는 사실과도 관련된다. 그래서 그의 시집을 펼치면 상식이라는 이름하에 지배이데올로기가 유포한 개념들을 논박하거나 희화화하는 데 상당한 지면을 할애하고 있음을 보게 된다. 사실, 그의 정치시편에서 두드러진, 수난받는 희생자가 자아내는 비장미 못지않게 주목을 요하는 특성으로 공격적인 희극성을 들 수 있다.

미군이 있으면

삼팔선이 든든하지요
삼팔선이 든든하면
부자들 배가 든든하고요

　　　　　　　　　　　　　　　　　　　　　—「쓰다 만 시」 전문

미군이 없으면
삼팔선이 터지나요
삼팔선이 터지면
대창에 찔린 깨구락지처럼
든든하던 부자들 배도 터지고요

　　　　　　　　　　　　　　　　　　　　　—「다 쓴 시」 전문

　인용한 시에서 볼 수 있듯이 설득의 효과를 높이기 위해 시인은 유추에 의한 논증을 적절히 활용하고 있다. 그는 가장 단순하게 말하는 방식을 통해 정치 사회적으로 금기시된 영역까지를 단번에 과감하게 돌파해 버린다. 논거를 적절히 배분하고 극적으로 장면화시키는 능력은 그의 중요한 시적 자질 중의 하나이다. 진지함과 아이러니, 고백과 풍자, 비판과 조롱의 경계선을 자유롭게 횡단하면서 시인은 고정관념을 교란시키고 일상에 매몰된 의식에 균열을 일으킨다. 내용적으로 비교적 단조로운 테마를 변주하고 있는 그의 시는 형식적으로는 서간체, 대화체, 독백, 우화, 경구, 추억담, 조사(弔辭), 벽문 등 다양한 외양을 취하고 있다. 어떤 경우든 그의 시에서 두드러진 것은 촌철살인의 공격성이다. 그의 시는 증오하는 적으로 설정된 존재에 대해 단호한 적개심을 표출할 때 활력을 부여받고 강렬함을 획득한다. 이 순간 적대감으로 한껏 충전된 시인의 언어는 그 어떤 권위도 용납하지 않고 거칠 것 없는 행로를 선보인다. 하여 불가피하게 교화적이고 선동적인 성격을 지닐 수밖에 없는 그의 시는 슬로건을 지향하게 된다. 식민지 시대 카프문학의 좌절 이후 이 나라에서 예술적 추문의 다른 이름이었던 프로파간다(propaganda)를 오히려 이 시인은 적극적으로 수용하여 자신의 시적 실천의 동력으로 삼았다고 할 수 있다.

"조국은 하나다"
이것이 나의 슬로건이다
꿈속에서가 아니라 이제는 생시에
남 모르게가 아니라 이제는 공공연하게
"조국은하나다"

—「조국은 하나다」 부분

겨레의 마지막 순결 너 백두산 기슭이여
자본의 유혹 앞에서 치맛자락을 걷어올리지 말아라
너 금강산 일만이천봉 민족의 기상이여
자본의 위협 앞에서 무릎을 꿇지 말아라

—「겨레의 마지막 순결 너 백두산 기슭이여」 부분

시인은 선언하고 명령하고 권유하고 광고하고 호소하고 끝내 절규한다. 심리적 피라미드의 정점에서 시인은 거의 날것의 구호를 그대로 발설해버린다. 그의 격렬한 어조에 담긴 역사적 실존적 고통의 무게가 시간에 의해 마모되고 세태에 휩쓸려 희석돼가는 지금, 그가 남긴 구절의 많은 부분이 이젠 예전과 같은 시대적 절박성도 정서적 울림도 지니고 있지 못한 듯하다. 구호로서의 문학이 가질 수밖에 없는 한계가 아닐 수 없다. 하지만 어쩌랴. 시대적 소명에 충실하고자 한 것이 그의 최고의 소망이었고 그의 시는 바로 그러한 소망의 구체적 실현물로 우리 앞에 지금 남아 있는 것이기 때문이다. 그가 남긴 시 앞에서 예술적 한계 운운하며 비평적 저울의 눈금을 들이대기 전에 그가 온몸을 바쳐 살다간 시대의 죄악상을 떠올리는 것이 그의 시 앞에서 우리가 취해야 할 온당한 자세일 것이기 때문이다.

3. 이 땅에서 아름다운 것

> 피와 학살과 무기의 저항 그 사이에는
> 서정이 들어설 자리가 없다 자격도 없다
> —「바람에 지는 풀잎으로 오월을 노래하지 말아라」 부분

> 이 땅에서 아름다운 것 그것은 싸우는 일이니
> 그것을 다른 데서 찾지 말아라
> —「잿나무나 한 그루」 부분

그가 살던 시대는 시쓰기가 곧 투쟁의 일환이고 서정의 부재야말로 시가 시로 존재할 수 있는 부재증명으로 인식된 시절이었다. 양자택일을 강요당한 시대에 그는 선명한 선택을 했고 그 선택에 평생 충실했다. 생애 말년에 매일 간을 뜯어 먹히는 고통을 당하는 프로메테우스처럼 육체적 병고에 시달리며 거기다 현실사회주의 정권의 몰락이라는 최악의 현실과 조우해야 했던 그는, 그럼에도 희망을 포기하지 않고 주위 사람을 독려하는 면모를 보인다.「노동의 대지에 뿌리를 내리고」라는 작품에서 "무너진 산/ 내려진 깃발/ 파괴된 동상/ 나는 그 앞에서 망연자실 어찌할 바를 모

른다"라고 방향감각의 상실을 토로하는 화자는 "기고만장해서 환호하는 자본자의 검은 손들"을 보고 "기가 죽었는지 어처구니가 없었는지/ 노동과 투쟁의 어제를 입술에 깨물고 우두커니 서 있는 낯익은 사람들"을 본다. 이처럼 절망과 좌절에 빠져 있던 화자는 그러나 먹구름 저편에서 손짓하는 무수한 별들과 아직도 뿌리가 뽑히지 않고 바람에 흔들리고 있는 나뭇가지, 그리고 날벼락에도 꺾이지 않고 요지부동으로 서 있는 불굴의 바위들을 보고 "가자/ 가자/ 그들과 함께 들판 가로질러 실천의 거리와 광장으로/ 가서 다시 시작하자 끝이 보일 때까지"라고 외치게 된다. 어느 정도 의식의 도식성이 시적 구체성을 압도하는 결점을 노출하고 있는 작품이긴 하지만, 다수 대중을 결집시키고 움직이게 만드는 시를 원했던 이 시인의 특징과 당시 국내외에 불어닥친 진보적 이념의 퇴조에도 불구하고 절망과 패배를 끝내 수락할 수 없었던 이 시인의 기질이 잘 드러난 작품이라고 할 수 있다. 과거의 자신과 비교하여 "사물의 핵심을 찌르지 않고 비껴가는/ 내 시와 말이 비겁하지 않느냐는 생각"(「길」)에 고민하기도 하고 "요즘 나는 먹고 사는 일에 익숙해졌다"거나 "이제 나는 아무짝에도 쓰잘 데가 없는 사람이다"(「근황」)라고 일상에 매몰되어가는 자신에 대해 자괴감을 토로하기도 하지만 깊은 어둠 속에서 반짝이는 작은 불빛이라도 놓치지 않으려는 열정만은 여전했다고 할 수 있다. "빈들에 어둠이 가득"한 깊은 밤 시인은 "깜박깜박 빛을 내"고 있는 개똥벌레를 보며 끝내 "나만 남아/ 어둠의 끝에서 밝아오는 아침을 맞이한다"(「개똥벌레 하나」)라고 노래한다. 죽음에 임박해서도 그는 현실 변혁의 꿈을 버리지 않고 희미하게 가물거리는 희망의 불빛에 시선을 고정시키고 있었던 것이다. 아마도 시인의 이러한 낭만적 비전이 가장 아름답게 형상화된 만년의 작품으로 다음 시를 들 수 있을 것이다.

콕

콕콕

콕콕콕

새 한 마리

꼭두새벽까지 자지 않고

깨어나

일어나

어둠의 한 모서리를 쫀다

콕 콕콕 콕콕콕……

이윽고 먼데서

닭울음소리 개울음소리 들리고

불그레 동편 하늘이 열리고

해 하나 불쑥 산너머에서

개선장군처럼 솟아오른다

이렇게 오는 것일까 새 세상은

하늘이 열리고 땅이 열리고

새 세상은 정말

새 세상은 정말

어둠을 쪼는 새의 부리에서 밝아오는 것일까

—「적막강산」 전문

　새 세상은 요란하고 거친 소음과 더불어 오는 것이 아니라 깊은 밤부터
이른 아침까지 나무를 쪼아대는 새의 꾸준한 부리질에 의해 밝아오는 것

이다. 적막강산을 깨우는 새의 끝없는 부리질, 그것은 위대한 자연의 섭리이기도 하고 겉으로 드러나지 않는 다수 대중의 말없는 노력을 가리키기도 한다. 이제 불을 간직한 프로메테우스와 그의 육체를 쪼는 새는 대립되는 존재가 아니다. 오히려 새의 부리질에 의해, 어둠의 한 모서리를 쪼아대는 지속적인 노동 끝에 불을 머금은 둥근 해의 출현이 가능해지는 것이다. 불현듯 밝아오는 새날 새아침은 저절로 도래하는 것이 아니라 한밤을 다한 새의 혼신을 다한 지극한 정성에 의해 비로소 개막된다. "콕콕/ 콕콕콕"이라는 날카로운 어감의 의성어가 연상시키는 점진적이면서도 누적적인 도발 끝에 둥글게 빛으로 세상을 감싸는 해가 떠오른다. 지극히 작은 존재의 노력에 의해서 새롭게 큰 세상이 열린다.

비극적 시대를 살다 간 그는 자신이 꿈꾸던 정치적 민주화가 만개한 시절을 살아보지 못한 채 험난한 투쟁으로 점철된 인생을 거둬들였다. 역설적으로 이야기해서, 어쩌면 지금 우리가 마주하고 있는 천박한 민주화의 양상을 보지 않고 떠날 수 있었던 것은 비극적 삶으로 시종한 그가 누릴 수 있었던 드문 행운이었을지도 모른다. 역사적 전환과 권력의 부침이란 파고를 겪으며 민주화 운동의 경력이 값싸게 거래되고 그 공과가 허술하게 재단되기에 이른 작금의 상황에서 생전에 그 어떤 영광도 누리지 못하고 서둘러 삶에 종지부를 찍은 그의 운명은 착잡한 감회를 불러일으킨다. 하지만 비록 그의 육신은 죽음으로 방부처리되었어도 그의 시는 여전히 살아 있다. 아직도 지하시(underground poetry)로서의 성격을 잃지 않고 있는 그의 유니크한 시세계는 미완의 생애와 달리 하나의 완결물로 우리 앞에 존재한다. 언어의 명료성과 윤리적 성실성이 만나 이루어진, 우리 시사에서 만나기 힘든 희귀한 정신의 결정체인 그의 시는 우리 문학이 자유와 평등과 해방의 이념을 향해 나아갈 때마다 응시하지 않을 수 없는

'항로 안내를 위한 삼각점 내지 부표'(귄터 아이히)로서 저 멀리 빛나고 있을 것이다.

(2005년 2월)

나무 밑에서 물을 바라보는 사람
— 김용택 시와 회향(回鄕)의 상상력

1. 존재의 연속성과 무상성

아직도 꽃과 새, 바람과 별, 흐르는 강물과 푸르른 숲에 대한 시가 가능한가. 들길을 거닐고 시내를 건너 도달할 수 있는 문학의 낙원, 시의 산정이 존재한다고 믿을 수 있는가. 지금 이 시대에 어느 정도의 허위의식 없이 자연이나 전원 혹은 대지의 아름다움과 풍요로움을 노래하는 시가 불리워질 수 있는가. 그러한 시들은 무엇을 말해서가 아니라 무엇을 말하지 않고 있다는 점에서 삶의 진실을 은폐하고 있는 것은 아닌가. 개개인의 머리끝에서 발끝까지, 의식은 물론이고 무의식까지 철저히 도시화 산업화 정보화한 세계에서 자연이란 향수의 대상이거나 이미지로서만 현상하는 가상의 존재이기 쉽다. 우리 시대에 자연을 노래한 많은 시편들에서 아나크로니즘의 혐의를 찾아내게 되는 것은 그 때문이다. 재래의 전통 서정에서 작금의 신서정에 이르기까지 자연을 의지하고 자연에 침잠하며 자연으로 귀환하는 상상력과 언어의 흐름은 줄기차게 이어져오고 있지만 최근으로 올수록 그것의 적실성에 대한 의구심이 증대하게 되는 것은 그 때문이다.

많은 평자들이 지적했듯이 현대시는 주체와 대상, 자아와 세계의 합일이라는 동일성의 시학에 균열을 내며 등장했다. 이제 지상의 그 어느 곳에도 서정적 자아를 구제해줄 치유와 위무의 터전은 마련돼 있지 않으며, 휴식과 재생산을 약속해주는 모성적 공간은 남아 있지 않다. 대신 전면화되는 것은 분열과 갈등의 언어이며 일탈과 위반의 상상력이다. 강철과 콘크리트와 유리에 포위된 세계에선 시 또한 금속성의 날카로움과 첨예한 공격성을 구비하지 않을 수 없게 되었다. 시는 현실에 상처를 내며 스스로 현실의 상처의 일부가 됨으로써 존속하는 길을 택했다. 시는 죽음의 질서가 보편화된 세상에서 섣불리 초월을 노래하기보다는 초월의 불가능성을 증언함으로써 당대의 유언으로 남는 새로운 생존방식을 추구하고 있다.

이런 관점에서 보자면 김용택은 현대시의 일반적 경향과 동떨어진 자리에서 시의 전통적 흐름을 계승해오고 있는 시인으로 평가될 만하다. 늦깎이로 시단에 데뷔하여 첫 시집 『섬진강』(창작과비평사, 1985)을 낸 이후 지금에 이르기까지 다수의 시와 에세이를 발표하면서 활발하게 창작활동을 해온 그의 문학적 궤적은 한결같이 자연으로, 고향으로, 집으로 회귀하고자 하는 회향의 상상력의 지배를 받아왔다. 그는 우리 시대 그 누구보다 질박하고 꾸밈이 없는 언어로 자연에 다가가 자연을 닮은 시를 쓰고자 하는 자연친화적 시인으로 인식되고 있다. 물론 지난 연대에 씌어진 작품의 상당수가 억압적인 정치권력에 대한 비판이나 돌진적 근대화가 낳은 부작용에 대한 풍자를 담고 있다는 점에서 그의 작품세계가 지닌 리얼리즘적 측면을 높이 평가할 수도 있다. 그러나 이 시인의 특장이 가장 잘 드러나는 것은 역시 서정적인 언어로 농촌 공동체의 훼손되지 않은 삶을 그리거나 자연의 무구한 아름다움에 다가가고자 할 때이다. 그럴 때 그의 시는 우리 시대에 보기 드문 목가로서 은근하면서도 깊이 있는 울림을 선사해준다. 그는 우리가 일상적으로 경험하는 한정된 세계 너머에 존재하는, 중세의 철학자의 말을 빌리면, "만물에 깃든, 눈에 보이지 않으나 변함이 없는 질서"에 눈을 돌리도록 만든다. 그것이 곧 자연질서(natural order)의 숭고한 아름다움이며 그런 자연과 어울려 사는 삶과 노동의 존엄함이라 할 수 있다. 예컨대 이번 시집 『나무』(창작과비평사, 2002)의 표제작이기도 한 다음 작품에서 우리가 만나게 되는 것도, 약간의 추상화를 거치긴 했지만, 역사적·일상적 시간의 소모적 덧없음에서 비켜나 자연질서 속에서 인간의 위치를 자각하고자 하는 화자의 모습이다.

강가에 키 큰 미루나무 한그루 서 있었지
봄이었어
나, 그 나무에 기대앉아 강물을 바라보고 있었지

강가에 키 큰 미루나무 한그루 서 있었지
여름이었어
나, 그 나무 아래 누워 강물 소리를 멀리 들었지

강가에 키 큰 미루나무 한그루 서 있었지
가을이었어
나, 그 나무에 기대서서 멀리 흐르는 강물을 바라보고 있었지

강가에 키 큰 미루나무 한 그루 서 있었지
강물에 눈이 오고 있었어
강물은 깊어졌어
한없이 깊어졌어

강가에 키 큰 미루나무 한그루 서 있었지 다시 봄이었어
나, 그 나무에 기대앉아 있었지

그냥,
있었어

—「나무」 전문

    이 시는 표현의 평이함과 투명함에도 불구하고 전달하고자 하는 내용
이 쉽사리 포착되지 않는 작품이다. 그것은 특히 이 시의 마지막 연 "그
냥,/ 있었어"라는 간명하고도 단정적인 구절이 담고 있는 의미의 복합성
에 의해 한층 강화된다. "그냥"이란 말은 그 표면적 단순함과 달리 결코
"그냥" 씌어진 말이 아니기 때문이다.
    화자와 강물과 나무의 삼각구도를 통해 시인이 말하고자 한 것은 존
재의 연속성과 무상성인 것으로 보인다. 봄 여름 가을 겨울 차례대로 계
절은 흐르고, 화자는 나무에 기대앉았거나 눕거나 서서, 시간의 추이에
따라 변화해가는 강물을 바라보거나 그 소리를 듣고 있다. 계절이 한 바
퀴 순환하는 동안 풍경은 조금씩 달라지지만 '그냥 있음'이라는 화자의
자세에는 변함이 없다. 여기서 화자는 동양철학에서 이야기하는 '현명
한 수동성'의 상태, 즉 무위(無爲)를 구현하고 있다. 무위란 단지 '아무것
도 하지 않음(doing nothing)'이 아니라 '의도적인 행함이 없음(without
deliberate action)'을 가리킨다. 그는 세계의 질서와 운동에 적극적으로
개입하는 것이 아니라 무념무상의 상태에서 정관하고 있을 따름이다. 일
차적으로 그것은 혼탁한 세태에서 벗어나 도달한 고요한 마음의 휴식 상
태를 가리킨다. 옛 철인이 "아무것도 행하지 않지만 행해지지 않는 것이

없다(無爲而無不爲矣)"라고 말한 상태, 세속적인 욕망의 추구를 멀리하고
마음의 침전물을 다 가라앉힌 다음의 평화와 안식을 의미하는 것이다.

그러나 좀더 유심히 위 시를 들여다보면 이 작품이 단순히 탈속의 포즈만
을 이야기하고 있는 작품은 아니라는 암시를 받게 된다. "그냥"이라는, 얼
핏 읽어서 대단히 초탈한 듯이 여겨지는 구절에서 묻어나는 것은 뜻밖에도
깊은 슬픔이다. 화자의 '그냥 있음'은 관조적인 동시에 대단히 애상적이어
서 이 시 전체를 삶의 하염없음에 대한 비가로 읽게 만든다. "지나가는 것
이 다 이와 같구나. 밤낮으로 멈추지 않는구나(逝者如斯夫, 不舍晝夜)"라는
『논어』의 탄식 어린 구절이 말해주듯 화자가 바라보는 물은 곧 시간의 흐름
을 상징한다. 화자가 자연의 일부가 되어 바라본 자연의 운행은 화자로 하
여금 내밀한 고독에 잠기게 한다. 그는 홀로 있으며 스스로 닫혀 있다. 물
을 바라보는 사람은 세상으로부터 멀리 떨어져 홀로 자신의 내면과 대좌하
고 있는 사람이기도 하다. 한없이 깊어지는 강물처럼 화자의 마음도 깊어
지고 삶과 세상을 응시하는 화자의 우수 어린 시선도 깊어지는 것이다.

> 호수에 물이 저렇게 가득한데
> 세상에, 세상이
> 이렇게 무의미하다니,
>
> ─「뜬구름」 부분

> 가을비 그친 강물이 곱다
> (……)
> 이 가을 저물 무렵,
> 다희도, 나도, 나무도, 문제도 고요한 혼자다
>
> ─「맨발」 부분

시인은 호수에 고여 있는 물을 보며 불현듯 삶의 무의미를 깨닫고 영탄하기도 하고, 가을비 그친 강물을 보며 새삼스럽게 자신이 "고요한 혼자"라는 사실에 직면하기도 한다. 그의 외로움과 허탈함의 이면엔 평상시 노출시키지 않은 "세계를 향한 분노"(「세한도」)와 더불어 "그리움에 젖은 눈길"(「눈이 오면 차암 좋지?」)로 회상하는 사라져버린 과거 한순간에 대한 애틋한 향수가 자리잡고 있다.

그런 의미에서 그의 시에 등장하는 물과 나무는 외부의 풍경을 재현하는 차원에서 제시된 것이 아니라 화자의 내면공간에 자리잡은 상상적 구성물로 초대되었다고 할 수 있다. 나무에 기대어 강물을 바라보며 명상하는 화자는 보리수 아래서 참선한 부처나 흐르는 물을 보며 유유자적 수양하는 선비의 모습을 그린 전래의 고사관수도(高士觀水圖)를 연상하게 한다. 그는 내면 깊숙이 침잠해서 우주적 차원의 관조를 수행하고 있다. 곧게 자란 나무의 수직성에 멀리 흐르는 강물의 수평성이 대조되고, 나무의 고정성에 강물의 유체성이 대조된다. 정지/운동에 머묾/멀리 감이 대비된다. 이는 다시 시간적으로 영속성/순간성의 대조적 효과를 불러일으키고 있다. '그냥 있음'은 자연의 이러한 유구한 원리를 수긍하고 순리를 따르는 정신을 의미한다. 의지 없이 물은 흘러가고 인도됨 없이 식물은 자란다. 자연(自然)이란 말의 뜻 그대로 "스스로 그러함"의 상태에 있을 때 존재는 비로소 충일함을 느낄 수 있다.

2. 내면으로의 길

이처럼 시인의 귀향은 자연으로의 귀의를 나타내는 동시에 자신을 소환하고 자신 속으로 침잠해들어가는 운동을 가리킨다. 그것은 근원을 향한 순례이자 내면으로의 길을 지시하고 있다.

아내는 나를 시골집에다 내려놓고 차를 가지고 돌아갔다.

갑자기, 가야 할 길과

걸어야 할 내 두 발이

흙 위에 가지런히

남는다.

―「겨울, 채송화씨」 부분

시골집에 와서

밤에도 창호지문 앞에 그림자같이 앉아 나는 오래오래 밤새 새소리를

듣네

아내도 내 등뒤에서 새소리를 귀담아듣네

―「어둠 속에 꽃이 묻힐 때까지」 부분

이 시집의 상당 부분을 차지하는 산문체의 시들은, 홀로, 혹은 가족과 함께, 어머니가 계신 고향의 시골집에 내려와 무위도식에 가까운 시간을 보내는 나날에 대한 일기에 가깝다. "방학이어서 시골집에 혼자 와서 혼자 뒹굴뒹굴 논다"(「세한도」)라는 구절이 말해주듯이 그는 일상에서 놓여나 의도적으로 나태함과 느긋함의 비생산성에 탐닉한다. "해는 늘 앞산에서 떴다가 강을 건너와서는 우리집 뒷산으로 안전하고도, 참으로 한가롭게 진다. 해 뜨면 밥 먹고, 해 지면 또 밥 먹고, 어두워지면 불 켜고, 잠 오면 불 끄고 쿨쿨 잔다." 자본주의의 생산지상주의적 속도에서 벗어나 있는 시골집에서의 시간은 참으로 느리고 한가롭게 흘러가며 여일하게 반복된다. 그의 행동 반경은 방과 마당이란 좁은 공간 내에 국한된다. "나는 어디 놀러 갈 데가 한 군데도 없다. 어디를 좀 가볼까 하고 마루에 서

면 어딘가 꽉 막히는 막막함으로 그냥 도로 방에 들어오고 만다. 방 안이
자유다." 시인이 때로 해학적으로, 때로 서정적으로 들려주고 있는 시골
집에서의 일상에 대한 묘사는 한편으로 안온한 자족감을 안겨주면서 다
른 한편으로 쇠락해가는 존재 앞에서 사람들이 느끼게 마련인 일말의 서
글픔으로 전해주고 있다. 자연의 주기가 생활의 리듬을 결정하는 시절로
부터 우리는 너무 멀리 떨어져나온 것이다. 물론 이 시골집도 세상과 완
전히 단절된 것은 아니어서 때로 정치권의 "참으로 쩨쩨하고 쪼잔시런 소
식"이 들려오기도 하고

구태으연들이 구케의 문을 때려부셔분 바람에 진짜 문은 안 열고, 어먼
문 꼬리를 잡고 어먼 일에 열내고 있다는 참으로 쩨쩨하고 쪼잔시런 소식
이 저 강물을 따라 흘러왔다는 소식이 금방 들려왔다고 어떤 소식이 전해
와따고 전해왔다. 부도덕도 집단으로 부도덕하면 도덕이 되는 걸까. 더러
워져도 여럿이 함께 더러워지면 사회정의적인 막강한 힘이 되는 걸까.
—「세한도」 부분

개발을 빙자한 무분별한 자연생태계의 파괴가 지척에서 벌어지는 것을
목격하기도 한다.

작고 어여쁜 산 하나를 발가벗겨놓고, 포크레인 두 대가 산꼭대기부터
산을 서서히 파먹고 있다. 수만년을 그려온 산의 아름답고 신비한 곡선을
지우고 있다. 깎아내린다. 포크레인 쇠손에서 버려진 흙들이 아우성으로
와르르 굴러내리며 산산이 부서진다. 오! 오! 진실은 비명도 없이 묻힌다.
무서워라 흙을 버리고 흙을 파러 가는 막강한 포크레인의 손.
—「봄바람에 실려가는 꽃잎 같은 너의 입술」 부분

정치든 경제든 이 세상을 실질적으로 지배하는 것은 "막강한 힘"이다. 그 힘 앞에서 작은 진실은 파괴되고 훼손된다. 정작 "뜯어고쳐야 할 세상을 두고 사람들은 강과 산을 뜯어고치"(「세한도」)려 든다. 고대 그리스인들은 히브리스(Hybris)라 부른 인간의 오만과 과도함과 무절제가 신의 징벌을 초래한다고 믿었다. 제어기능을 잃어버린 채 무반성적으로 불필요한 과속과 가식으로 이루어진 삶을 탐닉하고 있는 현대인들이야말로 히브리스에 빠진 인간의 전형이라고 할 수 있다. 이런 삶의 방식은 공허만을 낳을 뿐이다.

저 산이 사라진 저 허공에는 무엇이 자리를 잡을까. 저 텅 빈 공간 너머로는 무엇이 보일까.
(……)
저 비워진 허공의 공포.

　　　　　　　　　　　　　　　—「봄바람에 실려가는 꽃잎 같은 너의 입술」 부분

위에 인용된 구절에 나오는 "텅 빈 공간" "허공"은 바로 만물을 생산하는 창조적인 무(無)가 아니라 약탈적 기술 문명과 대안적 전망의 부재가 초래한 결핍과 상실과 혼돈의 상징이다. 이 비어 있는 시간, 비어 있는 공간 앞에서 화자는 두려움을 느낀다.

시인은 바로 이러한 현실 앞에서 무기력할 수밖에 없으며 그의 회향은 이런 현실로부터의 잠정적 퇴각을 의미한다. 그는 시골집이라는 어머니의 영지, 그 자궁과도 같은 공간에 은신한 채 새롭게 힘을 충전하고 있다. 시인이 구수한 이야기에 실어 들려주는 시골에서의 삶의 방식처럼 세상은 매순간 빠르게 변해가는 듯이 보이지만, 그 밑 혹은 그 뒤엔 변치 않는

유구한 흐름이 있다. 그것을 시인은 나무-꽃-씨앗 같은 식물성 이미지
로 포착하고 있다. 어머니의 품에서 자아의 갱신을 모색하는 그는 식물성
의 꿈을 꾸고 있는 것이다.

　　어머니 혼자 사시는 우리집 마당에 발길 닿지 않는 땅이 이렇게 많이 있
다니? 가만가만 돌아다니며 마당 가득 발자국을 꾹꾹 찍어본다. (……) 발
밑에서 참지 못하고 깔깔대는 까만 채송화씨들이 세상을 걷느라 두꺼워진
내 발바닥 깊은 속살에 닿는다. 살아 있는 씨가 세상의 정곡을 찌른다.
　　　　　　　　　　　　　　　　　　　　　　　　　　　　—「겨울, 채송화씨」 부분

　　우리의 전통 민속 중의 하나인 지신밟기를 연상시키는 위 장면은 시골
집으로의 귀환이 상상적으로는 모태회귀에 다름아니라는 것을 말해주고
있다. 성적 함축이 담긴 상징적 행위를 통해 그는 어머니와 일체가 된다.
그것은 모든 생명체의 어머니인 대지-자궁(earth-womb)의 품에 파묻
힌 "채송화씨"의 이미지로 변주된다. "칠십 평생 고된 노동으로 이룬 따
뜻한 어머니의 잠 속으로 들어가 자고 싶다. 어머니의 깊은 잠만이 나를
새로 깨울 꽃이다"는 구절은 이를 잘 말해준다. 어머니의 마당에 꽃을 내
장한 씨앗이 숨어 있듯 화자는 어머니의 잠 속에서 꽃을 피울 시간을 기
다리고 있는 씨앗이다. 불모의 계절인 겨울을 지나 신생의 계절이 찾아오
면 그 씨앗은 꽃으로 활짝 피어날 수 있을 것이다. 이 시집에 수록된 시편
여기저기에 수놓여진 아름다운 꽃과 잎과 싹들의 찬란한 축제를 보라.

　　다시, 꽃나무가, 시 한편이 고스란히 세상에 그려진다.
　　흰 꽃 속에서 새가 운다.
　　아이들이 꽃나무 아래에서 하늘을 올려다본다. 꽃 이파리들이 아이들 사

이를 날아다닌다. 아이들이 날아다니는 꽃잎을 쫓고, 의현이와 은미가 시를 쓴다.

—「올페」 부분

　내가 지나는 어떤 시골집 뒤꼍 불지른 마늘밭에는 끝이 까맣게 탄 마늘이 땅을 뚫고 파랗게 지구 위로 솟아오른다. 어떤 놈은 작은 자갈을, 작은 흙덩이를 머리에 이고 솟아나며 세상을 두리번거리고, 어떤 놈은 작은 흙덩이를 가르며 솟고, 어떤 놈은 갓난아기 주먹만한 돌멩이 때문에 이 세상에 처음 나온 파란 몸이 구부러져 있다. 그래도 밀고 나온다. 아, 아, 그 피할 수 없는 돌멩이의 어둠을 피해 옆으로 나온다.

—「봄바람에 실려가는 꽃잎 같은 너의 입술」 부분

　안개비가 내린다.
　잎 다 진 가을 나무들이 안개 속에 서서 젖는다. 화사한 봄날 이슬비에 촉촉하게 젖어 날마다 새롭던 잎, 씻어낼 수 없는 죄는 화려하다. 저 단풍들 좀 보거라. 소리도 없는 안개비에 속살이 젖어 살아나는 화려한 색깔들을 좀 보거라.

—「잠시 빌려 사는 세상의 집들이 너무 크지 않느냐」 부분

　어, 저 오리나무 아래 연보라색 아기붓꽃 보아
　고사리도 손을 쭉 폈구나 두릅잎도 피고, 찔레순도 자랐네
　너는 둥글레 싹이구나 캄캄한 땅 속에서 얼마나 천천히 솟았기에
　이리 파랗게 싹을 틔우니
　만져도 만져지지 않을 것만 같구나
　놀라움뿐,

잎 피는 오월의 숲에서는 놀라움뿐

　　　　　　　　　　　　　　　　　　　　　　　—「숲」부분

　시인은 감동에 차서 피어나는 꽃과 물드는 잎과 솟아나는 싹을 노래한
다. 나무를 포함하여 식물이 연출하는 수직상승의 운동엔 생명의 불멸성
에 대한 의지가 깃들여 있다. 나무는 천상과 대지를 연결하는 통로이자
어둠 속에서 빛을 지향하는 순수 에너지의 확산이다. 그래서 때로 예초기
에 잘려나간 풀잎이 새떼가 되어 하늘을 비행하는 환상을 가능케 하기도
한다. "산그늘이 내리자/ 잘린 풀잎들이/ 새떼가 되어/ 서쪽 하늘로/ 해
를 끌고/ 날아간다."(「풀잎」) 여기서 풀잎은 지상의 인간이 천상의 신에게
띄워 보내는 전령으로 나타난다.

3. 시, 삶을 증대시키는 기술

　이처럼 그의 시엔 자연의 순환이 있고 생명체의 생성이 있으며 그것을
바라보고 찬탄하는 화자가 있다. 자연은 연인이자 교사로서 화자에게 삶
과 세상에 대한 변함없는 진실을 알려준다. 시인은 자연이 시연하는 만물
의 화육운동에 동참하여 인간과 자연 사이에 새로운 언어의 가교를 놓는
사람을 가리킨다. 삶이란 살아 있는 존재가 자기 안에 간직하고 있는 본
성을 차례로 실현시켜나가는 과정에 다름아니다. 인위적 조작을 멀리하
고 자연과의 직접적이고 원초적인 조화를 유지하는 것, 이것이야말로 시
인이 보기에 삶의 가장 으뜸가는 원리가 아닐 수 없다. 이처럼 계절의 순
환에 따라 나고 죽고 다시 태어나는 식물의 생장은 이 시인으로 하여금
존재의 연속성에 눈을 뜨게 한다. 다음 작품이 말해주듯, 아버지에서 아
들로 이어지는 고단하고 남루한 일상의 풍경에서 시인이 발견한 것은 삶
의 엄숙한 영속성이다.

어머니는 동이 가닥 남실거리는 물동이를 이고 서서 나를 불렀습니다
용태가아, 애기 배 고프겠다
용태가아, 밥 안 묵을래
저 건너 강기슭에
산그늘이 막 닿고 있었습니다
강 건너 밭을 다 갈아엎은 아버지는 그때쯤
쟁기 지고 큰 소를 앞세우고 강을 건너 돌아왔습니다
이 소 받아라

아버지는 땀에 젖은 소 고삐를 내게 건네주었습니다

—「이 소 받아라」 부분

   식물이 탄생과 성장과 죽음과 재생의 연속적인 패턴을 따르듯 인간 또한 한 개체의 죽음으로 끝나는 것이 아니라 부모에서 자식으로 이어지는 연속체를 구성하고 있다. "이 소 받아라"라는 아버지의 언명은 단지 일회성의 심부름에 머무는 것이 아니라 자신의 온 생애를 다해 이룩해온 것의 수호와 계승의 의미를 함축하고 있다. 여기서 아버지가 어린 화자에게 "소 고삐를" 건네주는 것은 옛날 선사가 제자에게 의발을 전수하는 것과 동일한 의미를 품고 있다. 아버지가 어머니 – 대지인 밭을 갈듯 시인은 언어의 밭을 경작하는 농부이다. 소 고삐를 건네받은 어린 목동은, 하이데거적 의미에서 "존재의 목동"으로서 자신에게 주어진 임무를 완수해야 한다. 그것은 대지와 생명의 수탁자로서 인간에게 맡겨진 의무를 다하는 것이다. 그에게 자연은 개발과 변형의 대상이 아니라 시중들고 배려하고 보살펴야 하는 상호연관의 관계에 있다. 이 시인의 회향충동의 근저에는

이처럼 시를 통해 만물의 어머니이자 존재의 집으로 회귀하고자 하는 근원지향성이 자리하고 있다. 그에게 시쓰기는 아버지가 노동을 통해 파종과 개화와 수확을 하는 일련의 과정과 동일한 것이다. 보다 정확히 이야기해서 그는 시를 쓰는 게 아니라 시를 꽃피우고자 한다.

꽃이 핀다.
내 생각의 결정.
그 절정의 끝에서 더는 참지 못하고 터지는 진달래꽃은 누구를 부르는 울음이더냐. 누구를 만난 웃음이더냐. 어디를 향한 외침이더냐. 울고 웃는 저 꽃은 내 시이다. 보아라! 세상의 나무들아. 하늘을 나는 새들아! 땅위를 걷는 짐승들아! 사람들아! 저 봄 나무에 잎이 피고 꽃이 피면 우리들이 어찌 꽃을 다 보겠느냐. 시는 세상의 꽃이다.
　　　　　　　　　　　　　　　　　—「봄바람에 실려가는 꽃잎 같은 너의 입술」 부분

수화기를 놓을 때까지 노란 금잔화가 맑은 햇살 퍼진 운동장 건너 저쪽 조그만 언덕에 아직도 촌스럽게 가만히 피어 허공에 떠 있다.
노란 꽃.
아, 김수영이 달라고 하던 노란, 저 샛노란 꽃,
순간 멍먹했던 시의 귀가 환하게 열린다.
　　　　　　　　　　　　　　　　　　　　—「시의 귀가 열렸구나」 부분

시는 꽃이며, 역으로 꽃은 시를 가능케 하는 촉매이다. 생각의 절정에서 시=꽃이 피며, 꽃을 보는 순간 시의 귀가 환하게 열린다. 시인이 끊임없이 다가가고자 하고 그리워하는 대상은 곧 시에 다름아니다. 시인이 "너"나 "당신" 혹은 "내 사랑"이라고 부르는 대상은 궁극적으로 시를 가리킨다.

> 시냇가에 파란 새 풀이 돋아나고
> 풀잎 끝에서 태어난 아름다운 물은
> 풀잎들 사이를 지나 어디로 가는가, 그리고
> 오, 내 사랑은 어디에서 어디를 지나 내게로 와 이리 슬프게 내 몸에 닿
> 는가
>
> ―「때로 나는 지루한 서정이 싫다네」 부분

> 돌아서서 걸으마
> 그리운 너를 만나러, 다시는 헤어질 수 없는 너를 만나러
> 오 내 사랑의 끝, 그 캄캄한 절벽 끝에서
>
> ―「저 산은 언제 거기 있었던가」 부분

시는 삶으로부터의 도피가 아니라 삶 속으로의 적극적 투신이며 삶을 증대시키는 기술이다. 사람살이의 괴로움과 슬픔, 허망함과 충만함을 오가며 이 시인이 써내는 시편은 궁극적으로 가족과 이웃과 문학에 대한 순정한 사랑으로 귀결된다. 시인이 물과 나무, 즉 자연과 밀착해서 발견해낸 생의 변함없는 진실은 모든 존재들의 상호연관이자 상생의 이치이다.

물론 사회적 가속도가 지배하는 세상에서, 사랑마저 인스턴트화해서 쉽게 제공되고 소비되는 시절에 이런 사랑타령―시쓰기는 "지루하"게 여겨질 수 있다. 그래서 시인도 유머러스하게 때로 자신도 지루한 서정이 싫다고 말하고 있는 것이다. 그러나 사랑이란 사랑하는 대상에게로의 "느린 다가감" 외에 아무것도 아니다. 시인은 빠른 변화에도 불구하고 영구히 지속되는 것에 관심을 돌리고 그것의 가치를 일깨운다. 미셸 세

르는 현대문명을 "너무 많은 소음, 너무 적은 리듬, 전혀 없는 멜로디"라는 구절로 요약한 적이 있다. 김용택의 시는 이런 삭막한 세상에서 우리가 망각해버린 리듬과 멜로디를 상기시키는 아름다운 음악으로 존재하고 있다.

(2002년 2월)

기화(氣化)하는 관능
— 나희덕 시의 에로티시즘

1. 뱀이 우는 소리를 듣다

가을이었다. 뱀이 울고 있었다. 덤불 속에서 뱀이 울고 있었다. 방울소리 같기도 하고 새소리 같기도 한 울음소리. 아닐 거야. 뱀이 어떻게 울겠어. 뒤돌아서면 등 뒤에서 뱀이 울었다. 내가 덤불 속에 있는 것인가. 뱀이 내 속에서 울고 있는 것인가. 가을이었다. 뱀이 울고 있었다. 덤불에 가려서 뱀은 보이지 않았다. 산길을 내려오는데 울음소리가 내내 나를 따라왔다. 뱀은 여전히 덤불 속에 있었다. 가을이었다. 아무하고도 말을 주고받을 수 없는 가을이었다. 다음날에도 산에 올랐다. 뱀이 울고 있었다. 덤불 속을 들여다보면 그쳤다 뒤돌아서면 다시 들리는 울음소리. 덤불이 앙상해질 무렵 뱀은 사라졌다. 낯선 산 아래서 지낸 첫가을이었다.

—「가을이었다」 전문

이 시의 화자는 어느 가을날 산책길에서 겪은 이상한 체험을 보고하고 있다. 덤불 속에서 뱀이 우는 소리를 들었다고 생각하지만 뱀의 모습은 보이지 않는다. 덤불을 뒤져봐도 뱀은 나타나지 않고 돌아서 걸어가면 다시 우는 소리가 들린다. 그렇다면 그 울음소리는 화자 밖에서 들려오는 것이 아니라 실은 자신의 내면에서 들려오는 것이 아닐까. 아니 덤불 속에서 울고 있는 뱀은 실은 화자 자신이 아닐까. 덤불이 말라서 끝내 앙상해질 무렵 뱀 울음소리도 사라진다. 그러나 어느 가을날 화자를 찾아온 뱀 울음소리는 화자의 기억 속에서 지울 수 없는 흔적을 남기고 갔다고 보아야 할 것이다.

가을을 배경으로 한 시답게 쓸쓸하고 처연한 정조가 지배적인 이 작품은 어떤 상실, 부재를 에워싸고 맴도는 상념의 동심원을 보여준다. 보이지 않고 실체가 확인되지도 않지만 화자 주변에 숨어서 어떤 호소, 어떤 부름을 타전하는 존재가 있다. 명확하게 해독되지 않는 신호를 연이어 보내며 그 존재는 일상의 범상함에 매몰돼 화자가 평소에 의식하지 못하고 지나친 그 무엇을 환기시키려고 한다. 어쩌면 그 뱀은 지금 아무하고도 말을 주고받지 못한 채 자폐적 상태에 처해 있는 화자에게 말을 걸어오고 있는 것인지도 모른다. 그렇다면 누군가와 대화를 나누고 싶다는 화자의 무의식적 욕구가 외부에서 자신을 부르는 목소리로 현상한 것일까. 그렇다면 왜 하필 그것이 뱀이어야 할까. 보이지 않는 뱀처럼 뱀 울음소리도 기실 환청에 지나지 않는다. 문제는 그 환청이 지닌 현실적 힘이다. 그것이 환청임에도 불구하고, 아니 환청임으로 해서 그 소리는 화자에게 어떤 강력한 힘을 행사한다. "방울소리 같기도 하고 새소리 같기도 한" 다시 말해서 구체적으로 형용할 수 없는 소리에 붙들린 채 화자는 "낯선" 체험 속에 말려들었다가 어느 순간 풀려난 자신과 조우한다.

신화적으로 뱀은 다채로운 의미를 함축하고 있지만 허물을 벗고 다시 태어난다는 점에서 죽음과 재생을 상징하는 짐승으로 알려져 있다. 그는 인간과 하계(명부冥府)의 중계자이며 신의 비밀스런 지식의 전수자이다. 그 뱀은 흔히 생명의 나무나 지혜의 나무 같은 우주수(宇宙樹)를 동반하고 등장한다. 이때 뱀은 성서의 창세기가 말해주듯이 유혹자의 형상을 할 수도 있고 불교에서처럼 물질적이거나 영적인 보물을 지키는 수호자로 나타날 수도 있다. 이 시에서 화자가 뱀이 숨어 있을 것으로 여긴 덤불역시 약화된 상태이긴 하지만 이러한 우주수의 흔적을 지니고 있다. 그 덤불은 생명의 무성한 푸르름을 자랑하는 것이 아니라 말라가며 질겨져가고 끝내 앙상해진 상태에 이른다. "가을이었다"라고 거듭 주술적으로 반복되는 구절이 말해주듯이 모든 사물이 조락과 소멸을 향해 가는 계절, 그래서 지상을 방황하던 뱀도 이제 겨울잠을 준비하러 땅속으로 내려갈 준비를 하는 시점에 화자가 듣는 뱀 울음소리는 조만간 닥쳐올 죽음과 결빙의 시절에 대한 예고이면서 자기 속에 유폐된 고립된 존재가 외계를 향해 보내는 소통의 신호이기도 하다. 그것은 소멸할 수밖에 없는 존재의 무상함을 애도하는 울음인 동시에 그러한 무상성에도 불구하고 지속되어야 할, 나와 타자, 주제와 세계 사이의 유대에 대한 애탄 소망의 표현이기도 하다. 화자를 향한 뱀의 말걸기는 자신을 둘러싼 세상을 향한 화자의 대화 욕구에 다름아니다. 부름과 응답, 그 상호공명하며 반향(反響)하는 말씀의 나눔에 의해 세상은 존속되고 있는 것이다. 이는 타자의 사소한 기미에도 유난히 민감하게 반응하는 이 시인의 천성의 발로라고 할 수 있다.

2. 후욱, 끼치던 마른 꽃냄새

나희덕의 시집 『사라진 손바닥』(문학과지성사, 2004)에 실린 시 한 편에 대한 이러한 분석을 통해 우리는 이 시인의 상상세계의 중심부에 비교적 가까이 접근할 수 있게 되었다. 그것은 바로 타자와 교류하고 싶은 욕망, 타자에게 다가가서 그의 상처를 쓰다듬고 보듬어주고 싶은 소망을 가리킨다. 이 시인의 시적 특성을 거론할 때 자주 등장하는 모성성이라는 것도,

그것이 불가피하게 환기하는, 재래적 여성상에 따라붙는 퇴영적인 성격을 걷어낸다면 바로 타자를 향한/위한 이러한 연민과 애정과 염려에 가득한 섬세하면서도 곡진한 마음가짐과 호환될 수 있는 개념이다. 시인은 쉽게 접근할 수 없는 대상에 대해서도 마음을 열고 다가가고자 하며 화합하기 어려운 조건에 처해 있는 존재들 사이에도 소통의 다리를 놓고자 한다.

시인이 꿈꾸는, 나와 타자 사이의 교류를 위한 가장 뚜렷한 시도는 에로티시즘으로 현상한다. 그러나 이 시인의 시에서 관능은 항상 실체가 아닌 그림자로만 나타난다. 육체성을 상실한 희미한 관능의 그림자만 드러나 있을 뿐이다. 앞의 시 「가을이었다」에서 흔히 지상적, 물질적 유혹을 대표하는 상징으로 알려진 뱀 이미지조차도 가시적 육체를 탈취당한 채 울음소리로만 간신히 자신의 존재를 알리고 있음을 볼 수 있었다. 뱀은 땅에 밀착된 형태와 물의 구불구불한 흐름을 연상시키는 동작 때문에 대지적 성격과 수성(水性)을 부여받은 존재로 치부돼왔다. 그러나 이 시에서 뱀의 육체성은 점차 말라가는 덤불처럼 희박해져선 끝내 부재의 영역 속으로 잠입해버린다. 젖어 있는 수성의 상태가 존재의 육체적 생존을 말해준다면 수분을 끝없이 증발시켜 건성(乾性)의 마른 상태에 이르는 것은 존재의 탈육체화, 정신화를 의미한다. 오욕칠정에 사로잡힌 욕망의 포로인 육신을 계속해서 비워내고 정화하는 것, 그래서 끝내 텅 빈 투명성의 상태에 도달하는 것, 시인의 이러한 내적 지향성이 시집 뒤표지에 실린 산문에 명료하게 드러나 있다.

존재가 시드는 방식에는 두 가지가 있다. 썩는 것과 마르는 것. 아름다움이 절정을 다한 뒤에도 물기가 남아 있으면 썩기 시작한다. 그것이 꽃이든, 음식이든, 영혼이든. 그러나 썩기 전에 스스로 물기를 줄여나가면 적어도 아름다움의 기억은 보존할 수 있다. 이처럼 건조의 방식은 죽음이 미구에

닥치기 전에 스스로 죽음을 선취함으로써 영속성을 얻으려는 욕구에서 비롯된 것이다.

(……)

어느 날 책상 위의 마른 석류를 들여다보니 주변에 검붉은 가루가 흩어져 있었다. 몇 년째 썩지 않는 석류를 보며 '불멸'이라는 말을 떠올리기까지 했는데, 그 단단한 껍질을 뚫고 작은 벌레들이 기어 나오고 있었다. 아, 육체란 얼마나 덧나기 쉬운 것인가. 견고해 보이는 고요와 평화 속에는 얼마나 많은 관능의 벌레들이 오글거리고 있는 것인가.

시인이 토로하고 있는 이 같은 발언에서 관능 – 육체에 대한 모순된 감정을 찾아내기는 어렵지 않다. 시인은 한편으로 관능과 육체로부터 자유로워진 순수한 상태를 동경하면서도 다른 한편으로 그러한 "고요와 평화" 저편에 있는 "관능의 벌레들"에 대한 매혹을 감추지 못하고 있다. 아니 모든 불순물을 떨쳐버리고 욕망의 침입으로부터 자유로워진 순수한 상태에 대한 동경은 바로 관능의 열락에 대한 매혹과 실은 같은 동전의 양면을 이루고 있는 것이다. 정념과 욕망에 시달리지 않는 상태에 대한 진정한 추구는 정념과 욕망의 실체를 보아버린 사람에게만 가능하다. 혹은 정념과 욕망을 연료로 해서만 그것을 넘어선 상태에 대한 추구 역시 가능하다고 할 수 있다. 모든 매혹은 미혹을 전제로 하며 모든 동경은 어느 정도 왜곡과 기만을 동반한다.

향기로운 육신을 거꾸로 매달아
피와 살을 증발시키지 않고는 안심할 수 없던,
또는 고통의 설탕에 절인 과육을
불 위에 올려놓고 나무주걱으로 휘휘 저으며

달아나지 않고는 견딜 수 없던 나는

건조증에라도 걸린 것일까.

누군가 내게 꽃을 잘 말린다고 말했지만 그건

유목의 피를 잠재우는 일일 뿐이라고,

오늘 아침 방에 들어서는 순간

후욱 끼치던 마른 꽃냄새, 그 겹겹의 입술들이,

한번도 젖은 허벅지를 더듬어본 적 없는 입술들이

일제히 나를 향해 외치는 소리를 들었다,

나비처럼 가벼워진 꽃들 속에서.

—「풍장의 습관」 부분

화자는 사물에서 습기를 제거하여 보존하고자 하는 자신의 노력을 가리켜 "건조증"이라고 부른다. 남쪽 바다에서 마주친 초분을 보고 "살 썩은 물은 땅으로 흘려보내고/ 마른 뼈만 마른 뼈만/ 바람에 지푸라기 날리며 가는 배"(「草墳」)라고 하거나 고사목을 두고 "나무들의 무덤 곁에서/ 죽음의 달디단 향기에 취해 있자니 멀리서/ 마른 가지 부러지는 소리/ 툭—/ 골짜기보다도 깊게 들린다"(「골짜기 보다도 깊은」)라고 한 데서도 시인의 이러한 취향은 역력히 드러난다. 모든 존재는 상승하기 위해서 신체 속의 습기를 버려야 한다. 다시 말해 태워야 한다. "모든 날개는 몸을 태우고 남은 재이니"(「재로 지어진 옷」)라는 구절은 그래서 가능해진다. 재가 된 육체는 물질의 둔중한 무게에서 벗어나 천상을 지향한다. 그러나 인간이 나비처럼 "흰 재로 지어진" 옷 한 벌 입고 가볍게 허공을 비행할 수는 없다. 「풍장의 습관」이 들려주고 있듯이 "스스로의 습기에 부패되기 전에/ 그들을 장사지내주어야 한다"는 강박은 화자 자신의 "유목의 피"를 잠재우기 위한 방편에 불과할 수도 있다. 화자의 집요한 시도에도 불

구하고 "후욱 끼치던 마른 꽃냄새"에는 "한번도 젖은 허벅지를 더듬어본
적 없는 입술들"의 외침이 울려퍼지기 때문이다. 육체를 지우고자 하는
작업에도 불구하고 육체성은 더욱 생생하게 살아나 화자 앞에 현전한다.

> 고추밭을 걷어내다가
> 그늘에서 늙은 호박 하나를 발견했다
> 뜻밖의 수확을 들어올리는데
> 흙 속에 처박힌 달디단 그녀의 젖을
> 온갖 벌레들이 오글오글 빨고 있는 게 아닌가
> 소신공양을 위해
> 타닥타닥 타고 있는 불꽃 같기도 했다
> 그 은밀한 의식을 훔쳐보다가
> 나는 말라가는 고춧대를 덮어주고 돌아왔다
>
> ─「어떤 出土」 부분

　　땅에 처박힌 늙은 호박은 자연 그대로 건조의 과정을 거치고 있다. 그
러나 사물이 미라가 되기 위해선 먼저 생이 다하는 순간까지 "관능의 벌
레들"의 시달림을 받는 의식을 통과해야 한다. 호박의 당분을 빨고 있는
온갖 벌레들은 바로 생존을 위해 다른 생명을 착취하고 거기 기생하지 않
을 수 없는 뭇 생명의 존재방식을 나타내고 있다. 그래서 화자는 늙은 호
박/벌레들의 관계를 어미와 자식의 관계에 대비시키는 데 이어 "소신공
양"이라는 종교적 비유를 끌어들인다. 그렇게 되면 늙은 호박의 희생은
이 시인의 시에서 익숙하게 찾아볼 수 있는 모성의 테마에 수렴된다.
　　그러나 한 걸음 더 나아가 생각하면 호박의 육체를 둘러싸고 벌어지는
벌레들의 축제와 살육은 성애의 현장이기도 하다. 화자가 훔쳐보다 차마

더 보지 못하고 덮어주고 온 "은밀한 의식"은 신성한 종교적 제의를 넘어 난교적 근친상간이 행해지는 원초적 장면(primal scene)을 암시하고 있다(벌레 – 남근 – 죽음의 상관성에 대해선 낭만주의 시인 윌리엄 블레이크의 유명한 시 「병든 장미The Sick Rose」에 잘 형상화돼 있다. 아울러 호박의 둥근 형태와 대조되는 "고춧대"라는 남근 이미지에도 주의할 필요가 있다). 따라서 "타닥타닥 타고 있는 불꽃"은 리비도의 불꽃인 동시에 지옥에서 타오르는 심판의 불길이기도 하다. 그것은 고통인 동시에 쾌락이며 생의 고갈인 동시에 생의 충만이라는 정반대되는 지향성을 함축하고 있다. 자신을 지우고 비우는 죽음과 소멸의 과정이 동시에 "한 움큼 남아 있는 둥근 사리들!"이란 종결이 말해주듯 무수한 씨앗들을 낳는 생성의 순간이기도 한 것이다. 종교적 금욕의 상징인 사리와 암수 결합의 결과로서 새로운 생명을 낳는 씨앗 – 정액이 겹쳐진다. 이처럼 모성성을 종교적 "소신공양"으로 찬양하는 화자의 발언 이면엔 육체적 타락과 기만에 대한 수사적 은폐가 작동하고 있다. 아니 육체의 심연에 대한 이끌림이 강하면 강할수록 그것을 넘어서고자 하는 초월성에 대한 갈망 또한 증가할 수밖에 없다. 이 갈망이 바로 살아 있는 사물에서 수분과 육질을 휘발시켜버리는 건조증에 대한 취향을 낳는다. 그런 의미에서 이 시인의 무의식을 지배하고 있는 성애적 상상력은 일반의 예상과는 달리 모성적 풍요로만 귀결되지 않으며 도착적이고 불모적인 데가 있다.

육체성을 상실한 관능, 바슐라르가 "부드럽고 희미하며 아스라한 관능성"이라고 언급한 것과 유사한 이 시인의 상상세계의 한 측면을 '기화(氣化)하는 관능'이라고 부를 수 있을 것이다. 육체에 뿌리를 두고 있으되 육체를 떠난, 떠나고자 하는 관능. 실체는 사라지고 그 그림자나 향기, 목소리로만 남아 주위의 사물 사이를 떠도는 관능.

구름인가 했는데 연기의 그림자였다
흩날리는 연기 그림자가 내 머리 위로 지나갔다
아직 훈기가 남아 있었다
한 줄기는 더 낮게 내려와
목련나무 허리를 잠시 어루만지고 올라갔다
그 다문 입술을 만지려는 순간
내 손이 꽃봉오리 위에서 연기 그림자와 겹쳐졌다
아, 이것은 누구의 입맞춤인가

—「입김」 전문

목련나무의 허리와 꽃봉오리를 어루만지는 화자의 손과 연기의 그림자
가 어느 순간 하나로 겹쳐진다. 존재와 존재 사이의 은밀한 내통의 순간,
자아의 확실성이 지워지고 나는 타자 속으로 스며들어가고 타자는 내 속
으로 스며들어온다. 그것은 이중 삼중의 겹침이기 때문에 그 누구의 입맞
춤이라고 단정지어 말할 수 없게 된다. 어루만짐이라는 구체적인 촉각에
토대를 둔 감각은 연기, 훈기, 입김, 그림자 같은 단어들과 어울리면서 점
차 실재성을 상실하고 떨림이나 진동 같은 신비적 영적 상태로 진입한다.
그런 의미에서 이 시인의 시에서 어루만짐이란 손의 에로티시즘은 타인
을 향한 말걸기와 구분이 되지 않는다.

오스트리아 마을에서
그곳 시인들과 저녁을 먹고
보리수 곁을 지나고 있을 때였다

갑자기 등 뒤에서 어떤 손이 내 어깨를 감싸쥐었다

나는 그 말을 알아들었다
그가 몸을 돌려준 방향으로 하늘을 보니
산맥 위에 초승달이 떠 있었다
달 저편에 내가 두고 온 세계가 환히 보였다

그 후로 초승달을 볼 때마다
어깨에 가만히 와 얹히는 손 있다

―「초승달」 부분

    여기서 화자의 어깨를 감싸쥔 손의 주인은 표면적으로 동행하던 사람 가운데 하나였겠지만 심층적으로 먼 하늘에 떠 있는 초승달이라는 느낌을 준다. 이는 시의 마지막 행 "굽은 손등 말고는 제 몸을 보여주지 않는 초승달처럼"이란 구절에 의해 더 강화된다. 모든 존재는 자신의 있음을 침묵 속에서 드러내며 들리지 않는 소리로 서로 말을 주고받는다. 그것은 인간들만 그러는 것이 아니라 동물과 식물, 생물과 무생물이 경계를 넘어 서로 대화를 주고받는다. 만일 순조로운 대화가 이루어지지 않으면 "누군가 울고 있다/ 창문을 닫으니 울음소리는 더 커진다"(「누가 우는가」)처럼 한 단계 더 고조된 호소가 전달된다.

잊혀진 것들은 모두 여가 되었다
망각의 물결 속으로 잠겼다
스르르 다시 드러나는 바위, 사람들은
그것을 섬이라고도 할 수 없어 여,라 불렀다
(……)
그러니 여가 드러난 것은

썰물 때가 되어서만은 아니다

며칠 전부터 물에 잠긴 여 주변을 낮게 맴돌며

날개를 퍼덕이던 새들 때문이었다

그 젖은 날개에서 여, 라는 소리가 들렸다

—「여, 라는 말」부분

위 시에서 '여'는 물에 잠겨 보이지 않는 바위를 뜻하지만 누군가를 부
르거나 주의를 환기시킬 때 하는 말인 '여'일 수도 있고 '여기'를 축약해
서 하는 말로 해석할 수도 있다. 이 시에서 '여'는 단절된 존재들 사이에
새로운 관계, 새로운 생성을 가능케 한다. 인간과 자연, 생물과 무생물이
'여'라는 소리에 의해 망각과 자폐에서 벗어나 이해와 소통의 단계로 진
입할 수 있게 된다.

이처럼 이 시인의 시에서 세계는 상호공명하는 목소리들로 가득 차 있
다. 젖은 날개를 퍼덕이며 하늘을 나는 새와 밀물에 잠겼다 썰물에 드러
나는 바위가 서로 말을 주고받는다. 그 바위가 수면 위로 모습을 드러낸
것은 계속해서 자기 주변을 맴돌던 새의 부름에 대한 일종의 응답인 것이
다. 누군가를 호명할 때 실사(實辭) 뒤에 붙는 "여"라는 말은 사물들 사이
의 관계를 '나와 그것'에서 '나와 너'로 바꾸는 존재론적 위치 변환을 가
져온다. 그런 점에서 아직 의미를 형성하기 이전의 단음절의 소리에 불과
한 "여"는 물에서 솟아나온 바위가 상징하듯이 새로운 창세기를 가져오
는 우주적 만트라(mantra)이기도 하다.

3. 땅속에서 꽃을 피우는 난초

젖음/마름, 잠김/드러남의 이중운동에 대한 이 시인의 상상력은 초월
을 간절히 희구하면서도 손쉬운 초월을 한사코 마다하는 이 시인의 윤리

의식과 맞물려 있다. 육체를 버리지도, 따르지도 못하는 존재의 고뇌가 육체에 유폐돼 있으되 육체에서 벗어난 우화(羽化)를 꿈꾸게 만든다. 관능과 죽음, 에로스와 타나토스의 동시적 충족은 오로지 시적인 비전 속에서만 가능하다.

땅속에서만 꽃을 피우는 난초가 있다
땅 위로 모습을 드러내는 일이 없기 때문에
본 사람이 드물다 한다
가을비에 흙이 갈라진 틈으로 향기를 맡고 찾아온
흰개미들만이 그 꽃에 들 수 있다
빛에 드러나는 순간 말라버리는 난초와
빛을 피해 흙을 파고드는 흰개미,
어두운 결사에도 불구하고 두 몸은 희디희다

현상되지 않은 필름처럼 끝내 지상으로 떠오르지 않는
온몸이 뿌리로만 이루어진
꽃조차 숨은 뿌리인

—「땅속의 꽃」 전문

이 시에서 난초/흰 개미는 앞의 「어떤 出生」에서의 늙은 호박/벌레들과 유사한 이미지의 배치를 보여준다. 모성적 식물이 약탈적 곤충의 침입을 받고 있으며 그 현장이 외부의 시선에 노출되지 않도록 가려져 있다는 점도 동일하다. 빛을 피해 땅속에서 벌어지는 은밀한 의식은 욕망의 억압과 봉쇄에 의해서만 유지되는 시인의 무의식의 한 측면을 시사해준다.

땅속의 꽃이 죽음의 벌레에 먹히는 순간을 화자는 "어두운 결사"와

"두 몸은 희디희다"라는 모순어법으로 포착해내고 있다. 빛을 피해 어둠 – 땅속을 파고드는 두 연인, 난초/흰개미는 "현상되지 않은 필름"으로, 다시 말해 존재의 이면으로 존재한다. 죽어서 땅에 묻힌 존재는 어쩌면 모두 땅속에 핀 꽃이다. 그 꽃은 지상의 빛에 드러나는 순간 사라져버린다. 다만 시인의 상상을 통해서만 존재가 가능해지는 그런 꽃인 것이다. 그 꽃을 꽃이라 부를 수 있을까. 기화하는 관능을 타고 상승한 시인이 정반대되는 지점에서 찾아낸 꽃은 현묘하긴 하지만 개념적 추론에 갇혀 있다는 점에서 아직 충분한 육체성을 확보하고 있지 못한 듯하다. 세상을 향해 부단히 "말 건네"고 "손 잡으려" 하는 이 시인의 남다른 노력은 땅속의 꽃이 완전히 현상되는 그 순간까지 지속될 수밖에 없을 것이다.

(2004년 12월)

제4부

알레고리와 상징

윤동주 시에 나타난 빛/어둠의 이원적 상상구조
― 「간肝」을 중심으로

1. 서론

한국 시문학사에서 일제 식민지 시대의 마지막 불꽃으로 평가받는 윤동주 시인의 시세계에 대해선 이미 많은 비평적 접근과 연구가 행해져왔다. 그의 짧은 생애와 비극적 죽음은 어쩔 수 없이 오래도록 그의 시세계의 배후에 드리워진 눈부신 후광으로 작용해왔고 그 결과 그의 시는 일제의 폭압을 견디며 살다 간 한 순결한 젊은이의 내면과 실존적 번민을 기록한 문학적 증거물로 남게 되었다. 그동안 적잖은 연구자들이 윤동주의 시에서 일본의 식민지배를 비판하고 이에 저항한 흔적을 찾고자 고심했던 것은 그러므로 충분히 이해 가능한 일이다.

그러나 이 시인의 시에서 당대의 정치사회적 상황에 대한 실제적인 진술을 찾아보기란 현실적으로 쉽지 않다. 이는 명료한 의미를 추구하는 산문에 비해 고도의 상징성과 애매성을 내장하고 있기 마련인 시적 언술의 장르적 특성 때문만도 아니고 체제 비판적인 글에 대해 극도로 예민했던 일제의 검열 탓 때문만도 아니다. 차라리 윤동주라는, 저항이나 비판과는 거리가 멀었던 시인의 기질 자체가 그런 결과를 낳았다고 보는 것이 사실에 보다 부합한 설명이 될 것이다.

지금까지 윤동주는 때로 저항과 희생과 신념의 시인으로 떠받들여지기도 하고 때로 순수와 고독과 내성(內性)의 시인으로 이해되기도 하는 등 상반되는 시각이 공존하는 가운데 서로 경쟁하는 양상을 보여왔다. 물론 최근으로 올수록 이 양자를 절충하거나 화해시키고자 하는 접근이 점차 증가하는 추세에 있으나 아직까지 충분히 만족스러운 성과를 올렸다고 할 수는 없을 듯하다.

이 글에선 윤동주의 시적 매혹의 원천이 젊은이 특유의 내향적인 자기 성찰에서 연유한다고 보고 이를 정신분석학과 분석심리학의 방법론을 동원해 접근해보고자 한다. 물론 지금까지 발표된 윤동주의 시에 대한 분석적 글 중에 이러한 심리주의적 방법론이나 개념을 원용한 평문이 없었던 것은 아니다. 그러나 이유식의 「아웃사이더적 인간상」[1] 이후 선보인 이런 계열의 평문들은 대개 「자화상」이나 「참회록」 같은 작품을 중심으로 시인의 나르시시즘적 성향이나 자기 동일성의 혼란 같은 문제를 언급한 차원에 머물러 있다. 이런 수준에서 한 단계 진전된 논의를 보여준 글로 김승희의 「1/0의 존재론과 무의식의 의미작용」[2]을 들 수 있는데 라캉의 상징계(1)/상상계(0)의 구분에 입각하여 윤동주 시에 나타난 "말하는 주체의 자기 분열 양상"을 추적하고 있다. 본고는 이들 선행연구가 거둔 성과를 충분히 참조하면서 윤동주의 시에 대한 구체적 이미지 분석에 임하고자 한다. 특히 이 시인의 상상세계 전반을 규정짓는 틀로 작용하는 빛/어둠 이미지의 이원적 구조 분석을 통해 시인의 무의식의 일단을 조명해보고자 한다. 윤동주의 시에 나타난 명암(明暗) 의식을 논하면서 그가 "어

---

1) 『현대문학』 1963년 10월호.

2) 『문학사상』 1995년 3월호.

둠을 증오하고 태양과 별에의 신념"을 갖고 있었다고 하는 식으로 논리를 전개하는 것은 명쾌하긴 하지만 시인의 상상력의 역동적 움직임을 간과한 설명이라는 비판으로부터 자유롭지 못하다.[3] 이러한 단조로운 설명은 결국 이 시인의 시에 나오는 어둠을 일제시대의 폭압성을 나타내는 부정적인 상징으로, 빛과 관련된 이미지를 조국의 광복과 관련된 긍정적인 상징으로 보는 단순하면서도 기계적인 관점에서 벗어나기 어렵다. 윤동주의 시를 깊이 들여다보면 볼수록 빛/어둠에 대한 그의 태도가 그렇게 쉽게 정리될 수 있는 성격의 것이 아니라는 것을 인식하게 된다.

본고에선 각기 프로이트와 융에 그 기원을 두고 있는 정신분석학적, 분석심리학적 방법론을 폭넓게 원용하되 단지 대상이 되는 인물의 유년기의 정신적 외상이나 성적인 좌절에 주로 초점을 맞추는 차원에 머물지 않고 시인의 무의식의 움직임이 시적 이미지를 통해 구현되는 방식을 섬세하게 뒤따라가는 작업을 동반하게 될 것이다. 이를 통해 이 시인의 시에 나타난 이미지나 비유 들이 단순히 시대 현실에 대한 즉물적 대응의 산물이 아니라 이 시인의 내밀한 무의식에 원천을 두고 있는 복합적인 상징임을 밝혀내고자 한다. 다만 이를 전체적으로 해명하는 것은 워낙 방대한 작업이 될 수밖에 없기 때문에 이 글에서는 그의 대표작 중의 하나인 「간」에 대한 세밀한 분석을 통해 윤동주의 시에 나타난 빛 이미지를 규명하는 데 중점을 두고자 한다. 그동안 연구자들에 의해 수다한 논점이 제기되었음에도 불구하고 아직도 충분히 그 내포가 밝혀지지 않은 이 작품을 새로운 관점에서 읽어봄으로써 윤동주의 시세계를 이해하는 데 기여하고자 한다.

---

3) 김옥순, 「윤동주 시의 이해와 감상의 출발점」, 『윤동주 연구』, 권영민 엮음, 문학사상사, 1995년, 105쪽.

2. 향일성(向日性)의 상상력

윤동주에 대한 문학적 초상은 그를 흔히 시대의 어둠 속에서 새벽을 기다리는 시인으로 묘사하곤 한다. 이때 어둠은 대개 부정적 속성을 지닌 이미지로 분류되고 그에 대비되는 햇빛-태양-새벽(아침)은 긍정적 의미를 내포하고 있는 이미지로 받아들이는 것이 보통이었다. 대표적인 예로 유종호는 윤동주를 다룬 글에서 "세상에 미만해 있는 어둠의 힘"과 "맑음과 밝음을 지향하는 청순성"의 대립 구도를 설정하고 그의 모든 시를 관통하고 있는 향일성의 충동을 "태양 사모"라고 명명한 바 있다.[4]

이러한 관점은 어느 정도 타당성이 있지만 실제 작품을 세심하게 들여다보면 이렇게 일률적인 평가가 가능하지는 않다는 사실을 발견하게 된다. 햇빛과 태양에 대한 직접적인 찬가는 순진무구한 동심의 세계를 노래한 동시 계열의 작품을 제외하면 그의 시에서 오히려 찾아보기 힘들다.

> 빨랫줄에 두 다리를 드리우고
> 흰 빨래들이 귓속 이야기하는 오후.
>
> 쨍쨍한 칠월 햇발은 고요히도
> 아담한 빨래에만 달린다.
>
> —「빨래」 전문

> 아씨처럼 내린다
> 보슬보슬 해비
> 맞아주자, 다 같이

---

4) 유종호, 「청순성의 시, 윤동주의 시」, 『시란 무엇인가』, 민음사, 1995년, 301쪽.

옥수숫대처럼 크게
닷 자 엿 자 자라게
해님이 웃는다.
나 보고 웃는다.

—「해비」 부분

  습작 시절 많이 씌어진 이런 동시들은 그 장르적 특성상 단순성과 더불어 명랑성이 두드러진다. 그래서 "유년 시절의 안정되고 평화스러웠던 기억" 또는 "훼손되지 않은 꿈의 세계"[5]를 엿보게 해준다. 여기서 인상적인 것은 해-빛-밝음에 대한 지향성이다. 빛에 대한 찬가라 부를 수 있는 이들 시편에선 끝없이 상승하고 확산해가는 정신의 온기, 그 순수하면서도 낙천적인 영혼의 움직임을 엿볼 수 있다. 한 평자가 비록 윤동주의 동시에 국한된 것이기는 하지만 그의 시의 바탕이 되는 정신으로 "동심 지향과 휴머니즘"을 들면서 "윤동주의 시세계는 밝고 맑은 동심의 세계에서 시작하여 착하고, 진실하고, 아름다운 것을 사랑하고 꿈꾸는 휴머니즘으로 회귀한다고 볼 수 있"다고 정리한 것은 적절한 언급이었다고 할 수 있다.[6]

  하지만 이 시인의 시 전반을 염두에 두고 살펴보면 이런 지적이 일관되게 관철되는 것은 아니라는 사실을 발견하게 된다. 특히 습작기에서 벗어나 성숙기에 씌어진 본격적인 시편들에는 빛보다는 어둠-별-저녁(밤)으로 이어지는 이미지의 계열체가 압도적 빈도를 자랑하며 등장하고 있다.[7]

---

5) 박민영, 「윤동주 시의 상상력—자기인식」, 『현대시의 상상력과 동일성』, 태학사, 2003년, 155쪽

6) 김재홍, 「운명애와 부활 정신」, 『윤동주연구』, 권영민 편, 문학사상사, 1995년, 223쪽.

7) 약 7년 반에 걸친 윤동주의 시세계의 전개 과정에 대해서는 4단계설이 많이 수용되고 있다. 대표적인 것으로 김흥규의 「윤동주론」(『문학과 역사적 인간』, 창작과비평사, 1980년)과 권오만의 「윤동주 시의 시대인식」(『윤동주 시 깊이 읽기』, 소명출판, 2009)을 들 수 있

그리고 이들 시편의 어둠이나 밤 이미지가 단지 부정적인 의미망에 둘러싸여 있는 것도 아니다. "하늘과 바람과 별과 시"라는 시집 표제가 말해주듯이 이 시인의 천체미학을 구성하는 하늘엔 태양보다도 별이 더 많은 노출 빈도를 자랑하고 있으며 아침이나 낮보다는 저녁과 밤이 더 자주 시간적 배경이 되어주고 있다. 많은 경우 어둠은 이 시인 특유의 서정적이고 낭만적이며 자연친화적인 성향과 어울려 긍정적인 조명을 받고 있다. 이를 다음 두 편의 시를 비교해봄으로써 확인해보도록 하자.

1) 태양을 사모하는 아이들아
별을 사랑하는 아이들아

밤이 어두웠는데
눈 감고 가거라.

가진 바 씨앗을
뿌리면서 가거라

발부리에 돌이 채이거든

다. 다만 시기 구분에서 약간의 차이가 나는데 김흥규는 1. 초기시: 1934~1936년, 2. 동시: 1936년 후반, 3. 습작기: 1937~1940년, 4.『하늘과 바람과 별과 시』: 1941~1942년으로 분류하고 있으며 권오만은 1. 시대인식 이전의 시: 1934년 말~1936년 3월 중순, 2. 시대인식을 강렬하게 드러낸 시: 1936년 3월 하순~1936년 8월 하순, 3. 시대인식을 힘써 기피한 시: 1936년 9월~1940년 전반기, 4. 시대인식이 스며든 자제의 시: 1940년 후반기~1942년 여름으로 구분하고 있다. 논점에 따라 차이는 있으나 결국『하늘과 바람과 별과 시』에 수록된 작품들, 즉 1939년 후반에서 1942년 여름까지 씌어진 시편들이 이 시인의 시적 순금 부분에 해당한다는 것은 누구나 인정하는 사실일 것이다.

감았던 눈을 와짝 떠라.

─「눈 감고 간다」 전문

2) 세상으로부터 돌아오듯이 이제 내 좁은 방에 돌아와 불을 끄옵니다. 불을 켜두는 것은 너무나 피로롭은 일이옵니다. 그것은 낮의 연장이옵기에─

이제 창을 열어 공기를 바꾸어 들여야 할 텐데 밖을 가만히 내다보아야 방 안과 같이 어두워 꼭 세상 같은데 비를 맞고 오던 길이 그대로 빗속에 젖어 있사옵니다.

하루의 울분을 씻을 바 없어 가만히 눈을 감으면 마음속으로 흐르는 소리. 이제, 사상이 능금처럼 저절로 익어가옵니다.

─「돌아와 보는 밤」 전문

비교적 동시적 단순성으로부터 벗어나지 못한 작품인 1)에서 어두운 밤과 대조되는 태양과 별 이미지를 찾아볼 수 있다. 밤이 깊어 주위가 보이지 않는데 오히려 눈을 감고 가라는 화자의 주문엔 어려운 시대 현실 속에서 화자가 동시대인들에게 들려주고 싶어한 지혜가 담겨 있다. 어두운 시절일수록 "발부리에 돌이 채"이는, 즉 진짜 위기의 국면이 도래할 결정적인 순간까지 "눈 감고 가는" 인고를 거듭해야 한다는 의미이다. 이열치열(以熱治熱)이란 사자성어처럼, 어둠을 더 깊은 어둠으로 감내할 줄 아는 이런 치열한 정신과 의연한 자세만이 "감았던 눈을 와짝 뜨"는 진정한 개안(開眼)의 순간과 연결될 수 있다는 생각이 이 구절엔 담겨 있다. 어둠/빛의 단순 대조에 의해 이루어진 1)과 달리 2)에서 어둠을 대하는 화자의 자세와 심경은 보다 복합적이다. 이 작품에서 방은 "세상"이 강요하는 피로와 울분에서 벗어나 내적으로 침잠할 수 있는 기회를 제공하는 공간이다. 그래서 그는 어두운데도 방에 불을 켜지 않는다. 그것은 낮의 피로를 연장하는 것이 지나지 않기 때문이다. 시인은 이 작품에서 오히려 낮-불(빛)을 멀리하고 어둠 속에서 명상하는 화자의 모습을 보여준다. 더욱이 어둠에 잠긴 좁은 방은 마침 내리고 있는 비의 유체성 이미지와 맞물려 태아 시절 경험한 어머니의 자궁 같은 포근하고 아늑한 느낌을 자아낸다. 그가 듣는 "마음속으로 흐르는 소리"란 그 옛날 어머니의 배 안에서 듣던 아득한 근원의 소리를 연상시킨다. "이제, 사상이 능금처럼 저절로 익어가옵니다"라는 언급은 외계와 차단된 보호받는 공간에서 다시 평정을 회복하고 내적 충일 상태에 이른 화자의 모습을 보여준다.

융이나 바슐라르에 의해 요나 콤플렉스라는 이름을 부여받은 이러한 상상력은 흔히 모태에 대한 향수로 이야기된다. 그것은 잘 보호받는 공간, 특히 둥근 형태의 공간과 관련돼 있으며 양수를 연상시키는 액체와 유동하거나 부유하는 듯한 느낌을 수반하는 경우가 많다. 2)에서 화자가 비 내리는 시간 어두운 방에서 느끼는 안정감은 바로 이런 인간의 근원적 충동과 맞물려 있다. 방-어둠은 이때 화자에게 모성적 보호막으로 작용하며 그 속에서 그는 "능금"과도 같은 둥글면서도 충일한 태아 상태로의 회귀를 경험한다. 능금처럼 익어가는 사상이란 모성적인 어둠이 지닌 또 다른 속성, 영양 넘치는 다산성을 암시한다.

3. 부성의 빛과 유배의 서사

이처럼 이 시인의 내면에는 밝은 빛을 지향하는 의식과 어둠 속으로 가뭇없이 침잠하고 싶어하는 욕망이 공존하고 있으며 이 빛과 어둠은 그 자체로 긍정적/부정적 의미를 동반하고 있는 것이 아니라 시인 특유의 상상력의 운동에 의해 그 내포적 속성이 드러나게 된다. 이 모호한 이중성이 그의 시를 단순하고 투명한 듯하면서도 단일한 해석을 허락하지 않으며 다층적 의미가 숨어 있는, 복합적인 울림을 지닌 작품으로 만든다. 지금까지 시도된 수많은 분석에도 불구하고 아직 충분히 해명되었다고 볼 수는 없는 다음 작품은 그 전형적인 사례이다. 동시를 제외한 본격적인 시편 가운데 빛 이미지를 정면에서 다루고 있는 이 작품은 빛에 대한 화자의 추구/거부의 양면성을 극명하게 보여주고 있다.

바닷가 햇빛 바른 바위 위에
습한 간을 펴서 말리우자.

코카서스 산중에서 도망해온 토끼처럼
둘러리를 빙빙 돌며 간을 지키자.

내가 오래 기르던 여윈 독수리야!
와서 뜯어 먹어라, 시름없이

너는 살지고
나는 여위어야지, 그러나,

거북이야!
다시는 용궁의 유혹에 안 떨어진다.

프로메테우스 불쌍한 프로메테우스
불 도적한 죄로 목에 맷돌을 달고

끝없이 침전하는 프로메테우스.

—「간」 전문

여러 사람들이 지적했듯이 이 작품에서 시인은 우리 민족 고유의 귀토설화(龜兎說話)와 그것에서 유래한 「별주부전」 및 고대 그리스 신화인 프로메테우스 이야기를 창의적으로 변형 결합시켜 한편의 시로 구현해놓고 있다.[8] 전혀 다른 시공간적 전통을 배경으로 탄생한 설화와 신화를 이처럼 중첩시켜놓을 수 있었던 것은 두 이야기 모두에 간(肝)이라는 모티프가 공통적으로 등장하기 때문이다. 토끼는 간을 소유했다는 이유로 병든 용황의 포획 대상이 되며 프로메테우스는 최고신 제우스에게 불복종했다는 이유로 매일 간을 독수리에게 쪼아 먹히는 처벌을 당하는 처지에 놓인다. 그러나 토끼는 기지를 발휘해 용왕과 거북을 속이고 다시 지상으로 복귀하며, 프로메테우스는 불굴의 의지로 제우스와 끝내 타협하지 않고 고통을 감내함으로써 경외의 대상이 된다. 즉 이 두 이야기는 모두 폭력적인 권력의 전횡에 맞서 약자들로 설정된 존재들이 벌이는 투쟁을 보여주고 있다. 비록 그들은 비합법적인 방식(토끼의 거짓말과 프로메테우스의 불도적질)을 통해서긴 하지만 권력자의 욕망을 좌절시키고 세상의 질서를 다시 짜도록 유도하는 역할을 수행한 문화적 영웅들이라 할 수 있다.

이처럼 시인은 두 이야기에 등장하는 '간' 모티프에 주목하여 동아시아 재래의 설화적 주인공인 토끼에 고대 그리스 신화의 주인공인 프로메테우스의 이미지를 포개놓았다.[9] 그 결과 이 시에 등장하는 '나'는, 토끼이

8) 「간」에 대한 자세한 텍스트 분석으로는 김흥규, 「윤동주론」; 박호영, 「저항과 희생의 남성적 톤」 권영민 편, 앞의 책, 참조.

9) '간' 모티프 말고도 토끼와 프로메테우스를 이어주는 또다른 결정적인 공통점이 존재한다. 그것은 두 존재 모두 "법으로 규제받지 않는 전제정치의 권력"에 대항하여 책략을 구사

면서 프로메테우스인, 이중인화된 사진 속의 인물과 같은 모습을 하고 등장하게 되었다. 시 속의 토끼는 바닷속 용궁이 아니라 "코카서스 산중에서 도망해온" 것으로 그려지고 있으며 반대로 프로메테우스는 코카서스 산정의 바위에 결박당해 있는 것이 아니라 "목에 맷돌을 달고/ 끝없이 침전하는" 즉 용궁 여행을 하는 토끼처럼 바닷속으로 가라앉는 형상을 하고 있다. 이러한 교묘한 변환은 이 두 존재 사이에 서로 건너뛸 수 없는 대극적 요소가 존재함에도 불구하고 '간'을 매개로 하여 상호 치환 가능한 존재로 파악됨과 동시에 두 존재가 아예 하나로 합체된 상태로까지 상상력을 진전시키고 있음을 의미한다. "코카서스 산중에서 도망쳐온 토끼"라는 표현이 가능하다면 역으로 "용궁에서 도망쳐온 프로메테우스"라는 표현도 가능하다고 보아야 한다.

토끼/프로메테우스는 용왕/제우스의 명령을 거부하고 자기들의 욕망과 의지에 충실한 면모를 보인다. 그들은 권력의 자장(磁場) 바깥으로 필사적인 탈주를 감행한다. 그러나 귀토설화의 토끼가 간교함과 민첩성 덕분에 자유를 획득하는 해피엔딩으로 마무리되는 것과 달리 그리스 신화에서 프로메테우스는 자신의 육체의 한 부분이 끝없이 쪼아먹히고 재생하는 일을 반복하는 수난을 겪게 된다. 그렇다면 윤동주가 이들 이야기를 재료로 삼아 쓴 시의 저변엔 귀토설화의 토끼가 과연 그처럼 순순히 해방의 기쁨을 누릴 수 있었겠느냐는 점에 대한 비판적 의문이 숨어 있다고 보아야 할 것이다. 순진한 해피엔딩은 그 이면에 그로부터 기인한 또다른

하는 트릭스터적인 존재라는 점이다. 장 피에르 베르낭에 의하면 프로메테우스의 지성은 권력 질서 정의를 표상하는 제우스적 지성과 달리 "계산과 영리함, 그리고 '교활한 사유'로서 이루어진" 것이다. "그의 예견력은 종종 속임수를 준비한다. 그의 교활함은 특히 결국에는 그에게로 되돌아올 재난을 불러일으킨다."(장 피에르 베르낭, 『그리스인들의 신화와 사유』, 박희영 옮김, 아카넷, 2005, 314쪽) 프로메테우스의 이런 속성은 정확히 귀토설화의 토끼에게서도 찾아볼 수 있는 것이다.

억압과 수난이라는 엄연한 현실의 작동 원리를 짐짓 무시하거나 은폐하고 있는 것이 아닐까. 귀토설화의 결말에서 토끼가 숨기고 있는 다른 얼굴이 바로 산정에 묶인 채 매일 독수리에게 간을 쪼아먹히는 프로메테우스의 고통에 찬 표정 아닐까.

따라서 이 시에서, 토끼인 동시에 프로메테우스인 화자가 독수리를 향해 "내가 오래 기르던 독수리야!/ 와서 뜯어 먹어라, 시름없이"라고 말한 것을 두고 이루어진 다음과 같은 설명, "화자(토끼로 형상화된 자신)는 '독수리'를 스스로 길렀으며, 자기 간을 뜯어 먹도록 요구한다. 이때 '독수리'는 화자의 밖에 있는 존재가 아니라, 자기의 생명(간)을 쪼아내며 스스로에게 아픔을 주는 자아의 예리한 의식이다"[10]라고 한 것은 사태를 너무 지나치게 단순화 일면화한 것이라고 할 수 있다. 해당 구절에서 독수리를 자신이 길렀다고 언급한 것은 제우스의 권력 행사에 피동적으로 순응할 수밖에 없는 자신의 곤핍한 처지에 대한 반어적 표현으로 읽어야지 이를 직접적으로 소망한 결과라고 하는 것은 아무래도 부자연스럽다. 화자는 예리한 의식을 획득하기 위해 일부러 자청해서 간을 뜯어 먹히는 것이 아니라 부득이 감내할 수밖에 없는, 간을 뜯어 먹히는 수난을 통해 결과적으로 예리한 의식을 단련하게 된다. 그는 엄청난 고통에도 불구하고 제우스/용왕과의 타협(용궁의 유혹)을 끝내 거절하고 고독하게 시련을 당하는 프로메테우스의 운명을 받아들인다. 마지막 연에서 거듭 "불쌍한 프로메테우스"라고 화자가 자신의 또다른 측면에 대해 연민 어린 영탄을 토하는 것은 그가 자기 앞에 펼쳐진 현실이 비록 원하는 양상은 아니지만 그 길을 걸어갈 수밖에 없다고 하는 점에 대해 쓸쓸하면서도 엄중한 통찰을 하고 있음을 드러내고 있다.

---

10) 김흥규, 앞의 글, 154쪽.

이렇게 독수리에게 간을 뜯어 먹히는 프로메테우스의 수난을 토끼의 입장으로 전환시킨 것이 "목에 맷돌을 달고/ 끝없이 침전하는 프로메테우스"의 모습이다. 그는 높은 산정의 바위에 묶여 있는 것이 아니라 목에 맷돌을 달고 바닷물 속으로 한없이 가라앉는다.[11] 화자가 현재 처해 있는 정황은 끝없이 수면 아래 심연 속으로 하강하며 익사의 고통을 견뎌내고 있는 것과 같다. 그렇다면 이런 질문이 가능할 것이다. 그 고통 끝에 그가 다시 귀토설화의 토끼처럼 육지로 무사히 복귀하는 생환의 기쁨을 누릴 수 있을까. 화자는 간을 뜯어 먹히고 물속으로 가라앉는 고통이 과거완료형이 아니라 현재진행형으로 계속되는 상태라는 것을 보여줌으로써 이 비극이 일시적인 것이 아니라 영원히 지속되는 것이라는 점을 암시하고 있다.

근대 이전 범법자들에게 가해진 '처벌의 의식'은 매우 잔혹하고 폭력적인 것이었다. 그중에는 몸에 무거운 돌을 매달아 물에 빠뜨려 죽이는 익형(溺刑)도 포함돼 있다. 천공에서 독수리밥이 되는 프로메테우스의 원래 모습은 이 시의 결말부에서 맷돌을 달고 바닷물 속에 가라앉아 서서히 죽어가는 모습으로 변주된다.[12] 본래 육지동물인 토끼의 화려한 용궁행을

---

11) 침전(沈澱)이란 "액체 속에 있는 앙금 잡물 등이 밑바닥에 가라앉음. 또는 그 물질"이라는 국어사전적 설명 그대로 어떤 물질이 액체(용액) 속에서 녹지 않고 아래로 가라앉는 현상을 말한다. 따라서 '침전'이란 용어는 외부와 섞이지 않고 자신의 고유한 본질을 유지하며 내면으로 침잠하는 이 시인 특유의 정신과 태도를 나타낸다. 「쉽게 씌어진 시」에서 "창밖에 밤비가 속살거려/ 육첩방은 남의 나라."라고 화자가 현재 처해 있는 시공간을 제시한 후 "나는 무얼 바라/ 나는 다만, 홀로 침전하는 것일까"라고 상념에 잠긴 모습은 '침전'이 내포하고 있는 속성을 정확히 말해주는 구절이다. 여기서도 밤비라는, 요나 콤플렉스와 관련된 어둠-물 이미지가 동원되고 있다. 어두운 물에 잠겨 있으면서도 화자는 이 어둠-물과 분리된 채 자신을 응시한다. 바로 이 상태가 이 시인에게 전형적으로 '침전'이라는 단어가 의미하는 것이다.

12) 고대와 중세에 걸쳐 활용된 이 형벌이 윤동주의 시에 그 흔적을 남기게 된 것에 대해 권오만은 신약성서를 그 전거로 들고 있다. 「마태복음」 18장 6절에 순진한 어린이를 꾀어 죄에 빠뜨린 자는 "연자맷돌을 목에 달아 바다에 빠뜨리는 게 낫다"는 구절이 나오는데 시인

뒤집어보면 이처럼 권력에 대항한 죄로 가혹한 징벌을 당하는 프로메테우스의 "불쌍한" 초상이 떠오른다. 독수리가 높이 상승하면 할수록 프로메테우스에게 주어진 하강의 운명 또한 깊어질 수밖에 없는 구조인 것이다.

동아시아에서 토끼는 서왕모(西王母)의 불사약을 항아(姮娥)가 훔쳐 달아났다는 설화나 달속에 토끼가 살고 있다는 재래의 민간전승에서 엿볼 수 있듯이 전통적으로 태음(太陰)의 성격을 지닌 동물로 여겨져왔다. 토끼는 달짐승의 일종으로서 물-달-여성성을 나타내는 존재이다. 반면 프로메테우스는 신의 권위에 반항한 불복종의 상징이며 불(지식)을 훔쳐 인간에게 가져다준 영웅적 존재이다. 그래서 그는 흔히 불-태양-남성성과 관련된다. 토끼의 동반자가 수중의 거북이라면 프로메테우스에겐 천상을 대표하는 날짐승인 독수리가 붙어 있다. 독수리는 제우스의 동물이자 제우스 자신이기도 하다. 바슐라르의 해석에 따르면 "신들은 프로메테우스의 불을 빼앗지 않고, 오히려 그의 육체 속에 그의 몸을 좀먹는 불을 타오르게 한다. 독수리는 살아 있는 열기의 도가니로 그를 괴롭히러 온다."[13] 이런 설명에 입각해서 보자면 독수리는 불새, 즉 피닉스를 상징하며 죽음의 재 속에서 거듭 다시 부활하는 재생의 상징으로 받아들여진다. 토끼가 수중 세계로 내려갔다가 "용궁의 유혹"을 물리치고 육지로 귀환하는 재생의 과정을 밟듯이 프로메테우스는 불의 시련을 거치며 거듭

이 "그 수사를 손질하여 활용한 것"(권오만, 『윤동주 시 깊이 읽기』, 소명출판, 2009, 212쪽)이라는 것이다. 독실한 기독교 집안 출신이었던 윤동주의 전기적 사실을 고려한다면 이러한 견해는 충분히 존중할 만하다. 다만 성서 본문과는 다르게 시인은 「간」에서 죄와 벌에 대한 기존의 통념을 창조적으로 전복하고 있다는 점에 유의해야 한다. 프로메테우스는 인간에게 불=지식을 제공함으로써 인류를 순진한 무죄의 상태, 즉 어린이의 상태에서 벗어나게 만들었다. 그의 고난과 희생은 금기에 도전한 행위로 인한 당연한 귀결이지만 그것이 담고 있는 의미는 성서의 본문과는 정반대되는 가치를 지니고 있다. 그는 마땅히 받아야 될 벌을 받는 것이 아니라 부당한 수난을 겪고 있는 것이다.

13) 가스통 바슐라르, 『불의 시학의 단편들』, 안보옥 옮김, 문학동네, 2004년, 180쪽.

재생하는 존재이다. 다만 프로메테우스의 죽음과 재생은 그의 전신을 대상으로 행해지지 않고 그의 '간'에 집중해서 일어난다. 간과 그 간을 먹는 독수리는 실은 동일한 존재이다. 불사조가 불에 몸을 던졌다가 다시 원래의 모습으로 부활하듯이 프로메테우스의 간 역시 매일 쪼아 먹혔다가 다시 원래의 상태를 회복한다.

토끼와 프로메테우스, 각기 물과 불, 상승과 하강 같은 무의식의 양극을 대표하는 이 두 존재가 하나로 만나고 있는 지점에 바로 이 시의 공간적 배경인 "바닷가 햇빛 바른 바위 위"가 위치한다. 그곳은 수직적으로 천상의 빛과 지하의 물이 만나는 접점인 동시에 수평적으로 물과 뭍이 교차하는 장소이기도 하다. 이 신화적 공간에서 화자는 마치 원시인들이 태양제(太陽祭)를 치르듯 자신의 간을 제물로 바치고 그것을 지키는 상징적 의례를 진행한다. 태양의 상징인 독수리가 날아와 그것을 먹는 동안 그는 물-지하(수중)의 상징인 거북이의 접근을 차단한다. 이처럼 이 시는 명백히 이 시인의 의식 한편에 자리잡은 향일성의 상상력을 형상화하고 있다. "거북이야!/ 다시는 용궁의 유혹에 안 떨어진다"는 화자의 준열한 선언은 그 어떤 자기희생에도 불구하고 빛-천상을 향한 자신의 선택을 밀고 나가겠다는 신념의 표명 외에 다른 것이 아니다. 그러나 이런 선언이 절실히 요구되는 것은 그만큼 그의 내면 깊은 곳에 자리잡은 "용궁의 유혹"이 매혹적이라는 사실을 의미하고 있다. 그가 일체의 타협을 불허하는 이런 단언을 한 후 바로 이어서 "목에 맷돌을 달고/ 끝없이 침전하는 프로메테우스"라며 프로메테우스의 비극적 삶을 돌출적으로 언급한 것은 이 시인의 무의식의 일단을 말해주는 것으로 여겨진다.

이는 이 시의 구성과도 관련이 되는 문제이다. 총 6연으로 이루어진 이 시가 화자의 권유 명령 자기다짐의 진술로 이루어진 1-5연과 달리 마지막 6연에 와서 대상이 되는 존재에 대해 논평하는 형식으로 갑자기 그 어조가 달라지는 양상을 보인다. 형태론적인 면에서도 각기 2행으로 이루어진 다른 연과 달리 6연만 3행으로 이루어져 차별화되어 있으며 문장 역시 서술어 없이 명사형으로 종결되고 있다. 이런 구성은 고대 그리스 비극에 비유하자면 1-5연이 등장인물 간의 대화나 독백에 해당된다면 6연은 합창대의 코러스에 해당된다고 할 수 있다. 마지막 연의 개입을 통해 시인은 사태에 대한 평면적인 진술을 넘어선 객관적이고도 초월적인 논평을 제시하고 있는 것이다. 요약하자면 그것은 화자의 심리가 비장하게 수난을 받아들여야 하는 당위적 의무의 세계와 자기 충족적인 내면적 삶에 대한 희구 사이에 찢겨 있다는 사실이다. 그는 토끼의 유희적 삶과 프로메테우스의 저항적 삶을 뒤집어보고 교차시켜봄으로써 각각의 설화/신화가 숨기고 있던 의미를 들추어내고 있다.

이러한 논의의 연장선상에서 햇빛-불이 화자에게 긍정적인 의미와 가치만을 지닌 이미지가 아니라는 사실이 드러난다. 햇빛-불은 토끼와 프로메테우스를 몰락과 고난으로 인도하는 부정적 대상이기도 하다. 자신에게 주어진 사명을 완수해야 한다는 의식은, 그것이 당위적이면 일수록, 부득이 삶의 희생을 초래하며 자신의 육신의 일부가 뜯겨 나가는 것과 같은 끝없는 고통을 안겨준다.[14]

이와 반대로 "용궁의 유혹"이란 지금까지 흔히 일신상의 안녕과 부귀

___

14) 물/불, 하강/상승이란 원소적 차원 말고도 토끼/프로메테우스 사이에는 비교해볼 만한 구석이 있다. 귀토설화의 토끼는 거북과 대비되는 데서 드러나듯이 유희에 탐닉하는 쾌락원칙(pleasure principle)을 나타내는 존재이고 프로메테우스는 노동과 투쟁으로 점철된 현실원칙(reality principle)을 대변하는 존재이다. 마르쿠제는 프로메테우스를 "영원한 고통의 대가로 문화를 창조한 신"으로 본다. 그는 "반역자"이며 "생산성과 삶을 정복하려는 끊임없는 노력"을 상징한다. 그의 지나친 현실원칙에의 몰두는 그의 "육체의 절단"을 야기한다. 이처럼 토끼와 프로메테우스는 권력에 대한 반항, 신(神)을 속인 자들이란 점에선 서로 통하지만, 그 내밀한 속성에서는 서로 상반되는 존재이다. 그들은 삶을 화석화하는 체제에 맞서 서로 상이한 방식으로 싸우고 도주한다.

영화에 대한 욕망이나 환상적인 세계에 안주하고자 하는 심리 정도로 해석되어오곤 했다. 그러나 이 시인의 상상세계 전반을 검토하는 시각에서 보자면 이 유혹이 반드시 이런 일상적이고 세속적인 차원에만 머물러 있는 것으로 볼 필요는 없을 것이다. 만일 그 유혹이 이처럼 부정적인 속성만을 내포한 일반적인 차원의 것이라면 이것은 너무 뻔하고 당연한 것인 만큼 이를 지양하는 데 시인이 굳이 프로메테우스까지 끌어들이며 그토록 비장하게 고통과 수난을 강조할 필요도 없었을 것이다. "용궁의 유혹"은 이렇게 명료하게 의식화된 차원을 넘어선 욕망, 시인의 무의식의 흐름과 관련된 보다 심층적인 세계로 시선을 돌리게 만든다. 그것은 곧 빛-부성-로고스의 차원이 아닌 그의 내면 깊숙한 곳에 자리한 어둠-모성-죽음충동의 세계로의 초대이다. 전기적 이력이 말해주듯 시인은 성장해서 고향을 떠나 여러 곳을 편력하면서 동화적 순진성의 세계에서 벗어나게 되며 자신에게 주어진 사명(mission)과 삶(life) 간의 불일치에 대한 고민에 사로잡힌다. 이제 그는 자신을 천상에서 추방되어 지상에 유배된 자, 토끼/프로메테우스처럼 끝없이 지속되는 형벌을 당하는 희생자로 상상하게 된다. 그는 자신에게 주어진 시대적 소명에 민감하게 반응하고 적극적인 행동에 나서지 못하는 자신의 처지와 기질 때문에 번민에 시달리지만 그럴수록 그의 내면에서 울려퍼지는 또다른 무의식의 소리에도 귀기울이지 않을 수 없게 된다. 시의 마지막 연이 일러주듯이 그가 천상의 불을 훔치는 일을 수행하는 것이 오히려 그를 깊은 바닷속으로 빠져들게 만드는 작용을 한다. 그가 현실원칙에 따라 살고자 하는 것이 역으로 심연 속으로 깊이 침전하게 만드는 결과를 가져오는 것이다. 따라서 이 시는 전체적인 맥락에서 볼 때 이전까지의 방황과 갈등을 청산하고 새로운 삶을 추구하겠다는 결단을 표명한 시로 읽을 것이 아니라, 그런 결단에도 불구하고 여전히 지속되는 고뇌와 망설임을 그린 시로 받아들여야 한다. 즉 이 시에서 강세는 5연의 "거북이야!/ 다시는 용궁의 유혹에 안 떨어진다"라는 결연한 의지의 피력에 주어지는 것이 아니라 마지막 연의 "프로메테우스 불쌍한 프로메테우스"라며 상이한 욕망 사이에 찢겨 있는 자기 운명의 비극성을 통찰하는 대목에 주어져야 한다.

"용궁의 유혹"이란 바로 이러한 논리화하긴 힘들지만 분명히 존재하는 내면의 또다른 요청을 가리킨다. 그것은 부성의 빛의 추구와는 정반대되는 지향성을 갖고 있는 무의식의 운동이다. 이제 시인은 올림푸스의 제신들이 지배하는 낮의 영역을 떠나 모성의 신비가 지배하는 밤의 영역으로 입문하게 된다. 이러한 모성적 공간으로 이 시인의 시에 자주 등장하는 이미지로 고향, 집, 방, 그늘, 우물 같은 장소를 들 수 있다.

김우창은 윤동주의 의식세계 전반을 고찰한 글에서 흥미로운 가설 한 가지를 제시하고 있다. 윤동주의 대표작 중의 하나인 「자화상」에는 "중요한 자전적 요소가 들어 있는 것으로 생각된다"면서 시에 나오는 우물을 시인의 고향인 "용정(龍井), 용 우물의 좁은 세계"와 결부시키고 있다[15] 이러한 기표의 유사성에 기초한 시적 몽상을 수긍할 수 있다면 '용정'이란 지명에서 「간」에 나오는 '용궁'을 연상하는 것도 그리 큰 무리라고 할 수는 없을 듯하다. 고향-우물 안의 세계는 비록 협소하긴 하지만 "보다 순진하고 행복한 상태"에 대한 원형적 체험으로 시인의 무의식 속에 남아 있으며 이 시인에게 늘 돌아가 안주하고 싶은 충동을 느끼게 만드는 원초적 공간으로 자리하고 있다. "용궁의 유혹"이란 말 속엔 물질적이고 세속적인 의미 이외에 이런 원형적인 측면 또한 숨어 있는 것이다. 고향에서 멀어질수록 그는 자신의 내면에서 울려퍼지는 부름, 그를 끌어당기는 무의식의 인력을 감지하지 않을 수 없었다. 이렇게 본다면 빛의 세계와 정

---

15) 김우창, 「시대와 내면적 인간」, 『궁핍한 시대의 시인』, 민음사, 1977년, 178쪽.

반대되는 어둠에 이끌리고 어둠 속으로 나아가고자 하는 이 시인의 상상력은 고향 및 모성적 공간에 대한 탐구와 자연스럽게 연결될 수밖에 없게 된다.

4. 결론

지금까지 윤동주의 시에 나타난 빛 이미지가 지닌 양면성에 대해 살펴보았다. 그의 시에 종종 나타나는 밝은 새벽(아침)에 대한 희구가 말해주듯이 태양과 빛은 지금 이곳의 어두운 시대 현실을 넘어선 밝은 내일을 기약하는 상징으로 출현하곤 했다. 그러나 빛에 대한 일방적이면서도 지나친 추구는 오히려 시적 자아에게 억압으로 작용할 여지가 있다. 이 글에서는 이를 시인의 대표작 중의 하나인 「간」에 대한 자세한 분석을 통해 해명하고자 했다.

용궁을 탈출한 토끼, 혹은 코카서스 산중에서 도망쳐온 프로메테우스, 이들은 모두 원래 소속된 장소를 떠나 이방(異邦)의 땅을 배회하며 자신에게 주어진 길을 가는 도상의 존재이다. 그는 고향을 상실한 자이며 자신의 정당한 소속이나 확실한 신원을 확보할 수 없는 영원한 떠돌이에 불과하다. 그는 자기 땅에서 유배당한 자이며 살아 있는 죽은 자이다. 그는 눈앞에 빛나는 광명의 원천을 찾아 앞으로 전진하지만 어느덧 그 길은 자신도 모르게 자기가 떠나온 곳, 그 어둠의 심연을 향해 돌아가는 순환의 궤적을 그리고 있었다. 습작기의 동시의 단계에서 벗어나 그가 본격적으로 성숙한 시편을 써내기 시작한 이후 그의 상상세계를 지배한 것은 이처럼 눈부신 빛이라기보다는 짙은 어둠이었다. 그 어둠은 표면적으로는 비극적 시대 상황에 대한 비유이지만 보다 심층적으로는 그의 무의식이 뿌리 내린 근원회귀적 상상력과 관련을 맺고 있다. 향일성의 세계와 상반되는, 윤동주의 상상세계를 이루고 있는 또다른 영역인 향암성의 세계에 대한 본격적인 탐구를 기약하며 본고를 끝내기로 하자.

(2012년 봄)

윤동주 시에 나타난 향암성(向暗性)의 상상력

1. 서론

윤동주는 한국 문학사에서 일제 말기를 대표하는 시인으로 확고부동한 위치를 차지하고 있다. 흔히 그에게 따라다니는 '암흑기 하늘의 별' '식민지 최후의 별'[1]이라는 수사적 표현이 말해주듯이 일본 제국주의의 압제가 가중되던 시절 씌어진 그의 시편들은 그 서정적이고 내성적인 작품 성격에도 불구하고 불의한 체제에 저항한 순교자적 청년 지식인의 내면 기록으로 받아들여지고 있다. 일제시대 감옥에서 순사(殉死)했다는 시인의 비극적 생애는 그의 시편에 독특한 음영을 드리웠으며 일제 강점기에 민족적 과업을 짊어지고 분투한 저항시인에 대한 문학사적 요청에 부합하는 존재로 이 시인을 떠올리는 것을 자연스럽게 만들었다.

이러한 관점은 이 시인의 시를 두고 과연 저항시라고 부르는 것이 적합한지 하는 점에 대해 일부 회의적 견해가 제기된 바 있음에도 현재까지 이 시인의 시세계에 대한 해석과 평가에서 주류적 위치를 차지해오고 있

---

1) 백철, 「암흑기 하늘의 별」, 『하늘과 바람과 별과 시』, 정음사, 1968년.

다. 이를 가장 극명하게 나타내주는 것이 그의 시에 등장하는 빛/어둠 이미지에 대한 일반적인 설명이다. 즉 그의 시 속의 어둠이 당시 우리 민족이 처했던 암울하고 곤궁했던 시대적 조건을 의미한다면 별-태양-새벽 같은 이미지와 더불어 나타나는 빛은 그 어둠을 견디고 극복할 때 도래할 밝은 미래(조국의 광복이나 기독교적 구원)를 상징하는 것으로 풀이되곤 했다. 이런 다분히 기계적이고 도식적인 해석은 한 시인에 대한 간편한 초상화를 작성하는 데는 어느 정도 도움이 되겠지만 그의 개개 시편을 심층적으로 조명하는 데에는 아무래도 한계가 있을 수밖에 없다. 예를 들어 김학동은 윤동주의 시에서 '어둠'과 '아침'의 대립구도는 "당시 우리 민족의 역사적 현실을 상징하고 있다"[2]라고 단정적으로 언급하고 있으며 유종호는 "태양을 사모하는 향일성 충동은 그의 모든 시에 관통하고 있는 특징이다. 그렇기 때문에 어둠의 의식에도 불구하고 그의 시편은 결코 캄캄하지 않다"[3]라고 말하고 있다. 또 김우창은 "윤동주는 양심의 수난자로서 우리로 하여금 그가 살았던 시대의 암흑상을 실감하게 하고, 또 오늘날까지 뻗쳐 있는 어둠의 그림자를 느끼게 한다"[4]라고 평하고 있다. 이 시인의 시세계를 빛/어둠의 대립구도에 입각해서 파악하고 그것을 당시 시대 상황의 알레고리로서 보는 이런 해석은 기왕의 윤동주론에서 쉽게 찾아볼 수 있는 비평적 접근 방식이라 할 수 있다. 수사적 차원에선 충분히 동의 가능한 표현이지만 이것이 윤동주의 상상세계를 실질적으로 지배하고 있는 요소인지에 대해선 보다 세밀한 분석과 접근이 요구된다. 김흥규는 윤동주의 시적 편력의 배후에는 두 가지 중요한 체험적 원천이 자

---

2) 김학동, 「윤동주의 문학사적 위상」, 『윤동주』, 김학동 편, 서강대학교 출판부, 1997년, 11쪽.

3) 유종호, 「청순성의 시, 윤동주의 시」, 『시란 무엇인가』, 민음사, 1995년, 302쪽.

4) 김우창, 「시대와 내면적 인간」, 『궁핍한 시대의 시인』, 민음사, 1977년, 174쪽.

리하고 있다면서 "그 하나는 청년기의 불안정성과 고독감 및 정신적 방황에 기인한 '개인적 어둠'이요, 다른 하나는 조국을 잃음으로써 역사적 사회적 삶의 자리를 박탈당한 '민족적 어둠'이다"[5]라고 지적하고 있다. 이런 관점은 이 시인의 시에 나타난 어둠에 대한 인식을 개인적 차원과 민족적 차원으로 세분함으로써 훨씬 유연하고 포괄적인 해석틀을 제시한 것처럼 보일 수 있지만 이 역시 빛/어둠의 단순한 이항대립에서 벗어나지 못했을 뿐 아니라 '개인적 어둠'의 내용으로 지적된 청년기의 불안정 고독 방황 등도 분석적 개념이라기보다는 너무 막연하고 상식적인 수준의 언급이라고 하지 않을 수 없다. 또 이러한 논리는 빛을 긍정적 대상으로 어둠을 부정적 대상으로 단순화하는 위험에서도 벗어나지 못하고 있다. 윤동주의 시편 가운데 빛/어둠 이미지가 시대 상황에 대한 알레고리로 표현된 작품이 없는 것은 아니지만 대다수 작품이 이런 해석으로 환원되는 것은 아니다. 특히 문학적 성가가 높은 뛰어난 작품일수록 빛/어둠 이미지는 손쉬운 해석을 허락하지 않는 모호하고 복합적인 울림을 갖고 있음을 확인하게 된다.

이 글에선 이런 전제를 바탕으로 이 시인의 시에 나타난 빛/어둠 이미지에 대해 모험적인 가설 하나를 제시하고자 한다. 그것은 정신분석학에 입각한 해석으로 그의 시에 나타난 향암성의 상상력이 시인이 무의식적으로 돌아가고자 한 모성적 육체에 대한 향수와 관련된다는 것이다. 이런 시각에서 이 시인의 주요 시편을 읽어보면 그의 시는 모성적 공간으로부터 추방당한 영혼이 세계와 불화하며 떠돌다가 다시 모성과 상상적 일체감을 얻는 순간으로 나아가는 순환적 여정을 그리고 있음을 발견하게 된다. 따라서 이 시인의 시에서 어둠 이미지는 부정적으로, 빛 이미지는 긍

---

5) 김흥규, 「윤동주론」, 『문학과 역사적 인간』, 창작과비평사, 1980년, 156쪽.

정적으로 현상한다는 고정관념 역시 수정할 필요가 있다는 사실이 드러난다. 이제 윤동주의 시에 명시적으로 노출된 의미가 아니라 그 심층에 숨어 작동하는 미묘한 상상력의 움직임을 추적해보도록 하자.

2. 유적(流謫)의 시간과 유랑의 운명

그동안 이 시인의 시에 나오는 어둠 이미지에 대해선 시대적 정신사적 차원에서 다양한 논평이 가해졌다. 그중엔 "등불을 밝혀 어둠을 조금 내몰고,/ 시대처럼 올 아침을 기다리는 최후의 나."(「쉽게 씌어진 시」)처럼 당대의 상황을 암시하는, 비교적 그 내포가 분명하게 드러나는 시도 있으나 상당수 시편은 그런 단일한 해석으로는 포착되지 않는 복잡성을 간직하고 있다. 다음 시는 그런 전형적인 경우에 해당하는, 난이도가 높은 작품으로 여겨진다.

고향에 돌아온 날 밤에
내 백골이 따라와 한방에 누웠다.

어두운 방은 우주로 통하고
하늘에선가 소리처럼 바람이 불어온다.

어둠 속에 곱게 풍화작용하는
백골을 들여다보며
눈물짓는 것이 내가 우는 것이냐
백골이 우는 것이냐
아름다운 혼이 우는 것이냐

지조 높은 개는
밤을 새워 어둠을 짖는다.

어둠을 짖는 개는
나를 쫓는 것일 게다.

가자 가자
쫓기우는 사람처럼 가자
백골 몰래
아름다운 또다른 고향에 가자.

—「또다른 고향」 전문

　전기적으로 이 작품은 시인이 1941년 여름 고향에 들렀을 때의 체험과
생각을 담은 작품으로 알려져 있다. 이 시에 대한 기존의 분석은 아름다
운 혼/백골을 대개 본질적 자아/비본질적 자아의 대립으로 보는 실존주
의적 해석이나 이상적 자아/현실적 자아의 갈등으로 보는 낭만주의적 관
점이 대종을 이루어왔다. 이를 육신의 '나'/혼(魂)의 '나'로 보거나 과거의
'나'/현재의 '나'로 보는 관점도 존재한다.[6] 또는 일제의 지배로 인해 붕
괴되고 변질되어버린 고향을 보고 느낀 상실감을 노래한 작품으로 여기
기도 했다.[7] 그러나 이 시에 나오는 고향-방을 시인의 무의식의 세계를

---

6) 다음 글들을 참조할 것. 김남조, 「윤동주 연구」, 『윤동주 연구』, 권영민 편, 문학사상,
1997년, 30~34쪽; 김우창, 앞의 글, 185~188쪽; 김재홍, 「운명애와 부활정신」, 권영민
편, 앞의 책, 209쪽; 이남호, 「육사의 신념과 동주의 갈등」, 『한심한 영혼아』, 민음사, 1986,
212~214쪽.

7) 대표적인 글로 정한모, 「동주 시의 특질과 시사적 의미」(『심상』 1975년 2월호)와 오양호,
「북간도, 그 별빛 속에 묻힌 고향」(권영민 편, 앞의 책, 395~400쪽) 참조. 이런 유의 글은

집약한 상징으로 받아들인다면 보다 전향적인 해석으로 나아갈 수 있다.

이 시에서 눈길을 끄는 것은 화자가 처한 공간이 수직적으로 삼원구조를 이루고 있다는 점이다. 현재 화자가 현실적으로 위치한 장소는 고향의 방이다. 그러나 지상에 있는 그 방은 상상적으로 위–천상, 아래–지하로 연결돼 있다. 천상으로부터 "소리처럼 바람이 불어오"고 지하로부터 자신을 쫓는 개 울음소리가 들려온다. 현실적으로 그 방은 어둠에 잠긴 밀폐된 공간이지만 상상적으로는 "우주로 통하"는 방, 천상의 소리와 지하의 소리가 울려퍼지며 진동하는 접점에 자리한 공간이다. 화자는 어둠에 잠긴 방에 누워 방 바깥에서 들려오는 바람 소리와 개 짖는 소리를 듣고 있다. 이들 소리는 화자가 위치한 공간 바깥에서 울려퍼지는 소리일 뿐 그 자체로 화자보다 위/아래에 있다고 할 수는 없다. 그러나 방의 내부/외부라는 수평적 설정이 서두의 "어두운 방은 우주로 통하고"라는 표현에 의해 수직적 울림을 갖게 된다. 이는 우주가 말 그대로 전후좌우와 함께 상하 모두를 아우르는 개념이기 때문이다. 우주의 일점인 화자를 에워싸고 동심원처럼 외부로부터 중심을 향해 어떤 신호가 밀려오는 것이다. 천상의 소식(소리처럼 불어오는 바람)도 지하의 경고(나를 쫓는 개 울음소리)도 모두 화자를 수신인으로 삼고 있는 일종의 전언이라 할 수 있다.

그 전언은 화자의 귀향이 애초에 그가 기대한 것과 전혀 다른 효과를 내고 있음을 시사한다. 바람으로 육화된 천상의 소리는 백골을 풍화시키며 불어오고 어둠 속에서 개는 마치 그에게 고향으로부터의 떠남을 재촉하듯 짖어대고 있다. 바람은 여기서 청각적 이미지로 등장하는 데 그치지 않고 "풍화작용"이란 말이 의미하듯이 지속적인 마찰을 통해 대상을 가루로 만드는 작업을 수행한다. 존재의 무상성을 나타내는 그 바람은 "헛

윤동주 시의 모티프가 되는 상실의식이 유소년 시절의 북간도 체험과 학창 시절 한·중·일을 옮겨다니며 체득한 실향의식에 그 뿌리를 두고 있다고 평하고 있다.

되고 헛되며 헛되고 헛되니 모든 것이 헛되도다. (……) 바람은 남으로 불다가 북으로 돌이키며 이리 돌며 저리 돌아 불던 곳으로 돌아가고"라며 지상적 삶의 유한함과 허망함을 선언하고 있는 「전도서」에 나오는 바람과 같다. 오직 뼈만 남은, 골조만 드러낸 채 다른 육체성의 흔적은 모두 지워버린 존재로 환원된 백골을 바람이 그마저 풍화작용을 통해 마멸·무화시키고 있는 것이다.[8] 바람은 화자의 존재론적 실재성을 점차 지워버림으로써 그의 귀향이 무(無)로의 회귀에 다름아니라는 것을 보여주고 있다. 이러한 자아의 소거현상을 앞에 두고 화자의 내면에 울려퍼지는 울음소리는 곧 자신의 죽음에 대한 애도라고 할 수 있다. 화자는 백골/아름다운 혼으로 분열된 채 자신의 죽음을 타인처럼 지켜보고 슬퍼하고 있다. 한편에 시간의 풍화작용과 존재의 쇠락을 상징하는 백골이 있다면 다른 한편에 순수한 이상주의적 열정을 고수하는 아름다운 영혼이 자리하고 있다. 신체의 물질성이 제거된 백골과 현실을 초월한 존재인 아름다운 혼은 각각 그의 현존 저편에 자리한 육체와 영혼을 상징한다. 시 속의 화자는 육신으로도 영혼으로도 환원되지 않는 제3의 존재로서 자신의 다른 측면을 지켜보고 있는 것이다. 소멸되어가는 자신의 육신을 보며 애도의 울음을 우는 존재는 "나"인 동시에 "백골"이며 "아름다운 혼"이다. 이들은 "나"의 분신들로서 천상/지하라는 위상학적으로 서로 다른 지향성을 갖고 있다. 화자는 이처럼 고향으로 돌아온 날 밤 자기의 내부에 있으되 자아의 일부라고 인식하지 못한 자기 안의 낯선 것과 조우하며, 살아 있

---

8) 백골의 흰색은 이 시인의 다른 시인 「눈 오는 지도」, 「또 태초의 아침」에 나오는 세상을 하얗게 덮는 눈이나 「흰 그림자」에 나오는, 화자의 또다른 자아를 의미하는 흰 그림자에서 볼 수 있듯이 윤동주의 상상공간에서 중요한 위치를 차지하고 있는 색채이다. 그것은 무구함과 정결함을 나타내는 색이자 죽음과 애도를 표상하는 색이기도 하다. 흰색은 색을 넘어선 색이며, 물질성을 탈각한, 대상을 무(無)로 환원시키는 색이다.

는 상태에서 자신의 죽음을 겪는다. 이는 화자가 고향과 불화하고 있으며 궁극적으로 자기 자신과 불화하고 있음을 나타낸다. 분열된 자아의 분열된 욕망이 자신을 둘러싸고 있는 외부 현상에 투사되어 내면에서 진행되는 심리적 드라마가 마치 외부 현실에서 실제로 벌어지는 것처럼 그려지고 있는 것이다.

바람 소리와 함께 외계로부터 들려오는 또 하나의 신호인 개 짖는 소리는 신화적으로 지옥의 수문장, 하데스의 충직한 종 케르베로스(Kerberos)를 상기시킨다. 여기서 개 짖는 소리는 백골/아름다운 혼 같은 죽음과 관련된 이미지와 어울려 화자가 위치한 공간을 지하의 어두운 영역, 사후의 망자의 세계로 인도한다. 바람이 천상의 공간을 배회하는 우주적 전령이라면 개는 죽은 자의 거처인 명부(冥府)를 지키는 파수꾼이다. 그 개의 울음소리에 의해 화자가 위치한 방은 하늘과 연결된 천상으로의 통로인 동시에 죽은 자가 묻힌 지하 분묘와 같은 분위기를 띠게 된다. 그에게 고향은 죽음의 공간이며 백골이 풍화되어가는 무덤이다. 그리움과 동경의 대상이었던 고향은 이처럼 결핍과 소외로 가득 찬 텅 빈 공간이 되어 있으며 죽은 자가 머무는 일시적 체류지, 하계의 어두운 심연으로 통하고 있다. 화자인 "나"는 아직 아름다운 혼이 아니므로 바람을 따라 천상으로 불려갈 수도 없으며 풍화되는 백골이 아니므로 지하의 망자의 세계에 입장할 수도 없다. 그는 개에 의해 낯선 이방인, 침입자, 불순한 잉여로 지목된다. 밤을 새우며 그를 향해 짖어대는 개는 그에게 고향으로부터의 추방을 명령하고 있는 것이다.

이 시에서 화자는 천상과 지상, 아름다운 혼의 세계와 풍화하는 백골의 세계 사이에서 방황하는 존재로 드러난다. 그에게 고향은 회귀 불가능한 곳이자 금지된 영역이며 설령 도달한다 하더라두 바료 떠l l쟈 할 임시적 장소에 불과하다. 고향에서 그는 평화와 안온함 대신 갈등과 섬

뜩함을 느껴야 하는 운명에 처해 있다. 프로이트가 말한 대로 친밀한 대상이 어느 순간 두려운 낯섦(Das Unheimliche)을 느끼게 만드는 이질적 대상으로 돌변해 있음을 발견하게 되는 것이다. 고향은 이제 그에게 어두운 심연이며 죽지 않는 것이 출몰하는 외상적 공간이 되어 있다. 그는 불안함과 불편함을 느끼며 자기 존재의 무근거성에 직면하여 당혹감에 사로잡히게 된다. 낯설게 되어버린 고향에서 그는 자신이 지금 이곳에 머물 존재가 아니며 영원히 "또다른 고향"을 찾아 떠돌아야 할 존재임을 인식하게 된다.

따라서 시의 말미에 제시된 "또다른 고향" 역시, 그가 한때 떠났다가 돌아와 현재 머물고 있는 고향이 그러하듯이, 지상에 실재하는 장소가 아니라 도달 불가능한 아포리아적 공간에 불과하다. 마지막 연의 "가자 가자/ 쫓기우는 사람처럼 가자/ 백골 몰래/ 아름다운 또다른 고향에 가자"라는 구절에 표백된 떠남에의 의지는 능동적인 소망이나 결단의 산물이 아니라 어쩔 수 없이 따를 수밖에 없는 피동적인 수락의 산물이라는 느낌을 주고 있다. 시의 서두에서 "고향에 돌아온 날 밤에/ 내 백골이 따라와 한방에 누웠다"라는 표현이 암시하듯이 그가 설령 "백골 몰래" "고향"을 떠나 황급히 "또다른 고향"으로 이주한다 해도 백골은 또 따라와 그 곁에 누울 것이기 때문이다. 이렇게 본다면 이 시에 나오는 "또다른 고향"을 화자가 꿈꾸는 아름다운 이상향으로 보는 그동안의 일반적인 해석은 수정될 필요가 있다.[9] 이 시에서 "또다른 고향"은 그리움의 대상도 갈망

---

9) 지금까지 이 시의 마지막 연은 "열린 세계에 대한 지향" "정신적인 파산에서 스스로를 구원할 수 있는 효과적인 방법"(김재홍, 앞의 글, 210쪽)으로 여겨지거나 "육신이 속한 지상적 현실적 굴레를 벗어나서 '어둠'이 없는 화해로운 세계를 찾으려는 절실한 독백"(김흥규, 앞의 글, 149쪽)으로 풀이되었다. "자아와 백골이 분열되지 않는 세계" "자아가 받아들여질 수 있는 아름다운 또다른 고향에 대한 희원"(최동호, 「윤동주 시의 의식 현상」, 권영민 편, 앞의 책, 500쪽)으로 본 사람도 있다. 이들 외에도 많은 논자들이 "아름다운 또다른 고

의 대상도 아니다. 오히려 그는 고향으로부터 추방당해 쫓기듯이 "또다른 고향"으로 가야 하는 숙명에 내몰려 있다. 화자가 지금 위치한 고향이 그러하듯이 "또다른 고향" 역시 부재하는 장소이자 임시적 거처일 뿐이며 허상임을 그는 암묵적으로 인지하고 있다. 그가 "또다른 고향"에 대해 느끼는 향수는 부재하는 고향, 영원히 도달할 수 없는 고향에 대한 노스텔지어에 불과하다. 고향이 고향이 아니듯 그는 현재 살아 있지만 실제로는 죽은 거나 마찬가지인 죽음 이후의 삶을 살고 있다. 고향의 부재는 나/세계의 근원적 불화를 의미하는 동시에 자기가 자신에게 이방인이라는 사실을 드러낸다. 고향에서 추방당한 존재는 자신의 정당한 소속이나 확실한 신원을 확보할 수 없는 영원한 떠돌이에 불과하다. 그는 자기 땅에서 유배당한 자이며 살아 있는 죽은 자이다. 그는 돌아온 고향에서 자신의 유령적 현존을 깨닫는 역설적 사태에 직면한다.

> 잃어버렸습니다.
> 무얼 어디다 잃었는지 몰라
> 두 손이 주머니를 더듬어
> 길에 나아갑니다.
>
> 돌과 돌과 돌이 끝없이 연달아
> 길은 돌담을 끼고 갑니다.
>
> (……)

향"을 시인의 유토피아적 소망에 결부시켜 보고 있는데 이런 읽기는 이 시의 마지막 연이 함축하고 있는 아이러니와 체념의 어조를 충분히 고려하지 않은 해석으로 보인다.

풀 한 포기 없는 이 길을 걷는 것은
담 저쪽에 내가 남아 있는 까닭이고.

내가 사는 것은, 다만,
잃은 것을 찾는 까닭입니다.

—「길」 부분

그에게 상실은 경험적 사실이 아니라 이렇게 선험적 진실로 확정되어 있다. 그의 여정은 "무얼 어디다 잃었는지 모"르면서 잃어버린 그 무엇을 찾아나서는 탐색의 도정이 된다. 「또다른 고향」에서 볼 수 있었던 방의 수직적 삼원구조는 이 작품에선 돌담 안/밖의 수평적 구조로 변주돼 있다. 「또다른 고향」에서 화자가 찾고자 한 "아름다운 또다른 고향"은 이 작품에선 "담 저쪽에 남아 있는 나"와 상동관계에 있다. 「또다른 고향」에서 화자를 내쫓는 바람 소리나 개 울음소리는 이 작품에선 "쇠문을 굳게 닫은 담"으로 그 위협적인 모습을 드러내고 있다. 이 두 편의 시에서 화자는 모두 상실과 추방의 운명 속에서 잃어버린 성배를 찾아 떠나는 순례 기사의 모습을 하고 있다. 그는 끝없이 "아침에서 저녁으로/ 저녁에서 아침으로" 돌담을 따라 도는 여정을 지속한다. 그가 찾는 "잃은 것"은 영원히 접근 불가능한 미지의 대상이자 금지된 대상으로, 그러나 화자를 부단히 탐색과 추구의 순환으로 내모는 환영적 대상으로 현존해 있다.

그렇다면 구체적으로 시인이 상실한 대상은 무엇인가. 여기에 대해 식민지 시대의 고향 상실이나 유랑 의식이란 민족적 상황을 대입하는 것은 충분히 가능한 것이지만 너무 상식적이고 예정된 결론으로 인도되는 관점이라는 한계를 갖고 있다. 이런 사회 역사적 조건을 괄호 치고 보면 이들 시에서 "어두운 방"이나 "돌담" 저편의 공간은 정신분석학적으로 어머니의 체내를 상징한다고 볼 수 있다. 유년 시절 아이의 무의식 속에서 절대적 역할을 떠맡고 있던 모성적 공간, 그 어두운 빈 곳을 가리키는 것이다. 아이에게 호기심과 불안을 동시에 일으키는 그 공간은 성장한 후엔 영원히 접근이 허락되지 않는 금단의 구역으로 남는다. 그는 그곳으로 돌아가고 싶은 충동과 돌아갈 수 없는 현실 사이에서 방황하고 모색하고 좌절할 수밖에 없다. 그 공간은 그 자체로는 결여이고 텅 빈 무이지만 환상 속에서는 종종 무한한 가치가 부여된 아름답고 신성한 대상으로 현전한다. 그러나 막상 그 공간에 근접해가는 순간 금지의 위반이 초래할 위험에 대한 경고가 울려퍼진다. 그가 환청처럼 듣는 소리, "하늘에선가 소리처럼" 불어온 바람이나 "지조 높은 개"가 짖는 소리는 바로 그의 내면에서 울려퍼지는 금지 명령이자 아버지의 법을 함축하고 있는 소리이다. 그는 고향의 집이나 돌담 안으로의 입장이 허락되지 않으며 영원히 그 바깥을 헤매어야 하는 것이다.

바로 이 욕망과 금지 사이의 갈등이 그의 시에 반복해서 등장하는 죽음 충동 및 분신의 테마를 추동한다. 프로이트의 고전적 설명대로 분신은 원래 자아의 수호자였지만 심리적 억압의 결과 설화나 문학작품 같은 이야기 속에서 흔히 죽음을 알리는 예언자의 기능을 떠맡게 된다. 이 "두려운 낯섦"을 체현하는 분신 모티프는 주체로 하여금 자신의 유령적 현존을 깨닫게 한다.

이처럼 윤동주의 시에는 화자가 자신의 유령적 분신과 조우하는 장면이 종종 나타나는데 이를 잘 보여주는 것이 바로 그의 거울 시편들이다. 「자화상」이나 「참회록」에서 시인은 우물이나 거울에 비친 자신의 영상과 불화하는 화자의 모습을 극화해서 보여주고 있다.

1) 산모퉁이를 돌아 논가 외딴 우물을 홀로 찾아가선 가만히 들여다봅
니다.

우물 속에는 달이 밝고 구름이 흐르고 하늘이 펼치고 파아란 바람이 불
고 가을이 있습니다.

그리고 한 사나이가 있습니다.
어쩐지 그 사나이가 미워져 돌아갑니다.

돌아가다 생각하니 그 사나이가 가엾어집니다. 도로 가 들여다보니 사나
이는 그대로 있습니다.

　　　　　　　　　　　　　　　　　　　　　　　　—「자화상」 부분

2) 파란 녹이 낀 구리 거울 속에
내 얼굴이 남아 있는 것은
어느 왕조의 유물이기에
이다지도 욕될까.

(……)

밤이면 밤마다 나의 거울을
손바닥으로 발바닥으로 닦아보자.

그러면 어느 운석(隕石) 밑으로 홀로 걸어가는
슬픈 사람의 뒷모양이

거울 속에 나타나 온다.

—「참회록」 부분

이들 시편에 나오는 외딴 우물이나 파란 녹이 낀 구리 거울은 「또다른 고향」의 방과 같은 모성적 공간의 다른 형태이다. 1)의 우물이나 2)의 거울은 표면의 반사 기능이 강조된 맑고 투명한 거울이 아니라 어둡고 흐릿한 거울, 그것을 응시하는 사람을 깊이의 몽상으로 이끄는 거울이다.[10] 그것은 바슐라르의 말을 빌리자면 "강하게 빛나는 반영의 명확하고 분석적인 나르시시즘"이 아니라 "가을 물의 명상 가운데" 생겨나는 "흐리고 안개 자욱한 나르시시즘"에 가깝다.[11] 그 거울은 그것을 바라보는 주체를 1)처럼 심적 갈등 상태에 빠뜨리거나 2)처럼 자기혐오에 시달리게 만든다. 그것은 자기 영상과의 완벽한 일치를 허락하지 않는 우물−거울이며, 평온한 나르시시즘적 도취를 부추기기는커녕 이를 교란시키는 어둡게 뒤틀린 심연이다.

거울이나 우물 속의 자기 영상과의 조우는 화자에게 기쁨이나 충족감을 주지 않고 정체불명의 불안감이나 자기 모멸감을 안겨준다. 그는 자애심을 상실한, 그래서 자기 이미지와 불화하는 우울한 나르시스이다. 화자는 존재 결핍의 상태에 놓여 있으며 이것이 그로 하여금 거울 속의 자기

---

10) 김은자는 「자화상」「참회록」에 나오는 우물/거울에서 이차원적 평면이 아니라 삼차원적 '동굴'을 보고 있다. 우물이나 거울은 그 표면적 반영의 기능 때문에 선택된 대상이 아니라 회상과 성찰을 가능케 하는 수직적 깊이에 그 존재 의미가 있다는 지적이다.(김은자, 「자화상」의 동굴 모티프」, 김학동 편, 앞의 책) 이때 「또다른 고향」의 고향 집이 그러하듯이 우물이나 거울은 화자를 가두는 수직의 심연으로 현상한다. 우물 속에 펼쳐진 천상 공간이나 구리거울 속으로 멀어지는 한 사내의 뒷모습은 우물/거울이 지닌 내밀한 통과의례적 하강의 속성을 암시해준다. 모성적 어둠으로 가득 찬 그 심연−공간은 화자에게서 심리적 거부감과 불안 섞인 매혹이라는 양면적 반응을 자아낸다.

11) 가스통 바슐라르, 『물과 꿈』, 이가림 옮김, 문예출판사, 1980년, 43쪽.

이미지를 회피하고자 하는 충동을 불러일으킨다. 1)의 우물 속에 "추억처럼 있는" 사나이나 2)의 거울에 비친 욕된 유물로서의 자신의 모습은 아버지의 이름(the Name-of-the-Father)에 대한 이 시인의 거부를 보여준다. 유교적 부성을 의미하든 기독교적 부성을 의미하든 윤동주의 시에서 아버지란 존재는 이미 실질적인 권능을 제거당한 퇴락한 존재요 욕된 역사를 환기시키는 슬픈 유산에 불과하다. 그럼에도 그 아버지는 여전히 현존해서 화자의 원초적 욕망을 금지 규제하는 원리로 기능한다. 모성의 우물-거울에 대한 접근이 자기 이미지와의 조화로운 일치를 낳기보다는 내면에 숨어 있는 공격욕을 자극하는 결과를 낳는 것은 그 때문이다. 1)의 "추억처럼" 있는 사나이와 2)의 운석 밑으로 홀로 걸어가는 사람은 모두 퇴락한 부성에 대한 추도이자 그것의 후계자인 자신에 대한 부정의 의미를 담고 있다. 그가 우물이나 거울에 비친 영상에서 발견하는 것은 자신의 모습인 동시에 상상 속의 아버지의 모습이기도 하다. 그가 그 영상에 거부감("미움"과 "욕됨")/연민("가엾음"과 "슬픔")이 공존하는 양가감정을 느끼는 것은 그 때문이다.

이처럼 그가 꿈꾼 자신에 대한 이상적 이미지와 우물-거울 속에 비친 실제적 이미지 사이의 간극은 반사적 동일시에 대한 거부를 낳고 이것은 다시 자신의 존재의 핵심에 자리잡고 있는 공허감을 직면토록 만든다.[12] 하지만 그럼에도 불구하고 그는 자신에 대한 이상적 이미지를 완전히 포기하지는 못하고 거듭 우물이 있는 자리로 돌아오거나 밤이면 밤마다 거울을 닦는 시도를 반복적으로 수행한다. 「자화상」에서 우물 속에 비친 사

---

12) 이 존재 결핍의 느낌이 그의 시에 자주 등장하는 부끄러움, 괴로움, 슬픔, 피로 같은 심리 상태와 연결된다. 대타자(the Other)가 항상 자신을 지켜보고 있으리라는 것, 그런데도 자신은, 대타자의 요구(부름) 앞에 어떤 응답을 해야 할지 모른다는 것, 이것이 시인에게 갈등과 번민을 일으키는 요인으로 작용한다.

나이의 모습에 대한 미움/그리움이란 감정의 순환 때문에 거듭해서 우물로 "도로 가 들여다보"는 화자의 모습은 「참회록」에서 "그때 그 젊은 나이에/ 왜 그런 부끄런 고백을 했던가"라고, 뻔히 후회할 줄 알면서도 참회의 글을 쓰는 일을 반복하는 화자의 모습과 겹친다. 참회록 쓰기로서 그의 글쓰기는 바로 우물 – 거울 들여다보기와 동일한 의미를 품고 있다. 그것은 거듭 반복되는, 그러면서 스스로의 무용함 때문에 자기모멸만 심화시키는 행위가 된다. 그가 1)처럼 우물 주변을 배회하는 왕복운동을 반복하든 2)처럼 별똥별 밑으로 홀로 걸어가는 고독한 여행을 계속하는 존재로 자신을 상상하든 이 모든 시도는 치유 불가능한 상실감에 기초하고 있다.[13] 또한 이러한 반복강박의 근저엔 화자의 심리적 마조히즘이 자리하고 있다. 미움과 그리움이란 감정의 순환은 떠남과 돌아옴, 결별과 귀환이란 행동의 순환으로 현상한다. 거울 속으로 멀리 떠나는 자의 뒷모습은 같은 지점을 끝없이 돌고 도는 소모적이고 무용한 노동을 계속하는 자의 모습과 실은 동일한 것이다. 심연 속으로 나아감은 원점으로의 회귀와 한 동전의 양면을 이룬다. 이는 그의 방황과 편력이 근원회귀의 욕망의 다른 측면임을 말해주고 있다.

　살아 있으되 실제로는 살아 있지 않다는 느낌, 자신이 지금 유령과도 같은 삶을 살고 있다는 느낌은 다음 작품에서 보듯 살아 있는 죽은 자들

---

13) 근대 이전 사람들은 밤하늘의 별을 보며 '하늘의 징조'를 탐구했다. 점성술에서 혜성의 출현이 제왕이나 국가 지도자의 운명과 결부되었다면 유성은 그보다 미미한 존재의 죽음을 알리는 신호로 해석된다. "어느 운석 밑으로 홀로 걸어가는/ 슬픈 사람의 뒷모양"은 비극적 운명의 후광 아래 외로이 자신에게 주어진 길을 가는 우울한 단독자의 모습을 보여준다. 유성-별똥별-운석의 향방을 놓고 자신의 운명을 숙고하는 이런 시인의 모습은 그의 산문에선 다음과 같이 그 편린을 드러내고 있다. "어디로 가야 하느냐 東이 어더냐 西가 어더냐 南이 어더냐 北이 어더냐 아라! 저 별이 번쩍 흐른다. 별똥 떨어진 데가 내가 갈 곳인가 보다. 하면 별똥아! 꼭 떨어져야 할 곳에 떨어져야 한다."(「별똥 떨어진 데」, 「정본 윤동주 전집」, 홍장학 편, 문학과지성사, 2004, 152쪽)

이란 형용모순의 상태에 대한 천착을 낳는다.

> 다들 죽어가는 사람들에게
> 검은 옷을 입히시오.
>
> 다들 살아가는 사람들에게
> 흰옷을 입히시오.
>
> 그리고 한 침대에
> 가지런히 잠을 재우시오.
>
> 다들 울거들랑
> 젖을 먹이시오.
>
> 이제 새벽이 오면
> 나팔소리 들려올 게외다.
>
> ─「새벽이 올 때까지」 전문

화자가 엄숙한 어조로 예언적 목소리에 실어 들려주는 것은 당대의 상황이 삶/죽음의 경계가 선명히 나뉘지 않은 채 유아적 퇴행 상태에 잠겨 있다는 점이다. 죽어가는 사람도 살아가는 사람도 상반된 옷 색깔로 구분될 뿐이며 그들을 아기처럼 한 침대에서 잠을 재우고 젖을 먹이라는 주문은 시대 현실에 대한 화자의 우울한 전망을 집약하고 있다. 이 시의 화자에게 당대인들은 요람 속의 아이나 다름없는 존재, 세상의 종말이 오는 그 순간까지 잠을 자는 수동적인 존재로 묘사된다. 여기서 어머니는 삶과 죽음의 경계를 초월해 흑/백으로 분할된 모든 존재를 끌어안고 잠재우고 젖먹이는 대극의 용기(容器)로 나타난다.[14] 때문에 "이제 새벽이 오면/ 나팔소리 들려올 게외다"라는 마지막 연조차 예정된 섭리에 대한 확신이나 희망의 피력으로 이해되기보다는 묵시록의 패러디로 받아들여진다. 즉 새벽이 오기까지 걸릴 시간이 그만큼 장구하며 역사의 개벽을 알리는 나팔소리는 산 자와 죽은 자가 다시 손을 잡고 일어나 부활의 순간을 맞이하는 일 만큼이나 일상 현실의 차원을 넘어선 사건으로 상상되어지고 있다. 시인의 몽상 속에서, 세계는 어머니의 품안에서 깊은 잠에 빠져 있으며 새벽을 알리는 기상나팔 소리는 역사 바깥에서 울려퍼질 뿐이다. 화자가 장엄한 어조로 들려주는 잠언은 시대 상황에 대한 객관적 인식을 담고 있다기보다는 시인의 내밀한 무의식적 욕망을 실어나르고 있다.

에너지의 분출이나 대외적 활동에 투신하기보다는 내면으로의 침잠을 선호하는 시인의 이러한 상상력이 극대화될 때 다음과 같은 시가 탄생한다. 여기서 화자는 모성적 공간의 변주인 그늘 속에 은신하고 있는 모습으로 그려진다.

거 나를 부르는 것이 누구요.

가랑잎 이파리 푸르러 나오는 그늘인데,
나 아직 여기 호흡이 남아 있소.

---

14) 젖먹이 상태로의 퇴행 욕망은 전집에 '미완성 삭제 시편' 가운데 하나로 수록된 다음 작품에도 역력히 드러나 있다. "어머니!/ 젖을 빨려 이 마음을 달래어주시오./ 이 밤이 자꾸 설워지나이다.// 이 아이는 턱에 수염자리 잡히도록/ 무엇을 먹고 자랐나이까?"(「어머니」) 이십대 청년기에 이런 작품이 씌어졌다는 것은 이 시인의 무의식 속에 어머니가 차지하고 있는 위상을 단적으로 말해준다. 이는 그가 지속적으로 동시를 썼다는 사실과 더불어 시인의 유아기로의 회귀-퇴행 욕구를 대변해주고 있다.

한번도 손들어보지 못한 나를
손들어 표할 하늘도 없는 나를

어디에 내 한 몸 둘 하늘이 있어
나를 부르는 것이오.

일이 마치고 내 죽는 날 아침에는
서럽지도 않은 가랑잎이 떨어질텐데……

나를 부르지 마오.

—「무서운 시간」전문

이 작품에서 화자는 자신에 대한 호명을 거부한다. 그 거부는 이중적
이다. 그를 부르는 주체를 삶–현실로 본다면 이는 자폐적 상태에서의 안
식에 대한 희구를 의미하고 반대로 죽음으로 본다면 아직 자신이 살아 있
다는 사실을 강조하는 역설적 표현으로 받아들여질 수 있다.[15] 어느 쪽이
든 그는 자신이 "한번도 손들어보지 못한"이라거나 "손들어 표할 하늘도
없"는 처지라고 언급하는 데서 알 수 있듯이 제대로 삶다운 삶을 살지도
못했으면서도 현재 무기력하게 죽음을 기다리는 형편에 몰려 있음을 말

---

15) 김우창은 이 시의 부름을 "행동에의 초대"(앞의 글, 182쪽)로 보는 반면 김남조는 "죽
음에의 유혹"(앞의 글, 29쪽)으로 보고 있다. "무서운 시간"을 김우종은 "죽음의 사자가 오
는 시간"(「암흑기 최후의 별」, 권영민 편, 앞의 책, 149쪽)으로 본다면 권오만은 "분열된 의
식 두 편이 벌이는 싸움의 시간"(『윤동주 시 깊이 읽기』, 소명출판, 2009, 106쪽)으로 파악
하고 있다. 즉 이 시는 논자에 따라 시대 현실이 요구하는 과업에 대한 기피/참여, 죽음에
대한 탐닉/공포라는 정반대되는 지향성을 갖는 시로 이해되고 있다.

하고 있다. 자신을 부르는 대상 앞에서 그가 할 수 있는 대응이라곤 "나를 부르지 마오"라고 하소연 하는 것뿐이다.

이 시에서 자신이 죽는 날과 가랑잎이 떨어지는 것을 연결시키는 것은 오 헨리의 단편소설 「마지막 잎새」의 인유로 보인다. 자신을 부르는 부성적 목소리에 대한 거부는 세상을 주관하는, 빛이요 말씀인 로고스에 대한 거부를 의미한다. 그는 아직 살아 있으되 오직 유령적인 그림자로만 존재하고 있다. 화자의 발언에서 죽음은 한편으로 공포의 대상이면서 은근한 향유의 대상이기도 하다는 사실이 드러난다. 자신의 죽음을 "서럽지도 않은 가랑잎이 떨어지"는 것에 비유하는 것이나 마치 사신(死神)과 대화라도 하는 듯한 이 시의 어조에서 죽음은 회피의 대상이 아니라 숨바꼭질 같은 유희의 대상으로 변모한다. 제목의 "무서운 시간"은 말 그대로 화자에게 단지 어서 벗어나고 싶은 구속의 시간이란 의미만을 담고 있는 것이 아니라 남몰래 향유하고자 하는 시간이기도 하다는 의미도 내포하고 있다. 그는 그 시간 속에 머무르고자 하며 그것을 방해하는 외부의 음성에 대해 한사코 자신을 부르지 말라고 말하고 있는 것이다.

3. 죽음충동의 관능화

지금까지의 고찰을 통해 빛/어둠을 둘러싼 이 시인의 이미지가 지닌 복합적 울림에 대해 살펴보았다. 빛에 대한 희구/회피와 어둠에 대한 탐닉/거부는 결국 시인의 무의식 속의 부성/모성에 대한 거부/애착과 연결된다는 점을 알 수 있었다. 그는 빛의 세계로 나아가지 못하지만 어둠의 폐쇄된 원 안에 머물러 있지도 못한다. 그는 어둠이 주는 감미로운 안식을 꿈꾸지만 그것이 지닌 금기의 위험성 역시 선험적으로 감지하고 있었다. 그런데 이런 관점에서 이 시인의 시편을 들여다보면 모성 – 근원 – 어둠으로 돌아가고자 하는 충동과 부성 – 부름 – 빛으로 나아가고 하는 욕망이 일시적이나마 상호공존하며 균형을 이루는 휴전의 시간이 있다는 점을 발견하게 된다. 그 시간은 바로 황혼에서 저녁으로 이어지는 시간대를 배경으로 하고 있다. 특히 하루 가운데 빛에서 어둠으로 뒤바뀌는 황혼 무렵은 이 시인의 시적 개성이 잘 드러나는 시적 순간이기도 하다.[16] 「무서운 시간」에서 푸르른 나무 그늘 아래 누워 유예된 죽음을 기다리는 사람의 모습을 통해 자신의 내면 공간을 드러낸 이 시인의 상상력은 병원을 무대로 한 시편에서 다음과 같이 우화적으로 변주된다.

살구나무 그늘로 얼굴을 가리고, 병원 뒤뜰에 누워, 젊은 여자가 흰옷 아래로 하얀 다리를 드러내놓고 일광욕을 한다. 한나절이 기울도록 가슴을 앓는다는 이 여자를 찾아오는 이, 나비 한 마리도 없다. 슬프지도 않은 살구나무 가지에는 바람조차 없다.

나도 모를 아픔을 오래 참다 처음으로 이곳에 찾아왔다. 그러나 나의 늙은 의사는 젊은이의 병을 모른다. 나한테는 병이 없다고 한다. 이 지나친 시련, 이 지나친 피로, 나는 성내서는 안 된다.

여자는 자리에서 일어나 옷깃을 여미고 화단에서 금잔화 한 포기를 따 가슴에 꽂고 병실 안으로 사라진다. 나는 그 여자의 건강이—아니 내 건강도 속히 회복되기를 바라며 그가 누웠던 자리에 누워본다.

—「병원」 전문

---

16) 저녁 – 황혼이 지닌 감미로우면서도 오묘한 관능성이 최초의 사랑의 대상 – 여인에 대한 무의식적 욕망에서 유래한다는 점에 대해선 다음 책 참조. 장 벨멩-노엘, 『문학 텍스트의 정신분석』, 동문선, 최애영 심재중 옮김, 2001년, 105~149쪽.

무언극의 한 장면 같은 이 시에서 인상적인 것은 병든 세계의 축도로서 "병원 뒤뜰"이란 공간이다('뒤'뜰이란 표현에서 이 시의 배경이 의식이 아닌 무의식의 심층 공간임이 암시돼 있다).[17] 시에 등장하는 세 인물, 즉 화자와 젊은 여자와 늙은 의사는 이 좁고 한정된 공간에서 서로 스치기만 할 뿐 상대방의 영역을 침범하지 않으며 외형적으로 직접적인 교류를 시도하지도 않는다. 늙은 의사는 그의 오진이 말해주듯 대상의 진실에 대해 눈감은 존재, 문제의 해결에 아무런 보탬이 되지 않는 존재이다. 그는 그 무능력과 무관심이 말해주듯 이 시의 공간에서 폐위된 왕, 실질적 힘을 거세당한 부성적 존재로 잔존하고 있을 따름이다. 늙은 의사와 달리 화자는 젊은 여자에게 깊은 관심을 가졌지만 치유되지 않는 병이란 실존적 조건의 동질성에도 불구하고 지속적인 응시 이상으로 친밀성의 심화를 위한 행동에 나서지 않는다. 그가 하는 유일한 능동적인 행위는 젊은 여자가 사라진 후 그녀가 누워 일광욕을 하던 자리로 가서 똑같은 자세를 취하고 눕는 것뿐이다. 늙은 의사와 마찬가지로 그 역시 그녀를 실질적으로 치료할 힘은 없다. 다만 1연의 순수한 응시에서 3연의 그녀와의 동일시를 시도하는 몸짓으로 이어지는 화자의 행동은 병(아픔)의 공유를 통해 상상 속에서 그녀와 일체가 되고자 하는 무의식적 시도를 나타낸다. 타인의 특성, 여기서는 젊은 여자의 위치와 자세를 모방함으로써 그는 자폐적 상태에서 벗어나 그녀와 하나가 되고 싶다는 욕망을 표출하지만 이것은 어디까지나 일정한 거리를 유지한 상태에서, 그녀가 부재한 상태에서만 시도되는 것이다. 이처럼 나/그녀의 치유에 대한 소망 이면엔 나/그녀의 상상 속에서의 합일과 죽음이란 또다른 욕망이 숨어 있다.

---

17) 세계의 축도로서 병원 모티프에 대해선 다음 글이 시사적이다. 유종호, 「숨어 있는 부효」, 앞의 책, 136~144쪽. 보들레르, 릴케, 토마스 만 등 나양한 삭가 시인늘이 세기말의 음울한 정서를 병원이나 요양원이란 공간을 통해 표출한 바 있다.

젊은 여자/늙은 의사/화자를 세 꼭짓점으로 하는 이 삼각형은 자연스럽게 오이디푸스 삼각구도를 떠올리게 만든다. 나무 그늘로 얼굴을 가린 여인은 개인성을 지워버린 상태로 화자의 시선에 들어온다. 흰옷 아래 드러난 하얀 다리는 여인을 매끄럽고 차디찬 대리석 조각상 같은 이상화된 상태로 부각시킨다. 화자의 응시에도 불구하고 그녀는 육체성을 탈색한 무성적인(asexual) 존재로 스스로를 현시한다. 당연히 그녀에겐 "찾아오는 이, 나비 한 마리도 없다"라는 구절이 의미하듯 성적 대상이 존재하지 않는다. 현실적 남성을 대신해서 그 결핍을 채워주는 것이 바로 우주적 남성성의 화신인 햇빛이다. 즉 그녀의 일광욕은 표면적으로 가슴을 앓는 병에 대한 치료의 일환이지만 심층적으로 그녀가 벌이는 우주적 성애를 암시한다. 그녀가 퇴장하며 가슴에 꽂고 가는 금잔화는 작은 태양, 모성적 남근의 상징으로서 그녀가 지닌 접근불가능한 성격을 강화시켜준다.[18] 이처럼 여성은 화자에게 욕망의 대상이 아니라 숭고한 존재로 이상화되어 있으며 도달 불가능한 대상으로 형상화되어 있다. 젊은 여자/화자가 함께 앓고 있는 존재론적인 결핍으로서의 병("나도 모를 아픔"이자 의사도 알지 못하는 병)은 두 사람의 만남으로 해소될 수 있는 성질의 것이 아니다. 금지된 여성과의 직접적인 접촉을 대신해 그녀의 자리에 잠시 누워보는 것으로 자신의 욕망의 일단을 드러내는 화자의 모습에선 그러므로 쓸쓸한 페이소스가 묻어난다. 화자는 시의 말미에서 "건강의 회복"을 기원하고 있지만 그에게 병은 치유의 대상이라기보다는 향유의 대상에 가까

---

18) 금잔화(金盞花)는 국화과의 관상용 꽃으로서 노란색 주황색 계통의 꽃이 피는 식물이다. "옷깃을 여미"고 "금잔화 한 포기를 따 가슴에 꽂"은 채 사라지는 여자의 모습은 그녀를 향한 남성의 성적 접근을 차단하는 의미를 지닌다. 여기서 금잔화는 한낮의 일광의 응집체이자 잔여물이다. 그것은 햇빛(황금)을 담는 그릇(金盞)인 동시에 햇빛의 남은 조각(金殘)이다. 축소된 태양을 전리품처럼 가슴에 달고 퇴장하는 그녀의 모습에서 유혹/금지를 동시적으로 표상하는 원형적 여성상을 발견할 수 있다.

우며 그녀와 내밀하게 소통하고 싶다는 바람 역시 이루어지지 않을 것으로 보이기 때문이다.

이 시에서 특징적인 것은 화자의 집요한 응시에 대비되는 여자의 초연함이다. 일광욕을 하고 있을 때이든 금잔화를 가슴에 꽂고 사라지는 순간이든 그녀는 마치 타자가 필요치(혹은 존재하지) 않은 사람처럼 보인다. 가슴을 앓는 병과 찾아오는 이 하나 없는 고립이라는 조건에도 불구하고 그녀는 자족적 충만함을 표상하고 있다. 반면 그녀를 응시하고 그녀와 동화되고자 하는 화자의 시도는 그 메아리를 얻지 못한 채 일방적인 구애로 끝날 뿐이다. 그에게 등을 돌리고 멀어져가는 여자와 그 사이엔 건너뛸 수 없는 거리가 가로놓여 있다. 시의 결미에서 자신과 그녀의 쾌유를 비는 화자의 기원에도 불구하고 그/그녀 사이에 원활한 상호교류나 충만한 합일은 존재하지 않는다. 젊은 여자/늙은 의사/화자는 서로 이해받지 못하고 다가서지 못한 채 분리된 개인으로 남는다.[19] 햇빛이 기운 다음 그녀가 부재한 자리에 대신 가서 눕는 그의 모습엔 이 간극을 좁히기 위한 절실하면서도 안타까운 노력이 깃들어 있다.

위 시편을 관류하고 있는 나른한 관능성은 자기 소멸의 에로스적 충동을 암시하고 있다. 그것은 해가 절정에 도달한 시간이 아니라 "한나절이 기울"어가는 시간, 그래서 빛이 서서히 어둠에 자리를 양보하는 시간과 관련된다. 이 황혼의 시간, 빛과 어둠이 삼투하듯 살아 있는 모든 존재는

---

19) 이 시에서 병원은 상호차단의 공간이며, 의사와 두 환자는 동일한 공간에 있으되 원자화된 개인으로 고독한 삶을 살고 있다. 이처럼 시인이 세계의 축도로서 병원이란 공간을 택한 것은 식민지 조선이라는 당대 상황에 대한 병리학적 진단을 담고 있는 설정이자 보이지 않는 쇠창살로 나뉜 근대성의 철창(iron cage)을 상징하는 의미를 담고 있으리라고 여겨진다. 본고와는 다른 관점에서 이 시에 대한 치밀한 텍스트 분석을 보여준 글로 신형철의 「그기 누(ㅅ)던 자리─윤동주의 「병원」과 서정시의 윤리학」(『몰락의 에티카』, 문학동네, 2008년)이 있는데 이 시에서 조심스럽게 표명된 희망과 '행복에의 약속'을 읽어내고 있다.

죽음의 그림자 속으로 서서히 삼켜져간다. 이 시간은 금지된 욕망이 변형된 형태로 잠시 충족되는 순간으로서 시인의 영혼이 상상적으로 안식을 얻는 순간이다.

쫓아오던 햇빛인데
지금 교회당 꼭대기
십자가에 걸리었습니다.

첨탑이 저렇게도 높은데
어떻게 올라갈 수 있을까요.

종소리도 들려오지 않는데
휘파람이나 불며 서성거리다가,

괴로웠던 사나이,
행복한 예수 그리스도에게
처럼
십자가가 허락된다면

모가지를 드리우고
꽃처럼 피어나는 피를
어두워가는 하늘 밑에
조용히 흘리겠습니다.

—「십자가」전문

여기서 시의 첫 행에 나오는 "쫓아오던 햇빛"의 의미는 이중적이다. 화자가 향일성의 소망에 따라 천공의 태양을 쫓아왔다는 의미일 수도 있고 역으로 햇빛이 하루 종일 그를 비추며 따라왔다는 의미일 수도 있다. 전자라면 햇빛은 화자에게 추구의 대상이고 후자라면 그것은 그를 압박하며 모종의 결단을 요구하는 시대적 조건, 부성적 요구를 의미하게 된다. 한나절 그를 인도하며/뒤따르며 내리쬐던 햇빛이 이제 교회 첨탑 꼭대기의 십자가에 걸렸다. 시의 후반부에 나오는 "어두워가는 하늘"이란 표현이 말해주듯 한낮의 강렬한 빛은 가시고 그 잔광만이 남아 십자가를 물들이고 있는 것이다. 그 십자가는 자연히 거기 매달려 죽임을 당한 예수 그리스도를 떠올리게 만든다. 십자가를 비추는 해의 붉은 잔광은 예수의 희생을 다시 한번 장면화한다(십자가에 걸린 햇빛/예수의 피 흘리는 육신). "첨탑이 저렇게 높은데/ 올라갈 수 있을까요"라는 구절은 표면적으로 자신이 도달할 수 없는 높이의 허공에 어느새 도달해버린 햇빛과 달리 자신은 물리적으로 그 높이까지 올라갈 엄두를 내지 못한다는 점을 말하고 있지만 심층적으로는 예수 그리스도의 수난과 희생을 뒤따르지 못하는 자신의 현재 심정과 처지에 대한 탄식의 의미를 담고 있다. 높은 첨탑 끝 십자가에 도달하고 싶다는 것은 그가 지향하는 그리스도 닮기(imitatio Christ)가 내포하고 있는 과업의 지난함을 암시한다. 그리스도와의 합일이란 그리스도의 영광은 물론 그 수난과 희생까지 다 떠안는다는 것을 의미하기 때문이다.

그러기에 그는 짐짓 초연한 척 "종소리도 들려오지 않는데/ 휘파람이나 불며 서성이다가"라며 예수와 자신 사이의 먼 거리를 대조적으로 확인한다. 첨탑의 종소리가 천상의 소식을 전하는 매체라면 자신은 지상을 거닐며 휘파람이나 불며 서성대는 주변적 존재에 불과하다. 때문에 그에게 주어지는 십자가는 그가 적극적으로 찾아나서고 쟁취해야 할 대상이 아니라 "허락된다면'이란 조건부 가정법의 표현이 일러주듯 수동적으로 떠맡는 대상으로 현상한다. 하지만 이것이 그가 십자가로 상징되는 자기희생에 소극적이며 이를 어떻게 해서든 회피하고 싶어한다는 사실을 의미하지는 않는다. 다만 그는 언제든 자신을 시대의 제단에 희생물로 바칠 수 있다는 결의를 이런 반어적 표현을 통해 드러내고 있는 것이다.

그러나 이런 산문적 의미보다 이 시에서 더 주목해야 할 것은 시인의 내밀한 욕망이 변주되는 양상이다. 여기서 그리스도와의 상상적 합일은 죽음을 넘어선 삶, 부활에 대한 희구로 연결되지는 않는다. 그것은 순교가 일반적으로 함축하고 있는 영웅주의나 종교적 구원 같은 의미를 환기시키지 않는다. 대신 두드러진 것은 마지막 연에 와서 전면화되는 희생자의 고통과 고뇌를 관능화하는 표현이다. "모가지를 드리우고/ 꽃처럼 피어나는 피를/ 어두워가는 하늘 밑에/ 조용히 흘리겠습니다"라는 구절에서 드러나듯이 희생의 폭력성은 그것을 경건히 수납하겠다는 화자의 다짐에 의해 고통스러우면서도 감미로운, 다시 말해서 괴로우면서도 행복한 향유의 대상으로 변한다. 그리스도의 수난이란 참극은 시적 영상화를 통해 저항이나 체념 같은 일체의 부정적 뉘앙스를 지우고 증여물의 헌납 같은 고요함과 성스러움의 후광에 둘러싸인다. 그의 상상 속의 헌신-순교는 화자에게 기나긴 육체적 방황과 정신적 번민의 종결을 의미한다. 그에게 십자가에서의 죽음은 고요하고 평화로운 휴식, 에너지의 완만한 소모, 리비도의 점진적인 유출이 된다. 제의적 죽음의 연출을 통해 십자가의 시련은 탐미적 소망의 대상으로 변주된다. 이처럼 그는 죽음을 개별화하는 동시에 관능화한다. 황혼 무렵 교회 첨탑의 십자가를 바라보며 화자가 몽상하는 시간은 그의 영혼이 상상적으로 안식을 얻는 순간이다.

"꽃처럼 피어나는 피"가 어두운 하늘에 번져가는 모습에서 자연스럽게 연상되는 것은 하늘을 붉게 물들이며 퍼져가는 노을이다. 황혼은 강렬한 부성적 빛이 주도하는 시간대가 아니라 부드러운 모성에 의해 서서히 감싸여지는 시간이다. 황혼 무렵, 빛이 어둠에 의해 완전히 사라지기 전, 교회당 첨탑의 십자가 위로 노을이 번져간다. 시의 연상망을 따라가자면, 황혼이란 그리스도의 죽음이 야기한 우주적 출혈에 다름아니다. 어둠에 감싸여지는 빛의 연금술만이 "괴로웠던 사나이"를 "행복한" 그리스도로 만들어줄 수 있는 것이다.

이제 황혼을 지나 저녁이 되면 사위는 완전히 어둠이 가득 차게 된다. 그러나 그 어둠 속에도 구원의 빛은 있다. 어둠에 감싸인 빛, 시인의 시집 표제에도 등장하는 별이 바로 그것이다.

계절이 지나가는 하늘에는
가을로 가득 차 있습니다.

나는 아무 걱정도 없이
가을 속의 별들을 다 헤일 듯합니다.

가슴속에 하나 둘 새겨지는 별을
이제 다 못 헤는 것은
쉬이 아침이 오는 까닭이요,
내일 밤이 남은 까닭이요,
아직 나의 청춘이 다하지 않은 까닭입니다.

(……)

나는 무엇인지 그리워

이 많은 별빛이 내린 언덕 위에
내 이름자를 써보고
흙으로 덮어버리었습니다.

딴은 밤을 새워 우는 벌레는
부끄러운 이름을 슬퍼하는 까닭입니다.

그러나 겨울이 지나고 나의 별에도 봄이 오면
무덤 위에 파란 잔디가 피어나듯이
내 이름자 묻힌 언덕 위에도
자랑처럼 풀이 무성할 게외다.

—「별 헤는 밤」 부분

　이 시에 나오는 밤－어둠은 이 글의 서두에 인용한 「또다른 고향」의 시적 배경이 되어준 밤－어둠과 유사하면서도 다르다. 동일한 밤－어둠이란 시간대가 「또다른 고향」에서 자기분열과 소외와 추방을 의미하는 부정적 대상으로 현상했다면 「별 헤는 밤」에선 화자로 하여금 부드러운 몽상에 의해 세계와 화해하고 내적 평온을 회복하게 해주는 긍정적 매개체의 역할을 하고 있다. 이런 차이를 가져온 이유는 두 시의 화자가 위치한 공간의 상이성에서 찾아질 수밖에 없다. 「또다른 고향」에서 고향으로의 복귀가 오히려 그에게 고향 추방을 가시화 가속화했다면 고향에서 멀리 떨어진 장소를 배경으로 한 「별 헤는 밤」에서 화자는 고향과 유년 시절을 추억하며 상상 속에서 그와 일체가 되는 지복의 순간을 누린다. 이 역설적인 사태는 고향＝모성의 근접성이 내포한 무의식적 위협을 제외하곤 설명하기 힘들다. "이네들은 너무나 멀리 있습니다/ 별이 아스라이 멀듯이"라는 구절이 의미하듯이 너무 멀리 아스라이 있기 때문에 화자는 오히려 마음 놓고 사랑하는 대상을 호명할 수 있는 것이다. 물리적으로 도저히 뛰어넘을 수 없는 이 거리감이 이 시를 외로움이나 고통의 상투적 호소가 아니라 사랑하는 대상과 상상 속에서 결합하고 일체화하는 것을 가능케 하는 극적 전환을 가져온다.

이 시에서 화자가 별을 보며 나열하는 대상이나 내적인 대화는 실은 어머니를 부르기 전에, 어머니에게 도달하기 위해 거치는 잠정적 대상이요, 예행연습에 지나지 않는다. 그가 궁극적으로 소망하는 대상, 그래서 그가 지금 이곳으로 진정 소환하고 싶어한 최초이자 최후의 대상은 바로 어머니이기 때문이다. 별을 헤아리며 유장하게 이어지던 화자의 독백은 4연에서 추억과 사랑과 쓸쓸함과 동경과 시를 거쳐 마지막으로 어머니에 도달하는 순간, "별 하나에 어머니, 어머니"라고 반복해서 부르는 데서 알 수 있듯이 걷잡을 수 없이 고조된 감정에 실려 표출된다. 이처럼 돌연히 터져나온 감정의 진폭을 수습하기 위함인 듯 화자는 그다음 연에서 다시 산문체의 형식으로 "별 하나에 아름다운 말 한마디씩 불러보"는 호명 작업을 계속한다. 그 호명은 지금 이곳에 부재한 대상을 상상적으로 호출하는 유희의 일종이다. 비록 이 모두는 그로부터 멀리 있지만 그의 부름에 의해 지금 이곳에 현전하는 시적 마법이 일어난다. 멀리 북간도에 있는 어머니가 화자를 에워싸고 있는 광대한 밤하늘의 모습으로 그 앞에 현전한다.

이 시에서 화자는 별이 빛나는 밤 언덕 위에 서 있다. 화자를 에워싸고 있는 무한 천공은 「또다른 하늘」에서 묘사된 바 있는 "우주로 통하는 방"의 모습을 보여준다. 어둠 속에 무수히 많은 별들이 빛나고 있는 하늘 그리고 그의 시야 아래 가없이 펼쳐진 땅이 지금 그의 방, 모성적 안식처가 되어주고 있다. 그는 세계 그 자체인 어머니의 몸과 마주하고 있다. 밤하늘의 무수한 별들은 만물을 굽어보는 어머니의 눈이다. 그녀는 하늘에서 땅까지 세계를 끌어안고 있다. 지상에서 죽은 자는 그녀의 영적 권능에 의해 천상으로 들어올려지며 밤하늘에 박혀 빛나는 눈동자, 즉 또다른 별로 자리잡는다. 이 별의 지상적 등가물이 한때 이 땅에서 살다 간 별처럼 빛나는 존재들이며 그들이 묻힌 무덤이다. 그래서 화자는 하늘의 별을 보며 그가 사랑하고 동경하는 모든 존재들의 이름을 부르는 것이다. 이 모든 이름 부르기의 배후에, 보다 정확히는 궁극에 어머니가 존재한다. 그녀는 화자 개인의 어머니이자 모든 존재의 우주적 어머니이며 침묵하는 죽음의 여신이기도 하다.[20]

이 시에서 화자는 자신의 글쓰기가 궁극적으로 자신의 이름자를 묻는 상징적 무덤 만들기와 같은 차원에 있음을 말하고 있다. 그가 흙 위에 자기 이름을 쓰고 지우는 것은 죽음을 통해 어머니와 결합하고자 하는 소망을 내포한 행위이다. 흙 위에 글쓰기는 그러므로 상징적 성행위이자 모태로의 회귀에 해당된다. 그는 우주적 자궁, 대지로 돌아가 거기 묻히는 것이다. 그의 글쓰기는 자연의 순환적 질서에 참여하는 운동이 된다. 따라서 머리 위에 반짝이는 불멸의 별처럼 그도 어머니와의 상상적 결합을 통

---

20) 프로이트의 고전적 설명에 따르면 인간은 평생에 걸쳐 세 여인과 관계를 맺게 된다. 즉 생식자/동반자/파괴자가 바로 그것이다. "최초에 어머니가 있었고, 이 어머니의 이미지에 맞추어 그는 사랑하는 여인을 선택했고, 마지막으로 그를 자신의 품속으로 다시 끌어들이는 대지라고 하는 어머니가 그를 기다리고 있다." 그런데 이 운명의 세 여인 중 "세번째 여인만이, 이 침묵하는 죽음의 여신만이 그를 품속에 안아들일 것이다."(「세 상자의 모티프」, 앞의 책, 78쪽) 이러한 관점에서 보자면 이 시인의 시 속에 숨어 있는 화자의 욕망은 불가능한 욕망이며 최종적으로 죽음으로 귀결될 수밖에 없는 욕망이라고 할 수 있다. 「서시」에서 그가 짧은 분량인데도 "죽는 날까지 하늘을 우러러/ 한 점 부끄럼이 없기를" "별을 노래하는 마음으로/ 모든 죽어가는 것을 사랑해야지"라고 거듭 죽음을 언급한 것에서도 시인의 이런 측면이 드러난다. 시인의 죽음충동엔 기독교적 대속의식이나 식민지 지식인의 고뇌로 환원되지 않는, 죽음에 이르는 사랑과 상실의 드라마가 숨어 있다.

해 다시 재생할 것이다. "겨울이 지나고 나의 별에도 봄이 오면" "내 이름
자 묻힌 언덕 위에도/ 자랑처럼 풀이 무성할 게외다"라는 구절이 의미하
는 것은 바로 그것이다.

　어둠 속에서 별을 바라보며 "별 하나에 아름다운 말 한마디씩 불러
보"는 화자의 모습은 역시 어둠에 파묻힌 채 밤을 새워 우는 벌레의 모
습과 겹친다. 화자가 광대한 밤에 감싸여 있듯 벌레 또한 어둠에 둘러싸
여 있다. 어둠 속에 묻힌 이들은 자궁 속의 태아 같은 상태를 지향하는 요
나 콤플렉스를 환기시킨다. 이들은 모두 어머니 - 밤의 육체에 감싸여 빛
을 발하는 지상의 별들인 것이다.[21] 위대한 밤의 어머니(Great Nocturnal
Mother)의 품속에서 화자는 지상적 존재의 무상함을 넘어서는 합일의 충
만함을 느낀다. 화자가 밤하늘을 보며 별을 헤아리는 순간은 상상 속에서
우주적 밤의 모습으로 현신한 어머니와 결합하는 순간이기도 하다.

　윤동주가 길지 않은 생애 동안 쓴 시편을 통해 보여준 상상의 여행은
좁은 방에서 시작해 별이 빛나는 광활한 우주로 나아가는 여정이자 상실
된 어머니와의 상상적 결합이란 충동을 높은 차원으로 승화시켜나가는
과정이었다. 그 여행의 끝에서 그는 운명처럼 그가 꿈꾼 것과는 전혀 다
른 형태의 비극적 죽음을 맞이했다.

---

21) 화자의 호명/글쓰기는 밤을 새워 우는 벌레의 울음소리와 같은 차원에 놓인다. 그것이
부끄러움을 환기시키는 것이 글쓰기가 시대의 어둠 속에서 효과적 행동으로 기능하지 못한
다는 무력감에서 연유한다고만 볼 수는 없다. 지금까지 살펴본 것처럼 이 시인에게 시쓰기
는 무의식적으로 금지된 대상을 향한 은밀하면서도 에로틱한 열정에 근거를 두고 있다. 때
문에 그에게 시쓰기가 종종 '부끄러움'이라는 감정과 결부되어 나타나는 것이다. 윤동주의
시에서 '부끄러움'이란 감정 역시 여러 겹의 의미를 내장하고 있지만 "이브가 해산하는 수
고를 다하면/ 무화과 잎사귀로 부끄런 데를 가리고/ 나는 이마에 땀을 흘려야겠다"(「또 태
초의 아침」)라는 구절이 말해주고 있듯이 성적인 의미 또한 함축하고 있다.

4. 결론

뛰어난 작품이 대개 다 그러하듯이 윤동주의 시는 다양한 각도에서 접근할 수 있고 다양한 시각으로 조명이 가능하다. 비록 비극적인 죽음과 짧은 생애로 인해 그의 시세계가 보다 광대한 지평을 향해 열릴 수 있는 기회를 봉쇄당하고 말았지만 그가 남긴 시편은 오랜 세월을 두고 애송되며 많은 사람들에게 감동과 성찰의 계기를 제공해오고 있다. 그러나 시인이 겪어야 했던 가혹한 시대적 조건과 죽음에 이른 시련은 때로 그의 시를 너무 단선적으로 수용하고 도식적으로 이해하게 만든 요인이 되기도 했다. 그의 시에 나오는 어둠 이미지를 식민지 시대 상황에 대한 은유로, 빛 이미지를 조국 광복에 대한 희망의 표시로 보는 식의 규격화된 해석이 아직도 별 저항 없이 통용되고 있다.

이 글은 윤동주의 시에 대해 정신분석학적 해명을 시도한 글로서 그의 시에 등장하는 향암성의 상상력이 갖고 있는 의미를 시인의 모성에 대한 고착, 자궁 회귀 욕망과 관련해서 밝혀보고자 했다. 이를 통해 사회역사적 차원을 넘어서 이 시인의 시 저변에 잠복해 있는 무의식의 회로를 점검해볼 수 있었다. 그의 도저한 결벽성과 명료한 자기 인식의 추구 저편에 금지된 충동과 심리적 갈등이 관류하고 있음을 구체적 이미지 분석을 통해 확인해보았다. 순수한 영혼으로 살고자 했던 그의 내면엔 그가 의식하지도 통제하지도 못했던 욕망과 정념이 교차하고 있었던 것이다. 이런 시각에서 보자면 그의 시는 모성적 공간으로부터 추방당한 영혼이 세계와 불화하며 떠돌다가 다시 어머니와 상상적 일체감을 얻는 순간으로 나아가는 순환적 여정을 그리고 있다는 사실을 발견하게 된다. 따라서 이 시인의 시에서 어둠의 이미지는 부정적으로, 빛 이미지는 긍정적으로 현상한다는 고정관념 역시 수정될 필요가 있다.

이처럼 내밀한 개인적 체험에 기초하고 있으되 그것에 매몰되지 않고 이를 승화시켜 고도로 심미적이면서 복합적인 울림을 담은 문학적 결정체로 만들어낸 데 윤동주의 시적 승리가 있다고 하겠다. 그리고 그러한 점이 제대로 주목을 받을 때 그의 시에서 단지 정치적 도덕적 전언을 추출하는 수준에 머무르지 않는 창조적 작품 해석이 가능해질 것이다. 윤동주의 순정한 시편은 시간의 부식을 견뎌내면서 아직도 젊음의 매혹을 잃지 않고 있다. 그의 작품엔 여전히 읽는 사람을 새로운 탐색과 깊이 있는 분석에 나서도록 유인하는 시적 자원이 풍부하게 매장되어 있다. 본고는 윤동주의 문학적 심층에 이르기 위한 무수한 갱도 가운데 하나를 조심스럽게 따라가본 것이다.

(2012년 가을)

상상된 자연, 무갈등의 평온과 소외의식의 거리
― 박목월의 초기시를 중심으로

1. 들어가며

박목월은 20세기 한국시를 대표하는 시인 중의 한 사람으로 특히 『청록집』(을유문화사, 1946)에 수록된 초기시편들은 많은 독자의 사랑과 더불어 연구자들의 관심을 받아왔다. 해방의 감격이 채 가시지 않은 시점인 1946년 여름에 출간된 『청록집』은, 박목월 조지훈 박두진, 세 신예시인의 공동사화집으로, 출간 즉시, 치열했던 당시의 이념적 대립에도 불구하고 집중적인 주목을 받았고, 이후 한국 현대 시문학을 대표하는 정전 가운데 하나로 자리잡기에 이르렀다. 물론 이는 세 시인이 꾸준한 시작활동을 통해 전후 한국시단을 주름잡는 대시인으로 성장한 탓에 그런 평가가 뒤따랐다고 할 수도 있겠지만, 이 공동사화집이 확보하고 있는 시사적 의의와 시적 수준의 균질성은 그 자체로 충분히 주목에 값하는 것이라고 하지 않을 수 없다. 그만큼 이 시집에 수록된 시편들은 당대적 새로움과 더불어 오래도록 질리지 않는 깊고 은근한 맛 또한 내장하고 있는 시적 성찬이었다. 그 시대를 전후하여 쏟아져나온 숱한 이념지향적 시편들 가운데 상당수가 지금은 종적도 남기지 못하고 사라져버린 반면, 이 공동시집에 실린 시들 중 다수가 많은 사람들에게 애송되고 아직도 바평가와 연구자들의 분석 욕망을 불러일으키는 대상이 되고 있다는 사실은 문학의 진정한 힘이 어디에 있는지 새삼 돌이켜보게 만든다.

『청록집』의 시세계에 대해선 이 시집이 출간된 지 얼마 되지 않아 씌어진 김동리의 평문에 의해 "자연의 발견"이란 적절한 이름이 부여되었다.[1] 물론 자연이라는 개념도 대단히 유동적이며 의미의 진폭이 큰 용어인 만큼 이 말로 이들의 시세계가 깔끔하게 정리되었다고 할 수는 없다. 어떤 평자는 이 자연을 퇴색한 도시와 위험한 문명시대와 대립되는 영원한 생명의 고향으로 보기도 했고[2] 또다른 평자는 동양의 정온(靜穩)과 조화의 전통에 깊이 뿌리박은 것으로 보기도 했다.[3] 그 자연은 향토적인 것 같으면서도 단순한 지역적 특생을 넘어서는 보편성을 지니고 있고 환상적인 듯 하면서도 나름대로 실감을 불러일으키는 실재성을 갖고 있는 것으로 평가된다. 이 사화집의 세 시인을 '자연파'라고 부르기도 했다는 데서 알 수 있듯이 자연에서 위안과 구원, 안식과 평온을 찾으려한 이들의 시도는 한국 현대 시문학사 전체를 놓고 볼 때도 두드러진 바 있다. 자연에 대한 접근 방식과 대상 선별에 미묘한 차이를 노출하고 있음에도 불구하고 그들은 모두 '도회의 아들'인 모더니스트의 속성보다는 '자연의 아들'로서 자연의 미학적 형상화라는 주제에 매진하는 전통 서정시인의 모습을 보여주고 있다.

---

1) 김동리, 「자연의 발견—삼가시인론」, 『문학과 인간』(김동리전집 7), 민음사, 1997, 46쪽. 김동리는 청록파의 세 시인이 자연의 발견이란 점에서 문학사적 의의를 지닌다고 평가하면서도 그 자연이 거느리고 있는 의미의 편차에 대해 지적하는 것을 잊지 않고 있다. 즉 박목월은 향토적인 정서를, 조지훈은 선적 직관을, 박두진은 기독교적 메시아 사상을 시적 원천으로 삼고 있다는 것이다.

2) 정한모, 「청록파의 시사적 의의」, 『현대시론』, 보성문화사, 1985, 190쪽.

3) 김우창, 「한국시와 형이상」, 『궁핍한 시대의 시인』, 민음사, 1977, 57쪽.

본고에선 청록파의 세 시인 가운데 박목월 시인의 상상공간을 탐험해 봄으로써 『청록집』에 담긴 자연의 의미를 새롭게 조명해보고자 한다. 목월의 초기 시세계에 대해선 다음 두 가지 점이 반복적으로 언급돼왔다. 그 하나가 목월의 초기시가 지닌 자연친화적인 측면이라면 다른 하나는 그 자연이 향토적이라는 견해이다. 문제는 이때의 향토성이라는 것이 당대의 한국 현실이나 지리적 풍토의 반영이라는 의미를 지니고 있지는 않다는 점이다. 의도적이라 할 만큼 외래문명과 근대문화에 등을 돌리고 생활현장과 거리가 먼 자연의 풍경과 정한을 노래한 이 시인의 초기 시세계는 말 그대로의 향토성에 뿌리박은 것이라기보다는 시인이 상상해낸 가상으로서의 자연, 대상의 주관적 채색에 의해 구축된 풍경으로 이루어져 있다는 점에 유의해야 한다. 때문에 그의 시는 자연에의 귀의를 노래하고 있음에도 불구하고 자연이 주는 충만감이나 평온함보다는 이유가 불분명한 상실감이나 애상감에 젖은 면모를 보여주고 있다. 이제 목월의 초기시를 '실재하는 자연'의 사실적 반영이 아니라 '상상된 자연'의 미학적 구현이라는 관점에서 접근해봄으로써 이 시인의 상상세계에 대한 보다 입체적인 이해를 도모하고자 한다.

2. 상상된 자연

머언 산 청운사
낡은 기와집

산은 자하산
봄눈 녹으면

느릅나무
속잎 피어가는 열두 굽이를

청노루
맑은 눈에

도는
구름

—「청노루」 전문

『청록집』에 수록된 목월의 시편들이 주는 인상 가운데 하나는 그의 시
가 극히 간결한 언어로 이루어진 한 폭의 그림이라는 사실이다. 시인은
자신이 상상한 아름다운 풍경을 이미지즘적 명증성에 기초하여 제시해놓
고 있다.

　물론 위 작품이 보여주는 풍경은 실재하는 자연의 반영이라기보다는
미적 가상에 가까운 것이다. 머언 산과 낡은 절, 느릅나무와 청노루 같은
대상들은 동양의 전통적 상상에서 유래한 선경(仙境)을 떠올리게 한다.
그런 의미에서 이 작품은 목월이 그린 몽유도원도라 불러도 될 것이다.[4]

---

4) 실제로 시인 자신이 자작시 해설 형식의 글에서 일제시대 "어둡고 불안한 세대"를 살아
야 했던 시기에 상상 속에서 현실을 벗어나 은신하고 싶은 공간을 그리곤 했었다며 다음과
같은 고백을 남긴 바 있다. "나는 그 무렵에 나대로의 지도를 가졌다. (……) '마음의 지도'
중에서 가장 높은 산이 태모산, 태웅산, 그 줄기 아래 구강산, 자하산이 있고 자하산 골짜기
를 흘러내려와 잔잔한 호수를 이룬 것이 낙산호, 영랑호, 영랑호 맑은 물에 그림자를 잠근
봉우리가 방초봉, 방초봉에서 아득히 바라뵈는 자하산의 보랏빛 아지랑이 속에 아른거린
낡은 기와집이 청운사이다."(『보랏빛 소묘』) 젊은 시절 시인이 상상한 이상향은 다분히 도
가풍의 탈속적인 면모를 하고 있다. 현실의 지평 너머 존재하는 그 세계는 의도적인 아나크
로니즘의 소산이며 현실도피 욕망이 낳은 몽상의 낙원이라 할 수 있다.

그 세계는 세속과 격절된 청정함과 온유함을 간직하고 있으며 거기 등장하는 존재 역시 무욕한 자기만족의 상태에 있는 것으로 그려진다. 긴 겨울이 지나 봄눈이 녹아내리고 느릅나무에 속잎이 피어나는 계절, 골짜기에 내려온 청노루의 맑은 눈에 구름이 비친다. 그것은 역사적 격변 바깥에 위치한 자연의 유구함과 사계의 순환적 질서를 나타내고 있으며 상처받지 않은 무구한 존재만이 지닐 수 있는 맑고 투명한 상태에 대한 소망을 암시하고 있다. 시는 배경으로 제시된 머언 산에서부터 출발하여 상대적으로 가까운 거리에 있는 청노루를 부각시킨다. 이처럼 이 작품은 원경과 근경의 자연스러운 어울림과 더불어 청노루 맑은 눈에 도는 구름이란 이미지를 통해 천상과 지상이 서로 조응하는 것을 포착하고 있다.

봄이 되어 만물이 소생하는 시절 굳어 있던 모든 것이 액화하여 풀려나간다. 새롭게 피어난 나무의 속잎이 열두 굽이를 넘어 퍼져나가듯 세계엔 신생의 기운이 퍼져나간다. 청노루 눈에 "도는/ 구름"은 단지 반사된 영상만을 의미하는 데 그치는 것이 아니라 봄눈이 녹아 흐른 물이 자연계를 돌고 돌아 천상에 이르고 이것이 다시 지상에 비나 눈으로 내리는 우주적 순환을 함축하고 있다. 청노루의 눈이란 미소한 대상 속에 거대한 세계와 그 운행원리가 담겨 있는 것이다. 그렇다면 우리는 왜 시의 서두에 등장하는 절의 이름에 푸른 구름(靑雲)이 들어 있는지 짐작할 수 있게 된다. 청노루와 푸른 구름과 먼 산의 절은 동일한 근원에서 나온 같은 계열체의 이미지들인 것이다. 청운사와 청노루는 낡음/맑음(소멸/신생), 무생물/생물, 부동/운동 등 서로 대립 구조를 이루고 있는 것 같아도 이렇게 푸르름이란 동일한 색채 이미지에 힘입어 삼투작용을 일으킨다. 먼 것과 가까운 것, 지상적 존재와 천상적 존재가 조화롭게 서로에게 녹아들어 하나가 된다.[5)]

5) 박목월의 초기시편 중의 하나인 「산도화 1」은 「청노루」의 거울상(像)이라 해도 좋을 정도로 흡사한 이미지의 배치를 보여준다. "산은/ 구강산/ 보랏빛 석산// 산도화/ 두어 송이/ 송

이 시인의 초기작 대부분이 그렇듯이 이 작품 역시 작고 부드럽고 아기자기한 존재들의 어울림을 보여주고 있다. 시적 대상은 고즈넉하고 유순한 모습으로 거친 세파가 미치는 영역 바깥에 위치한 정갈하고 한적한 시공간을 부조하고 있다. 얼핏 보아 그 세계는 외부현실과 단절되었으며 자체적 완결성을 갖춘 자족적 시공간으로 여겨진다. 그러나 이 시인의 시를 유심히 들여다보면 그러한 자족성과 어울리지 않는 안타까움과 슬픔이 저변에 깔려 있다는 점을 인식하게 된다. 위에 인용한 시에서도 청노루 맑은 눈에 도는 구름이란 구절은 청노루의 눈에 고인 눈물을 지시하고 있다. 느릅나무 속잎은 피어 멀리 번져가지만 그것을 바라보는 청노루의 눈은 물기로 젖어 있다. 그렇다면 이 시는 자연세계에 도래한 봄과 신생의 기운에 발맞춰 외출 나온 청노루의 모습을 그린 밝고 따스한 분위기의 시라는 표면적 인상과 달리 그 이면에 애잔한 슬픔을 내장하고 있는 작품이라는 점이 드러난다. 「청노루」와 유사한 시공간을 택하고 있는 다음 작품을 통해 이를 살펴보도록 하자.

1) 방초봉 한나절
고운 암노루

이 버는데// 봄눈 녹아 흐르는/ 옥같은/ 물에// 사슴은/ 암사슴/ 발을 씻는다"(「산도화 1」). 이 두 시를 비교해보면 자하산/보랏빛 석산, 느릅나무/산도화, 청노루/암사슴 등의 대칭되는 연관관계를 쉽게 추출해낼 수 있다. 광물·식물·동물 순으로 시상이 전개되는 것 역시 동일하다. 이처럼 대상을 부동의 폐쇄된 상태에서 자유롭게 움직이는 상태로 이끄는 것이 바로 물 이미지이다. 암사슴이 발을 씻는 지상의 물은 청노루의 눈에 비친 천상의 물(구름)을 반사한다. 물은 봄의 도래, 식물의 생장 같은 재생과 풍요를 가능케 하며 존재의 정화를 상징한다. 봄눈 녹아 흐르는 물에 발을 씻는 암사슴은 세정(洗淨) 의식을 치르는 순결한 처녀를 연상시킨다.

아랫마을 골짝에
홀로 와서

흐르는 냇물에
목을 축이고

흐르는 구름에
눈을 씻고

열두 고개 넘어가는
타는 아지랑이

―「삼월」 전문

2) 송홧가루 날리는
외딴 봉우리

윤사월 해 길다
꾀꼬리 울면

산지기 외딴집
눈먼 처녀사

문설주에 귀 대이고
엿듣고 있다

―「윤사월」 전문

앞서 인용한 「청노루」도 그렇지만 위의 두 시편도 자연 속에 동화되어 살아가는 존재의 적요로운 한순간을 보여준다. 1)의 암노루나 2)의 눈먼 처녀는 속세와 절연된 채 자연에 묻혀 사는 존재들이다. 거기엔 자연의 조화로운 순환적 질서만이 있을 뿐 현실적 갈등이나 역사적 재난 같은 상흔은 전혀 그 모습을 드러내지 않고 있다. 그러나 편안히 자연 속에 거주하며 자연의 일부를 이루고 있는 것 같은 이들은 실은 자연 속에 유폐된 존재들이기도 하다. 그들은 일정한 반경 안에 갇혀 살 수밖에 없으며 자신들이 속한 목가적 상태 너머로 나갈 수 없다. "산이 날 에워싸고/ 씨나 뿌리며 살아라 한다/ 밭이나 갈며 살아라 한다"(「산이 날 에워싸고」)란 구절이 암시하듯이 화자에게 주어진 유적(流謫)의 운명은 능동적이고 자율적인 선택의 대상이 아니라 개인으로서는 어찌해볼 수 없는 외적 여건을 묵묵히 받아들인 결과이다. 때문에 자연 속의 삶에 대한 심미적 이상화 이면엔 수동적인 체념과 달관의 그림자가 드리워져 있다. 이런 유폐된 존재들은 "봄 하루 더딘 날/ 꿈을 따라가면은// 석탑 한 채 돌아서/ 향교 문 하나/ 단청이 낡은 대로/ 닫혀 있었다"(「춘일」)처럼 시대적 변화를 따라가지 못한 채 점차 쇠락의 길을 걷게 된다. 이는 깊은 산속 외딴집에 사는 갇혀 사는 눈먼 처녀나 봄이 온 산천을 배회하는 암사슴에게도 동일하게 해당되는 사실이다.

1)에서 봄이 와서 오랜만에 이루어진 암노루의 외출은 아랫마을 골짝에 그칠 뿐이다. 열두 고개를 넘어가는 것은 암노루가 아니라 "타는 아지랑이"이며 암노루는 그것을 지켜볼 따름이다. 경계를 넘어가는 아지랑이와 골짝을 넘어서지 못하는 암노루의 대조는, 이 작품의 자매시편이라 할 수 있는 「청노루」에서 느릅나무 속잎이 피어나 열두 굽이 너머로 번져가는 것과 그 정경을 다만 지켜보기만 할 뿐인 청노루의 이미지와 겹쳐진

다. 봄은 해빙과 개화를 가져다주지만 그것을 지켜보는 산속 짐승은 고적하게 홀로 심산유곡을 배회할 뿐이다. 무한히 많다(혹은 멀다)는 것을 의미하는 열두 고개, 열두 굽이의 열둘이란 숫자와 "홀로"라는 단수의 대비는 광막한 공간에 비해 상대적으로 더 단촐해 보이는 고립된 존재의 외로움을 함축적으로 드러내고 있다.

2)에서 외딴집 눈먼 처녀가 문설주에 귀 대고 엿듣는 모습에서 드러나는 것 역시 좁은 곳에 갇힌 존재가 그 세계 바깥에서 이루어지는 일들에 호기심을 품고 그리워하는 마음의 상태이다. 여기서 윤사월 해 길다고 우는 것은 꾀꼬리인 동시에 눈먼 처녀 자신이기도 하다. 짝을 찾는 꾀꼬리의 울음은 막연한 가운데 뭔가를 기다리는 처녀의 심정을 대변하고 있는 것이다. 봄이 되어 해가 길어지면 기다림의 시간도 길어지게 된다. 그럴수록 조바심도 더 일게 되고 그러한 마음이 눈먼 처녀로 하여금 문설주에 귀 대고 바깥 동정을 살피게 만든다.[6]

---

6) 「윤사월」에 대한 정교한 해석을 보여준 글에서 오세영은 "눈먼 처녀"를 일종의 성처녀, 영원한 여성(eternal female)의 화신으로 보고 있다. "신화적 상상력으로 육신의 눈이 멀었다는 것은 그가 곧 영적인 세계-초월적인 세계에 관여하는 존재라는 점을 암시해준다"면서 "눈먼 처녀는 현실적으로 속세와 절연한 채 살고 있는 인물이며, 그가 관심을 지닌 것 역시 인간사의 속된 일이 아니라 성스럽고 절대적인 가치-자연의 무한한 해조음(諧調音), 그 질서"(「윤사월」, 『한국 현대시 분석적 읽기』, 고려대학교 출판부, 1998)라고 규정하고 있다. 신화비평에 입각한 이미지 분석을 보여주고 있는 이런 해석은 이 시의 전체적 문맥상 충분히 수긍 가능하며 이 작품이 주는 감흥의 일면을 적절히 논리화하는 데 기여하고 있다. 필자의 해석은 오세영의 이런 풀이와 어떤 면에서 정반대되는 지점에 위치해 있는데, 이는 눈먼 처녀를 속세와 절연된 영적 존재로 파악하기보다는, 세속 특히 성(性)의 세계에 대해 호기심과 동경을 갖고 있는 존재로 보기 때문이다. 이 관점은 다음의 두 측면에서 보완될 수 있다. 첫째, "송홧가루"나 "꾀꼬리 울음" 같은 이 시에 나오는 이미지들이 강력하게 성적 상징성을 지니고 있다는 점이다. 송홧가루, 즉 소나무의 꽃가루는 바람을 타고 이루어지는 이 나무 특유의 수정 방식에서 방출된 것이며 꾀꼬리 역시 유리왕의 「황조가黃鳥歌」이래 전통적으로 연인간의 사랑을 은유하기 위해 동원하는 이미지로 활용돼왔다. 따라서 시의 이 장면은 만물이 소생하고 동식물의 생식활동이 난만하게 이루어지는 계절을 맞아 외딴 봉우

3. 애상감과 고립의식

이처럼 이 시인의 시 속에서 자연적 풍경의 일부를 구성하고 있는 인물이나 동물은 자족적인 것 같지만 실은 항상 바깥의 기척에 신경을 쓰고 뭔가를 하염없이 기다리는 존재들이다. 그 존재들은 먼 곳에 대한 동경에 사로잡혀 있다는 점에서 낭만주의적이며 그 동경이 실현 불가능하다는 점을 선험적으로 예감하고 있다는 점에서 비관주의적이다.[7]

머언 산 굽이 굽이 돌아갔기로

산 굽이마다 굽이마다

절로 슬픔은 일어……

보일 듯 말듯한 산길

리 외딴집이라는 이중 삼중으로 유폐된 장소에 사는 눈먼 처녀의 내면에까지 어떤 설렘이 일고 있음을 포착한 것으로 볼 수 있다. 둘째는 「임」 「갑사댕기」 「연륜」 「박꽃」 「귀밑 사마귀」 등 『청록집』에 실린, 이루어지지 못할 사랑에 대한 애틋한 감회를 다룬 여러 시편들과 겹쳐 읽어볼 필요가 있다는 점이다. 이들 시편은 시인 자신의 설명대로 "아무런 구체적 대상을 갖지 않는 젊은 날의 동경과 사모의 하염없는 꿈"(『보랏빛 소묘』)을 형상화하고 있다. 또한 『청록집』에 실린 목월의 시편에 등장하는 새 이미지로 꾀꼬리 외에 "구구대는 비둘기"(「갑사댕기」 「가을 어스름」)가 있는데, 이 새 역시 천상과 지상을 중개하는 신령한 존재라기보다는 이슥한 저녁이나 밤에 화자에게 다른 성에 대한 그리움을 불러일으키는 울음을 우는 존재로 등장하고 있다. 이들 새는 시각적 대상이기보다는 청각적 대상이며 무한한 천공으로의 비상을 연출하기보다는 울음으로 화자의 무의식적 욕망을 유인해내는 매개체 구실을 하고 있다. 따라서 이들 꾀꼬리나 비둘기를 하늘의 소식을 전하는 전령으로 보기보다는 화자의 내밀한 소망을 대변하고 있는 분신으로 보는 것이 더 타당할 듯하다. 한걸음 더 나아가 생각해본다면 오세영과 필자의 이런 대조적인 독법을 모두 허락한다는 점에 아마도 「윤사월」이라는 짧지만 만만치 않은 의미망을 거느리고 있는 시가 주는 매력이 있을 것이다.

7) 김종길이 목월의 초기시는 "자연에 대한 향수를 그 내용으로 하고 있다"(「향수의 미학」, 『진실과 언어』, 일지사, 1974, 164쪽)라고 했을 때의 향수 역시 이러한 낭만주의적 동경과 관련이 있다.

산울림 멀리 울려나가다
산울림 홀로 돌아나가다
⋯⋯어쩐지 어쩐지 울음이 돌고

생각처럼 그리움처럼⋯⋯

길은 실낱 같다
—「길처럼」전문

　「청노루」에서 청노루가 열두 고개를 넘어가는 봄빛을 지켜보듯이 이
시의 화자는 하염없이 굽이굽이 휘감아 돌며 멀어지는 산길을 바라보고
있다. 이 시의 화자를 사로잡고 있는 슬픔은 "절로"라는 부사가 말해주듯
이 구체적 이유가 없으며 자연발생적인 것이다. 길이 산 굽이를 "돌아"
갈 때마다 그에겐 슬픔이 일고, 산울림이 "돌아"나가듯이 그에겐 울음이
"돈"다. 정작 자신은 떠날 수 없어서 보일 듯 말듯 멀어지는 산길을 바라
만 보고 있어야 하는 화자의 마음은 슬픔으로 차오르고 그래서 누군가를
불러보지만 산울림으로 되돌아오는 소리는 그에게 울고 싶은 충동을 자
아낼 뿐이다. 어쩌면 화자의 몸속엔 피가 돌듯이 울음이 돌고 있는 중인
지도 모른다. 울음은 존재의 유체성을 대표적으로 드러내는 이미지이다.
봄눈이 녹아 흐르는 물이 세상을 부드럽게 적시며 멀리 흘러가듯이 화자
의 몸에서 샘솟는 액체는 자신과 그 주변을 서러움과 애달픔과 안타까움
으로 가득 채운다. 그러나 그 울음은 몸속의 피의 순환이 그러하듯이 경
계를 넘어 멀리 나아가는 것이 아니라 제자리로 회귀하는 순환운동의 궤
적을 그린다. 멀어지는 길을 따라가는 화자의 시선은 "길은 실낱같다"는
결미의 영탄이 말해주는 것처럼 원근법의 소실점을 향해 빨려들어간다.

남는 것은 소망의 좌절과 자폐적 상태에서 고독하게 슬픔에 잠기는 일뿐이다. 흘러가는 액체에 침전작용이 수반되듯이 목월의 초기시에서 인물들은 흔히 홀로 남아 운다. 그 울음은, 다음 인용에 잘 나타나 있듯이, 밖으로 소리내어 분출하는 울음이 아니라 도사리고 앉은 채 속으로 삭이는 울음, 말없는 흐느낌에 가깝다.

    박꽃 아가씨야
    박꽃 아가씨야
    짧은 저녁답을
    말없이 울자

                            ―「박꽃」 부분

    산수유꽃 노랗게
    흐느끼는 봄마다
    도사리고 앉은 채
    도사리고 앉은 채
    울음 우는 사람
    귀밑 사마귀

                            ―「귀밑 사마귀」 부분

　이들 시에서 박꽃이나 산수유꽃은 자연의 인간화와 인간의 자연화가 동시적으로 이루어지는 것임을 말해주고 있다. 자연과 인간은 서로를 반영하고 반사한다. 자연은 인간의 희노애락에 참여하며 역으로 인간은 자연에서 자신의 참모습을 발견한다. 인간과 자연은 울음-눈물을 통해 하나가 된다. 화자가 탐닉하는 이러한 애상적 정조는 그가 추구하거나 욕망하는 것이 붙잡을 수 있는 거리 저편에 있으며, 그것에 다가가고자 하는 소망이 항상 좌절을 동반한다는 사실에서 연유한다. "머언 산" "머언 처녀들" "머언 흰 치맛자락" "먼 수풀" "머언 길" 등 그의 시에 자주 등장하는 "머언"이란 형용사가 단적으로 말해주듯이, 화자는 숙명적으로 그가 원하는 대상과 분리된 채 원초적 고독의 상태에 처해 있다. '멀다'는 물리적 거리는 그리움의 강도를 배가시킨다. 멀수록 대상은 희미해지고 대상이 희미해질수록 그것을 분명히 포착하고자 하는 화자의 마음은 더 간절해진다. 바꿔 이야기해서 그 대상은 멀리 아득하게 존재하고 있음으로 해서 환영적 아름다움을 유지할 수 있으며 그 아름다움에 대한 갈망이 화자의 동경을 지속시키는 동력으로 작용한다. "슬픔의 씨를 뿌려놓고 가버린 가시내"를 그리워하는 "목이 가는 소년"(「연륜」)처럼 아무리 세월이 흐르고 연륜이 쌓여가도 "살눈썹 길습한/ 옛사람"(「귀밑 사마귀」)에 대한 기억과 그리움은 퇴색치 않는 것이다. "실낱같다" "가느른" "가는" "길습한" 같은 이 시인의 애용하는 비유나 형용어가 말해주듯이 그것은 사라질 듯하면서도 오래도록 남아서 길게 그 잔영을 유지하고 있다.

안개는 피어서
강으로 흐르고

잠꼬대 구구대는
밤 비둘기

이런 밤엔 저절로
머언 처녀들……

갑사댕기 남끝동
삼삼하구나

갑사댕기 남끝동
삼삼하구나

ㅡ「갑사댕기」 전문

산문적으로 풀이하자면 이 시는 화자가 안개 자욱한 밤, 눈을 감고 밤 비둘기 우는 소리를 들으며 고향 처녀들 혹은 지나간 사랑의 대상을 떠올린다는 내용이다. 물론 이 시의 진정한 묘미는 그 내용에 있는 것이 아니라 말들의 어울림이 자아내는 그윽한 정취에 있다. 여기 등장하는 "삼삼하구나"라는 술어는 다른 작품의 "어둡고 아득한"이나 "아슴아슴" "보일 듯 말듯" "사라질 듯 다시 보이고" 같은 표현과 지근거리에 있다. 안개가 피어서 강으로 흐른다는 유체성 이미지는 대상의 명확한 윤곽과 형태를 지우고 모호하고 종잡을 수 없는 분위기를 조성한다. 다른 작품에 나오는 "달무리 뜨는 밤"이나 "구름에 달 가듯이" 같은 구절도 그렇지만 빛과 어둠 사이의 불투명한 경계 상태는 대상을 현실과 유리시켜 신비화하는 데 기여한다. 그것은 위 시에서처럼 "삼삼하구나"라는 심미적 찬탄을 낳을 수도 있지만 더 많이는 "그믐달처럼 사위어지는 목숨"(「산이 날 에워싸고」)이란 구절이 암시하듯이 쇠락과 소멸을 향한 경도를 낳기도 한다. 이들 시의 화자에게 아름다움은 대상의 출현에서가 아니라 그것의 점진적인 사라짐에서 기인한다. 고요히 소멸해가는 것들이 내뿜는 마지막 잔광(殘光)이 아름다움의 원천인 것이다. 초생달이나 보름달이 아닌 그믐달이야말로 그에게 허락된 운명의 표지이다. 화자는 자신에게 주어진 가난과 고독을 경건히 수납하고 거기에 심미적 후광을 부여한다.

대부분의 시에서 화자가 늘 "홀로"라는 수식어를 동반하는 것도 이와 연관해서 추론이 가능하다. "외딴집"이나 "외딴 봉우리" "외줄기 길" 같은 공간 이미지 역시 자폐적 단자 상태에 머물러 있는 화자의 처지를 비유적으로 나타내고 있다. 다음 시처럼 어디론가 가고 있는 모습을 보여주는 시에서조차 슬픔에 침잠해 있는 화자의 초상은 여전하다.

> 달무리 뜨는
> 달무리 뜨는
> 외줄기 길을
> 홀로 가노라
> 나 홀로 가노라
>   옛날에도 이런 밤엔
>   홀로 갔노라
>
> 맘에 솟는 빈 달무리
> 둥둥 띄우며
> 나 홀로 가노라
> 울며 가노라
>   옛날에도 이런 밤엔
>   울며 갔노라
>
> —「달무리」 전문

"어느 강을 건너서/ 다시 그를 만나랴"(「귀밑 사마귀」)라고 탄식했던 화자는 이 시에선 달무리 뜨는 밤 어디론가 가고 있다. 물기가 눅진하게 배어나오는 이 작품은 자연과의 합일이나 귀의가 지향하는 평정심을 상실한 채 감상성에 매몰된 화자의 모습을 보여준다. 오히려 화자의 감정이 입에 의해 자연적 대상 역시 이유 없는 슬픔에 잠겨 있는 것으로 그려진다. 부우연 달무리는 하늘에서 흐리게 화자의 갈 길을 비춰주고 있는 게 아니라 화자의 마음에서 솟아나 사방으로 번져가고 있는 중이기 때문이다. 옛날과 현재의 시간적 간격이 무화되듯 지상을 홀로 방황하는 화자의 마음과 천공의 달무리는 안과 밖의 구분 없이 뒤섞여 있다. 이 시인의 초기 대표작인 「나그네」가 작품 자체의 완성도와 상관없이 이색적인 것은 이런 감상적 애착에서 벗어난 자유로움과 초연함을 보여주고 있다는 점이다.

강나루 건너서
밀밭 길을

구름에 달 가듯이
가는 나그네

길은 외줄기
남도 삼백리

술 익는 마을마다
타는 저녁놀

구름에 달 가듯이
가는 나그네

—「나그네」 전문

지극히 간소한 어휘의 조직으로 이루어진 이 작품은 우리말로 짜여진 언어의 음악이 들려줄 수 있는 최상의 상태를 구현하고 있다. 소박하면서도 정겨운 정취를 자아내는 풍경 속에 지상의 길과 인간을 천상의 질서를 나타내는 구름과 달에 대비함으로써 한층 심화된 의미를 획득하고 있다. 이처럼 이 작품에서 나그네는 표면적으로 일상에 매이지 않은 홀가분함과 유유자적함을 구현하고 있는 듯이 보인다. 그러나 나그네의 여정을 무심한 어조로 묘사하고 있는 이 시에도 화자의 슬픔은 숨어 있다. "구름에 달 가듯이"라는 비유에서 유추할 수 있듯이, 하늘의 달이 구름에 가려졌다가 다시 드러나는 것을 반복하는 것처럼 길을 가고 있는 나그네의 모습도 보였다 안 보였다 하는 것을 반복한다.[8] 그의 행로는 적적하고 쓸쓸하며 그가 가는 길은 "외줄기" "삼백리"라는 표현이 지시하는 것처럼 멀고 아득하기만 하다. "술 익는 마을마다/ 타는 저녁놀"이란 구절도 느긋한 여유로움이나 풍요로움을 환기하기보다는 조만간 닥쳐올 어둠을 예고하며 소멸과 몰락의 느낌을 불러일으킨다. "술 익는 마을"이 주는 훈훈함은 정작 나그네와는 무관한 것이며 그 앞엔 노을진 저녁 하늘만이 드넓게 펼쳐져 있기 때문이다. 그 노을은 『청록집』에서 찾아볼 수 있는 다른 표현들, 예컨대 "여기는 경주/ 신라 천년 (……)/ 타는 노을"(「춘일」)이나 "휘

---

8) 이남호는 「나그네」의 시 해설에서 이 작품에 통사적 오류가 있다면서 그중 하나로 "구름에 달 가듯이"를 들고 있다. 이 구절은 "달밤에 구름이 흘러가듯이"로 표현되어야 정확하다는 것이다(「나그네」, 『이 쓸쓸한 뜰에 저 어지러운 구름 그림자』, 현대문학, 2003). 그러나 이 시에서 '가는 주체' 즉 나그네라는 원관념을 수식하는 보조관념이 '구름'이 아니라 '달'이라는 점을 고려하면 이남호의 지적은 정곡을 찔렀다고는 볼 수 없다. 시의 문맥에 비춰볼 때 구름은 "밀밭 길"을, 달은 "나그네"를 각각 지시하고 있기 때문이다. 즉 이 구절은 숨어 있는 화자의 눈에 저 멀리 나그네(달)가 밀밭길(구름)을 지나고 있는 모습이 보였다 안 보였다 하는 것을 묘사하고 있다.

휘휘 비탈길에/ 저녁놀 곱게 탄다"(「산그늘」)는 구절을 염두에 두고 읽어 보더라도 하루 해가 절정기를 지나 점차 빛과 열기가 사그라드는 상태를 나타낸다고 보는 것이 온당할 것이다. 모든 존재는 쇠락을 향한 점진적 운동을 하고 있으며 나그네에게 끝없는 유랑은 운명의 주박 외에 다른 것이 아니다.[9]

　나아가 구름 속에서 달이 움직이는 것이 아니라 실제로는 달은 움직이지 않고 그 위로 구름이 지나간다는 자연적 사실을 염두에 둔다면 강을 건너고 밀밭 길을 지나가는 나그네의 계속되는 이동은 실은 한곳에 붙박인 정지 상태와 다름이 없다고 할 수 있다. 나그네의 고단한 여정은 한 차원 높은 지점에서 바라볼 때 끝없이 돌고 도는 제자리운동에 가깝다. 세계를 스쳐지나가는 그의 편력은 자신에게도 주변에게도 아무런 변화를 가져오지 못하는 것이다. 그런 의미에서 출발점도 종착점도 없는 여정을 영원히 계속하고 있는 나그네의 모습은 허허로우면서도 애달프다. 그 나그네는 한곳에 머무른 채 밤새도록 바위를 가는 다음 시의 화자와 정반대되는 존재로 보일지 모르지만 어쩌면 심층적 차원에선 서로 통하는 상호 호환적 존재일지도 모른다.

---

9) 목월의 「나그네」를 상호텍스트성의 차원에서 늘 함께 거론되는 작품인 조지훈의 「완화삼玩花杉」과 비교해보면 이 시인의 이런 특징은 한층 더 뚜렷하게 드러난다. 모티프의 유사성에도 불구하고 이 두 작품을 가르는 가장 큰 차이점은 「완화삼」에서 중요한 비중을 차지하고 있는 꽃 이미지가 「나그네」에선 자취를 감추고 있다는 점이다. 제목에서부터 꽃(花)이 등장하는 지훈의 시는 풍류적 기질 내지 탐미적 흥취가 가득한 작품이다. "나그네 긴 소매 꽃잎에 젖어/ 술 익는 강마을의 저녁노을이여"라고 「완화삼」의 화자가 읊을 때 우리는 흩날리는 꽃잎에 흥건히 젖은 적삼을 입은 나그네 자신은 물론 그가 바라보는 붉은 노을에 휩싸인 강마을 전체가 한송이 꽃으로 피어오른다는 인상을 받게 된다. 반면에 목월의 시에서 노을은 도도한 주흥(酒興)과 연결되지 않고 조만간 다가올 어둠의 예고로 등장한다. "구름에 달 가듯이" 가는 목월의 나그네가 소멸 직전, 다가오는 어둠을 응시하고 있다면 "달빛 아래 고요히 흔들리며 기노니"라고 밀하는 지훈의 나그네는 반대로 어둠에 휩싸이기 직전의 마지막 광휘에 취해 있다.

내사 애달픈 꿈꾸는 사람
내사 어리석은 꿈꾸는 사람

밤마다 홀로
눈물로 가는 바위가 있기로

긴 한밤을
눈물로 가는 바위가 있기로

어느 날에사
어둡고 아득한 바위에
절로 임과 하늘이 비치리오

—「임」 전문

　이 시는 시인의 고향에 전해 내려오는 전설을 배음으로 깔고 있다. 동구에 있는 영험한 바위를 작은 돌로 계속 문질러 자기 얼굴이 비춰질 정도까지 되면 소원이 성취된다는 내용의 구전설화를 변용하고 있는 작품이다. 시의 화자는 임에 대한 그리움 때문에 바위를 가는 고행을 계속한다. 대개 민간신앙에서 돌에 치성을 드리는 것은 출산에 대한 소망과 관련된다. 이때 돌은 생식석(生殖石) 내지 풍요석(豊饒石)의 의미를 부여받는다. 돌을 생명과 다산의 원천으로 보는 것은 고대 풍습이나 신화에서 어렵지 않게 찾아볼 수 있다. 비교종교학자 엘리아데에 따르면 거석이나 바위는 "인간 조건의 불안정성을 초월하는 그 어떤 것, 즉 절대적인 존재 양태를 인간에게 제시해"주며 세속적 세계와는 다른 어떤 세계에 속하는

실재와 만날 수 있게 해준다. 위 시에 나오는 바위도 비록 지금은 지상에
속해 있지만 화자의 노력에 따라 "임과 하늘이 비칠" 수 있다는 구절이
암시하듯이 그 기원은 천상에 있다. 화자가 임과 해후하는 순간은 바위의
천상적 속성이 현현하는 순간이다. 그러나 그러한 꿈은 화자 자신이 "애
달픈" "어리석은" 꿈이라고 하고 있는 데서 알 수 있듯이 영원히 달성 불
가능한 것이다. 그럼에도 불구하고 화자는 남이 보기에 부질없는 행위를
간절하게 지칠 줄 모르고 반복한다. 그래서 바위를 가는 연장 역시 돌이
아니라 화자 자신의 "눈물"로 되어 있다. 천상의 구름을 비추는 청노루의
눈과 달리 어둡고 아득한 바위에 "임과 하늘"이 비치는 순간은 영원히 오
지 않을 것이다. 역으로 바위에 임과 하늘이 비치지 않는 한 눈물로 바위
를 가는 고행은 끝없이 계속될 것이다. 화자에게 주어진 시간은 기다림의
대기 시간일 뿐이며 그는 유예된 순간을 살 뿐이다. 동음이의어의 말장난
(pun)을 원용하자면 바위를 눈물로 "가는(磨)" 이 시의 화자는 강나루 건
너 밀밭 길을 구름에 달 가듯이 "가는(往)" 나그네와 동일인이다. 아무리
세월이 흐르고 노력을 거듭해도 그들은 목적지=원하던 대상에 도달하지
못한다. 그러기에 시인은 다음 시에서처럼 삶이란 깨어서 꾸는 꿈에 지나
지 않는다고 처연하게 말하고 있다.

　　젊음도 안타까움도
　　흐르는 꿈일다
　　애달픔처럼 애달픔처럼 아득히
　　상기 산그늘은 내려간다
　　워어어임아 워어어임

　　　　　　　　　　　　　　　　　　　　　　　—「산그늘」 부분

저물 무렵 산그늘이 내려와 사방을 덮듯이 세계는 조만간 어두워질 것이다. 존재의 무상함과 정처 없음에 대한 선험적 감각이야말로 젊은 시절 목월 시의 주선율을 이루고 있는 요소라 할 만하다. 그 선율은 쓸쓸한 가운데서도 적잖은 감미로움을 읽는 사람에게 선사한다. 길 잃은 송아지를 부르는 음성처럼 그 목소리는 우리 귓전에 오래도록 메아리로 남아 향수를 불러일으킬 것이기 때문이다.

4. 근대의 바깥으로서의 자연

박목월을 포함하여 청록파의 초기시편에 이상화된 전근대적 과거에 대한 향수가 깔려 있다고 하는 것은 하등 새로울 것이 없는 지적이 될 것이다. 그러나 그 자연을 근대인이 상실한 신화적 충만성의 표지로 인식할 것인가 아니면 반대로 현실로부터 퇴각한 존재들이 고안해낸 일종의 허상(虛像)으로 볼 것인가 하는 것은 그리 간단한 문제가 아니다. 특히 최근 들어서 이데올로기적 갈등이 어느 정도 휴면기를 맞이하고 생태학적 관심이 폭넓게 대중화됨에 따라 기존의 진보의 서사를 대체하는 구원의 신화를 자연에서 찾으려고 하는 사람들이 부쩍 많아졌다. 자연을 근대의 모순과 근대인의 자기분열을 치유할 수 있는 유력한 대안 내지 최종적 해결책으로 보는 사람이 많아질수록 자연과의 조화와 통합을 지향하는 상상력은 더 큰 매혹과 견인력을 발휘할 수 있다. 그리고 그럴수록 『청록집』에 수록된 일련의 시편은 망각의 물살을 거슬러 지금 이곳으로 호출될 빈도가 더 잦아질 것이라는 예상이 가능하다.

일제의 강압적인 지배가 절정에 달한 시점에 씌어졌다는 점을 감안하더라도 청록파의 시들은 근대성의 동력과 애당초 무관한 자리에서 출발했다고 할 수 있다. 또한 바로 이점이야말로 이들의 시적 성과와 한계를 동시적으로 규정짓는 원인이 되고 있다. 하지만 실재하는 자연의 반영이 아닌 이들의 '상상된 자연'에도 무갈등의 평온함을 가장하는 표면적 진술 저 너머엔 결핍과 불안, 소외와 고독이 자리잡고 있음을 어렵지 않게 읽어낼 수 있다. 자연은 그 자체로 구원적 도피처가 될 수 없으며 근대의 가속적인 사회 변화 바깥에 놓인 훼손되지 않은 영역에 대한 기대는 미망에 지나지 않는다. 따라서 박목월을 비롯하여 『청록파』의 시편들은 그 감미로운 언어의 매혹에도 불구하고 우리 시의 과거이지 현재 우리 시가 짊어지고 있는 과제에 대한 유의미한 전범이 되어주기엔 어쩔 수 없이 미흡하다는 느낌을 주는 게 사실이다. 그들의 정적인 시편은 미래를 향해 열려 있다기보다는 과거의 아름다운 순간에 영원히 박제되어 편안히 머물러 있는 듯하다. 철학자 김상환은 예술의 초월적 본성을 논한 글에서 현실이 예술에 의해 가상화되는 동시에 "자연 상태에서 결여하고 있던 정념적 중첩운동 속에 놓이거나 어떤 존재론적 함량 운동 속에 놓일 수 있"음을 지적한다.[10] 박목월의 초기시는 자연의 예술적 형상화에서 발생하는 이러한 초과/결핍의 운동을 보여주는 사례라 할 수 있다.

이미 청록파 시절부터 그 관심과 경향에 있어 상당한 편차를 보였던 세 시인은 공동사화집의 출간 이후 각기 자신의 시세계를 심화 확대해나가는 과정에서 독자적인 시적 영토를 구축해나갔다. 이들이 『청록집』을 넘어서 이룩한 시적 업적의 내용과 수준, 성격 등에 대해선 별도의 고찰이 필요할 것이다. 텍스트에 대한 존중과 지속적인 분석만이 문학작품을 과거의 고착된 평가에서 해방시켜줌과 동시에 우리 시의 현재에 필요한 자양분을 길어낼 수 있게 해준다. 『청록집』 이후 세 시인이 써낸 시편들은 그런 응분의 조명을 받을 만한 충분한 가치를 함유하고 있다.

(2009년 10월)

---

10) 김상환, 「미의 초월성과 인공미」, 『예술가를 위한 형이상학』, 민음사, 1999, 213쪽.

한국 현대시에 나타난 시간성의 수사학
— 김수영 · 김종삼을 중심으로

1. 들어가는 말

한국 시문학사에서 김수영과 김종삼은 1950년대를 대표하는 모더니즘 시인으로 평가받아왔다. 일제 식민지배, 해방과 분단, 그리고 전쟁으로 이어지는 시절을 통과하며 문단에 등장한 이들은 전후 폐허가 된 현실에서 기존의 서정시와는 다른 이질적인 감수성과 어법의 시를 선보였다. 넓은 의미에서 모더니즘 계열에 속하는 이들의 시는 단지 당대의 유행 사조에 편입돼 활동하는 수준을 넘어 일정한 문학적 성과를 일구어냈고, 그에 따라 흔히 서구적 박래품 정도로 여겨져온 모더니즘의 토착화에 상당한 기여를 하였다. 그들이 남긴 시적 생산물은 그리 내실 있는 성과도 의미 있는 접근도 이루어지지 않은 우리 모더니즘 시의 역사에서 매우 중요한 문학적 전범이자 연구 대상으로 자리하고 있다.

본고는 김수영 · 김종삼의 시에 나타난 '시간성의 수사학'을 규명함으로써 이들 시인의 시세계를 기존 논의와는 다른 각도에서 살펴보는 것과 아울러 모더니즘 시에 대한 이해를 새롭게 하는 것을 목적으로 하고 있다. 이 두 시인의 작품 속에 나타난 시간의식과 수사적 특성의 상호 관련 양상을 고찰해봄으로써 우리 시문학의 근대성을 종전과는 다른 지평에서 조망해볼 수 있을 것으로 기대된다. 지금까지 이 두 시인에 대한 작품론이나 시인론은 적잖이 제출되었으나 이들의 시세계를 '시간성의 수사학'이란 관점에서 접근한 경우는 없었으며, 더 넓게는 우리 학계와 비평계에 시간성의 수사학이란 관점 자체가 아직 충분히 정착·응용되고 있지 않은 형편이라고 할 수 있다. 따라서 본고는 그동안의 경직되고 유형화된 시인 연구에서 탈피하여 시인의 의식과 사유가 구체적 창작 과정에서 수사를 통해 어떻게 굴절·변주·실현되는지 알아볼 수 있는 좋은 기회가 되리라고 본다.

모더니티를 둘러싼 문제는 결국 시대 인식의 변화와 맞물려 있다는 점에서 자연스럽게 시간의식에 대한 성찰을 유도한다. 시인의 시간의식을 관념적이고 추상적인 차원에서가 아니라 시적 수사라는 가장 미시적이고 구체적인 지평에서 탐구한다는 것은 단지 외국의 새로운 이론이나 개념을 우리 시에 적용하는 차원을 넘어서 우리 문학의 근대성 규명에 있어서 반드시 거쳐야 할 필수적인 단계라는 의미를 지니고 있다.

한 시인이 알레고리/상징 가운데 어느 하나를 자신의 창작방법의 중요 요소로 삼았다는 것은 단순한 수사적 선택의 차원을 넘어 세계를 바라보고 가치를 부여하는 관점의 특질 자체를 드러낸다. 예를 들어 상징이 "시간을 통하여 그리고 시간 속에서 영원을 투명하게 드러내는"(코울리지) 양식이라면 알레고리가 보여주는 세계는 "시간의 지배하에 있는 유한한 세계이며 이곳에서는 종결을 거부하는 화해 불가능한 아포리아만이 존재할 뿐"(폴 드 만)이다. 근대 이후 서구는 물론이고 이 땅에서도 상징을 절대화하고 알레고리를 폄하하거나 부차적으로 치부하는 경향이 만만치 않게 온존해왔다. 그러나 전후 모더니스트 시인으로서 독특한 시세계를 구축한 김수영과 김종삼의 경우, 이들의 시편은 상징/알레고리에 대한 시각에 있어 일반적 관행과 상당히 다른 면모를 보여주고 있다. 이는 아마도 혼란스럽고 파편화된 근대 세계에 대한 이들 시인의 민감한 감수성이 자연스럽게 전통적인 상징 위주의 시학보다는 알레고리의 시학으로 나아가게 했을 것으로 추정된다. 본고는 이러한 전제를 바탕으로 시간성의 수사학이 내포하고 있는 혁신적 의미를 살펴본 다음 김수영과 김종삼의 시에 나타난 수사적 특성을 구체적인 작품분석을 통해 확인해보고자 한다.

2. 시간성의 수사학: 상징과 알레고리

서정시는 자아와 세계, 주체와 대상의 동일성을 추구하는 정신의 소산으로 받아들여져왔다. 등장인물의 행동이나 극적 긴장이 주된 요소가 되는 서사나 드라마 양식과 달리 서정시는 서정적 주체가 외부현실을 내면으로 감싸안아들이는 세계의 자아화나 자신을 외부 대상에 투사하는 자아의 세계화를 통해 주체와 객체의 거리를 뛰어넘는 일체의 순간을 창조하고자 한다. 그 결과 서정시에서 시간은 과거, 현재, 미래로 이어지는 순차적 지속이나 인과적 배열의 형태를 띠지 않고 순간을 절대화하는 방식으로 현상한다. 서정시에서 중요한 것은 물리적 시간의 경과가 아니라 그것을 포착하는 주관적 정서의 파장이며 경험적 시간의 흐름이 아니라 그것을 집약하는 의식의 현재성이다. 끝없이 순환하거나 무의미하게 흘러가며 소모되는 시간의 어느 한 단락이 시인의 개입에 의해 의미 있는 자족적 순간으로 재탄생하는 것이다.[1]

이러한 서정시의 존재방식이 논리적 설명을 얻게 된 것은 근대에 들어와서이다. 특히 문학사적으로 낭만주의에서 상징주의를 거쳐 모더니즘에 이르는 기간 동안 상징에 대한 절대적 가치 절상이 이루어졌다. 개인의

---

1) 서정적 정지와 미적 근대성의 관련 양상에 대해선 졸고,「시적 순간의 의미」,『미적 근대성과 순간의 시학』(소명출판, 2001) 제2장을 참조할 것.

자기 동일성이 끊임없이 위협받고 파괴되고 상실되는 근대사회에서 서정시라는 양식은 상징이라는 수사를 통해 일상에서 벗어난 고유의 시적 순간을 재현하며 동일성의 회복을 가능케 하는 것으로 평가되었다. 상징은 단순히 여타의 수다한 수사적 비유 가운데 하나가 아니라 서정시, 나아가 모든 문학예술이 지향해야 할 절대적인 규범이자 지고의 목표가 되어버렸다. 영국의 코울리지와 독일의 괴테로 대변되는 낭만주의 시학은 바로 그 주요한 범례를 이룬다. 종합적인 지각의 질서를 탐구하는 과정에서 이들은 상징과 알레고리를 진정한 문학적 수사와 그에 미치지 못하는 저급한 수사로 서열화하기에 이른다.[2] 즉 상징이 예술적 표현에서 가장 중요한 역할을 맡는 지고한 위치로 떠받들어진 반면 상대적으로 근대 이전까지 상징과 별 구분 없이 호환돼 쓰이던 용어였던 알레고리는 조락의 운명을 맞게 되었다. 상징이 주체와 대상이 직관에 의해 용해되는 비유 현상이라 하여 높이 평가된 반면 알레고리는 미숙하고 기계적인 상상작용의 소산이라 하여 상대적으로 경시되었다. 상징이 초역사성과 총체성을 속성으로 갖고 있다면 알레고리는 역사적이고 파편적인 특성을 갖고 있다. 상징이 지시하는 것과 지시되는 것, 외면(기호)과 내면(의미) 사이에 괴리가 존재하지 않는 신비한 일치의 순간을 가정한다면, 알레고리의 경우 양자의 관계가 그만큼 임의적이고 불안정함으로 인해서 작위적이고 단조로

---

2) 코울리지에 의하면 "상징은 전체를 드러내면서도 통합체의 살아 있는 일부로 남아 그것을 대표하"는 반면 알레고리는 "추상적인 개념을 그림언어(picture language)로 옮겨놓은 것에 지나지 않는" 것으로서 공상(fancy)과 더불어 저급한 미적 양식으로 취급된다 (Brett, R L., 『공상과 상상력』, 심명호 옮김, 서울대 출판부, 1979, 76~83쪽). 또한 괴테는 "보편적인 것을 위하여 특수한 것을 찾는" 것이 알레고리이고 "특수한 것 속에서 보편적인 것을 찾는" 것이 상징이라고 하고 "진정으로 문학의 본성을 이루고 있는 것"은 상징이라고 결론짓는다(루카치, 『미학』 제4권, 반성완 외 옮김, 미술문화, 2002, 148쪽). 이처럼 알레고리를 도덕적·추상적 관념에 예속된 평면적 수사로 보는 것은 근대 이후 거의 교과서적 통념으로 굳어진 면이 없지 않다.

운 언어 표현으로 치부되었다.

　그러나 지난 세기 여러 차례의 역사적 격변과 일화를 통해 정치·경제·사회·문화 등 모든 부문에 걸쳐 서구적 모더니티의 한계가 극명하게 드러나는 것을 목격하게 되자 재래의 인식론적 가정에 대해서도 근본적인 반성과 재검토가 행해지게 되었다. 그에 따라 상징의 절대성에 대한 믿음에도 기존의 통설과는 다른 주장이 제기되었다. 이를 선도한 이론가로 발터 벤야민과 폴 드 만을 들 수 있는데 이들은 상징과 알레고리의 대비를 통해 문학 논의에 새로운 지평을 제시하고 있다.

　벤야민은 독일 바로크 비극에 대한 연구를 통해 이런 기존의 통념에 비판의 시선을 던지고 있다.[3] 알레고리가 유기체적 총체성을 취하지 않는 것은 그것의 무능을 나타내기보다는 총체성이라는 거짓된 가상에 대한 신뢰를 거절한 결과라는 것이다. 주체와 대상 사이의 초월적인 합일과 그것을 통한 총체성의 구현은 낭만주의가 만들어 유포시킨 신화에 불과하다. 근대세계가 제공하는 새로운 경험 속에서 모든 사물은 알레고리의 형식을 취한다. 따라서 예술가가 미학적 장치로 알레고리를 선택하기 전에 어느 면 근대세계 자체가 그것을 객관적으로 파악하려는 주체에게 알레고리적 인식을 강제한다고 할 수 있다.

　전통적으로 우세한 지위를 누려왔던 상징의 가치를 부인하고 그에 대조되는 알레고리의 의미를 복권시킨 결정적인 글인 「시간성의 수사학」에서 폴 드 만은 상징이 영원성의 시학을 지향한다면 알레고리는 시간성의 시학을 지향하는 것으로 정의하고 있다. 도식적으로 이야기해서 상징이 인간이 처한 시간적 제약을 보지 않으려 하는 맹목의 소산인 반면 알레고리는 상징의 그러한 자기기만을 통과하고 난 다음의 예지의 소산이라 할

---

3) Walter Benjamin, tr. John Osbourne., 『The Origin of German Tragic Drama』, London, Verso, 1985, pp. 221~225.

수 있다.[4] 따라서 드 만은 상징이 주는 헛된 믿음에 안주하기보다 알레고리가 주는 고통스러운 진실을 직시해야 한다고 주장하기에 이른다. 알레고리만이 인간 실존이 처한 시간적 곤경에 대한 언어적 대응물의 역할을 제대로 수행할 수 있다는 것이다.

일반적으로 상징이 알레고리보다 우월하다고 믿는 경향의 저변엔 절대적 순간에 대한 낭만적 비전이 가로놓여 있다. 예술에 있어서 상징의 기능을 강조하는 대표적 이론가인 수잔 랭거에 따르면 상징은 신비한 일체감을 조성하며 경험이나 논리를 초월한 심오한 비전을 구현한다. 활기없고 냉담한 세계에서 시의 역할은 객관적 현실의 반영을 넘어 가상적인 경험을 창조하고 즉각적인 정서적 상태를 제공하는 것이다. 그러기 위해 시인은 종종 갑작스러운 계시감(sudden sense of revelation)을 추구하곤 한다.[5] 근대의 많은 시인들이 시간을 초월한 깨달음, 즉 에피파니에 지대한 관심을 기울인 것은 그 때문이다. 그들은 자신의 유한한 언어로 절대적 현존을 포착하고자 부심했다. 현재가 그것의 기원과 만나고 유한한 존재가 영원성과 접촉하는 순간을 그리고자 한 것이다.

그러나 에피파니, 즉 현현의 시간은 소멸의 시간이기도 하다. 동질적이고 공허한 일상의 시간을 비집고 출현한 순간은 더할 나위 없이 충만한 시간, 유토피아의 기호, 행복의 이미지에 그치는 것이 아니라 이미 그 자체에 균열과 단절을 품고 있는 순간이다. 때문에 에피파니에도 불구하고, 아니 에피파니의 순간 속에서도 시간은 종결되지 않고 의미는 지연되며 생의 의미를 찾는 탐구는 다시금 지속될 수밖에 없다. 삶은 부재의 흔적

---

4) Paul de Mann, 『Blindness and Insight』, Minneapolis : U of Minnesota P, 1983, pp. 187~208.

5) Susanne Langer, 『Philosophy in a New Key』, New York : New American Library, p. 217.

을 좇아가는 기나긴 추적이 된다. 이러한 세계 인식을 실질적으로 대변하는 수사는 상징이 아니라 알레고리일 수밖에 없다. "알레고리 양식은 모든 언어를 비유적인 것으로 묘사하는 가운데 그리고 이러한 통찰을 반영하는 데 필연적으로 작용하는 통시적인 구조 가운데 드러난다."[6) 드 만의 견해에 따르면 시간성의 지배를 받고 있는 모든 글쓰기는 불가피하게 알레고리적 속성을 지닌다. 상징적이라고 오해받기 쉬운 김수영과 김종삼의 시 한 편씩을 대상으로 이러한 점을 알아보기로 하겠다.

> 1) 어둠 속에서도 불빛 속에서도 변치 않는
> 사랑을 배웠다 너로 해서
>
> 그러나 너의 얼굴은
> 어둠에서 불빛으로 넘어가는
> 그 刹那에 꺼졌다 살아났다
> 너의 얼굴은 그만큼 불안하다
>
> 번개처럼
> 번개처럼
> 금이 간 너의 얼굴은
>
> —김수영, 「사랑」 전문

> 2) 담배 붙이고 난 성냥개비 불이 꺼지지 않는다 불어도 흔들어도 꺼지지 않는다 손가락에서 떨어지지도 않는다.

---

6) Paul de Mann, op cit, p. 135.

새벽이 되어서 꺼졌다.

이 時刻까지 무엇을 하며 살아왔느냐다 무엇 하나 변변히 한 것도 없다.

오늘은 찾아가보리라

死海를 향한

아담橋를 지나

거기서 몇 줄의 글을 감지하리라

逢然한 유카리나무 하나.

—김종삼, 「시작 노우트」 전문

  인용한 두 편의 시는 대상의 순간적인 출현이 주는 놀라움과 감동을 그리고 있다는 점에서 공통된다. 1)의 "너의 얼굴"이나 2)의 "유카리나무"는 균질적으로 흐르는 시간의 틈새에서 포착한 다른 존재의 나타남을 구현하고 있다. 1)에서 어둠에서 불빛으로 넘어가며 꺼졌다 살아났다 하는 불빛은 2)에서 담배를 붙이고 난 후 불어도 흔들어도 꺼지지 않는 성냥개비불과 유사한 의미론적 자장을 형성한다. 1)에서 "너의 얼굴"이 어둠에서 불빛으로 넘어가는 찰나에 명멸하는 것이라면 2)에서의 "유카리나무"는 불어도 흔들어도 꺼지지 않던 불빛이 꺼지는 순간 찰나적으로 화자 앞에 도래하는 것이다. 빛과 어둠이 엇갈리는 짧은 순간 현현하는 이들 대상은 비본래적인 일상과는 다른 의미를 구현하는 존재라는 점에서 지상과 천상, 본질과 현상, 보편과 특수, 기표와 기의의 순간적 일치를 추구하는 상징의 전형적 사례로 여겨질 수 있다.

  그러나 보다 면밀히 이 시편을 읽어보면 이 두 이미지는 찰나의 영원성을 보여주는 상징에 가깝다기보다는 영원한 찰나성을 보여주는 알레고리에 근접한 수사적 표현이라는 점을 알 수 있다. 1)과 2) 모두 주체와 대상이 화해로운 일치를 이루는 충만의 상태를 보여주기보다는 어느 순간 달성한 그러한 일치의 상태마저 조만간 상실하고 말 것이라는 예감이 낳은 불안과 안타까움, 혹은 영원히 그것에 도달하지 못할 것이라는 아득한 거리감을 표명하고 있기 때문이다.

　1)이 노래하고 있는 사랑은 물론 여러 가지 차원에서 논의할 수 있겠지만 이 작품이 씌어진 '1961년'이란 연대로 미루어볼 때 4·19혁명이 가져다준 열광과 좌절을 우의적으로 그린 것이란 설명이 가능하다. 따라서 이 작품엔 4·19가 가져다준 일시적 승리와 그로 인한 도취의 감정이 어쩌면 또다른 역사적 야만의 도래로 인해 무화되어버릴지 모른다는 불안감이 짙게 배어 있다. 그런 점에서 시 속에서 핵심적 역할을 하고 있는 번개라는 수식어는 중의적 의미를 띠고 있다. 그것은 짧은 순간이지만 어둠 속에 빛을 가져오는 존재이면서 대상을 파괴하고 상처 입히는 존재이기도 하다. 어둠 속에 나타났다 사라지는 "너의 얼굴"이 "금이 간" 모습으로 현상하는 것은 그 때문이다. 돌연히 나타난 "너의 얼굴"은 화자 앞에 완전성과 절대성의 화신으로 나타난 게 아니라 손상되고 균열이 난 모습이며 시간을 초월한 무시간적 대상이 아니라 시간의 지배를 받는 일시적 존재일 따름이다. 화자가 토로하는 "변치 않는" 사랑은 대상의 불완전한/불안정한 출현에 기초하고 있다는 점에서 아이러닉하다. 변치 않는, 즉 영원한 사랑에 대한 다짐은 실은 그것이 불가능한 현실을 역으로 드러내고 있는 것이다.

　1)을 물들이고 있는 정조가 상실을 앞에 둔 자의 불안감이라면 2)를 관류하고 있는 정조는 상실로 가득 찬 삶을 지속하고 있는 자의 회한감이다. 어두운 밤 잠에서 깬 화자는 담배를 피워 물고 깊은 회한에 잠긴다. 그것은 "이 시각까지 무엇을 하며 살아왔느냐다 무엇 하나 변변히 한 것

도 없다"라는 구절 속에 집약돼 있다. 지나온 삶에 대한 회오와 자신의 무용성에 대한 자책에 잠긴 화자는 시적 반전에 의해 "오늘은 찾아가보리라"라는 새로운 다짐을 하게 된다. 그가 궁극적으로 희망하는 것은 "몇 줄의 글"이란 표현이 말해주듯 절대적 지향점으로서의 문학적 창조이다. 그가 꿈꾸는 문학은 "사해를 향한/ 아담교를 지나" 존재한다. 즉 죽음과 신생의 지난한 과정을 거쳐야, 혹은 창세기에서 묵시록까지 인류사의 전 과정을 축약한 일생을 다 살아야 간신히 도달할 수 있는 곳에 위치한다. 거기서 감지하고자 하는 "몇 줄의 글"은 "요연한 유카리나무 하나"라는 마지막 행의 구절과 정확히 등가 관계를 이루고 있다. 그것은 붙잡을 수 없으며 도달할 수 없는 환상의 대상이다. 멀고 아득한 곳에 자리잡고 있는 그 존재는 지금 이곳에 있는 화자의 소망을 대리충족해주는 알레고리적 대상이다. 이는 이 작품이 「시작 노우트」라는 제목이 일러주듯이 자기 반영성(self-reflexivity)의 형식을 취하고 있다는 점과 관련된다. 말하자면 이 시의 내용은 자신의 시쓰기에 대한 알레고리로서 소망의 피력을 통해 소망 달성의 불가능함을 토로하고 있다. 혹은 역으로 소망 달성의 불가능함에 대한 암시를 통해 소망의 절실성을 고백하고 있는 작품이다. 이 시에서 인위적인 여러 노력에도 불구하고 성냥개비불이 꺼지지 않는 것처럼 "찾아가보리라" "감지하리라"라는 미래형으로 언표된 자기 다짐의 서술은 그 이면에 그것의 무력함을 숨기고 있다. *끄고자 했던 성냥이 꺼지지 않다가 새벽이 되어서 저절로 꺼지듯* 그의 추구는 결국 죽음의 순간까지 되풀이되다가 자연스럽게 종말을 맞을 것이다. 그런 의미에서 깊은 밤 자신의 생에 대한 심리적 정당화를 수행하고 있는 화자 앞에 떠오른 요연한 유카리나무는 그가 쓰고자 하는 궁극의 작품만이 아니라 그 너머에 있는 자신의 죽음에 대한 암시를 담고 있기도 하다. 그 나무는 생명의 나무이기만 한 것이 아니라 죽은 자를 천상으로 인도하는 사다리이기도 하다. 멀리 요원히 떠오르는 나무 이미지는 화자의 지난 생이 그러하듯이 앞으로의 글쓰기 역시 최종적 의미가 끝없이 유예되는 시간 속의 과정임을 말해주고 있다.

이상 1950년대를 대표하는 모더니즘 시인으로 정평이 난 두 시인의 시에 대한 분석을 통해 시는 절대적 존재나 불변의 진리가 현현하는 자리라기보다는 불완전하고 일시적인 삶의 파편을 예시하는 자리라는 점을 살펴보았다. 시인이 시 속에서 보여주는 순간은 결정적인 구원이나 계시의 순간을 형상화한 것이 아니라 그것이 불가능하다는 사실의 우의적 드러냄에 가깝다. 이 두 시인은 이미지를 통한 봉합으로 현실의 균열과 모순을 상쇄시키기보다는 가장 조화로운 통합의 순간 속에도 내재해 있는 은폐된 균열과 모순을 드러내고 있다. 다음엔 두 시인의 시에 나타난 알레고리의 양상을 시인별로 보다 구체적으로 알아보기로 하겠다.

3. 김수영과 예시(例示)적 알레고리

앞에서 분석한 김수영의 작품 「사랑」에서 우리는 대상의 순간적 현현을 나타내는 데 번개 이미지가 결정적 역할을 하고 있음을 알 수 있었다. 여기 다시 번개가 중요한 위치를 차지하고 있는 시가 있다.

爆布는 곧은 絶壁을 무서운 기색도 없이 떨어진다

規定할 수 없는 물결이
무엇을 向하여 떨어진다는 意味도 없이
季節과 晝夜를 가리지 않고
高邁한 精神처럼 쉴 사이 없이 떨어진다

金盞花도 人家도 보이지 않는 밤이 되면
瀑布는 곧은 소리를 내며 떨어진다

곧은 소리는 소리이다
곧은 소리는 곧은
소리를 부른다

번개와 같이 떨어지는 물방울은
醉할 瞬間조차 마음에 주지 않고
懶惰와 安定을 뒤집어놓은 듯이
높이도 幅도 없이
떨어진다

—「瀑布」 전문

  이 시인의 작품 가운데 이례적이라 할 만큼 단순하면서도 경제적인 언
어의 운용을 보여주는 이 작품은 흔히 시적 상징을 잘 구현한 작품으로
평가 받아왔다.[7] 그것은 무엇보다 이 작품이 충만한 현전(presence)의 환
상을 보여주고 있다고 여겨졌기 때문이다. 화자의 거듭된 진술이 암시하

<hr>

7) 「폭포」를 두고 백낙청이 "단순한 서정을 넘어서 하나의 견고한 지적 스테이트먼트를 이
루고 있다"(『민족문학과 세계문학』, 창작과비평사, 1978, 244쪽)고 평한 이후, 이 작품에
대해선 유사한 해석이 주류를 이루어왔다. "이 시에서는 폭포의 이미지가 이 세계, 이 우주
의 어떤 질서를 상징하고 있다. (……) 이 시 전체가 하나의 거대한 상징구조를 이루어 이
세계의 비밀, 우주의 본질, 실제세계의 법칙 등을 '암시'하고 있다"(마광수, 『상징시학』, 청
하, 1985, 79쪽), "굉음을 울리며 떨어져 내리는 폭포의 물줄기를 통해 폭포 그 자체를 넘
어 정신의 자유와 자유의 정신을 실천에 투여하는 행위를 상징하고 있는 것"(오성호, 『서정
시의 이론』, 실천문학사, 2006, 255쪽) 같은 언급은 그 대표적 사례이다.

는 대로 폭포의 떨어짐은 그 어떤 내적 외적 장애에도 구애받지 않는 정신의 일관된 추구를 보여주고 있다. 그 추구의 극한에 "곧은 소리"로 상징되는 인식이 자리잡고 있다. 즉 물결이 계속해서 떨어지는 어느 순간 폭포라는 기표는 곧은 소리라는 기의와 합치되는 순간에 도달한다. "고매한 정신처럼"이란 수식어와 더불어 "곧은 소리"는 이 시인이 지향하는 정신세계의 일단을 자연스럽게 드러내고 있다. 존재의 밤, 사위가 어둠에 잠기어 시각이 완전히 무력화되는 어둠(blind) 속에 돌연 통찰(insight)이 현현하는 것이다.[8]

그렇게 본다면 이 작품은 1~2연과 3~4연의 대립적 구조에 의해 축조돼 있다고 할 수 있다. 1연과 2연이 시각적 대상으로서의 폭포를 그리고 있다면 3연과 4연은 청각적 대상으로서의 폭포를 부각시킨다. 밝은 대낮엔 정작 나타나지 않았던 대상의 진정한 의미가 "금잔화도 인가도 보이지 않는" 밤이 되면 계시되는 것이다. 시속의 보임(visible)/들림(audible)의 대립은 폭포가 시각적으로 드러나 있는 상태, 즉 "곧은" 절벽을 떨어져내리는 것과 폭포가 어둠에 잠긴 후 "곧은 소리"로서만 자신의 존재를 알리는 장면의 대비로 표현된다. 어둠 속에서 소리로 자신을 드러내는 폭포는 현존 속의 부재(absence in presence)를 나타낸다. 폭포의 낙하를 인간의 의지나 이해 범위를 초월한 것으로 그리고 있는 화자의 발언은 사실 그것을 전달하는 화자 자신을 숭고한 예언자적 존재로 만들고자 하는 욕망의 소산이다. 그는 폭포가 내는 소리를 "곧은 소리"라고 규정함으로써 자연의 무생물이 내는 소리(sound)를 인간적 의미가 담긴 예언적 목소리(voice)로 전환시킨다. 이처럼 이 시에서 시각성은 상대적으로 저평가되는 대신 청각적 소리―부름은 시의 의미를 결정짓는

---

8) 상징의 관점에서 이 시의 폭포 이미지를 보다 자세히 해석한 글로는 졸고, 앞의 책, 129~130쪽 참조.

핵심 구절로 등극한다. 따라서 4연의 "곧은 소리는 소리이다/ 곧은 소리는 곧은/ 소리를 부른다"는 구절은, 존재의 심층에 도달하는 데 오히려 장애로 작용하는 시각성과 달리 언어가 현전을 수립한다는 믿음, 다시 말해서 언어 속에 존재가 스스로를 드러낸다는 유구한 믿음을 표명한 구절로 받아들여질 수 있다.[9]

그러나 이 작품을 면밀하게 검토해보면 이 시가 다만 현전의 형이상학에 충실한 상징적 작품이라는 일반적 해석에 뭔가 부족한 점이 있다는 점을 발견하게 된다. 이는 다음 두 가지 점에서 그러하다.

첫째, 폭포라는 대상에 대한 화자의 진술이 "떨어진다"라는 술어의 동어반복으로 이루어져 있으며 그 수식어들 역시 부정적인 표현으로 가득 차 있다는 점이다. 폭포를 가리켜 물(물결, 물방울)이 떨어지는 것이라고 말하는 것은 너무 지당하며, 불필요한 동어반복에 불과하다고 할 수 있다. 또 그 떨어짐을 묘사하기 위해 동원된 어구들을 보면 "무서운 기색도 없이" "규정할 수 없는" "떨어진다는 의미도 없이" "가리지 않고" "쉴 사이 없이" "보이지 않는" "마음에 주지 않고" "높이도 폭도 없이"처럼 없음과 아님, 즉 부정어로 가득 차 있다. 부정신학에서 신(神)이 그러하듯이 이 시에서 폭포는 적극적 의미부여를 통해 정의되는 것이 아니라 오직 부정적 표현에 의해서 암시적으로 추정되고 있을 뿐이다.[10] 폭포는 무엇이 아니며 어떤 것이 없다는 것을 통해 역으로 규정된다. 표면적으로 화자는 일련의 묘사와 진술을 통해 폭포에 대해 계속 뭐라고 정의를 내리는 것

---

9) 목소리와 현전의 상호관계에 대해선 자크 데리다, 『그라마톨로지』, 김성도 옮김, 민음사, 1996, 386~389쪽 참조.

10) 「폭포」에서 부정어사가 담당하고 있는 기능에 대해선 이미 김혜순이 자세히 분석한 바 있다. 김혜순, 김승희 편, 「문학적 『장자』와 김수영의 시 담론 비교 연구」, 『김수영 다시 읽기』, 프레스 21, 2000. 그러나 김혜순은 이런 부정어사를 대상 및 대상 의식의 부정으로 풀이하고 이를 장자의 도(道)와 비교하는 등 우리 논의와는 다른 방향으로 나아가고 있다.

같지만 그 궁극적 의미는 끝없이 유예되고 대상의 본질은 드러나지 않는다. 부정성(negativity)은 부정 그 자체를 또다시 부정할 수 있는 계기를 갖고 있으므로 그것은 영원히 되풀이되는 운명에 처해질 수 있다. 따라서 이 시의 언술 가운데 선택적으로 "곧은 절벽"을 "곧은 소리"를 내며 떨어진다는 표현에 주목해 폭포를 단일한 의미망 속으로 수렴하고자 하는 시도는 좌절될 수밖에 없다.

둘째, 이 시에서 주시해야 할 것은 "곧은 소리"가 아니라 오히려 그다음에 출현하는 "번개와 같이 떨어지는 물방울"이라는 점이다. 이 시는 결미에서 폭포로 대변되는 유기체적인 통합이나 총체성보다는 물방울이란 단자의 개별성을 부각시킨다. 이는 이 시에 대한 다음 요약이 말해주듯이 작품이 무의미한 동어반복이 아니라 반복 속에서 미묘한 의미의 변화가 이루어지는 방식으로 구조화되어 있다는 사실과 관련된다.

1연 폭포는 (⋯⋯) 떨어진다
2연 물결이 (⋯⋯) 떨어진다
3연 폭포는 (⋯⋯) 떨어진다
4연 물방울은 (⋯⋯) 떨어진다

이 시의 마지막 연에 주목한다면 이 작품은 시각/청각의 대립을 넘어 끝없이 떨어지는 폭포의 영구운동과 물방울의 순간적 나타남과 사라짐을 대비시킨 시로 읽을 수 있다. 폭포의 중단되지 않는 운동처럼 존재/의미의 완전한 현현은 끝없이 지연된다. 폭포의 동태적인 운동이 지시하는 것은 역사의 궁극적인 필연성도 의미의 완전한 체현도 아니다. 폭포의 운동은 종결을 허용하지 않는다. 이처럼 끝나지 않고 단일화될 수 없는 존재의 무규정성이 바로 이 시의 3연에 제시된 어둠이다. 만물이 어둠에 묻혀 오직 무차별적 소리로만 자신을 드러내는 순간에도 물방울은 번개처럼 빛을 내며 나타남으로써 자신의 개별성을 드러내고 차이를 생산한다. 물방울은 폭포의 일부분이지만 전적으로 폭포에 귀속되는 것은 아니다. 번개처럼 떨어지는 물방울은 전체에 함몰되지 않은, 통제에서 벗어난, 예견할 수 없는 개별자의 출현을 나타낸다. 이때 물방울이 보여주는 것은 총체성이나 동일성이 아니라 그 무엇에도 얽매이지 않는 자유 그 자체이다. 그것은 고정되고 규정된 의미의 일방통행에서 벗어난 존재의 자유로운 몸짓을 시연한다.

그 어떤 긍정적/부정적 흐름 속에서도, 바로 그 흐름에 속해 있으면서도, 거기에서 벗어난 독자적 의식을 보유하고 있는 개별자는 있기 마련이다. 설령 그가 그 흐름 전체에서 분리돼 나온 존재는 아니라 하더라도 그는 균질적 다수의 맹목적 움직임으로부터 독립된, 긴장된 관계를 형성한다. 물방울이 "높이도 폭도 없이" 떨어진다는 것은 공간적 차원의 이동을 의미하진 않는다. 이는 높이도 폭도 없는 떨어짐이 과연 떨어짐일 수 있을까라는 의문을 제기하면 자연스럽게 알 수 있는 사실이다. 오히려 그것은 전체로부터의 떨어져나옴을 가리키는 수사적 표현으로 받아들이는 것이 온당할 것이다. 폭포 그 자체는 어둠에 묻혀 보이지 않고 그 소리로만 자신의 존재를 드러내고 있을 때 문득 빛나는 물방울 하나가 어둠 속에 떠올랐다 사라진다. 그 물방울-존재는 피동적으로 주어진 조건을 받아들이는 데 그치지 않고 능동적으로 새로운 상황을 창출해나가는 힘을 발휘한다. 폭포가 무수한 물방울로 이루어져 있으며 따라서 이 구절은 전체와 부분의 일치를 나타내는 것으로 받아들여야 한다고 보는 것은 이 시를 지나치게 평면적인 것으로 만든다. 밤/번개의 대립이 그러하듯이 폭포/물방울도 단순한 포함관계가 아니라 긴장된 대립관계를 형성한다. 소리의 지속성에 대비되는 번개의 일시성과 즉흥성은 이 작품을 현전의 상징이 아니라 모호성과 미결정성으로 가득 찬 알레고리적 글쓰기의 산물로 받아들이게 만든다.

이 작품에서 폭포는 자연적 대상인 동시에 시인 자신의 영혼 상태, 정신의 풍경이다. 폭포를 민중에게 잠재된 혁명적 에너지의 알레고리로 파악할 수도 있고, 도도하게 지속되는 역사 그 자체의 알레고리로 읽을 수도 있으며, 인간 정신의 중단 없는 추구에 대한 알레고리로 볼 수도 있다. 보다 한정적으로 폭포를 글쓰기나 글읽기의 알레고리라는 관점에서 접근하는 독법도 가능하다. 중요한 것은 폭포의 최종적 의미나 절대적 진실은 실은 포착할 수 없다는 것이다. 모든 의미는 잠정적이며 그다음 차례에 의해 곧 밀려나고 무화되어버린다.

이 시인에게 물방울이 개별적 자아의식이나 글쓰기의 충동과 관련이 있다는 것은 다음 구절을 통해서도 점검이 가능하다.

> 生活은 熱度를 測量할 수 없고
> 나의 노래는 물방울처럼
> 땅속으로 向하여 들어갈 것
>
> —「愛情遲鈍」 부분

> 스으라여
> 너는 이 세상을 點으로 가리켰지만
> 나는 (……)
> 조고마한 물방울로
> 그려보려 하는데
>
> —「거리 1」 부분

물방울은 시인에겐 노래이며 화가에겐 세상을 가리키는 화폭 위의 점이다.[11] 김수영의 시에서 번개-물방울이 현시하는 "순간적 빛남"은 부분으로 전체를 나타내거나 초월적 존재의 현전을 의미하는 상징으로 받아들이기보다는 일상적인 연관성의 돌연한 파괴나 대상의 탈신비화를 가져오는 알레고리로 읽을 필요가 있다. 그 물방울은 지상을 초월한 이상적인 세계를 떠오르게 하는 것이 아니라 절벽이나 땅속으로 떨어지거나 들어가는 하강운동을 하고 있다. 또 시인이 그 물방울로 그려보고자 하는 것도 시간의 지배를 초월한 순간이 아니라 "눈을 찌르는 이 따가운 가옥과/ 집물과 사람들의 음성과 거리의 소리들" 같은 지극히 사소하고 일상적인 것들이다.

폴 드 만에 따르면 "알레고리는 항상 윤리적"이다.[12] 그러나 이때의 윤리적이란 용어는 사람들이 흔히 생각하듯 "선험적 정언명령에 귀결"되는 것이 아니라 "담론의 한 양태"로서 언어가 불가피하게 유발하는 혼동을 숙고하는 행위와 결부돼 있다. 모든 윤리적 언어 역시 수사적 복합성에 종속돼 있으며 따라서 그 내부에 해체 구성의 계기를 포함하고 있다. 드 만에게 윤리성은 어떤 절대적 진리에 대한 믿음에서 기인하는 것이 아니라 존재와 인식의 불확실성에 대한 투철한 인식에 기초하고 있다. 우리가 김수영의 시에서 찾아볼 수 있는 윤리성도 이와 유사한 것이다. 그에게 윤리성은 어떤 확고한 도덕적 신념이나 정치적 이데올로기에 대한 헌신을 가리키는 말은 아니었다. 오히려 이러한 것들의 정당성과 확실성을 끊임없이 회의하고 심문하는 것, 지속적으로 자아성찰을 해나감으로써 자신의 의식을 막다른 지점까지 추구해들어가는 것, 이런 것이 진실로 윤리라는 말에 더 합당한 것이었다. 이를 위해 그가 시에서 택한 방식은 일

---

11) 「거리 1」에 나오는 물방울의 의미에 대해선 김상환, 「점묘화와 백색 존재론」,(『풍자와 해탈 혹은 사랑과 죽음』, 민음사, 2000)을 참조할 것.

12) Paul de Mann, 『Allegories of Reading』, New Haven: Yale UP, 1979, p. 206.

상에서 겪은 다양한 경험들 사건들을 끌고 들어와 이를 새로운 각도에서 조명해보는 것이었다. 그가 시에서 산문성을 무릅쓰고 도입한 풍부한 예시(exemplum)들은 읽는 사람의 고정관념을 전복시키면서 의표를 찌르는 통렬함과 기발함 그리고 날카로운 통찰력을 선사해주고 있다. 이러한 예시를 이용한 알레고리 수법은 원래 중세기에 유행한 것으로 설교를 위한 교훈담으로 많이 원용되었다. 그러나 김수영의 시에선 예시가 직접적인 교훈이나 계몽을 위해서 동원된 것이 아니며 그렇다고 개인적인 추억이나 감상의 나열에 머무는 것도 아니다. 자칫 시를 쇄말주의에 빠뜨릴 수도 있는 일상의 자질구레한 일들을 작품에 과감히 도입함으로써 시인은 흔히 비(非)시적인 것으로 여겨지기 쉬운 주변의 비근한 경험들을 시에 적극적으로 수용하는 한편, 상징의 통일성보다는 알레고리의 분열성을 선호하는 독특한 시작법을 선보이고 있다.

1) 팽이가 돈다
어린아이이고 어른이고 살아가는 것이 신기로워
물끄러미 보고 있기를 좋아하는 나의 너무 큰 눈 앞에서
아이가 팽이를 돌린다
사람을 사는 아이들도 아름답듯이
노는 아이도 아름다워 보인다고 생각하면서

　　　　　　　　　　　　　　　　　—「달나라의 장난」 부분

2) 나는 아직도 앉는 법을 모른다
어쩌다 셋이서 술을 마신다 둘은 한 발을 무릎 위에 얹고
도사리지 않는다 나는 어느새 南쪽 식으로
도사리고 앉았다 그럴 때는 이 둘은 반드시

以北친구들이기 때문에 나는 나의 앉음새를 고친다

—「巨大한 뿌리」 부분

3) 이를테면 이런 일이 있었다
부산에 포로수용소의 第十四野戰病院에 있을 때
정보원들이 너어스들과 스폰지를 만들고 거즈를
개키고 있는 나를 보고 포로경찰이 되지 않는다고
남자가 뭐 이런 일을 하고 있느냐고 놀린 일이 있었다

—「어느 날 古宮을 나오면서」 부분

아는 사람의 집에 갔다가 우연히 그 집 아이가 팽이를 돌리는 모습을 보며 상념에 젖는 1)이나 옛친구의 일화를 거론하며 사람들이 앉아서 대화를 나눌 때 무의식적으로 취하는 자세에 깃든 의미를 이야기하고 있는 2)나 포로수용소 시절 겪은 체험 한 토막을 제시하며 현실 순응과 저항의 미묘한 함수관계를 문제 삼고 있는 3) 등의 시편이 보여주는 것은 삶 속에 잠복해 있는 단절과 부조화의 순간들이다. "어쩌다" "이를테면" 같은 시에서 잘 쓰이지 않는 부사어까지 구사하며 시인은 자신이 과거에 겪었거나 최근 직면한 일들을 사례 보고 형식으로 진술하고 있다. 그러면서 그는 때로 넘치는 풍자와 전복적 해학을 구사하기도 하고 또 때로는 위악적인 고백이나 촌철살인적인 경구로 충격효과를 주기도 한다. 이러한 시도는 모두 당대의 정치적·심미적 보수주의에 균열을 내는 언어의 모험이라는 점에 의의가 있다.

이처럼 그에게 중요한 것은 시간을 초월한 세계로의 월경이 아니라 삶의 현장에 남아 일상적 시간과의 힘겨운 투쟁을 벌여나가는 것이었다. 상징의 경우 인간과 세계의 본질이 그 자체로 고정돼 있으며 주어져 있는 것이라는 전제가 암암리에 깔려 있다면, 알레고리는 인간의 본원적 시간성에 보다 충실하며 삶의 일시성과 유동성에 훨씬 더 민감한 면모를 보인다. 때문에 알레고리스트는 매순간 자기 동일성의 확립을 연기하며 끝없는 자기비평의 여정에 자신을 열어두는 자세를 취한다. 그 결과 김수영이 일상의 파편 조각들을 쌓아 올리면서 거의 요설에 이르도록 자신과 언어를 학대해가며 이룩한 시세계는 시간적 곤경에 처해 있는 근대인의 내면에 대한 생생한 초상이 되어주고 있다.

4. 김종삼과 우화(寓話)적 알레고리

앞에서 분석한 김종삼의 작품 「시작 노우트」처럼 이 시인의 작품엔 글쓰기 자체를 소재로 하고 있는 메타시 성격의 작품이 상당수 있다. 「글짓기」라는 제목의 다음 작품 역시 이 시인의 이러한 개성이 잘 드러나 있는 시이다.

소년기에 노닐던
그 동뚝 아래
호숫가에서
고요의
피아노 소리가
지금도 들리다가 그친다

사이를 두었다가
먼 사이를 두었다가
뜸북이던
뜸부기 소리도

지금도 들리다가 그친다

나는 나에게 말한다
죽으면 먼저 그곳으로 가라고

—「글짓기」 전문

김수영의 「폭포」가 끊임없이 움직이는 동적인 물 이미지를 보여주었다면 김종삼의 「글짓기」가 보여주는 것은 한곳에 가만히 고여 있는 물, 주위의 작은 움직임마저 흡수해들여 깊은 고요의 심연을 이루는 정적인 물 이미지이다. 이 시인의 많은 작품이 그렇듯이 이 작품 역시 심미적인 무시간성의 이미지를 보여주고 있다. 일상적 시간은 잠시 정지되어 있으며 화자의 어조는 시간에서 잠시 빠져나온 듯한 분위기를 자아낸다. 화자가 현재 위치한 시공간의 구체적 준거가 밝혀지지 않은 가운데 "소년기"로 언급된 과거의 한때가 시의 인상을 결정짓는 지배적인 힘을 발휘한다. 지금 이곳의 현실에 자신의 실존적 거처를 마련하지 못한 화자는 과거의 추억 속으로 침잠해 들어간다. 유년의 단순함과 소박함은 여러 가지 점에서 복잡하고 지리멸렬한 현재와 대비되어 그 가치를 획득한다. 그것은 곧 기억의 작업을 통해 잃어버린 시간과 잃어버린 정체성을 되찾으려고 하는 시도로 현상한다.[13] 그 기억을 매개해주는 것이 이 시의 경우 바로 소리이다. 어린 시절 들었던 음악(피아노) 소리나 자연(뜸부기)의 소리가 화자를 아득하고 아늑한 잃어버린 시간 속으로 안내한다. "나는 나에게 말한다/ 죽으면 먼저 그곳으로 가라고"라는 화자의 발언은 그 시절을 그리워하는 화자의 마음의 지극함을 꾸밈없이 절실하게 전달하고 있다. 따라서 이 시는 과거와 현재가 신비스럽게

---

13) 한스 로베르트 야우스, 『미적 현대와 그 이후』, 김경식 옮김, 문학동네, 1999, 126쪽.

일치하는 순간, 자아가 잃어버린 자아의 분신과 해후하는 순간을 상징적으로 그린 작품으로 여길 수 있다. 아름다운 음악이나 자연음은 언제 어디서든지 성인이 된 지금 잃어버렸다고 생각한 시간을 지금 이곳으로 불러들이는 마법의 주문이 될 수 있다. 이런 소리는 화자를 시간의 바깥에 위치시키며, 불만족스러운 현실을 넘어서는 충만한 현전의 환상을 제공한다.

근대 이후 루소에서 마르셀 프루스트에 이르기까지 회상은 한 인간이 자신의 인격적 동일성을 찾는 데 있어 다시 없는 원천으로 인정받아왔다. 과거를 현재로 소환하는 것 혹은 향수의 상상적 빛 아래 존재와 세계를 성찰하는 것은 소외된 자에게 주어진 마지막 특권일 수 있다. 기억에 의해 현실이 강요하는 단절과 분열 대신 지속의 감각이 회복되고 자아의 실재감을 되살릴 수 있게 된다. 이는 '현재하는 과거'를 개인의 의식 속에 재구축하고자 하는 시도로 나타나며 이때 과거는 지나간 역사가 아니라 신화적 후광을 쓰고 지금 이 순간의 결핍을 치유해줄 구원의 상징으로 부상한다. 이들에게 "진정한 낙원은 한번 잃어버린 낙원"인 것이다. 근대적 자아에게 부과된 고통스럽고 권태로운 시간의식 저편에 존재의 지반으로서 변치 않는 유년의 낙원이 자리하고 있다. 기억 속에 존재하는 시간에 대한 향수는 과거와 현재가 혼연일체가 되는 무시간적 순간으로의 입문이란 형태로 나타난다.

그러나 「글짓기」라는 시의 제목은 이 작품을 이런 낭만적인 '순진한' 비전으로 채색된 단순한 작품으로 보아 넘기기 어렵게 만든다. 유년에 대한 동경이 단지 옛 시절로의 회귀나 옛것을 복구하고자 하는 퇴행적 정서와 연결되는 것으로 그치지는 않는다. 대부분의 경우 이 시인에게 환상은 현실을 견디는 수단으로 작용한다.[14] 시인은 현실을 꿈의 무대로 치환시

---

14) 황동규, 「殘像의 美學」, 『북치는 소년』, 민음사(해설), 1979, 21~22쪽.

킴으로써 현실의 곤핍함과 누추함을 무화시키고자 한다. 이 시인의 작품 속에 나오는 숱한 외래 지명이나 인명은 지금 이곳이 아닌 세계를 그리워하는 낭만적 영혼의 현실도피적인 시도를 보여준다. 그러나 동시에 그런 이국적인 이름이나 비현실적인 삽화는 주어진 현실에 거리를 유지하고 현실을 비틀어볼 수 있는 알레고리적 극화(劇化)의 산물이기도 하다.

「글짓기」에서도 화자는 소리를 통해 현재와 과거, 현실과 환상이 화해하고 통합되는 현전의 순간을 극화하기보다는 그것의 불가능성이 자아내는 페이소스를 전달하는 데 주력하고 있다.[15] 따라서 "나는 나에게 말한다/ 죽으면 먼저 그곳으로 가라고"라는 언명은 화자의 강력한 의지의 표명이라기보다는 살아서는 그것을 영원히 달성할 수 없다는 사실에 대한 체념적 수용과 달관을 나타내고 있다. 그런 의미에서 이 작품은 과거라는 원천과 결코 합치될 수 없는 인간의 시간적 조건을 담아내고 있다. 복원되지 않는 과거와 현재 사이의 거리에서 화자는 단절적 시간성을 체험한다. 과거라는 시간은, 화자의 소망에도 불구하고, 지금 이 순간이라는 현재의 시간으로부터의 도피처가 될 수 없다. 물론 화자도 이 사실을 모르지는 않는다. 과거와 현재가 삼투하여 하나가 되는, 상징이 추구하는 총체성·통합성의 환상은 현실 속에선 결코 도달할 수 없는 신기루로 남는다. 「글짓기」라는 이색적인 제목은 자신의 글쓰기가 바로 그러한 신기루를 붙잡기 위한 부질없는 시도라는 점을 역설적으로 드러내고 있다. 시인

---

15) 야우스는 중세의 알레고리 작가의 시선은 세계의 현상들의 배후에서 불멸의 고향을 구하고 찾은 반면, 도시를 접하게 된 알레고리 작가의 시선은 소외의 시선이라면서 현대적인 작가에게 초월적 고향의 상실은 시 그 자체를 통하여 보상된다고 지적하고 있다(야우스, 앞의 책, 230쪽). 「시작 노우트」 「문장수업」 「제작」 「비시」 「시인학교」 「어머니」 같은 김종삼의 시에서 찾아볼 수 있는 '시쓰기에 대한 시'는 이러한 측면을 잘 보여주고 있다. 시원의 무구성에 대한 향수는 자신의 완성되지 못한, 아니 완성될 수 없는 글쓰기에서 그 대체물을 찾는다.

은 글쓰기를 통해 과거의 현전을 도모하기보다는 그런 불가능한 작업에 여전히 매달리고 있는 자신을 한편으로 위무하면서 다른 한편으로 은밀히 풍자하고 있는 것이다.

상징이 현전의 형이상과 관련된다면 알레고리는 끝없이 의미가 연기되며 새로운 차이를 만들어 내는 글쓰기, 이 시인의 말을 빌리자면 글짓기와 관련이 있다. 현전의 허구성을 인식한 시인은 글쓰기의 모호성과 미결정성에서 인간 조건의 본원적인 모습을 발견한다. 향수적 정조에의 탐닉 이면엔 과거 자체가 또 하나의 환영이며 일시적 도취의 산물이란 깨달음이 관류하고 있다. 그는 끊임없이 자아와 타자, 인간과 자연, 영혼과 풍경 사이의 교류 가능성을 꿈꾸고 타진하면서도 그것이 선험적으로 불가능하다는 사실을 예감하고 있었으며 이런 이중적인 인식을 시에 담아낸 것이다. 야우스에 따르면 중세의 종교적 알레고리와 달리 근대에 재정립된 세속적 알레고리는 인간과 자연 간의 간극을 다시 매우는 것과는 거리가 멀다. 오히려 "내적 장면과 외적 풍경의 교환 가능한 지시관계 속에서, 인간적 자연 및 우주적 자연의 소외를 아주 고통스러울 정도로 첨예하게 의식하도록 만든다."[16] 알레고리적 어법에 권태 우울 불안 등의 분위기가 녹아들어가 있는 것은 그 때문이다. 김종삼 시의 저음을 이루고 있는 세계 상실의 정서와 좌절한 자의 멜랑콜리는 이와 연관시켜 이해할 필요가 있다.

이처럼 과거와 도저히 하나가 될 수 없는 시인의 내면 상태를 말해주는 것이 바로 "사이를 두었다가/ 먼 사이를 두었다가"라는 구절에서 감지할 수 있는 불연속성과 단절의 이미지이다. 과거의 상기는 간헐적으로 시간의 틈새에서 일어나는 의식의 작용에 지나지 않는다. 「글짓기」에서 볼 수 있듯 도취의 황홀과 휴지(休止)의 교차 반복은 과거의 심미적 전유가 지

---

16) 야우스, 앞의 책, 221쪽.

속 불가능한 일시적인 지복의 순간에 불과함을 말해준다. 한번 흘러가버린 시간은 만회 불가능하며 범속한 인간이 추구하는 세계와의 재화해는 조만간 한계에 부닥칠 수밖에 없다. 소외된 주체는 자신을 에워싸고 있는 시공간과 사물에서 단절과 결핍을 느낀다. 사물은 응집력이나 조밀도를 상실한 채 보이지 않는 원심작용에 의해 분리되고 소멸되어가는 양상을 보이게 된다.

> 띄엄띄엄
> 기척이 없는 아지 못할 나직한 집이
> 보이곤 했다.
>
> —「週走曲」부분

> 헬리콥터 여운이 띄엄하다
>
> —「文章修業」부분

> 희미한
> 風琴소리가
> 툭 툭 끊어지고
> 있었다
>
> —「물 補」부분

알레고리는 "자신의 근원으로부터의 거리감을 우선적으로 가정하고 있다"[17]는 말이 의미하는 것처럼 알레고리적 언어는 동일시의 충만함 대

---

17) Paul de Mann, Ibid, P. 207.

신 시간의 빈틈, 그 차이에 주목한다. 그 세계는 시간적 차원에서든 공간적 차원에서든 대상이 연속적으로 나타나는 게 아니라 "띄엄띄엄" 존재하며 종종 "툭 툭 끊어지"는 단절을 드러낸다. 시인이 몸담고 살고 있는 세계는 전체로서 단일한 형상을 하고 있는 게 아니라 부서진 파편이나 폐허의 모습을 하고 있다. 총체성과 통일성을 바랄 수 없는 세계에서 개인은 고립된 존재로 살아간다. 그의 시는 이 세상에 일시적으로 체류하고 있을 뿐인 인간 존재의 덧없음을 우의적으로 드러내고 있다. 세속적 물질성을 초월하는 의미의 직접적 현전을 부정할 때 남는 것은 존재의 안팎을 휩싸고 도는 거대한 무(無)일 수밖에 없다. 김종삼이 즐겨 채택하는 우화(fable)적 방식의 시쓰기는 시간 속에 유배된 자들이 연출하는, 한편으로 비극적이면서도 다른 한편으로 희극적인 존재의 유희를 보여준다. 그 우화들은 인간이 응당 감내할 수밖에 없는 운명의 부조리함을 감상을 배제한 건조한 목소리에 실어 전달한다.

안쪽 흙 바닥에는
떡갈나무 잎사귀들의 언저리와 뿌롱드 빛깔의 果實들이 평탄하게 가득
차 있었다.

몇 개째를 집어보아도 놓였던 자리가
썩어 있지 않으면 벌레가 먹고 있었다.
그렇지 않은 것도 집기만 하면 썩어갔다.

거기를 지킨다는 사람이 들어와
내가 하려던 말을 빼앗듯이 말했다.

당신 아닌 사람이 집으면 그럴 리가 없다고—.

—「園丁」 부분

심청일 웃겨보자고 시작한 것이
술래잡기였다.
꿈속에서도 언제나 외로웠던 심청인
오랜만에 제 또래의 애들과
뜀박질을 하였다

붙잡혔다
술래가 되었다
얼마 후 심청은
눈 가리기 헝겊을 맨 채
한동안 서 있었다.
술래잡기 하던 애들은 안됐다는 듯
심정을 위로해주고 있었다.

—「술래잡기」 전문

한 여인이 병들어가고 있었다
그녀의 남자도 병들어가고 있었다
일 년 후 다시 만나기로 하고 헤어졌다
그 일 년은 너무 기일었다

그녀는 다시 술집에 전락되었다 죽었다

(······)

그 남잔 샤이안 族이

그녀는 收師가 묻어주었다

—「西部의 여인」 부분

이들 시편은 희망이 없는 세계 속에서 살고 있는, 살아야 하는 인간의 행동원리와 그 종국을 예증하는 우화들이다. 이 우화는 한 편의 잘 짜여진 소극(笑劇)이 줄 수 있는 웃음과 슬픔을 모두 담고 있다. 1)에서 화자는 원치도 의도하지도 않은 상황에 내몰린 채 납득할 수 없는 유죄선고를 받는 곤혹에 처해 있다. 고전소설『심청전』을 패러디하고 있는 2)의 장면 역시 선의로 시작한 아이들의 놀이가 결국 희생자로 점지된 대상을 다시금 불운에 빠뜨린다는 설정을 통해 잔인한 운명의 전변을 보여주고 있다 (심청이 장님처럼 "눈 가리기 헝겊을 맨" 모습은 장님 아버지를 위해 자기 몸을 희생한다는 원(原)텍스트에 담긴 충효 이데올로기의 폭력성을 뒤집어 보여주고 있다). 서부극의 틀을 빌려온 3)에서도 여인과 남자의 삶과 죽음, 만남과 헤어짐은 할리우드 영화식 해피엔딩을 거절한 것은 물론이고 그들의 장례를 치러주는 상이한 배경의 사람들의 모습을 통해 내세에서의 해후 가능성마저 차단하고 있다.

이들 시를 공통적으로 지배하고 있는 정서는 삶의 한시성에 대한 감각이 주는 무상함이다. 이들 우화는 친숙한 텍스트나 이야기를 재구성함으로써 낯익은 세계의 탈현실화를 이룩한다. 그의 시에서 인간은 광막하고 황폐한 세계를 덧없이 방황하다 쓸쓸히 죽고 마는 가련한 존재들에 지나지 않는다. 김종삼의 알레고리적 시편들은 낭만주의적 주관성에 깊이 침윤돼 있는 듯이 보이는 이 시인의 시에, 실은 세계의 비참을 견디며 마지막까지 삶을 객관적으로 성찰하려 한 비범한 예지가 숨어 있음을 말해주고 있다.

4. 잠정적인 결론

지금까지 김수영과 김종삼, 이 두 시인의 시편을 현실비판이나 심미적 초월 같은 익숙한 관점에 입각해서 해석하는 관행에서 탈피하여 아포리아적 회의에 바탕을 둔 알레고리적 상상력의 산물이란 각도에서 접근해 보았다. 알레고리적 독해방식(allegorical way of reading)은 삶과 세계를 투명하게 정식화하는 대신 의미의 끝없는 해체-재구성을 통한 고정관념의 파괴와 새로운 인식의 계발을 가능케 한다. 그것은 곧 텍스트에 이미 드러나 있는 '통찰'을 다시 반복해서 거론하는 수준에서 벗어나 그것이 숨기고 있는 '맹점' 즉 텍스트의 사각(死角)에 위치한 의미를 읽어내려는 노력과 통한다. 이들 시인에게 알레고리적 상상력은 미메시스나 상징과는 다른 차원에서 현실을 인식하고 재현하는데 있어 결정적인 역할을 수행하고 있다.

인간은 세계-내-존재인 동시에 시간-내-존재이기도 하다. 모든 개별적 주체는 자신에게 주어진 시간을 외재화하고 물리적 시간에서 독립된 주관성을 획득해나가는 도정에 놓여 있다. 김수영과 김종삼은 어려운 시대적 조건 속에서 나름대로 한국시의 새로운 지평을 열기 위하여 분투했고 그 일환으로 문학에 있어서 상징이 차지하는 역할에 대한 절대적 신앙에서 벗어나 알레고리에 바탕을 둔 개성적인 시쓰기를 시도했다. 물론 이는 의식적이라기보다는 다분히 무의식적으로 이루어진 과정이자 선택이었다. 시를 쓰는 순간 자신이 지금 써나가고 있는 작품이 상징적인지 알레고리적인지 그 자체를 두고 고민하는 시인은 별로 없다. 다만 현실과 자아의 내면을 그만큼 치열하게 응시하고 되새김질하는 가운데 거기 적합한 언어적 형식이 모색되었을 것이다. 알레고리는 설령 쓰는 사람이 그것을 의식하지 않았다 하더라도 상징이 주는 허구적 총체성을 넘어서고자 하는 시인이라면 자연스럽게 조우할 수밖에 없는 수사이다. 현재와 과거, 주체와 객체의 융합을 추구하는 상징과 달리 알레고리는 그것이 미망이란 것을 알아차린 존재의 예지에 기초하고 있다. 김수영과 김종삼의 시에 자주 등장하는, 서정시에 대한 일반적 통념과 유기적으로 조화를 이루지 못하는 낯선 이미지, 어법, 장면 등은 현실에서 소외된 의식의 비동일성을 부각시킴으로써 문학과 현실을 바라보는 새로운 관점을 제시하고 있다.

지금까지 시간성의 수사학이란 새로운 비평적 준칙에 의거하여 김수영과 김종삼의 시에 접근해보았다. 그 결과 그동안 상징적으로 여겨졌던 이두 시인의 작품 가운데 상당수가 알레고리적이라는 사실이 밝혀졌다. 역으로 알레고리라는 각도에서 이들의 시에 다가갈 경우 상징으로는 포착하기 힘든 많은 설명이 가능함을 살펴보았다. 그러나 이러한 가정이나 해석은 어디까지나 시론(試論)적 성격을 벗어나지 못한 것으로 이를 확증하기 위해선 이 두 시인의 작품에 대한 보다 전면적이고 구체적인 분석이 뒤따라야 할 것이다. 또 폴 드 만의 이론 자체의 정당성에 대해서도 의문이 제기될 수 있다. 그의 이론이 20세기 후반 서구학계에 미친 충격파와는 별도로 그의 이론의 타당성에 대해선 지금도 많은 문제제기가 이루어지고 있다.[18] 그가 유달리 시간성의 인식을 강조하고 있지만 정작 그의 시간관이 무척 단선적이고 탈역사적이라거나 상징/알레고리의 서열을 해체하는 그의 논리가 또다른 전도된 위계질서를 낳는 데 그칠 우려가 있다거나 하는 비판엔 충분히 경청할 만한 구석이 있다.

문학사에 남는 뛰어난 작품은 거듭 다른 관점에 의거해 읽어도 소진되

---

18) 상징/알레고리의 이항대립에 대한 폴 드 만의 논리가 지닌 문제점과 한계에 대해선 다음 글을 참조할 것. 프랭크 렌트리키아, 『신비평 이후의 비평이론』(이태동 외 옮김, 문예출판사, 1994)의 제8장 「폴 드 만: 권위의 수사학」; 신광현, 「시간/주체/언어」, 『현대비평과 이론』 제10호, 한신문화사, 1995.

지 않는 풍부함을 간직하고 있다. 김수영과 김종삼의 시에 나타난 시간성의 수사학에 대한 연구는 바로 그 점을 확인해주고 있기도 하다. 아이러니를 포함하여 이 글에서 다루지 못한 시간성의 수사학과 우리 시의 관련 양상에 대한 보다 종합적인 연구는 추후의 과제로 남겨두기로 하겠다.

(2007년 6월)

에로스의 시학
─ 전봉건의 시사적 위상

전봉건은 '전후(戰後) 모더니즘'을 대표하는 시인 가운데 하나이다. 많은 평자들이 지적했듯이, 그가 1950년 한국전쟁이 발발하기 직전에 『문예』지를 통해 데뷔했다는 것은 그런 점에서 지극히 상징적이다. 그의 시적 출발이 자연스럽게 1950년대 한국 현대시의 전개와 그 보조를 함께한다는 사실은 이후 그를 가리켜 '전후시(戰後詩)의 한 모델'이나 '전후 신서정파의 기수'라고 명명하게 한 요인이 되었다. 그의 시는 전쟁의 참혹한 현장과 전후의 폐허─초토─황무지를 관통하며 씌어졌고 전쟁의 상흔이 어느 정도 가신 다음엔 전 사회적으로 추진된 정치적 경제적 문화적 근대화의 물결을 헤쳐나가며 벌인 힘겨운 고투를 반영하고 있다. 그 세대의 많은 시인들이 그랬듯이 그는 서구 모더니즘을 학습하고 자기화하는 과정을 통해 개성적인 시세계를 일구어나갔다. 『사랑을 위한 되풀이』(1959) 『춘향연가』(1967) 『속의 바다』(1970) 『피리』(1979) 『북의 고향』(1982) 『돌』(1984) 등의 시집과 『꿈속의 뼈』(1980) 『새들에게』(1983) 『전봉건 시선』(1985) 및 기타 여러 종의 시선집에 실린 시편들과 타계하기 전까지 썼지만 책으로 채 묶이지 못한 그 밖의 많은 작품들이 바로 그 증거물로 존재하고 있다. 양적 풍부함과 더불어 질적으로 고른 수준을 유지하고 있는 이들 작품은 한국 현대문학이 기억하지 않으면 안 될 중요성과 독자성을 구비하고 있으며 시대를 뛰어넘어 여전히 읽는 사람을 끌어당기는 흡인력을 발휘하고 있다. 이번에 출간된 『전봉건 전집』(문학동네, 2008)은 바로 그 구체적 실례이다.

1. 전후 모더니즘의 사각구도

전후 맹위를 떨쳤던 모더니즘의 세례를 받고 그 자장(磁場)에서 활동했다는 점에서 전봉건은 김수영 김춘수 김종삼 등과 같은 계열의 시인으로 분류할 수 있으며, 이들과 유사한 도정을 걸어간 시인으로 볼 수 있다. 1950년대 시인들 중에서도 이들은 상대적으로 서구 모더니즘보다는 서정주나 청록파 같은 전통 서정시의 계보에 더 가까운 위치에서 시를 출발시킨 이동주 박용래 신동엽 고은 등과는 차별되는 노선과 성향을 보여준 시인이라 할 수 있다. 1960년대 중반 이후 문학계에서 1950년대 모더니즘 시가 노출한 무분별한 서구 추종과 난해성 현실도피성 무국적성 등에 대해 비판의 바람이 불기 시작하면서 이 계열의 많은 시인과 시들이 빠르게 망각 속에 묻혀져갔다. 김수영과 김춘수와 김종삼은 바로 이런 거센 비판의 폭풍을 견뎌내고 살아남은 희귀한 생존자들이라 할 수 있다. 이는 그들이 남긴 뛰어난 시적 성과물로 볼 때 당연한 귀결이 아닐 수 없다. 그러나 이들 개성적인 세 시인을 거점 삼아 1950년대 모더니즘 시문학의 전체적 지도를 작성하려고 한다면 아무래도 허전함을 면하기 어려울 듯하다. 지도 한편의 공백이 너무 커 보이기 때문이다. 김수영 김춘수 김종삼 이들 세 시인이 그리고 있는 삼각형의 구도 맞은편에 전봉건이란 또다른 꼭짓점을 설정하여 사각형의 구도를 완성해야 비로소 이 시대 모더니즘 시의 유산에 대한 보다 정당한 평가가 가능해질 것으로 여겨진다. 이는 전봉건의 시가 시류의 부침에 따라 잠시 주목을 받다가 덧없이 사라져 버리고 만 여타 시인들의 그것과는 구별되는 내구력을 갖추고 있을 뿐 아니라 동시대의 다른 모더니스트들의 시세계와도 구별되는 독자성을 보유하고 있기 때문이다.

그렇다면 유사한 노선을 추구했음에도 불구하고 전봉건을 김수영 김춘수 김종삼이란 모더니즘 계열의 다른 세 시인과 구분되게 해주는 요인은 무엇인가. 지난 연대의 시적 지형도를 편성함에 있어서 우리는 흔히 김수영을 1950년대 모더니즘의 한 극에 위치시키고 나머지 세 시인을 반대편의 극에 몰아넣는 참여/순수라는 낡은 이분법을 적용하고 싶은 유혹에 빠지기 쉽다. 도식화시켜 이야기하자면, 한편에 모더니즘의 협소한 틀에서 빠져나온 현실참여형의 시인이 있고 다른 한편에 예술의 자율성이란 미망에서 벗어나지 못한 현실도피형의 시인들이 있다. 그러나 이런 분류는 그 단순성만큼이나 설득력 있는 설명이 되지는 못한다. 이보다는 다양한 각도에서 이들 네 시인을 상호비교함으로써 그 대립적 자질들을 추출해보는 것이 더 타당할 뿐 아니라 생산적일 것이다. 예를 들어 의미/무의미라는 지향점을 설정하여 이들 시인에 적용해보면 김수영 전봉건 대 김춘수 김종삼이란 의외의 구도가 형성된다. 김춘수와 김종삼이 시에서 의미를 끊임없이 지우고 비우고 무화시키고자 했다면, 그래서 끝내 모든 의미의 불순물이 제거된 순수의 경지, 무의미의 영도(零度)상태를 희구했다면, 김수영과 전봉건은 자신의 시가 의미의 포화상태에 이르도록 밀어붙이는 시작법을 선보였다. 요설과 능변, 서사와 웅변이 넘쳐나는 이들의 시는 소수의 예외를 제외하곤 최소한으로 말하기를 선호한 김춘수 김종삼의 단정한 시와 대조된다. 김현이 "사실상 김수영씨와 전봉건씨는 김춘수씨와 다르게 주장하고 설명하는 시를 썼고 쓰고 있는 시인들이다. 그들은 의미의 시에 매달려 있다"(김현, 「전봉건을 찾아서」, 『시인을 찾아서』,

민음사, 1975, 58쪽)라고 한 것은 의미심장한 지적이 아닐 수 없다. 물론 정작 그들이 지향하는 '의미의 시'는 전혀 다른 방향을 가리키고 있었다. 김수영이 구체적이고 일상적인 현실과의 대결을 통해 의미를 추출해내려 했다면, 전봉건은 심미적이고 관념적인 의미를 현실에 부과하고자 하는 태도를 취했다. 이런 편차에도 불구하고 어쨌든 김수영과 전봉건의 시에 는, 섬약성과 내면성을 특징으로 하는 김춘수와 김종삼의 여성주의적 시 에서는 느낄 수 없는 남성적 호흡과 스케일이 담겨 있다.[1]

그런가 하면 이들 네 시인을 시에 접근하는 태도를 통해 다른 방식으로 이원화할 수도 있다. 즉 김종삼과 전봉건의 시쓰기가 자연적 생리적 성격 을 강하게 띠고 있었다면 김수영과 김춘수의 시쓰기는 한결 자각적이고 인공적인 편이었다. 이는 김종삼이 산문을 거의 쓰지 않았고, 전봉건 역 시 시론을 포함해서 상당한 분량의 산문을 남기고 있지만 그 또한 본격적 인 것이라기보다는 일반 독자를 대상으로 한 입문서 수준의 소박한 글이 라는 점과 연관된다. 반면 김수영과 김춘수의 경우 이들의 산문은 자신의

---

1) 몇몇 평자는 전봉건의 시에 나오는 여성 취향과 관능적 충동을 들어 그의 시세계가 전반 적으로 '여성주의적'이라고 규정지었다. 그러나 여성성에 대한 탐닉과 여성주의적 성향은 전혀 다른 것으로서, 어느 면 반대되는 측면마저 있다고 해야 할 것이다(한국의 지식인들 이 가진 고정관념 중의 하나는 에로티시즘을 흔히 여성성, 여성주의와 관련지어 생각한다 는 것이다. 마치 남성은 에로티시즘 같은 하찮은(?) 것의 오염으로부터 벗어나 있는 존재라 는 듯이. 당연한 이야기지만 여성적 에로티시즘이 있듯이 남성적 에로티시즘도 존재한다). 전봉건의 시는 거칠고 단순하고 선이 굵은 것과는 다른 차원에서의 남성성을 구현하고 있 다. 한 후배 시인의 다음과 같은 인상기는, 비록 시상의 스케일에 국한된 지적이긴 하지만, 이러한 면을 잘 포착하고 있다. "시상(詩想)의 스케일 면에서도 전봉건 시인은 서정가곡보 다는 큰 바다의 물결을 몰고 다니는 심포니 오케스트라의 지휘자 같다. (……) 그가 「사랑 을 위한 되풀이」 「춘향연가」 「속의 바다」와 같이 700~1200행에 이르는 실험적인 장시를 삼 십대에서 사십대 초반 사이에 썼다는 사실은, 대가풍(大家風)의 재능을 그의 손이 달달하게 펼쳐 보인 좋은 예라고 생각된다. 단형시를 대부분 쓰다 간 한국의 소가풍(小家風) 시인들 과 그의 시가 질을 달리하고 있음을 잘 말해주고 있는 것이다."(조정권, 「하프를 잃어버린 올페우스」, 『트럼펫 천사』, 어문각, 1986, 220쪽)

시론과 떼려야 뗄 수 없는 긴밀한 관계를 맺고 있다고 할 만큼 시에 대한 사유와 실제 시작 행위가 상호침투하며 공존하는 모습을 보여주고 있다. 김수영과 김춘수가 시에 대한 어떤 이념형을 염두에 두고 시를 써나갔다면, 그래서 조작성이 강하게 느껴진다면, 김종삼과 전봉건의 시는 상대적으로 생래적이고 체질적인 자연발생의 산물이라는 느낌을 주고 있다. 그 결과 김수영과 김춘수의 시가 탈서정 – 탈낭만주의라는 모더니즘의 일반 원칙에 근접해 있는 인상을 준다면, 김종삼과 전봉건은 모더니즘적 외양에도 불구하고 심층적으로는 서정적이고 낭만주의적인 특성을 유지하고 있다. 우리는 김종삼과 전봉건의 시에서 재래의 영탄적 정조와는 구분되는, 서구문학에 대한 교양에 기초한 낭만적 정서가 관류하고 있음을 쉽게 알아볼 수 있다.

　김종삼과 전봉건의 시에 숨어 있는 이러한 낭만적 성향은 우선적으로 이들의 타고난 기질에서 기인한 것이지만 이들이 이북 출신으로, 평생을 고향을 떠난 실향민으로, 뿌리 뽑힌 존재로 보내야 했다는 전기적 사실과도 맞물려 있는 것으로 보인다. 동족상잔의 비극이나 분단 현실을 바라보는 시선에 있어서도 이들은 전형적인 서울내기인 김수영이나 경상남도의 바닷가 출신인 김춘수와는 아무래도 다른 실존적 체험의 빛깔을 내비치고 있다. 분단이나 통일 같은 민족문제 역시 이들에겐, 이념이나 이데올로기의 문제이기 이전에 절실한 삶의 문제였고 논리적 판단의 대상이 아니라 감성적인 애증의 대상으로 먼저 다가왔다. 태생지와 단절된 채 삶을 영위해야 했던 그들에게 '지금 이곳'은 잠시 거쳐가는 기착지나 유배지에 불과했으며 그들은 숙명적으로 '지금 이곳'을 벗어난 초월적 세계를 꿈꾸는 낭만적 영혼을 평생 간직하고 시를 썼다. 그들에게 시란 어떤 이념이나 이론으로 구축될 수 있는 성질의 것이 아니라 잃어버린 세계로 통하는 유일한 통로이자 피난처로서 언제고 돌아가 쉴 수 있는 곳, 향수의 정감이 어린 공간이었다. 그들은 거창한 이론에 의지하거나 주도면밀한 시론을 구상하기보다는 타고난 감각에 기초해 서정시의 본령을 지키는 데 주력했다. 1950년대 전위적 시인 그룹의 선두주자로서 이들 네 시인이 차지하고 있는 위상은 그 미묘한 편차와 더불어 깊이 음미해볼 만한 요소를 적잖게 내장하고 있다.

2. 감각의 향연

이처럼 전후 모더니즘이란 공통의 시적 지반에 탯줄을 대고 있으면서도 이들 네 시인은 시간의 흐름과 더불어 서로 교차와 길항을 거듭하며 상이한 시적 궤적을 그려나간다. 여기서 우리가 던질 수 있는 질문은, 각기 다른 이들의 시세계를 떠받치고 있는 힘이 무엇인가라는 점이다. 흔히 김수영은 현실에 대한 가열한 비판의식이, 김춘수는 존재에 대한 탐구가, 김종삼은 보헤미아니즘으로 집약되는 방황과 소외의식이 그 해답으로 주어지곤 한다. 그렇다면 이들과 구분되는 전봉건 고유의 시적 근원은 무엇이 될 수 있을까. 감각적 리리시즘이 그 답변이 될 것이다. 이 시인의 시에서, 이제는 상당 부분 효력을 상실한 관념의 표백이나 현란하지만 공허한 면도 없지 않은 수사를 걷어낼 때 전면화되는 것은 신선하면서도 생기 있는 감각의 분출이다. 그의 시는 감각의 충만함(senseous fullness)이라는 점에서 전통적으로 우리 시가 절대적으로 부족함을 면치 못하고 있는 영역을 채워주고 있다.[2] 널리 알려진 다음과 같은 작품을 보도록 하자.

---

2) 전봉건에 대해 김춘수는 심미의식과 휴머니스틱한 인생론을 겸비한 "훌륭한 테크니샹"이라고 평하고 있으며 조정권은 서정시인으로서의 천부적 재능을 타고난 "언어의 테크니션"이라고 말하고 있다. 그런가 하면 오세영은 "이어령이 50년대를 대표하는 산문체 스타일리스트라면, 전봉건은 그 시대 대표적인 운문체 스타일리스트"라고 언급하고 있다. 테크니션이나 스타일리스트라는 규정은 이 시인의 언어를 다루는 빼어난 감각과 시의 형태적 요소에 대한 남다른 고려를 아우른 말로 여겨진다. 일부 시에서 노출되는 장식적 수사의 과

피아노에 앉은

여자의 두 손에서는

끊임없이

열 마리씩

스무 마리씩

신선한 물고기가

튀는 빛의 꼬리를 물고

쏟아진다.

나는 바다로 가서

가장 신나게 시퍼런

파도의 칼날 하나를

집어들었다.

—「피아노」 전문

　시인은 이 작품에서 소리를 물질화하는 마술을 선보이고 있다. 소리는 볼 수도 만질 수도 없는 것이지만 이 시에서 피아노의 선율은 눈부신 물고기가 되어 튀어오르고 시퍼런 칼날이 되어 집어들 수 있는 존재가 된다. 청각적 이미지가 시각적 이미지로, 다시 촉각적, 근육감각적 이미지로 변주되면서 피아노 소리가 울려퍼지는 공간은 거대한 바다—어장(漁場)으로 탈바꿈하며, 가만히 한곳에 앉아 연주하고 듣는 "여자"와 "나"의 정적인 동작은 물고기를 낚고 그것을 요리하기 위해 칼을 빼드는 역동적

<hr>

잉을 제외한다면, 물 불 공기 흙이란 사원소를 활달하게 넘나드는 물질적 상상력에 기초한 이 시인의 언어감각은 지금도 신선함을 잃지 않고 있다.

인 행위가 된다. 물고기가 쏟아져나오는 신생과 풍요의 제의는 파도의 칼날 하나를 집어드는, 처형을 집행하는 죽음의 제식과 맞물려 있다. 여자의 두 손에서는 물고기가 쏟아지는 반면 남자는 손으로 파도의 칼날 하나를 집어든다. 이 상반된 동작은 피아노를 사이에 두고 벌어지는 "여자"와 "나" 사이의 상징적 성행위를 암시한다. 음악을 통한 이러한 성적 결합은 삶과 죽음의 끝없는 순환과 더불어 다수성과 단일성의 궁극적 통합을 나타내고 있다. 시각과 청각이, 생물과 무생물이, 고체와 액체가, 원형(圓形)과 예각이 서로 경계를 허물고 넘나든다. 피아노는 말 그대로 관능의 음악을 들려주고 있는 것이다.[3]

　이 시가 보여주는 관능은 어둡거나 칙칙한 분위기를 동반하지 않은 경쾌함과 즐거움으로 가득 차 있다. 그 관능은 피아노의 선율을 따라 가볍게 기화하는 관능, 예술적으로 승화된 관능이다. 이 시인의 시에서 이러한 에로스의 부름은 거의 원초적이어서 모든 시공간을 관능의 음악으로 물들이고 채운다. 바다 · 음악 · 꽃 · 여인 · 항아리 · 불꽃 · 비상하는 새 같은, 이 시인의 작품에 자주 등장하는 이미지들은 모두 세상 만물을 지배하는 에로스의 현현을 나타내고 있다. 이러한 에로티시즘은 대부분의 경우 일체의 음습함을 떨쳐버린 건강한 낙천성으로 충만해 있다.

　　장미를 하얀빛이게 하는 것이 무엇인가
　　나를 바다로 가게 하는 것이 무엇인가
　　장미를 빨간빛이게 하는 것이 무엇인가

---

3) 시인은 시작 노트 성격의 글에서 장시와 다른 "짧은 형태의 시"에 대한 관심을 표명하면서 "투명한 표현" "손으로 만져지는 표현"(「단상」, 『전봉건 시선』, 탐구당, 1985, 238쪽)에 도달하고 싶다고 말하고 있다. 투명한, 손으로 만져지는 표현이란 감각의 깊이를 통해서만 포착할 수 있는 언어의 마술에 해당한다. 그만큼 이 시인에게 언어는 육체적인 것, 실제적 향유의 대상이었다고 할 수 있다.

바다를 무수히 현란한 칼날이게 하는 것이 무엇인가

장미를 노란빛이게 하는 것이 무엇인가

내가 바다 칼날에 맞아 피 뿜게 하는 것이 무엇인가

장미를 검은빛이게 하는 것이 무엇인가

피 뿜으며 바다 속 어두운 주검의 자리 거기 떠 있는 내 전부에 아직도 무수한 현란의 칼날을 내리게 하는 것이 무엇인가

장미를 노란빛이게 하는 것이 무엇인가

내가 죽어서 더욱 진한 바다 속 어두운 주검의 자리 비로소 그 주검의 목젖을 찢고 진주 하나를 생기게 하는 것이 무엇인가

그때 장미를 빨간빛이게 하는 것이 무엇인가

그때 바다를 하늘의 목젖 가르며 솟아오르는 수없이 현란한 칼날이게 하는 것이 무엇인가

장미를 하얀빛이게 하는 것이 무엇인가

나를 또다시 바다로 가게 하는 것이 무엇인가

—「태양」 전문

거듭 반복되는 수사적 의문법으로 구성된 이 작품은 다양한 색채 이미지와 더불어 그 물음에 대한 궁금증이 시의 종결에도 불구하고 끝내 해소되지 않는다는 점에 묘미가 있다. 굳이 갖다붙이자면, 제목의 "태양"이, 반복되는 질문에 대한 답이 될지 모른다. 전후 유행한 실존주의 문학의 대표작 가운데 하나인 『이방인』에서 주인공이 왜 살인을 범했느냐는 물음에 태양 때문이라는 유명한 답변을 내놓았듯이, 이 시에서 장미가 그토록 다양한 여러 가지 색깔로 피어나는 것도, 화자가 바다로 가서 죽음을 맞이하고 그 목젖에서 진주가 생겨나는 일련의 과정을 겪는 것도 어쩌면 다 태양 때문이라는 것이다. 꽃이 피어나는 것처럼 화자가 바다에 이끌리

는 것도, 바다에 잠긴 주검에서 진주가 생겨나는 것도 합리적이고 구체적인 이유를 댈 수 없는 본능적이고 무의식적이고 영속적인 어떤 힘, 다시 말해서 리비도의 부름 때문이며 자연의 거대한 순환의 일부일 따름이다.

바다 태양 장미 칼날 진주 등 이 시에 등장하는 모든 대상들은 우주적 에로스의 열기로 들끓고 있다. 태양은 천상의 장미이고 바다는 수없이 많은 현란한 칼날로 이루어져 있다. 장미의 다양한 색깔을 결정짓는 힘과 화자를 바다로 가게 하는 힘은 전혀 다른 것 같지만 실은 동일한 것이다. 이러한 자연의 숨은 힘이 만물을 주재하며 서로 다른 존재를 한데 끌어모은다. 또한 그 힘은 바다의 칼날에 찔려 죽은 주검에서 진주를 솟아오르게 한다는 구절에서 볼 수 있듯이 죽음 속에서 새로운 탄생을 가능케 한다. 매일 우리가 보는 태양은 바로 이러한 우주적 죽음의 제의를 통과하고 생겨난 진주–장미의 출현에 다름아니다. 바다는 우주적 모태이며, 거기로 가서 거듭 죽고 다시 태어나는 화자의 운명은 죽음을 딛고 면면히 지속되는 생의 의지에 대한 찬가라 할 수 있다.

3. 원체험의 공간

지금까지 살펴본 대로 전봉건의 시는 재래의 감성적 주정적 서정시와 구분되는 것은 물론 우리 현대문학사에서 모더니즘의 상표처럼 되어버린 주지적 경향과도 일정한 거리를 유지하고 있다. 그의 시는 감성이나 이성보다 훨씬 근원적이고 원초적인 감각에 그 탐침을 드리우고 거기서 시적 자양분을 길어내고 있다. 그는 감각으로써 사유하며 관능의 힘으로 개인적인 것이든 시대적인 것이든 주어진 현실 조건을 넘어서고자 한다. 그런 의미에서 그는 우리 시문학에서 보기 드문 이미지의 선명성과 상상력의 역동성을 보여준 시인이라 할 만하다. 흥미로운 것은 시인의 이런 특성이 데뷔 이전 습작 시절에 씌어진 아주 초기의 작품에 이미 각인되어 있다는 사실이다.

1) 저고리
  하이얀
  가슴에
  나부낀
  장밋빛
  고름……

—「무제」 전문

2) 새
  랑 나비
  랑 새
  랑 너
  랑 나비
  랑 새
  랑

—「한 소절」 전문

이들 시가 우리에게 놀라움을 준다면 그것은 다음의 두 가지 이유 때문일 것이다. 첫째는 습작 시절의 작품인데도 매우 높은 완성도를 보여주고 있다는 점이다. 물론 그 완성도는 시의 물리적 길이가 짧고 내용이 단순한 데서 기인한 면도 있지만, 이 시가 씌어질 당시의 시대적 조건 때문에 그가 속한 세대의 우리말 구사 실력이 전반적으로 취약했다는 점을 감안하면 이는 인상적인 바가 있다. 시인 자신의 다음과 같은 고백을 읽어볼 필요가 있다.

　내가 시나 소설에 접촉하고 관심을 가지게 되고 한 발자국 더 나아가서 그런 것을 내 자신이 써보고자 하게 된 동기를 나에게 준 책들은 일본 것이다. 국민학교 · 중학교, 이렇게 초등 · 중등학교에서의 모든 지식을 일본 책에서 얻게 된 나는 시 소설에 관한 지식도 일본어로써 흡수케 되었던 것이다. 그러니까 나의 시문학의 출발은 일본어에서부터 시작되었다. 따라서 나의 첫 작품도 일본어로 씌어졌던 것이다. (……) 해방이 되자 나는 나의 모국어로 시를 써야 하게 되었다. 그렇지만 나의 국어 실력은 겨우 '가갸거겨'를 간신히 판독할 수 있을 정도에 불과하여 '나는 당신에게로 간다' 하는 글이면 '나 는 당 신 에 게 로 간 다'고 이렇게 한 자 한 자씩 띄어 읽고 나서야 그 전체의 의미를 종합 이해하는 형편이었다.

　　—전봉건, 「시작 노트」, 『한국전후문제시집』, 신구문화사, 1957, 403쪽

　한국어/일본어라는 이중 언어의 굴레 속에서 고민해야 했던 그가 한국어로 더듬거리며 시 습작을 한 지 얼마 되지 않아서 「무제」나 「한 소절」 같은 수준의 작품을 쓸 수 있었다는 것은, 시인으로서의 조숙성과 언어에 대한 민감성을 잘 보여준다. 이들 시에선 이미지와 색채의 선명한 대조나 유음이나 비음의 어울림에서 느껴지는 언어의 물질성에 대한 남다른 감각과 더불어 시행 배치에서 감지할 수 있듯 회화적인 조형미까지 고려하고 있음이 드러난다. 1)의 하이얀/장밋빛, 가슴/고름의 대조나 2)의 "랑"이라는 접속조사의 경쾌한 활용은 언어의 감각성 유희성에 대한 이 시인의 예민한 의식을 짐작하게 한다. 시는 의미의 전달이기 이전에 소리의 음악이요 시각적 현상이란 것을 시인은 이미 체득하고 있다.

　이들 습작시가 전해주는 또다른 놀라움은 그의 시를 지배하고 있는 강

럴한 탐미성과 낙천성에서 찾아진다. 전봉건의 시에 대한 지금까지의 대부분의 평가는 주로 '한국전쟁'을 중심으로 펼쳐졌다. 시인의 전기적 사실이나 상당량을 차지하는 전쟁시편 및 실향의식을 노래한 시편 들은, 이 시인의 시세계를 결정지은 가장 중요한 요소로 동족상잔의 비극을 들게 만들고 있다. 그래서 전봉건의 시에서 한국전쟁은 일종의 원체험에 해당된다는 식의 평가가 나오곤 했다. 그러나 이 시인의 시를 전체적으로 살펴보면 한국전쟁보다 더 근원적이고 지속적인 원체험이 존재한다는 사실을 알 수 있다. 그것은 청년기에 경험한 전쟁의 비극보다 더 오래 거슬러 올라가는, 고향에서 보낸 유소년기의 체험을 가리킨다.[4] 그 체험은 밝고 생기 넘치는 관능성에 대한 경도 및 순수하고 무구한 세계에 대한 희구와 연결돼 있다. 그의 데뷔작 중의 하나인 다음 작품에서 볼 수 있는 향일성의 상상력은 시인의 이러한 성향이 반영된 것이다.

　　부드러움을 한없이 펴는 비둘기같이

---

4) 1950년대 활발한 평론활동을 펼친 이철범은 전봉건의 유소년 시절의 분위기와 시의 상관관계에 대해 다음과 같은 회상기를 남기고 있다. "전봉건은 자기의 시의 밑바닥을 흐르는 옵티미즘을 이렇게 얘기하고 있다. 아마도 자기의 시는 어렸을 때, 고향의 풍토에서 찾아든 체취에서 싹튼 것이 아닌가 생각한다는 것이다. 그는 어렸을 때, 陽德과 孟山에서 자랐다는데, 첫째 그 지방의 물이 참 맑다는 것이다. 그 물이 여름에는 얼음처럼 찬데 겨울이 되면 김이 무럭무럭 난다고 한다. 그리고 주변에 울창한 신선한 나무들, 거기서 그는 자연의 그 생생한 감각, 그 건강성을 모름지기 느꼈다는 것이다. 그 건강성이 언제나 자기의 시의 저변에 흐르고 있음을 부인할 수 없다고 한다."(이철범, 「시인론」, 『현대와 현대시』, 문학과지성사, 1977, 239쪽) 이러한 건강성, 생의 충일을 향한 갈망은 이 시인의 시 속에서 향일성의 상상력과 관능적 충동으로 다양하게 변주되어 나타난다. 김훈의 다음과 같은 지적은 그래서 나온 것이다. "순진무구하게 꿈꾸는 밝은 소망의 세계야말로 그의 시의 본질을 이루는 시상이다. 또한 푸른 생명에 대한 사랑도 그의 시에 지속적으로 나타나는 중심, 시상이다. (……) 전쟁 체험을 묘사한 그의 초기시들에서도 밝고 맑은 소망과 푸른 생명에 대한 사랑의 시상들은 여러 가지 다양한 사물들과 결합되어 풍성한 시세계를 형성하고 있다."(김훈, 「전후사의 한 모델」, 『한국 현대시 연구』, 민음사, 1989, 157쪽)

상냥한 손을 주십시오.

빛나는 바람 속에서 태양을 바라
꽃피고 익은 젖가슴을 주십시오.

샛말간 들이랑 하늘이랑…… 바다랑
그런 냄새가 나는 입김을 주십시오.

불타는 사과인 양
즐거운 말을 주십시오.

오! ……나에게 내 자신의 모습을 주십시오.

—「원顯」 전문

　화자는 "상냥한 손" "꽃피고 익은 젖가슴" "그런 냄새가 나는 입김"을
달라고 한 다음 "즐거운 말"을 달라고 하고 "나에게 내 자신의 모습"을
달라고 기원한다. 시인으로서의 서원을 표명한 이 작품은 무한히 밝고 환
하며 즐거운 세계 앞에서 바로 그런 세계를 노래할 수 있는 "말"을 달라
는 청원을 하는 것으로 전개된다. 꽃피는 말, 불타는 말, 즐거운 말, 그러
한 말을 가지게 될 때 그는 비로소 그가 그토록 꿈꾸었던 진정한 그 자신
이 될 수 있을 것이기 때문이다. 서정시란 시인에게 있어 자기 자신을 찾
아 헤매는 도정이며 그 도정의 안내자는 결국 말, 언어가 될 수밖에 없다.
시인으로서의 본격적인 출발을 알리는 이 작품이 자신에게 적합한 말에
대한 소망으로 이루어진 것은 의미심장하다.
　따라서 이 시인의 시에서 관능이 차지하는 역할을 시대적 조건에 대한

반작용 정도로 여기는 소극적 관점에서 벗어날 필요가 있다. 예컨대 이광호는 전봉건의 시를 해석하며 다음과 같이 말하고 있다. "폐허의 영토 위에서 낭만적 목가를 꿈꾸었던 그 관능의 음악은 전쟁의 포성에 대한 강력한 시적 반명제이다. 전봉건의 시에서 되풀이 울려퍼지는 관능의 음악은, 6·25 체험의 비극성과 50년대의 질곡을 논리정연한 이성적 사유를 통해서가 아니라 일종의 신화적 사유를 통해 돌파하려는 것이다."(이광호, 「폐허의 세계와 관능의 형식—전봉건론」, 『1950년대의 시인들』, 나남, 1994, 275쪽) 이러한 지적은 물론 일면적 진실을 담고 있지만, 사실의 전후관계를 따져보면 원인과 결과의 관계를 거꾸로 해석하는 우를 범하고 있다. 즉 전쟁이나 시대적 질곡을 넘어서기 위해 그것에 대한 방법론적 대응의 일환으로 관능의 음악이 불려나온 것이 아니라, 관능의 음악으로 충만한 자아가 불현듯 전쟁이나 시대적 질곡의 현장에 내던져졌고 또 거기 합당한 대응을 했다고 보는 것이 더 사실에 부합된다. 이 시인의 경우 관능의 음악은 전쟁 이전에 이미 발아단계에 이르렀고, 전쟁이나 암담한 시대 현실은 그것의 굴절과 변주를 초래했을 뿐이다.

4. 전쟁, 불붙는 암흑

전봉건은 청년기에 전쟁이란 끔찍한 체험에 휩쓸려들어간다. 다른 많은 1950년대 시인들이 그렇듯이 그에게도 한국전쟁은 어떻게 해서든 작품을 통해 조명되고 해명되어야 할 무거운 숙제 같은 것이었다. 그의 전쟁시는, 전쟁 현장에서의 체험에 기초한 전장시(戰場詩)와, 전후에 전쟁을 회고하거나 전쟁의 상흔을 치유하고자 하는 의도로 씌어진 전후시로 구분될 수 있다. 전장시의 경우 두드러지는 것은, 극도의 건조함을 동반한, 대상에 대한 즉물적 포착이다. 반면 전후시에선 죽음/죽임의 만연이란 시대현상을 넘어서기 위한 상상적 조작과 의지의 피력이 전면화되고 있다.

1) 나는 나무를 겨누어본다

　　꼭대기의 잎사귀를 겨누어본다

　　그리고 돌멩이를 겨누어본다

　　그러다 싫어지면 쑥 총구를 높여서

　　개머리판에 뺨을 비비면

　　하늘이 가늠쇠구멍 속에 들어온다

　　M1 가늠쇠구멍 속에 하늘이 벌어진다

　　M1 가늠쇠구멍 속에 하늘이 작다

　　그 하늘 밑에 내가 있다

　　나는 하늘을 본다

　　작은 하늘은 눈에 해롭다

　　가늠쇠구멍이 흐려진다

　　나는 장난을 그만둔다

―「장난」 전문

2) 장미는 나에게도

　　피었느냐고 당신의 편지가 왔을 때

　　오월…… 나는 보았다.

　　탄흔에 이슬이 아롱지었다.

　　그리고 태양은 빛나고

　　흙은 헤치었다.

　　무수한 자국

무수한 군화 자국을 헤치며 흙은

녹색을 새 수목과 꽃과 새 들의 녹색을 키우고

그 가장자리엔 흰 구름이 비꼈다.

구름이……

—「장미의 의미」 부분

1)은 살육의 현장을 배경으로 하고 있음에도 불구하고 참혹함이나 박
진감이 거세돼 있음을 볼 수 있다. 대신 두드러지는 것은 낯선 세계에 던
져진 존재가 느끼는 이질감이다. 이와 달리 2)는 탄흔에 이슬이 아롱지
고 군화 자국을 헤치고 대지에 새로운 녹색의 생명이 성장하는 모습을 통
해 전쟁의 참화를 치유할 수 있는 자연의 유구한 생명력을 부각시키고 있
다. 1)을 비롯해서 당시 전쟁의 현장을 실제로 누비면서 경험한 것을 담
은 시편들엔 다른 의용군 출신이나 종군작가단 소속 문인들의 글에선 볼
수 없는 현실감이 있다. 거기엔 직접 병사로 참여한 사람만이 가질 수 있
는 체험적 진실성이 녹아 있다. 그 체험적 진실성은 그러나 전투 현장에
대한 박진감 넘치는 묘사와는 거리가 멀다. 오히려 이들 시엔 관념적으
로 승전의식을 진작시키거나 애국심을 고취시키는 목적의식을 지니고 씌
어진 작품에선 볼 수 없는 기묘한 공허감과 무력감이 감돌고 있다. 이 땅
에서 우리 민족끼리 서로 죽고 죽이는 가공할 비극이 벌어지고 있지만 그
것이 아무래도 '나의 전쟁' 혹은 '우리의 전쟁'으로 다가오지 않고, 빌려
입은 옷처럼, 외부에서 부과된 것이고 그래서 어쩔 수 없이 어색하고 겉
도는 느낌을 준다는 분위기가 감돌고 있다. 이런 유형의 시에 전쟁과 관
련된 외래어가 많이 차용될 뿐 아니라 BISCUITS, ONE WAY, GMC,
AMBULANCE, NO PARKING, BAR, JET, DDT처럼 유독 외래어를 서
양 언어의 표기방식 그대로 쓴 경우가 많은 것은 그 때문이다. 반면 전쟁

이 끝난 후 폐허의 현실 속에서 지난 전쟁의 의미를 되새기는 2)의 유형에 속한 시들은 체험적 진실성보다는 이 전쟁에 대한 나름의 의미 부여와 의지의 표명이 더 중요한 시적 전략이 되고 있다. 그 당시엔 절실했겠지만, 지금에 이르러선 어느 정도 시효성을 잃은 것으로 보이는 이들 시편엔 삶에 대한 희망과 신뢰와 더불어 인간의 존엄성과 자유에 대한 갈망이 직접적으로 표명되고 있다. 그 어떤 위기와 시련이 닥쳐와도 자연의 유구함과 생명의 약동은 지속되며 보편적 휴머니즘의 가치는 훼손될 수 없다는 신념이 피력돼 있다.

이 시기의 시에 대해 김현은 "그 전쟁시를 관류하여 흐르고 있는 것은 인간에 대한 강렬한 신뢰이다. 인간에 대한 신뢰라기보다는 생명력 있는 것에 대한 그것이라는 것이 더욱 올바른 표현일지 모르겠다"(김현, 앞의 글, 55쪽)라고 지적하고 있다. 전봉건 시세계를 관통하고 있는 "생명력 있는 것에 대한 신뢰"는 다른 말로 "재생의지"라고 할 수 있다. 한 연구자는 이 시인의 시에서 꽃 이미지가 차지하고 있는 중요성에 대해 언급하면서 "꽃이 그러한 계절의 순환감각과 더불어 전후의 폐허를 딛고 일어서는 재생의지와 결부됨으로써 그 의미가 한층 효과적으로 부각되어 있"다고 설명하고 있다. 나아가 "실상 전후시인들 가운데 전봉건이 차지하는 독자적인 위치는 이 재생의지에 있다고 해도 과언이 아닐 정도"(송기한, 「시간의 해체와 재생의지—박인환 전봉건의 경우」, 『한국전후시와 시간의식』, 태학사, 1996, 224쪽)라고 말하고 있다.

물론 전봉건의 전쟁시나 전후시가 지닌 이런 측면에 대해서 유보적 시각이 전혀 부재한 것은 아니다. 유종호는 이 시절의 작품에 대해 "전봉건 씨는 이렇게 비근하기 때문에 더욱 절실한 오늘의 문제에 항시 민감했고 그 속에서 빚어지는 현대인의 운명을 노래하기를 잊지 않은 성실한 시인"이며, "저항을 잊지 않으면서도 인간에의 신뢰를 버리지 않았"다고 그 의

의를 인정하면서도 다음과 같은 충고를 덧붙이고 있다. "끝으로 씨에 대한 나의 불만을 이야기한다면, 시인으로서의 씨의 자세는 소박한 낙관론을 기조로 한 휴머니스트를 넘지 못한다는 사실이다. 좀더 강렬한 현대의식을 태반으로 한 시인으로서의 모랄을 확립하면서 쉬지 않는다면, 우리나라의 현대시에 대한 씨의 기여는 확고부동한 것이 될 것이다."(유종호, 「불모의 도식─1957년의 시」, 『비순수의 선언』, 민음사, 1995, 313쪽)

이러한 전언은 단지 "모랄의 확립"에만 그치는 문제는 아닐 것이다. 그것은 이 시기 그의 시에 나타난 생명의식이나 재생의지가 작품 내에서 자연스러운 이미지의 맥락을 통해 형상화되지 않고 다분히 신념이나 희망의 토로라는 형태로 진술되고 있다는 사실에서도 확인된다. 이는 당시의 시인에게 중요했던 것은 객관적인 상황 파악이나 그것의 문학적 반영이 아니라 그런 암담한 시대적 조건에도 불구하고 결코 포기할 수 없는 자신의 시적 신념에 대한 천명이었다는 점에서 기인했다. 다음 시에서 보여지듯, 무기질의 광물성이 아무런 매개적 단계를 거치지 않고 바로 유기적 생명체를 낳는다는 식의 시적 비전은 그런 맥락에서 나온 것이다.

그후
나는 몇 번인가 너를 보았다.
창이 무너져내리는 전쟁의 거리에서도
너는 귀마저 벌어져서 웃고 있었다.
그때마다 돌멩이가 꽃을 낳았을 것이다.
모래밭은
꽃밭을 낳았을 것이다.

─「꽃·천상의 악기·표범」 부분

여기서 돌멩이가 꽃을 낳고 모래밭이 꽃밭을 낳는다는 당돌한 이미지는 그 비약적인 상상력을 따라잡기 쉽지 않다(그래서 일부에선 이 시인의 초기시를 쉬르리얼리즘과 결부시켜 해석하는 오류를 범하기도 했다). 그것은 경험적 차원과는 무관한 것으로서 화자의 희망이 선언적으로 표출된 것일 따름이다. 현실의 처참함과 남루함이 오히려 그와 정반대되는 세계를 희구하는 이런 이미지를 불러온 것이다. 아무리 어둠이 내리덮이고 천공의 태양마저 "피를 흘리며 타고 있는 해"(「그림」) 같은 표현처럼 죽음의 분위기에 휩싸여 있을지라도 그런 어둠을 무찌르고 빛을 몰고 올 미래에 대한 희망은 단념될 수 없다. 전쟁의 숯검정이가 날리고 금속 철판에 일광이 반사하는 살풍경한 세계. 전차의 캐터필러, 대포의 녹슨 포신, 부러진 총검, 구멍 뚫린 철모, 전우의 시체가 나뒹구는 세계. 전투기 기관총 수류탄 네이팜탄 불발탄 총알 그리고 무엇보다 쇠줄기 쇠가시가 지배하는 세계. 이 "깜깜한 막장 어둠"(「어느 토요일」) 속에서도 시인은 빛을 희구하고, 모래밭처럼 메마른 불모의 땅에서도 시인은 물을 소망한다. 아니 희구와 소망을 넘어 그것은 반드시 도래할 것이고 이미 현전해 있다고 시인은 되풀이해서 노래부른다. "사랑을 위한 되풀이"라는 첫시집 제목이 일러주듯이 그의 시는 부재하는 대상에 대한 애타는 호소이자 그것을 지금 이곳으로 소환하는 주문이다. 에로스란 영원히 중단될 수 없는 생명의 리듬이며 그 어떤 타나토스의 침입에도 불구하고 거듭 다시 소생하는 자연의 숨은 원리이다. "불붙는 암흑을 찢어발기며"(「꽃·천상의 악기·표범」) 달리는 야성적인 표범의 이미지는 비참한 현실에 대한 상상적 보상으로서 시인이 자신의 내면에서 불러낸 초월적 욕망의 투사체인 것이다.

5. 이원적 상상세계

어둠을 이기는 빛, 죽음을 물리치는 사랑이라는 테마는 평생 반복되며 이 시인의 시세계의 변치 않는 원리로 자리잡는다. 그것은 때로 옥에 갇힌 춘향의 독백을 빌린 장시(『춘향연가』)의 형태를 하고 나타나기도 하고, 다양한 이미지의 실험적 교직이 돋보이는 연작시(『속의 바다』)의 형태를 하고 나타나기도 한다. 우수에 젖은 서정적 목소리를 들려주는 시든 내적 신념의 웅변적 노출을 주조로 한 시든, 그의 작품엔 생동하는 자연계의 물질과 인간의 관능적 욕망 사이의 교류와 충돌이 빚어내는 다양한 무늬가 아로새겨져 있다. 이 시인의 작품 중에 연가풍의 서정시가 많고 시간과 계절의 변화에 대한 남다른 감각과 감회를 다룬 시가 유독 자주 눈에 띄는 것도 이 시인 특유의 에로스적 정신의 발현인 동시에 외계의 변화에 민감하게 대응하는 내면의 촉수를 반영하고 있다. 이처럼 이 시인의 상상 세계엔 음과 양, 정과 반에 해당하는 두 가지 근원적 힘이 맞물려 작동하고 있는데, 그것은 궁극적으로 생명–사랑–희망의 승리를 약속하는 방향으로 귀결된다. 전봉건의 상상세계를 잘 요약해주고 있는 다음의 두 인용이 말하고 있는 것도 그것이다.

1) 씨의 초기시에서 우리는 어둠 속으로의 하강과 어둠으로부터의 상승이라는 두 명제가 대립됨을 알 수 있다. 이 시인의 상상력은 추락과 상승의 변증법적 체계를 드러내는 것이다. 추락의 세계는 바슐라르도 지적하듯이 심연의 세계, 암흑의 세계이며, 상승의 세계는 초월의 세계, 청색과 황금색의 세계이다. 전자는 삶의 어둠, 삶의 공허와 연결되며 후자는 삶의 밝음, 삶의 충만과 연결된다.

—이승훈, 「추락과 상승의 시학」, 『새들에게』, 고려원, 1983, 219쪽

2) 그의 시세계는 동그란 불의 이미지의 세계이다. 그것은 그의 초기 작품에서부터 뚜렷하게 드러난다. (……) 그 동그란 불은 그뒤의 작품들에서 입술=불의 입술, 꽃=불붙는 빛덩이, 여자 몸=항아리=꽃 같은 빛덩이, 큰 햇덩이를 받는 눈물 같은 이미지로 발전적으로 변용되어 있다. 그 변용을 가능하게 한 것이 불－피－꽃－태양－입술의 동그람－불의 연결이다. 그의 불은 그러나 밖으로 드러나 있어 쉽게 만져지는 불이 아니다. 그것은 어둠을 밝히는 불이나 추위를 녹여주는 불이 아니라, 꽃피고 잘 익어 즐거운 불이다. 그 불은 동그란 것의 내부에 있는 불이며, 조심스럽게 잘 만지거나 헤집고 들어가야 만나게 되는 불이다.

—김현, 「전봉건에 대한 두 개의 글」, 『책읽기의 괴로움』,

민음사, 1984, 30쪽

전봉건의 상상세계를 설명하는 가운데 1)이 상대적으로 이원적 대립을 강조하고 있다면 2)는 일원적 통합을 강조하고 있다. 이러한 차이는 실제 이 시인의 작품 속에서는 대립과 갈등을 통한 긴장과 그것의 해소로 적절한 효과를 획득하고 있다. 빛과 어둠은 서로 대립하지만 조만간 어둠은 빛에 자리를 양보하고, 상승과 추락은 서로 길항하지만 하강의 궤적은 자연스럽게 반전되어 상승의 곡선을 그리게 된다. 천상에 태양이 빛나듯이 모든 지상적 존재는 저마다 내부에 빛나는 중심을 갖고 있다. 외재하는 태양과 그 반사체인 내재하는 태양, 그것이 바로 꽃이며 과일이며 여자이며 악기이다. 에로스의 손길이 닿는 순간 이들은 일어나 춤을 추고 에로스의 숨결이 스치는 순간 이들은 황홀한 소리를 연주한다. "태양은 몇 개나 있어서/ 매일 아침 새것이 뜨는 것이었을까./ 어떻든 옥수수 한 대의 옥수수 씨알마다/ 태양은 하나씩/ 빛나고 있었다"(「옥수수 환상가」), "하나 둘/ 셋 넷……/ 차례차례 미끄럼틀을 타고 내려오는/ 아이들 웃는 얼굴 입에는/ 물린 태양이 있다.// 그들은/ 하늘 꼭대기에서/ 내려오고 있는 것이다"(「미끄럼틀」)처럼 그의 시 속의 모든 존재들은 태양을 품고 있거나 태양 그 자체이다. 그의 시 속에 자주 출몰하는 빛덩이, 불덩어리, 빛보래, 불길, 불빛, 햇덩이 같은 단어들은 그의 향일성의 상상력이 매순간 점화하는 언어의 불꽃들이다. 그의 시 속에서 꽃은 "불붙는 빛덩이"(「손」)이며 여자의 "벌린 두 다리 사이"에선 태양이 이글거린다(「속의 바다」). 태양과 정반대되는 위치에 있는 바다마저 이 시인에겐 "감청의 불로/ 굽이치는 바다"(「새벽」), "종횡무진 궁구는/ 아흔아홉 햇덩이 바다"(「여섯 개의 바다」), "빛살의 바다"(「바다가 되는 낮은 목소리」)처럼 타오르고 빛을 낸다. 태양에서 금속성의 빛줄기가 뻗어나오듯 바다에서 칼날을 집어들 수 있는 것(「피아노」)은 그러므로 당연한 일이다.

이처럼 에로스적 상상력이 전쟁의 한복판에서 녹색의 생명을 키워내고 부드러운 젖빛 모성의 물이 흐르게 했듯이 1970년대와 1980년대라는 정치적 억압과 물질주의가 횡행하던 시절에도, 다시 말해 전쟁과 다른 의미에서 죽음과 죽임이 미만해 있던 시절에도 심미적 아름다움과 강인한 생명성에 대한 변함없는 의지를 표명하게 만들었다. 다만 에로스는 이제 확산이 아니라 응축의 노선을 취하며 그에 따라 시 역시 번다한 수사를 떨쳐버린 간결한 견고성을 획득하는 방향으로 나아간다. 「마카로니 웨스턴」 연작은 그러한 전환을 알리는 이정표에 해당한다.

그는 돈이 없다 그는 여자가 없다 그는 집이 없다 그는 예수와 비슷하다
있는 것이란 남루한 옷 말 한 필 여기까지도 그는 예수와 비슷하다 그리고
권총 한 자루 버러지 같은 것들을 한 놈도 남김없이 쏴 죽이는 사격의 명수
이런 점에선 그는 예수와 딴판이다 그러나 긴 머리 덥수룩한 수염에 우물
속 같은 눈이 다시 예수와 비슷하고 땅에선 죽는 일이 없는 그는 하늘에나

묻힐 사람으로서 예수와 아주 비슷하다

　　　　　　　　　　　　　　　　　　—「마카로니 웨스턴」 전문

　최동호는 「마카로니 웨스턴」 연작을 "70년대를 몰아쳤던 물질적 풍요
의 광적인 추구에 비하여 상대적으로 궁핍화되었던 정신적 삶의 황폐감"
을 "정교한 시의 언어를 빌어 묘파"한 것으로 읽어낸다. "살인과 복수 그
리하여 피와 모래와 섹스로 얼룩진 한 시대의 정신적 공허감"(최동호, 「실
존하는 삶의 역사성—전봉건의 시에 대하여」, 『평정의 시학을 위하여』, 민음
사, 1991, 132쪽)을 그린 작품이라는 것이다. 이는 다른 평자가 이 연작
시에 그려진 "무서운 세계가 시인이 본 칠십년대의 한국 현실"(김현, 앞
의 글, 31쪽)이라고 파악한 것과 동질적인 견해이다. 그러나 단지 영웅이
라고도 악당이라고도 하기 어려운 「마카로니 웨스턴」의 주인공을 예수
와 비교한 데서도 알 수 있듯이 이 연작시에 드리워진 어둠은 다른 각도
에서의 해석을 요구한다. 그런 점에서 이경수의 다음과 같은 해석은 참조
할 만하다. 그는 "마카로니 웨스턴은 꿈과 현실의 종합을 염원하는 시인
만이 특권처럼 변신할 수 있는 악당의 모습에 다름아닙니다"라면서 이 연작
이 "파괴가 이룩할 수 있는 지복의 경지"(이경수, 「없음을 통한 있음의 시
세계」, 『피리』, 문학예술사, 1979, 11쪽)를 구현하고 있다고 파악한다. 즉
이경수는 이 시집에 만연한 죽음 이미지를 단순히 시대 상황에 대한 알레
고리로 보는 데 머물지 않고 이를 시 쓰는 행위 자체에 대한 엄밀한 자의
식, 실제로 시를 쓰는 순간 시인의 내면에서 일어나는 "여러 가지 가능성
에 대한 잔인한 제한"의 은유로 보고 있다. 시인은 "언어가 지닌 세습적
유산을 철저히 무화"시키고 "언어가 주는 새로운 힘은 무엇인가 보여주
려"고 한다. 이러한 기도는 적의에 찬 현실에 부딪쳐 매번 좌절되며 그의
시쓰기는 고난을 초래할 수밖에 없게 된다. 이처럼 현실과 언어의 치열한

대결에 임하는 시인은 매순간 그의 의식을 스치는 숱한 사물과 상상의 편린 들에 대한 살인자이자 구원자가 될 수밖에 없다. 그래서 그는 매순간 지운다. 시적 완성을 향한 도정은 숱한 언어의 시체 위에 간신히 어렵게 이루어지는 것이다. "눈이 내립니다/ 함박눈이 내립니다/ 소리없이 내립니다/ 내리면서 길을 지우고/ 다리를 지우고 언덕을 지웁니다/ 언덕 아래 강물도 지웁니다/ 강기슭의 집을 지우고/ 울타리도 지우고 창문도 지웁니다"(「눈 내리는 날」)에서 눈이 그러한 것처럼 시인은 끝없이 지우는 자, 사물과 언어의 살해자인 것이다. 이는 언뜻 보아서 초기시에 비해 후기시에선 에로스가 타나토스에 밀려나는 것으로 여겨질 수 있다. 연륜의 증가, 육체적 쇠약과 더불어 생물학적 죽음에 대한 예감이 시에 그렇게 반영된 면도 있을 것이다. 그러나 이 시인에게 늘 그렇듯이 죽음은 그 자체로 종결의 의미를 가지지 못한다. 죽음은 또다른 재탄생을 예비할 때만이 그 의미가 있다. 외롭게 칼질을 하며 부단히 자신을 죽이는, 그래서 끝내 피리로 화신하는 대나무가 시인의 상징일 수 있는 것도 그 때문이다.

대나무
잎사귀가
칼질한다.

해가 지도록 칼질한다
달이 지도록 칼질한다
날마다 낮이 다하도록 칼질하고
밤마다 밤이 다 새도록 칼질하다가
십 년 이십 년 백년 칼질하다가

대나무는 죽는다.

그렇다 대나무가 죽은 뒤
이 세상의 가장 마르고 주름진 손 하나가 와서
죽은 대나무의 뼈 단단하고 시퍼런
두 뼘만큼을 들고
바람 속을 간다.

그렇다 그뒤
물빛보다 맑은 피리 소리가 땅끝에 선다
곧바로 선다.

―「피리」 전문

이 작품에서 대나무가 보여주는 것은 죽음과 재생의 드라마이다. 대나무는 쉬지 않고 자신의 육체에 칼질을 가함으로써 죽지만 바로 죽은 그 육체에서 아름다운 소리가 울려퍼지는 피리가 만들어진다. 그는 나무로서 죽고 피리, 아니 피리 소리로서 재탄생한다. 그런 의미에서 대나무는 스스로를 예술의 제단에 바치는 주체(사제)이자 그 대상(제물)이다. "죽은 대나무의 뼈 단단하고 시퍼런/ 두 뼘"은 이처럼 치열한 자기 살해 끝에 최후로 남겨진 핵심, 존재의 정수라 할 수 있다. 그것은 육체를 벗어버린 육체, 물질의 구속을 넘어서 승화된 불멸의 정신을 가리킨다. 이제 대나무는 "물빛보다 맑은" 소리로 현전한다. 소리는 가시적 육체의 한계에 머물지 않고 불가시적 세계를 편력하며 자신의 존재를 알린다. 그 피리 소리가 땅끝에 "곧바로 선다"는 표현은 그 소리의 원래 모태인 대나무의 수직성을 다시 한번 환기시키는 동시에 잠시의 방심도 허용하지 않는 견고한 불굴의 정신을 표상한다.

이 시는 예술의 존재방식에 대한 일종의 알레고리이다. 대나무의 고행에 가까운 행적은 진정한 예술가가 감수할 수밖에 없는 험난한 여로를 암시한다. 오직 "단단하고 시퍼런" 정신만이 "물빛보다 맑은" 소리를 낼 수 있다. 단단하고 시퍼렇게 고체화·내면화되는 응결의 운동 끝에 그와 정반대되는 투명성과 유체성의 상태에 도달하는 것이다. 젊은 시절 이 시인을 사로잡았던 관능의 시학은 후기작으로 갈수록 철저한 자기 단련과 본질 추구를 거쳐 모든 부수적인 군더더기를 쳐내고 오직 정신의 뼈만을 남기는 금욕적 정신주의로 이행한다. 시인의 만년의 상상공간의 중심을 차지하고 있었던 대상이 부동성과 항구성을 상징하는 '돌'이라는 사실은 이런 관점에서 보면 예정된 수순이라고 할 수 있다. 돌은 자기 처형/봉헌을 통해 단단하고 시퍼런 뼈만을 남긴 대나무의 다른 모습인 것이다.

6. 돌의 시학

전봉건은 후기 시편으로 올수록 견인주의에 경사되는 면모를 보인다. 이에 따라 짙은 에로티시즘으로 착색된 언어에서 벗어나 단단하면서도 견고한 이미지로 구축된 시를 선보인다. 이 시인의 상상공간에서 차지하고 있는 이미지의 역학관계를 고려해볼 때 돌은 천상의 태양의 지상적 등가물이다. 하늘에 떠 있는 불타는 태양에서 땅 위의 차갑고 단단한 돌로의 변신은 젊음의 신열이 가신 다음 이 시인이 직면한 현실의 엄중함 속에서 그가 택한 내향성의 도정을 압축하고 있다. 더욱이 그 돌은 물가나 물속에 잠겨 있는 돌, 즉 수석(壽石/水石)이다. 그것은 물에 잠긴 태양이며, 지하=수중에 묻힌 채 성숙을 기다리고 있는 광석이다. 우리는 앞에서 「피아노」나 「태양」 같은 초기작에 대한 분석을 통해 바다=물의 공간이 이 시인의 상상 속에선 무수한 칼날로 이루어져 있다는 것을 확인한 바 있다. 물은 단지 유체성의 흐름에 그치는 것이 아니라 예각적 절단의 기능을 수행하는 금속성의 무기이기도 하다. 따라서 물살에 시달리며 둥글어진 돌은 무수히 칼질을 당하며 단단하고 시퍼런 뼈만을 남기는 대나무와 동일한 처지와 조건에 놓여 있다. 그 대나무가 죽어서 소리로 재탄생하듯 시인의 손에 들어온 돌은 때로 단단하고 고정된 외형과 달리 새 생명을 얻고 부활의 날갯짓을 한다. 그런 점에서 돌은 단지 금욕적인 평정의 상태에 머물러 있는 무기물이 아니라 부단히 변모하고 생성하며 자신을 드러낼 기회를 엿보고 있는 생명체이다.

이월 하순
산간을 흐르는
강나루에서
배를 기다리다가
나는 문득 거기가
1951년 봄 어느 날
도강작전에서 전우 K가 죽은
바로 그 자리인 것을 되살려냈다.
해질 무렵에야
돌아온 배에 오르려다가
나는 봄눈 녹는
나루터 찬물 속에서
삭은 뼈처럼 하얀
돌 하나를 건져냈다.
날개 뼈 같은 그런 모양이었다.
벌써

어둡기 시작하는

여울 쪽에 이름 모를

새 한 마리가

날고 있었다.

—「돌 1」 전문

　이 시의 화자는 강가에서 수석을 찾다가 그곳에서 있었던 한국전쟁 당
시 한 전우의 죽음을 떠올린다. 해질 무렵 그 근처에서 찾은 돌은 "날개
뼈"의 형상을 하고 있다. 이어서 화자의 눈에 어두워오는 하늘을 날고 있
는 새 한 마리가 들어온다. 죽은 전우, 날개 뼈 모양의 돌, 하늘을 나는 새
는 현상적으로 각기 다른 존재들이지만 시인의 상상 속에선 하나로 이어
져 있다. 도강작전 도중 죽은 전우의 육신은 찬물에 씻겨가 "삭은 뼈처
럼 하얀/ 돌"이 되었고 그 영혼은 돌에 새겨진 날개 뼈가 암시하듯 새가
되어 하늘을 날고 있는 것이다. 동서양의 많은 신화와 민담이 말해주듯이
새는 영혼의 메신저, 죽은 자의 혼이다. 화자가 건져낸 돌은 삶과 죽음,
생명과 무생명의 경계를 허물고 이 양자가 조우하는 순간을 만들어낸다.
물에 잠긴 돌이 하늘을 나는 새가 될 수 있는 것은 그 때문이다.

　바다에서 신나게 시퍼런 파도의 칼날 하나를 뽑아드는 「피아노」의 화
자와 죽은 전우를 추억하며 강물에서 삭은 뼈 같은 돌을 건져내는 「돌 1」
의 화자는 얼마나 다르면서 또 같은가. 그 분위기는 경쾌함/침중함으로
전혀 다르지만 오랜 시간의 간격을 뛰어넘는 시인의 상상작용은 동일하
다고 할 수 있다. 마찬가지로 「태양」에서 바다의 현란한 칼날에 찔려 죽은
뒤 바닷속에 가라앉은 화자의 목젖을 찢고 생겨난 진주와 「돌 1」에서 나
루터 찬물 속에서 건져낸 삭은 뼈처럼 하얀 돌은 얼마나 다르면서 또 같
은가. 진주가 상징하는 탐미적인 죽음과 돌이 상징하는 역사적 비극의 혼

적을 담고 있는 죽음은 전혀 다르지만 돌/진주 같은 광물성의 대상에 삶의 생기를 불어넣고 싶어하는 시인의 무의식적 욕구는 여전하다고 볼 수 있다. 몸 가진 것들이 죽음의 통과제의를 거친 후 돌/진주가 되듯이 둔중한 돌은 시인의 상상력에 의해 수면 바깥으로 끌려나온 후 새가 되어 천상을 날게 되는 것이다. 가시적인 것과 비가시적인 것, 생명과 무생명, 천상과 지상은 늘 자리바꿈을 하며 순환의 궤적을 그린다.

이처럼 이 시인의 시에서 돌은 오랜 인고 끝에 도달한 정신의 마지막 결정체이다. 동시에 그것은 오랜 세월을 두고 자연이 새겨놓은 흔적을 담고 있다. 돌은 그 자체로 하나의 상형문자이다. 그것은 그것을 읽어내는 사람에게 자연과 역사의 숨은 이야기를 들려준다.

> 지난 여름 어느 날의 일이다.
> 마지막고개 너머 목벌리 돌밭에서
> 한 돌꾼이 캔 것은 상당한 크기의 먹돌이었다.
> 강물에 담갔더니 검은 어둠이 우러나왔다.
> 오래 묵은 어둠은 다시 우러나오고 다시 우러나오고
> 다시 우러나왔다.
> 한여름 휘황한 날빛 아래
> 짙푸른 강물을 깜깜하게 물들이었다.
> 이윽고 속 깊이 검은 먹돌
> 땅속에 묻히었던 면에는
> 목탁 든 검정 장삼 한 스님이
> 오래 삭은 양각으로 떠올랐다.
> ─「돌 3」 부분

이 시에서 화자가 돌을 발견한 장소는 옛날에 처형장이 있었던 곳이다. 화자의 상상에 따르면 그 돌밭은 "쑥대강이처럼 흩어져 피 흘리는 머리마다 떨어져 묻히고/ 처형의 칼은 강물에 헹구어 씻었던" 곳이다. 이곳에서 한 돌꾼이 캐낸 돌을 강물에 담갔더니 계속해서 검은 어둠이 우러나온다. 짙푸른 강물을 깜깜하게 물들이는 그 어둠은 물론 그 옛날 그곳에서 희생된 모든 사람의 핏물일 것이다. 피-어둠의 결합은 이 시인의 시에서 그리 낯선 것이 아니다. 전쟁시편에선 "피냄새에 절은 어슴푸레한 어둠" "피로써 얼룩진 암흑" "피냄새 얼룩진 검은 어둠" 같은 구절이 쉽게 찾아진다. 썩은 피걸레, 피울음, 핏방울, 핏덩이 등 전쟁의 참상을 증언하는 이미지는 부단히 반복되며 그것은 "피는 붉은 것이 아니고 검은빛이더군요. 그후로 나는 피의 어둠에도 갇혀서 살았습니다"(「여섯 개의 바다」)라거나 "죽는 산양이/ 토하는 것은 검은 피일 테지/ 왜 핏빛 피가 아닌가/ (……)/ 검은 핀가 왜 검은 핀가"(「속의 바다」)에 등장하는 검은 피로 변주된다. 이 피-어둠은 그러나 자생적인 것이 아니라 바다-태양의 이면일 따름이다. 이 시인의 상상력 속에서 피-어둠은 언제나 바다-태양으로 변모할 준비가 되어 있다. 비극의 극한에서 낙관적 전망을 끌어내고자 하는 시인은 추락과 오염에 머물러 있는 존재를 상승과 정화의 단계를 거쳐 맑고 빛나는 존재로 탈바꿈시키는 이미지의 연금술을 구사한다. 위 시에서 핏물이 다 씻겨나갈 때쯤 해서야 돌의 다른 한쪽 면에 양각된 모습이 떠오른다. 돌에 새겨진 "목탁 든 검정 장삼 한 스님"은 아마도 그곳에서 죽은 억울한 희생자들의 혼령을 천도한 사제를 나타낼 것이다. 깊은 물보다 더 깊은 역사의 어둠 속에서 마침내 그 모습을 드러낸 스님의 초상은 폭력과 피로 점철된 역사를 견디고 세상을, 생명을, 마침내는 역사 자체를 지속하게 만드는 힘이 무엇인가 말해주고 있다. 검은 피-어둠을 다 풀어내자 비로소 무겁게 하강하는 돌의 질료적 특성을 거슬러 그 표면에 새겨진 스님의 모습이 생생하게 "떠오른"다. 이처럼 화자는 돌에 새겨진 그림 – 문자를 판독함으로써 일상의 세계 저편에 숨어 있는 존재의 힘에 다가서고 있다.

> 햇살에게 말을 하면서 갔더니
> 바람을 만나 바람에게 말을 하면서
> 갔더니 비를 만나 비에게 말을 하면서
> 갔더니 나무를 만나 나무에게 말을 하면서
> 갔더니 어둠을 만나 어둠에게 말을
> 하면서 갔더니 새를 만나 새에게
> 말을 하면서 갔더니 강물을 만나
> 강물에게 말을 하면서 갔더니
> 돌을 만났다.
>
> 이제는 내가 말을 들을 차례다.
>
> ―「돌 52」 전문

천상의 별들만큼이나 지상의 돌들에게도 저마다 신비로운 사연과 유래가 깃들어 있다. 오직 들을 줄 아는 사람에게 돌은 자신의 소리를 전할 것이다. 그 돌은 차갑고 단단하게 보이지만 그 내부엔 불이, 바다가, 별이 잠들어 있다. 언젠가 돌은 내부에 간직한 물을 지상 가득히 풀어놓을 것이고 새가 되어 날아오를 것이며 하늘의 해와 달과 별이 되어 빛날 것이다. 캄캄한 어둠 속엔 돌이 묻혀 있으며 어두운 심연에서 솟아오른 돌은 연금술사들이 추구한 현자의 돌(philosopher's stone)이 그러하듯이 우주의 이원적 힘의 조화를 상징하고 있다. 전봉건 시인이 만년에 도달한 돌의 시학은 심원하게 침묵하고 있는 대자연의 한 모퉁이에 놓인 돌에서 삶의 비의를 발견하고자 하는 구도자의 순례를 의미하고 있다.

7. 남는 문제들

전봉건이 남긴 시편들은 전후 모더니즘의 차원을 넘어 20세기 한국 현대시사를 전체적, 입체적으로 파악하려 할 때 반드시 고려하지 않으면 안 될 뛰어난 성과물로 여겨진다. 감각적 리리시즘에 바탕을 둔 그의 시는 과격한 모더니즘적 실험성보다는 개개 작품의 심미적 완성도를 중시했고, 언어의 질감과 시의 형태적 조형미를 최대한 살리는 방향으로 나아갔다. 1950년대 씌어진 모더니즘 계열의 시 가운데 상당수가 사이비 난해시의 오명을 뒤집어쓰고 폐기처분된 사례에 비춰볼 때 전봉건의 시가 지닌 전통성과 모더니즘의 적절한 조화는 한결 돋보인다. 그는 특정 이념이나 작시법을 앞세우지 않고 자신의 내면이 요구하는 바에 따라 차분히, 그러나 집중적으로 작품을 써나갔다. 그는 '나사의 회전'처럼 하나의 주제를 거의 시집 한 권 분량이 될 만큼 연작시의 형태로 되풀이해서 파고들곤 했다. 이러한 '되풀이'는 그의 시적 호흡이 그만큼 유장하다는 것을 알려줌과 더불어 그의 시적 사유가 가지고 있는 치밀성을 일러준다. 그는 새로운 것을 찾아 날렵하게 이동하는 편력형의 시인이라기보다는 그의 사유와 상상력이 선호하는 지점을 계속 맴돌며 천착하는 끈기 있는 탐색형의 시인이었다. 그의 시세계는 소리의 울림이 주는 감각적 쾌락에 탐닉하던 초기시에서 전쟁의 포연과 전후의 폐허가 준 충격과 불안을 사랑과 희망의 언어로 극복하고자 한 중기시를 거쳐, 시를 쓰기 어려운 암담한 시대 현실 속에서 정신적 단련과 견인주의로 버텨내는 과정을 그린 후기시로 변모해왔다.

전봉건의 시적 궤적을 따라가보고자 한 이 글은, 당연한 이야기가 되겠지만, 이 시인의 시세계의 전모를 드러내는 데는 미치지 못했다. 그것은 무엇보다 이 시인의 시세계가 방대하고 다면적이기 때문이다. 그의 시세계는 즐거운 독서의 대상이 됨은 물론 후학들의 접근을 기다리는 많은 연구거리를 내장하고 있다. 이 글에서 미처 다루지 못한 사항 몇 가지를 기술하고자 한다.

첫째, 『북의 고향』과 「6·25」 연작시에 대한 본격적인 접근이 이루어지지 못했다. 시인이 만년에 쓴 이 시편들은 실향민의 입장에서 평생을 보내야 했던 이 시인의 실존적 고뇌와 슬픔이 때로는 담담하게, 때로는 절절하게 묻어나오는 작품들이다. 될 수 있는 대로 이데올로기적 문제를 배제하고 남북문제에 접근하려 한 이들 시편은 소박하면서도 애틋한 감흥을 던져주는 가작들을 다수 포함하고 있다. 후기에 쓴 이들 시편과 시인이 젊은 날에 쓴 전쟁시편이 어떻게 만나고 갈라지는지 살펴보는 것도 흥미로운 작업이 될 것이다.

둘째, 젊은 날에 쓴 「사랑을 위한 되풀이」 「춘향연가」 「속의 바다」를 비롯해서 이 시인은 많은 분량의 장시와 연작시를 남겼다. 따라서 이 시인의 시에서 장시와 연작시가 차지하는 의미와 비중에 대한 별도의 고찰이 필요할 것이다. 이와 함께 1950년대의 다른 시인들, 예를 들어 「타령조」나 「처용단장」의 김춘수, 「구곡」의 김구용이나 「하여지향」의 송욱, 「화형둔주곡」의 성찬경 등 다른 모더니즘 계열의 시인들이 펴낸 연작시나 장시와 어떤 공통점과 차이점을 가지고 있는지 따져보는 작업도 이루어져야 할 것이다. 더 나아가 전후 시인들과 달리 1960년대 이후 등단한 시인들은, 김지하의 담시를 예외로 한다면, 왜 장시에 별로 흥미를 느끼지 못했고 생산도 저조했는지 고찰해볼 필요가 있다.

셋째, 전봉건의 시에 나타난 관능·감각·성적 욕망이 비슷한 주제를 다룬 다른 선후배 시인들의 상상력과 어떻게 다른 독자성을 구비하고 있는지 계보학적 추적을 해볼 수 있다. 이때 『화사집』의 서정주나 『월정가』의 송욱, 『고통의 축제』의 정현종, 『모기들은 혼자서도 소리를 친다』의 김형영 등은 좋은 비교대상이 될 것이다. 시대적 편차와 개인적 기질의 차이가 어떻게 다른 상상의 풍경과 감각의 무대를 연출하는지 알아보는 것은 단선적이고 단색조에 머물러 있는 한국 시문학사를 보다 다채롭고 역동적으로 바라볼 수 있는 시야를 열어줄지 모른다.

넷째, 전봉건과 김수영 사이에 오간 이른바 '사기시' 논쟁에 대한 재평가가 있어야 할 것이다. 이 논쟁은 문학사적으로 당사자 간에 오간 거칠고 격렬한 표현과 진행과정에 비해 정작 그 생산성은 높지 않은 논쟁으로 치부돼왔다. 현상적으로 그런 면이 전혀 없는 것은 아니다. 그러나 전봉건이 김수영의 진의를 잘 파악하지 못했고 이론적으로 허술했다는 식의 인상주의적 비평을 넘어 이 논쟁을 깊이 있게 바라볼 필요가 있다고 여겨진다. 논쟁의 승패 여부를 떠나 50년대 모더니즘 시의 공과를 평가하는 데 있어 이 논쟁이 상당한 영향을 미치는 요소를 갖고 있다는 점에서 보다 심도 있는 분석이 요구된다.

전봉건의 시에 대한 본격적인 접근은 이제 시작 단계에 있다고 할 수 있다. 이론의 도움 없이 그는 오직 시만으로 20세기 중후반 치열했던 시의 전장에서 살아남았다. 그리고 이제 그는 시문학사 속에서 다시 부활할 준비를 마쳤다. 그의 이름이 지난 연대의 문학사 속에 박제화되지 않고 살아 있는 현재형의 시인으로 되살아나기 위해선 그의 텍스트가 거듭 다시 읽히고 분석되어야 할 것이다. 그의 시편들은 충분히 그럴 만한 가치와 매력을 구비하고 있다.

(2008년 12월)

문학동네 평론집
나사로의 시학
ⓒ 남진우 2013

초판 인쇄 2013년 2월 22일
초판 발행 2013년 2월 28일

지은이 남진우
펴낸이 강병선
책임편집 김필균 | 편집 김민정 강윤정 김형균 유성원 | 디자인 김선미 유현아
마케팅 신정민 서유경 정소영 강병주 | 온라인마케팅 김희숙 김상만 이원주 한수진
제작 서동관 김애진 임현식 | 제작처 영신사

펴낸곳 (주)문학동네
출판등록 1993년 10월 22일 제406-2003-000045호
주소 413-756 경기도 파주시 문발동 파주출판도시 513-8
전자우편 editor@munhak.com | 대표전화 031) 955-8888 | 팩스 031) 955-8855
문의전화 031) 955-8890(마케팅) 031) 955-2663(편집)
문학동네카페 http://cafe.naver.com/mhdn

ISBN 978-89-546-2084-0 03810
* 이 도서의 국립중앙도서관 출판시도서목록(CIP)은
  e-CIP 홈페이지(http://www.nl.go.kr/cip.php)에서 이용하실 수 있습니다.
  (CIP 제어번호 : CIP2013001250)

www.munhak.com